**Jojo Moyes** est romancière et journaliste. Elle vit en Angleterre, dans l'Essex. Après avoir travaillé pendant dix ans à la rédaction de l'*Independent*, elle décide de se consacrer à l'écriture. Ses romans, traduits dans le monde entier, ont été salués unanimement par la critique et lui ont déjà valu de nombreuses récompenses littéraires. *Avant toi* a créé l'événement et marqué un tournant dans sa carrière d'écrivain. Ce best-seller a rencontré un succès retentissant qui lui a valu d'être adapté au grand écran.

De la même autrice,  
chez Milady, en grand format :

*Avant toi*  
*Après toi*  
*Après tout*

*La Dernière Lettre de son amant*  
*Jamais deux sans toi*  
*Sous le même toit*  
*Les Yeux de Sophie*  
*Paris est à nous*  
*Une douce odeur de pluie*  
*Où tu iras j'irai*  
*Les Fiancées du Pacifique*  
*Le vent nous portera*

Chez Milady,  
au format poche :

*Avant toi*  
*Après toi*  
*Après tout*

*La Dernière Lettre de son amant*  
*Jamais deux sans toi*  
*Sous le même toit*  
*Les Yeux de Sophie*

Ce livre est également disponible  
au format numérique

www.milady.fr

# Jojo Moyes

# *Les Yeux de Sophie*

Traduit de l'anglais (Grande-Bretagne) par Odile Carton

Milady

Milady est un label des éditions Bragelonne

Titre original : *The Girl You Left Behind*
Copyright © 2012 by Jojo Moyes
Tous droits réservés.

© Bragelonne, 2017 pour la présente traduction

ISBN : 978-2-8112-2492-9

Bragelonne – Milady
60-62, rue d'Hauteville – 75010 Paris

E-mail : info@milady.fr
Site Internet : www.milady.fr

*Pour Charles, comme toujours.*

# Première partie

# Chapitre premier

*Saint-Péronne, octobre 1916*

Je rêvais de nourriture. Baguettes croustillantes à la mie d'un blanc virginal, encore fumantes à la sortie du four, et fromage affiné, le cœur coulant vers le rebord de l'assiette. Bols remplis à foison de raisin et de prunes, sombres et odorants, leur parfum emplissant l'air. J'étais sur le point de tendre le bras pour attraper un fruit quand ma sœur m'arrêta.

— Fiche-moi la paix, murmurai-je. J'ai faim.

— Sophie. Réveille-toi.

J'avais déjà le goût du fromage sur la langue. J'allais prendre une bouchée de reblochon, en étaler sur un gros morceau de ce pain chaud, puis gober un grain de raisin. Je goûtais déjà l'intense saveur sucrée, sentais l'arôme puissant…

Mais voilà que la main de ma sœur sur mon poignet m'en empêchait. Les assiettes commencèrent à disparaître, les parfums à se dissiper. J'esquissai un geste dans leur direction, mais les mets s'effacèrent les uns après les autres, telles des bulles de savon qui éclatent.

— Sophie.

— Quoi ?

— Ils ont pris Aurélien !

Je me tournai sur le flanc et cillai à plusieurs reprises. Ma sœur portait un bonnet de coton, comme moi, pour ne pas prendre froid. Dans la faible lumière de sa chandelle, je ne vis que son visage blême, ses yeux agrandis par la peur.

— Ils sont avec Aurélien. Dehors.

Dans mon esprit embrumé, les idées se firent plus claires. À l'extérieur, on entendait des hommes crier ; leurs voix résonnaient dans la cour pavée, et les poules s'agitaient dans le poulailler, poussant des piaillements perçants. Il faisait nuit noire, l'air crépitait sous la menace. Je m'assis dans le lit en tirant sur ma chemise de nuit, puis bataillai pour allumer la bougie sur ma table de chevet.

Dépassant Hélène en trébuchant, j'allai me poster devant la fenêtre et regardai en contrebas les soldats éclairés par les phares de leur véhicule. Mon frère cadet, les bras serrés autour de la tête, essayait de se protéger des coups de crosse qui s'abattaient sur lui.

— Que se passe-t-il ?

— Ils sont au courant pour le cochon.

— Quoi ?

— M. Suel a dû nous dénoncer. Je les ai entendus crier depuis ma chambre. Si Aurélien ne leur dit pas où est le cochon, ils l'embarqueront.

— Il ne parlera pas, décrétai-je.

Un hurlement de notre frère nous fit tressaillir. À cet instant, je reconnaissais à peine ma sœur : elle paraissait vingt années de plus que ses vingt-quatre ans. Je savais que la même peur devait se lire sur mon visage. Nos pires cauchemars étaient en train de se réaliser.

— Il y a un *Kommandant* parmi eux. S'ils le trouvent…, chuchota Hélène dont la voix se brisa sous le coup de la panique. Ils nous arrêteront tous. Tu sais ce qui s'est passé à Arras. Nous servirons d'exemple. Qu'adviendra-t-il des enfants ?

Je réfléchis à toute vitesse, le cerveau engourdi par la crainte que mon frère ne parle. Je m'enveloppai dans un châle et m'approchai de nouveau de la fenêtre, sur la pointe des pieds, pour risquer un coup d'œil dans la cour. La présence d'un *Kommandant* indiquait que nous n'avions pas seulement affaire à des soldats ivres cherchant à soulager leur frustration en aboyant quelques menaces et en distribuant des coups : nous avions des ennuis. Par son intervention, il nous signifiait que notre crime était pris très au sérieux.

— Ils vont le trouver, Sophie. Ce n'est plus qu'une question de minutes. Ensuite…

La voix d'Hélène grimpa dans les aigus.

Le vide se fit dans mon esprit. Je fermai les yeux un instant, puis les rouvris.

— Descends, dis-je. Plaide l'ignorance. Demande-lui ce qu'Aurélien a fait de mal. Parle-lui, distrais-le. J'ai besoin d'un peu de temps avant qu'ils entrent dans la maison.

— Que comptes-tu faire ?

J'agrippai ma sœur par le bras.

— Vas-y. Mais ne leur dis rien, c'est compris ? Nie tout en bloc.

Ma sœur hésita, puis fonça dans le couloir, sa chemise de nuit se gonflant derrière elle comme une voile. Je ne crois pas m'être jamais sentie aussi seule que durant ces quelques secondes, la peur me nouant la gorge : le sort de ma famille pesait lourdement sur mes épaules. Je courus dans le bureau de mon père et fouillai dans les tiroirs du grand secrétaire, jetant le contenu par terre : stylos, bouts de papier, morceaux de pendules cassées et vieilles factures. Je remerciai le ciel quand je trouvai enfin ce que je cherchais. Ensuite je me précipitai au rez-de-chaussée, déverrouillai la porte de la cave et dévalai les marches de pierre froide, le pied désormais si sûr dans l'obscurité que j'avais à peine besoin de la lueur vacillante de la chandelle. Je levai le lourd loquet de la porte qui menait à la pièce du fond, autrefois remplie du sol au plafond de tonnelets de bière et de bouteilles de bon vin, poussai un baril vide sur le côté et ouvris la porte du vieux four à pain en fonte.

Le porcelet, qui n'avait encore atteint que la moitié de sa taille adulte, cligna des yeux d'un air endormi. Il se dressa sur ses pattes, me regarda depuis sa couche de paille et grogna. Le cochon… je vous en avais forcément parlé… Nous l'avions libéré au cours de la réquisition de la ferme de M. Girard, quelques semaines auparavant. Tel un don de Dieu, il errait au milieu du chaos, après s'être éloigné de ses congénères qu'on chargeait à l'arrière d'un camion allemand, et avait rapidement disparu sous les jupes de la grand-mère Poilâne. Depuis, nous l'engraissions avec des glands et des restes, dans l'espoir qu'il grossisse suffisamment pour nous permettre à tous de manger de la viande. La perspective de mordre dans cette peau croustillante et cette chair juteuse avait aidé tous les hôtes du *Coq rouge* à tenir, le dernier mois.

Dans la cour, j'entendis mon frère crier de nouveau, puis la voix de ma sœur, pressante, interrompue par les intonations dures de l'officier allemand. Le cochon me lança un regard entendu, comme s'il connaissait le sort que je lui réservais.

— Je suis désolée, *mon petit**, chuchotai-je, mais il n'y a pas d'autre solution.

Et j'abaissai ma main.

---

* En français dans le texte.

Je ne tardai pas à me retrouver hors de la cave. J'avais réveillé Mimi, me contentant de lui dire de me suivre en gardant le silence ; l'enfant en avait tant vu ces derniers temps qu'elle avait obéi sans poser de question. Levant les yeux vers moi et voyant que je tenais son petit frère dans un bras, elle s'était glissée au bas du lit et avait mis sa main dans la mienne.

L'hiver approchait, l'air était vif ; une odeur de feu de bois flottait dans l'atmosphère, vestige de la brève flambée que nous avions allumée plus tôt dans la soirée. Apercevant le *Kommandant* sous l'arche de pierre de la porte de derrière, j'hésitai. Il ne s'agissait pas de *Herr* Becker, que nous avions déjà eu l'occasion de rencontrer et pour qui nous n'éprouvions que du mépris. Cet homme était plus maigre, rasé de près, impassible. Même dans l'obscurité, je décelai sur son visage une expression qui me paraissait bien loin de l'ignorante brutalité de son prédécesseur, et je frissonnai.

Ce nouveau *Kommandant* dardait des regards curieux en direction des fenêtres du premier étage, évaluant peut-être si ce bâtiment pouvait offrir un cantonnement plus approprié que la ferme des Fourrier, où étaient hébergés les officiers supérieurs. Il avait deviné sans peine que la maison, perchée sur les hauteurs, constituerait un bon poste d'observation sur les environs. Il y avait des écuries pour les chevaux et dix chambres datant de l'époque où *Le Coq rouge* était l'hôtel le plus prospère de la ville.

Agenouillée sur les pavés, Hélène protégeait Aurélien de ses bras.

Un des soldats avait pointé son fusil vers eux, mais le *Kommandant* leva une main.

— Debout ! ordonna-t-il.

Hélène recula maladroitement pour s'éloigner de lui. La peur se lisait sur ses traits tendus.

Je sentis la main de Mimi serrer la mienne quand elle vit sa mère, et je pressai la sienne en retour, en dépit de l'angoisse qui m'étreignait. Puis j'avançai d'un pas décidé.

— Pour l'amour du ciel, que se passe-t-il ?

Ma voix retentit dans la cour.

Le *Kommandant* se tourna vers moi, surpris par mon ton : une jeune femme surgissant de sous l'arche de l'entrée de la cour, un enfant en âge de sucer son pouce dans les jupes, un autre emmailloté serré contre son sein. Mon bonnet de nuit était légèrement de guingois, et ma chemise en coton si usée que je sentais à peine le tissu contre ma peau. Je priai pour qu'il n'entende pas les battements de mon cœur qui cognait à grands coups dans ma poitrine.

Je m'adressai à lui directement :

— Et de quel prétendu délit vos hommes sont-ils venus nous punir, cette fois ?

Il n'avait probablement jamais entendu aucune femme l'interpeller ainsi depuis qu'il était parti de chez lui. Un silence choqué s'abattit sur l'assistance. Accroupis plus loin, mon frère et ma sœur se retournèrent pour me regarder, conscients des conséquences que pourrait nous valoir une telle marque d'insubordination.

— Vous êtes ?

— Madame Lefèvre.

Je le vis chercher mon alliance des yeux pour vérifier mes dires. Il n'aurait pas dû se donner cette peine : comme presque toutes les femmes de la région, je l'avais vendue depuis longtemps pour pouvoir acheter de la nourriture.

— Madame. Nous avons été informés que vous abritiez illégalement du menu bétail.

Son français était correct, ce qui suggérait des affectations antérieures en territoire occupé. Sa voix calme donnait à penser qu'il n'était pas le genre d'homme à se sentir menacé face à une situation imprévue.

— Du bétail ?

— D'après une source sûre, vous gardez un cochon en ces lieux. Or, comme vous le savez, conformément à la directive, ceux qui dissimulent du bétail à l'administration risquent l'emprisonnement.

Je soutins son regard.

— Et je sais exactement qui vous a fourni ce renseignement. Il s'agit de M. Suel, n'est-ce pas ?

Je sentis mes joues s'empourprer, et il me sembla que mes cheveux, coiffés en une longue natte pendant sur mon épaule, s'étaient chargés d'électricité. La nuque me picotait.

Le *Kommandant* se tourna vers l'un de ses hommes qui lui confirma l'information du regard.

— *Herr Kommandant*, M. Suel vient ici au moins deux fois par mois et tente de nous convaincre que, en l'absence de nos époux, nous avons besoin d'un certain réconfort qu'il se propose de nous apporter. Parce que nous avons choisi de ne pas abuser de sa générosité, il nous récompense en répandant de fausses rumeurs et en mettant nos vies en danger.

— Les autorités n'interviendraient pas si la source n'était pas fiable.

— *Herr Kommandant*, votre visite suggère pourtant le contraire.

Il me lança un regard indéchiffrable, puis tourna les talons et se dirigea vers la porte de la maison. Je lui emboîtai le pas, manquant de trébucher sur l'ourlet de ma chemise de nuit en essayant de ne pas me laisser distancer. Je savais que le simple fait de m'adresser si hardiment à lui pouvait être considéré comme un crime. Néanmoins, à cet instant, je n'avais plus peur.

— Regardez-nous, *Kommandant*. Avons-nous donc l'air de nous empiffrer de bœuf, d'agneau rôti et de filet de porc ?

Il se tourna vers moi, ses yeux balayant rapidement mes poignets osseux qui dépassaient des manches de ma chemise de nuit. En l'espace d'un an, j'avais perdu cinq centimètres de tour de taille.

— Nous jugez-vous ridiculement dodus, profitant de l'abondance de notre hôtel ? Des deux douzaines de poules que nous possédions, il ne nous en reste plus que trois. Trois malheureuses volailles que nous avons le plaisir de garder et de nourrir pour que vos hommes puissent en prendre les œufs. Pendant ce temps, nous vivons de ce que les autorités allemandes appellent « alimentation » : rations de viande et de farine de plus en plus maigres, et du pain à base de maïs et de son, si pauvre que nous ne le donnerions même pas à manger au bétail.

Il arriva dans le vestibule du fond. Ses talons claquaient sur les dalles. Il hésita, puis le traversa et marcha jusqu'au bar où il aboya un ordre. Un soldat surgi de nulle part lui tendit une lampe.

— Nous n'avons pas de lait pour nourrir nos bébés, nos enfants pleurent de faim, nous souffrons de dénutrition. Et pourtant, vous venez ici au beau milieu de la nuit pour terrifier deux femmes et brutaliser un garçon innocent, pour nous battre et nous menacer, sous prétexte que vous avez entendu une rumeur colportée par un homme immoral qui prétend que nous festoyons ?

Mes mains tremblaient. L'homme vit le bébé se tortiller, et je me rendis compte que j'étais si tendue que je le serrais trop fort. Je fis un pas en arrière, ajustai le châle et lui parlai d'une voix douce. Puis je relevai la tête. J'étais incapable de dissimuler l'amertume et la colère dans ma voix.

— Fouillez notre maison, *Kommandant*. Mettez-la sens dessus dessous, détruisez le peu qui n'a pas encore été saccagé. Fouillez aussi les dépendances, celles que vos soldats n'ont pas encore pillées. Et quand vous trouverez ce cochon imaginaire, j'espère que vos hommes feront un bon dîner.

Je soutins son regard quelques secondes de plus que ce à quoi il avait dû s'attendre. Par la fenêtre, je voyais Hélène essuyer les blessures d'Aurélien avec sa jupe, s'efforçant d'arrêter l'hémorragie. Trois soldats allemands les encadraient. Mes yeux s'étant habitués à la pénombre, je constatai que le *Kommandant* se sentait tiraillé. Ses hommes, visiblement perplexes, attendaient ses instructions. Il pouvait leur ordonner de retourner la maison de fond en comble et de nous arrêter tous pour avoir osé tenir tête à leur supérieur. Mais je savais qu'il pensait à Suel et se demandait s'il n'avait pas été induit en erreur. Il ne semblait pas le genre d'individu à tolérer d'être pris en défaut.

Quand Édouard et moi jouions au poker, il riait toujours en disant que j'étais un adversaire redoutable, car mon visage ne trahissait jamais aucune de mes émotions. Je me forçai à me rappeler ses paroles : je jouais la partie la plus importante de toute ma vie. Le *Kommandant* et moi nous mesurions du regard. Pendant une fraction de seconde, il me sembla que le monde se figeait autour de nous : le lointain grondement des canons sur le front, la toux de ma sœur, les grattements de nos pauvres poules décharnées, dérangées dans leur poulailler... Tout disparut, et il ne resta plus que lui et moi, face à face, chacun misant sur la vérité. J'entendais mon sang tambouriner dans mes tempes.

— Qu'est-ce que c'est ?
— Quoi ?

Il tint plus haut la lampe. Là, faiblement éclairé par la pâle lumière dorée, le portrait qu'Édouard avait fait de moi au début de notre mariage. Voilà à quoi je ressemblais alors : des cheveux épais et brillants cascadant sur mes épaules, une peau claire et satinée, le regard assuré de l'épouse adorée. Je l'avais sorti de sa cachette et descendu quelques semaines auparavant, expliquant à ma sœur qu'il était hors de question que je laisse les Allemands décider de ce que j'avais le droit de contempler sous mon toit.

Il leva la lampe encore un peu, de façon à mieux l'examiner. « Ne l'accroche pas là, Sophie, m'avait prévenue Hélène. Il va nous attirer des ennuis. »

Quand enfin il se tourna vers moi, j'eus l'impression qu'il s'arrachait à sa contemplation seulement à contrecœur. Il regarda mon visage, puis de nouveau le tableau.

— C'est mon mari qui l'a peint.

J'ignore pourquoi je ressentis le besoin de le lui dire.

Peut-être à cause de la certitude que mon indignation était justifiée. Peut-être à cause de la différence évidente entre la fille du portrait et celle qui se tenait devant lui. Peut-être à cause de l'enfant aux cheveux blonds blottie contre mes jambes. Après deux ans d'occupation, il était possible que même les *Kommandanten* finissent par être fatigués de nous harceler pour des broutilles.

Il examina encore un moment le tableau, puis baissa les yeux.

— Je crois que nous avons été clairs, madame. Cette conversation n'est pas terminée. Mais je ne vous dérangerai pas plus longtemps cette nuit.

Une expression de surprise à peine dissimulée passa sur mon visage, et je vis un éclat de satisfaction briller dans ses pupilles. Peut-être cela lui suffisait-il de savoir que je m'étais crue condamnée. Cet homme était intelligent… et subtil. J'allais devoir redoubler de prudence.

— Soldats.

Obéissant aveuglément, comme toujours, ses hommes firent volte-face. Ils sortirent et regagnèrent le camion, leurs silhouettes en uniforme se découpant dans la lumière des phares. Je suivis le *Kommandant* jusqu'au seuil, d'où je l'entendis ordonner au chauffeur de les reconduire à leurs quartiers, puis ils partirent.

Nous attendîmes que le véhicule militaire ait redescendu la route, ses phares éclairant la chaussée constellée d'ornières. Secouée de frissons, Hélène se hissa péniblement sur ses pieds et porta une main aux phalanges blanchies à son front, les yeux fermés. Aurélien se tenait maladroitement à côté de moi, serrant la main de Mimi, honteux de ses larmes d'enfant. J'attendis que le bruit du moteur disparaisse au loin ; il rugissait encore de l'autre côté de la colline, comme si lui aussi agissait sous la contrainte.

— Es-tu blessé, Aurélien ?

Je lui palpai la tête. Des blessures superficielles et des bleus. Quel genre de brutes s'en prenait à un garçon désarmé ?

Il tressaillit.

— Ça ne m'a pas fait mal, affirma-t-il. Ils ne m'ont pas fait peur.

— J'ai cru qu'ils allaient t'arrêter, intervint ma sœur. J'ai cru qu'ils allaient tous nous arrêter.

Je m'inquiétai en voyant son état d'agitation extrême : elle semblait vaciller au bord d'un gouffre immense. Elle sécha ses yeux et se força à sourire en s'accroupissant pour prendre sa fille dans ses bras.

— Stupides Allemands. Ils nous ont fait une belle frayeur, n'est-ce pas ? Stupide maman d'avoir eu peur.

Silencieuse et grave, l'enfant regarda sa mère. Il m'arrivait de me demander si nous verrions Mimi rire de nouveau un jour.

— Je suis désolée. Je me sens mieux à présent, poursuivit Hélène. Allons à l'intérieur. Mimi, il nous reste un peu de lait ; je vais te le réchauffer.

Elle s'essuya les mains sur sa jupe tachée de sang et les tendit vers moi ; je portais toujours le bébé.

— Tu veux que je prenne Jean ?

Je me mis à trembler convulsivement, comme si je venais de comprendre combien j'aurais dû avoir peur. J'avais les jambes en coton, et l'impression que mes forces s'écoulaient hors de mon corps et s'infiltraient entre les dalles. Je fus prise d'un besoin urgent de m'asseoir.

— Oui, répondis-je. Je crois que ça vaudrait mieux.

Ma sœur tendit les bras, avant de pousser un petit cri : niché dans les couvertures, soigneusement emmailloté de façon à être à peine exposé à l'air nocturne, pointait le museau rose et velu du porcelet.

— Jean dort en haut, expliquai-je en plaquant une main sur le mur pour me retenir.

Aurélien regarda par-dessus l'épaule d'Hélène, et tous deux contemplèrent l'animal.

— *Mon Dieu\**.

— Est-il mort ?

— Je l'ai endormi avec du chloroforme. Je me suis souvenue que papa en conservait une bouteille dans son bureau, depuis l'époque où il collectionnait les papillons. Il ne devrait pas tarder à se réveiller. Mais nous allons devoir trouver un autre endroit où le garder : ils reviendront, c'est certain.

Alors, fait rare, le visage d'Aurélien s'éclaira lentement d'un sourire ravi. Hélène se baissa pour montrer à Mimi le petit cochon comateux, et elles sourirent à leur tour. Hélène n'arrêtait pas de toucher son groin, stupéfaite, comme si elle n'arrivait pas à croire ce qu'elle tenait dans ses bras.

— Tu l'as pris avec toi ? Ils sont venus ici sous prétexte que nous cachions un cochon, et toi, tu le leur as mis sous le nez ? Pour ensuite leur reprocher leur intrusion ? assena-t-elle, effarée.

— Sous leur groin, rectifia Aurélien qui semblait avoir recouvré son aplomb. Ah, ah ! Il se trouvait juste sous leur groin !

Je m'assis sur les pavés et éclatai de rire. Je ris jusqu'à ce que ma peau soit complètement engourdie, et que je ne sache plus si je riais ou pleurais. Redoutant peut-être une crise de nerfs, mon frère me prit la main et se blottit contre moi. À quatorze ans, il pouvait se mettre en colère comme un homme, mais il avait aussi parfois besoin d'être rassuré comme un enfant.

Hélène était encore plongée dans ses pensées.

— Si j'avais su..., commença-t-elle. Comment es-tu devenue si courageuse, Sophie ? Ma petite sœur ! De qui tiens-tu cela ? Tu étais craintive comme une souris quand nous étions petites. Une vraie souris !

Je n'étais pas sûre de connaître la réponse à sa question. Quand enfin nous retournâmes dans la maison, pendant qu'Hélène s'affairait autour de la casserole à lait et qu'Aurélien entreprenait de nettoyer son pauvre visage tuméfié, j'allai me planter devant le portrait. La fille, celle qu'Édouard avait épousée, me rendit mon regard avec une expression que je ne reconnaissais plus. Il l'avait vue en moi bien avant tout le monde : on y devinait l'assurance, la complicité, de la fierté aussi. Face à ses amis parisiens qui ne parvenaient pas à s'expliquer son amour pour moi – une simple vendeuse –, il s'était contenté de sourire, car il avait déjà vu tout cela en moi.

Avait-il deviné que c'était lui qui m'inspirait ce qu'il lisait dans mon regard ? Je ne l'ai jamais su.

J'examinai le portrait et, pendant un bref instant, je me souvins de ce que cela faisait d'être cette fille qui ne connaissait ni la faim ni la peur, habitée seulement par des pensées légères, comme de savoir à quel moment elle retrouverait son mari. Elle me rappelait que le monde était capable de beauté, et qu'avant la guerre mon univers ne se réduisait pas à la peur, la soupe d'orties et les couvre-feux : il débordait d'art, de joie, d'amour. Je le vis dans l'expression que j'arborais. Alors je compris ce que je venais de faire. Édouard m'avait rappelé ma force et mon courage, je pouvais m'en servir pour me battre.

*Quand tu rentreras, Édouard, je jure de redevenir la fille que tu as peinte.*

# Chapitre 2

Le lendemain à l'heure du déjeuner, l'histoire du porcelet avait déjà presque fait le tour de Saint-Péronne. Même si nous n'avions que de la chicorée à servir, le bar du *Coq rouge* ne désemplissait pas. L'approvisionnement en bière était sporadique, et il ne nous restait à la cave que quelques bouteilles de vin absolument hors de prix. D'innombrables clients nous rendirent visite dans le seul but de nous souhaiter une bonne journée ; les nouvelles allaient vite, nous n'en revenions pas.

—Alors, comme ça, vous lui avez remonté les bretelles ? Vous lui avez dit de prendre ses cliques et ses claques ?

Agrippé au dossier d'une chaise, le vieux René gloussait dans sa moustache en essuyant des larmes de joie. C'était la quatrième fois qu'il réclamait d'entendre l'histoire, dont Aurélien se faisait un plaisir d'enjoliver chaque version, jusqu'à celle où il combattait le *Kommandant* avec un sabre pendant que je criais : « *Der Kaiser ist Scheiss !* »[1]

J'échangeai un petit sourire avec Hélène qui balayait le sol du café. Je n'y voyais aucun inconvénient. Il n'y avait guère eu d'occasions de se réjouir dans notre ville, dernièrement.

---

1. « L'empereur est une merde ! »

— Nous devons nous montrer prudents, fit remarquer Hélène quand René sortit, après nous avoir saluées en soulevant son chapeau.

Nous le suivîmes des yeux tandis qu'il passait devant le bureau de poste, hilare, avant de s'arrêter pour s'essuyer les yeux.

— Cette histoire se répand trop rapidement.

— Personne ne dira rien. Tout le monde déteste les Boches, dis-je en haussant les épaules. En plus, tout le monde rêve d'avoir un morceau du porc. Personne ne nous dénoncera avant d'avoir reçu sa part.

Au petit matin, le porcelet avait été discrètement installé chez les voisins. Quelques mois auparavant, en débitant à la hache de vieux fûts de bière pour faire du petit bois, Aurélien avait découvert que notre labyrinthique cave à vin et celle de nos voisins, les Foubert, n'étaient séparées que par une mince cloison. Avec l'aide des Foubert, nous avions descellé avec précaution quelques briques, disposant ainsi d'une issue de secours. Quand ils avaient abrité un jeune Anglais et que les Allemands s'étaient présentés à leur porte sans prévenir à la tombée de la nuit, Mme Foubert avait feint l'incompréhension face aux instructions de l'officier, donnant juste assez de temps au jeune homme pour se faufiler au sous-sol et passer de notre côté. Ils avaient retourné la maison, fouillé la cave, mais, dans la pénombre environnante, aucun des soldats n'avait remarqué les interstices suspects dans le mur.

Voilà de quoi nos vies étaient faites désormais : des insurrections mineures, de minuscules victoires, une modeste occasion de ridiculiser nos oppresseurs… De petits navires d'espoir flottant sur un océan d'incertitude, de privations et de peur.

— Alors vous avez rencontré le nouveau *Kommandant* ?

Le maire était installé à une table près de la fenêtre. Comme je lui servais un café, il me fit signe de m'asseoir. Sa vie, davantage encore que celle de ses administrés, était devenue un calvaire depuis le début de l'occupation : en plus de passer son temps à négocier avec les Allemands pour que la ville soit approvisionnée selon ses besoins, il avait régulièrement été pris en otage par l'ennemi pour forcer les habitants à se soumettre.

— Nous n'avons pas été formellement présentés, répondis-je en posant la tasse devant lui.

Il pencha la tête vers moi et baissa la voix :

— *Herr* Becker a été renvoyé en Allemagne où il a repris le commandement d'un des camps de représailles. Apparemment, il y avait des incohérences dans sa comptabilité…

— Voilà qui ne me surprend guère. Il est le seul homme de la France occupée à avoir doublé de poids en deux ans.

Je plaisantais, mais son départ m'inspirait un soulagement mitigé. D'un côté, poussé à l'abus de pouvoir par son sentiment d'insécurité et la crainte que ses hommes ne le jugent faible, Becker s'était montré dur et prompt à punir. De l'autre, il avait été trop stupide – incapable notamment de reconnaître les actes de résistance de la population de Saint-Péronne – pour entretenir des relations qui auraient pu favoriser sa cause.

— Alors ? Qu'en avez-vous pensé ?

— Du nouveau *Kommandant* ? Je ne sais pas. Je suppose qu'on aurait pu plus mal tomber. Il n'a pas saccagé la maison, comme Becker aurait pu le faire dans une de ses démonstrations de force. Mais… je le soupçonne d'être intelligent. Nous devrons nous montrer prudents.

— Comme toujours, madame Lefèvre, je partage votre avis.

Le maire me sourit, mais son regard demeura sérieux. Je me le rappelai autrefois, un homme enjoué, exubérant, connu pour sa bonhomie : à n'importe quel rassemblement de la ville, sa voix dominait toutes les autres.

— Y aura-t-il des arrivages cette semaine ?

— Quelques kilos de lard, je crois. Et du café. Très peu de beurre. J'espère être informé des rations exactes plus tard dans la journée.

Nous regardâmes par la fenêtre. Le vieux René avait atteint l'église. Il s'arrêta pour parler au curé, et je n'eus aucun mal à deviner ce qu'il lui racontait. Quand le prêtre se mit à rire et que René se plia en deux pour la quatrième fois, je ne pus réprimer un gloussement.

— Des nouvelles de votre mari ?

Je me tournai de nouveau vers le maire.

— Pas depuis la carte postale reçue en août. Il était alors près d'Amiens. Il ne racontait pas grand-chose.

De sa belle écriture fluide, il avait tracé ces mots :

*« Je pense à toi jour et nuit. Tu es mon étoile Polaire dans ce monde insensé. »*

J'étais restée deux nuits sans dormir après l'avoir lue, me faisant un sang d'encre, jusqu'à ce qu'Hélène me fasse remarquer que « ce monde insensé » était aussi le nôtre, où nous devions pour survivre manger un pain noir si dur qu'il fallait une serpe pour le couper, et cacher les cochons dans le four à pain.

— La dernière carte de mon aîné date d'il y a trois mois. Ils avançaient vers Cambrai. Le moral est bon, paraît-il.

— J'espère que c'est toujours le cas. Comment va Louisa ?

— Pas trop mal, merci.

La fille cadette du maire était née avec une paralysie ; à onze ans, elle souffrait d'un retard de croissance, ne pouvait manger que certains aliments et tombait souvent malade. Tous les habitants de notre petite ville se préoccupaient de sa santé. Quand du lait ou des légumes séchés étaient enfin disponibles, une petite portion trouvait toujours son chemin jusqu'à la maison du maire.

— Quand elle aura recouvré ses forces, dites-lui que Mimi l'a réclamée. Hélène est en train de lui coudre une poupée qui sera la jumelle de celle de Mimi. Elle a dit qu'elles pouvaient être sœurs.

Le maire me tapota la main.

— Vous êtes trop bonnes, mesdames. Je remercie le ciel que vous soyez revenue quand vous auriez pu rester en sécurité à Paris.

— Bah. Rien ne garantit que les Boches ne descendront pas bientôt les Champs-Élysées. De plus, je ne pouvais pas laisser Hélène seule ici.

— Elle n'aurait jamais survécu sans vous. Vous êtes devenue une jeune femme exceptionnelle. Paris vous a fait du bien.

— C'est l'œuvre de mon mari.

— Alors que Dieu le protège. Que Dieu les protège tous.

Le maire sourit, coiffa son chapeau et se leva pour partir.

Saint-Péronne, où la famille Bessette tenait *Le Coq rouge* depuis plusieurs générations, avait été parmi les premières villes à tomber aux mains des Allemands à l'automne 1914. Nos parents étaient morts depuis longtemps, et nos époux se trouvaient sur le front, mais Hélène et moi avions décidé de garder l'hôtel ouvert. Nous n'étions pas les seules femmes à reprendre le travail des hommes partis au combat : l'école, les magasins et les fermes de la région étaient désormais presque tous tenus par des femmes, aidées par des vieillards et de jeunes garçons. En 1915, il ne restait presque plus aucun homme dans la ville.

Les affaires avaient été bonnes les premiers mois, avec les soldats français de passage, et les recrues anglaises non loin derrière. La nourriture ne manquait pas encore, la musique et les acclamations accompagnaient les troupes en marche : la plupart d'entre nous croyaient naïvement que la guerre ne durerait que quelques mois, au pire. Des rumeurs circulaient sur les horreurs qui avaient lieu à une centaine de kilomètres de nos foyers : nous donnions à manger à des réfugiés belges qui passaient d'un pas traînant devant chez nous, leurs maigres possessions entassées sur des chariots bringuebalants ; certains étaient encore chaussés de leurs pantoufles et portaient les mêmes vêtements que le jour où ils avaient fui leurs maisons. À l'occasion, le vent d'est nous apportait même le grondement lointain des canons. Pourtant, quoique conscients de la proximité de la guerre, rares étaient ceux qui imaginaient que Saint-Péronne, notre fière petite ville, pourrait un jour finir sous le joug allemand.

La preuve de notre aveuglement se matérialisa un matin d'automne silencieux et froid, accompagnée du bruit d'une fusillade. Mme Fougère et Mme Dérin, sorties pour leur visite quotidienne de 6 h 45 à la *boulangerie**, furent abattues au moment où elles traversaient la place.

Alarmée par les détonations, je m'étais empressée de fermer les rideaux, puis il m'avait fallu un moment pour comprendre ce que j'avais entraperçu : les corps de ces deux vieilles dames, veuves, amies depuis près de soixante-dix ans, affalés sur le trottoir, leurs foulards de guingois sur la tête, leurs paniers vides renversés à leurs pieds. Une flaque rouge s'étalait lentement autour d'elles en un cercle presque parfait, comme si elle provenait d'une unique source.

Plus tard, les officiers allemands avaient prétendu que des tireurs embusqués avaient ouvert le feu et qu'ils n'avaient fait que riposter. (Apparemment, ils racontaient la même histoire dans chaque village qu'ils occupaient.) S'ils avaient voulu provoquer une insurrection, ils n'auraient pas pu mieux s'y prendre qu'en tuant ces vieilles dames. Dès lors, les actes de violence ne cessèrent de se multiplier : les Allemands incendièrent des granges et abattirent la statue du maire Leclerc. Vingt-quatre heures plus tard, ils défilaient dans la grand-rue, leurs casques *Pickelhaube* scintillant sous la lumière du soleil hivernal, tandis que, sur le seuil de nos maisons et de nos magasins, nous les regardions passer dans un silence abasourdi. Puis ils ordonnèrent à tous les hommes encore présents de sortir dans la rue afin de les compter.

Commerçants et marchands fermèrent tout simplement leurs boutiques et leurs échoppes, refusant de les servir. La plupart d'entre nous avaient des réserves de nourriture suffisantes pour survivre. Naïvement, nous avions cru qu'ils renonceraient face à une telle intransigeance et reprendraient leur marche jusqu'à un autre village. Mais le *Kommandant* Becker décréta que tout commerçant qui refuserait de respecter les horaires d'ouverture serait abattu. Un par un, la *boulangerie**, la *boucherie**, les étals du marché et même *Le Coq rouge* obtempérèrent. À contrecœur, notre petite ville fut forcée de reprendre une vie maussade où couvait la rébellion.

Un an et demi plus tard, il ne restait plus grand-chose à acheter. Saint-Péronne était coupé de ses voisins, maintenu dans l'ignorance, et dépendait des ravitaillements irréguliers complétés par des provisions achetées à prix d'or au marché noir, quand elles étaient disponibles. Il était parfois difficile de croire que le reste de la France était au courant du calvaire que nous endurions. Les Allemands étaient les seuls à manger convenablement ; leurs chevaux (les nôtres, en réalité) étaient gros, la robe lustrée, et se nourrissaient du blé concassé qui aurait dû servir à confectionner notre pain. Les occupants pillaient nos caves à vin, confisquaient nos récoltes et toutes les productions de nos fermes.

Et ce n'était pas seulement la nourriture. Toutes les semaines, quelqu'un entendait frapper à sa porte les coups tant redoutés et écoutait l'énumération d'articles réquisitionnés qu'il devrait céder : petites cuillères, rideaux, grandes assiettes, casseroles, couvertures… Il arrivait qu'un officier réalise d'abord une inspection, inventorie les biens qu'il jugeait à sa convenance, puis revienne avec la liste les mentionnant précisément. Ils rédigeaient des billets à ordre, censés pouvoir être échangés contre de l'argent, mais personne à Saint-Péronne n'avait jamais été payé.

—Qu'est-ce que tu fais ?
—Je déplace ce tableau.

Je pris le portrait et l'emportai dans un coin de la salle plus tranquille, moins en vue.

—Qui est-ce ? demanda Aurélien tandis que je le raccrochais.

—Moi ! Tu ne me reconnais pas ?

Je reculai pour évaluer mon travail, puis redressai légèrement le cadre.

—Oh.

Il fronça les sourcils. Il n'avait pas eu l'intention de m'insulter, mais la jeune fille de la peinture était fort différente de la femme mince et sévère, au teint gris et aux yeux méfiants et fatigués, qui me renvoyait mon regard tous les jours dans le miroir. J'essayais de l'éviter autant que possible.

— Est-ce Édouard qui l'a peint ?
— Oui. À l'époque de notre mariage.
— Je n'avais jamais vu aucune de ses toiles. C'est… différent de ce que j'imaginais.
— Que veux-tu dire ?
— Eh bien… C'est étrange. Les couleurs sont étranges. Il a utilisé du vert et du bleu pour peindre ta peau. Personne n'a la peau vert et bleu ! Et regarde. Rien n'est net. Il a peint sans respecter les lignes.
— Aurélien, viens là, dis-je en marchant jusqu'à la fenêtre. Regarde mon visage. Que vois-tu ?
— Une gargouille.

Je lui donnai une tape.

— Non. Regarde. Regarde bien. Observe les couleurs de ma peau.
— Tu es pâle, voilà tout.
— Observe mieux. Sous mes yeux, dans les creux de ma gorge… Ne me dis pas ce que tu t'attends à trouver. Regarde vraiment. Ensuite, cite-moi les couleurs que tu vois.

Mon frère examina ma gorge. Il promena son regard lentement sur mon visage.

— Je vois du bleu, annonça-t-il. Sous tes yeux. Du bleu et du violet. Et… oui, du vert qui descend le long de ton cou. Et de l'orange. *Alors*\*… appelle le médecin ! Ton visage est d'un million de couleurs différentes. Tu es un clown !
— Nous sommes tous des clowns. Seulement Édouard le voit plus clairement que les autres.

Aurélien monta à l'étage à toute vitesse pour examiner son reflet dans le miroir, et se tourmenter au sujet des bleus et des violets qu'il ne manquerait pas de découvrir. Même s'il n'avait pas vraiment besoin d'excuse, en ce moment : il s'était amouraché d'au moins deux filles, et passait beaucoup de temps à raser sa peau douce et juvénile avec le vieux rasoir émoussé de notre père, dans le vain espoir de stimuler son système pileux.

— Il est magnifique, dit Hélène en faisant un pas en arrière pour l'observer. Mais…

— Mais quoi ?

— Tu prends des risques en l'exposant ainsi, quel que soit l'emplacement que tu choisisses. Quand les Allemands ont traversé Lille, ils ont brûlé toutes les œuvres d'art qu'ils considéraient comme subversives. Les tableaux d'Édouard sont… particuliers. Comment peux-tu être certaine qu'ils ne détruiront pas celui-ci ?

Pour Hélène, tout était source d'inquiétude : les tableaux d'Édouard, le mauvais caractère de notre frère, les lettres et mon journal intime que je dissimulais dans ma chambre…

— Je le veux ici, à un endroit où je peux le voir. Ne t'inquiète pas, le reste est à Paris, en sécurité.

Elle ne parut pas convaincue.

— Je veux de la couleur, Hélène. Je veux de la vie ! Je n'ai pas envie d'avoir sous le nez un portrait de Napoléon ou les vieilles croûtes de papa avec des chiens mélancoliques. Et je refuse qu'ils (du menton, je désignai les soldats allemands qui fumaient près de la fontaine) décident ce que je peux ou ne peux pas regarder chez moi.

Hélène secoua la tête, comme si elle renonçait, et s'en fut servir Mmes Louvier et Durant qui, bien qu'ayant souvent fait remarquer que notre café à la chicorée semblait provenir des égouts, étaient venues pour entendre l'histoire du porcelet déguisé en bébé.

Cette nuit-là, Hélène et moi nous couchâmes dans le même lit. Nous avions installé Mimi et Jean entre nous. Il faisait si froid parfois, même en octobre, que nous craignions de les retrouver au matin morts dans leurs pyjamas. Nous dormions alors blottis les uns contre les autres. Il était tard, mais ma sœur était réveillée. La lune brillait entre les rideaux, et je distinguais ses yeux grands ouverts, rivés sur un point invisible. Je savais qu'elle se demandait où son mari se trouvait à cet instant précis, s'il était blessé, cantonné dans un endroit qui lui rappelait son foyer, ou bien frigorifié au fond d'une tranchée à contempler les étoiles.

Au loin, une détonation assourdie annonça une bataille.
— Sophie ?
— Oui ?
Nous parlions le plus bas possible.
— T'arrive-t-il de te demander comment ce sera... s'ils ne reviennent pas ?
Allongée dans le noir, je restai silencieuse un instant.
— Non, mentis-je. Parce que je sais qu'ils reviendront. Et je ne ferai pas aux Allemands le plaisir de vivre dans la peur une minute de plus.
— Moi oui, avoua-t-elle. Parfois, j'oublie à quoi il ressemble. Je regarde sa photographie et je ne me souviens de rien.
— C'est parce que tu la regardes trop souvent. Il m'arrive de penser que nous finissons par les user.
— Mais j'ai tout oublié ! Son odeur, sa voix... Je ne me souviens pas de la sensation de son corps à côté du mien. Comme s'il n'avait jamais existé. Et puis je me dis : et si c'était fini ? Et s'il ne revenait jamais ? Et si nous devions passer le restant de nos jours comme ça, soumises à des hommes qui nous haïssent ? Je ne suis pas sûre... Je ne suis pas sûre de pouvoir...

Je me redressai sur un coude, et tendis le bras par-dessus Mimi et Jean pour saisir la main de ma sœur.
— Si, tu peux, la rassurai-je. Bien sûr que tu peux. Jean-Michel rentrera, et tu auras une belle vie. La France

sera libérée, et tout redeviendra comme avant. Mieux qu'avant.

Elle resta silencieuse. Je tremblais à présent, le torse hors des couvertures, mais je n'osais pas bouger. Ma sœur me faisait peur quand elle parlait ainsi. Nous devions tous surmonter nos angoisses, mais il me semblait que le combat d'Hélène était encore plus éprouvant que celui de tous les autres.

Elle s'exprimait d'une petite voix tremblante, comme si elle luttait pour retenir ses larmes.

— Tu sais, après avoir épousé Jean-Michel, je me suis sentie très heureuse. J'étais libre, pour la première fois de ma vie.

Je savais à quoi elle faisait allusion : notre père avait le coup de ceinture facile et les poings durs. Alors que toute la ville voyait en lui le plus bienveillant des patrons, un pilier de la communauté, le «bon vieux François Bessette», ayant toujours le mot pour rire, prompt à offrir sa tournée, nous, nous connaissions ses colères féroces. Notre seul regret était que notre mère soit morte avant lui et n'ait pas pu connaître quelques années de répit, sans sentir son ombre menaçante planer au-dessus d'elle.

— C'est comme si nous avions échangé une brute contre une autre. Parfois, je crains d'être condamnée à passer le restant de mes jours soumise à la volonté de quelqu'un. Toi, Sophie, je te vois rire. Je te vois déterminée, si courageuse, accrochant des tableaux, tenant tête aux Allemands, et je ne comprends pas d'où tu tires cette force. Je n'arrive pas à me rappeler ce que c'est de ne pas avoir peur.

Nous restâmes un moment silencieuses. J'entendais mon cœur cogner dans ma poitrine. Elle me croyait courageuse, mais rien ne m'effrayait plus que les terreurs nocturnes de ma sœur. Depuis quelques mois, je décelais une nouvelle fragilité en elle, une tension dans son regard. Je lui pressai la main, qui resta molle dans la mienne.

Entre nous, Mimi s'agita, étirant un coude au-dessus de sa tête. Hélène lâcha ma main, et je ne pus distinguer que les contours de son corps quand elle bascula sur le flanc et glissa délicatement le bras de sa fille sous les couvertures. Étrangement rassurée par ce geste maternel, je me rallongeai sur le dos et remontai les draps jusqu'à mon menton pour arrêter de trembler.

—Cochon! soufflai-je dans le silence.
—Quoi?
—Imagine. Du cochon rôti à la broche… La peau frottée au sel et à l'huile, qui craque sous la dent. Pense aux petits bourrelets de couenne blanche et chaude, à la viande rose qui se déchire doucement entre tes doigts, avec peut-être une *compote** de pommes en accompagnement… Voilà ce que nous mangerons dans quelques semaines, Hélène. Songe au festin qui nous attend.
—Du porc?
—Oui. Du porc. Quand je me sens faiblir, je pense à ce cochon et à son gros ventre bien gras. Je pense à ses petites oreilles croustillantes, à ses cuissots juteux…

Je l'entendis presque sourire.
—Sophie, tu es folle!
—Mais imagine un peu, Hélène. Nous allons nous régaler! Imagine le visage de Mimi, la graisse lui dégoulinant des lèvres… Le bien que ça fera à son petit estomac? Imagine son plaisir, pendant qu'elle délogera de petits morceaux de couenne coincés entre ses dents?

Hélène se mit à glousser malgré elle.
—Je doute qu'elle se souvienne du goût du porc.
—Nous allons vite y remédier, déclarai-je. Quant à toi, tu ne tarderas pas à retrouver Jean-Michel. Un de ces jours,

35

il passera la porte, et tu te jetteras à son cou et tu retrouveras son odeur, la sensation de ses bras autour de ta taille, comme si elles avaient toujours fait partie de toi.

Je pouvais presque sentir ses pensées s'apaiser. Je l'avais remontée à la surface. Petite victoire…

— Sophie, dit-elle au bout d'un moment. Ça ne te manque pas d'avoir un homme dans ton lit ?

— Évidemment que ça me manque, répondis-je. J'y pense tous les jours, deux fois plus souvent qu'à ce cochon.

Après un bref silence, nous commençâmes à glousser. Puis, j'ignore pourquoi, nous nous mîmes à rire si fort qu'il fallut nous plaquer une main sur la bouche pour ne pas réveiller les enfants.

Je savais que le *Kommandant* reviendrait. Quatre jours passèrent avant qu'il reparaisse. Il pleuvait à verse, un véritable déluge ; assis devant des tasses vides, nos rares clients contemplaient d'un regard morne les vitres embuées. Dans l'arrière-salle, le vieux René et M. Pellier jouaient aux dominos, le chien de ce dernier dormant entre leurs pieds ; son maître devait payer les Allemands pour avoir le privilège de le garder. Beaucoup de gens venaient passer un moment là tous les jours, afin de ne pas rester seuls avec leur peur.

J'étais en train d'admirer la coiffure de Mme Arnault, réalisée par ma sœur à l'aide d'épingles à cheveux, quand la porte d'entrée s'ouvrit. Le *Kommandant* pénétra dans le bar, flanqué de deux officiers. Aussitôt, dans la salle, où encore un instant auparavant régnait le brouhaha chaleureux des conversations complices, le silence se fit. Je sortis de derrière le comptoir et m'essuyai les mains sur mon tablier.

Les Allemands ne s'arrêtaient ici que pour les réquisitions. Ils fréquentaient un autre bar, situé à l'autre bout de la ville, plus spacieux et probablement plus accueillant ;

nous leur avions toujours fait comprendre que les forces occupantes ne seraient jamais reçues dans notre établissement autrement que froidement. Je me demandais ce qu'ils nous prendraient cette fois. Si c'étaient des tasses et des assiettes, nous en serions réduites à demander aux clients de partager la vaisselle.

— Madame Lefèvre.

Je hochai la tête. Toute l'assistance avait les yeux braqués sur moi.

— Il a été décidé que dorénavant vous serviriez leurs repas à quelques-uns de nos officiers. Il n'y a plus assez de place au *Bar blanc* pour que les derniers soldats arrivés en renfort y mangent confortablement.

Je le voyais clairement pour la première fois. Il était plus âgé que ce que j'avais cru, proche de la cinquantaine peut-être; quoique, avec les combattants, c'était toujours difficile à dire. Ils faisaient tous plus que leur âge.

— Je crains que ce ne soit impossible, *Herr Kommandant*, objectai-je. Le restaurant est fermé depuis plus d'un an et demi. Nous avons à peine de quoi nourrir notre petite famille. Jamais nous ne serions en mesure d'offrir à vos hommes des repas d'une qualité satisfaisant vos exigences.

— J'en suis bien conscient. Vous serez ravitaillées en conséquence à partir du début de la semaine prochaine. J'attends de votre part que vous prépariez des menus dignes de nos officiers. J'ai cru comprendre que cet hôtel était autrefois un établissement réputé. Je ne doute pas que vous saurez bien les recevoir.

J'entendis derrière moi ma sœur prendre une profonde inspiration et je sus qu'elle ressentait la même chose que moi. La peur viscérale d'accueillir des Allemands dans notre petit hôtel était tempérée par la pensée qui depuis des mois éclipsait toutes les autres : la nourriture. Il y aurait des restes, des os avec lesquels nous pourrions préparer des bouillons. Il y aurait des odeurs de cuisine, des bouchées volées, des rations supplémentaires, des tranches de viande et de fromage prélevées en douce. Je me sentis néanmoins obligée de répondre :

— Je ne suis pas sûre que notre bar vous convienne, *Herr Kommandant*. Il n'est plus guère confortable.

— J'en jugerai par moi-même. J'aimerais d'ailleurs voir vos chambres. Il se pourrait que j'y fasse cantonner quelques-uns de mes hommes.

J'entendis le vieux René marmonner : « Sacrebleu ! »

— Je vous en prie, *Herr Kommandant*, montez donc les visiter. Vous constaterez que vos prédécesseurs nous ont laissés démunis. Vos soldats nous ont déjà dépouillés de tout l'équipement : lits, couvertures, rideaux... Ils ont même embarqué les tuyaux de cuivre qui alimentent les lavabos.

Je savais que je courais le risque de le mettre en colère : je venais d'insinuer que le *Kommandant* ignorait les agissements de ses hommes, et que ses services de renseignement, en tout cas en ce qui concernait Saint-Péronne, étaient défaillants. Pourtant, devant les clients, il était essentiel que je fasse preuve de fermeté et d'entêtement. En accueillant des Allemands dans notre établissement, Hélène et moi risquions de devenir la cible de rumeurs et de ragots malveillants. Il fallait à tout prix qu'on nous voie faire notre possible pour les décourager.

— Encore une fois, madame, je jugerai moi-même de la commodité de vos chambres. Montrez-les-moi, je vous prie.

D'un geste, il indiqua à ses hommes de l'attendre dans le bar, qui resta plongé dans un profond silence.

Je redressai les épaules et gagnai lentement le vestibule, attrapant les clés au passage. En quittant la salle, je sentis tous les regards posés sur moi, mes jupes froufroutant autour de mes jambes, les pas lourds de l'Allemand derrière moi. Je déverrouillai la porte qui desservait le couloir principal. Je fermais toutes les portes à clé : il n'était pas rare que des voleurs français dérobent ce qui n'avait pas encore été pillé par les Allemands.

Dans cette partie du bâtiment flottait une odeur de renfermé et d'humidité. Cela faisait des mois que je n'y avais pas mis les pieds. Nous gravîmes l'escalier en silence. Je fus soulagée qu'il reste quelques marches derrière moi. Arrivée sur le palier, je m'arrêtai et attendis qu'il m'ait rejointe pour glisser la clé dans la serrure de la première chambre.

Il fut un temps où voir l'état dans lequel se trouvait notre hôtel suffisait à me faire fondre en larmes. La chambre rouge avait autrefois fait la fierté du *Coq rouge* ; ma sœur et moi y avions passé notre nuit de noces, et le maire y logeait les dignitaires en visite officielle. Elle avait abrité un grand lit à baldaquin drapé de tentures rouge sang, et sa haute fenêtre dominait notre jardin à la française. Le tapis venait d'Italie, le mobilier d'un château de Gascogne, le couvre-lit en soie écarlate de Chine. Il y avait eu un chandelier doré et une énorme cheminée en marbre, où le feu était allumé tous les matins par une femme de chambre et entretenu jusqu'à la nuit tombée.

Je poussai le battant et m'effaçai sur le passage du *Kommandant*. La pièce était vide désormais, à l'exception d'une chaise dressée sur trois pieds dans un coin. Le plancher dénudé était gris, couvert de poussière. Le lit, disparu depuis longtemps, tout comme les rideaux, comptait parmi les premiers effets dérobés par les Allemands après la prise de la ville. Le manteau de la cheminée en marbre avait été arraché du mur. Pour quelle raison, je l'ignore : je doute qu'il ait été utilisé ailleurs. Je crois que Becker cherchait simplement à nous saper le moral en anéantissant toute forme de beauté autour de nous.

L'homme fit un pas dans la chambre.

—Attention, regardez bien où vous mettez les pieds, lançai-je.

Il baissa les yeux et comprit : dans un angle de la pièce, ils avaient essayé d'arracher les lames du plancher pour faire du feu au printemps dernier. Cette maison avait été trop solidement bâtie, le plancher trop soigneusement cloué, si bien qu'ils avaient abandonné au bout de plusieurs heures, n'étant parvenus qu'à libérer trois longues planches. Le trou, un O béant de protestation, laissait voir les poutres en dessous.

Le *Kommandant* contempla le sol pendant un instant sans bouger. Puis il leva la tête et regarda autour de lui. Jamais je ne m'étais trouvée seule avec un Allemand ; mon cœur battait la chamade. Je pouvais sentir une légère note de tabac émanant de lui et distinguais sur son uniforme les éclaboussures laissées par la pluie. Les yeux rivés sur sa nuque, je glissai mes clés entre mes doigts, prête à le frapper de mon poing ainsi armé s'il s'avisait de m'attaquer. Je n'aurais pas été la première femme à devoir se battre pour défendre son honneur.

Mais il se tourna de nouveau vers moi.

—Sont-elles toutes en si piteux état ? demanda-t-il.

—Non, rétorquai-je. Les autres sont pires.

Il me regarda fixement pendant un si long moment que je faillis m'empourprer. Mais je refusais de laisser cet homme m'intimider. Je soutins son regard, examinant ses cheveux gris coupés ras, ses iris bleus translucides qui m'étudiaient par-dessous la visière de sa casquette. Je gardai le menton haut et m'efforçai de ne laisser transparaître aucune émotion.

Enfin il se détourna et passa devant moi. Il descendit l'escalier et regagna le vestibule. Là, il s'arrêta net, leva les yeux vers mon portrait et cilla, comme s'il venait de remarquer que je l'avais changé de place.

—J'enverrai quelqu'un vous informer du moment où vous recevrez la première livraison de nourriture, déclara-t-il avant de franchir la porte et de se diriger vers le bar au pas de charge.

# Chapitre 3

— Vous auriez dû refuser.
Mme Durant enfonça un index osseux dans mon bras. Je sursautai. Elle portait un bonnet blanc à volants et une cape au crochet d'un bleu délavé épinglée autour de ses épaules. Ceux qui se plaignaient de la pénurie d'informations depuis que nous avions été privés de journaux n'avaient manifestement jamais croisé la route de ma voisine.

— Pardon ?
— Nourrir les Allemands. Vous auriez dû refuser.

C'était un matin glacial, et j'avais enroulé mon écharpe autour de mon visage. Je tirai dessus pour lui répondre.

— J'aurais dû refuser ? Comme vous le ferez vous-même quand ils décideront d'occuper votre maison, n'est-ce pas, madame ?

— Votre sœur et vous êtes plus jeunes que moi. Vous avez la force de les combattre.

— Malheureusement, il me manque les armes d'un bataillon. Que suggérez-vous ? Que je nous barricade tous à l'intérieur ? Que je leur jette des tasses et des soucoupes ?

Elle continua à me réprimander tout le temps que je lui tins la porte. La boulangerie n'embaumait plus comme avant. Il y faisait encore chaud, mais le parfum des baguettes et des croissants avait depuis longtemps disparu. Ce détail m'attristait chaque fois que j'en franchissais le seuil.

— Franchement, où va ce pays ? Si votre père avait vu des Allemands dans son hôtel…

Mme Louvier avait manifestement été bien informée. Elle secoua la tête d'un air désapprobateur quand je m'approchai du comptoir.

— Il aurait eu exactement la même réaction que moi.

M. Armand, le boulanger, les fit taire.

— Laissez donc Mme Lefèvre ! Nous sommes tous leurs marionnettes à présent. Madame Durant, me reprochez-vous de leur cuire leur pain ?

— J'estime qu'exécuter leurs ordres revient à trahir la France.

— Facile à dire quand on ne risque pas de prendre une balle…

— Ils vont donc être plus nombreux ? Plus nombreux à forcer la porte de nos réserves, à manger notre nourriture et voler notre bétail ? Je me demande par quel miracle nous allons survivre à cet hiver.

— Comme nous l'avons toujours fait, madame Durant. Avec du courage et de la bonne humeur, en priant pour que nos braves garçons, avec l'aide du Seigneur, flanquent aux Boches une franche déculottée, répondit M. Armand en me décochant un clin d'œil. Et maintenant, mesdames, que puis-je vous offrir ? Nous avons du pain noir de la semaine dernière, du pain noir d'il y a cinq jours, ainsi que du pain noir d'un âge indéterminé, garanti sans charançons.

— Il y a des jours où je mangerais volontiers un charançon en hors-d'œuvre, admit tristement Mme Louvier.

— Alors je vous en garderai un plein pot de confiture, chère madame. Croyez-moi, nous en recevons très souvent de généreuses portions dans notre farine. Gâteau aux charançons, tourte aux charançons, profiteroles aux charançons : grâce à la générosité des Allemands, nous n'en manquons pas.

Nous partîmes d'un grand éclat de rire. Comment faire autrement ? M. Armand parvenait à illuminer même les jours les plus sinistres.

Mme Louvier prit son pain et le déposa dans son panier d'un air dégoûté. M. Armand ne s'en formalisa pas : on lui servait cette expression cent fois par jour. Le pain était noir, d'une texture gluante. Il s'en dégageait une odeur de moisi, comme s'il se décomposait depuis qu'il était sorti du four. Il était si dur que, très souvent, les vieilles dames devaient demander de l'aide pour le couper.

— Vous êtes au courant ? dit-elle en resserrant les pans de son manteau. Il paraît qu'ils ont renommé toutes les rues à Le Nouvion…

— Renommé les rues ?

— Remplacé les noms français par des noms allemands. M. Dinan l'a appris de son fils. Savez-vous comment ils appellent l'avenue de la Gare ?

Nous secouâmes la tête. Mme Louvier ferma brièvement les yeux, comme pour s'assurer qu'elle pourrait le prononcer correctement.

— *Bahnhofstrasse*, répondit-elle enfin.

— *Bahnhof*-quoi ?

— Vous vous rendez compte ?

— Ils ne renommeront pas ma boutique ! s'offusqua M. Armand. Ou je leur renommerai l'arrière-train. *Brot*-ci et *Brot*-ça. Ceci est une *boulangerie**. Sise rue des Bastides. Ça l'a toujours été et ça le restera. *Bahnhof*-machin. Ridicule !

— Mais c'est affreux ! s'exclama Mme Durant, paniquée. Je ne parle pas un mot d'allemand !

Nous la regardâmes fixement.

— Voyons, comment suis-je censée trouver mon chemin si je suis incapable de prononcer le nom des rues ?

Nous étions si occupés à rire que nous tardâmes à remarquer que la porte s'était ouverte. Et soudain le silence se fit dans le magasin. En me retournant, je vis Liliane Béthune entrer, la tête haute, évitant soigneusement nos regards. Son visage était plus plein que ceux de la majorité des habitants de la ville, sa peau pâle fardée et poudrée. Elle lança un « Bonjour » à la cantonade et plongea la main dans son sac.

— Deux pains, s'il vous plaît.

Elle portait un parfum hors de prix, et elle avait arrangé ses boucles en une coiffure sophistiquée. Dans une ville où la plupart des femmes étaient trop fatiguées ou trop démunies pour faire preuve de coquetterie, elle étincelait comme un diamant sur un tas de charbon. Mais ce fut son manteau qui attira mon attention. Incapable d'en détacher les yeux, j'admirai le magnifique astrakan d'un noir de jais, épais comme un tapis de fourrure, luisant de l'éclat doux des objets luxueux. Son col remontait sur ses joues, si bien que son long cou semblait émerger du pelage. Les deux vieilles la dévisagèrent avec un air dur.

— Un pour vous, l'autre pour votre Allemand ? grommela Mme Durant.

— J'ai dit deux pains, s'il vous plaît. (La femme se tourna vers Mme Durant.) Un pour moi. L'autre pour ma fille.

Cette fois, M. Armand ne souriait pas. Sans quitter sa cliente des yeux, il passa les mains sous le comptoir et, de ses poings charnus, posa brutalement deux miches devant lui, sans prendre la peine de les emballer.

Liliane lui tendit un billet, mais le boulanger ne le prit pas. Il attendit qu'elle le pose sur le comptoir, puis s'en saisit avec précaution, comme s'il craignait d'être contaminé.

Le boulanger fouilla ensuite dans le tiroir de la caisse et jeta deux pièces en guise de monnaie, ignorant sa paume tendue.

Elle le regarda, puis baissa les yeux sur le comptoir où se trouvaient les pièces.

— Gardez-les, dit-elle.

Puis, après nous avoir lancé un regard furibond, elle saisit les pains d'un geste vif et quitta la boutique d'un pas majestueux.

— Quel culot…

Rien ne comblait plus Mme Durant que de s'offusquer du comportement d'autrui. Heureusement pour elle, ces derniers mois, Liliane Béthune lui avait fourni de nombreuses occasions de crier au scandale.

— Je suppose qu'il faut bien qu'elle mange, comme tout le monde, objectai-je.

— Toutes les nuits, elle va à la ferme des Fourrier. Toutes les nuits, on la voit traverser la ville en rasant les murs.

— Elle a deux nouveaux manteaux, renchérit Mme Louvier. L'autre est vert. Un manteau en laine tout droit venu de Paris.

— Et ses chaussures… Du cuir de chevreau. Bien sûr, elle n'ose pas les porter pendant la journée. Elle sait qu'elle se ferait lyncher.

— Il ne peut rien lui arriver, à celle-là. Pas avec les Allemands qui veillent sur elle.

— Tout de même, quand ils partiront, ce sera une autre histoire, hein ?

— Je n'aimerais pas être à sa place, chaussures en cuir de chevreau ou pas.

— En tout cas, moi, je ne supporte pas de la voir se pavaner devant tout le monde. Pour qui se prend-elle ?

M. Armand regarda la jeune femme traverser la place. Soudain, il sourit.

— Je ne m'inquiéterais pas trop à votre place, mesdames. Tout ne va pas comme elle le souhaite.

Nous le regardâmes.

— Pouvez-vous garder un secret ?

Drôle de question. Les deux commères parvenaient à peine à tenir leur langue plus de dix secondes.

— Quoi donc ?

— Disons simplement que certains d'entre nous s'assurent que Mam'zelle Dentelle reçoit un traitement particulier auquel elle ne s'attend pas.

— Je ne comprends pas.

— Je stocke ses pains à part, sous le comptoir. Ils contiennent des ingrédients spéciaux. Des ingrédients dont je vous promets qu'ils n'entrent dans la composition d'aucun autre de mes pains.

Les deux femmes écarquillèrent les yeux. Je n'osai demander au boulanger ce qu'il voulait dire, mais l'éclat dans son regard suggérait plusieurs possibilités sur lesquelles je ne souhaitais pas m'appesantir.

— *Non*\* !

— Monsieur Armand !

Les deux vieilles étaient scandalisées, ce qui ne les empêcha pas de se mettre à glousser.

Soudain, j'eus un haut-le-cœur. Je n'aimais pas Liliane Béthune, ou ce qu'elle représentait, mais cela me révoltait.

— Il faut... Il faut que j'y aille. Hélène a besoin de...

Leurs rires tintant toujours à mes oreilles, je courus me réfugier à l'hôtel, ma miche de pain sous le bras.

Les provisions arrivèrent le vendredi suivant. D'abord les œufs, deux douzaines ; un jeune caporal allemand les apporta recouverts d'un drap immaculé, comme s'il s'agissait de marchandise de contrebande. Puis du pain,

47

blanc et frais, dans trois paniers. J'en avais un peu perdu le goût depuis la scène de l'autre jour à la *boulangerie**, mais tenir des miches tièdes et croustillantes me laissa presque ivre de désir. Je dus envoyer Aurélien à l'étage, craignant qu'il ne puisse résister à la tentation d'en voler une bouchée.

Ensuite vinrent six poules à plumer et un cageot contenant du chou, des oignons, des carottes et de l'ail des ours. Puis des bocaux de tomates, du riz et des pommes. Du lait, du café, trois tablettes de beurre, de la farine, du sucre. Des dizaines de bouteilles de vin du Sud. Hélène et moi réceptionnâmes chaque livraison en silence. Les Allemands nous tendaient des formulaires sur lesquels les quantités avaient été soigneusement consignées. Il serait difficile de dérober quoi que ce soit : nous devions reporter les doses exactes utilisées pour chaque recette. On nous demandait également de collecter tous les restes dans un seau ; ils serviraient à nourrir le bétail. En lisant cela, je dus me retenir de cracher.

— Devons-nous préparer tout cela pour ce soir ? demandai-je au dernier caporal.

Il haussa les épaules, ne comprenant visiblement pas ma question. Je désignai l'horloge.

— Aujourd'hui ? (D'un geste, je montrai la nourriture.) *Kuchen* ?

— *Ja*, répondit-il, enthousiaste. *Sie kommen. Acht Uhr.*

— Vingt heures, traduisit Hélène derrière moi. Ils veulent dîner à 20 heures.

Notre repas s'était résumé à une tranche de pain noir tartinée d'une mince couche de confiture, accompagnée de quelques betteraves bouillies. Devoir rôtir des poulets, remplir notre cuisine du parfum de l'ail et de la tomate, de celui de la tarte aux pommes fut un véritable supplice. Le premier soir, j'eus peur ne serait-ce que de me lécher les doigts, quoique j'en aie été affreusement tentée en les voyant dégoulinants de jus de tomate ou collants de jus de pomme. Je manquai plusieurs fois de m'évanouir de convoitise en abaissant une pâte au rouleau ou en épluchant des fruits. Nous avions dû chasser Mimi, Aurélien et le petit Jean à l'étage, d'où nous parvenaient de temps à autre des cris de protestation.

Je n'avais aucune envie de cuisiner un bon repas aux Allemands, mais j'avais peur des conséquences si je ne le faisais pas. À un moment, alors que je sortais les volailles du four pour les arroser de jus grésillant, je me dis que je pourrais peut-être au moins me satisfaire de la vue de cette nourriture. Peut-être parviendrais-je à savourer la chance de revoir de tels plats, de les humer. Mais j'en fus incapable. Quand la sonnette retentit, annonçant l'arrivée des officiers, mon estomac se tordait de mécontentement et je transpirais de faim. Je ne ressentis pas plus grande haine envers les Allemands que ce soir-là.

— Madame.

Le *Kommandant* entra le premier. Il ôta sa casquette éclaboussée de pluie et, d'un geste, ordonna à ses officiers de l'imiter.

Je restai plantée là, m'essuyant les mains sur mon tablier, ne sachant comment réagir.

— *Herr Kommandant*.

Mon visage était dénué d'expression.

Il faisait chaud dans la salle. Les Allemands avaient livré trois paniers de bûches pour que nous puissions préparer un feu. Les hommes se débarrassèrent de leurs écharpes et couvre-chefs, humant l'air en souriant d'impatience. Les effluves du poulet rôti et de sa sauce à l'ail et à la tomate emplissaient toute la pièce.

— Je crois que nous passerons à table sans attendre, annonça l'officier en jetant un coup d'œil en direction de la cuisine.

— Comme vous voudrez, dis-je. Je vais chercher le vin.

Aurélien avait débouché plusieurs bouteilles dans la cuisine. Il apparut, la mine renfrognée, une dans chaque main. La torture que nous avions endurée ce soir-là l'avait particulièrement contrarié. Je craignais, étant donné son récent passage à tabac, sa jeunesse et son impulsivité, qu'il ne s'attire des ennuis. Je lui pris vivement les bouteilles des mains.

— Va dire à Hélène qu'elle doit servir le dîner.

— Mais…

— Va! grondai-je.

Je passai derrière le bar et servis le vin. Puis je disposai les verres sur les tables, en prenant soin de ne pas regarder les Allemands, dont je sentais les yeux posés sur moi.

*C'est ça, regardez-moi,* leur dis-je silencieusement. *Une autre Française que vous avez soumise en l'affamant. J'espère que ma maigreur vous coupera l'appétit.*

Des murmures approbateurs accueillirent l'apparition de ma sœur qui apportait les premières assiettes. Quelques minutes plus tard, les hommes attaquaient leur dîner avec enthousiasme, s'exclamant dans leur langue, leurs couverts cliquetant contre la porcelaine. Je faisais des allées et venues, les bras chargés de mets alléchants, m'efforçant de ne pas respirer les délicieuses odeurs, de ne pas regarder la viande rôtie qui luisait à côté des légumes aux couleurs vives.

Enfin, ils furent tous servis. Hélène et moi restâmes debout derrière le comptoir, pendant que le *Kommandant* portait un long toast en allemand. Comment exprimer ce que nous ressentîmes en écoutant ces voix dans notre maison, en voyant ces hommes manger la nourriture que nous avions préparée avec tant de soin, se détendant, riant et buvant ?

*Je nourris l'ennemi, je lui donne des forces, quand mon bien-aimé Édouard pourrait être en train de mourir de faim.*

À cette pensée, peut-être associée à ma faim et à mon épuisement, le désespoir m'envahit. Un petit sanglot s'échappa de ma gorge. Je sentis la main d'Hélène chercher la mienne puis la serrer.

— Va à la cuisine, murmura-t-elle.

— Je...

— Vas-y. Je te rejoindrai quand je les aurai resservis en vin.

Pour une fois, je fis ce que ma sœur me disait.

Le repas dura une heure. Hélène et moi restâmes assises dans la cuisine, épuisées, perdues dans des pensées confuses. Chaque fois que nous entendions des éclats de rire ou une exclamation enthousiaste, nous levions les yeux, essayant de les interpréter.

— Mesdames.

Le *Kommandant* était apparu sur le seuil de la porte. Nous nous levâmes péniblement.

— Le repas était excellent. J'espère que vous pourrez maintenir ce niveau.

Je gardai les yeux rivés au sol.

— Madame Lefèvre.

Je le regardai à contrecœur.

— Comme vous êtes pâle. Vous sentez-vous bien ?

— Parfaitement, répondis-je en déglutissant.

Je sentais la brûlure de son regard sur moi. À mes côtés, Hélène croisa les doigts, rougis par l'eau chaude dont nous avions perdu l'habitude.

— Mesdames, avez-vous mangé ?

Je crus qu'il nous testait. Qu'il vérifiait que nous avions suivi ses formulaires infernaux à la lettre. Qu'il allait peser les restes pour s'assurer que nous n'avions pas dérobé la moindre pelure de pomme.

— Nous n'avons pas touché un seul grain de riz, *Herr Kommandant*, crachai-je presque, car la faim transformerait n'importe qui en bête féroce.

Il cligna des yeux.

— Alors vous devriez. Vous ne pouvez pas cuisiner correctement le ventre vide. Que reste-t-il?

J'étais incapable de bouger. Hélène esquissa un geste en direction du plat posé sur la cuisinière. Il contenait quatre cuisses de poulet, gardées au chaud au cas où les hommes du *Kommandant* auraient souhaité être resservis.

— Alors asseyez-vous. Mangez ici.

Je crus à un piège.

— C'est un ordre, ajouta-t-il en souriant, mais je ne trouvai pas la situation drôle. Vraiment… Allez-y.

— Serait-il possible… d'en donner une portion aux enfants? Cela fait longtemps qu'ils n'ont pas mangé de viande.

Il fronça légèrement les sourcils, comme s'il ne comprenait pas. Je le détestais. Je détestais devoir supplier un Allemand pour des restes de nourriture.

*Oh, Édouard*, pensai-je. *Si tu m'entendais…*

— Nourrissez-vous et donnez à manger à vos enfants, dit-il abruptement.

Sur ce, il tourna les talons et quitta la pièce.

Nous restâmes assises en silence, ses mots tintant à nos oreilles. Puis Hélène saisit ses jupes et se précipita dans l'escalier dont elle gravit les marches quatre à quatre. Je ne l'avais pas vue se déplacer si vite depuis des mois.

Quelques secondes plus tard, elle reparut portant Jean dans sa chemise de nuit, Aurélien et Mimi galopant devant elle.

— C'est vrai ? lança Aurélien en regardant fixement le poulet, bouche bée.

Je ne parvins qu'à hocher la tête.

Nous nous jetâmes sur le malheureux oiseau.

J'aurais aimé pouvoir vous dire que ma sœur et moi gardâmes nos bonnes manières, que nous nous servîmes délicatement, comme le font les Parisiens, que nous nous arrêtâmes pour bavarder et nous essuyer les lèvres entre deux bouchées. Mais nous nous conduisîmes comme des bêtes sauvages. Nous déchirâmes la chair, engloutîmes des poignées de riz, la bouche ouverte, ramassant fébrilement les miettes tombées sur la table.

Je ne m'inquiétais plus qu'il puisse s'agir d'un piège tendu par le *Kommandant*. Je n'avais jamais rien mangé d'aussi délicieux que ce poulet. L'ail et les tomates comblaient mes papilles, ravivant un plaisir depuis longtemps oublié, et emplissaient mes narines d'arômes que j'aurais pu respirer indéfiniment. Nous ponctuions nos masticications de petits grognements ravis, primitifs et désinhibés, chacun enfermé dans sa bulle de satisfaction. Le petit Jean riait et se barbouillait de jus. Mimi mâchait des morceaux de peau et suçait la graisse sur ses doigts avec une délectation bruyante. Hélène et moi mangions en silence, nous assurant toujours que les petits en avaient assez.

Quand il ne resta plus rien, quand tous les os eurent été parfaitement nettoyés, quand plus un seul grain de riz ne traîna dans les plats de service, nous nous redressâmes et nous regardâmes. Dans la salle à manger, les Allemands parlaient de plus en plus fort au fur et à mesure qu'ils vidaient les bouteilles de vin, éclatant de rire de temps à autre. Je m'essuyai la bouche avec les mains.

— Nous ne devons en parler à personne, déclarai-je en me les rinçant. (Je me sentais comme un ivrogne soudainement dégrisé.) Cela pourrait ne jamais se reproduire. D'ailleurs, nous devons nous comporter comme si ce n'était jamais arrivé. Si quelqu'un découvre que nous avons accepté la nourriture des Allemands, nous serons considérés comme des traîtres.

Hélène et moi nous tournâmes vers Mimi et Aurélien pour vérifier qu'ils comprenaient la gravité de la situation. Aurélien hocha la tête. Mimi aussi. À cet instant, je crois qu'ils auraient été capables d'accepter n'importe quoi, même de parler allemand pour toujours. Hélène saisit un torchon, le mouilla et entreprit d'effacer toute trace du repas sur les visages des deux plus jeunes.

— Aurélien, dit-elle, emmène-les se coucher. Nous débarrasserons.

Nullement contaminé par mon inquiétude, il souriait. Pour la première fois depuis des mois, ses minces épaules d'adolescent s'étaient relâchées, et quand il prit Jean dans ses bras, je jure qu'il aurait sifflé, s'il avait pu.

— À personne, répétai-je sur le ton de la mise en garde.

— Je sais, répondit-il sur celui du garçon de quatorze ans qui croit tout savoir.

Petit Jean s'effondrait déjà contre son torse, les paupières lourdes, épuisé par ce repas copieux, le premier depuis des lustres. Ils disparurent en haut des marches. Le tintement de leurs rires quand ils atteignirent le palier me brisa le cœur.

Il était 23 heures passées quand les Allemands partirent. Nous vivions sous couvre-feu depuis presque un an ; à peine la nuit tombée, quand nous n'avions ni chandelles ni lampes à acétylène, Hélène et moi avions pris l'habitude d'aller nous coucher. Le bar fermait à 18 heures, et ce depuis le début de l'occupation. Cela faisait longtemps que nous n'avions pas veillé si tard. Nous étions épuisées. Nos estomacs gargouillaient sous le choc de ce festin, après des mois à crier famine. Hélène manqua de s'effondrer en grattant les plats. Pour ma part, je ne me sentais plus aussi fatiguée ; mon cerveau était encore stimulé par le souvenir du poulet, comme si des nerfs morts depuis longtemps étaient revenus à la vie : je pouvais encore le goûter et le sentir. Il flamboyait dans ma mémoire, et j'en chérissais le souvenir tel un trésor.

Un peu avant que nous ayons fini de nettoyer la cuisine, j'envoyai Hélène à l'étage. Elle repoussa les mèches qui lui tombaient devant les yeux. Elle avait été si belle autrefois, ma sœur. Quand je voyais comme la guerre l'avait vieillie, je pensais à mon visage et me demandais ce qu'en dirait mon mari.

— Je n'aime pas l'idée de te laisser seule avec eux, objecta-t-elle.

Je secouai la tête. Je n'avais pas peur : l'humeur semblait pacifique. Il est difficile d'énerver des hommes après un bon repas. Au nombre de bouteilles vides, j'estimais qu'ils avaient dû boire peut-être trois verres chacun. Pas assez pour provoquer des débordements. Notre père nous avait bien peu donné, mais une chose était sûre : il nous avait au moins appris quand avoir peur. Je pouvais regarder un inconnu et savoir à une contraction de la mâchoire, à un léger plissement des yeux, le moment exact où sa tension provoquerait un accès de violence. De plus, j'avais le sentiment que le *Kommandant* ne le tolérerait pas.

Je restai donc à nettoyer la cuisine, jusqu'à ce que le raclement des chaises qu'on recule m'avertisse de leur départ. Je gagnai la salle à manger.

— Vous pouvez fermer maintenant, m'annonça le *Kommandant*, et j'essayai de dissimuler mon irritation. Mes hommes souhaitent vous transmettre toute leur gratitude pour cet excellent repas.

Je leur jetai un coup d'œil et hochai brièvement le menton. Il était hors de question que j'exprime de la reconnaissance à des Allemands.

Il ne semblait pas attendre de réponse. Il coiffa sa casquette. Je plongeai alors la main dans ma poche et lui tendis les reçus pour la nourriture. Il leur jeta un bref coup d'œil, puis me les rendit d'un geste brusque, légèrement irrité.

— Je ne m'occupe pas de ce genre de choses. Donnez-les demain aux hommes qui vous livreront les provisions.

— *Désolée**, dis-je, alors que je le savais fort bien.

Un instinct malicieux m'avait poussée à le réduire, ne serait-ce qu'un instant, à un rang subalterne.

Je restai debout pendant qu'ils récupéraient leurs manteaux et leurs casquettes. Certains replacèrent leur chaise, animés par un vestige de bonne éducation. Les autres ne prirent pas cette peine, se considérant le droit de se comporter n'importe où comme chez eux. Ainsi, songeai-je, nous étions condamnées à passer le reste de la guerre à cuisiner pour les Allemands.

Je me demandai brièvement si nous aurions dû rater le dîner, ménager nos efforts. Mais maman nous avait toujours soutenu que cuisiner médiocrement était un péché. Et même si nous devions être accusés d'immoralité ou de traîtrise plus tard, je savais que nous nous rappellerions tous la nuit du poulet rôti. À l'idée qu'il puisse y en avoir d'autres, la tête me tourna légèrement.

C'est alors que je m'aperçus que le *Kommandant* était encore en train d'examiner le portrait.

La peur m'étreignit soudain. Les mots de ma sœur me revinrent en mémoire : la toile pouvait paraître subversive avec ce visage radieux débordant d'assurance, et ses couleurs trop vives pour ce petit hôtel morose. Je le voyais à présent : elle semblait presque se moquer d'eux.

Il regardait toujours. Derrière lui, ses hommes avaient commencé à sortir, leurs voix fortes aux accents criards résonnant sur la place déserte. Je tremblais légèrement chaque fois que la porte s'ouvrait.

— Cela vous ressemble tellement.

Je fus choquée qu'il puisse le voir. Je ne voulais pas approuver. Le fait qu'il me retrouve dans cette jeune fille impliquait une certaine intimité. Je déglutis, serrant les poings jusqu'à en avoir les phalanges blanches.

— Oui. Enfin, c'était il y a longtemps.

— Il me fait un peu penser à… Matisse.

Sa remarque me prit tellement de court que je répondis sans réfléchir.

— Édouard a été son élève à Paris, où il avait ouvert une académie.

— J'en ai entendu parler. Avez-vous rencontré un artiste nommé Hans Purrmann ?

Je dus sursauter, car il tourna son regard vers moi avant de poursuivre :

— Je suis un grand admirateur de son œuvre.

Hans Purrmann. L'académie de Matisse. Entendre ces mots dans la bouche du *Kommandant* me donna presque le tournis.

Soudain, je voulus qu'il parte. L'écouter mentionner ces noms m'était douloureux. Ces souvenirs m'appartenaient, je les invoquais pour me réconforter, les jours où je me sentais écrasée par l'existence ; je n'avais aucune envie que les plus beaux jours de ma vie soient pollués par les observations désinvoltes d'un Allemand.

— *Herr Kommandant*, il faut que je range. Si vous voulez bien m'excuser.

Je commençai à empiler des assiettes et à rassembler les verres. Mais il ne bougea pas. Je sentais son regard s'attarder sur le portrait comme s'il avait été posé sur moi.

— Cela fait longtemps que je n'ai pas eu une conversation sur l'art.

Il semblait s'adresser à la toile. Enfin, il joignit les mains derrière son dos et se détourna du tableau pour me faire face.

— Nous vous verrons demain.

Je ne levai pas les yeux quand il passa devant moi.

— *Herr Kommandant*, saluai-je, les mains pleines.

— Bonne nuit, madame.

Quand enfin je gagnai l'étage, je trouvai Hélène endormie à plat ventre sur le couvre-lit. Elle n'avait même pas eu la force de se déshabiller. Je desserrai son corset, la déchaussai et tirai les couvertures sur elle. Puis je grimpai dans le lit, mes pensées bourdonnantes tournoyant vers l'aube.

# Chapitre 4

*Paris, 1912*

— *Mademoiselle*\* !
Je levai les yeux du présentoir à gants et en refermai la vitre dans un claquement qui se perdit dans l'immense atrium, cœur de la galerie commerçante *Le Bon Marché*\*.

— *Mademoiselle*\* ! Par ici ! Pouvez-vous m'aider ?

Je l'aurais remarqué même s'il n'avait pas crié. Il était grand, charpenté, et ses cheveux ondulés lui tombaient autour des oreilles, détonnant au milieu des coupes strictes des messieurs qui franchissaient les portes du magasin. Il avait des traits épais et généreux, le genre que mon père aurait dénigrés en les qualifiant de *paysans*\*. Moi, je vis en lui le croisement entre un empereur romain et un ours russe. Je me dirigeai dans sa direction, et il désigna les foulards d'un geste, sans jamais me quitter des yeux. À tel point que je finis par jeter un regard par-dessus mon épaule, inquiète à l'idée que Mme Bourdain, ma responsable, ne s'en aperçoive.

— J'ai besoin de vous pour choisir un foulard, annonça-t-il.

— Quel genre de foulard, *monsieur*\* ?

— Un foulard pour une femme.

— Puis-je vous demander son type de teint ? Ou si elle a une préférence pour une étoffe en particulier ?

Il me regardait toujours fixement. Mme Bourdain était occupée à servir une dame coiffée d'un chapeau orné d'une plume de paon. Si elle avait levé les yeux de son comptoir de crèmes pour le visage, elle aurait remarqué que mes oreilles avaient rosi.

— N'importe lequel pourvu qu'il vous aille, répondit-il. Elle a le même teint que vous.

Je passai précautionneusement en revue les foulards en soie, sentant ma peau s'embraser avant d'en choisir un : une ravissante pièce d'un bleu profond, dont le tissu était léger comme l'air.

— Cette couleur va presque à tout le monde, expliquai-je.
— Oui… Oui. Tenez-le plus haut, exigea-t-il. Contre vous. Là.

D'un geste, il désigna sa clavicule. Je jetai de nouveau un coup d'œil à Mme Bourdain. Le règlement du magasin limitait strictement le niveau de familiarité au cours de tels échanges, et je n'étais pas certaine que tenir un foulard contre mon cou dénudé n'y déroge pas. Mais l'homme attendait. J'hésitai, puis approchai l'article de ma joue. Il m'examina si longuement qu'autour de moi le rez-de-chaussée sembla disparaître.

— Il est parfait. Magnifique. Voilà ! s'exclama-t-il en plongeant la main dans son manteau en quête de son portefeuille. Grâce à vous, ce fut un achat facile.

Il m'adressa un grand sourire, et je me surpris à le lui rendre. Soulagée, peut-être, qu'il ait cessé de me dévisager.

— Je ne suis pas sûre d'avoir…, commençai-je tout en enveloppant le foulard dans du papier de soie.

Ma supérieure s'approcha, et je rentrai la tête dans les épaules.

— Votre vendeuse s'est remarquablement acquittée de sa tâche, madame ! s'écria-t-il.

À la dérobée, j'observai Mme Bourdain tandis qu'elle s'efforçait de réconcilier l'apparence assez hirsute de l'homme avec son langage châtié, que l'on associait habituellement à l'aisance et à l'éducation de la haute société.

— Vous devriez lui accorder une promotion, poursuivit-il. Elle a beaucoup de goût !

— Nous veillons à ce que le professionnalisme de notre personnel donne toujours satisfaction à nos clients, monsieur, répondit-elle d'une voix onctueuse. Mais nous espérons également que la qualité de nos produits justifie tout achat. Ce sera 2,40 francs.

Je lui tendis son paquet, puis le suivis des yeux tandis qu'il traversait lentement le rez-de-chaussée bondé du plus grand magasin de Paris. Il humait des parfums dans leurs flacons, examinait des chapeaux aux couleurs gaies, tout en lançant des commentaires aux vendeuses et même aux autres clients. À quoi pouvait ressembler la vie mariée à un tel homme ? songeai-je distraitement. Quelqu'un pour qui, apparemment, chaque instant représentait un tel plaisir sensoriel… Mais un homme, me rappelai-je aussitôt, qui se sentait également libre de dévisager des vendeuses au point de les faire rougir. Quand il atteignit les grandes portes vitrées, il se retourna et me regarda droit dans les yeux. Puis il souleva son chapeau pendant trois bonnes secondes et disparut dans le matin parisien.

J'étais arrivée à Paris durant l'été 1910, un an après la mort de ma mère et un mois après le mariage de ma sœur avec Jean-Michel Montpellier, un comptable du village voisin. J'avais trouvé un emploi au *Bon Marché*, le grand magasin le plus réputé de Paris, où j'avais gravi les échelons, passant d'employée de la réserve à vendeuse en rayon. À ce titre, j'étais logée à la grande pension réservée au personnel du magasin.

J'étais heureuse à Paris – une fois surmonté le sentiment de solitude initial –, et gagnai vite assez d'argent pour m'acheter des chaussures et abandonner les sabots qui trahissaient mon origine provinciale. Tout m'enchantait : être à mon poste à 8 h 45 le matin, au moment de l'ouverture des portes, et voir les belles Parisiennes entrer d'un pas nonchalant, avec leurs hauts chapeaux, leurs tailles douloureusement fines, et leurs visages encadrés de fourrure ou de plumes. Je me réjouissais d'être enfin libérée de l'ombre que mon père violent avait jetée sur toute mon enfance ; au moins, grâce à lui, les ivrognes et les dépravés du IX<sup>e</sup> *arrondissement*\* ne me faisaient pas peur. Et j'adorais le magasin : une vaste et grouillante corne d'abondance débordant de belles marchandises. Je m'enivrais des odeurs et du spectacle qu'il offrait. Le stock constamment renouvelé regorgeait de produits magnifiques arrivant des quatre coins du monde : chaussures italiennes, tweeds anglais, cachemires écossais, soies chinoises, vêtements d'Amérique et de Londres… Au rez-de-chaussée, ses nouveaux rayons d'alimentation proposaient des chocolats suisses, des poissons fumés luisants et des fromages crémeux. Une journée passée entre les murs du *Bon Marché* à déambuler au milieu de sa foule affairée donnait un aperçu quotidien d'un monde plus vaste, plus exotique.

Je ne désirais aucunement me marier – je ne voulais surtout pas finir comme ma mère –, et l'idée de rester là où j'étais, comme Mme Arteuil, la couturière, ou ma responsable, Mme Bourdain, me convenait parfaitement.

Deux jours plus tard, j'entendis de nouveau sa voix :
— Vous, la vendeuse ! *Mademoiselle*\* !

J'étais en train de servir une jeune femme qui avait jeté son dévolu sur une paire de jolis gants de chevreau. J'adressai un signe de tête à l'homme et continuai d'empaqueter avec soin l'achat de la cliente.

Mais il n'attendit pas.

— J'ai besoin urgemment d'un autre foulard, annonça-t-il.

La femme me prit les gants des mains avec un claquement de langue désapprobateur. S'il l'entendit, il n'en laissa rien paraître.

— Je pensais à du rouge. Quelque chose d'éclatant, d'incandescent. Qu'avez-vous à me proposer ?

J'étais un peu contrariée. Mme Bourdain m'avait fait comprendre que ce magasin était un petit coin de paradis : le client devait toujours en repartir avec le sentiment d'avoir trouvé un havre de paix où se réfugier, loin de l'agitation des rues, et élégamment délesté de son argent… Je craignais que ma cliente précédente ne se plaigne. Elle s'en alla d'un pas majestueux, le menton haut.

— Non, non, non, pas ceux-là, dit l'homme alors que je commençais à passer mon présentoir en revue. Ceux-là. (Le doigt pointé plus bas, il désignait la vitrine de verre où étaient exposés les modèles les plus luxueux.) Celui-ci.

Je sortis le foulard. Il était d'un rouge rubis profond évoquant le sang frais, et il semblait palpiter telle une blessure sur la peau pâle de ma main.

Il sourit en le voyant.

— Votre cou, *mademoiselle*\*. Redressez légèrement la tête. Oui, comme ceci.

Cette fois, tenir ainsi le foulard me mit mal à l'aise. Je savais que Mme Bourdain nous observait.

— Vous avez un teint magnifique, murmura-t-il en plongeant les doigts dans ses poches en quête de son portefeuille.

Je m'empressai de reposer le foulard et commençai à l'envelopper dans du papier de soie.

— Votre épouse sera ravie de ses présents, j'en suis sûre, déclarai-je.

La peau me brûlait là où il avait posé les yeux.

Il me regarda de nouveau, et des plis apparurent au coin de ses paupières.

— Je me demande, avec votre teint, d'où votre famille est originaire. Du Nord ? Lille ? La Belgique ?

Je feignis de ne pas l'avoir entendu. Nous n'étions pas autorisées à aborder des sujets personnels avec la clientèle, encore moins avec la clientèle masculine.

— Savez-vous quel est mon plat préféré ? Les *moules marinières*\* avec de la crème de Normandie. Des oignons. Et puis un petit *pastis*\*... Hum. (Il pressa les lèvres sur le bout de ses doigts joints, puis brandit le paquet que je lui avais tendu.) *À bientôt, mademoiselle*\* !

Cette fois, je ne me risquai pas à le suivre des yeux pendant qu'il traversait le magasin. Mais à l'onde de chaleur qui se répandit dans ma nuque, je sus qu'il s'était encore arrêté pour me regarder. Pendant un bref instant, je me sentis furieuse. À Saint-Péronne, un tel comportement aurait été impensable. À Paris, certains jours, j'avais l'impression de parcourir les rues en sous-vêtements, à en juger par la liberté avec laquelle les hommes me regardaient.

Nous étions deux semaines avant le 14 Juillet, et dans tout le magasin régnait une joyeuse excitation : la chanteuse Mistinguett avait passé les portes du rez-de-chaussée, entourée d'une cour d'acolytes et d'assistantes. Impossible de ne pas la remarquer, avec son sourire éblouissant et sa coiffure piquée de roses qui lui donnaient l'air d'avoir été dessinée avec des couleurs plus vives que le commun des mortels. Elle fit des achats sans prendre la peine d'examiner quoi que ce soit au préalable, pointant gaiement les étalages et laissant ses assistantes rassembler les articles désignés dans son sillage. Nous la regardâmes fixement de loin, pauvres pigeons parisiens éblouis par l'oiseau exotique. Je lui vendis deux écharpes : une de soie crème, l'autre, somptueuse, en plumes teintes en bleu. Je l'imaginai drapée autour du cou de Mistinguett, et j'eus l'impression d'avoir été saupoudrée d'un peu de son éclat.

Pendant plusieurs jours ensuite, je me sentis légèrement déséquilibrée, comme si son excès de beauté et de style m'avait fait prendre conscience de mes lacunes en la matière.

Entre-temps, l'Homme-Ours vint encore à trois reprises. Chaque fois, il acheta un foulard, après s'être assuré qu'il serait servi par moi.

— Vous avez un admirateur, fit remarquer Paulette des parfums.

— M. Lefèvre ? Faites attention, dit Loulou avec un reniflement désapprobateur. Marcel, de la salle du courrier, l'a vu à Pigalle en train de discuter avec des filles des rues. Hum. Quand on parle du loup...

Elle repartit vers son rayon maroquinerie.

— *Mademoiselle*\*.

Je sursautai et fis volte-face.

— Je suis désolé. (Il se pencha par-dessus le comptoir, ses grandes mains recouvrant le verre.) Je n'avais pas l'intention de vous faire peur.

— Vous ne m'avez pas fait peur, monsieur.

De ses yeux bruns, il scruta intensément mon visage. Il donnait l'impression d'être plongé dans une conversation intérieure à laquelle je ne pouvais prendre part.

— Souhaitez-vous que je vous montre d'autres foulards ?

— Pas aujourd'hui. Je voulais… vous demander une faveur.

Je posai ma main sur mon col.

— J'aimerais vous peindre.

— Quoi ?

— Je m'appelle Édouard Lefèvre. Je suis un artiste. J'aimerais beaucoup vous peindre, si vous aviez une heure ou deux à m'accorder.

Je crus qu'il me taquinait. Je jetai un coup d'œil en direction de Loulou et Paulette, à leurs postes respectifs, me demandant si elles écoutaient.

— Pourquoi… Pourquoi donc voudriez-vous me peindre, moi ?

C'était la première fois que je lui voyais une expression légèrement déconcertée.

— Souhaitez-vous vraiment que je réponde à cette question ?

J'avais eu l'air, je m'en rendis compte, d'espérer des compliments.

— Mademoiselle, ma requête n'a rien d'inconvenant. Sentez-vous libre de venir accompagnée d'un chaperon. Je veux simplement… Votre visage me fascine. Il occupe toujours mes pensées longtemps après avoir quitté *Le Bon Marché*. J'aimerais le dessiner.

Je luttai pour me retenir de me toucher le menton. Mon visage ? Fascinant ?

— Est-ce que… Votre épouse sera-t-elle présente ?

— Je ne suis pas marié. (Il plongea la main dans une poche et griffonna sur un morceau de papier.) Mais j'ai beaucoup de foulards.

Il me tendit le papier, et je me surpris à jeter des regards discrets tout autour de moi, comme une criminelle, avant de l'accepter.

Je n'en parlai à personne. Je n'étais pas sûre de ce que j'aurais pu dire. J'enfilai ma plus jolie robe, puis l'ôtai. Deux fois. Je passai un temps inhabituel à me coiffer à l'aide d'épingles à cheveux. Je restai assise près de la porte de ma chambre pendant vingt minutes en énumérant toutes les raisons pour lesquelles j'aurais dû renoncer.

La logeuse haussa un sourcil quand je m'en fus enfin. J'avais troqué mes jolis souliers contre mes sabots afin de dissiper ses soupçons. Tout en marchant, je ne cessai de débattre avec moi-même.

*Si tes superviseurs apprennent que tu as posé pour un artiste, ils douteront de ta moralité. Tu pourrais perdre ton travail!*

*Il veut me peindre! Moi, Sophie de Saint-Péronne, simple faire-valoir de la beauté d'Hélène.*

*Peut-être y a-t-il quelque chose de modeste dans mon apparence qui lui a laissé croire que je ne refuserais pas. Après tout, il fraie avec des filles à Pigalle…*

*Mais ma vie doit-elle se limiter à travailler et dormir? Serait-il donc si terrible de m'autoriser cette unique expérience?*

L'adresse qu'il m'avait donnée était à deux pas du Panthéon. Je suivis l'étroite ruelle pavée, m'arrêtai devant la porte, vérifiai une dernière fois le numéro et me décidai à frapper. Personne ne me répondit. J'entendais de la musique à l'étage. La porte étant entrebâillée, je la poussai et entrai. Je montai silencieusement l'étroit escalier et me trouvai devant une autre porte. Derrière le battant, j'entendis un gramophone cracher une voix de femme chantant son amour et son désespoir, et un homme qui l'accompagnait d'une voix de basse… C'était incontestablement la sienne.

Je restai là un moment à écouter, souriant malgré moi. Puis je poussai la porte.

Derrière, je découvris une vaste pièce inondée de lumière. L'un des murs était en briques nues, un autre presque entièrement vitré, une rangée de fenêtres en couvrant toute la longueur. La première chose qui me frappa fut le chaos indescriptible qui y régnait. Des tableaux étaient alignés le long des murs ; des pots de pinceaux couverts de peinture séchée jonchaient toutes les surfaces, se disputant l'espace avec des boîtes de fusains et des chevalets, et des taches durcies de couleurs éclatantes. J'aperçus également des toiles vierges, des crayons, une échelle, des assiettes abandonnées encore à moitié pleines de nourriture. Et partout flottait l'odeur pénétrante de la térébenthine, mêlée à celle de la peinture à l'huile ; je distinguai également une note de tabac et de légers relents vinaigrés de vieux vin. Il y avait des bouteilles en verre vert foncé partout, le goulot parfois fourré d'une bougie, les autres simples cadavres datant de quelque fête. Je remarquai aussi une grosse somme d'argent sur un tabouret en bois, les pièces et les billets entassés en vrac. Et puis, au milieu de tout ce capharnaüm, marchant d'avant en arrière, un bocal de pinceaux à la main, se tenait M. Lefèvre, perdu dans ses pensées. Il portait une tunique ample et un pantalon de toile, comme s'il se trouvait à des centaines de kilomètres du centre de Paris.

— Monsieur ?

Il cligna des yeux deux fois en me voyant, comme s'il essayait de se souvenir de qui j'étais, puis posa lentement le pot de pinceaux sur la table à côté de lui.

— Vous êtes venue !

— Eh bien, oui.

— Merveilleux ! s'exclama-t-il en secouant la tête, comme si ma présence le surprenait. Merveilleux. Entrez, entrez. Laissez-moi vous trouver un endroit où vous asseoir.

Il paraissait plus grand, son corps clairement visible à travers le fin tissu de sa chemise. Je restai debout, serrant mon sac contre moi tandis qu'il entreprenait de débarrasser une vieille *chaise longue*\* des piles de journaux qui la recouvraient.

— Je vous en prie, asseyez-vous. Puis-je vous offrir quelque chose à boire ?

— Juste un peu d'eau, merci.

Je ne m'étais pas sentie mal à l'aise sur le chemin, malgré la précarité de ma situation. Ni l'aspect miteux des alentours ni l'étrange studio ne m'avaient dérangée. Mais à présent je me sentais offensée, et un peu idiote, ce qui me donnait une posture raide et empruntée.

— Vous ne m'attendiez pas, monsieur.

— Pardonnez-moi. Je ne croyais simplement pas que vous viendriez. Mais je suis heureux que vous l'ayez fait. Très heureux.

Il recula d'un pas et me regarda.

Je sentis son regard passer sur mes pommettes, mon cou, mes cheveux. Je m'assis devant lui, aussi rigide qu'un col amidonné. Son odeur m'enveloppa. Ce n'était pas désagréable, mais presque envahissant dans ces circonstances.

— Vous êtes sûre de ne pas vouloir un verre de vin ? Quelque chose qui vous aide à vous détendre un peu ?

— Non, merci. J'aimerais seulement commencer. Je… Je ne dispose que d'une heure.

Pourquoi avais-je dit cela ? Je crois que, déjà, une part de moi voulait s'enfuir.

Il essaya de me faire changer de position, me suggérant de lâcher mon sac et de me laisser aller légèrement contre le dossier de la *chaise longue*\*, mais j'en fus incapable. Je me sentais humiliée, sans pouvoir vraiment expliquer pourquoi. Et alors que M. Lefèvre travaillait en silence, son regard allant et venant du chevalet à moi, je compris soudain que je ne me sentais ni admirée ni spéciale, comme je l'avais secrètement espéré. Il semblait lire en moi comme dans un livre ouvert. On aurait dit que j'étais devenue une chose, un sujet… Je n'avais pas plus d'importance que la bouteille verte ou les pommes de la nature morte près de la porte.

De toute évidence, il n'était pas satisfait non plus. Plus l'heure s'écoulait, et plus il semblait consterné, marmonnant dans sa barbe et multipliant les signes de frustration. Je restai assise, aussi immobile qu'une statue, craignant de faire quelque chose de mal, mais finalement il déclara :

—Mademoiselle, restons-en là. Je ne suis pas sûr que les dieux du fusain soient avec moi aujourd'hui.

Je me redressai, soulagée, permettant enfin à mon cou ankylosé de se détendre un peu.

—Puis-je voir ?

La jeune fille sur le dessin était bien moi, mais je grimaçai en l'examinant : elle ne semblait guère plus vivante qu'une poupée de porcelaine, et arborait une expression de sombre résolution et la raideur affectée d'une vieille tante célibataire. Je m'efforçai de dissimuler mon abattement.

—Je suppose que je ne suis pas le modèle que vous aviez espéré.

—Non. Ce n'est pas votre faute, mademoiselle, dit-il en haussant les épaules. Je suis… Je suis agacé contre moi-même.

—Je pourrais revenir dimanche, si vous le souhaitez.

Je ne savais pas pourquoi j'avais dit ça. Après tout, je n'avais pas particulièrement apprécié l'expérience.

Il me sourit alors, posant sur moi des yeux où se lisait la bienveillance.

—Ce serait… très généreux de votre part. Je suis sûr que je saurai vous rendre justice à une autre occasion.

Mais ce ne fut guère mieux le dimanche. J'essayai, vraiment. Je m'assis dans la chaise longue, le bras sur l'accoudoir, le corps tourné comme l'Aphrodite alanguie qu'il me montra dans un livre, ma jupe rassemblée en plis sur mes jambes. Je tentai de me détendre et d'adoucir l'expression de mon visage, mais dans cette position mon corset me mordait la taille. Une mèche de mes cheveux ne cessait de glisser de son épingle, et je devais lutter pour ne pas la saisir et la remettre en place à chaque instant. Ce furent deux heures longues et laborieuses. Avant même de voir le dessin, je sus à son expression que M. Lefèvre était encore déçu.

*C'est moi, ça?* songeai-je en contemplant la fille à l'air sinistre qui tenait moins de Vénus que d'une gouvernante revêche traquant la poussière sur ses tissus d'ameublement.

Cette fois, il me sembla même qu'il me plaignait. J'étais certainement le modèle le plus inintéressant avec qui il avait travaillé.

—Ce n'est pas vous, mademoiselle, insista-t-il. Parfois… cela prend du temps de saisir l'essence véritable d'une personne.

Mais c'était justement ce qui m'accablait le plus : je craignais qu'il ne l'ait déjà trouvée.

Je le revis le 14 Juillet. Je me frayais un chemin parmi la cohue qui avait envahi les rues du Quartier latin, passant sous les énormes drapeaux bleu, blanc, rouge et les couronnes odorantes accrochées aux fenêtres, plongeant et ressortant de la foule agglutinée pour regarder les soldats défiler, leurs fusils sur l'épaule.

Tout Paris était en fête. D'ordinaire, j'apprécie la solitude, mais ce jour-là j'étais inquiète et je me sentais curieusement seule. Quand j'arrivai au Panthéon, je m'arrêtai : devant moi, la rue Soufflot s'était transformée en une masse de corps tourbillonnants, ses trottoirs gris grouillant de gens qui dansaient. J'embrassai du regard les femmes en jupe longue et chapeau aux larges bords, les musiciens devant le *Café Léon*... Les danseurs se déplaçaient en cercles gracieux ou, debout au bord du trottoir, s'observaient et bavardaient comme si la rue était une salle de bal.

Et soudain je le vis, là, au milieu des festivités, un foulard de couleur vive autour du cou. Serrée de près par sa clique, Mistinguett, une main possessive sur son épaule, lui glissa quelques mots qui le firent rire à gorge déployée.

Ébahie, je ne pouvais détacher les yeux d'eux. Peut-être alerté par l'intensité de mon regard, il se retourna et me vit. Je me réfugiai prestement dans le renfoncement d'une porte, puis m'en fus dans la direction opposée, les joues en feu. Je plongeai au milieu des couples qui dansaient, puis ressortis de cette marée humaine, mes sabots martelant les pavés. Mais, au bout de quelques secondes, sa voix retentit derrière moi.

— Mademoiselle !

Ne pouvant l'ignorer, je me retournai. Pendant un moment, il parut sur le point de m'étreindre, mais quelque chose dans mon attitude dut le retenir. Il se contenta de me toucher légèrement le bras et m'entraîna parmi la foule.

— Quel plaisir de vous rencontrer ici, dit-il.

Je me mis à bafouiller des excuses, m'apprêtant à prendre congé, mais il leva une de ses grandes mains.

— Allons, mademoiselle, c'est un jour férié. Même les travailleurs les plus zélés doivent s'amuser de temps en temps !

Autour de nous, les drapeaux flottaient dans la brise de fin d'après-midi. Je les entendais claquer, comme en écho aux battements irréguliers de mon cœur. Je m'évertuai à inventer un prétexte poli pour m'éclipser, mais il m'interrompit encore.

— Je m'aperçois, mademoiselle, à ma plus grande honte, qu'en dépit de nos nombreuses rencontres je ne connais pas votre nom.

— Bessette, répondis-je. Sophie Bessette.

— Alors, je vous en prie, laissez-moi vous inviter à boire un verre, mademoiselle Bessette.

Je secouai la tête. Je me sentais mal, comme si le simple fait d'être venue là en révélait trop sur moi. Je jetai un coup d'œil par-dessus son épaule, vers Mistinguett et son groupe d'amis.

— Alors ? s'enquit-il en m'offrant son bras.

Au même instant, la chanteuse me regarda droit dans les yeux.

Ce fut, pour être honnête, quelque chose dans son expression, le bref éclat de contrariété dans son regard qui me décida. Cet homme, Édouard Lefèvre, avait le pouvoir de faire que l'une des étoiles les plus brillantes de Paris se sente insignifiante et invisible. Et il m'avait choisie moi, plutôt qu'elle.

Je lui lançai un coup d'œil.

— Juste un peu d'eau, alors, merci.

Je le suivis jusqu'à la table.

— Misty, très chère, je te présente Sophie Bessette.

Elle ne se départit pas de son sourire, mais son regard était glacial tandis qu'elle m'examinait de la tête aux pieds.

Je me demandai si elle se rappelait que je l'avais servie au grand magasin.

— Des sabots, fit remarquer l'un de ses suivants debout derrière elle. Comme c'est... pittoresque.

Sa remarque fut accueillie par des rires étouffés ; je sentis des picotements me parcourir la peau. Je pris une grande inspiration.

— On ne verra que ça dans les magasins au moment des nouvelles collections printemps. C'est la toute dernière tendance : *la mode paysanne**.

Je sentis les doigts d'Édouard dans mon dos.

— Dotée comme elle l'est des chevilles les plus fines de Paris, je pense que Mlle Bessette peut se permettre de porter ce qui lui plaît.

Un bref silence s'abattit sur le groupe, le temps que les mots d'Édouard fassent leur effet. Mistinguett détourna les yeux de moi.

— *Enchantée**, dit-elle avec un sourire éblouissant. Édouard chéri, je dois y aller. J'ai tellement de choses à faire. Passe me voir bientôt, d'accord ?

Elle tendit sa main gantée, et il la baisa. Je dus faire un effort pour détacher mes yeux de ses lèvres. Là-dessus, elle disparut, une ondulation à la surface de la foule, comme si elle fendait l'eau.

Nous nous assîmes donc, Édouard calé confortablement contre son dossier, moi, encore une fois, raide et mal à l'aise. Sans rien dire, il me tendit un verre, et il me sembla qu'il avait l'air contrit. Je crus aussi déceler sur son visage – avais-je bien vu ? – une pointe d'amusement réprimé. Comme si la situation était trop ridicule pour que je me sente offensée.

Environnée de l'allégresse des danseurs, des rires et du ciel bleu, je commençai à me détendre. Édouard me parla avec la plus grande politesse, m'interrogeant sur ma vie avant Paris, la politique interne du magasin, s'interrompant de temps à autre pour coincer sa cigarette à la commissure de ses lèvres et crier « Bravo ! » à l'intention de l'orchestre, applaudissant en levant haut ses grandes mains. Il connaissait presque tout le monde. Je perdis le compte de tous ceux qui s'arrêtèrent pour le saluer ou lui offrir un verre : artistes, commerçants, admiratrices. J'avais l'impression d'être avec un membre de la famille royale. Et je surprenais leurs regards se poser brièvement sur moi, pendant qu'ils se demandaient ce qu'un homme qui aurait pu avoir Mistinguett faisait avec une petite provinciale comme moi.

— Les filles du magasin disent que vous parlez aux *putains** de Pigalle, lançai-je, cédant à la curiosité.

— C'est vrai. Et nombre d'entre elles sont d'excellente compagnie.

— Les peignez-vous ?

— Quand j'ai les moyens de les payer, répondit-il en hochant la tête en direction d'un homme qui nous salua en soulevant son chapeau. Elles font d'excellents modèles. Elles sont en général parfaitement à l'aise avec leur corps.

— Contrairement à moi.

Il me vit rougir. Après une brève hésitation, il posa sa main sur la mienne, dans un geste d'excuse. Je rougis de plus belle.

— Mademoiselle, dit-il doucement. Ces dessins ne traduisent pas votre échec, mais le mien. J'ai… (Il changea d'approche.) Vous avez d'autres qualités. Vous me fascinez. Vous ne vous laissez pas intimider par grand-chose.

— Non, je ne crois pas, effectivement, approuvai-je.

Nous mangeâmes du pain, du fromage et des olives, et jamais de ma vie je n'en avais mangé d'aussi bonnes.

Il but du pastis, reposant bruyamment chaque verre avec délectation. L'après-midi s'écoula. Les rires se firent plus sonores, les boissons s'enchaînaient plus rapidement. Je m'autorisai à boire deux petits verres de vin et commençai enfin à m'amuser. Là, dans la rue, en cette douce journée, je n'étais plus une provinciale, la vendeuse sur l'avant-dernier barreau de l'échelle. J'étais simplement une Parisienne de plus participant aux réjouissances de ce 14 Juillet.

Et puis Édouard repoussa sa chaise et se dressa devant moi.

—M'accorderiez-vous cette danse ?

Aucune raison de refuser ne me venant à l'esprit, je pris sa main, et il m'entraîna dans la mer de corps. Je n'avais pas dansé depuis mon départ de Saint-Péronne. À présent, je sentais la caresse de la brise sur mes oreilles, la pression de sa paume dans le creux de mes reins, mes sabots curieusement légers à mes pieds. Édouard dégageait une odeur de tabac et d'anis, ainsi qu'une énergie virile qui me laissa légèrement essoufflée. Je n'aurais su l'expliquer. J'avais très peu bu, je ne pouvais même pas accuser l'alcool. Il n'était pas particulièrement beau, et je ne regrettais pas l'absence d'homme dans ma vie.

—Dessinez-moi encore, dis-je.

Il s'arrêta et me regarda, perplexe. Je ne pouvais l'en blâmer : j'étais moi-même déroutée par mon audace.

—Dessinez-moi encore. Aujourd'hui. Maintenant.

Sans un mot, il retourna à la table récupérer son tabac, et nous fendîmes la foule l'un derrière l'autre, remontant les rues grouillantes jusqu'à son studio.

Nous gravîmes les étroites marches de bois, il ouvrit la porte donnant sur la grande pièce lumineuse, et j'attendis pendant qu'il retirait sa veste, mettait un disque sur le gramophone et commençait à mélanger la peinture sur sa palette. Alors, pendant qu'il fredonnait, concentré, je me mis à déboutonner mon corsage. J'ôtai mes sabots et mes bas. Je me débarrassais de mes jupes, ne gardant que ma chemise et mon jupon de coton blanc. Je restai assise là, presque entièrement dévêtue, et enlevai les épingles de mes cheveux de façon qu'ils me tombent sur les épaules. Quand il pivota vers moi, je l'entendis étouffer une exclamation.

Il cilla à plusieurs reprises.

— Comme cela? dis-je.

Une expression d'anxiété fugace traversa son visage. Peut-être craignait-il que ses pinceaux ne me trahissent encore une fois. Je ne baissai pas les yeux, gardant la tête haute, le défiant presque du regard. Et puis quelque impulsion artistique prit le dessus, et déjà il se perdait dans l'examen de la couleur laiteuse inattendue de ma peau, des reflets brun-roux de mes cheveux lâchés, et tout semblant de préoccupation pour la probité fut oublié.

— Oui, oui. Tournez la tête légèrement à gauche, s'il vous plaît, dit-il. Et votre main. Voilà. Ouvrez un peu votre poing. Parfait.

Je l'observai quand il se mit à peindre. Il examina chaque centimètre carré de mon corps avec une concentration intense, comme si l'idée de commettre la moindre erreur lui était insupportable. Je vis la satisfaction s'imprimer sur son visage, et j'eus le sentiment qu'elle reflétait la mienne. Je n'avais plus aucune inhibition. J'étais Mistinguett, ou une prostituée de Pigalle, sans peur ni gêne. Je voulais qu'il scrute ma peau, les creux de ma gorge, l'éclat secret de mes cheveux. Je voulais qu'il me voie tout entière. Je profitai qu'il soit accaparé par son art pour examiner ses traits, la façon dont il marmonnait pour lui-même tout en mélangeant les couleurs sur sa palette. Je le regardai traîner les pieds comme un vieil homme. C'était une affectation; il était plus jeune et robuste que la plupart des clients qui fréquentaient le magasin. Je me rappelai sa manière de manger: avec un plaisir évident et avide. Il chantait sur la musique que diffusait le gramophone, peignait quand l'envie lui prenait, parlait à qui il voulait et disait ce qu'il pensait. Je voulais vivre comme Édouard, joyeusement, en profitant de chaque moment, tant c'était bon.

Et puis le soir tomba. S'interrompant pour nettoyer ses pinceaux, il regarda autour de lui, comme s'il venait seulement de s'en apercevoir. Il alluma des bougies et une lampe à gaz qu'il disposa autour de moi, puis soupira: le crépuscule avait remporté la bataille.

— Avez-vous froid? me demanda-t-il.

Je secouai la tête, mais il se dirigea vers une commode et en sortit un châle en laine rouge, dont il me drapa soigneusement les épaules.

— C'est fini pour aujourd'hui. Il n'y a plus assez de lumière. Voulez-vous voir?

Je resserrai le châle autour de moi et marchai jusqu'au chevalet, pieds nus sur le plancher. J'avais l'impression d'être dans un rêve, comme si la vraie vie s'était évaporée pendant que je me tenais assise là. J'avais peur, en regardant, de rompre le charme.

— Venez.

Il me fit signe d'avancer.

Sur la toile, je vis une jeune fille que je ne reconnaissais pas. Elle me rendait mon regard avec un air de défi, ses cheveux de cuivre rougeoyaient dans la pénombre, et sa peau avait la pâleur de l'albâtre. Je vis une jeune fille forte de la confiance impérieuse d'une aristocrate. Une inconnue, fière et magnifique.

J'avais l'impression d'observer mon reflet dans un miroir magique.

— Je le savais, dit-il d'une voix douce. Je savais que vous étiez là.

Il avait les yeux cernés, mais il semblait satisfait. Je la regardai encore un peu. Puis, sans réfléchir, je fis un pas en avant, levai lentement les bras et pris son visage dans mes mains, de façon à l'obliger à plonger son regard dans le mien. Je le tins à quelques centimètres du mien et l'empêchai de se détourner, comme pour absorber ce qu'il voyait.

Jamais je n'avais souhaité partager l'intimité d'un homme. Les bruits d'animaux et les cris qui montaient de la chambre de mes parents – en général quand mon père était soûl – m'avaient traumatisée ; j'avais pitié de ma mère en voyant le lendemain son visage contusionné et sa démarche précautionneuse. Mais ce que je ressentis pour Édouard me submergea. Je ne pouvais détourner les yeux de sa bouche.

— Sophie...

Je l'entendis à peine. J'attirai son visage plus près du mien, et le monde s'effaça autour de nous. Je sentais les poils râpeux de sa barbe naissante sous mes paumes, son souffle brûlant sur ma peau. Ses yeux sondaient les miens si sérieusement... Je le jure, même là, il donnait l'impression de me voir pour la première fois.

Je retins ma respiration et me penchai en avant, de quelques centimètres seulement, jusqu'à effleurer ses lèvres du bout des miennes. Il posa ses mains sur ma taille, qu'elles serrèrent par réflexe. Sa bouche rencontra de nouveau la mienne, et j'inhalai son souffle, savourant son goût chaud et humide aux accents de tabac et de vin.

*Bon sang, je veux qu'il me dévore.*

Je fermai les yeux et j'eus l'impression que mon corps se mettait à faire des étincelles quand il plongea les doigts dans mes cheveux et promena sa bouche le long de mon cou.

Dehors, dans la rue, un rire joyeux et bruyant retentit, et, tandis que les drapeaux claquaient dans la brise nocturne, un changement se produisit en moi, irréversible.

— Oh, Sophie ! Je pourrais vous peindre tous les jours de ma vie, murmura-t-il contre ma peau.

Je ne savais pas avec certitude s'il avait prononcé « peindre » ou « prendre », mais, à ce stade, il était trop tard pour m'en préoccuper.

# Chapitre 5

La pendule du grand-père de René Grenier avait commencé à carillonner, ce qui, bien entendu, était une catastrophe. Depuis des mois, elle était enterrée sous le potager qui courait le long de sa maison, avec une théière en argent, quatre pièces d'or et la montre à gousset de l'aïeul, afin d'éviter que ce trésor ne disparaisse entre les mains des Allemands.

Le plan avait bien fonctionné – de fait, toute la ville piétinait des objets précieux enterrés à la hâte sous les jardins et les allées –, jusqu'à ce que Mme Poilâne fasse irruption dans le bar par un frais matin de novembre et interrompe la partie quotidienne de dominos pour annoncer la mauvaise nouvelle : une sonnerie étouffée se faisait entendre tous les quarts d'heure, sous ce qui restait des carottes de René.

— Même moi, je l'entends avec mes vieilles oreilles, chuchota-t-elle. Alors vous pouvez être sûrs qu'ils l'entendront.

— Vous êtes certaine qu'il s'agit de la pendule ? demandai-je. Cela fait si longtemps qu'elle n'a pas été remontée…

— C'est peut-être le bruit que fait Mme Grenier en se retournant dans sa tombe, suggéra M. Lafargue.

— Je n'aurais pas enterré ma femme sous les légumes, marmonna René. Cela les aurait rendus encore plus amers et ratatinés qu'ils ne le sont déjà.

Je me penchai pour vider le cendrier et baissai la voix :
— Il vous faudra la déterrer à la nuit tombée, René, et l'envelopper dans de la toile de jute. Ce soir, ce devrait être sans danger ; ils ont livré des provisions en plus pour leur repas. La plupart d'entre eux se trouveront ici, ils devraient être peu nombreux à effectuer des rondes.

Cela faisait un mois que les Allemands dînaient au *Coq rouge*, et une trêve précaire avait été instaurée sur ce territoire partagé. De 10 heures à 17 h 30, le bar était français, fréquenté par sa clientèle habituelle d'anciens et de solitaires. Hélène et moi avions ensuite tout juste le temps de débarrasser et de cuisiner pour les Allemands, qui arrivaient un peu avant 19 heures et s'attendaient à trouver leur repas servi plus ou moins au moment où ils franchissaient la porte. Certes, la situation présentait des avantages : quand il y avait des restes, plusieurs fois par mois, nous les partagions (même s'il s'agissait désormais plus souvent de morceaux quelconques de viande ou de légumes n'égalant jamais notre festin de poulet rôti du premier soir). Il faisait de plus en plus froid, et l'appétit des Allemands croissait en conséquence. Hélène et moi n'étions pas assez courageuses pour subtiliser une partie de leurs provisions, mais ces quelques bouchées de nourriture en plus faisaient une différence ; Jean tombait moins souvent malade, notre teint commença à s'éclaircir, et plusieurs fois nous parvînmes même à dérober un petit bocal de bouillon aux os et à l'apporter à la maison du maire pour la petite Louisa.

Il y avait d'autres avantages. À peine les Allemands partis, Hélène et moi nous précipitions vers la cheminée et éteignions les bûches, que nous laissions ensuite sécher à la cave. Le fruit d'une collecte de plusieurs jours de ces morceaux de bois permettait d'entretenir un petit feu durant les journées les plus glaciales. Alors le bar se remplissait à craquer, même si les clients à proprement parler étaient peu nombreux.

Néanmoins, comme on pouvait s'y attendre, servir les Allemands recelait aussi des inconvénients. Mmes Durant et Louvier avaient décidé que, même si je n'adressais pas la parole aux officiers ni ne leur souriais, et que mon attitude ne laissait aucun doute sur le caractère contraignant de leur présence dans ma maison, je bénéficiais forcément de leurs largesses. Je pouvais sentir leurs yeux sur moi tandis que je réceptionnais la livraison habituelle de nourriture, de vin et de combustible, et savais que nous faisions l'objet de débats passionnés autour de la place. Mon unique consolation était que le soir, à cause du couvre-feu, les deux commères ne pouvaient voir les plats exquis que nous leur cuisinions, ou comment l'hôtel se remplissait de bruits et de discussions animées durant ces heures sombres.

Hélène et moi avions appris à vivre avec les accents et la langue de l'occupant dans notre foyer. Quelques-uns d'entre eux nous devinrent familiers. Il y avait le grand maigre avec les oreilles en feuilles de chou, qui essayait toujours de nous remercier en français. Il y avait le grincheux à la moustache grise, qui parvenait presque toujours à critiquer quelque chose et réclamait systématiquement du sel, du poivre ou une portion supplémentaire de viande. Il y avait le petit Holger, qui buvait trop et arborait un éternel air absent, le regard perdu par la fenêtre. Hélène et moi accueillions leurs commentaires avec un hochement de tête, prenant soin de faire preuve de civilité, sans pour autant nous montrer amicales. Certains soirs, pour être honnête, c'était presque un plaisir de les avoir. Pas les Allemands, les êtres humains. Des hommes, de la compagnie, l'odeur de cuisine… Nous avions été privées de contacts masculins – de vie – pendant si longtemps…

Mais il y avait ces autres soirs où, de toute évidence, une manœuvre avait dû mal tourner : ils ne parlaient pas, les visages étaient tendus et sévères, et les rares conversations réduites à des chuchotements pressants. Ces soirs-là, ils nous lançaient des regards en coin, comme s'ils se rappelaient tout à coup que nous étions l'ennemi. Comme si nous étions capables de comprendre ce qu'ils disaient.

Aurélien les espionnait. Il avait pris l'habitude de s'allonger sur le sol de la chambre 3, le visage pressé contre un interstice entre deux lattes du plancher, dans l'espoir un jour d'apercevoir une carte ou quelque instruction qui donnerait l'avantage à nos armées. Il était devenu incroyablement bon en allemand : une fois les militaires partis, il imitait leur accent ou prononçait quelques mots pour nous faire rire. À l'occasion, il saisissait même des bribes d'informations : quel officier était à *der Krankenhaus* (l'hôpital), co d'hommes étaient morts (*tot*). Je craignais qu' fasse prendre, mais j'étais fière aussi. Grâce à lui, j sensation que nourrir les Allemands pouvait en fa une utilité cachée.

Pendant ce temps, le *Kommandant* ne se dépa pas de sa politesse. Il me saluait, sinon avec chaleur, a moins avec une courtoisie de plus en plus familière. Il nous complimentait sur notre cuisine sans une once de flatterie et tenait la bride haute à ses hommes, à qui il ne permettait ni excès de boisson ni manières déplacées.

Il vint me débusquer à plusieurs reprises pour parler d'art. Ces conversations en tête à tête me mettaient assez mal à l'aise, mais me rappeler mon mari me procurait un certain plaisir. Le *Kommandant* évoquait alors son admiration pour Purrmann, les racines allemandes de l'artiste, ou des œuvres de Matisse qui lui avaient donné envie de voyager à Moscou ou au Maroc.

Au début, je parlais avec réticence, mais je découvris vite que j'étais intarissable sur le sujet. C'était comme se voir rappeler une autre vie, un autre monde. Il était fasciné par les dynamiques de l'académie de Matisse. Il se demandait s'il y avait de la rivalité entre les artistes ou de l'amour sincère. Il s'exprimait comme un juriste : rapide, intelligent, impatient quand on ne saisissait pas immédiatement où il voulait en venir. Je crois qu'il aimait parler avec moi parce que je ne me laissais pas décontenancer par lui. C'était un aspect de mon caractère, qui m'interdisait de paraître intimidée, même quand secrètement je l'étais. Cela m'avait été très utile face aux clients hautains du grand magasin parisien où j'avais travaillé, et cela me servait encore beaucoup à présent.

Il appréciait particulièrement le portrait, que j'avais accroché dans le bar, et passait tant de temps à le regarder en louant l'usage des couleurs et le coup de pinceau d'Édouard que je parvins brièvement à oublier ma gêne d'en être le sujet.

Ses parents, me confia-t-il, n'étaient pas cultivés, mais lui avaient transmis l'envie d'apprendre. Il espérait reprendre ses études après la guerre, voyager, lire et s'instruire. Sa femme s'appelait Liesl. Il avait un enfant, aussi, me révéla-t-il un soir. Un garçon de deux ans, qu'il n'avait encore jamais vu. (En répétant cette information à Hélène, je m'étais attendue à une réaction compatissante, mais elle avait rétorqué vivement qu'il aurait dû passer moins de temps à conquérir les pays des autres.)

Il m'avait confié tout cela comme en passant, sans prétendre obtenir de moi quelque renseignement personnel en retour. Il ne s'agissait pas d'égoïsme : il comprenait qu'en occupant ma maison il avait envahi ma vie, et que chercher à pénétrer plus loin encore aurait été bien trop abusif. Il était, compris-je, un genre de gentleman. Au cours de ce premier mois, il me parut de plus en plus difficile de réduire *Herr Kommandant* à une bête, un Boche, comme je pouvais le faire avec les autres soldats. Je suppose que j'en étais arrivée à croire que tous les Allemands étaient des barbares, si bien qu'il me coûtait de les imaginer avec une femme, une mère, des bébés. Il était là, à manger devant moi soir après soir, discutant des couleurs et des formes, des qualités d'autres artistes, comme mon mari aurait pu le faire. Parfois il souriait, ses grands yeux bleus soudain encadrés par de profondes pattes d'oie, comme si le bonheur était une émotion qui lui était beaucoup plus familière que ce que ses traits ne le suggéraient.

Je ne défendais jamais le *Kommandant* devant les autres habitants de Saint-Péronne. Je ne l'évoquais même pas. Si l'on me parlait des difficultés d'avoir les Allemands au *Coq rouge*, je me contentais de répondre que, s'il plaisait à Dieu, le jour arriverait bientôt où nos maris rentreraient et où tout cela ne serait plus qu'un lointain souvenir.

Et je priais pour que personne ne remarque que notre maison n'avait plus été réquisitionnée depuis que les Allemands s'y étaient installés.

Peu avant midi, je quittai le bar enfumé et sortis sous prétexte de battre un tapis. Une fine couche de givre recouvrait le sol aux endroits encore à l'ombre, et je contemplai un instant sa surface cristalline et scintillante. Je frissonnai tout en portant mon tapis quelques mètres plus bas dans la rue, vers le jardin de René, et là je l'entendis : un tintement étouffé annonça midi moins le quart.

À mon retour, un groupe disparate d'anciens se frayait un chemin hors du café.

— Nous allons chanter, annonça Mme Poilâne.

— Pardon ?

— Nous allons chanter. Cela masquera les bruits du carillon jusqu'à ce soir. Nous prétendrons qu'il s'agit d'une coutume française. Des chansons d'Auvergne. Tout ce dont nous pourrons nous souvenir. Qu'est-ce qu'ils en savent ?

— Vous allez chanter toute la journée ?

— Non, toutes les heures seulement. Et uniquement s'il y a des Allemands en vue.

Je la regardai d'un air incrédule.

— S'ils déterrent la pendule de René, Sophie, c'est toute la ville qu'ils vont retourner. Pas question que les perles de ma mère terminent au cou de je ne sais quelle *Hausfrau* allemande.

Sa bouche se plissa en une moue de dégoût.

— Eh bien, vous feriez mieux de commencer maintenant. Quand la pendule sonnera midi, la moitié de Saint-Péronne l'entendra.

Ce fut presque comique. Je m'attardai sur les marches de l'hôtel pendant que la chorale improvisée se rassemblait à l'entrée de l'allée, face aux Allemands qui se tenaient toujours sur la place. Les vieux commencèrent à chanter. Ils entonnèrent des berceuses de mon enfance, ainsi que *La Pastourelle*, *Baïlèro*, *Quand j'étais petit*, de leurs voix rauques et chevrotantes. Ils chantaient la tête haute, épaule contre épaule, échangeant de petits regards en coin de temps en temps. René semblait alternativement bougon et anxieux. Mme Poilâne, véritable grenouille de bénitier, gardait les paumes jointes devant elle.

Alors que j'essayais de me retenir de sourire, toujours debout, un torchon à la main, le *Kommandant* traversa la rue pour me rejoindre.

— Que font ces gens ?

— Bonjour, *Herr Kommandant*.

— Vous savez que les attroupements sur la voie publique sont interdits.

— On peut difficilement parler d'attroupement. C'est un festival, *Herr Kommandant*. Une tradition française. Toutes les heures, en novembre, les anciens de Saint-Péronne entonnent des chants folkloriques pour repousser l'approche de l'hiver.

Je prononçai mon petit discours avec beaucoup de conviction. Le *Kommandant* fronça les sourcils, puis se tourna vers les vieillards. Ceux-ci haussèrent soudain la voix à l'unisson, et je devinai que, derrière eux, le carillon avait commencé à sonner.

— Mais ils sont épouvantables, dit-il en baissant le ton. Je n'ai jamais entendu chanter aussi faux de toute ma vie.

— Je vous en prie, laissez-les faire. Ce sont d'innocents chants paysans, comme vous pouvez l'entendre. Ces pauvres vieux se font un petit plaisir en chantant les chansons de leur terre natale, juste pour un jour. Vous pouvez certainement comprendre cela.

— Ils vont chanter comme ça toute la journée ?

Ce n'était pas le rassemblement en lui-même qui le contrariait. Il était comme mon mari : la laideur ou la médiocrité dans l'art, quel qu'il soit, lui causaient une douleur presque physique.

— C'est possible.

Le *Kommandant* resta parfaitement immobile, l'oreille tendue. Soudain, l'anxiété me gagna : s'il avait l'ouïe aussi fine que la vue, il risquait de distinguer le carillon derrière le chant.

— Je me demandais ce que vous souhaiteriez manger ce soir, lançai-je brusquement.

— Comment ?

— Je me demandais si vous aviez une envie particulière. Je veux dire, nous n'avons pas tous les ingrédients à disposition, mais il y a plusieurs recettes que je pourrais vous préparer.

Je vis Mme Poilâne presser les autres de chanter plus fort, ses mains s'agitant vers le haut.

Le *Kommandant* parut perplexe. Je souris, et en l'espace de quelques secondes, son visage s'adoucit.

— Voilà qui est très…

Il s'interrompit.

Thierry Arteuil remontait la route en courant, son écharpe de laine volant autour de son visage, l'index tendu derrière lui.

— Des prisonniers de guerre !

Le *Kommandant* se tourna vivement vers ses hommes, qui se rassemblaient déjà sur la place, et oublia ma présence. J'attendis qu'il s'éloigne, puis je me dépêchai de rejoindre la chorale des anciens. Hélène et les clients restés à l'intérieur du *Coq rouge*, alertés peut-être par l'agitation croissante, s'étaient postés aux fenêtres. Certains s'aventurèrent sur le trottoir.

Il régna un bref silence. Puis ils apparurent en haut de la grand-rue : une centaine d'hommes organisés en petit convoi. Près de moi, les vieux chantaient toujours. Leurs voix se firent un peu hésitantes quand ils comprirent ce qu'ils voyaient, avant de redoubler de détermination.

Toute l'assistance scruta les soldats titubants en quête d'un visage connu. Mais le fait de ne pas reconnaître un seul d'entre eux n'apportait aucun soulagement. Ces hommes étaient-ils vraiment des Français ? Ils semblaient si ratatinés, si gris et défaits, avec leurs vêtements flottant sur leurs corps mal nourris, leurs blessures pansées avec de vieux bandages sales. Ils passèrent à peine plus d'un mètre devant nous, tête basse. Des soldats allemands ouvraient et fermaient la marche ; nous ne pouvions rien faire d'autre que regarder.

J'entendis le chœur des anciens hausser résolument la voix derrière moi, soudain plus mélodieux et harmonieux : « Berger, de l'autre côté de l'eau…, baïlèro, lèro… »

Une grosse boule se coinça dans ma gorge à la pensée que quelque part, à des kilomètres de là, il s'agissait peut-être d'Édouard. Je sentis la main d'Hélène saisir la mienne et sus qu'elle partageait mes craintes.

« Comment faire pour enjamber
Le ruisseau qui nous sépare,
Dis-le-moi donc, baïlèro, lèro…
Attends-moi, je viens te chercher… »

Nous scrutâmes leurs visages. Les nôtres ne trahissaient aucune émotion. Mme Louvier apparut à côté de nous : aussi vive qu'une souris, elle se fraya un passage au milieu de notre petit groupe et fourra un pain noir qu'elle venait d'aller chercher à la *boulangerie*\* dans les mains d'un de ces hommes squelettiques, son châle de laine voletant autour de ses épaules dans le vent frais. Le prisonnier leva les yeux, incertain de ce qui venait d'apparaître dans ses paumes. Alors, avec un hurlement, un soldat allemand surgit devant eux et abattit la crosse de son fusil sur le pain au moment même où l'homme comprenait ce qu'on venait de lui donner. La miche lui échappa et échoua dans le caniveau comme une brique. Le chant se tut.

Mme Louvier regarda fixement le pain, puis leva la tête et poussa un cri perçant.

— Espèce d'animal! Vous, Allemands! Vous voulez les affamer comme des chiens! Qu'est-ce qui ne tourne pas rond, chez vous? Bande de bâtards! Fils de putes!

Jamais je ne l'avais entendue employer un tel langage. On aurait dit que le dernier fil qui la retenait à la réalité s'était rompu tout à coup, et qu'elle dérivait, sans repères.

— Vous voulez frapper quelqu'un? Frappez-moi! Allez-y, sale voyou! Frappez-moi!

Sa voix fendait l'air froid et immobile.

Je sentis Hélène m'agripper le coude. Je priai ardemment pour que la vieille dame se taise, mais elle continuait de vociférer, agitant son doigt tendu devant le visage du jeune soldat. Soudain, j'eus peur pour elle. L'Allemand la regarda avec une expression de rage à peine contenue. Ses jointures blanchirent sur la crosse de son fusil, et je craignis qu'il ne la frappe. Elle était si frêle : ses os se briseraient sous ses coups.

Mais, alors que nous retenions tous notre souffle, il se baissa, ramassa la miche dans le caniveau et la lui fourra entre les paumes.

Elle le regarda comme s'il l'avait giflée.

— Vous croyez que je vais le manger alors qu'il a été arraché aux mains d'un frère mort de faim? Vous croyez que cet homme n'est pas mon frère? Ils sont tous mes frères! Tous mes fils! *Vive la France*\*! cracha-t-elle, ses yeux brillants. *Vive la France*\*!

Comme si c'était plus fort qu'eux, les vieux derrière moi se mirent à murmurer en écho, oubliant brièvement leur chant : « *Vive la France*\*! »

Le soldat jeta un coup d'œil par-dessus son épaule, attendant probablement les instructions de son supérieur, mais il fut distrait par un cri un peu plus loin dans la colonne. Un prisonnier avait profité de l'agitation pour tenter de s'échapper : le jeune homme, le bras dans une écharpe de fortune, s'était glissé hors des rangs et traversait à présent la place en courant.

Debout avec deux de ses officiers près de la statue brisée du maire Leclerc, le *Kommandant* fut le premier à réagir.

— Halte! cria-t-il.

Le jeune homme accéléra, encombré par ses chaussures trop grandes.

— HALTE!

Le prisonnier se délesta de son sac à dos et, pendant un court instant, il sembla prendre de la vitesse. Il perdit sa seconde chaussure et trébucha, mais réussit miraculeusement à se redresser. Il était sur le point de disparaître derrière une maison à un coin de la place, quand le *Kommandant* sortit un revolver de sa poche. À peine eus-je le temps de comprendre ce qu'il se passait qu'il levait le bras, visait et faisait feu. Le garçon tomba et percuta lourdement le sol.

Le monde s'arrêta de tourner. Les oiseaux se turent. Tous les regards étaient rivés sur le corps immobile sur les pavés. Hélène laissa échapper un gémissement sourd, esquissa un pas pour aller vers lui, mais le *Kommandant* nous ordonna de rester en arrière. Il cria quelques mots en allemand, et ses hommes pointèrent leurs fusils vers la colonne de prisonniers.

Personne ne bougea. Les captifs regardaient leurs pieds ; ils ne paraissaient pas surpris par la tournure des événements. Hélène avait plaqué une main sur sa bouche et marmonnait des paroles indistinctes. Je glissai un bras autour de sa taille. Je pouvais entendre ma respiration saccadée.

Le *Kommandant* s'approcha du prisonnier abattu d'un pas vif. Arrivé à sa hauteur, il s'accroupit et pressa deux doigts sous la mâchoire du jeune homme. Une flaque rouge foncé tachait déjà la veste élimée, et ses yeux regardaient fixement un point dans le ciel au-dessus de la place. Le *Kommandant* resta ainsi pendant un moment, puis se releva. Deux officiers allemands firent mine de le rejoindre, mais d'un geste il leur intima de se mettre en formation. Il traversa de nouveau la place, rempochant son revolver, et s'arrêta brièvement quand il passa devant le maire.

— Vous ferez les arrangements nécessaires, dit-il.

L'intéressé hocha le menton. Je vis la légère crispation de sa mâchoire.

Sur un cri, la colonne reprit sa progression le long de la route ; les prisonniers n'avaient pas relevé la tête. Les femmes de Saint-Péronne pleuraient à présent ouvertement dans leurs mouchoirs. Le corps gisait recroquevillé non loin de la rue des Bastides.

Moins d'une minute après que les Allemands se furent éloignés, la pendule de René Grenier carillonna dans le silence, concluant le quart d'heure lugubre qui venait de s'écouler.

Ce soir-là, une ambiance sinistre s'installa au *Coq rouge*. Le *Kommandant* n'essaya pas de faire la conversation, et de toute façon je ne l'y encourageai pas. Hélène et moi servîmes le repas, lavâmes les cocottes et restâmes à la cuisine autant que possible. Je n'avais pas d'appétit. Je ne pouvais chasser de mon esprit l'image de ce pauvre garçon, de ses habits en loques voletant derrière lui, de ses chaussures trop grandes qu'il perdait tandis qu'il fuyait vers sa mort.

Surtout, je n'arrivais pas à croire que l'officier qui l'avait abattu de sang-froid était le même homme qui, assis à ma table, prenait un air mélancolique en évoquant l'enfant qu'il n'avait jamais vu et parlait avec enthousiasme de ses œuvres d'art préférées. Je me sentais idiote, comme si le *Kommandant* m'avait dissimulé sa véritable nature… Les Allemands étaient là pour ça, après tout, pas pour parler d'art ni pour s'empiffrer. Ils étaient là pour tuer nos fils et nos époux. Ils étaient là pour nous détruire.

À cet instant, mon mari me manqua tant que je ressentis la douleur de son absence dans tout mon corps. Cela faisait presque trois mois que je n'avais pas reçu de nouvelles de lui. Je n'avais aucune idée de ce qu'il endurait. Tant que nous restions isolés dans cette bulle étrange, je pouvais encore me convaincre qu'il allait bien, qu'il était toujours aussi robuste, que là-bas, dans le monde réel, il partageait une flasque de cognac avec ses camarades ou occupait ses heures perdues à dessiner sur un bout de papier. Quand je fermais les yeux, je voyais Édouard tel que je me le rappelais à Paris. Mais, après avoir assisté au pathétique défilé de ces Français marchant au pas dans les rues, il m'était difficile de m'accrocher à ces fantasmes. Édouard pouvait avoir été fait prisonnier, être blessé, mourir de faim. Il pouvait être en train de subir le même calvaire que ces hommes. Il pouvait être mort.

Je m'appuyai sur l'évier et fermai les yeux.

À cet instant, un grand fracas retentit. Arrachée à mes pensées, je me précipitai hors de la cuisine. Hélène se tenait debout, dos à moi, les bras en l'air, un plateau et des verres brisés à ses pieds. Contre le mur, le *Kommandant* tenait un jeune homme par la gorge. Il lui aboyait des propos en allemand, le visage déformé par la colère à quelques centimètres seulement du jeune soldat, qui levait les paumes en geste de soumission.

— Hélène ?

Ma sœur était blême.

— Il a posé la main sur moi quand je suis passée devant lui. Mais… mais *Herr Kommandant* est devenu fou.

Les hommes les entouraient à présent, essayant de raisonner le *Kommandant* et de le faire reculer ; il y avait des chaises renversées, chacun criait plus fort que les autres pour tenter de se faire entendre. Pendant un moment, le tumulte régna. Enfin, le *Kommandant* sembla se ressaisir et desserra sa prise autour du cou du jeune homme. Je crus croiser son regard brièvement, mais aussitôt il fit un pas en arrière et son poing jaillit, touchant l'homme à la tempe, envoyant son visage percuter le mur.

— *Sie können nicht die Frauen berühren !* hurla-t-il.

— Dans la cuisine.

Je poussai ma sœur vers la sortie, sans m'arrêter pour ramasser les bris de verre. J'entendis des éclats de voix, une porte claqua, et je me réfugiai dans le couloir à la suite d'Hélène.

— Madame Lefèvre.

J'étais en train de laver le dernier verre. Hélène était montée se coucher. Les événements de la journée l'avaient encore plus épuisée que moi.

— Madame ?

— *Herr Kommandant.*

Je me tournai vers lui en me séchant les paumes sur un torchon. Il n'y avait qu'une seule bougie allumée dans la cuisine – une mèche trempée dans l'huile d'une boîte de sardines –, et je pouvais à peine distinguer son visage.

Il se tenait devant moi, sa casquette entre les mains.

— Je suis désolé pour vos verres. Je m'assurerai qu'ils soient remplacés.

— Je vous en prie, ne prenez pas cette peine. Il nous en reste bien assez.

Je savais que le moindre verre serait réquisitionné chez des voisins.

— Et je suis désolé pour… le comportement du jeune officier. S'il vous plaît, dites à votre sœur que cela ne se reproduira pas.

Je n'en doutais pas. Par une fenêtre donnant sur la cour, j'avais vu l'homme repartir à son cantonnement, soutenu par un de ses compagnons, un chiffon humide pressé sur le côté de la tête.

J'attendis que le *Kommandant* s'en aille, mais il resta là. Je sentais la brûlure de son regard sur moi. Je lus de l'inquiétude dans ses yeux, presque de l'angoisse.

— Le repas de ce soir était… excellent. Comment s'appelle ce plat?

— *Chou farci*\*.

Il attendit. Le silence s'éternisa, et quand il devint trop gênant, j'ajoutai :

— Cela se prépare avec de la chair à saucisse, des légumes et des herbes aromatiques enveloppés dans des feuilles de chou, que l'on poche ensuite dans du bouillon.

Il baissa les yeux vers ses pieds, fit quelques pas dans la cuisine, puis s'arrêta pour tripoter un pot rempli d'ustensiles. Je me demandai distraitement s'il allait les emporter.

— Tout le monde a trouvé cela délicieux. Vous m'avez demandé aujourd'hui ce que j'aimerais manger. Eh bien… Nous aimerions que vous nous prépariez de nouveau ce plat bientôt. Si vous n'y voyez pas d'inconvénient.

— Comme vous voudrez.

Je lui trouvais une attitude différente ce soir-là. C'était subtil, une certaine agitation qui s'élevait de lui par vagues. Je me demandai quel effet cela faisait de tuer un homme, et si, pour un *Kommandant* allemand, c'était aussi naturel que de reprendre une tasse de café.

Au coup d'œil qu'il me jeta, j'eus l'impression qu'il s'apprêtait à parler, mais je me tournai vers mes casseroles. Dans la salle à manger, les raclements des pieds de chaises sur le sol annonçaient le départ imminent des autres officiers. Il pleuvait, un méchant crachin qui frappait les vitres presque à l'horizontale.

— Vous devez être fatiguée, dit-il. Je vais vous laisser.

Je me saisis d'un plateau de verres et lui emboîtai le pas. Quand il atteignit la porte, il pivota vers moi et coiffa sa casquette, m'obligeant à m'arrêter.

— Je voulais vous demander... Comment se porte le bébé?

— Jean? Il va bien, merci, bien qu'un peu...

— Non. L'autre.

Je faillis lâcher le plateau. J'hésitai un instant et m'efforçai de me ressaisir, mais je sentis le sang affluer dans mon cou. Je savais qu'il s'en était aperçu.

Quand je repris la parole, ma voix était rauque. Je gardai le regard baissé sur les verres devant moi.

— Je crois que nous allons tous... aussi bien que possible, étant donné les circonstances.

Il réfléchit un instant à ma réponse.

— Gardez-le en lieu sûr, déclara-t-il doucement. Mieux vaut qu'il ne prenne pas trop souvent l'air de la nuit.

Son regard s'attarda sur moi quelques secondes de plus, puis il se retourna et s'en fut.

# Chapitre 6

Cette nuit-là, je ne pus fermer l'œil, malgré mon épuisement. Je regardai Hélène dormir d'un sommeil agité, marmonnant, tendant inconsciemment la main pour s'assurer de la présence de ses enfants auprès d'elle. À 5 heures, alors qu'il faisait encore noir, je quittai le lit, m'emmitouflai dans une couverture et descendis sur la pointe des pieds pour faire bouillir de l'eau et préparer du café. Dans la salle à manger flottaient encore les odeurs de la soirée de la veille : celle du bois dans l'âtre, et un léger fumet de chair à saucisse qui fit gronder mon estomac. Je me servis une tasse et m'assis derrière le bar, le regard perdu vers la place vide tandis que le soleil se levait. Au moment où la lumière bleue se stria d'orange, je crus distinguer une ombre vaporeuse dans le coin opposé de la place, à l'endroit exact où le prisonnier était tombé. Ce jeune homme avait-il une femme, des enfants ? Étaient-ils, au même moment, occupés à lui écrire, ou à prier pour qu'il rentre sain et sauf ? J'avalai une gorgée de café et me forçai à détourner le regard.

J'étais sur le point de regagner ma chambre pour m'habiller, quand on frappa à la porte. Je tressaillis en voyant une silhouette se découper derrière le voilage en coton. Je resserrai la couverture autour de moi, observant avec attention, essayant de deviner de qui il s'agissait : était-ce le *Kommandant* venu me tourmenter au sujet du cochon ? Je marchai silencieusement jusqu'à la porte, soulevai le rideau : de l'autre côté se tenait Liliane Béthune. Ses cheveux étaient relevés de façon à former un savant nuage de boucles ; elle portait son manteau noir en astrakan, et ses yeux étaient maquillés de fard à paupières. Elle jeta un coup d'œil derrière elle quand je tournai les verrous du haut et du bas.

— Liliane ? Êtes-vous… Avez-vous besoin de quelque chose ?

Elle fouilla un instant dans sa poche et en sortit une enveloppe, qu'elle me fourra dans la paume.

— Pour vous, dit-elle.

J'y jetai un coup d'œil.

— Mais… comment avez-vous…

Elle leva une main pâle et secoua la tête.

Cela faisait des mois qu'aucun habitant de Saint-Péronne n'avait reçu de lettre. Les Allemands nous avaient complètement coupés du reste du monde et nous maintenaient dans l'ignorance de ce qui s'y passait. Je regardai fixement l'enveloppe, ne pouvant en croire mes yeux, puis retrouvai mes bonnes manières.

— Voulez-vous entrer ? Boire un café ? J'en ai un peu de côté. Du vrai, précisai-je.

Elle accueillit ma proposition avec un petit sourire.

— Non, merci. Il faut que je retourne auprès de ma fille.

Je n'eus pas le temps de la remercier qu'elle remontait déjà la rue d'un pas rapide sur ses talons hauts, le dos voûté pour se protéger du froid.

Je refermai la porte et la verrouillai de nouveau. Puis je m'assis et déchirai l'enveloppe. Sa voix, absente depuis de trop longs mois, me remplit aussitôt les oreilles.

*Ma très chère Sophie,*

*Cela fait si longtemps que je n'ai pas reçu de tes nouvelles. Je prie pour que tu sois saine et sauve. Dans les moments les plus sombres, je me dis que si ce n'était pas le cas, quelque part en moi j'en percevrais le signal, comme les vibrations d'une cloche lointaine.*

*J'ai si peu de choses à partager. Pour une fois, je ne ressens aucun désir de traduire en couleurs le monde qui m'entoure, et les mots me semblent tous inadéquats. Sache seulement ceci, ma précieuse épouse : je suis sain d'esprit et de corps, et penser à toi préserve l'intégrité de mon âme.*

*Les hommes ici serrent les photographies des êtres qui leur sont chers comme des talismans qui les protégeraient face aux ténèbres, des images chiffonnées et sales qui sont leur seul trésor. Je n'ai besoin d'aucune photographie pour te faire apparaître devant moi, Sophie : il me suffit de fermer les yeux pour me rappeler ton visage, ta voix, ton odeur... Tu n'imagines pas le réconfort que tu m'apportes.*

*Sache, ma douce, que je compte chaque jour qui passe. Non pas, comme mes compagnons du front, parce que je suis reconnaissant d'y avoir survécu, mais remerciant Dieu, parce que chaque journée qui passe me rapproche de nos retrouvailles.*

*Ton Édouard*

La lettre était datée de deux mois auparavant.

J'ignore si ce fut l'épuisement, ou peut-être le choc des événements de la veille – je ne pleure pas facilement, pour ainsi dire jamais –, mais, après avoir remis soigneusement la lettre dans son enveloppe, j'enfouis mon visage au creux de mes mains et, dans la cuisine froide et vide, me mis à sangloter.

Je ne pouvais dire aux autres habitants pourquoi il était temps de manger le cochon, mais l'approche de Noël me donna une excuse parfaite. Les officiers devaient réveillonner le 24 décembre au *Coq rouge*, plus nombreux qu'à l'ordinaire. Il fut convenu que, pendant ce temps, Mme Poilâne organiserait un *réveillon*\* secret chez elle, à deux rues de la place. Pendant que je garderais les officiers allemands occupés, notre petit groupe d'habitants pourrait sans crainte rôtir le cochon dans le four à pain que Mme Poilâne avait dans sa cave. Hélène m'aiderait à servir leur dîner aux Allemands, puis s'esquiverait par le trou du mur au sous-sol pour rejoindre les enfants chez Mme Poilâne. Ceux qui vivaient trop loin pour traverser la ville à pied sans se faire remarquer resteraient chez elle après le couvre-feu et se cacheraient dans le cas où les Allemands viendraient faire un contrôle.

— Mais ce n'est pas possible, protesta Hélène quand j'exposai le plan au maire, deux jours plus tard. Si tu restes ici, tu n'en profiteras pas. Ce serait injuste, après les risques que tu as pris pour protéger le cochon.

— L'une de nous doit rester, répliquai-je. Tu sais que le danger sera moins grand si nous pouvons nous assurer que tous les officiers se trouvent réunis en un seul endroit.

— Mais ce ne sera pas pareil…

— Rien n'est plus pareil, rétorquai-je sèchement. Et tu sais aussi bien que moi que *Herr Kommandant* remarquerait mon absence.

Je la vis échanger un regard avec le maire.

— Hélène, ne fais pas d'histoires. Il me considère comme la *patronne**. Il s'attend à me trouver ici tous les soirs. Il se doutera de quelque chose s'il ne me voit pas.

Même en m'efforçant de me contenir, ma protestation ne passait pas inaperçue.

— Écoute…, poursuivis-je en tentant de prendre un ton conciliant. Garde-moi un peu de viande et apporte-la-moi dans une serviette. Et rassure-toi : si les Allemands reçoivent des rations suffisantes pour festoyer, je ne me priverai pas d'y goûter. Je ne souffrirai pas. Je te le promets.

Ils parurent s'apaiser ; je ne pouvais leur avouer la vérité, à savoir que, depuis que j'avais découvert que le *Kommandant* connaissait l'existence du cochon, j'avais perdu l'envie d'en manger. Le fait qu'il ne nous ait ni dénoncés ni sanctionnés ne me soulageait aucunement : au contraire, j'en éprouvais un profond malaise.

Désormais, quand je le voyais contempler mon portrait, je ne me sentais plus heureuse à l'idée que même un Allemand puisse comprendre le talent de mon mari. Quand il entrait dans la cuisine pour bavarder, je me raidissais, pleine d'appréhension, redoutant qu'il ne fasse allusion au cochon.

— Une fois de plus, conclut le maire, il semble que nous vous soyons redevables.

Il avait l'air très abattu. Sa fille était malade depuis des semaines ; sa femme m'avait un jour confié que, chaque fois que l'état de Louisa empirait, son père en perdait un peu plus le sommeil.

— Ne soyez pas ridicule, protestai-je vivement. À côté de ce que nos hommes sont en train de faire, ce n'est qu'une journée de travail comme une autre.

Ma sœur me connaissait trop bien. Par la suite, elle ne me posa aucune question directe – ce n'était pas son genre –, mais elle m'observait, et je percevais la légère tension dans sa voix chaque fois que la question du *réveillon*\* était soulevée. Finalement, une semaine avant Noël, je décidai de lui avouer la vérité. Elle était en train de se coiffer, assise au bord de son lit. La main qui tenait la brosse s'immobilisa.

— Pourquoi crois-tu qu'il n'en a parlé à personne? demandai-je quand j'eus fini.

Elle regardait fixement le couvre-lit. Quand elle leva les yeux vers moi, j'y lus une expression d'effroi.

— Je crois qu'il t'aime bien, répondit-elle.

La semaine précédant Noël déborda d'activité, même si nous ne disposions que de peu de moyens pour préparer les festivités. Hélène et deux des doyennes de la communauté avaient confectionné des poupées de chiffon pour les plus jeunes. Celles-ci étaient rudimentaires, avec leurs habits en toile de jute et leurs têtes cousues dans des chaussettes brodées, mais nous tenions en ce morne Noël à transmettre un peu de magie aux enfants de Saint-Péronne.

Quant à moi, je m'enhardis un peu. À deux reprises, je volai des pommes de terre des rations des Allemands, faisant de la purée de ce qui restait pour camoufler mon larcin, et les portai dans mes poches pour nourrir les plus frêles. Je dérobai les carottes les plus petites et les cachai dans les ourlets de ma jupe de façon que, même si l'on m'arrêtait pour me fouiller, on ne trouvât rien. Au maire j'apportai deux bocaux de bouillon de poulet, afin que son épouse puisse préparer à Louisa un bol de soupe. L'enfant était pâle et fiévreuse. Sa mère m'expliqua qu'elle vomissait presque tout ce qu'elle mangeait et semblait se retirer en elle-même. En la voyant, perdue au milieu du grand lit ancien avec ses couvertures usées, apathique et toussant par intermittence, je songeai brièvement que je ne pouvais guère la blâmer. Quel genre de vie était-ce pour des enfants ?

Nous faisions de notre mieux pour leur dissimuler le pire, mais ils vivaient dans un monde où les hommes se faisaient abattre dans la rue, où des étrangers tiraient leurs mères de leur foyer en les traînant par les cheveux pour quelque délit insignifiant, comme marcher dans un bois interdit d'accès ou manquer de respect à un officier allemand. Mimi observait son environnement en silence avec des yeux soupçonneux, ce qui brisait le cœur d'Hélène. Aurélien était de plus en plus en colère : je voyais sa rage grandir en lui telle une force volcanique et je priais tous les jours pour que, quand enfin il entrerait en éruption, il n'ait pas à en payer le prix.

Mais la nouvelle la plus importante cette semaine-là fut l'apparition sous ma porte d'un journal grossièrement imprimé, intitulé *Journal des occupés*. L'unique lecture autorisée à Saint-Péronne était celle du *Bulletin de Lille*, contrôlé par les Allemands. C'était de la propagande évidente, aussi la plupart d'entre nous se contentaient d'allumer leur feu avec. Mais celui-ci donnait des informations militaires, et nommait les villes et villages occupés. Il commentait les communiqués officiels, et contenait des articles humoristiques sur l'occupation, de petits poèmes spirituels sur le pain noir et des caricatures des principaux officiers. Les lecteurs étaient priés de ne pas chercher à savoir d'où il provenait et de le détruire immédiatement après l'avoir lu.

Il contenait également une liste intitulée « Les dix commandements de von Heinrich », qui ridiculisait les nombreuses règles mesquines qu'on nous imposait.

Inutile de vous dire que ces quatre feuilles furent un véritable remontant pour notre petite ville. Les jours précédant le *réveillon**, le bar fut pris d'assaut : un flot ininterrompu de visiteurs partait le feuilleter dans les toilettes (pendant la journée, nous le cachions au fond d'un panier rempli de vieux papiers), ou simplement s'asseyait pour discuter des nouvelles et ressasser les meilleures plaisanteries. Nous passions tant de temps aux toilettes que les Allemands se demandèrent s'il n'y avait pas une épidémie.

Grâce à ce journal, nous découvrîmes que d'autres villes des environs partageaient notre triste sort. Nous entendîmes parler des effroyables camps de représailles, où des hommes affamés travaillaient plus morts que vifs. Nous apprîmes que Paris n'était guère au fait de notre situation critique, et que quatre cents femmes et enfants avaient été évacués de Roubaix, où les ravitaillements en nourriture étaient encore plus rares qu'à Saint-Péronne. Bien sûr, ces éléments d'informations n'étaient d'aucune utilité en tant que tels. Mais ils nous rappelaient que nous faisions toujours partie de la France, que notre petite ville n'était pas seule dans ses souffrances. Plus important, le journal lui-même était source de fierté : les Français étaient encore capables de défier la volonté des Allemands.

On discuta fébrilement des circonstances dans lesquelles le journal avait pu nous parvenir. Le fait qu'il ait été déposé au *Coq rouge* fit taire les mauvaises langues, ceux qui ne voyaient pas d'un bon œil que nous cuisinions pour les Allemands. Je regardai passer Liliane Béthune, qui allait d'un pas pressé chercher son pain dans son manteau d'astrakan. J'avais ma petite idée sur la question.

Le *Kommandant* insista pour que nous mangions aussi. C'était le privilège des cuisinières, dit-il, le soir du réveillon de Noël. Nous avions cru préparer un repas pour dix-huit convives, avant de découvrir qu'Hélène et moi en ferions partie : ils avaient jugé bon de nous avoir parmi eux. Nous passâmes des heures à courir d'un bout à l'autre de la cuisine. Nous étions épuisées, mais la joie que nous éprouvions en songeant à ce qui se passait deux rues plus loin nous mettait du baume au cœur : une fête clandestine, et un vrai repas pour nos enfants. Et nous-mêmes bénéficierions de deux repas complets : cela semblait trop beau pour être vrai.

Sauf que jamais plus ce ne serait trop. Jamais plus je ne pourrais refuser un repas. Tout fut délicieux : le canard rôti préparé avec des rondelles d'oranges, accompagné de *gratin dauphinois*\* et de haricots verts. Et le plateau de fromages ! Hélène mangea en s'émerveillant à l'idée du second repas qui l'attendait.

— Je peux parfaitement céder ma portion de porc à quelqu'un d'autre, dit-elle songeusement en suçotant un os. Peut-être garderai-je juste un petit bout de couenne rôtie. Qu'en penses-tu ?

Comme c'était bon de la voir si gaie. Notre cuisine, ce soir-là, sembla être redevenue le cœur d'un foyer heureux. Des bougies supplémentaires dispensaient un peu plus de cette lumière si précieuse. Et flottaient dans l'air les arômes familiers de Noël : Hélène avait enfoncé des clous de girofle dans une orange suspendue au-dessus du fourneau afin que l'odeur se répande dans la pièce. Vous pouviez écouter le cliquetis des verres, les éclats de rire et les conversations, et oublier que la pièce voisine était occupée par des Allemands... à condition de ne pas trop réfléchir.

Vers 21 h 30, j'aidai ma sœur à s'emmitoufler, puis à passer par le mur pour gagner la cave de nos voisins, d'où elle sortirait par la trappe à charbon. Elle emprunterait ensuite l'allée de derrière, plongée dans l'obscurité, jusqu'à la maison de Mme Poilâne où elle retrouverait Aurélien et les enfants, que nous avions déposés plus tôt dans l'après-midi. Nous avions déplacé le cochon la veille. Il était devenu assez gros, et Aurélien avait dû aider à le maîtriser pendant que je lui donnais une pomme à manger pour l'empêcher de couiner ; puis M. Baudin, le boucher, d'un seul coup net de son couteau, l'avait égorgé.

Je replaçai les briques dans le trou après son passage, l'oreille tendue, guettant les hommes dans la salle à manger au-dessus. Je m'aperçus avec une certaine satisfaction que, pour la première fois depuis des mois, je n'avais pas froid. Avoir faim, c'est aussi avoir froid presque en permanence : une leçon que j'étais certaine de ne jamais oublier.

— Édouard, j'espère que toi aussi tu as chaud, chuchotai-je dans la cave vide, tandis que les bruits de pas de ma sœur s'estompaient de l'autre côté du mur. J'espère que tu as mangé aussi bien que nous ce soir.

Quand je ressortis dans le couloir, je sursautai. Le *Kommandant* contemplait mon portrait.

— Où étiez-vous passée ? s'enquit-il. Je vous ai cherchée à la cuisine.

— Je... je suis simplement sortie respirer un peu d'air frais, balbutiai-je.

— Je découvre un aspect différent dans ce portrait chaque fois que je le regarde. Il y a quelque chose d'énigmatique chez elle. (Il esquissa un demi-sourire en s'apercevant de son erreur.) Il y a quelque chose d'énigmatique chez vous.

Je gardai le silence.

— J'espère que cet aveu ne vous mettra pas mal à l'aise, mais cela fait un moment que je pense qu'il s'agit de la plus belle peinture que j'aie jamais vue.

— C'est une magnifique œuvre d'art, oui.

— Vous excluez son sujet ?

Je ne répondis pas.

Il fit tourner son vin dans son verre. Quand il reprit la parole, il avait les yeux posés sur le liquide couleur rubis.

— Vous croyez-vous vraiment ordinaire, madame ?

— Je pense que la beauté se trouve dans l'œil de l'observateur. Quand mon mari me dit que je suis belle, je le crois, car je sais qu'à ses yeux je le suis.

Il releva la tête. Son regard ne quitta plus le mien. Il le soutint si longtemps que je sentis mon souffle s'accélérer.

Les yeux d'Édouard étaient la fenêtre de son âme ; à travers eux, on pouvait contempler son essence même, nue. Le regard du *Kommandant* était intense, perspicace, et néanmoins voilé, d'une certaine façon, comme s'il avait cherché à dissimuler ses véritables sentiments. Craignant qu'il ne s'aperçoive que j'étais sur le point de perdre mon sang-froid, qu'il ne lise à travers mes mensonges, je détournai les yeux la première.

Il pénétra dans la cuisine et tendit le bras par-dessus la table, vers le cageot que les Allemands avaient livré plus tôt dans la journée. Il en sortit une bouteille de cognac.

— Buvez un verre avec moi, madame.

— Non, merci, *Herr Kommandant*.

Je jetai un coup d'œil en direction de la porte de la salle à manger, où les officiers finissaient leur dessert.

— Un seul. C'est Noël.

Je reconnais un ordre quand j'en entends un. Je pensai aux autres dégustant du porc rôti à quelques maisons de là. J'imaginai Mimi, de la graisse lui coulant sur le menton, Aurélien plaisantant et se vantant de son rôle dans cette grande tromperie. Il méritait quelques heures de bonheur : deux fois cette semaine, il avait été renvoyé de l'école pour s'être battu, mais il avait refusé de me dire à propos de quoi. J'avais besoin que tous mangent un vrai repas.

— Dans ce cas… très bien.

J'acceptai le verre qu'il me tendait et bus une gorgée de cognac. J'eus l'impression que des flammes dévalaient le long de ma gorge. C'était réparateur, mieux qu'un puissant coup de pied.

Il abaissa son verre pour me regarder boire, puis poussa la bouteille vers moi, m'intimant de le remplir de nouveau.

Nous restâmes assis un moment en silence. Je me demandai combien de voisins étaient venus manger le cochon. Hélène avait prévu quatorze convives. Deux personnes âgées n'avaient pas osé braver le couvre-feu. Le curé avait promis d'apporter les restes à ceux qui n'avaient pas pu sortir de chez eux après la messe de Noël.

Pendant que nous buvions, j'observai le *Kommandant*. Il avait la mâchoire serrée d'un homme inflexible, mais, sans sa casquette militaire, ses cheveux presque entièrement rasés donnaient à son crâne un aspect vulnérable. J'essayai de me l'imaginer sans uniforme : un être humain normal, vaquant à ses occupations quotidiennes, achetant son journal, prenant des vacances... Mais je n'y arrivai pas. Il m'était impossible de voir au-delà de l'uniforme.

— La guerre est un commerce bien solitaire, vous ne trouvez pas ?

J'avalai une autre gorgée de cognac.

— Vous avez vos hommes. J'ai ma famille. Ni vous ni moi ne sommes exactement seuls.

— Mais ce n'est pas pareil, si ?

— Nous faisons tous du mieux que nous pouvons.

— Vraiment ? Je ne suis pas sûr que « mieux » convienne en ces circonstances.

L'eau-de-vie me faisait oublier la prudence.

— C'est vous qui êtes assis dans ma cuisine, *Herr Kommandant*. Il me semble, si je peux me permettre, qu'un seul d'entre nous a le choix en la matière.

Une ombre passa sur son visage. Il n'avait pas l'habitude d'être mis en défaut. Ses joues rosirent légèrement, et soudain je le vis le bras levé, le revolver pointé vers un prisonnier en fuite.

— Vous croyez vraiment que l'un d'entre nous a le choix ? demanda-t-il doucement. Vous croyez vraiment que c'est comme cela que n'importe lequel d'entre nous choisirait de vivre ? Entouré par la dévastation que nous avons nous-mêmes semée ? Si vous aviez vu, madame, ce que nous avons vu sur le front, vous penseriez vous aussi… (Il s'interrompit et secoua le menton.) Je suis désolé, madame. C'est cette époque de l'année, ça suffit à rendre un homme sentimental. Et nous savons tous qu'il n'y a rien de pire qu'un soldat sentimental.

Il sourit alors avec un air d'excuse, et je me détendis un peu. Nous étions assis chacun d'un côté de la table, sirotant nos verres, environnés des restes du repas. Dans la pièce voisine, les officiers avaient commencé à chanter. J'entendis leurs voix enfler. L'air était familier, mais les paroles incompréhensibles. Le *Kommandant* inclina la tête pour écouter. Puis il reposa son verre.

— Notre présence ici vous est odieuse, n'est-ce pas ?

Je clignai des yeux.

— J'ai toujours essayé…

— Vous croyez que votre visage ne laisse rien paraître. Mais je vous ai observée. Après toutes ces années à faire ce métier, j'ai beaucoup appris sur les gens et leurs secrets. Bien. Puis-je proposer une trêve, madame ? Juste pour ces quelques heures ?

— Une trêve ?

— Vous oubliez que j'appartiens à l'armée ennemie, j'oublie que vous êtes une femme qui passe beaucoup de temps à imaginer comment subvertir cette armée, et nous nous contentons d'être... deux personnes?

Sa physionomie s'était adoucie l'espace d'une seconde. Il leva son verre. Presque à contrecœur, je l'imitai.

— Évitons d'évoquer Noël, solitaire ou non. J'aimerais que vous me parliez des autres artistes de l'académie. Racontez-moi comment vous les avez rencontrés.

J'ignore combien de temps nous restâmes assis là. Pour être honnête, les heures s'évanouirent sous l'effet de la conversation et de l'éclat chaud de l'alcool. Le *Kommandant* voulait tout savoir de la vie d'artiste à Paris. Quel genre d'homme était Matisse? Son existence était-elle aussi scandaleuse que son art?

— Oh, non. C'était un homme extrêmement rigoureux intellectuellement. Assez sévère. Et très conservateur, autant dans son travail que dans ses habitudes. Mais d'une certaine façon... joyeux. (Je songeai un instant au professeur, à sa façon de vous jeter un coup d'œil par-dessus ses lunettes pour vérifier que vous aviez bien saisi chaque point avant de vous montrer la pièce suivante.) Je crois qu'il tire énormément de joie de ce qu'il fait.

Le *Kommandant* médita ces paroles, comme si mes réponses l'avaient satisfait.

— Autrefois, je voulais être peintre. Je n'étais pas bon, bien sûr. Il m'a fallu affronter la vérité très tôt. (Du doigt, il caressa le pied de son verre.) Je me dis souvent que vivre de sa passion doit être un des plus beaux cadeaux que le destin puisse vous faire.

Je songeai alors à Édouard, à son expression concentrée, me scrutant de derrière un chevalet. Si je fermais les yeux, je pouvais encore sentir la chaleur du feu de cheminée sur ma jambe droite, le léger courant d'air sur la gauche, là où ma peau était nue. Je pouvais le voir hausser un sourcil, et saisir le moment exact où ses pensées se détournaient de sa peinture.

—Je le crois aussi.

—La première fois que je t'ai vue, m'avait-il raconté au cours de notre premier réveillon de Noël ensemble, tu étais debout au milieu de ce magasin grouillant, et je me suis dit que tu étais la femme la plus indépendante que j'avais jamais vue. Tu donnais l'impression que, même si le monde volait tout à coup en éclats autour de toi, tu resterais dressée, majestueuse sous cette magnifique chevelure.

Il avait alors porté ma main à sa bouche et l'avait embrassée tendrement.

—Je t'ai trouvé des airs d'ours russe, lui avais-je rétorqué.

Il avait haussé un sourcil. Nous étions dans une brasserie bondée de la rue de Turbigo.

—GRRRRRR, avait-il grogné jusqu'à ce que je m'étrangle de rire, avant de m'écraser contre lui, là, au milieu de la banquette, couvrant mon cou de baisers, oublieux des gens qui mangeaient autour de nous. GRRRR !

Les voix s'étaient tues dans la pièce voisine. Soudain mal à l'aise, je me levai et entrepris de débarrasser la table.

—Je vous en prie, dit le *Kommandant* en désignant ma chaise. Asseyez-vous encore un peu. Après tout, c'est Noël.

—Vos hommes doivent s'attendre à ce que vous les rejoigniez.

—Au contraire, ils s'amusent beaucoup plus sans leur *Kommandant*. Leur imposer ma présence toute la soirée ne serait pas juste.

*Mais me l'imposer à moi, si*, songeai-je.

C'est à ce moment-là qu'il me demanda :

—Où est votre sœur ?

— Je l'ai envoyée se coucher, répondis-je. Elle ne se sentait pas très bien, et cuisiner ce soir l'a beaucoup fatiguée. J'aimerais qu'elle soit en forme demain.

— Qu'allez-vous faire ? Une fête ?

— Qu'avons-nous à fêter ?

— La paix, madame ?

Je haussai les épaules.

— Nous irons à la messe. Peut-être rendrons-nous visite à quelques-uns de nos voisins les plus âgés. C'est bien dur, pour eux, d'être seuls pour les fêtes.

— Vous vous occupez de tout le monde, n'est-ce pas ?

— Ce n'est pas un crime d'être une bonne voisine…

— Le panier de bûches que je vous ai fait livrer pour votre usage personnel… Je sais que vous l'avez porté à la maison du maire.

— Sa fille est malade. Elle a plus besoin que nous de chauffage supplémentaire.

— Mieux vaut que vous sachiez, madame, que rien de ce qui se passe dans cette petite ville ne m'échappe. Rien.

J'étais incapable de croiser son regard. Je craignais que, cette fois, mon visage et les battements rapides de mon cœur ne me trahissent. J'aurais voulu ne rien savoir du festin qui se déroulait à quelques centaines de mètres de là. J'aurais voulu échapper à cette impression que le *Kommandant* jouait au chat et à la souris avec moi.

Je bus une gorgée de cognac. Les hommes s'étaient remis à chanter. Je connaissais ce cantique, je pouvais presque en saisir les paroles.

*Stille Nacht, heilige Nacht.*
*Alles schläft ; einsam wacht…*

Pourquoi me regardait-il encore ? J'avais peur de parler, peur de me mettre debout de nouveau au cas où il me poserait des questions embarrassantes. Pourtant, il me semblait qu'en restant assise et en le laissant me dévisager, je me rendais complice d'un crime. Finalement, je pris une inspiration hésitante et levai les yeux. Les siens étaient toujours posés sur moi.

— Madame, accepteriez-vous de danser avec moi ? C'est Noël…

— Danser ?

— Juste une danse. J'aimerais… J'aimerais me rappeler ce que l'humanité a de bon, juste une fois cette année.

— Je ne… Je ne crois pas…

Je pensai à Hélène et aux autres, plus bas dans la rue, libres le temps d'une soirée. Je pensai à Liliane Béthune. J'étudiai le visage du *Kommandant*. Sa requête semblait sincère. « Contentons-nous… d'être simplement deux personnes… »

Puis je songeai à mon mari. N'aimerais-je donc pas qu'il se trouve en compagnie d'une âme bienveillante avec qui danser ? Juste pour un soir ? Que quelque part, à des kilomètres de là, dans un bar tranquille, une femme au grand cœur lui rappelle que le monde pouvait aussi être un lieu de beauté ?

— J'accepte de danser avec vous, *Herr Kommandant*, dis-je. Mais seulement dans la cuisine.

Il se leva, me tendit une main et, après une légère hésitation, je la saisis. Sa peau était étonnamment rêche. Je m'avançai de quelques pas en évitant de le regarder, et il posa son autre main sur ma taille. Tandis que les hommes à côté chantaient toujours, nous commençâmes à nous mouvoir lentement autour de la table. J'étais terriblement consciente de la proximité de son corps, de la pression de sa paume sur mon corset. Je sentais le tissu rugueux de son uniforme contre mon bras nu, et la douce vibration de son fredonnement dans sa poitrine. J'étais si tendue que j'avais l'impression de me consumer, ainsi concentrée sur mes doigts, mes pas, attentive à ce qu'il ne s'approche pas trop, craignant qu'à tout moment il ne m'attire contre lui.

Et tout ce temps, une voix répéta dans ma tête: *Je suis en train de danser avec un Allemand.*

*Stille Nacht, heilige Nacht,*
*Gottes Sohn, o wie lacht…*

Mais il ne fit aucun geste déplacé. Il enserra ma taille avec légèreté et se déplaça avec constance en cercles autour de la table. Et pendant quelques minutes, je fermai les yeux et redevins une jeune femme, vivante, libérée de la faim et du froid, qui dansait la nuit de Noël. La tête me tournait légèrement à cause du bon cognac, je humais le parfum des épices et des mets délicieux. Je vivais comme Édouard vivait, me délectant de chaque petit plaisir, m'autorisant à voir la beauté dans tout. Cela faisait deux ans qu'un homme ne m'avait pas tenue dans ses bras. Je me détendis et m'autorisai à tout ressentir, laissant mon partenaire me faire tourbillonner, sa voix fredonnant toujours à mon oreille.

*Christ, in deiner Geburt!*
*Christ, in deiner Geburt!*

La chanson s'acheva et, après un moment, presque à contrecœur, il recula en me lâchant.

—Merci, madame. Merci beaucoup.

Quand enfin j'osai lever la tête, je vis que ses yeux étaient embués de larmes.

Le lendemain matin, un petit cageot apparut sur le pas de notre porte. Il contenait trois œufs, un *poussin**, un oignon et une carotte. Sur le côté, soigneusement écrit, on lisait : « *Fröhliche Weihnachten.* »
— Cela signifie « Joyeux Noël », m'expliqua Aurélien, qui, curieusement, évita de croiser mon regard.

# Chapitre 7

Le froid s'intensifia. Les Allemands renforcèrent leur contrôle de Saint-Péronne. Les habitants s'inquiétaient : les troupes ennemies étaient de plus en plus nombreuses à traverser la ville. Le soir, à l'hôtel, les conversations des officiers étaient tendues, si bien qu'Hélène et moi ne sortions plus de la cuisine que pour les servir. Le *Kommandant* m'adressait à peine la parole, passant le plus clair de son temps en conciliabule avec quelques hommes de confiance. Il semblait exténué, et quand sa voix s'élevait dans la salle à manger, elle était souvent chargée de colère.

À plusieurs reprises en ce mois de janvier, des colonnes de prisonniers français passèrent dans la rue principale, devant l'hôtel, mais nous n'étions plus autorisés à nous tenir sur le trottoir pour les regarder. Les vivres devinrent encore plus chers, nos rations officielles s'amenuisèrent, ce qui n'empêchait pas les Allemands d'attendre de moi que je continue à confectionner des festins à partir des quantités réduites de viande et de légumes qu'ils me livraient. Nous risquions d'avoir des ennuis.

Le *Journal des occupés*, à chaque nouvelle parution, énumérait des villages que nous connaissions. Le soir, il n'était pas rare que les détonations lointaines des canons provoquent de légères ondulations à la surface de l'eau dans nos verres. Plusieurs jours s'écoulèrent avant que je m'aperçoive que les oiseaux ne chantaient plus. Nous avions appris que toutes les filles de plus de seize ans et les garçons de plus de quinze ans seraient réquisitionnés par les Allemands pour cueillir des betteraves à sucre et cultiver des champs de pommes de terre, à moins qu'ils ne soient envoyés plus loin, pour travailler dans des usines. Dans quelques mois, Aurélien fêterait ses quinze ans ; Hélène et moi étions de plus en plus inquiètes. De nombreuses rumeurs circulaient sur le sort de ces jeunes gens ; on racontait que les filles étaient logées avec des bandes de criminels ou, pire, affectées au « divertissement » des soldats allemands. Les garçons étaient affamés et battus, déplacés en permanence afin que, désorientés, ils renoncent à s'évader.

Malgré notre âge, nous fûmes informées que nous étions exemptées, Hélène et moi, étant considérées comme « essentielles au bien-être des Allemands » à l'hôtel. Il n'en fallut pas plus, quand cela se sut, pour attiser le ressentiment des habitants de la ville.

Ce n'était pas tout. Le changement fut subtil, mais notable : *Le Coq rouge* recevait moins de clients durant la journée. De la vingtaine de visages habituels, il en restait désormais moins d'une dizaine. D'abord, je crus que le froid décourageait les gens de sortir de chez eux. Puis, commençant à m'inquiéter, je passai chez René pour voir s'il était malade. Mais il me reçut sur le seuil de sa maison et m'expliqua d'un ton bourru qu'il préférait rester chez lui. Pas une seule fois il ne daigna croiser mon regard. Le manège se répéta quand je sonnai chez Mme Foubert et la femme du maire. Ces trois visites me laissèrent avec une curieuse impression de vertige. J'essayai de me rassurer en me persuadant que ce n'était que le fruit de mon imagination, mais un jour, à l'heure du déjeuner, alors que je passais devant *Le Bar blanc* sur le chemin de la pharmacie, j'aperçus René et Mme Foubert assis à une table à l'intérieur, jouant aux dames. D'abord convaincue que mes yeux me jouaient des tours, mes craintes furent vite confirmées ; je rentrai alors la tête dans les épaules et m'éloignai rapidement.

Seule Liliane Béthune me gratifiait encore d'un sourire amical. Je la surpris un matin, peu avant l'aube, alors qu'elle glissait un courrier sous ma porte. Elle fit un bond en arrière en entendant le claquement des verrous.

— Oh ! Dieu merci, c'est vous, souffla-t-elle, une main sur la bouche.

— Est-ce ce que je crois ? demandai-je en baissant les yeux vers la grande enveloppe anonyme.

— Qui sait ? répondit-elle, s'éloignant déjà. Je n'ai rien vu.

Mais Liliane Béthune était la seule. Les jours passaient, et je remarquais d'autres détails : chaque fois que je sortais de la cuisine et rejoignais le bar, les conversations se poursuivaient un ton en dessous, comme pour m'empêcher d'écouter. Si j'intervenais lors d'une discussion, on m'ignorait. Deux fois, j'allai offrir un petit bocal de bouillon ou de soupe à la femme du maire, pour m'entendre dire qu'ils en avaient déjà beaucoup, merci. Elle avait désormais une manière particulière de s'adresser à moi, pas exactement hostile, mais semblait soulagée de me voir tourner les talons. Jamais je ne l'aurais admis, mais c'était presque un réconfort quand la nuit tombait et que le restaurant s'emplissait de voix, même allemandes.

Ce fut Aurélien qui m'éclaira.

— Sophie ?

— Oui ?

Je préparais une tourte au lapin et aux légumes. Mes mains et la table étaient couvertes de farine, et j'étais en train de me demander si je ne risquais rien à cuire de petits biscuits pour les enfants avec les chutes de pâte.

— Puis-je te poser une question ?
— Bien sûr.

Je m'essuyai les paumes sur mon tablier. Mon petit frère me dévisageait avec une expression curieuse, comme s'il essayait de résoudre une équation.

— Est-ce que tu… Est-ce que tu aimes les Allemands ?
— Si je les aime ?
— Oui.
— Quelle question ridicule ! Bien sûr que non. J'aimerais qu'ils partent tous, et que nous puissions retourner à nos vies d'avant.
— Mais tu aimes bien *Herr Kommandant*.

Je m'interrompis encore, les doigts sur mon rouleau à pâtisserie, et fis volte-face.

— Voilà des propos bien risqués, qui pourraient nous attirer de terribles ennuis.
— Ce ne sont pas mes propos qui nous attirent des ennuis.

À côté, dans le bar, les clients discutaient. Je marchai jusqu'à la porte de la cuisine et la refermai, afin que nous ne soyons pas entendus. Quand je repris la parole, je m'exprimai d'une voix basse et mesurée.

— Parle, Aurélien.
— Ils disent que tu ne vaux pas mieux que Liliane Béthune.
— Quoi ?
— M. Suel t'a vue danser avec *Herr Kommandant* la nuit de Noël. Dans ses bras, les yeux fermés, vos corps serrés l'un contre l'autre, comme si tu étais amoureuse de lui.

Sous le choc, je manquai de m'évanouir.

— Quoi ?
— Ils disent que c'est la raison pour laquelle tu voulais rester à l'hôtel pour le *réveillon\**: pour passer un moment

seule avec lui. Ils disent que c'est pour ça que nous recevons des provisions supplémentaires. Tu es la favorite du *Kommandant*.

— Est-ce pour cela que tu t'es battu à l'école ?

Je repensai à son œil au beurre noir et à son refus de répondre quand je l'avais interrogé.

— C'est vrai ?

— Absolument pas, assenai-je en reposant brutalement mon rouleau à pâtisserie. Il m'a demandé… Il m'a demandé de danser avec lui pour Noël. Je me suis dit qu'il valait mieux que j'accepte pour faire diversion ; ainsi, il ne devinerait pas ce qui se tramait chez Mme Poilâne. C'est tout ce qui s'est passé : ta sœur essayant de te protéger, juste pour cette soirée. Grâce à cette danse, tu as eu un bout de lard pour ton dîner, Aurélien.

— Mais je l'ai vu. J'ai vu la façon dont il te dévore du regard.

— Il admire mon portrait. Il y a une grande différence.

— J'ai entendu comment il te parle.

Je le dévisageai en fronçant les sourcils, et il leva les yeux au plafond. Bien sûr : ses heures passées à espionner entre les lattes du plancher de la chambre 3. Aurélien devait avoir tout vu et tout entendu.

— Tu ne peux pas nier qu'il t'aime bien.

— C'est un *Kommandant* allemand, Aurélien. Je ne suis pas vraiment en position de critiquer la manière dont il s'adresse à moi.

— Tout le monde parle de toi, Sophie. Assis là-haut, je les entends t'insulter et je ne sais pas ce que je dois croire.

Ses pupilles brûlaient de rage et d'incompréhension.

Je marchai vers lui et l'attrapai par les épaules.

— Alors écoute bien ceci : je n'ai rien fait – rien ! – pour me déshonorer ou déshonorer mon mari. Chaque jour, je cherche de nouvelles façons de prendre soin de notre famille, d'apporter à nos voisins et amis nourriture, réconfort et espoir. Je ne ressens rien pour le *Kommandant*. Je m'efforce de me rappeler qu'il est un être humain, comme nous. Mais si tu crois, Aurélien, que je serais capable de trahir mon mari, tu es un idiot. J'aime Édouard de tout mon corps, de tout mon cœur, de toute mon âme. Chaque jour que je passe loin de lui, je ressens son absence comme une blessure. La nuit, je reste allongée sans dormir en pensant à ce qui pourrait lui arriver. Je ne veux plus jamais t'entendre parler ainsi. Est-ce clair ?

Il se libéra de ma poigne d'une secousse.

— Tu m'entends ?

Il hocha la tête d'un air boudeur.

— Oh, ajoutai-je. (Je n'aurais pas dû, mais je bouillais de colère.) Et ne sois pas si prompt à condamner Liliane Béthune. Tu pourrais bien découvrir que tu lui dois plus que tu ne le penses.

Mon frère me lança un regard noir, puis quitta la cuisine d'un pas raide en claquant la porte derrière lui. Je regardai fixement la pâte pendant plusieurs minutes avant de me rappeler que j'étais censée préparer une tourte.

Un peu plus tard, ce matin-là, je sortis me promener sur la place. D'ordinaire, c'était Hélène qui allait chercher le pain – *Kriegsbrot* –, mais j'avais besoin de m'éclaircir les idées, et l'atmosphère du bar était devenue oppressante. L'air était si froid en ce mois de janvier que le respirer était douloureux. Les petites branches des arbres étaient couvertes d'une fine pellicule de glace. Je tirai mon bonnet plus bas sur mes oreilles, remontai mon écharpe autour de ma bouche. Il y avait peu de monde dans les rues, mais, même alors, seule la vieille Mme Bonnard m'adressa un signe de tête. Et encore ne devais-je probablement son salut qu'au fait que, sous tant de couches de vêtements, il devait être difficile de me reconnaître.

Je marchai jusqu'à la rue des Bastides, qui avait été renommée *Schieler Platz* –, mais nous refusions de nous y référer ainsi. La porte de la *boulangerie*\* était fermée, et je poussai le battant. À l'intérieur, Mme Louvier et Mme Durant conversaient avec animation avec M. Armand. Ils se turent dès que la porte se fut refermée derrière moi.

— Bonjour, lançai-je en coinçant mon panier sous mon bras.

Les deux femmes, emmitouflées sous des épaisseurs de laine, hochèrent vaguement la tête à mon adresse. M. Armand se contenta de se redresser, les deux mains sur le comptoir devant lui.

J'attendis, puis me tournai vers les vieilles dames.

— Vous portez-vous bien, madame Louvier ? Cela fait plusieurs semaines que nous ne vous avons vue au *Coq rouge*. J'ai craint que vous ne soyez tombée malade.

Ma voix sonnait anormalement haut et fort dans la petite boutique.

— Non, répondit l'intéressée. Je préfère rester chez moi ces jours-ci.

Elle évita de croiser mon regard pendant qu'elle parlait.

— Avez-vous reçu la pomme de terre que j'ai laissée pour vous la semaine dernière ?

— Oui. (Son regard glissa sur le côté, vers M. Armand.) Je l'ai donnée à Mme Grenouille. Elle est... moins regardante sur la provenance de sa nourriture.

Je restai tout à fait immobile. Cela se passait donc ainsi. L'injustice de la situation me laissa un goût de cendre dans la bouche.

—Alors j'espère qu'elle l'a appréciée. Monsieur Armand, je voudrais du pain, s'il vous plaît. Ma miche, et celle d'Hélène, vous seriez bien aimable.

Oh, comme j'aurais aimé entendre une de ses plaisanteries, alors. Une grivoiserie ou un mauvais calembour. Mais le boulanger se contenta de me regarder, imperturbable et froid. Il ne disparut pas dans l'arrière-salle, comme je m'y attendais. En fait, il ne bougea pas. Au moment où je m'apprêtais à répéter ma requête, il plongea les mains sous le comptoir puis posa dessus deux miches de pain noir.

Je les regardai fixement.

La température dans la petite *boulangerie** sembla chuter de plusieurs degrés, mais le regard des trois autres sur moi me fit l'effet d'une brûlure. Sur le comptoir, les miches étaient trapues et foncées.

Je levai les yeux et avalai ma salive.

—En fait, je me suis trompée. Nous n'avons pas besoin de pain aujourd'hui, dis-je doucement avant de ranger mon porte-monnaie dans mon panier.

—Je doute que vous ayez besoin de grand-chose, en ce moment, marmonna Mme Durant.

Je me tournai vers elle, et nous nous regardâmes, la vieille dame et moi. Puis, la tête haute, je quittai la boutique. Quelle honte ! Quelle injustice ! Je revis les airs moqueurs de ces deux commères et me rendis compte de ma sottise. Comment avais-je pu autant tarder à voir ce qui se passait sous mon nez ? Je regagnai l'hôtel à grands pas, les joues rouges, mes pensées tourbillonnant. Mes oreilles bourdonnaient tant que je n'entendis pas la voix d'abord.

—*Halt !*

Je m'arrêtai et jetai un coup d'œil alentour.

—*Halt !*

Un officier allemand marchait vers moi, une main levée. J'attendais juste sous la statue détruite de M. Leclerc, les joues toujours empourprées.

— Vous m'avez ignoré !

— Je vous prie de m'excuser, officier. Je ne vous avais pas entendu.

— Ignorer un officier allemand est un délit.

— Comme je vous l'ai dit, je ne vous avais pas entendu. Excusez-moi.

Je desserrai mon écharpe autour de mon visage. Alors je le reconnus : c'était le jeune officier ivre qui avait empoigné Hélène au bar, et dont le *Kommandant* avait cogné la tête contre le mur en représailles. Je remarquai la petite cicatrice sur sa tempe, et je vis également qu'il m'avait reconnue, lui aussi.

— Vos papiers.

Je n'avais pas ma carte d'identité sur moi. Préoccupée par les paroles d'Aurélien, je l'avais laissée sur la table de l'entrée à l'hôtel.

— Je les ai oubliés.

— Quitter votre domicile sans votre carte d'identité est un délit.

— Elle est là-bas, dis-je en désignant l'hôtel. Si vous voulez bien m'accompagner, je peux la prendre…

— Je n'irai nulle part. Que faisiez-vous ?

— J'allais juste… à la *boulangerie*\*.

Il jeta un coup d'œil dans mon panier.

— Acheter du pain invisible.

— J'ai changé d'avis.

— Vous devez bien manger à l'hôtel, en ce moment, quand tout le monde aimerait beaucoup obtenir sa ration.

— Je ne mange pas mieux que les autres.

— Videz vos poches.

— Quoi ?

Il pointa son fusil vers moi.

— Videz vos poches. Et débarrassez-vous de quelques couches de vêtements pour que je puisse voir ce que vous portez.

Il faisait un degré en dessous de zéro au soleil. Le vent glacial engourdissait chaque centimètre carré de peau exposée. Je posai mon panier et ôtai lentement mon premier châle.

— Lâchez-le. Par terre, dit-il. Celui du dessous aussi.

Je regardai autour de moi. De l'autre côté de la place, les clients du *Coq rouge* ne devaient pas perdre une miette de la scène. J'enlevai mon deuxième châle, puis mon lourd manteau. Autour de moi, telles des orbites béantes, les fenêtres des maisons semblaient me regarder fixement.

— Videz vos poches, m'ordonna encore l'Allemand en tâtant mon manteau du bout de sa baïonnette, l'enfonçant dans la glace et la boue. Retournez-les.

Je me baissai et enfonçai les poings dans mes poches. Je frissonnai à présent, et mes doigts, devenus mauves, refusaient de m'obéir. Après plusieurs tentatives, je sortis mon carnet de ravitaillement de ma veste, ainsi que deux billets de cinq francs et un bout de papier qu'il m'arracha des mains.

— Qu'est-ce que c'est ?

— Rien d'important, officier. Juste… Juste un cadeau de mon mari. Je vous en prie, laissez-moi le garder.

J'entendis la panique dans ma voix et, au moment où je prononçais ces mots, je sus que j'avais commis une erreur. Il déplia le petit dessin qu'Édouard avait fait de nous : lui, l'ours en uniforme, moi, la jeune femme sérieuse dans ma robe bleue amidonnée.

— Ce document est confisqué, déclara-t-il.

— Comment ?

— Vous n'êtes pas autorisée à transporter quoi que ce soit qui ressemble à un uniforme de l'armée française. Je veillerai à m'en débarrasser.

— Mais..., commençai-je, incrédule. C'est juste un dessin d'ours.

— Un ours en uniforme français. Il pourrait s'agir d'un code.

— Mais c'est une broutille... seulement une plaisanterie entre mon mari et moi. Je vous en prie, ne le détruisez pas. (Je tendis une main, mais il l'écarta d'une tape.) Je vous en supplie, j'ai si peu de choses pour me le rappeler...

Alors que je me tenais debout, tremblante, il me regarda droit dans les yeux et le déchira en deux. Il continua et réduisit la feuille en petits morceaux, observant mon visage tandis qu'ils tombaient comme des confettis sur le sol mouillé.

— La prochaine fois, n'oublie pas tes papiers d'identité, sale pute ! cracha-t-il avant de s'éloigner pour rejoindre ses camarades.

Hélène vint à ma rencontre alors que je franchissais la porte, serrant mes châles gelés et trempés autour de moi. Je sentis les yeux des clients braqués sur moi quand je me frayai un chemin à l'intérieur, mais je n'avais rien à leur dire. Je traversai le bar et sortis au fond dans le petit vestibule, bataillant avec mes doigts frigorifiés pour suspendre mes vêtements aux patères en bois.

— Que s'est-il passé ?

Ma sœur se tenait derrière moi.

J'étais si bouleversée que j'arrivais à peine à parler.

— L'officier qui t'a touchée l'autre soir. Il a détruit le dessin d'Édouard. Il l'a déchiré en morceaux pour se venger sur nous des coups du *Kommandant*. Et il n'y a pas de pain parce que M. Armand, apparemment, pense aussi que je suis une pute.

Le visage engourdi, je parvenais à peine à articuler, mais j'étais furieuse, et ma voix portait.

— Chhhhut…!

— Quoi? Pourquoi devrais-je me taire? Qu'est-ce que j'ai fait de mal? Cet endroit grouille de gens qui murmurent et chuchotent, et personne ne dit la vérité!

Je tremblais de rage et de désespoir.

Hélène ferma la porte du bar et m'entraîna en haut des marches jusque dans une chambre vide, un des seuls endroits où nous serions peut-être à l'abri des oreilles indiscrètes.

— Calme-toi et explique-moi. Que s'est-il passé?

Je lui racontai alors. Je lui racontai ce qu'avait dit Aurélien, la façon dont les vieilles à la *boulangerie*\* m'avaient parlé, M. Armand et son pain, que nous ne pouvions plus prendre le risque de manger désormais. Hélène m'écouta sans rien dire en me serrant dans ses bras, la tête appuyée contre la mienne, ponctuant mes paroles de petits soupirs compatissants. Mais elle finit par intervenir.

— Tu as dansé avec lui?

Je m'essuyai les yeux.

— Eh bien, oui.

— Tu as dansé avec *Herr Kommandant*?

— Cesse donc de me regarder comme ça. Tu sais ce que je faisais ce soir-là. Tu sais que j'aurais fait n'importe quoi pour éloigner les Allemands du *réveillon*\*. Le garder ici devait vous permettre de profiter d'un vrai festin. Tu m'as dit toi-même que ça avait été le plus beau moment que tu avais vécu depuis le départ de Jean-Michel.

Elle me considéra, incrédule.

— Eh bien, quoi ? N'est-ce pas ce que tu as dit ? N'as-tu pas employé ces termes exacts ?

Elle ne dit toujours rien.

— Quoi ? Vas-tu me traiter de pute, toi aussi ?

Hélène regarda ses pieds. Enfin, elle lâcha :

— Jamais je n'aurais dansé avec un Allemand, Sophie.

Une fois que j'eus saisi la portée de ses paroles, je me levai et, sans un mot, dévalai l'escalier. Je l'entendis m'appeler et songeai, dans un recoin obscur de mon esprit, qu'elle avait un tout petit peu trop tardé.

Ce soir-là, Hélène et moi travaillâmes côte à côte en silence. Nous communiquâmes le moins possible, uniquement pour confirmer que, oui, la tourte serait prête à 19 h 30, que, oui, le vin était débouché, et que, oui, en effet, il y avait quatre bouteilles de moins que la semaine précédente. Aurélien resta en haut avec les petits. Seule Mimi descendit pour me serrer dans ses bras. Je lui rendis son étreinte avec force, respirant sa douce odeur enfantine, savourant le contact de sa peau veloutée contre la mienne.

— Je t'aime, petite Mi, chuchotai-je.

Elle me sourit, cachée sous ses longs cheveux blonds.

— Moi aussi je t'aime, tata Sophie.

Je plongeai la main au fond de la poche de mon tablier et lançai rapidement dans sa bouche une petite bande de pâte cuite que j'avais gardée pour elle. Elle me remercia d'un grand sourire, puis Hélène la raccompagna jusqu'à son lit.

Contrairement à ma sœur et moi, les soldats allemands semblaient curieusement joyeux, ce soir-là. Personne ne se plaignit des rations réduites de nourriture et de vin. Seul le *Kommandant* paraissait préoccupé et sombre. Il s'assit à l'écart pendant que ses hommes trinquaient en poussant des acclamations. Je me demandai si Aurélien les espionnait à l'étage et s'il comprenait ce qu'ils disaient.

— Ne nous disputons pas, soupira Hélène quand nous nous effondrâmes dans le lit plus tard. Cela m'épuise.

Elle tendit la main en quête de la mienne, et je la saisis. Mais nous savions toutes deux que la situation avait changé.

C'est Hélène qui alla au marché le lendemain. Depuis un certain temps, celui-ci ne comptait plus que quelques étals : ceux qui vendaient de la viande en conserve, des œufs effroyablement chers et quelques légumes, ainsi qu'un vieil homme originaire de Vendée qui cousait de nouveaux sous-vêtements dans des tissus récupérés. Je restai au bar de l'hôtel, servant les rares clients présents, essayant de ne pas me préoccuper d'être évidemment le sujet de conversations hostiles.

Vers 10 h 30, il y eut du tumulte dehors. Je me demandai un instant s'il s'agissait encore de prisonniers, mais Hélène entra précipitamment, la coiffure défaite et les yeux écarquillés.

— Tu ne devineras jamais ! s'exclama-t-elle. C'est Liliane.

Mon cœur se mit à cogner dans ma poitrine. Abandonnant les cendriers que j'étais occupée à nettoyer, je courus jusqu'à la porte, flanquée par les clients qui avaient bondi de leurs chaises comme un seul homme. Liliane Béthune descendait la rue. Elle portait son manteau d'astrakan, mais n'avait plus rien d'une gravure de mode parisienne : elle n'était vêtue de rien d'autre. Ses jambes étaient d'un bleu marbré dû au froid et aux contusions. Ses pieds étaient nus et ensanglantés, son œil gauche gonflé et à moitié fermé. Ses cheveux pendaient autour de son visage, et elle boitait, comme si chaque pas lui demandait un effort titanesque. Elle était encadrée par deux officiers qui la houspillaient, et un groupe de soldats les suivait de près. Pour une fois, cela ne sembla pas les déranger que nous sortions pour regarder.

Le magnifique manteau d'astrakan était gris de poussière. Dans son dos, je distinguai non seulement des taches poisseuses de sang, mais aussi les traînées des crachats.

Un sanglot déchirant retentit, m'arrachant à ma contemplation. «Maman! Maman!» Derrière la jeune femme, escortée par d'autres soldats, surgit Édith, la fillette de sept ans de Liliane. Elle pleurait, se débattait, essayant de se dégager pour courir vers sa mère, le visage déformé par la peur. Un Allemand la retenait fermement par le bras; il ne la laisserait pas s'approcher. Un autre l'observait avec un sourire narquois, visiblement amusé par la scène. Liliane continuait d'avancer, comme inconsciente de ce qui se déroulait autour d'elle, la tête basse, enfermée dans un monde de douleur. Alors qu'elle passait devant l'hôtel, les badauds la huèrent sans hausser la voix.

— Regardez-la maintenant, la pute! Elle fait moins la fière.

— Crois-tu que les Allemands voudront encore de toi, Liliane?

— Ils se sont lassés d'elle. Bon débarras!

Je n'arrivai pas à croire qu'il s'agissait de mes compatriotes. Je regardai les visages pleins de haine, les sourires méprisants, et quand je n'en pus plus, je me frayai un passage au milieu d'eux et courus vers Édith.

— Donnez-moi l'enfant, exigeai-je.

Toute la ville semblait être venue assister au spectacle. Les gens sifflaient Liliane depuis les fenêtres des étages, de l'autre côté du marché.

Édith sanglotait et suppliait :

— Maman !

— Donnez-moi la fillette ! m'écriai-je. Ou est-ce que les Allemands persécutent aussi les enfants maintenant ?

Le soldat qui la tenait se retourna, et je vis *Herr Kommandant* debout près du bureau de poste. Il glissa quelques mots à l'oreille de l'officier à côté de lui, et au bout d'un moment, on me céda la petite. Je l'enveloppai de mes bras.

— Tout va bien, Édith. Tu viens avec moi.

Elle enfouit son visage dans mon épaule, pleurant désespérément, une main toujours tendue vainement en direction de sa mère. Je crus voir la tête de Liliane se tourner très légèrement vers moi, mais à cette distance il était impossible d'en être sûre.

Je m'empressai d'emmener Édith à l'abri dans l'hôtel, loin des yeux des habitants de la ville, loin des huées qui reprenaient de plus belle, pour qu'elle n'ait plus à les entendre. L'enfant était hystérique, et qui aurait pu l'en blâmer ? Je la conduisis dans notre chambre, lui donnai de l'eau, puis la berçai contre moi. Je lui répétai encore et encore que tout irait bien, que tout s'arrangerait, même si je savais qu'il n'en serait rien. Elle sanglota jusqu'à l'épuisement. À en juger par ses paupières gonflées, elle avait dû pleurer une bonne partie de la nuit. Dieu seul savait de quoi elle avait été témoin. Quand enfin je la sentis inerte dans mes bras, je l'étendis avec précaution dans mon lit, la bordant avec les couvertures. Puis je redescendis.

Dès que je pénétrai dans le bar, le silence se fit dans la salle. *Le Coq rouge* n'avait pas été aussi rempli depuis des semaines, et Hélène courait entre les tables avec un plateau chargé. J'aperçus le maire debout dans l'embrasure de la porte, puis je scrutai les visages devant moi avant de m'apercevoir que je n'en reconnaissais plus aucun.

— Vous êtes satisfaits ? lançai-je, ma voix se brisant sur ces mots. L'enfant qui dort là-haut vous a vus cracher sur sa mère brutalisée. Des gens qu'elle croyait être ses amis. Vous êtes fiers ?

Je sentis la main de ma sœur se poser sur mon épaule.

— Sophie...

Je me dégageai d'un mouvement brusque.

— Pas de « Sophie... » avec moi. Vous n'avez aucune idée de ce que vous venez de faire. Vous croyez tout savoir sur Liliane Béthune. Eh bien, vous ne savez rien. RIEN ! (Je pleurais des larmes de rage.) Vous êtes tous si prompts à la juger, mais tout aussi prompts à accepter ce qu'elle offre lorsque cela vous convient.

Le maire se dirigea vers moi.

— Sophie, il faut que nous parlions.

— Oh. Vous voulez bien me parler, maintenant ? Depuis des semaines, vous vous comportez comme si je sentais mauvais, parce que M. Suel prétend que je suis une traîtresse et une putain. Moi ! Qui ai risqué ma vie pour apporter à manger à votre fille ! Vous choisissez tous de le croire lui plutôt que moi ! Eh bien, peut-être que moi, je n'ai pas envie de vous parler, monsieur. Sachant ce que je sais, peut-être aimerais-je mieux parler à Liliane Béthune.

J'enrageais à présent. J'étais hors de moi ; je n'aurais pas été surprise de me mettre à cracher des étincelles. Je contemplai leurs visages stupides, leurs bouches entrouvertes, et je secouai la main posée sur mon épaule, cherchant à me contenir.

— D'où croyez-vous que provenait le *Journal des occupés* ? Vous pensez que des oiseaux le déposaient ? Qu'il arrivait porté par un tapis volant ?

Hélène me poussait vers le vestibule.

— Laisse-moi parler! Qui les aidait, d'après eux? Liliane vous aidait! Vous tous! Même quand vous chiiez dans son pain, elle vous aidait!

J'étais dans le couloir. Hélène était blême. Avec le maire, derrière elle, ils me poussaient plus avant, loin des autres.

— Quoi? protestai-je. La vérité vous dérange-t-elle à ce point? Allez-vous m'interdire de parler?

— Assieds-toi, Sophie. Pour l'amour du ciel, assieds-toi et tais-toi.

— Je ne reconnais plus cette ville. Comment avez-vous pu rester là à l'injurier? Même si elle avait couché avec des Allemands, comment pouvez-vous traiter un autre être humain de la sorte? Ils lui ont craché dessus, Hélène, tu n'as pas vu? Ils l'ont couverte de crachats, comme une moins-que-rien.

— Je suis vraiment désolé pour Mme Béthune, dit le maire à voix basse. Mais je ne suis pas venu pour parler d'elle. Je suis venu vous parler.

— Je n'ai rien à vous dire, assenai-je en m'essuyant le visage de mes paumes.

Le maire inspira profondément.

— Sophie. J'ai des nouvelles de votre mari.

Il me fallut un moment pour assimiler ses paroles.

Il s'assit lourdement sur les marches près de moi. Hélène me tenait toujours la main.

— Je crains qu'elles ne soient pas bonnes. Quand les derniers prisonniers sont passés ce matin, l'un d'eux a laissé tomber un message devant le bureau de poste. Un bout de papier plié en quatre. Un employé de la mairie l'a ramassé. Il dit qu'Édouard Lefèvre faisait partie d'un groupe de quatre hommes envoyés au camp de représailles des Ardennes le mois dernier. Je suis désolé, Sophie.

# Chapitre 8

Édouard Lefèvre, emprisonné, avait été accusé d'avoir tendu un morceau de pain de la taille d'un poing à un autre prisonnier. Il s'était défendu farouchement quand on l'avait battu. Je ris presque en entendant cela : c'était si typique d'Édouard.

Mais mon amusement fut de courte durée. Chaque information que je recevais décuplait ma peur. Le camp de représailles où il avait été emmené avait la réputation d'être le pire de tous : les hommes dormaient à deux cents par baraquement sur des planches de bois nu. Ils vivaient de soupe claire agrémentée d'un peu de balle d'orge et de l'occasionnelle souris morte. Ils étaient envoyés casser des pierres ou construire des chemins de fer, forcés à transporter de lourdes poutres de métal sur leurs épaules pendant des kilomètres. Ceux qui s'écroulaient de fatigue étaient punis, frappés ou privés de ration. Les épidémies étaient courantes, et les hommes abattus à la moindre incartade.

J'assimilai tout cela, et chacune de ces images hanta mes rêves ensuite.

— Il va s'en sortir, n'est-ce pas ? demandai-je au maire.

Il me tapota la main.

— Nous prierons tous pour lui, répondit-il.

En se levant pour partir, il poussa un profond soupir qui sonna à mes oreilles comme une condamnation à mort.

Le maire passa presque tous les jours après le départ dramatique de Liliane Béthune. Quand la vérité à son sujet se répandit en ville, sa réputation fut lentement rétablie dans l'imaginaire collectif. Les lèvres ne se pinçaient plus automatiquement à la mention de son nom. Une nuit, quelqu'un griffonna à la craie « *héroïne\** » sur la place du marché, et bien que le graffiti fût vite effacé, nous sûmes tous à qui le mot se référait. Les quelques objets précieux qui avaient été dérobés dans sa maison après son arrestation réapparurent mystérieusement.

Bien sûr, il en restait comme Mmes Louvier et Durant qui de toute façon auraient trouvé à redire même si Liliane avait été vue en train d'étrangler des Allemands à mains nues. Mais, dans notre petit bar, on en entendit quelques-uns admettre vaguement qu'ils regrettaient, et il y eut de petits gestes à l'intention d'Édith : on apporta au *Coq rouge* des vêtements qui n'allaient plus ou un peu de nourriture. Apparemment, Liliane avait été envoyée dans un camp de détention à quelque distance au sud de Saint-Péronne. Le maire confia qu'elle avait eu de la chance de ne pas avoir été abattue sur-le-champ. Elle n'avait échappé à une exécution sommaire, soupçonnait-il, que grâce à l'intervention spéciale d'un des officiers en sa faveur.

— Mais il est inutile d'essayer d'intervenir, Sophie, dit-il. Elle a été surprise en train d'espionner pour le compte des Français, et je doute qu'elle reste en vie longtemps.

Quant à moi, je n'étais plus *persona non grata*. Non que cela m'importât particulièrement. Mes sentiments vis-à-vis de mes voisins avaient changé, et j'avais du mal à revenir en arrière. Édith me suivait partout, telle une ombre pâle. Elle mangeait peu et demandait des nouvelles de sa mère constamment. Je lui expliquais sincèrement que j'ignorais ce qui arriverait à Liliane, mais qu'elle, Édith, serait en sécurité avec nous. Je m'étais remise à dormir dans mon ancienne chambre avec elle, afin d'éviter que les cris qu'elle poussait dans ses cauchemars ne réveillent les deux plus jeunes. Le soir, elle descendait discrètement jusqu'à la quatrième marche de l'escalier, d'où elle pouvait voir la cuisine, où nous la découvrions, tard, une fois que nous avions fini de nettoyer, les bras noués autour de ses genoux, profondément endormie.

Mes craintes pour sa mère se mêlaient à celles que je nourrissais pour mon mari. Je passais mes journées prise dans un tourbillon silencieux d'inquiétude et d'épuisement. Peu d'informations parvenaient en ville, et aucune n'en sortait. Quelque part au-dehors, Édouard pouvait être en train de mourir de faim, gisant malade, battu… Le maire reçut les annonces officielles de trois décès, deux sur le front et un dans un camp près de Mons. Il apprit également qu'une épidémie de typhoïde sévissait autour de Lille. Chacune de ces nouvelles me toucha personnellement.

Paradoxalement, Hélène semblait s'épanouir dans cette atmosphère lourde d'appréhension. Je pense que me voir m'effondrer lui fit conclure que le pire était arrivé. Si Édouard, avec toute sa force et sa vitalité, affrontait la mort à cet instant, il ne pouvait y avoir d'espoir pour Jean-Michel, un intellectuel au tempérament doux. Elle en déduisit qu'il ne pouvait avoir survécu et qu'elle devait continuer. Elle donnait l'impression d'être plus forte, me pressant de me relever quand elle me trouvait en train de pleurer dans la cave à bière, m'obligeant à manger ou chantant des berceuses à Édith, Mimi et Jean sur un ton curieusement enjoué. Je lui étais reconnaissante de son attitude. Je passais mes nuits les bras serrés autour de l'enfant d'une autre femme, en priant pour ne plus jamais avoir à réfléchir.

À la fin du mois de janvier, Louisa mourut. Le fait que nous nous y attendions tous ne rendit pas les choses faciles pour autant. Le maire et son épouse semblaient avoir vieilli de dix ans en une nuit.

— Je me répète que c'est une bénédiction qu'elle n'ait plus à voir le monde tel qu'il est, me dit-il, et je hochai la tête.

Aucun de nous ne le crut.

Les funérailles devaient avoir lieu cinq jours plus tard. Jugeant que ce n'était pas un endroit pour les enfants, je demandai à Hélène d'y assister à ma place. J'emmènerais les petits dans les bois derrière l'ancienne caserne. La rigueur hivernale avait incité les Allemands à accorder l'autorisation aux habitants de Saint-Péronne d'y chercher du petit bois deux heures par jour. Je doutais que nous en trouvions beaucoup : sous le couvert de la nuit, toutes les branches utiles avaient déjà été arrachées. Mais j'avais besoin de m'éloigner de la ville, du chagrin et de la peur, ainsi que des regards scrutateurs des Allemands comme de mes voisins.

C'était un après-midi frais et silencieux. Le soleil brillait faiblement à travers les silhouettes squelettiques des arbres restés debout, qui donnaient l'impression d'être trop fatigués pour monter à plus d'un mètre au-dessus de l'horizon. À contempler le paysage alentour, comme je le fis alors, on était tenté de se demander si le monde lui-même ne touchait pas à sa fin.

Tout en avançant, je m'adressai en pensée à mon mari, une habitude depuis quelque temps.

*Sois fort, Édouard. Tiens bon. Reste en vie, et je sais que nous serons bientôt réunis.*

Édith et Mimi marchaient à mes côtés, en silence d'abord, les feuilles gelées crissant sous leurs pieds, mais ensuite, quand nous atteignîmes les bois, un élan enfantin prit le dessus, et je m'immobilisai un instant pour les regarder courir vers une souche pourrie, l'escaladant puis sautant en se tenant par la main, gloussant de joie. Leurs chaussures seraient éraflées et leurs jupes mouillées, mais je ne les priverais pas de cette maigre consolation.

Je m'arrêtai pour jeter quelques poignées de brindilles dans mon panier, priant pour que leurs voix noient ma peur et son bourdonnement constant dans mon esprit. Et là, en me redressant, je le vis dans la clairière, un fusil sur l'épaule, parlant à l'un de ses hommes. En entendant les fillettes, il fit volte-face. Édith poussa un hurlement, me cherchant des yeux, le regard fou, et partit comme une flèche se réfugier dans mes bras, les pupilles dilatées par la terreur. Mimi, perplexe, la suivit en trébuchant, essayant de comprendre pourquoi son amie était si effrayée par l'homme qui venait tous les soirs au restaurant.

— Ne pleure pas, Édith, il ne nous fera aucun mal. Je t'en prie, ne pleure pas.

Il nous observait. Je dégageai l'enfant d'entre mes jambes et m'accroupis devant elle.

— C'est *Herr Kommandant*. Je vais aller lui parler de son dîner. Tu restes ici et tu joues avec Mimi. Je vais bien. Regarde. Tu vois ?

Elle frissonna quand je la poussai vers Mimi.

— Allez jouer par là-bas un moment. Je vais aller parler un instant à *Herr Kommandant*. Tenez, prenez mon panier et voyez si vous trouvez des brindilles. Je vous promets que tout ira bien.

Quand je parvins enfin à la décoller de mes jupes, je marchai vers l'Allemand. L'officier à ses côtés prononça quelques mots à voix basse, et je resserrai mes châles autour de moi, croisant les bras, attendant que le *Kommandant* le congédie.

— Nous avons eu l'idée d'aller chasser, dit-il en levant les yeux vers le ciel vide. Des oiseaux, ajouta-t-il.

— Il n'y a plus d'oiseaux, fis-je remarquer. Ils sont tous partis depuis longtemps.

— Probablement une sage décision.

Au loin, nous entendions les détonations étouffées des canons. L'air semblait alors se contracter brièvement autour de nous.

— C'est l'enfant de la putain ?

Il appuya son arme sur son épaule et alluma une cigarette. Je jetai un coup d'œil derrière moi, vers les fillettes qui se tenaient près de la souche pourrie.

— L'enfant de Liliane ? Oui. Elle habite avec nous.

Il la regarda attentivement, et je ne parvins pas à lire dans ses pensées.

— C'est une petite fille, poursuivis-je. Elle n'a rien compris à la situation.

— Ah, dit-il en tirant une bouffée de tabac. Une innocente.

— Oui. Cela existe.

Il me lança un regard incisif, et je dus me faire violence pour ne pas baisser les yeux.

— *Herr Kommandant*. J'ai un service à vous demander.

— Un service ?

— Mon mari a été emmené dans un camp de représailles situé dans les Ardennes.

— Je ne vous demanderai pas comment vous avez eu accès à cette information…

Son regard restait indéchiffrable. Je n'y trouvai aucun indice sur ce qu'il pensait.

Je pris une profonde inspiration.

— Je me demandais… Je vous demande si vous pouvez m'aider. C'est un homme bon. Un artiste, comme vous le savez, pas un soldat.

— Et vous voulez que je lui fasse passer un message.

— Non, je veux que vous le fassiez libérer.

Il haussa un sourcil.

— *Herr Kommandant.* Vous vous comportez comme si nous étions amis. Alors je vous en supplie. S'il vous plaît, aidez mon mari. Je sais ce qui se passe dans ces endroits, je sais qu'il a peu de chances d'en sortir vivant.

Comme il ne disait rien, je saisis ma chance et poursuivis, prononçant les mots que j'avais répétés des milliers de fois dans ma tête pendant les dernières heures :

— Vous savez qu'il a passé toute sa vie à rechercher l'art, la beauté. C'est un homme pacifique, un homme bon. Il aime peindre, danser, manger et boire. Cela n'affectera en rien la cause allemande qu'il soit mort ou vivant.

Il jeta un regard circulaire à travers les bois dénudés, comme pour vérifier que les autres officiers étaient partis, puis il inspira une autre bouffée de tabac.

— Vous prenez un risque considérable en me demandant une chose pareille. Vous avez vu la façon dont vos compatriotes traitent une femme qu'ils soupçonnent de collaborer avec les Allemands.

— Ils m'en croient déjà coupable. Votre présence dans notre hôtel m'a apparemment valu d'être jugée sans procès.

— Pour ça, et pour avoir dansé avec l'ennemi.

Cette fois, ce fut mon tour d'avoir l'air surprise.

— Je vous l'ai dit, madame. Rien n'arrive dans cette ville sans que je l'apprenne.

Nous restâmes un moment sans parler, contemplant l'horizon. Au loin, une détonation sourde fit très légèrement vibrer la terre sous nos pieds. Les petites la perçurent aussi : je les vis baisser les yeux vers leurs chaussures. Le *Kommandant* tira une dernière fois sur sa cigarette, puis l'écrasa sous sa botte.

— Laissez-moi vous expliquer une chose. Vous êtes une femme intelligente. Je vous crois assez perspicace en ce qui concerne la nature humaine. Pourtant, vous vous conduisez d'une manière qui me donnerait le droit, en tant que soldat allemand, de vous abattre sur-le-champ. Malgré tout, vous êtes là, attendant de moi non seulement que j'ignore cette réalité, mais en plus que je vous aide. Vous, mon ennemie.

J'avalai ma salive avec difficulté.

— C'est… C'est parce que je ne vous considère pas comme… comme un ennemi.

Il attendit.

— Vous avez dit un jour… que parfois nous ne sommes que… deux personnes.

Comme il restait silencieux, je m'enhardis, baissant la voix.

— Je sais que vous êtes un homme puissant. Je sais que vous êtes quelqu'un d'influent. Si vous en donnez l'ordre, il sera libéré. Je vous en prie.

— Vous ne vous rendez pas compte de ce que vous me demandez.

— Je sais que s'il reste là-bas, il mourra. (L'ombre d'une hésitation au fond de ses yeux me suffirait…) Je sais que vous êtes un gentleman. Un homme cultivé. Je sais que vous vous intéressez à l'art. Je suis sûre que sauver un artiste que vous admirez serait… (Les mots me manquèrent. Je fis un pas en avant et posai une main sur son bras.) *Herr Kommandant*. Je vous en prie. Vous savez que jamais je ne vous demanderais quoi que ce soit, mais je vous supplie de m'accorder ça. Je vous en prie, je vous en prie, aidez-moi.

Il arborait un air grave. Puis il leva une main et écarta légèrement une mèche de mon visage. Son geste fut doux, pensif, comme s'il était prémédité depuis longtemps. Choquée, je ne laissai rien paraître de mon trouble et demeurai parfaitement immobile.

— Sophie...

— Je vous donnerai le portrait, dis-je. Celui que vous aimez tant.

Laissant retomber sa main, il soupira et se détourna pour s'en aller.

— C'est mon bien le plus précieux.

— Rentrez chez vous, madame Lefèvre.

Un nœud de panique se forma dans ma poitrine.

— Que dois-je faire?

— Rentrez chez vous. Emmenez les enfants et rentrez chez vous.

— Tout ce que vous voudrez. Si vous pouvez libérer mon mari, je ferai ce que vous voudrez.

Ma voix résonna dans les bois. Je sentis l'unique chance de survie d'Édouard m'échapper. Il poursuivit son chemin.

— Vous m'avez entendue, *Herr Kommandant*?

Il fit alors volte-face, l'air soudain furieux. Il revint vers moi à grandes enjambées et ne s'arrêta que quand son visage ne fut plus qu'à quelques centimètres du mien. Je sentais son souffle sur mon front. Du coin de l'œil, je voyais les filles, tétanisées par l'angoisse. Je n'avais pas l'intention de laisser transparaître ma peur.

Il me regarda fixement, puis baissa le ton.

— Sophie, je... Je n'ai pas vu ma femme depuis presque trois ans.

— Je n'ai pas vu mon mari depuis deux ans.

— Vous devez savoir... Vous devez savoir que ce que vous me demandez...

Il se détourna, comme s'il était déterminé à ne pas regarder mon visage.

Je déglutis.

— Je vous offre un tableau, *Herr Kommandant*.

Un léger tic avait commencé à agiter sa mâchoire. Son regard se perdit derrière mon épaule droite, puis s'éloigna de nouveau.

— Madame. Vous êtes soit très imprudente, soit…

— Est-ce que cela achètera la liberté de mon mari ? Est-ce que… Est-ce que j'achèterai la liberté de mon mari ?

Il se tourna vers moi avec une expression douloureuse, comme si je le forçais à accomplir un acte qu'il réprouvait. Il contempla ses bottes un instant. Finalement, il fit deux pas dans ma direction, de façon que nous soyons suffisamment proches pour pouvoir parler sans qu'on nous entende.

— Demain soir. Venez me retrouver à la caserne. Après avoir fini à l'hôtel.

Nous rentrâmes main dans la main par l'allée derrière les maisons afin de ne pas avoir à traverser la place, et quand nous arrivâmes au *Coq rouge* nos jupes étaient couvertes de boue. Les petites ne pipèrent mot, et ce n'était pas faute d'avoir essayé de les rassurer en leur expliquant que l'officier allemand était simplement contrarié parce qu'il n'y avait aucun pigeon à abattre. Je leur préparai une boisson chaude, puis montai dans ma chambre dont je fermai la porte.

Allongée sur mon lit, je me couvris les yeux des deux mains pour m'isoler de la lumière. Je restai ainsi peut-être une demi-heure. Puis je me levai, sortis ma robe en laine bleue de l'armoire et la posai sur le lit. Édouard avait toujours soutenu que je ressemblais à une maîtresse d'école dedans. Il disait cela comme si c'était un merveilleux compliment. J'ôtai ma robe grise et la laissai tomber sur le sol. J'enlevai ensuite ma sous-jupe, dont l'ourlet était également éclaboussé de boue. Je ne portais plus que mon jupon et ma chemise. Je me débarrassai de mon corset, puis de mes sous-vêtements. Il faisait froid dans la pièce, mais je n'y prêtai pas attention.

Je me tins debout face au miroir.

Cela faisait des mois que je n'avais pas regardé mon corps. Je n'avais aucune raison de le faire. À présent, la silhouette qui se dressait devant moi dans le verre tacheté me semblait celle d'une étrangère. Je devais faire la moitié en largeur de celle que j'étais ; mes seins avaient rapetissé, ils n'avaient plus rien à voir avec les orbes mûrs de chair pâle d'avant la guerre. Mes fesses non plus. J'étais maigre. Mes os affleuraient sous ma peau : clavicules, épaules et côtes semblaient chercher à se forcer un passage. Même mes cheveux, autrefois d'une teinte éclatante, étaient ternes.

Je fis un pas en avant et examinai mon visage, scrutant mes paupières cernées, la légère ride entre mes sourcils. Je frissonnai, mais pas sous l'effet du froid. Je songeai à la jeune femme qu'Édouard avait quittée deux ans auparavant. Je songeai à la sensation de ses mains sur ma taille, à ses lèvres douces effleurant ma gorge. Et je fermai les yeux.

Il était d'une humeur massacrante depuis plusieurs jours. Il travaillait sur une toile représentant trois femmes assises autour d'une table, sans parvenir à rendre l'effet recherché. J'avais posé pour lui dans chacune des trois positions, l'observant en silence pendant qu'il soupirait et grimaçait. Il alla même jusqu'à jeter sa palette au sol, se passant furieusement les doigts dans les cheveux en se maudissant.

—Allons prendre l'air, dis-je en me redressant.

Tout mon corps me faisait mal à force de rester immobile, mais je ne tenais pas à ce qu'il le sache.

— Je n'ai aucune envie de prendre l'air.

— Édouard, tu n'arriveras à rien dans cet état. Viens te promener vingt minutes avec moi. Allez.

J'attrapai mon manteau, enroulai une écharpe autour de mon cou et attendis, debout dans l'embrasure de la porte.

— Je n'aime pas être interrompu, marmonna-t-il en saisissant son manteau à lui.

Ses accès de mauvaise humeur ne me dérangeaient pas. Je m'étais habituée à eux. Quand il travaillait bien, Édouard était le plus doux des hommes, joyeux, prompt à voir de la beauté partout. Dans le cas contraire, c'était comme si un nuage noir flottait au-dessus de notre petite maison. Les premiers mois de notre mariage, j'avais craint que ce ne soit ma faute, pour une raison ou une autre, persuadée que j'aurais dû être capable de le dérider. Mais à force d'écouter parler d'autres artistes à *La Ruche*, un bar du quartier Latin, j'en vins à reconnaître les mêmes altérations : les hauts quand une œuvre était achevée avec succès ou vendue ; les bas quand ils calaient, qu'ils avaient trop travaillé sur une pièce ou reçu une critique négative. Ces humeurs étaient comme une météo capricieuse à laquelle je devais m'adapter.

Je n'étais pas toujours aussi compréhensive.

Édouard grogna tout le long de la rue Soufflot. Il était irritable. Il ne voyait pas l'intérêt de marcher. Il ne voyait pas pourquoi je refusais de le laisser tranquille. Je ne comprenais pas. Je ne pouvais pas imaginer la pression qu'il subissait. Tiens ! Weber et Purrmann avaient déjà été approchés par des galeries situées près du Palais-Royal. Ils s'étaient même vu offrir des expositions entièrement consacrées à eux. La rumeur courait que M. Matisse préférait leur travail au sien. Quand j'essayai de le rassurer en lui affirmant que ce n'était pas le cas, il agita la main avec dédain, comme si mon opinion n'avait aucune valeur. Il poursuivit sa diatribe sans décolérer jusqu'à ce que nous arrivions rive gauche, où je perdis patience.

— Très bien, dis-je en lâchant son bras. Je ne suis qu'une pauvre vendeuse ignorante. Comment pourrais-je comprendre, en effet, les tourments de ta vie d'artiste ? Après tout, je ne suis que celle qui lave ton linge, reste assise sans bouger pendant des heures, le corps endolori, pendant que tu tripotes tes fusains, et qui va réclamer l'argent qu'on te doit, puisque tu ne veux pas paraître chiche devant tes clients. Eh bien, Édouard, je vais te laisser tranquille. Peut-être mon absence t'apportera-t-elle un peu de contentement.

Je m'éloignai d'un pas raide le long de la Seine, furibonde. Quelques minutes plus tard, il me rattrapa.

— Je suis désolé.

Je continuai à marcher, une expression résolue sur le visage.

— Ne sois pas fâchée, Sophie, je suis mal luné.

— Ce n'est pas une raison pour me gâcher l'humeur aussi. J'essaie seulement de t'aider.

— Je sais, je sais. Écoute, ralentis. S'il te plaît. Ralentis et marche avec ton insupportable époux.

Il m'offrit son bras. Il arborait une expression douce et suppliante, sachant pertinemment que je ne pouvais lui résister.

Je lui adressai un regard noir, puis pris son bras, et nous avançâmes quelque temps en silence. Il posa une main sur la mienne, qu'il trouva froide.

— Tes gants !

— Je les ai oubliés.

— Et où est ton chapeau ? Tu es gelée.

— Tu sais parfaitement que je n'ai pas de chapeau d'hiver. Mon petit chapeau en velours a servi de festin aux mites, et je n'ai pas eu le temps de le rapiécer.

Il s'arrêta.

— Tu ne peux pas porter un chapeau rapiécé.

— Il est très bien. Simplement, je n'ai pas eu le temps de m'en occuper.

Je ne précisai pas que c'était parce que je courais la rive gauche pour essayer de dénicher ses fournitures et de collecter l'argent qu'on lui devait pour pouvoir les payer.

Nous étions devant la boutique d'un des chapeliers les plus réputés de Paris. En la voyant, il m'entraîna vers l'entrée.

— Viens.

— Ne sois pas ridicule.

— Obéis, femme. Tu sais qu'il en faut peu pour me faire basculer dans la pire des humeurs.

Il me prit par le bras et, sans me laisser le temps de protester davantage, pénétra dans la boutique. La porte se referma derrière nous, faisant tinter la cloche, et je jetai autour de moi un regard émerveillé et un peu intimidé. Disposés sur des étagères ou des présentoirs, et se reflétant dans de gigantesques miroirs dorés, se trouvaient les plus beaux chapeaux que j'aie jamais vus : créations énormes et complexes d'un noir de jais ou rouge écarlate tape-à-l'œil, larges bords ornés de fourrure ou de dentelle. Des plumes de marabout frissonnaient dans le courant d'air que notre intrusion avait provoqué. Une odeur de roses séchées flottait dans la pièce. La femme qui émergea du fond de la boutique portait une longue jupe entravée en satin, alors le vêtement le plus à la mode dans les rues de Paris.

— Puis-je vous aider ?

Ses yeux s'attardèrent sur mon manteau vieux de trois ans et mes cheveux ébouriffés par le vent.

— Mon épouse a besoin d'un chapeau.

Je voulus le dissuader, lui expliquer que s'il insistait pour m'acheter un chapeau, nous pouvions aller au *Bon Marché*, où j'obtiendrais peut-être une remise. Il ne se doutait absolument pas que ce temple de la haute couture était inaccessible pour une femme comme moi.

— Édouard, je...

— Un chapeau vraiment unique.

— Certainement, monsieur. Pensiez-vous à quelque chose en particulier ?

— Un modèle dans le genre de celui-ci.

Il désignait un énorme chapeau rouge foncé à large bord, style Directoire, orné de plumes de marabout foncées. Un bouquet de plumes de paon teintes en noir s'inclinait sur le côté.

— Édouard, tu plaisantes, murmurai-je.

Mais la vendeuse s'en était déjà saisie avec déférence, et alors que je restais bouche bée devant Édouard, elle le plaça précautionneusement sur ma tête et rentra mes cheveux derrière mon col.

— Il me semble que ce serait plus joli si madame ôtait son écharpe.

La femme me conduisit devant un miroir et déroula mon écharpe aussi délicatement que si elle avait été tissée en fil d'or. Je la sentis à peine. Le chapeau transformait complètement mon apparence. Pour la première fois de ma vie, je ressemblais à l'une de ces dames que je servais au magasin.

— Votre mari a le coup d'œil, fit remarquer la vendeuse.

— C'est le bon, lança joyeusement Édouard.

— Édouard.

Je l'entraînai à l'écart et lui soufflai d'un ton alarmé :
— Regarde l'étiquette. Ce chapeau coûte le prix de trois de tes tableaux.
— Cela m'est égal. Je veux que tu l'aies.
— Mais tu finiras par regretter. Par m'en vouloir. Tu devrais utiliser cet argent pour t'acheter du matériel, des toiles. Ça, ce... ce n'est pas moi.

Il m'ignora et fit signe à la femme.
— Je le prends.

Puis, pendant qu'elle envoyait son assistante chercher la boîte adéquate, il se tourna de nouveau vers mon reflet. Il caressa d'une main légère la courbe de mon cou, inclina mon visage sur le côté et croisa mon regard dans le miroir. Puis, le chapeau penché, il m'embrassa dans le creux de la clavicule. Sa bouche s'attarda assez longtemps pour que je rougisse et que les deux femmes détournent le regard, choquées, feignant d'être occupées. Quand je levai de nouveau la tête, la vision légèrement trouble, il me contemplait toujours dans le miroir.

— C'est toi, Sophie, dit-il doucement. C'est toujours toi...

Le chapeau se trouvait toujours dans notre appartement à Paris. À des milliers de kilomètres. Hors de portée.

Je serrai les dents, m'éloignai du miroir et commençai à me rhabiller, enfilant la robe en laine bleue.

Ce soir-là, j'attendis que le dernier officier allemand fût parti et me confiai à Hélène. Nous étions en train de balayer le sol du restaurant et de nettoyer les dernières miettes qui restaient sur les tables, non pas qu'il y en eût beaucoup : même les Allemands avaient tendance à ne rien gâcher, ces jours-ci ; apparemment, les rationnements laissaient tout le monde sur sa faim. Je me redressai, le balai à la main, et lui demandai à voix basse de s'interrompre un instant. Puis je lui racontai ma promenade dans les bois, ce que j'avais demandé au *Kommandant* et ce qu'il m'avait demandé en retour.

Elle blêmit.

—Tu n'as pas accepté?

—Je n'ai rien répondu.

—Dieu merci, soupira-t-elle en secouant la tête, une paume pressée contre sa joue. Heureusement qu'il ne peut rien exiger de toi.

—Mais… cela ne signifie pas que je n'irai pas.

Ma sœur se laissa choir brutalement sur une chaise, et après un moment je me glissai sur celle qui lui faisait face. Elle réfléchit un instant puis me prit les mains.

—Sophie, je sais que tu paniques, mais il faut que tu penses aux conséquences. Rappelle-toi ce qu'ils ont fait à Liliane. Te donnerais-tu vraiment à un Allemand?

—Je… Je n'ai rien promis de tel.

Elle me regarda fixement.

—Je crois… Je crois que le *Kommandant* est un homme honorable. D'ailleurs, il ne voudra même pas que je… Il ne l'a pas dit explicitement.

—Oh, comme tu peux être naïve! s'exclama Hélène en tendant les bras vers le ciel. Le *Kommandant* a abattu un prisonnier qui tentait de s'évader. Tu l'as vu cogner la tête d'un de ses soldats contre un mur pour une vétille! Et tu envisages de te rendre seule à son logement? Tu ne peux pas faire une chose pareille! Réfléchis!

—Je ne renoncerai pas. Le *Kommandant* m'apprécie. Je crois qu'il me respecte, à sa façon. Et si je ne le fais pas, Édouard mourra très probablement. Tu sais ce qui arrive dans ces camps. Le maire le donne déjà pour mort.

Hélène se pencha par-dessus la table et me dit d'un ton alarmé :

— Sophie. Rien ne garantit que *Herr Kommandant* aura un comportement honorable. Il est allemand ! Pourquoi diable devrais-tu croire une seule de ses paroles ? Tu pourrais coucher avec lui pour rien !

Je n'avais jamais vu ma sœur aussi furieuse.

— Je dois aller lui parler. Je n'ai pas le choix.

— Si cela s'apprend, Édouard ne voudra plus de toi.

Nous nous regardâmes fixement.

— Tu penses pouvoir le lui cacher ? Tu en es incapable. Tu es trop honnête. Et même si tu essayais, crois-tu que les habitants de cette ville se gêneraient pour l'en informer ?

Elle avait raison.

Hélène baissa les yeux vers ses mains. Puis elle se leva et alla se servir un verre d'eau. Elle le but lentement, tout en me jetant des regards à la dérobée. Dans le silence qui s'éternisait, je percevais sa désapprobation et la question voilée qui s'y dissimulait. Je sentis monter en moi la colère.

— Tu crois que j'agirais à la légère ?

— Je l'ignore, dit-elle. Je ne te reconnais plus, depuis quelque temps.

Sa remarque me fit l'effet d'une gifle. Ma sœur et moi nous mesurâmes du regard, et j'eus l'impression de vaciller au bord d'un gouffre. Il n'y a pas de pire adversaire que votre propre famille ; personne d'autre ne connaît vos plus grandes faiblesses. Elle les exploitera sans pitié. Le fantôme de ma danse avec le *Kommandant* flottait autour de nous, et soudain c'était comme s'il n'y avait plus de limites.

— Très bien, dis-je. Réponds à cette question pour moi, Hélène. Si c'était l'unique chance de sauver Jean-Michel, que ferais-tu ?

Enfin je la vis hésiter.

— Question de vie ou de mort. Que ferais-tu pour le sauver ? Je sais que l'amour que tu lui portes est infini.

Elle se mordit la lèvre et se tourna vers la fenêtre obscure.

— Ça pourrait mal tourner.

— Non.

— Pense ce que tu veux. Mais tu es impulsive. Et il n'y a pas que ton avenir dans la balance.

Je me levai alors. Je voulais contourner la table et rejoindre ma sœur. Je voulais m'accroupir près d'elle et la serrer dans mes bras pendant qu'elle me dirait que tout finirait bien, que nous serions bientôt tous réunis, sains et saufs. Mais son expression fermée m'en dissuada. Je lissai donc mes jupes et, le balai à la main, marchai vers la porte de la cuisine.

Je dormis à poings fermés cette nuit-là. Je rêvai d'Édouard, de son visage déformé par le dégoût. Je rêvai que nous nous disputions : j'essayais de le convaincre encore et encore que j'avais fait ce qui était juste, mais il se détournait. Dans un autre cauchemar, il repoussait sa chaise loin de la table où nous nous disputions de nouveau et, quand je le regardais, il était amputé de la partie inférieure de son corps : ses jambes et son abdomen avaient disparu. « Voilà, me disait-il. Tu es satisfaite, maintenant ? »

Je me réveillai en larmes et trouvai Édith en train de me dévisager de ses yeux noirs insondables. Elle tendit la main et, doucement, toucha ma joue mouillée, comme par compassion. J'ouvris les bras et l'attirai contre moi. Nous restâmes allongées en silence en nous étreignant pendant que l'aube se levait.

La journée passa comme dans un rêve. Je préparai le petit déjeuner des enfants tandis qu'Hélène allait au marché, et observai Aurélien, mal luné ce matin-là, partir pour l'école en emmenant Édith. J'ouvris les portes à 10 heures et servis les rares clients matinaux. Le vieux René riait en racontant qu'un véhicule militaire allemand était tombé dans un fossé près des baraquements, et que les soldats n'arrivaient pas à le dégager. Cette mésaventure suscita l'hilarité générale pendant un moment. Je souris distraitement, hochant la tête et assurant que, oui, ça leur en remontrerait, et que, effectivement, ça en disait long sur l'excellence de la direction des automobiles allemandes. Je suivis leurs plaisanteries comme depuis l'intérieur d'une bulle.

À l'heure du déjeuner, Aurélien et Édith reparurent pour manger un morceau de pain et une petite noix de fromage. Pendant qu'ils étaient assis dans la cuisine, le maire nous apporta un préavis requérant des couvertures et plusieurs jeux de couverts pour un nouveau cantonnement, situé plus bas sur la route. Le bout de papier provoqua des grognements chez les clients, certains d'en trouver de similaires en arrivant chez eux. Au fond de moi, je me réjouis que des gens de Saint-Péronne voient que j'étais aussi concernée par les réquisitions.

À 15 heures, nous fîmes une pause pour regarder passer un convoi médical allemand. La colonne de véhicules et de chevaux fit vibrer la route. Le silence régna ensuite pendant quelques minutes à l'intérieur du bar. À 16 heures, l'épouse du maire entra et remercia tout le monde pour les gentilles lettres et les pensées qu'ils avaient reçues ; nous lui proposâmes de rester boire une tasse de café, mais elle déclina notre invitation. Elle n'était pas de très bonne compagnie, expliqua-t-elle en guise d'excuses. Elle retraversa la place d'un pas chancelant, son mari la soutenant par le coude.

À 16 h 30, les derniers clients s'en furent, et je sus, comme le crépuscule tombait, qu'il n'y en aurait pas d'autres, même si nous étions encore ouverts pendant une demi-heure. Je passai d'une fenêtre de la salle à manger à la suivante, baissant chaque store afin que l'intérieur de la pièce ne soit pas visible de la rue. Dans la cuisine, Hélène faisait réviser une leçon d'orthographe à Édith, s'interrompant de temps en temps pour chanter avec Mimi et Jean. Édith s'était prise d'affection pour le petit et apportait une aide précieuse à Hélène en jouant souvent avec lui. Pas une fois ma sœur n'avait remis en question ma décision d'accueillir la fillette chez nous : jamais il ne lui serait venu à l'esprit de renvoyer un enfant, même si sa présence signifiait que nous aurions moins à manger.

Je montai à l'étage et descendis mon journal des chevrons. Je me préparai à écrire, avant de me rendre compte que je n'avais rien à dire. Rien qui ne m'incriminerait pas. Je replaçai le journal dans sa cachette en me demandant si j'aurais un jour de nouveau quelque chose à raconter à mon mari.

Les Allemands vinrent, sans le *Kommandant*, et nous leur servîmes leur repas. Ils étaient moroses ; je me surpris à espérer, comme cela m'arrivait souvent, qu'il y avait eu de terribles nouvelles de leur côté. Hélène ne cessa de me surveiller discrètement pendant que nous travaillions ; je voyais qu'elle essayait de deviner mes pensées. Je fis le service, versai le vin, débarrassai et acceptai d'un hochement de tête sec les remerciements des hommes qui nous félicitèrent pour le repas. Puis, comme le dernier s'en allait, je cueillis dans mes bras Édith, que je trouvai encore endormie dans les escaliers, et la portai dans ma chambre. Je l'allongeai sur le lit, lui remontai les couvertures jusqu'au menton, puis la contemplai un moment, écartant doucement une mèche de sa joue. Elle remua, une expression douloureuse sur son visage, même dans le sommeil.

Après m'être assurée qu'elle ne se réveillerait pas, je me brossai les cheveux et les coiffai en les relevant à l'aide d'épingles, avec des mouvements lents et réfléchis. Comme j'observais mon reflet à la lumière de la bougie, un détail attira mon attention. Je me tournai et ramassai une feuille qui avait été glissée sous ma porte. Je regardai fixement les mots, de l'écriture d'Hélène.

*Ce qui est fait ne peut être défait.*

Alors je repensai au prisonnier abattu, le jeune garçon avec ses chaussures trop grandes, aux hommes en guenilles qui étaient passés sur la route cet après-midi-là. Et soudain ce fut limpide : je n'avais pas le choix.

Je glissai le bout de papier dans ma cachette, puis descendis les marches en silence. Arrivée en bas, je regardai le portrait au mur, puis le décrochai avec précaution de son clou et l'enveloppai dans un châle, de sorte qu'il soit complètement couvert. Je m'emmitouflai moi-même dans deux châles supplémentaires et sortis dans l'obscurité. Comme je fermais la porte derrière moi, j'entendis ma sœur chuchoter depuis l'étage, telle une sonnette d'alarme.

— Sophie.

# Chapitre 9

Après tant de mois de couvre-feu, il me parut étrange de marcher dans la nuit. Les rues verglacées de notre petite ville étaient désertes, les fenêtres aveugles, les rideaux immobiles. J'avançai à vive allure dans l'ombre, un châle tiré haut sur ma tête dans l'espoir que, si d'aventure quelqu'un regardait dehors, il ne verrait qu'une silhouette anonyme se pressant dans l'obscurité.

Il faisait horriblement froid, mais je le sentis à peine. Tout mon corps était engourdi. Pendant les quinze minutes que dura le trajet jusqu'à la périphérie de la ville, vers la ferme des Fourrier où les Allemands avaient établi leurs quartiers un an auparavant, je perdis la faculté de penser. Je ne fus plus qu'un automate en train de marcher. Je craignais, si je m'autorisais à réfléchir à ma destination, de ne plus réussir à mouvoir mes jambes ; ainsi, un pied se plaçait tout seul devant l'autre. J'entendrais les mises en garde de ma sœur, les commentaires impitoyables des habitants de ma ville si jamais on apprenait que j'avais rendu visite au *Kommandant* en pleine nuit. Je risquerais d'entendre ma peur.

Je me contentai donc de murmurer le prénom de mon mari, comme une prière : « Édouard. Je vais libérer Édouard. Je peux y arriver. » Je tenais la toile serrée sous mon bras.

Après avoir atteint les abords de la ville, je tournai à gauche, là où le chemin de terre devenait accidenté, plein d'ornières. Le passage des véhicules militaires défonçait encore plus la surface déjà grêlée. Le cheval de mon père s'était cassé une jambe dans l'un de ces nids-de-poule, mené trop vite par un Allemand négligent. Aurélien avait pleuré en apprenant la nouvelle. Une autre victime innocente de l'occupation. Désormais, plus personne ne pleurerait les chevaux.

*Je ramènerai Édouard.*

La lune disparut derrière un nuage, et je trébuchai, mes pieds s'enfonçant à plusieurs reprises dans des trous remplis d'eau glaciale; mes chaussures et mes bas étaient trempés. Je resserrai mes doigts gelés autour de la peinture, de peur de la laisser tomber. Devant moi, je n'apercevais que les lumières lointaines de la maison et je continuais de marcher dans leur direction. Des formes floues se mouvaient au-delà des talus, des lapins peut-être, et un renard rampa sur le chemin, s'arrêtant brièvement pour me regarder, insolent et sans peur. Peu de temps après, j'entendis le couinement terrifié d'un lapin et dus ravaler la bile qui me monta à la gorge. Je distinguais les contours de la ferme à présent, dont les lumières semblaient flamboyer dans l'obscurité. Soudain, j'entendis le grondement du moteur d'un camion, et ma respiration s'accéléra. Je bondis en arrière dans une haie, esquivant le faisceau des phares au moment où un véhicule militaire passait devant moi en cahotant et gémissant. À l'arrière, sous un rabat de toile, j'eus tout juste le temps d'apercevoir des visages de femmes, assises les unes à côté des autres. Je les suivis des yeux jusqu'à ce qu'elles disparaissent, puis m'extirpai de la haie, mes châles pris dans les brindilles. Le bruit courait que les Allemands allaient chercher des femmes hors de la ville; jusqu'alors, je n'avais pas vu en elles plus que cela. Songeant à Liliane, je lui dédiai une prière muette.

J'étais arrivée à l'entrée de la ferme. Le camion s'immobilisa une centaine de mètres plus loin, et les passagères, silhouettes sombres, se dirigèrent en silence vers une porte sur la gauche. Manifestement, elles avaient déjà parcouru ce chemin de nombreuses fois. J'entendis des voix d'hommes et des chants au loin.

— *Halt!*

Un soldat surgit devant moi. Je sursautai violemment. Il leva son fusil, puis me regarda de plus près. D'un geste, il m'indiqua la direction qu'avaient empruntée les autres femmes.

— Non... non. Je suis ici pour voir *Herr Kommandant*.

Il gesticula de nouveau avec impatience.

— *Nein*, dis-je plus fort. *Herr Kommandant*. J'ai... rendez-vous.

— *Herr Kommandant?*

Je ne pouvais discerner son visage, mais je sentis qu'il m'examinait. Ensuite il traversa la cour à grandes enjambées vers un endroit où je distinguai une porte. Il frappa, et j'entendis des voix étouffées. J'attendis, le cœur battant la chamade, la peau parcourue de frissons d'anxiété.

— *Wie heist?* demanda-t-il en revenant.

— Je suis Mme Lefèvre, chuchotai-je.

Il désigna mon châle d'un geste, que je tirai brièvement de ma tête, exposant mon visage. Alors il me montra une porte à l'autre extrémité de la cour.

— *Diese Tür. Obergeschoss. Grüne Tür auf der rechten Seite.*

— Comment? Je ne comprends pas.

Il s'impatienta de nouveau.

— *Da, da.*

Il agita la main, puis me saisit par le coude et me poussa brutalement en avant. Je fus choquée de la façon dont il traitait un visiteur du *Kommandant*. Et puis je compris : protester sous prétexte que j'étais mariée n'avait aucun sens. Je n'étais qu'une femme de plus rendant visite aux Allemands après la tombée de la nuit. Je fus soulagée qu'il ne puisse pas voir le rouge me monter aux joues. Je dégageai mon bras et marchai d'un pas raide vers le petit bâtiment sur la droite.

Je n'eus aucun mal à repérer sa chambre : de la lumière filtrait sous la porte. J'hésitai un instant devant le battant, puis frappai et dis doucement :

— *Herr Kommandant* ?

Des bruits de pas. La porte s'ouvrit, et je fis un petit pas en arrière. Il ne portait pas son uniforme, mais une chemise rayée sans col et des bretelles ; il tenait un livre dans une main, comme si je l'avais interrompu en pleine lecture. Il m'adressa un demi-sourire en guise de salut, puis recula pour me laisser entrer.

La pièce était grande, parcourue de poutres, et le plancher recouvert de tapis, dont il me sembla reconnaître la plupart de l'époque où ils ornaient les maisons de mes voisins. Il y avait une table ronde et des chaises, une malle militaire dont les angles en laiton brillaient dans la lumière des deux lampes à acétylène, une patère où était suspendu son uniforme, et un grand fauteuil confortable, près d'un feu ronflant dont on sentait la chaleur depuis l'autre bout de la pièce. Dans un coin se trouvait un lit agrémenté de deux édredons épais. J'y jetai un coup d'œil puis détournai le regard.

— Tenez. (Debout derrière moi, il souleva les châles de mon dos.) Permettez-moi de vous débarrasser.

Je le laissai les prendre et les accrocher au portemanteau, serrant toujours le tableau contre ma poitrine. Même debout ainsi, presque paralysée, j'eus honte de ma tenue miteuse.

Le froid ne nous permettait pas de laver souvent nos habits : la laine mettait des semaines à sécher, ou bien gelait, formant des silhouettes rigides dehors sur le fil à linge.

— Il fait un froid glacial, fit-il remarquer. Je le sens sur vos vêtements.

— Oui.

Je ne reconnus pas ma voix.

— C'est un hiver rude. Et je pense que nous en avons encore pour quelques mois. Voulez-vous boire quelque chose ?

Il se dirigea vers un petit guéridon et servit deux verres de vin d'une carafe. Je pris celui qu'il me tendait sans un mot, encore frissonnante après ma marche nocturne.

— Vous pouvez poser votre paquet, dit-il.

J'avais oublié que je le tenais. Je le laissai glisser doucement jusqu'au sol, le maintenant debout.

— Je vous en prie..., ajouta-t-il. Je vous en prie, asseyez-vous.

Il parut presque irrité de me voir hésiter, comme si ma nervosité était une insulte.

Je pris place sur l'une des chaises en bois, une main posée sur le cadre du tableau. J'ignore pourquoi, mais j'y puisais un certain réconfort.

— Je ne suis pas allé dîner à l'hôtel, ce soir. J'ai repensé à ce que vous avez dit sur le fait que notre présence chez vous vous valait déjà d'être considérée comme une traîtresse.

Je bus une gorgée de vin.

— Je ne souhaite pas vous attirer plus d'ennuis, Sophie... Plus que ceux que nous vous causons déjà par notre occupation.

Ne sachant que répondre, j'avalai une autre gorgée. Il ne cessait de me lancer des regards furtifs, comme s'il attendait une réaction de ma part.

Des chants nous parvenaient depuis l'autre côté de la cour. Je me demandai si les filles étaient avec les hommes, qui elles étaient, de quels villages elles venaient. Les forcerait-on aussi plus tard à défiler dans les rues comme des criminelles ? Savaient-elles ce qui était arrivé à Liliane Béthune ?

— Avez-vous faim ?

Il indiqua un petit plateau sur lequel étaient disposés du pain et du fromage. Je secouai la tête. Je n'avais pas d'appétit, ce jour-là.

— On est loin de l'excellence de votre cuisine, je l'admets. Je pensais l'autre jour à ce canard à l'orange que vous nous avez préparé le mois dernier. Peut-être pourriez-vous nous le cuisiner de nouveau. (Il marqua une pause, puis reprit.) Mais nos approvisionnements s'amenuisent. Je me surprends parfois à rêver d'un gâteau de Noël appelé *Stollen*. Avez-vous l'équivalent en France ?

Je secouai de nouveau la tête.

Nous étions assis de part et d'autre du feu. Je me sentais électrisée, comme si chaque fibre de mon être pétillait. J'avais l'impression qu'il pouvait voir à travers ma peau. Il savait tout. Il contrôlait tout. Je tendis l'oreille, guettant les voix lointaines, et de temps en temps je prenais la mesure de ce que je vivais.

*Il fait nuit. Je suis seule avec un* Kommandant *dans un cantonnement allemand. Dans une chambre avec un lit.*

— Avez-vous réfléchi à ce que je vous ai dit ? lançai-je à brûle-pourpoint.

Il me regarda fixement pendant un long moment.

— Vous ne nous accorderez donc pas le plaisir d'une conversation légère ?

J'avalai ma salive avec difficulté.

— Je suis désolée. Mais je dois savoir.

Il but une gorgée de vin.

—Je n'ai pas pensé à grand-chose d'autre.

—Alors…

Mon souffle resta coincé dans ma poitrine. Je me penchai en avant, posai mon verre et déballai la toile. Je l'appuyai ensuite contre la chaise, de façon que le feu l'éclaire et qu'il puisse la voir sous le meilleur angle.

—L'accepterez-vous ? L'accepterez-vous en échange de la libération de mon mari ?

L'air se figea dans la pièce. Il ne regarda pas la peinture. Ses yeux restaient plantés dans les miens, sans cligner, insondables.

—Si je pouvais vous transmettre ce que ce portrait signifie pour moi… Si vous saviez comme il m'a aidée à tenir, les jours les plus sombres… vous sauriez que je ne pourrais l'offrir à la légère. Mais je… Cela ne me dérangerait pas que vous l'ayez, *Herr Kommandant*.

—Friedrich. Appelez-moi Friedrich.

—Friedrich. Je… sais depuis longtemps que vous comprenez le travail de mon mari. Vous comprenez la beauté. Vous comprenez ce qu'un artiste met de lui-même dans une œuvre, et pourquoi c'est une chose d'une valeur infinie. Ainsi, même si j'aurai le cœur brisé de le perdre, je vous le donne volontiers. À vous.

Il me regardait toujours fixement. Je ne détournai pas la tête. Tout se jouait à cet instant. Je découvris à quelques centimètres de son oreille gauche une vieille cicatrice courant jusque dans son cou, dessinant une strie légèrement argentée. Je remarquai que ses iris bleu vif étaient bordés de noir, comme si quelqu'un avait voulu en souligner le contour.

—Ça n'a jamais été le tableau, Sophie.

C'est à cet instant précis que mon destin fut scellé.

Je cillai brièvement et me laissai le temps d'assimiler cette information.

Le *Kommandant* commença à parler d'art. Il évoqua un professeur de dessin qu'il avait connu jeune homme, et qui lui avait ouvert les yeux sur des œuvres éloignées du classicisme auquel l'avait cantonné son éducation. Il raconta comment il avait essayé d'expliquer à son père cette façon de peindre plus rude, plus élémentaire, et sa déception face à l'incompréhension du vieil homme.

— Cela lui semblait « inachevé », dit-il tristement. Il croyait que dévier du traditionnel était un acte de rébellion en soi. Je crois que ma femme lui ressemble beaucoup.

Je l'entendis à peine. Je levai mon verre et bus une longue gorgée.

— Puis-je en avoir encore ? demandai-je.

Je le vidai et le priai de me le remplir de nouveau. C'était la première et la dernière fois de ma vie que je buvais ainsi. Peu m'importait de paraître impolie. Le *Kommandant* continuait à parler d'une voix basse et monotone. Il ne me posa aucune question en retour : c'était comme s'il voulait seulement que j'écoute. Il voulait que je sache qu'il y avait quelqu'un d'autre sous l'uniforme et la casquette. Mais je ne l'entendais pas. Je voulais effacer les mots autour de moi, oublier cette décision qui ne m'appartenait pas.

— Croyez-vous que nous aurions pu être amis, si nous nous étions rencontrés dans d'autres circonstances ? J'aime à penser que oui.

J'essayai de gommer ma présence dans cette chambre, avec les yeux d'un Allemand rivés sur moi. Je voulais être un objet, insensible et ignorant.

— Peut-être.

— Accepteriez-vous de danser avec moi, Sophie ?

*Cette façon qu'il a de prononcer mon prénom, comme s'il en avait le droit.*

Je posai mon verre et me redressai, mes bras pendant inutilement le long de mon corps tandis qu'il marchait vers le gramophone et mettait une valse lente. Il s'approcha et n'hésita qu'un instant avant de passer les bras autour de moi. Alors que la musique s'élevait en craquant, nous commençâmes à danser. Je me mouvais lentement autour de la pièce, une main dans la sienne, mes doigts légers sur le doux coton de sa chemise. Je dansai, l'esprit vide, vaguement consciente de sa tête venant reposer contre la mienne. Je respirai des effluves de savon et de tabac, sentis son pantalon frôler ma jupe. Il me tenait sans m'attirer contre lui, mais comme on tient un objet fragile, précautionneusement. Je fermai les yeux, m'autorisant à m'enfoncer dans le brouillard, essayant de convaincre mon esprit de suivre la musique, de m'emmener ailleurs. À plusieurs reprises, j'essayai d'imaginer qu'il s'agissait d'Édouard, en vain. Tout était trop différent chez cet homme : son toucher, sa taille par rapport à la mienne, l'odeur de sa peau.

— Parfois, me souffla-t-il, il semble rester si peu de beauté en ce bas monde. Si peu de joie. Vous trouvez la vie dure dans votre petite ville. Mais si vous aviez vu ce que nous avons vu au-dehors… Personne ne gagne. Personne ne gagne dans une guerre comme celle-ci.

C'était comme s'il parlait tout seul. Ma paume reposait sur son épaule. Je sentais les muscles bouger sous sa chemise au rythme de sa respiration.

— Je suis un homme bon, Sophie, murmura-t-il. Il est important pour moi que vous le sachiez. Que nous nous comprenions.

Et puis la musique s'arrêta. Il me relâcha à contrecœur et alla replacer l'aiguille sur le disque. Il attendit que la valse recommence, mais, au lieu de danser, il contempla un moment mon portrait. Je sentis une lueur d'espoir ; peut-être changerait-il d'avis ? Mais, après une légère hésitation, il leva une main et, délicatement, ôta une épingle de ma coiffure. Je restai debout, tétanisée, pendant qu'il enlevait soigneusement les autres épingles, une à une, les posant sur la table au fur et à mesure, laissant mes cheveux cascader doucement autour de mon visage. Bien qu'il n'eût presque rien bu, il me contemplait d'un œil légèrement vitreux qui lui donnait une expression mélancolique. Son regard interrogateur chercha le mien. Je ne cillai pas, telle une poupée de porcelaine. Et je ne détournai pas non plus la tête.

Quand la dernière mèche fut libérée, il leva une main et laissa une boucle s'enrouler autour de son index. Son calme était celui du chasseur redoutant de bouger, de peur d'effrayer sa proie. Et puis il prit mon visage dans ses paumes et m'embrassa. Un instant, je fus saisie de panique ; je ne pouvais me résoudre à lui rendre son baiser. Mais je laissai mes lèvres s'entrouvrir pour accueillir les siennes, fermai les yeux. Le choc fit de mon corps un étranger. Je sentis ses doigts se resserrer sur ma taille, la pression me propulsant en arrière, vers le lit. Et pendant tout ce temps, une voix silencieuse me rappelait qu'il s'agissait d'un marché. J'achetais la liberté de mon mari. Tout ce que j'avais à faire, c'était respirer. Je gardai les yeux fermés, allongée sur les édredons d'une douceur presque insupportable. Je sentis ses mains sur mes pieds alors qu'il ôtait mes chaussures, puis il caressa mes jambes, retroussant lentement ma jupe. Son regard me brûlait tandis qu'il remontait encore.

*Édouard.*

Il m'embrassa. Il embrassa ma bouche, ma poitrine, mon ventre, haletant bruyamment, perdu dans un de ses mondes imaginaires. Il embrassa mes genoux, mes cuisses à travers les bas, laissant ses lèvres reposer contre ma peau nue comme si sa proximité lui procurait un plaisir insoutenable.

— Sophie, murmura-t-il. Oh, Sophie…

Et quand il atteignit le cœur de mon intimité, une partie traîtresse de mon corps s'éveilla à la vie, une onde de chaleur me parcourut, mais elle n'avait rien à voir avec le feu dans la cheminée. Cette part de moi se dissocia de mon cœur et je laissai libre cours à mon désir de contact charnel. Comme il effleurait ma peau du bout des lèvres, je me déplaçai légèrement et, malgré moi, poussai un gémissement. Mais l'urgence de sa réponse, l'accélération de son souffle contre mon visage l'étouffèrent aussi vite qu'il était né. Il retroussa mes jupes, écarta mon corsage, et quand sa bouche s'écrasa sur mes seins, j'eus l'impression de me changer en pierre, tel un personnage mythique.

*Lèvres allemandes. Mains allemandes.*

Il était sur moi à présent, me clouant au lit de tout son poids. Je sentais ses doigts tirer sur mes sous-vêtements, désespéré qu'il était de s'y glisser. Il poussa mon genou d'un côté, s'effondrant à moitié sur mon torse d'impatience. Je le sentis dur, raide contre ma jambe. Je reconnus le craquement d'un tissu qu'on déchire. Et alors, avec un petit halètement, il fut à l'intérieur de moi. Fermant les yeux de toutes mes forces, je serrai les dents pour me retenir de hurler ma protestation.

*En moi. En moi. En moi.*

J'entendais sa respiration enrouée dans mon oreille, sentais la fine couche de sa sueur contre ma peau, la boucle de sa ceinture contre ma cuisse. Tout mon corps bougeait, mû par l'urgence qui animait le sien.

*Mon Dieu, qu'ai-je fait ? En moi. En moi. En moi.*
Mes poings crispés sur les édredons. Mes pensées enchevêtrées et fugaces. Une part lointaine de moi en voulait à leur chaleur douce et lourde plus qu'à tout autre chose. Volée à quelqu'un. Comme ils pillaient. Comme ils s'appropriaient les terres et les femmes. J'étais une prise de guerre. Mon esprit vacilla. Je marchais dans une rue de Paris... la rue Soufflot. Le soleil brillait, et autour de moi les Parisiennes étaient parées, les pigeons se pavanaient à l'ombre des arbres. Le bras de mon mari était passé autour du mien. Je voulus lui parler, mais un petit sanglot s'échappa de ma bouche. La scène se figea, puis s'évanouit. Alors je me rendis compte que cela s'était interrompu. Le va-et-vient ralentit, puis cessa tout à fait. C'était fini. Sa chair n'était plus à l'intérieur de moi, mais molle, recroquevillée contre mes cuisses. J'ouvris les yeux, qui immédiatement plongèrent dans les siens.

Le visage du *Kommandant*, à quelques centimètres du mien, était écarlate, son expression tourmentée. Je retins ma respiration en comprenant son malaise. J'ignorais comment réagir. Mais il me sonda de ses iris bleu vif, et il sut que je savais. Il se redressa brutalement de façon à ne plus peser sur moi.

— Vous..., commença-t-il.

— Quoi ?

J'avais conscience de mes seins exposés, de ma jupe retroussée autour de ma taille.

— Votre expression... si...

Il se leva, et je détournai la tête en l'entendant remonter et fermer son pantalon. Une main posée sur le crâne, il évitait soigneusement de me regarder.

— Je... Je suis désolée, balbutiai-je, sans être sûre de ce pour quoi je lui présentais mes excuses. Qu'ai-je fait ?

—Vous… vous… Ce n'est pas ce que je voulais! s'écria-t-il en gesticulant vers moi. Votre visage…

—Je ne comprends pas. (J'étais presque en colère alors, insultée par l'injustice de la situation. N'avait-il donc aucune idée de ce que j'avais enduré? Savait-il combien il m'en avait coûté de le laisser me toucher?) J'ai fait ce que vous vouliez!

—Je ne vous voulais pas comme ça! Je voulais…, commença-t-il, une main levée dans un geste de frustration. Je voulais ça! Je voulais la jeune femme de la peinture!

Nos yeux convergèrent vers le portrait. La fille soutint nos regards, imperturbable, les cheveux tombant sur son épaule, l'expression du visage pleine de défi, glorieuse, sexuellement rassasiée. Mon visage.

Je rajustai ma jupe et remontai le col de ma blouse autour de mon cou. Quand je pris la parole, ma voix était rauque, tremblante.

—Je vous ai donné… *Herr Kommandant*… tout ce que j'étais capable de donner.

Une ombre passa sur ses traits, telle une mer gelée. Le tic agita de nouveau sa mâchoire de façon saccadée.

—Sortez, dit-il dans un souffle.

Je clignai des yeux.

—Je suis désolée, bégayai-je, quand je compris que j'avais bien entendu. Si… je peux…

—SORTEZ! rugit-il.

Il me saisit par le coude, ses doigts s'enfonçant dans ma chair, et il me tira violemment à travers la pièce.

—Mes chaussures… mes châles!

—DEHORS, MAUDITE!

Je n'eus que le temps d'attraper le tableau, et je fus propulsée dehors, pieds nus, tombant à genoux en haut des marches, m'efforçant toujours de comprendre la situation. Retentit alors un énorme fracas derrière la porte, suivi d'un autre, cette fois accompagné du bruit du verre volant en éclats. Je jetai un coup d'œil par-dessus mon épaule, puis je dévalai le petit escalier, traversai la cour à toutes jambes et m'enfuis.

Je mis presque une heure à regagner la maison. Je ne sentis plus mes pieds au bout d'un demi-kilomètre. Quand j'atteignis la ville, ils étaient tellement gelés que les coupures et éraflures que je m'étais infligées sur le chemin de la ferme semé de silex ne me faisaient même plus mal. J'avançai, trébuchant dans le noir, le portrait sous le bras, frissonnant dans mon fin corsage, complètement engourdie. Peu à peu, le choc s'atténua, et je compris l'étendue du désastre. Ressassant ces terribles pensées dans mon esprit, je parcourus les rues désertes de Saint-Péronne sans plus me préoccuper que quelqu'un me voie.

J'atteignis *Le Coq rouge* un peu avant 1 heure du matin. J'entendis la pendule sonner un coup solitaire alors que, debout dehors, je me demandais brièvement s'il n'aurait pas mieux valu pour tout le monde que je m'abstienne de rentrer. Au même instant, j'aperçus une minuscule lueur derrière le voilage, et les verrous furent tirés de l'autre côté. Hélène apparut, coiffée de son bonnet de nuit, emmitouflée dans son châle blanc. Elle avait dû m'attendre.

Je levai les yeux vers ma sœur, et je sus à ce moment qu'elle avait eu raison depuis le début. Je sus que mon comportement avait mis toute notre famille en danger. Je voulus lui dire combien j'étais désolée, que je comprenais la gravité de mon erreur, que mon amour pour Édouard, mon désir désespéré que notre vie ensemble continue m'avaient aveuglée et empêchée de considérer les conséquences. Mais j'étais incapable de parler. Je restai simplement debout sur le seuil, muette.

Elle écarquilla les yeux quand elle remarqua mes épaules et mes pieds nus. Elle tendit le bras et m'attira à l'intérieur, fermant la porte derrière elle. Elle m'enveloppa dans son châle, lissa mes cheveux en arrière pour dégager mon visage. Sans un mot, elle me conduisit à la cuisine et alluma le fourneau. Elle réchauffa une tasse de lait et, tandis que je la tenais, incapable de la boire, elle descendit notre bassine en fer-blanc de son crochet au mur et la posa sur le sol, devant la cuisinière. Elle remplit une casserole en cuivre d'eau qu'elle fit bouillir, puis vida son contenu dans la bassine, répétant l'opération jusqu'à ce que celle-ci fût pleine. Alors elle se posta derrière moi et ôta délicatement le châle. Elle délaça mon corsage, puis passa ma chemise par-dessus ma tête, comme elle l'aurait fait avec un enfant. Elle déboutonna ma jupe, desserra mon corset, puis défit mes jupons, empilant mes vêtements sur la table de la cuisine jusqu'à ce que je sois nue. Lorsque je commençai à trembler, elle me prit la main et m'aida à entrer dans la bassine.

L'eau était brûlante, mais je le sentis à peine. Je me baissai jusqu'à ce que presque tout mon corps soit immergé, à l'exception de mes genoux et de mes épaules, ignorant la souffrance causée par mes écorchures. Puis ma sœur retroussa ses manches, saisit un gant de toilette et commença à me savonner de la tête aux pieds. Elle me baigna en silence, œuvrant avec une tendresse infinie, soulevant chaque membre, passant doucement entre chaque doigt, prenant soin de n'oublier aucune partie de mon corps. Elle me lava la plante des pieds, enlevant délicatement les petits cailloux qui s'étaient logés dans les coupures. Elle me shampooina les cheveux, les rinça à l'aide d'un bol jusqu'à ce que l'eau soit claire, puis les peigna, mèche par mèche. Elle reprit le gant de toilette et essuya les larmes qui roulaient sur mes joues. Elle fit tout cela sans prononcer un mot. Enfin, quand l'eau commença à refroidir et que je me remis à frissonner, de froid, ou d'épuisement, ou de tout autre chose, elle attrapa une grande serviette et m'enveloppa dedans. Puis elle me soutint, m'aida à enfiler une chemise de nuit et me conduisit à l'étage dans mon lit.

—Oh, Sophie…, l'entendis-je murmurer au moment où je sombrais dans le sommeil, et je crois que même alors je savais déjà le malheur que j'avais attiré sur nous. Qu'as-tu fait ?

# Chapitre 10

Les jours passèrent. Hélène et moi tenions nos rôles en vaquant à nos occupations quotidiennes. De loin, peut-être paraissions-nous les mêmes, mais chacune de nous pataugeait dans un malaise croissant. Ni elle ni moi ne parlâmes de ce qui s'était produit. Je dormais peu, parfois guère plus de deux heures par nuit. Manger me demandait un effort surhumain. Mon estomac s'était recroquevillé autour de ma peur, alors que le reste de ma personne menaçait de se désagréger.

Je retournais de façon obsessionnelle aux événements de cette nuit fatidique, me réprimandant pour ma naïveté, ma stupidité. Ma fierté. Car ce devait être l'orgueil qui m'avait amenée à l'échec. Si j'avais feint d'apprécier les attentions du *Kommandant*, si j'avais imité l'abandon lascif de la jeune femme du portrait, je me serais peut-être attiré son admiration. J'aurais peut-être sauvé mon mari. Aurait-ce été si terrible ? Au lieu de ça, je m'étais accrochée à cette idée ridicule selon laquelle, en devenant une statue, un réceptacle, d'une certaine façon j'atténuais mon infidélité, je ne nous trahissais pas. Comme si, pour Édouard, cela pouvait faire une différence.

Tous les jours j'attendais, le cœur battant la chamade. Je regardais en silence les soldats entrer les uns derrière les autres, sans le *Kommandant*. Je redoutais de le voir, mais je craignais encore plus son absence, et ce qu'elle pouvait signifier. Un soir, Hélène trouva le courage de questionner l'officier à la moustache poivre et sel, mais l'homme se contenta d'agiter une main en disant « Trop occupé ». Les yeux de ma sœur rencontrèrent les miens ; la réponse ne nous rassurait ni l'une ni l'autre.

Je regardais Hélène, et le poids de ma culpabilité m'effrayait. Chaque fois qu'elle lançait un coup d'œil aux enfants, je savais qu'elle se demandait ce qu'il adviendrait d'eux. Un jour, je la vis s'entretenir à voix basse avec le maire, et il me sembla l'entendre le prier de les recueillir si quoi que ce soit lui arrivait. Je le dis parce qu'il parut consterné, comme surpris qu'elle puisse envisager une telle extrémité. Je voyais les rides que la tension avait tracées autour de ses yeux et de sa bouche, et savais que j'en étais responsable.

Les plus jeunes semblaient inconscients de nos angoisses profondes. Jean et Mimi jouaient comme ils l'avaient toujours fait, pleurnichant et se plaignant du froid ou des incartades de l'autre. La faim les rendait grincheux. Je n'osais plus dérober la moindre miette aux Allemands désormais, mais leur refuser quoi que ce soit était dur. Aurélien s'était de nouveau renfermé, concentré sur sa souffrance. Il mangeait en silence et ne nous adressait jamais la parole. Je me demandais s'il s'était encore battu à l'école, mais j'étais trop préoccupée par ailleurs pour y accorder beaucoup d'attention. Édith savait, par contre. Elle avait la sensibilité d'une baguette de sourcier. Elle ne me lâchait pas d'une semelle. La nuit, elle dormait en serrant ma chemise dans sa main droite, et, chaque fois que je me réveillais, ses grands yeux noirs étaient fixés sur moi. Quand il m'arrivait de croiser mon reflet dans un miroir, mon visage était hagard. J'avais même du mal à le reconnaître.

Les nouvelles filtrèrent que deux autres villes avaient été prises par les Allemands au nord-est. Nos rations diminuèrent encore. Chaque jour semblait plus long que le précédent. Je faisais le service, cuisinais et nettoyais, mais l'épuisement rendait mes pensées chaotiques. Peut-être le *Kommandant* ne voulait-il tout simplement pas se montrer. Peut-être, honteux de notre étreinte charnelle, ne se résolvait-il pas à me revoir. Peut-être culpabilisait-il, lui aussi. Peut-être était-il mort. Peut-être Édouard franchirait-il la porte. Peut-être la guerre s'achèverait-elle le lendemain. Quand j'arrivais à ce stade, il me fallait généralement m'asseoir pour reprendre ma respiration.

— Monte dormir un peu, me murmurait Hélène.

Je me demandais si elle me haïssait. À sa place, j'aurais eu du mal à dissimuler mes sentiments.

À deux reprises, je retournai à mes lettres cachées, celles qui dataient du début de la guerre, avant que nous devenions un territoire allemand. Je lisais les commentaires d'Édouard sur les amis qu'il s'était faits, leurs rations dérisoires, leur bon moral, et c'était comme écouter un fantôme. Je lisais les mots tendres qu'il m'adressait, la promesse qu'il serait bientôt près de moi, que j'occupais toutes ses pensées éveillées.

*Je le fais pour mon pays, mais, plus égoïstement, je le fais pour nous, afin de pouvoir retraverser une France libre pour retrouver ma femme. Le confort du foyer, notre studio, le café du* Lyons Bar, *nos après-midi blottis au lit, quand tu me tendais des quartiers d'orange… Des moments banals du quotidien ont pris depuis les teintes éblouissantes d'un trésor. Sais-tu combien j'ai envie de t'apporter une tasse de café ? De te regarder te brosser les cheveux ? Sais-tu comme j'aimerais te voir rire à l'autre bout de la table en sachant que je suis la cause de ton bonheur ? J'invoque ces souvenirs pour me consoler, pour me rappeler la raison de ma présence ici. Prends soin de toi pour moi. Et sache que je demeure ton mari dévoué.*

*Ton Édouard*

Je relisais ses mots d'amour, et j'avais désormais une raison supplémentaire de me demander si je les entendrais encore.

Je changeais un fût de bière à la cave, quand j'entendis des pas sur les dalles derrière moi. La silhouette d'Hélène se découpa dans l'embrasure, bloquant la lumière.

— Le maire est là. Il dit que les Allemands viennent te chercher.

Mon cœur s'arrêta de battre.

Ma sœur se précipita vers le mur de séparation et commença à tirer sur les briques descellées.

— Vas-y. Tu peux sortir par chez les voisins si tu te dépêches.

Elle délogea des briques, griffant le mur dans sa hâte. Quand elle eut ouvert un trou de la taille d'un petit tonneau environ, elle se tourna vers moi. Puis elle baissa les yeux vers ses mains, arracha son alliance et me la tendit avant d'ôter le châle qu'elle portait sur les épaules.

— Prends ça. Va-t'en maintenant. Je vais les retenir. Mais dépêche-toi, Sophie, ils sont en train de traverser la place.

Je contemplai l'anneau dans ma paume.

— Je ne peux pas, dis-je.

— Pourquoi?

— Et s'il remplit sa part du marché?

— *Herr Kommandant*? Le marché? Pourquoi diable remplirait-il sa part du marché? Ils viennent te chercher, Sophie! Ils viennent pour te punir, pour t'emprisonner dans un camp. Tu l'as gravement offensé. Ils vont t'envoyer loin d'ici!

— Mais réfléchis, Hélène. S'il avait voulu me punir, il m'aurait fait fusiller, ou exhiber dans la rue. Il m'aurait fait subir le même traitement qu'à Liliane Béthune.

— Et risqué de révéler la cause de ton châtiment? As-tu perdu l'esprit?

— Non. (Au contraire, j'avais les idées de plus en plus claires.) Il a eu le temps de méditer sur son accès de colère et il m'envoie auprès d'Édouard. Je le sais.

Hélène me poussa vers le trou.

— Ce n'est pas toi qui parles, Sophie. C'est le manque de sommeil, la peur, une obsession… Tu reviendras bientôt à la raison. Mais il faut que tu partes maintenant. Le maire a dit que tu devais aller chez Mme Poilâne, où tu pourras rester cachée dans la grange sous le faux plancher ce soir. J'essaierai de te contacter plus tard.

Je me dégageai.

— Non… Non. Tu ne comprends donc pas? Le *Kommandant* ne peut en aucun cas faire revenir Édouard ici, sous peine de se trahir. Mais s'il m'envoie rejoindre Édouard, il pourra ensuite nous libérer tous les deux.

— Sophie! Ce n'est plus le moment de discuter.

— J'ai rempli ma part du marché.

— VA-T'EN!

— Non. (Nous nous regardâmes dans la pénombre.) Je ne m'enfuirai pas.

Je lui saisis la main et déposai l'alliance dans sa paume, refermant ses doigts autour. Je répétai doucement:

— Je ne m'enfuirai pas.

Le visage d'Hélène se chiffonna.

—Tu ne peux pas les laisser te capturer, Sophie. C'est de la folie. Ils vont t'envoyer dans un camp de prisonniers. Tu m'entends? Un camp! Où tu disais qu'Édouard trouverait la mort!

Je l'entendis à peine. Je me redressai et poussai un soupir. Je me sentais curieusement soulagée. S'ils ne venaient que pour moi, Hélène ne risquait rien, et les enfants non plus.

—Je ne me suis pas trompée sur son compte, j'en suis sûre. Il y a réfléchi à tête reposée, et il sait que j'ai essayé, malgré tout, de respecter ma part du contrat. C'est un homme honorable. Il a dit que nous étions amis.

Ma sœur pleurait à présent.

—Je t'en prie, Sophie, ne fais pas ça. Tu ne sais pas ce que tu dis. Tu as encore le temps…

Elle essaya de me barrer le passage, mais je l'écartai et commençai à monter l'escalier.

Ils étaient déjà dans l'entrée de l'hôtel quand j'émergeai du sous-sol. Deux d'entre eux étaient en uniforme. Le silence se fit dans le bar, et vingt paires d'yeux convergèrent vers moi. Je pus voir le vieux René, sa main tremblant sur le bord de la table, Mmes Louvier et Durant discutant à voix basse. En grande conversation avec un officier, le maire gesticulait, tentant de le persuader de changer d'avis, qu'il devait y avoir une erreur.

—Ce sont les ordres du *Kommandant*, rétorqua l'officier.

—Mais elle n'a rien fait! C'est une injustice.

—*Courage**, Sophie! cria quelqu'un.

J'avais l'impression d'être dans un rêve. Le temps parut ralentir, les sons se brouillèrent autour de moi.

L'un des officiers me fit signe d'avancer, et je sortis dans la rue. Les rayons du soleil inondaient la place. Des gens se tenaient sur le trottoir, pressés de voir l'origine du tumulte qui agitait le bar. Je m'arrêtai un moment et regardai autour de moi. Après l'obscurité de la cave, la lumière du jour me fit cligner des yeux. Tout semblait soudain limpide, redessiné de façon à former une image plus nette, plus vive, qui pourrait facilement s'imprimer dans ma mémoire. Le curé se tenait devant le bureau de poste, et il se signa en voyant le véhicule qu'ils avaient envoyé pour m'emmener. Je le reconnus : c'était le camion que j'avais vu amener ces femmes aux baraquements. Cette nuit me semblait remonter à des siècles.

Le maire criait :

— C'est inacceptable ! Je souhaite déposer une plainte officielle ! Vous dépassez les bornes ! Je ne vous laisserai pas emmener cette jeune personne sans m'être entretenu d'abord avec le *Kommandant* !

— Ce sont ses ordres.

Un petit groupe d'anciens commença à entourer les soldats, comme pour former une barrière.

— Vous n'avez pas le droit de persécuter une innocente ! protestait Mme Louvier. Vous envahissez sa maison, faites d'elle votre servante, et maintenant vous voulez l'emprisonner ? Sans aucune raison ?

— Sophie. Tiens. (Ma sœur apparut à mes côtés.) Emporte au moins quelques affaires. (Elle me mit un sac de toile dans les mains. Il débordait d'effets qu'elle y avait fourrés à la hâte.) Fais attention à toi. Tu m'entends ? Fais attention à toi et reviens-nous.

De la foule montaient des murmures de protestation, qui enflèrent peu à peu, fébriles, furieux. En regardant autour de moi, j'aperçus Aurélien, le visage furibond, écarlate, debout sur le trottoir avec M. Suel. Il ne fallait pas qu'il s'en mêle. S'il s'en prenait aux Allemands, ce serait un désastre.

Et il était essentiel qu'Hélène ait un allié durant les mois à venir. Je me frayai un chemin jusqu'à lui.

— Aurélien, tu es l'homme de la maison. Tu devras prendre soin de tout le monde en mon absence, commençai-je, mais il m'interrompit.

— C'est ta faute! lâcha-t-il. Je sais ce que tu as fait! Je sais ce que tu as fait avec l'Allemand!

Le silence se fit. Je regardai mon frère, m'efforçant de déchiffrer le mélange d'angoisse et de colère qui déformait ses traits.

— Je vous ai entendues parler avec Hélène. Je t'ai vue rentrer cette nuit-là!

Je captai les regards échangés autour de moi. Tous disaient la même chose: «Aurélien Bessette vient-il de dire ce que je crois qu'il vient de dire?»

— Ce n'est pas ce que…

Mais il fit volte-face et fila comme une flèche se réfugier dans le bar.

Un nouveau silence s'installa. L'accusation d'Aurélien fut répétée à voix basse à ceux qui n'avaient pas entendu. Je lus le choc sur les visages autour de moi, et vis les regards effrayés que jeta Hélène à la foule. J'étais Liliane Béthune à présent. Mais sans l'excuse de la résistance. L'atmosphère se durcit de façon tangible.

Hélène saisit ma main.

— Tu aurais dû partir, chuchota-t-elle d'un ton paniqué. Tu aurais dû partir, Sophie…

Elle voulut m'étreindre, mais fut entraînée en arrière.

Un des soldats m'attrapa par le coude et me poussa vers l'arrière du camion. Quelqu'un au loin cria, mais je ne pus distinguer s'il s'agissait d'une protestation dirigée vers les Allemands, ou de quelque insulte à mon intention. Puis j'entendis: «Putain! Putain!», et je tressaillis.

*Il m'envoie retrouver Édouard*, me dis-je, quand je crus que mon cœur allait exploser dans ma poitrine. *Je le sais. Je dois avoir confiance.*

Et soudain je l'entendis, sa voix brisant le silence.

—Sophie!

Une voix d'enfant, perçante et angoissée.

—Sophie! Sophie!

Édith jaillit de la foule qui s'était rassemblée et se jeta sur moi, s'agrippant à ma jambe.

—Ne pars pas. Tu as promis que tu ne partirais pas.

C'était la première fois qu'elle prononçait autant de mots depuis qu'elle était arrivée chez nous. J'avalai ma salive, les yeux pleins de larmes. Je me penchai et la pris dans mes bras. Comment pouvais-je la laisser? Mes pensées se brouillèrent, mes sensations se réduisant à celle de ses petites mains sur moi.

Puis je levai la tête et vis comment les soldats allemands l'observaient, avec une pointe d'interrogation dans le regard. Je me redressai et lui lissai les cheveux.

—Édith, tu dois rester avec Hélène et être courageuse. Ta *maman*\* et moi reviendrons te chercher. Je te le promets.

Elle ne me croyait pas. Ses pupilles étaient dilatées par la peur.

—Il ne m'arrivera rien de mal. Je vais retrouver mon mari.

J'essayai de parler d'une voix assurée et convaincante.

—Non, dit-elle, resserrant son étreinte. Non. S'il te plaît, ne m'abandonne pas.

Mon cœur se brisa. Je suppliai ma sœur en silence.

*Emmène-la loin d'ici. Ne la laisse pas voir la suite.*

Hélène, qui sanglotait à présent, détacha de moi les doigts de la petite fille.

— Je vous en prie, n'emmenez pas ma sœur, dit-elle aux soldats tout en tirant Édith en arrière. Elle n'a pas toute sa tête. Je vous en prie, n'emmenez pas ma sœur. Elle ne le mérite pas.

Le maire passa un bras autour de ses épaules, visiblement ébranlé. Les paroles d'Aurélien avaient anéanti sa volonté de se battre.

— Tout ira bien pour moi, Édith. Sois forte! criai-je par-dessus le brouhaha.

Puis quelqu'un me cracha dessus, et je la vis, la fine et infâme traînée sur ma manche. La foule me hua. Je sentis la panique m'envahir.

— Hélène? appelai-je. Hélène?

Des mains me hissèrent brutalement à l'arrière du camion. Je me retrouvai plongée dans l'obscurité, assise sur un banc de bois. Un soldat vint se poster en face de moi, son fusil appuyé dans le creux de son bras. Le rabat de toile retomba, et le moteur démarra. Le grondement enfla, imité par la clameur de la foule, comme si l'ébranlement du véhicule avait déchaîné la fureur de ceux qui désiraient m'insulter. Un instant, je me demandai si je pourrais me jeter par le petit interstice, mais ensuite j'entendis «Putain!», suivi du gémissement d'Édith et du coup sec d'une pierre frappant le flanc du camion. L'Allemand aboya une mise en garde. Je tressaillis quand une seconde pierre heurta la paroi derrière moi. L'Allemand me regarda sans ciller. Face à son air narquois, je me rendis compte que j'avais commis une grave erreur.

Assise, les mains jointes reposant sur mon sac, je me mis à trembler. Quand le camion commença à s'éloigner, je n'essayai même pas de soulever la toile pour regarder dehors. Je ne voulais pas sentir tous leurs yeux braqués sur moi. Je ne voulais pas entendre leur verdict. Assise au-dessus de la roue du camion, je laissai lentement tomber ma tête dans mes mains en murmurant : « Édouard, Édouard, Édouard… » Et : « Je suis désolée. » Je ne sais pas très bien à qui je demandais pardon.

Ce n'est qu'au moment où le camion atteignit les abords de la ville que j'osai lever les yeux. Entre les deux rabats qui claquaient, je distinguai l'enseigne écarlate du *Coq rouge* qui brillait dans le soleil d'hiver, et la robe bleu vif d'Édith sur le devant de la foule. La silhouette de la fillette devint de plus en plus petite et, comme le reste de la ville, elle disparut.

# Partie II

# Chapitre 11

*Londres, 2006*

Liv court le long du fleuve, son sac coincé sous le bras, le téléphone calé entre l'oreille et l'épaule. Quelque part près d'Embankment, le ciel gris et lourd s'est ouvert, libérant une pluie torrentielle presque tropicale sur le centre de la capitale. Les voitures sont à l'arrêt, les pots d'échappement des taxis fument, et leurs vitres sont embuées par la respiration de leurs passagers.

— Je sais, répète-t-elle pour la quinzième fois, la veste imbibée d'eau et les cheveux plaqués sur la tête. Je sais... Oui, j'ai bien conscience de la situation. J'attends seulement deux paiements qui...

Elle se réfugie sous le porche d'un immeuble, tire une paire d'escarpins de son sac et les enfile, puis regarde fixement ses tennis mouillées en s'apercevant qu'elle n'a pas prévu de sac pour les ranger.

— Oui. Oui, je suis... Non, ma situation n'a pas changé. Pas récemment.

Elle émerge de sous le porche, traverse la rue et se dirige vers Aldwych, ses tennis dans une main. En passant, une voiture projette une éclaboussure sur ses pieds. Elle suit des yeux les roues qui s'éloignent, ébahie.

— Vous vous fichez de moi ? crie-t-elle. Non, non, ce n'est pas à vous que je parle, monsieur... Dean. Pas vous, Dean.

Oui, je sais bien que vous ne faites que votre travail. Écoutez, le paiement sera fait lundi, d'accord ? Ce n'est pas comme si j'avais déjà eu des retards… Bon, d'accord, une fois.

Un autre taxi approche, et elle recule franchement pour s'abriter dans le renfoncement d'une porte.

— Oui, je comprends, Dean… Je sais. Ce doit être très dur pour vous. Écoutez… je vous promets que vous aurez l'argent lundi… Oui. Oui, sans faute. Et je suis désolée d'avoir crié tout à l'heure… J'espère que vous aussi vous décrocherez ce nouveau boulot, Dean.

Elle ferme son téléphone dans un claquement sec, le fourre dans son sac à main et lève les yeux vers l'enseigne du restaurant. Elle se penche pour contrôler son reflet dans le rétroviseur d'une voiture et gémit. Mais il n'y a rien à faire. Elle a déjà quarante minutes de retard.

Liv lisse ses cheveux en arrière en écartant quelques mèches de son front et lance un dernier regard plein de regret à la rue derrière elle. Puis elle inspire profondément, pousse la porte du restaurant et entre.

— La voilà ! s'exclame Kristen Solberg en se levant de sa place, au milieu d'une longue table.

Elle ouvre les bras pour l'accueillir et embrasse bruyamment l'air à quelques centimètres des oreilles de Liv.

— Mon Dieu, tu es trempée !

Ses cheveux à elle, bien sûr, sont lissés en un impeccable brushing châtain.

— Oui. Je suis venue à pied. J'ai déjà eu de meilleures idées…

— Tout le monde, je vous présente Liv Halston. Elle fait des merveilles pour notre association. Et elle vit dans la maison la plus incroyable de Londres. (Kristen sourit avec bienveillance, puis baisse la voix.) Si d'ici Noël aucun homme charmant ne s'est jeté sur elle, je le vivrai comme un échec personnel.

Des saluts murmurés s'élèvent. Liv frissonne d'embarras. Elle s'oblige à sourire tout en évitant de croiser le regard des gens assis autour d'elle. Sven la regarde sans ciller ; il semble s'excuser en silence pour ce qui va suivre.

— Je t'ai gardé une place, annonce Kristen. Près de Roger. Il est adorable. (Elle adresse à Liv un regard éloquent tout en la guidant vers la chaise vide.) Tu vas l'adorer.

Il n'y a que des couples. Évidemment. Huit couples. Et Roger. Elle sent sur elle le regard scrutateur des femmes qui l'observent à la dérobée. Dissimulées derrière leurs sourires polis, elles essaient d'évaluer si, en tant qu'unique célibataire présente, Liv risque de représenter une menace. C'est une expression malheureusement familière désormais. Les hommes lui lancent des regards en coin, l'évaluant selon des critères différents. Elle sent l'haleine chaude et aillée de Roger quand il se penche et tapote le siège à côté du sien.

Il lui tend une main.

— Rog'. Vous êtes très mouillée.

Il parvient à donner à cette phrase une intonation légèrement lascive, trahissant l'ancien élève d'école privée incapable de s'adresser à une femme sans glisser des allusions sexuelles.

Elle resserre les revers de sa veste sur sa poitrine, comme pour la soustraire à son regard.

— Oui. Effectivement.

Ils échangent un vague sourire. Roger a des cheveux blond vénitien clairsemés, et le teint rougeaud de quelqu'un qui passe beaucoup de temps à la campagne. Il lui sert un verre de vin.

— Alors, que faites-vous donc dans la vie, Liv ?

Il prononce son prénom comme si elle l'avait inventé et qu'il voulait seulement lui faire plaisir.

— De la rédaction publicitaire. Principalement.
— De la rédaction publicitaire. Bon.

Il y eut un silence.

— Des enfants ? poursuit-il.
— Non. Et vous ?
— Deux. Des garçons. Tous deux en pensionnat. Cela vaut mieux pour eux, franchement. Donc… pas d'enfants, hein ? Et pas d'homme en vue. Vous avez quoi… Trente ans et des brouettes ?

Elle déglutit, s'efforçant d'ignorer le coup porté par ses mots.

— Trente ans.
— Vous devriez vous dépêcher. À moins que vous ne soyez une de ces femmes… (il mime des guillemets avec ses doigts) « carriéristes » ?
— Oui, répond-elle en souriant. Je me suis fait enlever les ovaires la dernière fois que j'ai actualisé mon CV. Histoire d'être tranquille.

Il reste bouche bée un instant, puis éclate bruyamment de rire.

— Oh ! Marrant ! Oui. Une femme avec de l'humour. Très drôle… Ovaires. Ah ! (Sa voix faiblit. Il boit une gorgée de vin.) Mon épouse avait trente-neuf ans quand elle m'a quitté. Apparemment, c'est un âge délicat pour les femmes. (Il finit son verre cul sec et tend la main pour attraper la bouteille.) Pas trop délicat pour elle, visiblement : elle est partie avec un Portoricain nommé Viktor, la maison en France et la moitié de ma pension. Ah, les femmes… (Il se tourne vers Liv.) Vivre avec elles est impossible, mais on ne peut pas non plus toutes les abattre, hein ?

Il lève les bras et tire une rafale imaginaire vers le plafond du restaurant.

La nuit promet d'être longue... Sans se départir de son sourire, Liv se sert un deuxième verre de vin et se plonge dans l'examen du menu en se promettant que, aussi persuasive que se montre Kristen, elle préférera se morfondre chez elle plutôt que d'accepter de participer à un autre de ces dîners.

La soirée s'étire, les couples critiquent des gens qu'elle ne connaît pas, le service est atrocement lent. Kristen renvoie en cuisine son plat principal afin qu'il soit préparé conformément à son cahier des charges. Elle pousse un petit soupir las, comme s'il n'existait pas de pire épreuve que d'être confrontée à l'incapacité d'un cuisinier de disposer les épinards sur le bon côté de son assiette. Sven la regarde avec indulgence. Liv est coincée entre le dos large d'un homme nommé Martin, que l'amie de sa femme semble décidée à monopoliser, et Roger.

— Salope! lâche soudain celui-ci.

— Je vous demande pardon?

— D'abord, ce sont mes poils de nez qui l'ont dégoûtée. Ensuite mes ongles de pieds. Il y avait toujours une raison pour ne pas... vous savez. (Il forme un O avec son pouce et son index et glisse l'index de son autre main au travers.) Ou une migraine. Pas de migraine avec ce bon vieux Viktor, hein? Oh, non. Je suis sûr qu'elle se moque bien de la longueur de ses fichus ongles de pieds. (Il boit une gorgée de vin.) Je parie qu'ils s'activent comme des lapins.

La sauce de l'agneau est en train de coaguler dans l'assiette de Liv. Elle pose soigneusement son couteau et sa fourchette l'un à côté de l'autre sur le rebord.

— Et vous, alors? Qu'est-ce qui vous est arrivé?

Elle lève les yeux vers lui, espérant qu'il ne fait pas allusion à… mais évidemment qu'il y faisait allusion.

— Kristen m'a dit que vous aviez été mariée. À l'associé de Sven.

— C'est exact.

— Il vous a quittée, c'est ça ?

Liv avale sa salive et affiche une expression indéchiffrable.

— D'une certaine façon.

Roger secoue la tête.

— Je ne comprends pas. C'est quoi leur problème aux gens, en ce moment ? Pourquoi ils ne peuvent pas se contenter de ce qu'ils ont ?

Il attrape un cure-dents et farfouille vigoureusement dans une molaire au fond de sa bouche, avant de le ressortir pour examiner sa prise avec un ravissement sinistre.

Liv laisse son regard vagabonder autour de la table et rencontre celui de Kristen. Celle-ci hausse les sourcils de façon suggestive et lève discrètement les deux pouces à son intention. « Bingo ! », articule-t-elle.

— Excusez-moi, dit Liv en repoussant sa chaise. Il faut vraiment que j'aille aux toilettes.

La jeune femme reste assise dans la cabine aussi longtemps que possible avant que les autres ne s'inquiètent. Pendant que plusieurs clientes font leurs ablutions, elle consulte ses e-mails inexistants et joue au Scrabble sur son téléphone. Finalement, après avoir réussi à placer le mot « flux », elle se redresse, tire la chasse d'eau et se lave les mains en contemplant son reflet avec une certaine satisfaction perverse. Son maquillage a coulé sous un œil. Elle répare les dégâts en se demandant pourquoi elle prend cette peine, étant donné qu'elle s'apprête à retourner s'asseoir à côté de Roger.

Elle consulte sa montre. Quand pourra-t-elle invoquer l'excuse d'une réunion aux aurores et rentrer chez elle ? Avec un peu de chance, Roger sera si soûl que, le temps qu'elle regagne sa place, il aura oublié qu'elle l'avait occupée.

Liv lance un dernier regard à son reflet, passe les mains dans ses cheveux en les plaquant en arrière et grimace.

*À quoi bon ?*

Puis elle ouvre la porte.

— Liv ! Liv, venez ! Je veux vous dire quelque chose.

Debout, Roger lui adresse de grands signes. Il a le visage encore plus rouge que tout à l'heure, et ses rares cheveux se dressent sur un côté de sa tête, lui donnant l'allure d'une créature mi-homme, mi-autruche. Liv panique un instant à l'idée de devoir passer encore une demi-heure en sa compagnie. Ce n'est pas la première fois qu'elle ressent ce désir physique presque écrasant de disparaître, de se retrouver dehors, dans les rues obscures, seule... De n'avoir rien à prouver.

Elle s'assied avec circonspection au bord de sa chaise, prête à partir en courant, et boit un autre demi-verre de vin.

— Il faudrait vraiment que j'y aille, annonce-t-elle, provoquant une vague de protestations de la part des autres convives, comme si elle leur faisait un affront personnel.

Alors elle reste. Son sourire est un rictus. Elle se surprend à observer les couples, les fissures domestiques de plus en plus visibles à chaque verre de vin supplémentaire. Celle-ci n'aime pas son mari. Elle soupire à chacun de ses commentaires. Cet homme s'ennuie avec tout le monde, peut-être aussi avec sa femme. Il ne cesse de consulter son portable sous la table. Liv lève les yeux vers la pendule, hoche faiblement la tête en écoutant Roger énumérer les injustices de la vie conjugale, essayant de faire abstraction de sa respiration bruyante. Elle commence mentalement une partie de bingo des sujets de conversation des dîners mondains. Elle barre «tarif des écoles privées» et «prix du mètre carré». Elle s'apprête à rayer «vacances en Europe l'année dernière», quand elle sent une tape sur son épaule.

—Excusez-moi. Vous avez reçu un appel.

Liv se retourne. La serveuse lui fait signe avec son carnet de commande. Elle a la peau pâle et de longs cheveux foncés qui encadrent son visage comme des rideaux à moitié tirés. Liv lui trouve un air vaguement familier.

—Quoi?
—Coup de fil urgent. Je crois que c'est familial.
Liv hésite.
*Familial?*
Mais c'est la lumière au bout du tunnel.
—Oh, dit-elle. Oh, d'accord.
—Je vous montre le téléphone?
—Coup de fil urgent, articule Liv à l'intention de Kristen avant de désigner la serveuse, qui montre du doigt la cuisine.

Kristen se compose aussitôt une expression exagérément inquiète. Elle se penche pour dire quelques mots à Roger, qui regarde derrière lui et tend une main comme pour arrêter Liv. Mais elle est déjà partie, suivant cette fille menue aux cheveux sombres à travers le restaurant à moitié vide, puis derrière le bar et le long d'un couloir lambrissé.

Après la pénombre de la salle à manger, l'éclairage de la cuisine est aveuglant; l'éclat terni des surfaces en acier réfléchit la lumière dans toute la pièce. Deux hommes en blanc l'ignorent, occupés à porter des casseroles jusqu'à un poste de lavage. Dans un coin, un aliment est en train de frire, sifflant et crachotant dans une poêle; à côté, quelqu'un parle en espagnol à toute vitesse. La serveuse pousse une double porte battante débouchant sur un vestiaire.

— Où est le téléphone ? s'enquiert Liv en voyant la fille s'immobiliser.

Celle-ci sort un paquet de cigarettes de son tablier et en allume une avant de demander d'un ton stupéfait :

— Quel téléphone ?

— Vous n'avez pas dit que j'avais reçu un appel ?

— Oh. Ça. C'était un prétexte. Tu avais simplement l'air d'avoir besoin d'être secourue.

La serveuse inhale une bouffée, puis expire un long jet de fumée et attend.

— Tu ne me reconnais pas, hein ? Mo. Mo Stewart. (Elle soupire en voyant Liv froncer les sourcils.) Nous avions des cours en commun à la fac. Peinture de la Renaissance italienne et Dessin d'après nature.

Liv repense à ses années d'étudiante. Et soudain elle se souvient d'elle : la gothique menue toujours à l'écart, qui ne participait jamais en cours et cultivait le genre inexpressif ; discrète, donc, à condition de faire abstraction de ses ongles vernis d'un violent pourpre luisant.

— Waouh. Tu n'as pas du tout changé.

Liv est sincère. Pourtant, au moment où elle prononce ces mots, elle n'est pas complètement sûre qu'il s'agisse d'un compliment.

— Toi oui, répond Mo en l'examinant. Tu as l'air... Je ne sais pas. Un peu geek.

— « Un peu geek » ?

— Peut-être pas geek. Différente. Fatiguée. Remarque, je doute que dîner à côté de cet abruti soit très marrant. Un genre de dîner de célibataires ?

— Juste pour moi, apparemment.

— Bon sang ! Tiens. (Elle tend une cigarette à Liv.) Allume ça. Moi, pendant ce temps, je vais aller leur dire que tu as été obligée de partir. Une grand-tante victime d'un AVC violent. Ou quelque chose de plus obscur... Sida ? Ebola ? Des préférences pour le degré de souffrance ? demande-t-elle en tendant son briquet à Liv.

— Je ne fume pas.

— Ce n'est pas pour toi. Comme ça, je peux en fumer deux avant que Dino s'en aperçoive. Tu es censée payer ta part, non ?

— Oh, pas bête.

Liv fouille dans son sac en quête de son porte-monnaie. La tête lui tourne légèrement tout à coup à la perspective de se retrouver libre.

Mo prend les billets et les compte avec soin.

— Et mon pourboire ? lance-t-elle, impassible.

Manifestement, elle ne plaisante pas.

Liv cligne des yeux, puis extrait un billet de cinq livres supplémentaire, qu'elle lui tend.

— Merci, dit Mo en le glissant dans la poche de son tablier. J'ai l'air dévastée ?

Elle fait une grimace mimant une légère indifférence, puis, comme résignée à ne pas avoir les muscles faciaux appropriés pour exprimer la préoccupation, elle disparaît au fond du couloir.

Liv hésite à partir, se demandant si elle doit attendre le retour de la fille. Elle examine l'entrée de service, les manteaux bon marché suspendus à une patère, le seau et le balai à franges crasseux en dessous, puis s'assied sur un tabouret en bois, la cigarette pendant inutilement dans sa main. En entendant des pas approcher, elle se lève, mais un homme au teint méditerranéen surgit, son crâne luisant dans la faible lumière. Le propriétaire ? Il tient un verre rempli d'un liquide ambré.

— Tenez, dit-il en le lui offrant.

Comme elle refuse, il ajoute :

— Pour vous requinquer.

Il cligne de l'œil et disparaît.

Liv se rassied et trempe ses lèvres dans le breuvage. Au loin, par-dessus les bruits environnants, elle entend les protestations de Roger, le raclement des chaises sur le sol. Elle consulte sa montre. Il est 23 h 15. Les cuisiniers poussent la porte, décrochent leurs manteaux et s'en vont après lui avoir adressé un petit hochement de tête, comme s'ils trouvaient parfaitement normal qu'un client sirote de l'eau-de-vie pendant une demi-heure dans le couloir du personnel.

Mo réapparaît, débarrassée de son tablier. Munie d'un jeu de clés, elle passe devant Liv et verrouille la porte coupe-feu.

— Ils sont partis, annonce-t-elle en nouant ses cheveux noirs en un chignon lâche. Ton « Super Coup » a parlé de vouloir te consoler. J'éteindrais mon portable un moment, si j'étais toi.

— Merci, dit Liv. C'était vraiment gentil de ta part.

— Je t'en prie. Café ?

Le restaurant est vide. Liv contemple l'endroit où elle a dîné. Un serveur balaie avec dextérité autour des chaises, puis dresse la table avec l'efficacité machinale et métronomique de celui qui a fait ça des milliers de fois. Mo met la machine à café en marche et lui fait signe de s'asseoir. Liv aimerait vraiment rentrer chez elle, mais elle comprend que sa liberté a un prix, probablement celui d'une conversation un peu empruntée sur le bon vieux temps.

— Je n'arrive pas à croire qu'ils soient tous partis si vite, dit-elle tandis que Mo allume une autre cigarette.

— Oh. Une des femmes a vu un texto qu'elle n'aurait pas dû voir. Ça a un peu accéléré les choses, explique Mo. Je doute que les déjeuners d'affaires impliquent l'usage de pinces à seins…

— Tu as entendu ça ?

— Tu entends de tout ici. Peu de clients interrompent leur conversation en présence des serveurs, ajoute Mo en allumant l'émulsionneur à lait. Un tablier vous donne des super pouvoirs. Celui de l'invisibilité en tout cas.

Liv songe, mal à l'aise, qu'elle n'a prêté aucune attention à Mo quand elle est passée à leur table. La jeune femme la regarde avec un petit sourire, comme si elle lisait dans ses pensées.

— Ce n'est pas grave. J'ai l'habitude d'être celle qu'on ne remarque pas.

— Alors ? dit Liv en acceptant un café. Qu'as-tu fait pendant tout ce temps ?

— Durant la dernière décennie ? Hum, un peu de tout. Travailler comme serveuse me convient. Je n'ai pas l'ambition requise pour un job de barmaid, explique-t-elle, pince-sans-rire. Et toi ?

— Oh, des boulots en free-lance, rien de plus. Je suis à mon compte. Je n'ai pas la personnalité requise pour un emploi dans un bureau, répond Liv en souriant.

Mo tire longuement sur sa cigarette.

— Je suis surprise, dit-elle. Tu faisais pourtant partie des Golden Girls.

— Les « Golden Girls » ?

— Oh, toi et ta bande de poupées Barbie, tout en jambes et en cheveux, et les mecs qui tournaient en orbite autour de vous. C'était comme une scène tirée de Scott Fitzgerald.

Je pensais que tu terminerais… je ne sais pas. À la télé. Ou dans les médias. Actrice. Un truc du genre.

Si Liv avait lu ces mots, elle aurait cru y déceler une certaine acidité. Mais il n'y a aucune rancœur dans la voix de Mo.

— Non, répond Liv, qui baisse les yeux vers l'ourlet de sa chemise.

Elle finit son café. Le dernier serveur est parti, et la tasse de Mo est vide. Il est minuit moins le quart.

— Tu dois sûrement fermer. Tu pars dans quelle direction ?

— Aucune. Je reste ici.

— Tu as un appartement ici ?

— Non, mais ça ne dérange pas Dino. (Mo écrase sa cigarette, se lève et vide le cendrier.) En fait, Dino n'est pas au courant. Il me croit juste très consciencieuse. La dernière à partir tous les soirs. « Pourquoi les autres ne prennent-ils pas exemple sur toi ? » (Du pouce, elle désigne un point derrière elle.) J'ai un sac de couchage dans mon casier et je programme mon alarme pour 5 h 30. J'ai quelques problèmes de logement en ce moment. Je n'ai pas les moyens de payer un loyer, quoi.

Liv la regarde fixement.

— Ne prends pas cet air catastrophé. Cette banquette est plus confortable que certains apparts que j'ai pu louer, je t'assure.

Plus tard, Liv se demandera ce qui l'a poussée à agir ainsi. Elle reçoit rarement, et encore moins des inconnus. Ou presque. Mais sans réfléchir, elle s'entend prononcer ces mots : « Tu peux dormir chez moi. »

— Seulement ce soir, s'empresse-t-elle d'ajouter. J'ai une chambre d'amis. Avec une douche à haute pression.

Consciente que ses paroles ont pu paraître condescendantes, elle déclare :

— Nous pourrons rattraper le temps perdu. Ce sera amusant.

Mo ne laisse transparaître aucune émotion. Puis elle grimace, comme si c'était elle qui faisait une faveur à Liv.

— Si tu le dis.

Et elle va chercher son manteau.

Liv voit sa maison bien avant d'y arriver : ses murs en verre bleu pâle se détachent au-dessus de l'ancien entrepôt de sucre réhabilité, comme si un ovni s'était posé sur le toit. David aimait cela ; il aimait pouvoir la montrer de loin s'ils rentraient chez eux à pied accompagnés d'amis ou de clients potentiels. Il aimait son incongruité au milieu des bâtiments en brique brun foncé datant de l'époque victorienne, la façon dont elle captait la lumière ou en projetait le reflet sur l'eau en contrebas. Il aimait qu'elle soit devenue un élément caractéristique du paysage des rives de la Tamise à Londres. C'était, d'après lui, une publicité permanente pour son cabinet d'architectes.

Au moment de sa construction, presque dix ans auparavant, le verre était le matériau de prédilection de David, qui en avait amélioré les performances avec des capacités thermiques supérieures et respectueuses de l'environnement. Son travail se remarque dans Londres : « La clé, c'est la transparence », assurait-il. Toute construction devrait révéler son objectif et sa structure. Les seules pièces où ne s'applique pas ce principe sont les salles de bains, et même là il avait fallu le dissuader de recourir au vitrage sans tain. C'était typique de sa part de ne pas comprendre qu'on puisse trouver troublant de voir dehors quand on est sur le trône, même en étant certain que personne ne peut distinguer l'intérieur de la pièce.

Ses amis lui avaient envié cette maison, son emplacement et ses apparitions occasionnelles dans les meilleurs magazines de décoration, mais elle savait qu'en privé ils ajoutaient, entre eux, qu'un tel minimalisme les aurait rendus fous. C'était plus fort que lui, ce besoin de pureté, cette nécessité de se débarrasser du superflu. Tout dans la maison devait passer son test à la William Morris : est-ce fonctionnel ? Est-ce beau ? Puis : est-ce indispensable ? Au début de leur relation, elle avait trouvé cela épuisant. David s'était fait violence quand elle semait des vêtements sur le sol de la chambre, remplissait la cuisine de bouquets de fleurs et de babioles achetées au marché.

À présent, elle se réjouissait de la neutralité de sa maison et de son ascétisme dépouillé.

— Trop de la balle.

Elles sortent de l'ascenseur bringuebalant qui arrive à l'intérieur de la Maison de verre. Le visage de Mo est anormalement animé.

— C'est chez toi, ici ? Sérieusement ? Comment t'es-tu débrouillée pour vivre dans un endroit pareil ?

— Mon mari l'a construit, répond Liv.

Elle traverse l'atrium et suspend soigneusement ses clés à l'unique patère argentée, allumant les lumières sur son passage.

— Ton ex ? La vache ! Et il t'a laissée le garder ?

— Pas exactement. (Liv presse un interrupteur et regarde les volets de toiture se rétracter en silence, invitant le ciel étoilé dans la cuisine.) Il est mort.

Elle reste là, le visage résolument tourné vers le haut, se préparant à encaisser la rafale de phrases compatissantes et maladroites. Expliquer n'est pas devenu plus facile avec le temps. Quatre ans après, les mots provoquent toujours un élancement réflexe, comme si l'absence de David était une vieille blessure physique qui n'avait jamais complètement cicatrisé.

Mais Mo ne répond rien. Quand enfin elle prend la parole, elle dit simplement :

— Ça craint.

Son visage pâle est impassible.

— Ouais, acquiesce Liv en laissant échapper un petit soupir. Tu l'as dit.

Liv écoute le bulletin d'informations de 1 heure du matin à la radio, vaguement consciente des bruits provenant de la salle de bains des invités. Elle ressent le léger picotement d'inquiétude qui la prend chaque fois qu'elle a de la visite. Elle passe un coup d'éponge sur les plans de travail en granit, puis les essuie avec un chiffon en microfibre. Elle balaie des miettes imaginaires. Enfin elle se décide à traverser le couloir de verre et de bois, puis monte les marches suspendues en acier et Plexiglas pour gagner sa chambre. La surface lisse des portes de placard luit sans rien laisser deviner des quelques vêtements qui se trouvent derrière. Le lit vaste et vide occupe le centre de la pièce. Sur les couvertures attendent les deux dernières lettres de rappel qu'elle a reçues le matin même. Elle s'assied, les glisse dans leurs enveloppes respectives, puis regarde droit devant elle *Les Yeux de Sophie*, saisissant dans son cadre doré au milieu des teintes douces eau de Nil et gris du reste de la chambre. Liv laisse alors son esprit vagabonder.

« Elle te ressemble. »

« Elle ne me ressemble absolument pas. »

Elle avait eu un petit rire fébrile, encore ivre de leur amour tout neuf. Encore prête à croire à l'image qu'il avait d'elle.

« Tu as exactement cette expression quand tu… »
La fille du portrait sourit.
Liv commence à se déshabiller, pliant ses vêtements au fur et à mesure et les pose soigneusement sur la chaise au pied du lit. Elle ferme les yeux avant d'éteindre la lumière, afin de ne pas avoir à croiser le regard de la fille du portrait.

# Chapitre 12

Certaines personnes vivent mieux avec des routines. Liv Halston appartient à cette catégorie. Tous les matins, du lundi au vendredi, elle se lève à 7 h 30, enfile ses chaussures de sport, attrape son iPod et, sans réfléchir, les paupières encore lourdes de sommeil, descend dans l'ascenseur grinçant jusqu'au rez-de-chaussée et sort courir une demi-heure le long du fleuve. À un moment, peut-être quand elle se faufile entre des passants en route pour leur travail, l'air sévère et déterminé, ou fait une embardée pour éviter une camionnette de livraison qui recule, elle finit par se réveiller complètement, son cerveau assimilant lentement les pulsations de la musique qui résonnent à ses oreilles et le martèlement souple de ses pieds sur le trottoir. Plus important : elle s'est encore arrachée à ce moment de la journée qu'elle redoute tant. Les premières minutes après le réveil, quand elle est encore vulnérable, la perte peut la frapper de plein fouet, avide, la criblant d'idées noires dans une bouffée d'air toxique. Elle s'est mise à courir quand elle s'est rendu compte qu'elle pouvait se servir du monde extérieur pour faire diversion : le bruit dans ses écouteurs, son mouvement sont autant d'échappatoires. Désormais, c'est devenu une habitude, une question de survie.

*Je ne suis pas obligée d'y penser. Je ne suis pas obligée d'y penser. Je ne suis pas obligée d'y penser.*

Surtout pas aujourd'hui.

Elle ralentit et se met à marcher d'un bon pas, achète un café à emporter et reprend l'ascenseur jusqu'à la Maison de verre, le tee-shirt trempé et la sueur lui piquant les yeux.

Elle se douche, s'habille, boit un café et grignote deux tranches de pain avec de la marmelade. Elle ne stocke que très peu de nourriture chez elle. La vue d'un réfrigérateur plein l'accable ; chaque fois, il semble vouloir lui rappeler qu'elle devrait cuisiner et manger davantage, au lieu de vivre de crackers et de toasts au fromage. Un frigo rempli de provisions est un reproche muet à la solitude.

—Mo ? Je laisse un café devant ta porte.

Elle attend, debout, le cou tendu, guettant un bruit qui indiquerait un signe de vie à l'intérieur. Il est 8 h 15 : trop tôt pour réveiller un invité ? Cela fait si longtemps qu'elle n'a hébergé personne qu'elle ne sait comment se comporter. Elle patiente, empruntée, s'attendant à moitié à une réponse pâteuse, un grognement irrité, même, puis conclut que Mo dort. La jeune femme a travaillé toute la soirée, après tout. Liv dépose la tasse en polystyrène devant la porte, au cas où.

Puis elle s'assied à son bureau et consulte ses mails pour voir ce qu'elle a reçu comme travail de copywritersperhour. com pendant la nuit. Ou pas, comme cela semble être le cas depuis quelque temps.

Il y a quatre messages dans sa boîte de réception.

Chère madame Halston,
J'ai obtenu votre adresse électronique grâce à copywritersperhour.com. Je dirige une affaire de papier à lettres personnalisé et j'ai une brochure qui nécessite d'être réécrite. Je vois que votre tarif est

de 100 livres pour 1 000 mots. Accepteriez-vous de baisser votre prix ? Nous travaillons avec un budget très serré. La brochure compte pour l'instant 1 250 mots environ.
Cordialement,
Terence Blank

Livvy chérie,
Caroline m'a quitté. Je suis perdu. J'ai décidé de renoncer aux femmes. Appelle-moi si tu as un moment.
Papa

Bonjour Liv,
C'est toujours bon pour jeudi ? Les enfants sont impatients. On en prévoit vingt, pour l'instant, mais comme tu le sais ce chiffre est toujours susceptible de fluctuer. Dis-moi si tu as besoin de quoi que ce soit.
Amitiés,
Abiola

Chère madame Halston,
Nous avons essayé à plusieurs reprises de vous joindre par téléphone, sans résultat. Merci de bien vouloir nous contacter pour convenir d'une heure afin de discuter de votre situation de découvert. Dans le cas contraire, nous serons dans l'obligation de vous prélever des frais supplémentaires.
Veuillez également vous assurer que les coordonnées dont nous disposons pour vous joindre sont à jour.
Cordialement,
Damian Watts,
Gestionnaire de comptes clients, NatWest Bank

Elle rédige une réponse au premier mail.

> Cher monsieur Blank,
> J'aimerais beaucoup baisser mes prix de façon à vous satisfaire. Malheureusement, du fait de ma constitution biologique, il faut aussi que je mange. Bonne chance pour votre brochure.

Elle sait qu'il y aura quelqu'un pour le faire pour moins cher, quelqu'un qui ne se préoccupera pas trop de la grammaire et de la ponctuation, et qui ne remarquera pas que le brouillon de la brochure est truffé de coquilles. Mais elle est fatiguée de se voir demander en permanence de se brader.

> Papa, je t'appelle plus tard. Si Caroline revient entre-temps, s'il te plaît, fais en sorte d'être habillé. D'après Mme Patel, tu as encore arrosé les anémones du Japon tout nu, et tu sais ce que la police en pense.
> Bisous,
> Liv

La dernière fois qu'elle était allée chez son père pour le consoler après l'une des disparitions de Caroline, il avait ouvert la porte vêtu d'un peignoir en soie de style oriental bâillant sur le devant, et l'avait écrasée contre lui dans une étreinte affectueuse avant qu'elle n'ait pu protester. « Je suis ton père, enfin », avait-il marmonné quand elle l'avait sermonné ensuite. Bien qu'il n'ait décroché aucun rôle décent en presque dix ans, Michael Worthing n'avait jamais perdu son absence d'inhibition enfantine, ni son agacement vis-à-vis de ce qu'il appelait les « emballages ». Petite, elle avait cessé d'inviter des amies chez elle après que Samantha Howcroft eut rapporté à sa mère que M. Worthing se baladait « avec tous ses bouts qui se balançaient ». (Elle avait également raconté à toute l'école que le zizi du père de Liv ressemblait à une saucisse géante, ce qui curieusement n'avait pas semblé contrarier le principal intéressé.)

Son manque de pudeur ne dérangeait pas Caroline, sa compagne aux cheveux flamboyants depuis bientôt quinze ans. D'ailleurs, elle-même ne détestait pas s'exhiber à moitié nue. Liv se faisait souvent la réflexion que ces deux vieux corps flasques lui étaient devenus plus familiers que le sien.

Caroline était le grand amour de son père. Elle claquait la porte de la maison après une crise phénoménale tous les deux mois environ, au motif qu'il était impossible, fauché, et qu'il multipliait les liaisons brèves mais intenses avec d'autres femmes. Quant à ce qu'elles lui trouvaient, Liv ne pouvait l'imaginer. « La joie de vivre, ma chérie ! s'exclamait-il. La passion ! Si tu n'as ni l'une ni l'autre, tu es une chose morte. » Intérieurement, Liv se doutait de décevoir un peu son père.

Elle finit son café et tape sa réponse à Abiola.

Bonjour Abiola,
Je te retrouve devant le bâtiment Conaghy à 14 heures. Rien à signaler de mon côté. Ils sont un peu nerveux, mais incontestablement prêts. J'espère que c'est bon pour toi.
Amitiés,
Liv

Elle l'envoie, puis regarde fixement le mail de son conseiller bancaire. Ses doigts hésitent au-dessus du clavier. Puis elle décale la main et clique sur « Effacer ».

Au fond, elle sait que la situation ne peut pas continuer. Elle entend les clameurs lointaines et menaçantes des dernières lettres de rappel de ses créanciers, soigneusement rangées dans leurs enveloppes, tel le battement des tambours d'une armée d'invasion. À un moment, elle ne pourra plus les contenir, se débarrasser d'eux, ou les esquiver discrètement. Elle vit de façon modeste, n'achète presque rien, sort rarement, mais ce n'est pas suffisant. Les distributeurs automatiques recrachent de plus en plus souvent ses cartes de retrait et de crédit. Une représentante des services fiscaux de la ville s'est présentée à sa porte l'année dernière, dans le cadre d'une réévaluation des impôts locaux. La femme avait déambulé dans la Maison de verre, puis avait regardé Liv comme si celle-ci avait essayé de les tromper. Comme si c'était une insulte qu'elle, une gamine presque, vive seule dans cette demeure. Liv ne pouvait pas vraiment la blâmer : elle-même, depuis la mort de David, a l'impression d'être un imposteur. Elle se considère plutôt comme une sorte de conservatrice, veillant jalousement sur le souvenir de David, maintenant l'endroit tel qu'il l'aurait souhaité.

Liv paie désormais les impôts locaux les plus élevés, au même taux que les banquiers avec leurs revenus d'un million de livres ou les financiers avec leurs gros bonus. Certains mois, la moitié de ce qu'elle gagne y passe.

Elle n'ouvre plus ses relevés de compte. C'est inutile. Elle sait exactement ce qu'ils contiennent.

— C'est ma faute.

Son père laisse tomber sa tête dans ses mains en une pose théâtrale. Entre ses doigts rebiquent des touffes de cheveux gris clairsemés. Autour d'eux, la cuisine est jonchée de vaisselle sale, témoin d'un dîner interrompu : des casseroles, des poêles encrassées, un gros morceau de parmesan, un bol de pâtes agglutinées ; un vaisseau fantôme de la mésentente conjugale.

— Je le savais ! Je n'aurais jamais dû l'approcher. Mais… oh ! J'étais un papillon de nuit et elle la flamme. Et quelle flamme ! Si chaude !

Il semblait abasourdi.

Liv hoche la tête, compréhensive. Toutefois, intérieurement, elle tente de concilier cette épique mésaventure sexuelle avec Janice, la fleuriste quinquagénaire du coin de la rue, qui fume deux paquets de cigarettes par jour et dont les chevilles boudinées débordent de ses pantalons trop courts.

— Nous savions que c'était mal. Et j'ai essayé… oh, mon Dieu, j'ai essayé de résister. Mais un après-midi, je suis allé à la boutique chercher des bulbes de printemps, et elle est arrivée derrière moi avec son parfum de freesia, et me voilà, tumescent comme un bouton nouveau…

— OK, papa. Épargne-moi les détails.

Liv met la bouilloire en route, puis commence à débarrasser les plans de travail. Son père siffle la fin de son verre.

— Il est trop tôt pour boire du vin.

— Il n'est jamais trop tôt pour boire du vin. Le nectar des dieux ! Mon unique consolation.

— Ta vie n'est qu'une longue consolation.

— Comment ai-je pu élever une femme aussi droite, aussi bourrée de terrifiants interdits ?

— Tu ne m'as pas élevée. Maman s'en est chargée.

Il secoue la tête avec mélancolie, oubliant apparemment l'époque où il maudissait son épouse de l'avoir quitté quand Liv était enfant, en appelant la colère divine sur cette traîtresse. Liv avait parfois l'impression que le jour où sa mère était morte, six ans auparavant, son père avait réarrangé les souvenirs de son court mariage brisé de façon que cette femme intolérante, cette dévergondée, cette harpie qui avait monté sa fille unique contre lui ait soudain des airs de Vierge Marie. Cela ne dérangeait pas Liv. Elle le faisait aussi. Quand on perd un parent, l'imagination tend à le parer peu à peu de toutes les perfections. On se rappelle davantage une série de baisers, de mots aimants, une étreinte réconfortante. Quelques années plus tôt, elle écoutait les litanies de reproches de ses amies vis-à-vis de leurs fouineuses de mères avec la même incompréhension que si elles avaient parlé coréen.

— Le deuil t'a endurcie.

— Je ne tombe pas amoureuse de tous les représentants du sexe opposé que le hasard met sur ma route pour me vendre une boîte de tomates en conserve, c'est tout.

Elle passe les tiroirs en revue, en quête d'un paquet de filtres à café. La maison de son père est aussi encombrée et chaotique que la sienne est ordonnée.

— J'ai vu Jasmine au *Pied de cochon* l'autre soir, annonce-t-il, et son visage s'éclaire. Quelle beauté! Elle m'a demandé de tes nouvelles.

Liv trouve les filtres, en ouvre un avec dextérité et y verse du café à l'aide d'une cuillère.

— Ah oui?

— Elle épouse un Espagnol qui ressemble à Errol Flynn. Il ne l'a pas quittée du regard. Remarque, moi non plus. Elle a une façon de se déhancher quand elle marche, c'est tout simplement hypnotique! Il la prend avec le bébé. Celui d'un autre type, je crois. Ils partent vivre à Madrid.

Liv verse du café dans une tasse qu'elle tend à son père.

— Pourquoi tu ne la vois plus ? Vous étiez si proches…, interroge son père.

Elle hausse les épaules.

— Les liens se distendent.

Elle ne peut pas lui avouer que ce n'est que la moitié de l'explication. Voici une vérité que personne ne vous dit quand vous perdez votre mari : de même que, épuisée, vous passerez votre temps à dormir, ou qu'un jour vous ne voudrez tout simplement pas ouvrir les yeux parce que survivre à une nouvelle journée vous paraîtra un effort herculéen, vous ne pourrez pas vous empêcher de haïr vos amis. Chaque fois qu'une connaissance se présentera à votre porte ou traversera la rue pour vous serrer dans ses bras et vous dire qu'elle est tellement, si affreusement désolée, vous la regarderez, ainsi que son époux et ses minuscules enfants, et la férocité de votre jalousie vous surprendra. Comment se fait-il qu'ils vivent et que David soit mort ? Pourquoi Richard, si ennuyeux et commun, avec ses amis de la City, ses week-ends de golf et son manque total d'intérêt pour quoi que ce soit d'extérieur à son univers étriqué et complaisant, a-t-il eu le droit de vivre quand David, brillant, aimant, généreux et passionné, a dû mourir ? Comment ce chien battu de Tim a-t-il pu se reproduire, donner naissance à d'autres générations de petits Tim insipides, quand l'esprit surprenant de David, sa gentillesse et ses baisers se sont éteints pour toujours ?

Liv se souvient d'avoir hurlé en silence dans des salles de bains, d'avoir fui sans explication des pièces bondées, consciente de son impolitesse, mais incapable de prendre sur elle. Des années avaient passé avant qu'elle puisse de nouveau assister au bonheur d'autrui sans pleurer la perte du sien.

Depuis quelque temps, la colère a disparu, mais elle préfère observer la félicité conjugale de loin, chez des gens qu'elle ne connaît pas bien, comme si le bonheur n'était qu'un concept scientifique dont elle se réjouirait simplement de voir prouver l'existence.

Elle ne fréquente plus ses amies d'alors : les Cherry, les Jasmine. Des personnes qui se rappelleraient celle qu'elle a été. C'est trop compliqué à expliquer. Et elle n'aime pas particulièrement ce que cela révèle à son sujet.

— Eh bien, je pense que tu devrais la voir avant son départ. J'adorais vous regarder sortir ensemble, autrefois. On aurait dit deux jeunes déesses.

— Quand comptes-tu appeler Caroline ? interrompt Liv en épongeant des miettes sur la table en pin et en frottant un rond de vin rouge.

— Elle refuse de me parler. Je lui ai laissé quatorze messages sur son portable hier soir.

— Il faut que tu arrêtes de coucher avec d'autres femmes, papa.

— Je sais.

— Et il faut que tu gagnes de l'argent.

— Je sais.

— Et il faut que tu t'habilles. Si j'étais elle, que je rentrais à la maison et que je te voyais comme ça, je tournerais les talons et repartirais aussitôt.

— Je porte son peignoir.

— J'avais deviné.

— Il sent toujours son odeur. (Le nez plongé dans la manche du vêtement, il inspire profondément, une expression intensément tragique sur le visage et les yeux pleins de larmes.) Que suis-je censé faire si elle ne revient pas ?

Liv s'immobilise, son expression se durcissant momentanément. Son père a-t-il la moindre idée du jour qu'on est aujourd'hui ? Elle regarde cet homme défait dans son déshabillé en soie, la façon dont ses veines bleues ressortent sur sa peau fripée comme du papier crépon, et se retourne vers la vaisselle à laver.

—Tu sais quoi, papa ? Je ne suis vraiment pas la bonne personne à qui poser cette question.

# Chapitre 13

Le vieil homme fléchit les jambes avec précaution et s'assied dans le fauteuil en poussant un soupir, comme si traverser la pièce lui avait demandé un effort surhumain. Debout près de lui, une main sous son coude, son fils l'observe avec inquiétude.

Paul McCafferty attend, puis jette un coup d'œil à Miriam, sa secrétaire.

— Désirez-vous un thé ou un café? s'enquiert celle-ci.

Le vieil homme secoue rapidement la tête.

— Non merci.

Puis il lève les yeux, comme pour signifier: «Commençons, voulez-vous?»

— Je vous laisse, dit Miriam en quittant la pièce.

Paul ouvre le dossier devant lui. Il pose les paumes sur son bureau, sentant le regard de M. Nowicki sur lui.

— Bon. J'ai souhaité vous rencontrer aujourd'hui parce que j'ai des nouvelles. Quand vous m'avez contacté il y a quelques mois, je vous ai mis en garde: l'affaire s'annonçait délicate, étant donné les lacunes dans le dossier, en particulier concernant la provenance du tableau. Comme vous vous en doutez, de nombreuses galeries rechignent à remettre une œuvre sans une preuve solide de…

— Je me rappelle clairement le tableau, interrompt le vieil homme en levant une main.

— Je sais. Et vous vous souvenez que la galerie concernée nous a répondu avec réticence, malgré leur incapacité à en retracer la provenance. La forte augmentation de la cote de l'œuvre en question en fait un cas particulier. Et l'enquête a été extrêmement difficile dans la mesure où nous ne disposions d'aucune image à laquelle nous référer.

— Comment aurais-je pu faire une description exacte d'une telle œuvre ? J'avais dix ans quand on nous a expulsés de notre foyer. Dix ans ! Pourriez-vous me dire ce qu'il y avait aux murs chez vos parents quand vous aviez dix ans ?

— Non, monsieur Nowicki, j'en serais incapable.

— Comment aurions-nous pu savoir qu'on ne nous laisserait jamais rentrer chez nous ? Ce système est ridicule. Pourquoi devrais-je prouver que ce tableau nous a été volé ? Après tout ce que nous avons enduré…

— Papa, nous en avons déjà discuté…

Le fils, Jason, pose une main sur l'avant-bras de son père, et le vieil homme pince les lèvres à contrecœur, comme s'il était habitué à se faire rappeler à l'ordre.

— C'est justement de cela dont je voulais vous parler, reprend Paul. Je vous ai prévenus : ce dossier manque de preuves solides. Au cours de notre entrevue, en janvier, vous avez fait allusion à une relation amicale entre votre mère et un voisin, Artur Bohmann, parti vivre aux États-Unis.

— Oui. Ils s'entendaient bien. Je sais qu'il a vu la peinture. Il est venu chez nous à de nombreuses reprises. Je jouais au ballon avec sa fille… Mais il est mort, bien sûr.

— Eh bien, j'ai réussi à retrouver certains de ses descendants, à Des Moines. En feuilletant de vieux albums, sa petite-fille, Anne-Marie, a découvert ceci, glissé entre deux pages.

Paul sort une feuille de la chemise devant lui et la fait glisser sur le bureau jusqu'à M. Nowicki.

La copie noir et blanc est légèrement floue, mais on en distingue parfaitement le contenu. C'est une photo de famille, dont les membres posent assis sur un canapé en apparence guère confortable. La mère, un sourire prudent aux lèvres, tient un bébé sur ses genoux. Un homme à la moustache fournie est calé contre le dossier sur lequel il a étendu le bras. Enfin, près de lui se tient un petit garçon dont le large sourire révèle le trou laissé par une dent récemment tombée. Derrière eux, sur le mur, est accroché un tableau représentant une fillette en train de danser.

— C'est lui, souffle M. Nowicki en portant une main déformée par l'arthrose à sa bouche. Le Degas.

— J'ai consulté la banque d'images, puis je me suis renseigné auprès de la Fondation Edgar-Degas. J'ai envoyé cette photo à leurs avocats, accompagnée d'une déclaration de la petite-fille d'Artur Bohmann qui affirme se souvenir elle aussi d'avoir vu cette toile chez vos parents et entendu votre père raconter les circonstances dans lesquelles il l'avait achetée.

Paul marque une pause, puis reprend :

— Mais ce n'est pas tout ce dont Anne-Marie se souvient. Elle rapporte que, après la fuite de vos parents, Artur Bohmann s'était introduit une nuit dans votre appartement afin d'essayer de sauver les biens de valeur qui restaient. Il a raconté à sa femme, la grand-mère d'Anne-Marie, qu'en arrivant il avait cru être passé à temps, car l'appartement semblait intact. Ce n'est qu'en repartant qu'il s'était aperçu que le tableau avait disparu. Elle explique que, comme rien d'autre n'avait été touché, il avait cru que votre famille l'avait emporté. Ensuite, vous ne vous êtes écrit que des années plus tard, et le sujet n'a jamais été évoqué.

— Non, souffle le vieil homme en contemplant l'image. Non. Nous n'avions rien. Seulement la bague de fiançailles de ma mère et son alliance.

Ses yeux se remplissent de larmes.

— Le tableau avait peut-être été repéré avant votre départ. La confiscation et le vol planifiés d'importantes œuvres d'art par les nazis ont été établis après la guerre.

— M. Dreschler. C'est lui qui les a informés. Je l'ai toujours su. Et dire qu'il présentait mon père comme un ami !

Les mains du vieillard tremblent sur ses genoux. Ce n'est pas une réaction anormale, malgré les soixante années écoulées. Nombre des demandeurs que reçoit Paul se rappellent des scènes et des événements datant des années 1940 bien plus clairement que le trajet qu'ils viennent d'effectuer jusqu'à son bureau.

— Oui, eh bien, nous avons consulté le dossier de M. Dreschler. Y figurent effectivement un certain nombre de transactions commerciales inexpliquées avec les Allemands, dont une fait simplement référence à un Degas. Il n'est pas précisé de quelle œuvre il s'agit, mais les dates et la faible probabilité qu'il y en ait eu d'autres dans votre zone à ce moment-là donnent du poids à votre requête.

Le vieil homme se tourne vers son fils. « Tu vois ? », semble-t-il lui dire.

— Monsieur Nowicki, j'ai reçu hier soir une réponse de la galerie. Voulez-vous que je vous la lise ?

— Oui.

— *« Monsieur McCafferty,*
*À la lumière des nouvelles preuves avancées et de nos lacunes dans la provenance de la toile, ainsi que de la découverte des terribles souffrances endurées par la famille de M. Nowicki, nous avons décidé de ne pas*

*contester la revendication de* Femme dansant *d'Edgar Degas. Les curateurs de la galerie ont instruit leurs avocats d'interrompre la procédure, et nous attendons donc vos instructions pour le transfert de l'article physique.* »

Paul attend.

Le vieil homme semble perdu dans ses pensées. Enfin, il lève les yeux.

— Ils vont le rendre ?

Paul hoche la tête. Il ne peut retenir un sourire. Cette enquête a été longue et difficile, et son dénouement d'une rapidité gratifiante.

— Ils vont vraiment nous le rendre ? Ils sont d'accord sur le fait qu'il nous a été volé ?

— Vous n'avez qu'à les informer de l'endroit où vous voulez qu'ils l'envoient.

Un long silence s'installe. Jason Nowicki détourne avec peine le regard de son père, puis essuie ses larmes d'un revers de main.

— Je suis désolé, s'excuse-t-il. Je ne sais pas pourquoi…

— C'est parfaitement compréhensible, le rassure Paul en sortant une boîte de mouchoirs en papier d'un tiroir de son bureau et en la lui tendant. Ces affaires sont toujours émouvantes. Il n'est jamais seulement question d'un tableau.

— Cela fait si longtemps que nous attendons ce moment. La perte de ce Degas a été un rappel constant de ce que mon père et mes grands-parents ont subi pendant la guerre. Et je n'étais pas certain que vous… (Il souffle.) C'est incroyable. Retrouver la famille de cet homme… On m'avait dit que vous étiez bon, mais…

Paul secoue la tête.

— Je n'ai fait que mon travail.

Les deux hommes se tournent alors vers le vieillard, toujours perdu dans la contemplation de la photo. Il paraît avoir rapetissé, comme si, après plusieurs décennies, le poids des événements l'écrasait soudain. La même pensée semble leur venir à l'esprit.

— Papa, tu te sens bien ?
— Monsieur Nowicki ?

Le vieil homme se redresse légèrement, ayant l'air de se souvenir de leur présence, sa paume reposant toujours sur la photographie.

Paul se cale contre le dossier de son fauteuil, tenant son stylo comme un pont entre ses deux mains.

— Pour en revenir au tableau... Je peux vous recommander une entreprise spécialisée dans le transport d'œuvres d'art. Il vous faut un véhicule de haute sécurité, avec régulateur de température et suspension pneumatique. Et je vous suggère aussi de vous assurer avant la réception.

— Avez-vous des contacts dans une salle des ventes ?
— Pardon ?

M. Nowicki a retrouvé ses couleurs.

— Avez-vous des contacts dans une salle des ventes ? Je me suis renseigné auprès de l'une d'elles il y a quelque temps, mais celle-ci réclamait beaucoup trop d'argent. Une commission de vingt pour cent, je crois. Plus les taxes. C'est énorme.

— Vous... voulez faire estimer le tableau pour la compagnie d'assurances ?

— Non. Je veux le vendre. (M. Nowicki ouvre son portefeuille en cuir fatigué sans lever les yeux et glisse la photographie à l'intérieur.) Apparemment, c'est un très bon moment. Les étrangers achètent tout.

Il agite une main dédaigneuse.

Jason le regarde fixement.

— Mais, papa…
— Tout ceci a coûté fort cher. Nous avons des frais à payer.
— Mais tu as dit…
M. Nowicki se détourne de son fils.
— Pouvez-vous vous renseigner pour moi ? Je suppose que vous me facturerez vos honoraires.
Une porte claque dans la rue ; le son se réverbère sur les façades des immeubles. Dans le bureau voisin, Miriam parle au téléphone. Paul avale sa salive, mais garde une voix égale.
— Comptez sur moi.
Un long silence s'installe. Puis le vieil homme se lève.
— Eh bien, ce sont d'excellentes nouvelles, conclut-il enfin avant de lui adresser un sourire pincé. Excellentes, vraiment. Merci beaucoup, monsieur McCafferty.
— Pas de problème, dit l'avocat.
Il se lève à son tour et lui tend la main.

Une fois ses clients sortis, Paul McCafferty s'assied dans son fauteuil. Il ferme le dossier, puis les yeux.
— Ne le prends pas personnellement, lance Janey.
— Je sais. Seulement…
— Cela ne nous regarde pas. Notre travail, c'est la récupération, c'est tout.
— Je sais. Mais M. Nowicki n'a pas arrêté de parler de la valeur sentimentale de ce tableau, qui représentait tout ce qu'ils avaient perdu, et…
— Laisse tomber, Paul.
— Ce genre de chose n'arrivait jamais à la brigade. (Il se lève et fait les cent pas dans le bureau exigu de Janey, avant de se camper devant la fenêtre pour regarder dehors.) Tu rendais leurs affaires aux gens, et ils étaient contents. C'est tout.

— Mais tu ne veux pas retourner travailler dans la police…

— Je sais. Je dis ça comme ça. Ça me prend chaque fois que je me charge d'une affaire de restitution.

— Écoute, tu vas toucher ta commission sur un dossier que je doutais que tu pourrais boucler. Et cet argent va servir à ton projet d'achat d'appartement, non ? Alors nous avons tous les deux des raisons de nous réjouir. Tiens. (Janey pousse une chemise vers lui.) Voilà qui devrait te remonter le moral. C'est arrivé hier. Ça a l'air assez simple.

Paul parcourt le dossier. Un portrait de femme disparu depuis 1916, dont le vol n'a été signalé que dix ans plus tôt, durant l'audit de l'œuvre de l'artiste commandité par ses descendants. Et là, sur la feuille suivante, une photo du tableau en question exposé, se détachant sur un mur minimaliste, publiée dans un beau magazine de décoration quelques années auparavant.

— Première Guerre mondiale ?

— Apparemment la prescription ne s'applique pas. Ça semble assez évident. Ils disent avoir des preuves du vol du tableau par les Allemands pendant la guerre. Il n'a, à ma connaissance, plus reparu depuis. Il y a quelques années, un membre de la famille ouvre une vieille revue, et que découvre-t-il en double page ?

— Ils sont sûrs qu'il s'agit de l'original ?

— Il n'a jamais été reproduit.

Paul secoue la tête, les événements du matin momentanément oubliés, et savoure ce léger pincement d'excitation familier.

— Et le voilà. Presque cent ans après. Ornant les murs d'amateurs cossus.

— L'article situe le shooting dans le centre de Londres, sans préciser l'adresse, comme toujours dans ces reportages sur la « maison idéale ». Les journalistes ne tiennent pas à encourager les voleurs. Mais je suppose que tu ne devrais pas avoir trop de mal à retrouver les propriétaires... Après tout, ils citent le nom du couple.

Paul referme le dossier. Il n'arrête pas de voir la bouche pincée de M. Nowicki, le regard incrédule que le fils a adressé à son père. « Vous êtes américain, n'est-ce pas ? lui avait dit le vieux monsieur sur le seuil de son bureau. Vous ne pouvez absolument pas comprendre. »

Janey pose doucement la main sur son bras.

— Comment se passe ta recherche d'appartement ?

— C'est pas génial. Tout ce qui pourrait m'intéresser est raflé par des acheteurs qui paient cash.

— Bon, si tu veux te changer les idées, nous pourrions aller manger un morceau. Je n'ai rien de prévu ce soir.

Paul ébauche un sourire, essayant d'ignorer la façon dont Janey entortille ses cheveux autour de son index, et son sourire plein d'espoir légèrement pathétique.

— Je vais travailler tard, répond-il en marchant vers la porte. J'ai pris du retard sur deux affaires. Je me colle à celle-ci demain matin à la première heure.

Quand Liv arrive devant chez elle, il est 17 heures. Elle a préparé un repas à son père et passé l'aspirateur au rez-de-chaussée de sa maison. Caroline le fait rarement, et quand elle eut terminé son ménage, les tapis persans aux teintes délavées avaient nettement repris des couleurs. En cette chaude journée de fin d'été, la ville grouille, et le grondement de la circulation lui parvient, avec l'odeur du gazole et du goudron fondu.

— Bonjour, Fran, lance-t-elle en atteignant la porte d'entrée.

La femme, un bonnet de laine enfoncé profondément sur le front malgré la chaleur, hoche la tête en réponse, sans cesser de farfouiller dans un sac en plastique. Elle en a une véritable collection, noués avec de la ficelle ou fourrés les uns dans les autres, qu'elle ne cesse de trier et réorganiser. Aujourd'hui, elle a déplacé ses deux caisses, couvertes de bâches bleues, jusqu'à l'abri de fortune de la porte de la concierge. Le gardien précédent a toléré Fran pendant des années, se servant même d'elle officieusement pour réceptionner les colis. La nouvelle, répète-t-elle souvent quand Liv lui descend un café, ne cesse de la menacer de la faire expulser. Certains résidents se sont plaints, prétextant que sa présence porte atteinte au standing de l'immeuble.

— Vous avez eu de la visite.

— Quoi ? Oh. À quelle heure est-elle sortie ?

Liv n'a laissé ni mot ni clé en partant. Elle se demande si elle devrait passer au restaurant plus tard pour s'assurer que Mo va bien, mais elle sait pertinemment qu'elle ne le fera pas. Elle se sent vaguement soulagée à la perspective de se retrouver seule dans son appartement vide et silencieux.

Fran hausse les épaules.

— Vous voulez boire quelque chose ? propose Liv en ouvrant la porte du hall.

— Un thé, avec plaisir, répond Fran avant d'ajouter : Trois sucres, s'il vous plaît.

Comme si c'était la première fois que Liv lui en préparait. Sur ces mots, elle retourne à ses sacs avec la gravité de quelqu'un qui a bien trop de choses à faire pour rester là à bavarder.

Liv sent l'odeur du tabac au moment où elle ouvre la porte. Mo est assise en tailleur sur le sol près de la table basse en verre, avec dans une main un livre de poche, dans l'autre une cigarette, qu'elle tient au-dessus d'une soucoupe blanche.

— Salut, dit-elle sans lever les yeux.

Liv la regarde fixement, sa clé serrée dans sa paume.

— Je... Je te croyais partie. Fran m'a dit qu'elle t'avait vue sortir.

— Oh. La dame en bas? Ouais. Je viens de rentrer.

— Rentrer d'où?

— Du boulot.

— Du boulot?

— Je bosse la journée dans une maison de retraite. J'espère ne pas t'avoir dérangée ce matin. J'ai essayé de ne pas faire de bruit. J'ai eu peur de t'avoir réveillée avec le coup du tiroir du bureau. Se lever à 6 heures a tendance à rompre le charme.

— Le coup du tiroir du bureau?

— Tu n'avais pas laissé de clé.

Liv fronce les sourcils. Elle a l'impression d'avoir deux répliques de retard dans cette conversation. Mo pose son livre et explique lentement.

— J'ai été obligée de chercher un peu avant de trouver un double des clés dans le tiroir de ton bureau.

— Tu as fouillé dans le tiroir de mon bureau?

— Ça m'a semblé l'endroit le plus logique. (Elle tourne une page.) C'est bon. Je l'ai remis à sa place. Tu aimes l'ordre toi, dis donc, ajoute-t-elle à voix basse.

Et elle se replonge dans sa lecture. Un ouvrage de David, remarque Liv en en reconnaissant la couverture. C'est un vieux Penguin, *Introduction à l'architecture moderne*, l'un de ses préférés. Elle le revoit en train de le lire, étendu sur le canapé. Son estomac se tord d'angoisse en découvrant le livre dans les mains de quelqu'un d'autre. Liv pose son sac et gagne la cuisine.

Les plans de travail en granit sont parsemés de miettes. Deux mugs trônent sur la table, des traces brunes formant deux cercles là où le liquide a stagné. Près du grille-pain, un paquet de pain de mie ouvert bâille, effondré sur le côté. Un sachet de thé usagé gît au bord de l'évier, et un couteau émerge d'une tablette de beurre doux tel un poignard de la poitrine d'une victime assassinée.

Liv reste figée un moment, puis commence à ranger, balayant les détritus qu'elle jette dans la poubelle de la cuisine, chargeant les tasses et les assiettes sales dans le lave-vaisselle. Elle presse l'interrupteur contrôlant les volets de toiture et, quand ils sont complètement rétractés, appuie sur celui qui ouvre le toit en verre, agitant les mains pour se débarrasser de l'odeur persistante de cigarette.

En se retournant, elle trouve Mo sur le seuil de la pièce.

— Tu ne peux pas fumer ici. Tu ne peux pas, lui dit-elle.

Elle perçoit une pointe de panique bizarre dans sa voix.

— Oh. Pas de problème. Je ne m'étais pas rendu compte que tu avais une terrasse.

— Non. Sur la terrasse non plus. S'il te plaît. Ne fume pas ici, c'est tout.

Mo jette un coup d'œil aux plans de travail, suivant des yeux les rangements frénétiques de Liv.

— Eh… Je m'en occuperai avant de partir. Je t'assure.

— Ce n'est pas grave.

— Si, c'est grave, visiblement, ou tu n'en ferais pas une crise cardiaque. Écoute. Arrête. Je vais nettoyer ma pagaille. Vraiment.

Liv s'immobilise. Elle sait que sa réaction est excessive, mais elle ne peut s'en empêcher. Tout ce qu'elle veut, c'est que Mo parte.

— Je dois apporter à Fran une tasse de thé.

Le sang bat à ses oreilles durant toute sa descente en ascenseur jusqu'au rez-de-chaussée.

Quand elle remonte, la cuisine est en ordre. Mo se déplace silencieusement autour de la pièce.

— Je suis probablement un peu paresseuse quand il s'agit de débarrasser tout de suite derrière moi, dit-elle quand Liv apparaît. C'est parce que je passe mon temps à ranger au boulot, que ce soit à la maison de retraite ou au restaurant… Forcément, quand tu n'arrêtes pas de la journée, tu te rebelles un peu en rentrant chez toi.

Liv s'efforce de ne pas se hérisser en entendant ces derniers mots. C'est alors qu'elle détecte une autre odeur, derrière celle du tabac, et remarque que la lumière du four est allumée.

En se penchant pour regarder à l'intérieur, elle reconnaît son plat Le Creuset : à la surface, une mixture à base de fromage fait des bulles…

— J'ai préparé un gratin de pâtes pour le dîner. J'ai simplement mélangé tout ce que j'ai pu trouver à l'épicerie du coin. Ce sera prêt dans une dizaine de minutes. J'allais le manger plus tard, mais vu que tu es là…

Liv ne se souvient pas de la dernière fois qu'elle a utilisé le four.

— Oh, reprend Mo en attrapant les maniques. Et un type du conseil municipal est passé.

— Quoi ?

— Ouais. Une histoire d'impôts locaux…

Liv sent ses tripes se liquéfier.

— Je me suis fait passer pour toi, et il m'a dit combien tu dois. C'est beaucoup.

Mo lui tend un morceau de papier avec un nombre griffonné dessus. Voyant Liv ouvrir la bouche pour protester, elle explique :

— Il fallait que je sois sûre qu'il ne se trompait pas de personne. J'ai pensé qu'il faisait erreur.

Liv avait une idée de la somme, mais la voir écrite noir sur blanc lui cause quand même un choc. Elle sent les yeux de Mo sur elle et, au long silence inhabituel de celle-ci, elle sait qu'elle a compris.

— Allez. Assieds-toi. On est plus optimiste l'estomac plein.

Mo la fait asseoir, puis ouvre la porte du four. Aussitôt, la cuisine se remplit d'une odeur inédite : celle d'un plat mijoté maison.

— Et sinon, ajoute Mo, je connais une banquette vraiment confortable où dormir.

Les pâtes sont délicieuses. Liv en mange une pleine assiette, puis pose les mains sur son ventre, se demandant pourquoi elle est si surprise de constater que Mo sait vraiment cuisiner.

— Merci, dit-elle pendant que Mo sauce son assiette. C'était très bon. Je n'arrive pas à me souvenir de la dernière fois que j'ai autant mangé.

— Pas de problème.

*Et maintenant il faut que tu partes.*

Les mots qu'elle a eus sur le bout de la langue pendant les vingt dernières heures ne sortent pas. Elle ne veut pas que Mo s'en aille tout de suite. Elle n'a pas envie de se retrouver seule avec les gens des services fiscaux, les courriers de rappel et ses pensées incontrôlables ; soudain, elle se sent reconnaissante d'avoir quelqu'un à qui parler ce soir, quelqu'un qui s'interpose entre elle et cette date fatidique.

— Alors, Liv Worthing. Cette histoire de mari décédé…

Liv pose son couteau et sa fourchette l'un à côté de l'autre.

—Je préférerais ne pas en parler.

Elle sent le regard de Mo sur elle.

—D'accord. Pas de mari décédé. Alors… des petits copains?

—Des petits copains?

—Depuis… Celui Dont On Ne Doit Pas Prononcer Le Nom. Une relation sérieuse?

—Non.

Mo cueille un morceau de fromage sur le bord du plat à gratin.

—Des coups d'un soir malavisés?

—Non plus.

Mo redresse vivement la tête.

—Pas un seul? Depuis combien de temps?

—Quatre ans, marmonne Liv.

Elle ment. Il y en a eu un, trois ans auparavant, après que des amis bien intentionnés eurent insisté sur le fait qu'elle devait «aller de l'avant». Comme si David avait été un genre d'obstacle. Elle s'était soûlée jusqu'à perdre à moitié conscience pour y arriver, et avait pleuré ensuite, beaucoup, d'énormes sanglots, écrasée par le chagrin, la culpabilité et le dégoût d'elle-même. L'homme – dont elle était incapable de se rappeler le nom – avait à peine pu dissimuler son soulagement quand elle avait annoncé qu'elle devait rentrer chez elle. Aujourd'hui encore, elle ressent une honte cuisante en y repensant.

—Rien en quatre ans? Et tu as quoi… trente ans? C'est quoi? Une sorte de sati sexuel? Qu'est-ce que tu fabriques, Worthing? Tu te réserves pour tes retrouvailles dans l'au-delà avec M. Mari Mort?

—Mon nom est Halston. Liv Halston… Je ne… Je n'ai encore rencontré personne avec qui j'aie eu envie de… (Liv juge préférable de changer de sujet.) D'accord, et toi?

Tu as un gentil petit emo adepte de l'automutilation sous le coude ?

Être sur la défensive la rendait blessante.

Les doigts de Mo glissent vers son paquet de cigarettes, puis battent en retraite de nouveau.

— Je m'en sors.

Liv attend.

— J'ai un arrangement.

— Un arrangement ?

— Avec Ranic, le sommelier. Nous nous retrouvons deux fois par mois pour un accouplement techniquement efficace, mais totalement dépourvu d'affect. Il était plutôt nul au début, mais il commence à avoir le coup de main. (Elle grignote un autre morceau de fromage gratiné perdu dans son assiette.) Il regarde encore trop de porno, cela dit. Ça se sent.

— Rien de sérieux ?

— Mes parents ont cessé d'espérer avoir des petits-enfants quelque part autour du tournant du siècle.

— Mon Dieu, ça me fait penser que j'ai promis à mon père de l'appeler. (Liv a soudain une idée. Elle se lève et attrape son sac.) Eh, si je descendais en vitesse acheter une bouteille de vin ?

*Tout va bien se passer*, se rassure-t-elle. *Nous parlerons de nos familles, de gens dont je ne me souviens pas, de l'université, des boulots de Mo... Je me débrouillerai pour qu'on évite de parler de sexe, et avant que je m'en rende compte, on sera demain, et de nouveau ma maison me semblera normale, et la date d'aujourd'hui sera à une année de moi.*

Mo repousse sa chaise.

— Pas pour moi, dit-elle en ramassant son assiette. Il faut que je me change et que je file.

— Que tu files ?

— Bosser.

Liv s'agrippe à son sac.

— Mais… tu as dit que tu avais fini…

— Mon boulot de jour. Je commence celui du soir. Enfin, dans vingt minutes. (Des deux mains, elle repousse ses cheveux en arrière et les attache avec une barrette.) Ça ne t'ennuie pas de faire la vaisselle ? Et tu ne vois pas d'inconvénient à ce que je reprenne la clé ?

La brève sensation de bien-être procurée par le dîner disparaît d'un coup, telle une bulle de savon qui éclate. Liv reste attablée devant les restes du repas, l'oreille tendue, guettant les fredonnements peu mélodieux de Mo, les frottements et gargarismes qu'elle produit en se brossant les dents dans la salle de bains des invités, le son étouffé de la porte de la chambre qu'elle referme doucement.

Liv demande en direction de l'étage :

— Tu crois qu'ils ont besoin d'un extra ce soir ? Je veux dire… je pourrais aider. Peut-être… Je suis sûre que je pourrais être utile.

Pas de réponse.

— J'ai travaillé dans un bar autrefois.

— Moi aussi. Ça me donnait envie d'enfoncer des poignards dans les yeux des gens. Encore plus qu'en faisant le service dans un restau.

Mo est de retour dans le vestibule, vêtue d'une chemise noire et d'un blouson, un tablier coincé sous le bras.

— À plus, mec, lance-t-elle. À moins que je n'aie de la chance avec Ranic, évidemment.

Ça y est, elle est partie, happée de nouveau par le monde des vivants. Tandis que l'écho de sa voix s'éteint, le silence de la Maison de verre devient un élément tangible, pesant, et Liv s'aperçoit, avec un sentiment de panique croissant, que son foyer, son refuge, est sur le point de la trahir.

Elle sait qu'elle ne peut passer la soirée seule ici.

# Chapitre 14

Voici la liste des endroits où il est fortement déconseillé d'aller boire un verre seule si vous êtes une femme :

Le *Bazookas* : autrefois, c'était *Le Cheval blanc*, un pub tranquille au coin de la rue, en face du café, avec ses banquettes affaissées tapissées de velours pelucheux, ses murs ornés de plaques de harnais en laiton et son enseigne aux couleurs ternies par le passage du temps. Aujourd'hui, c'est un club de strip-tease éclairé au néon, où des hommes d'affaires s'engouffrent à une heure avancée de la nuit, et dont ressortent à l'aube de jeunes femmes aux traits tirés, lourdement fardées, chaussées de talons aiguilles, tirant furieusement sur une cigarette en se plaignant de leurs pourboires.

*Chez Dino* : le bar à vin du quartier, incontournable dans les années 1990, s'est reconverti en cantine cradingue pour mères actives pendant la journée. Après 20 heures, il accueille d'occasionnelles sessions de *speed dating*. Le reste du temps, à part les vendredis, l'endroit reste tristement désert, comme ne manquent pas de le révéler ses grandes baies vitrées.

Éviter également les pubs plus anciens dans les ruelles au-delà du fleuve : ils attirent de vieux habitués du quartier pleins de ressentiment, des hommes qui fument des cigarettes roulées en compagnie de leur pitbull au regard mort, et qui vous jugeront avec la même ouverture d'esprit qu'un mollah confronté à une femme en bikini.

Surtout, si vous hésitez devant les nouveaux établissements branchés et animés qui bordent le fleuve, passez votre chemin : ils grouillent de fêtards plus jeunes que vous, pour la plupart des groupes d'amis hilares portant sacoche à MacBook et lunettes à grosses montures noires, qui ne manqueront pas de vous faire sentir plus mal que si vous étiez restée chez vous…

Liv envisage d'aller acheter une bouteille de vin et de rentrer la boire chez elle, mais chaque fois qu'elle s'imagine assise seule dans cet espace blanc et vide, un sentiment de terreur inhabituel l'étreint. Pas question non plus de regarder la télévision : les trois dernières années lui ont appris que, ironie du sort ou hasard malheureux, ce soir-là précisément, les comédies dramatiques mettent systématiquement en scène la disparition poignante d'un époux adoré, et les documentaires de vulgarisation scientifique sont naturellement remplacés par des émissions sur les morts subites. Elle ne tient pas non plus à se retrouver en tête à tête avec *Les Yeux de Sophie*, à revivre le jour où ils ont acheté le portrait ensemble, reconnaissant dans l'expression de cette jeune femme l'amour et l'épanouissement qui la comblaient autrefois, ni à fouiller parmi les photos de David et elle, accablée par la certitude que plus jamais elle ne connaîtra un tel bonheur, et par le constat que, bien qu'elle se rappelle exactement la façon dont il plissait les yeux ou tenait une tasse de café, elle n'est plus capable d'assembler ces éléments mentalement.

Elle veut fuir la tentation d'appeler le téléphone portable de David, comme elle l'a fait obsessionnellement l'année qui a suivi sa mort, afin d'entendre sa voix sur la messagerie. Désormais, sa perte fait partie d'elle, comme un poids gênant qu'elle emporte partout, invisible le plus souvent aux yeux des autres, altérant subtilement la façon dont elle traverse chaque journée. Mais, en ce jour anniversaire de sa mort, tout peut arriver.

Et puis lui revient un commentaire lancé au détour d'une conversation par une des convives, au cours du dîner de la veille : « Quand ma sœur veut sortir sans risquer d'être enquiquinée, elle va dans un bar gay. Tordant. » Il y en a un à moins de dix minutes à pied de chez elle. Elle est passée devant une centaine de fois, sans jamais avoir la curiosité de regarder derrière ses fenêtres grillagées. Personne ne risque de l'importuner dans un bar gay. Liv attrape sa veste, son sac à main et ses clés ; à défaut d'autre chose, elle a un plan.

— Eh bien, voilà qui est embarrassant.
— C'est arrivé une seule fois. Il y a des mois. Mais j'ai l'impression qu'elle n'a jamais vraiment oublié.
— Parce que tu es TELLEMENT BON.

Hilare, Greg essuie un autre verre à bière et le pose sur l'étagère.

— Non... Bon, si, bien sûr, dit Paul. Sérieusement, Greg, je culpabilise chaque fois qu'elle me regarde. Comme si... comme si je lui avais fait une promesse que je ne peux tenir.
— Quelle est la règle d'or, frangin ? *No zob in job*!
— J'étais ivre. C'était le soir où Leonie m'a appris qu'elle et Jake emménageaient chez Mitch. J'étais...
— Tu as baissé la garde. (Greg prend sa voix de présentateur télé.) Ta patronne t'a approché à un moment où tu étais vulnérable. Elle t'a fait boire verre sur verre. Maintenant, tu sens qu'on t'a utilisé. Attends...

Il disparaît pour servir un client. Il y a du monde pour un jeudi soir. Toutes les tables sont prises, les hommes défilent sans interruption au bar, et un bourdonnement continu de conversations joyeuses s'élève par-dessus la musique. Paul avait l'intention de rentrer directement chez lui après avoir fini au bureau, mais il a rarement le temps de bavarder avec son frère, et boire un verre ou deux à l'occasion n'est pas désagréable. Même s'il faut pour cela veiller à éviter de croiser le regard de soixante-dix pour cent des clients.

Greg encaisse une consommation et reprend sa place en face de Paul, qui poursuit :

— Écoute, je suis conscient de l'impression que ça donne. Mais c'est une femme bien. Et c'est terrible d'avoir à la repousser en permanence.

— Trop dur d'être toi.

— Comme si tu pouvais comprendre…

— Parce que, c'est bien connu, on ne se fait jamais draguer quand on est en couple. Surtout pas dans un bar gay. Oh, non ! (Greg range un autre verre sur l'étagère.) Écoute, pourquoi tu ne lui dirais pas franchement que, vraiment, tu la trouves charmante, bla-bla-bla, mais que tu ne la considères que comme une amie ?

— Parce que c'est gênant. On travaille ensemble, tout ça.

— Mais « Oh, bon, si jamais tu as envie d'un petit coup rapide après avoir bouclé cette affaire, Paul, tu sais où me trouver », ce n'est pas gênant peut-être ? (L'attention de Greg est attirée à l'autre extrémité de la pièce.) Oh, oh. Elle nous joue un numéro en live.

Paul a eu vaguement conscience de la fille toute la soirée. Elle est arrivée parfaitement posée, et il a d'abord cru qu'elle attendait quelqu'un. À présent, elle essaie de remonter sur son tabouret. Elle fait deux tentatives ; à la seconde, elle retombe encore sur ses pieds et titube maladroitement en arrière. Elle repousse une mèche de devant son visage, regarde fixement le comptoir comme s'il s'agissait du sommet de l'Everest, puis se propulse vers le haut. Quand elle atterrit sur le tabouret, elle lève les deux mains pour se stabiliser et cligne des yeux comme pour se convaincre qu'elle a réussi. Elle tourne alors la tête vers Greg.

— Excusez-moi ? Pourrais-je avoir un autre verre de vin ? lance-t-elle en tendant son verre vide.

Le regard amusé et las de Greg croise celui de Paul, puis il pivote vers la cliente.

— Nous fermons dans dix minutes, répond-il en posant son torchon sur son épaule.

Greg sait s'y prendre avec les clients imbibés. Paul n'a jamais vu son frère perdre son calme. Sur ce point, ferait remarquer leur mère, ils étaient le jour et la nuit.

— J'ai donc dix minutes pour le boire ? dit-elle, ses traits se chiffonnant légèrement.

Elle n'a pas l'air d'une lesbienne. Mais bon, comme la plupart des lesbiennes, de nos jours. Paul garde ses réflexions pour lui, car son frère lui rirait au nez en lui disant qu'il a passé trop de temps dans la police.

— Mon chou, loin de moi l'idée de vous offenser, mais si vous buvez encore un verre, je vais me faire du souci pour vous. Et je déteste finir mon service en m'inquiétant pour mes clients.

— Un petit, supplie-t-elle avec un sourire déchirant. Je ne bois pas comme ça d'habitude, vous savez.

— Ouais. C'est justement pour ça que je risque de m'inquiéter.

— C'est… (Elle lui lance un regard fatigué.) La journée a été difficile. Vraiment difficile. S'il vous plaît… un dernier verre ? Ensuite, si vous voulez, vous pourrez m'appeler un taxi travaillant pour une compagnie tout ce qu'il y a de plus recommandable, et j'irai m'évanouir chez moi, et vous pourrez rentrer chez vous l'esprit tranquille.

Greg se tourne vers Paul et soupire. « Tu vois ce que je dois me coltiner ? », semble-t-il dire.

— Un petit alors, cède-t-il. Un tout petit.

Le sourire de la femme s'efface, et elle ferme à moitié les yeux. Puis elle se penche, cherchant son sac à ses pieds. Paul se tourne de nouveau vers le bar et consulte son téléphone pour voir s'il a reçu des messages. Jake doit dormir chez lui demain soir, et bien que sa relation avec Leonie soit désormais cordiale, il redoute toujours au fond de lui qu'elle trouve une raison pour annuler.

— Mon sac !

Il lève les yeux.

— Mon sac a disparu !

La femme a glissé au bas de son siège, une main agrippée au comptoir, et fouille le sol du regard. Quand elle relève la tête, elle est blême.

Greg se penche par-dessus le comptoir.

— Est-ce que vous l'avez emporté aux toilettes ? demande-t-il.

— Non, répond-elle, scrutant toujours le sol près du bar. Il était rangé sous mon tabouret.

— Vous avez laissé votre sac à main sous votre tabouret ? s'exclame Greg d'un ton désapprobateur. Vous n'avez pas lu les panneaux ?

Il y en avait partout aux murs : « Attention aux pickpockets : ne laissez pas vos affaires sans surveillance ». Rien que de là où il est, Paul en compte trois.

Non, elle ne les a visiblement pas lus.

— Je suis désolé. Mais ce n'est pas sûr par ici.

Le regard de la femme passe de l'un à l'autre et, toute soûle qu'elle soit, il voit bien qu'elle lit dans leurs pensées.

*Pauvre fille, bourrée et idiote.*

Paul ressort son téléphone.

— Je vais appeler la police.

— Pour leur dire que j'ai été assez stupide pour laisser mon sac sous mon siège ? (Elle enfouit son visage dans ses mains.) Mon Dieu ! Je venais de retirer deux cents livres pour payer les impôts locaux. Je n'y crois pas. Deux cents livres !

— C'est la troisième fois que ça arrive cette semaine, dit Greg. On doit nous installer des caméras de surveillance. C'est une épidémie… Je suis vraiment désolé.

Elle lève les yeux et s'essuie le visage. Puis elle pousse un long soupir tremblant. Elle s'efforce visiblement de ne pas éclater en sanglots. Elle n'a pas touché au verre de vin devant elle.

— Je suis navrée, mais je ne crois pas que je vais pouvoir payer pour ça.

— N'y pensez pas, la rassure Greg. Tiens, Paul, appelle les flics. Je vais lui préparer un café. Bien. C'est l'heure, mesdames et messieurs, s'il vous plaît…

Le fait est que la police par ici ne se déplace pas pour les sacs à main volatilisés. Ils donnent à la dénommée Liv un numéro de délit, et lui expliquent qu'elle recevra un courrier de soutien aux victimes et qu'ils la contacteront s'ils trouvent quoi que ce soit. Manifestement, ils n'y comptent pas trop.

Quand elle raccroche, le bar s'est vidé. Greg déverrouille la porte pour les laisser sortir. Liv attrape sa veste.

— J'ai une amie qui loge chez moi. Elle a un double de mes clés.

— Vous voulez l'appeler ? propose Paul en lui tendant son téléphone.

Elle lui lance un regard vide.

— Je ne connais pas son numéro. Mais je sais où elle travaille.

Paul attend.

— C'est un restaurant à dix minutes d'ici. Vers Blackfriars.

Il est minuit. Paul consulte la pendule. Il est fatigué, mais il ne se résout pas à laisser une femme ivre, qui vient de passer la dernière heure à se retenir de pleurer, errer seule dans les ruelles de la rive sud au milieu de la nuit.

— Je vous accompagne.

Il surprend une expression fugace de méfiance sur son visage, alors qu'elle s'apprête à décliner son offre. Greg effleure le bras de la jeune femme.

— Vous ne risquez rien, mon chou. C'est un ex-flic.

Paul sent qu'il est réévalué. Le maquillage de l'inconnue a coulé sous un œil, et il doit se retenir de l'essuyer.

— Je me porte garant de son honorabilité. Il est génétiquement programmé pour ça, un genre de saint-bernard à forme humaine.

— Ouais. Merci, Greg.

Elle enfile sa veste.

— Si vous êtes sûr que ça ne vous dérange pas, ce serait vraiment gentil de votre part.

— Je t'appelle demain, Paul. Et bonne chance, Miss Liv. J'espère que tout s'arrangera.

Greg attend qu'ils se soient un peu éloignés avant de verrouiller la porte.

Ils marchent à vive allure, le bruit de leurs pas résonnant dans les rues pavées désertes et rebondissant sur les façades des immeubles silencieux autour d'eux. Il s'est mis à pleuvoir. Paul enfonce ses mains au fond de ses poches et rentre la tête dans les épaules. À un moment, ils croisent deux jeunes gens aux visages dissimulés sous leurs capuches, et il la sent se rapprocher imperceptiblement de lui.

— Avez-vous fait opposition pour vos cartes ? demande-t-il.

— Oh. Non.

L'air frais lui fouette la figure. Elle semble profondément découragée et trébuche régulièrement. Il lui offrirait volontiers son bras, mais doute qu'elle l'accepte.

— Je n'y ai pas pensé.

— Vous souvenez-vous de ce que vous aviez ?

— Une Mastercard et une Barclays.

— Attendez. Je connais quelqu'un qui peut vous aider. (Il compose un numéro.) Sherrie ?... Salut. C'est McCafferty... Ouais, bien, merci. Tout baigne. Et toi ? (Il marque une pause.) Écoute, tu veux bien me rendre un service ? Tu peux m'envoyer les numéros à appeler en cas de vol de cartes bancaires ? Mastercard et Barclays. Une amie vient de se faire piquer son sac à main... Ouais. Merci, Sherrie. Salue les copains pour moi. Et, ouais, à bientôt.

Il compose alors les numéros reçus et lui tend le téléphone.

— La police, explique-t-il. Un petit monde.

Puis il marche en silence pendant qu'elle explique la situation à l'opérateur.

— Merci, dit-elle en lui rendant l'appareil.

— Pas de problème.

— De toute façon, je serais surprise qu'ils en tirent quoi que ce soit, conclut Liv avec un sourire piteux.

Ils arrivent devant un restaurant de spécialités espagnoles. Les lumières sont éteintes et les portes fermées. Paul s'abrite sous le porche pendant qu'elle sonde l'obscurité à l'intérieur, comme si elle espérait surprendre un quelconque signe de vie.

Il consulte sa montre.

— Il est minuit et quart. Il n'y a probablement plus personne.

Liv se mord la lèvre, puis se tourne vers lui.

— Elle est peut-être chez moi. Puis-je encore vous emprunter votre téléphone, s'il vous plaît ?

Il le lui tend, et elle se place sous le halo d'un lampadaire afin de mieux voir l'écran. Il la regarde composer le numéro, puis se détourner en se passant machinalement une main dans les cheveux. Elle jette un coup d'œil par-dessus son épaule et lui adresse un sourire hésitant, puis se détourne de nouveau. Elle tape un autre numéro, puis un troisième.

— Il n'y a personne d'autre que vous puissiez appeler ?

— Mon père. Je viens d'essayer. Il ne décroche pas non plus. Mais il doit sûrement dormir. Il a le sommeil lourd.

Elle semble complètement perdue.

— Écoutez... Pourquoi ne passeriez-vous pas la nuit dans un hôtel ? Vous me rembourserez quand vous aurez récupéré vos cartes.

Elle se mord encore la lèvre. « Deux cents livres ! » Il se rappelle le désespoir dans sa voix quand elle a prononcé ces mots. Elle n'a probablement pas les moyens de se payer une chambre dans un hôtel du centre de Londres.

La pluie tombe à verse maintenant, éclaboussant leurs jambes, l'eau gargouillant dans les caniveaux devant eux. Alors sans réfléchir il s'entend proposer :

— Vous savez quoi ? Il se fait tard. J'habite à vingt minutes à pied environ. Que diriez-vous de vous décider une fois chez moi ? Nous pourrions résoudre la situation de là-bas, si vous voulez.

Elle lui rend son téléphone, et il la voit alors réfléchir brièvement. Puis elle esquisse un sourire prudent et vient le rejoindre.

— Merci. Et désolée. Je... Je n'avais vraiment pas l'intention de gâcher votre soirée en plus de la mienne.

Liv devient de plus en plus silencieuse à mesure qu'ils approchent de chez lui ; il suppose qu'elle est en train de dessoûler, débattant intérieurement pour savoir si elle a bien fait d'accepter sa proposition. Il se demande s'il y a une petite copine qui l'attend quelque part. Elle est jolie, mais comme ces femmes qui ne veulent pas attirer l'attention des hommes sur elles : quelques traces de maquillage, cheveux attachés en une queue-de-cheval. Est-ce un truc gay ? Elle a une peau trop saine pour être une buveuse régulière, des jambes toniques et une longue foulée qui suggèrent qu'elle fait régulièrement de l'exercice, mais elle marche les bras croisés, sur la défensive.

Ils arrivent à son appartement, un duplex au-dessus d'un café à la limite du quartier des théâtres, et il prend soin de s'écarter d'elle quand il ouvre la porte.

Paul allume les lumières et se précipite vers la table basse, qu'il débarrasse des journaux et de la tasse qu'il y a abandonnés le matin. Il voit soudain le logement à travers des yeux étrangers : trop petit, encombré d'ouvrages de référence, de cadres remplis de photos et de meubles. Par chance, pas de chaussettes sales, ni de linge qui traîne. Il gagne le coin cuisine et allume la bouilloire. Il va ensuite lui chercher une serviette pour qu'elle se sèche les cheveux, et la regarde parcourir la pièce d'un pas hésitant, visiblement rassurée par les étagères couvertes de livres et les photographies disposées sur le buffet : lui en uniforme, Jake et lui enlacés, un grand sourire aux lèvres.

— C'est votre fils ?
— Ouais.
— Il vous ressemble.

Liv attrape une photo de Jake, Leonie et lui, prise quand Jake avait quatre ans. Son autre bras est toujours replié sur son ventre. Il lui offrirait bien un tee-shirt, mais elle risquerait de croire qu'il cherche à la faire se déshabiller.

— C'est sa mère ?

— Oui.

— Vous n'êtes... pas gay, alors ?

Un instant, Paul ne sait pas quoi dire, et puis :

— Non ! Non, c'est le bar de mon frère.

— Oh.

D'un geste, il désigne la photo où il pose en uniforme.

— Je ne suis pas en train de faire un numéro des Village People. J'étais vraiment dans la police.

Elle lâche un petit rire, le genre qui vient quand l'unique alternative est les larmes. Puis elle s'essuie les yeux et lui adresse un sourire furtif et embarrassé.

— Je suis désolée. C'était déjà une mauvaise journée avant qu'on me vole mon sac.

*Elle est vraiment jolie*, songe-t-il alors. Elle dégage une impression de vulnérabilité, les nerfs à fleur de peau. Soudain elle pivote pour lui faire face, et il détourne brusquement le regard.

— Paul, auriez-vous quelque chose à boire ? Quelque chose d'autre que du café... Vous devez me prendre pour une grosse ivrogne, mais j'ai vraiment, vraiment besoin d'un remontant, là tout de suite.

Il éteint la bouilloire, leur sert à chacun un verre de vin et regagne le coin salon, où il la trouve assise au bord du canapé, les coudes coincés entre les genoux.

— Vous voulez en parler ? Les ex-policiers ont en général entendu toutes sortes de trucs. (Il lui tend un verre.) Des histoires bien pires que la vôtre, je parie.

— Pas vraiment.

Il l'entend prendre une gorgée de vin, et puis elle se tourne vers lui.

— En fait, si. Mon mari est mort il y a quatre ans aujourd'hui. Il est mort. La plupart des gens ne pouvaient même pas prononcer le mot à l'époque, et maintenant ils prétendent que j'aurais déjà dû tourner la page. Je n'ai aucune idée de comment m'y prendre. Il y a une gothique qui squatte dans mon appartement, et je n'arrive même pas à me souvenir de son nom de famille. Je dois de l'argent à presque tout le monde. Et je suis allée boire dans un bar gay ce soir parce qu'il m'était insupportable de rester seule chez moi. On m'a volé mon sac à main avec les deux cents livres que j'avais retirées pour payer mes impôts locaux. Et quand vous m'avez demandé tout à l'heure s'il n'y avait pas quelqu'un d'autre que je pourrais appeler, la seule personne qui aurait pu me proposer de m'héberger à laquelle j'aie pensé, c'est Fran, la femme qui vit dans des boîtes en carton au pied de mon immeuble.

Il est si occupé à digérer le mot « mari » qu'il a à peine entendu le reste de sa tirade.

— Eh bien, moi, je peux vous offrir un lit.

Encore l'expression méfiante.

— Celui de mon fils, s'empresse-t-il de préciser. Ce n'est pas le plus confortable. Je veux dire, mon frère y a dormi plusieurs fois après avoir rompu avec son dernier petit ami, et il prétend qu'il a dû consulter un ostéopathe ensuite, mais c'est un lit.

Il marque une pause.

— En tout cas, il est probablement plus douillet que des boîtes en carton.

Elle lui glisse un regard en coin.

— Vous avez raison, mais très légèrement seulement !

Elle dissimule un petit sourire derrière son verre, puis soupire :

— De toute façon, ça ne servirait à rien que je demande à Fran. Elle ne m'invite jamais.

— Eh bien, voilà qui n'est pas très sympathique et ne donne pas envie d'aller chez elle. Restez ici. Je vais vous dénicher une brosse à dents.

Parfois, songe Liv, il arrive qu'on tombe dans un univers parallèle. Vous croyez savoir ce qui vous attend – une mauvaise soirée à regarder la télévision ou à boire dans un bar, vous soustrayant un moment à votre passé –, et puis soudain vous déviez de votre trajectoire, vers une destination dont vous n'aviez jamais soupçonné l'existence. En surface, la situation est tout à fait désastreuse : le sac volé, l'argent perdu, le mari mort, la vie qui a mal tourné. Et vous voilà, assise dans le canapé d'un Américain aux yeux bleus brillants et à la tignasse grisonnante, il est presque 3 heures du matin, et il vous fait rire à gorge déployée, et vous oubliez tous vos soucis.

Elle a beaucoup bu. Au moins trois verres depuis qu'elle est chez Paul, et plusieurs autres au bar. Mais elle a atteint un point d'équilibre rare et plaisant dans l'ébriété : elle n'est pas assez ivre pour se sentir mal ou dans les vapes, mais suffisamment pour flotter, joyeuse, comme suspendue dans ce moment agréable, à plaisanter avec cet homme, dans un appartement exigu qui ne dissimule aucun souvenir. Ils ont parlé pendant des heures, leurs voix de plus en plus fortes et insistantes. Elle lui a tout raconté, libérée par le choc et l'alcool, et le fait qu'il est un inconnu qu'elle ne reverra probablement jamais. Il lui a confié les affres du divorce, raconté les intrigues politiques au sein de la police, et que le milieu ne lui convenait pas. Que New York lui manque, mais qu'il doit attendre pour y retourner que son fils soit plus grand. Elle veut tout lui dire, car il semble tout comprendre. Elle lui a parlé de son chagrin et de sa colère, de comment elle regarde d'autres couples et ne parvient tout simplement pas à voir l'utilité de réessayer. Parce qu'aucun d'entre eux ne lui paraît jamais vraiment, complètement heureux. Aucun.

— OK. Je vais jouer les avocats du diable, annonce Paul en posant son verre. Avec l'humilité de celui qui a totalement foiré sa relation de couple. Vous avez été mariée quatre ans, c'est ça ?

— C'est ça.

— Je ne voudrais pas sembler cynique ou amer, mais vous ne croyez pas que tout est si merveilleux dans votre mémoire justement parce qu'il est mort ? Les choses sont toujours plus parfaites quand elles sont interrompues, comme le prouvent ces icônes du cinéma « fauchées en pleine gloire ».

— Donc, d'après vous, s'il avait vécu, nous serions devenus aussi grincheux et fatigués l'un de l'autre que n'importe quel autre couple ?

— Pas nécessairement. Mais l'habitude, les enfants, le travail et les tensions de la vie quotidienne peuvent émousser l'amour, c'est sûr.

— La voix de l'expérience.

— Oui, probablement.

— Eh bien, pas pour nous, affirme-t-elle en secouant énergiquement la tête.

La pièce tourne un peu autour d'elle.

— Oh, allez, il a bien dû y avoir des moments où vous vous êtes un peu lassée de lui. Ça arrive à tout le monde. Vous savez, quand il se plaignait de vos dépenses, que vous pétiez au lit ou oubliiez toujours de refermer le tube de dentifrice…

Liv secoue à nouveau la tête.

— Pourquoi cet acharnement ? Pourquoi tout le monde est-il si déterminé à dévaloriser ce que nous avions ? Vous savez quoi ? Nous étions amoureux, tout simplement.

Nous ne nous disputions jamais. Ni au sujet du dentifrice, ni des pets, ni de rien du tout. Nous nous aimions beaucoup, c'est tout. Nous nous aimions vraiment beaucoup. Nous étions… heureux.

Elle ravale ses larmes tant bien que mal et pivote vers la fenêtre. Elle ne pleurera pas ce soir. Non.

Un long silence s'installe.

*Merde*, songe-t-elle.

— Alors vous faisiez partie des chanceux.

Elle se retourne. Paul lui offre le fond de la bouteille.

— Des chanceux ?

— Peu de gens vivent ça. Même quatre ans. Vous devriez être reconnaissante.

*Reconnaissante.* Cela lui semble parfaitement logique, présenté ainsi.

— Oui, acquiesce-t-elle après un moment. Oui, je devrais.

— En fait, des histoires comme la vôtre me redonnent espoir.

Elle sourit.

— C'est très gentil à vous de dire ça.

— Eh bien, c'est la vérité. À… Comment s'appelait-il ? demande Paul en levant son verre.

— David.

— À David ! Un homme bien.

Liv sourit, un grand sourire inespéré. Elle remarque l'air vaguement surpris de Paul.

— Oui, dit-elle. À David.

Paul boit une gorgée de vin.

— Vous savez, c'est la première fois que j'invite une fille chez moi et que je finis par trinquer à la santé de son mari.

Le revoilà : le rire, pétillant et imprévisible.

Il se tourne vers elle.

—Ah, autre chose : je me suis retenu de le faire toute la soirée. (Il se penche et, avant qu'elle n'ait le temps de se raidir, il tend la main et passe doucement le pouce sous son œil gauche.) Votre maquillage a coulé, explique-t-il en lui présentant son doigt. Je n'étais pas sûr que vous en ayez conscience.

Liv le regarde fixement, et un sentiment inattendu, la traverse comme une décharge électrique. Elle contemple sa main forte, parsemée de taches de rousseur, l'endroit où son col rencontre son cou, et le vide se fait dans son esprit. Elle pose son verre et, sans lui laisser le temps de réagir, elle presse sa bouche contre la sienne. Il y a le bref choc produit par le contact physique, puis elle sent sa respiration sur sa peau, une paume qui vient se poser sur sa taille, et il lui rend son baiser. Ses lèvres sont chaudes et imprégnées d'un léger goût de tanin. Elle se laisse fondre en lui : son pouls s'accélère, à la fois sous l'effet de l'alcool, de ces sensations et de la joie de simplement être touchée.

*Oh, Seigneur… cet homme.*

Les yeux de Liv sont clos, la tête lui tourne sous l'assaut des baisers délicats et délicieux.

Et puis il se redresse. Elle met une seconde à s'en rendre compte. Elle recule à son tour, de quelques centimètres seulement, le souffle coincé dans sa poitrine.

*Qui êtes-vous ?*

Il plonge son regard dans le sien, puis cligne des yeux.

—Vous savez… Je vous trouve absolument charmante. Mais je tiens à respecter certaines règles dans ce genre de situation.

Liv a les lèvres gonflées.

—Vous êtes… avec quelqu'un ?

—Non. Mais je… (Il se passe une main dans les cheveux.) Liv, vous ne semblez pas…

— Je suis ivre.
— Oui, oui, effectivement.
Elle soupire.
— J'ai d'excellents souvenirs de sexe en état d'ébriété.
— Il faut que vous cessiez de parler comme ça. J'essaie vraiment de bien me comporter, là.

Elle se laisse aller en arrière contre les coussins du canapé.

— Vraiment. Certaines femmes sont nulles quand elles ont bu. Moi pas.
— Liv...
— Et vous êtes... craquant.

Sur le menton de Paul, une barbe naissante semble les alerter de la proximité du petit matin. Liv a envie de passer les doigts sur les poils minuscules, de les sentir, râpeux, contre sa peau. Elle tend la main, mais il l'esquive.

— Je m'en vais. OK, ouais, je m'en vais. (Il se lève, respire profondément. Il évite de la regarder.) Euh, la porte, là, c'est la chambre de mon fils. Si vous avez besoin de boire de l'eau ou quoi que ce soit, il y a un robinet. Il... euh... il fonctionne.

Il ramasse un magazine et le repose, puis recommence avec un autre.

— Et il y a des magazines. Si vous voulez quelque chose à lire. Plein de...

Ça ne peut pas s'arrêter là. Elle a tellement envie de lui que le désir semble irradier dans tout son corps et même autour d'elle. Elle serait parfaitement capable de supplier, à cet instant. Elle sent encore la chaleur de sa main sur sa taille, le goût de ses lèvres. Ils se regardent un long moment.

*Ne le sentez-vous donc pas ? Ne partez pas*, lui ordonne-t-elle en pensée. *S'il vous plaît, ne me laissez pas.*

— Bonne nuit, Liv.

Les yeux de Paul s'attardent encore un peu sur elle, puis il s'éloigne dans le couloir et referme doucement la porte de sa chambre derrière lui.

Quatre heures plus tard, Liv se réveille dans une pièce de la taille d'une boîte à chaussures, avec une couette aux couleurs d'Arsenal et un mal de crâne si violent qu'elle doit porter la main à sa tête pour vérifier que personne ne tape dessus. Elle cille, regarde fixement, sans les voir, de petites créatures de manga sur le mur en face d'elle et laisse son cerveau rassembler lentement les éléments d'information dont elle dispose concernant la nuit dernière.

*Sac à main volé.*

Elle ferme les yeux.

*Oh non.*

*Lit inconnu.*

Plus de clés, plus d'argent. Elle essaie de bouger, mais la douleur qui lui vrille le crâne manque de la faire gémir.

Puis elle se souvient de l'homme.

*Pete? Paul?*

Elle se revoit marcher dans les rues désertes au beau milieu de la nuit. Ensuite, elle se revoit se jeter en avant pour l'embrasser. Son refus poli à lui. « Vous êtes… craquant. »

— Oh non, souffle-t-elle avant de poser les mains sur ses yeux. Oh non, je n'ai pas…

Elle se redresse et se décale jusqu'au bord du lit. Ce faisant, elle aperçoit une petite voiture en plastique jaune près de son pied droit. Puis, entendant une porte s'ouvrir et le jet d'une douche qu'on actionne dans la pièce voisine, Liv attrape ses chaussures et sa veste. Elle quitte l'appartement comme une voleuse, rejoignant la lumière du jour et la cacophonie du monde extérieur.

# Chapitre 15

— On a un peu l'impression d'une invasion. (Le P.-D.G., vêtu d'une chemise dont les manches sont retroussées, recule, bras croisés, et rit nerveusement.) Est-ce que... tout le monde ressent la même chose ?

— Oh, oui, dit-elle.

Ce qui n'a rien d'étonnant.

Autour d'elle, une quinzaine d'adolescents vont et viennent à vive allure dans le vaste vestibule de Conaghy Securities. Deux d'entre eux, Edun et Cam, sautent par-dessus les rampes qui courent le long du mur en verre : en avant, en arrière, leurs grandes mains propulsant habilement leur poids, leurs chaussures de sport d'un blanc éclatant couinant chaque fois qu'ils s'élèvent des dalles en pierre calcaire. Quelques-uns ont déjà traversé le hall comme des flèches et rejoint l'atrium central, titubant et poussant des hurlements au bord des passerelles parfaitement alignées, leurs index pointés vers les carpes koï qui nagent placidement dans les bassins aux formes géométriques.

— Sont-ils toujours aussi... bruyants ? demande le P.-D.G.

Debout près de Liv, Abiola, l'éducatrice, intervient.

— Ouais. En général, nous leur accordons dix minutes pour s'habituer à l'espace. Après ça, vous constaterez qu'ils se calment étonnamment vite.

— Et... il n'y a jamais de dégâts ?

— Jamais, répond Liv tout en suivant des yeux Cam qui court avec légèreté sur une rampe en bois avant de sauter, une fois arrivé au bout, et d'atterrir sur les orteils. Sur la liste des entreprises visitées jusqu'à présent que je vous ai donnée, aucune n'a eu à se plaindre ne serait-ce que d'un carré de moquette déplacé.

Face à son expression incrédule, elle poursuit :

— Rappelez-vous que l'adolescent anglais moyen vit dans moins de soixante-douze mètres carrés. (Elle hoche la tête.) Et ceux-ci ont probablement grandi dans bien moins que ça. Il est inévitable que, lâchés dans un nouvel environnement, ils aient des fourmis dans les pieds pendant un moment. Mais regardez bien. Ils vont s'adapter à l'espace.

Une fois par mois, la Fondation David-Halston, filiale de Solberg Halston Architects, organise pour des enfants défavorisés la visite d'un bâtiment présentant un intérêt architectural particulier.

David ne voulait pas se contenter de présenter théoriquement aux jeunes gens les constructions qui les environnent ; il voulait aussi qu'ils les expérimentent, en les y lâchant pour qu'ils puissent utiliser l'espace à leur façon et ressentir l'effet qu'il produit. Il avait voulu qu'ils se l'approprient et y prennent du plaisir. Elle se rappelle encore la première fois qu'elle l'avait vu s'adresser à un groupe d'enfants d'origine bengalie venus de Whitechapel.

— Que pensez-vous en franchissant cette porte ? avait-il demandé en pointant du doigt l'énorme chambranle.

— Argent, avait répondu l'un, et ils avaient tous éclaté de rire.

— C'est exactement ce que cette porte est censée dire, avait approuvé David en souriant. Nous sommes dans les locaux d'une société de courtage. Avec ses énormes piliers en marbre et ses lettres dorées, cette porte dit : « Donnez-nous votre argent, et nous vous en ferons gagner beaucoup PLUS. » Elle dit, le plus clairement possible : « Nous sommes des spécialistes de la finance. »

— Je comprends mieux, Nikhil, pourquoi la porte de ta chambre ne mesure même pas un mètre, mec, avait lancé un des garçons en bousculant un camarade, et tous deux avaient ri.

Mais ça fonctionnait. Déjà, à l'époque, elle l'avait constaté. David les incitait à réfléchir à l'espace qui les entourait, à définir si celui-ci les faisait se sentir libres, en colère ou tristes. Il leur montrait comment la lumière et les volumes fluctuaient, presque comme s'ils étaient vivants, autour des bâtiments les plus divers. « Il faut qu'ils voient qu'il y a autre chose que les petites boîtes dans lesquelles ils vivent, avait-il déclaré. Il faut qu'ils comprennent que leur environnement influe sur leur état d'esprit. »

Depuis sa mort, elle avait, avec la bénédiction de Sven, pris la suite de David, rencontrant des directeurs d'entreprise, les persuadant des vertus de ce projet et les convainquant de leur ouvrir leurs portes. Cette mission l'avait aidée à survivre les premiers mois, quand elle avait été jusqu'à douter de l'intérêt de son existence. À présent, c'était la seule activité dans laquelle elle s'investissait pleinement et qu'elle attendait avec impatience tous les mois.

— Mademoiselle ? On peut toucher le poisson ?
— Non. Je crains que ce ne soit pas possible. Tout le monde est là ?

Elle attend pendant qu'Abiola compte rapidement les enfants.

— OK. On va commencer ici. J'aimerais seulement que vous restiez tous sans bouger pendant dix secondes, et que vous me disiez l'impression que vous procure cet espace.

— La paix, dit l'un après que les rires se sont arrêtés.

— Pourquoi ?

— J'sais pas. C'est l'eau. Et le bruit de cette espèce de cascade. C'est tranquille.

— Qu'y a-t-il d'autre qui vous donne ce sentiment de paix ?

— Le ciel. Y a pas de toit, hein ?

— Exact. À votre avis, pourquoi cette partie du bâtiment n'a pas de toit ?

— Ils n'avaient plus d'argent ?

Nouvel éclat de rire.

— Quand vous vous retrouvez dehors, quelle est la première chose que vous faites ? Non, Dean, je sais ce que tu vas dire, et ce n'est pas la réponse à laquelle je pense.

— On prend une grande inspiration. On respire.

— Sauf que notre air à nous est plein de saloperies. Ici, il doit être filtré ou un truc dans le genre.

— C'est ouvert. Impossible de filtrer quoi que ce soit.

— En tout cas, moi, je respire un grand coup. Je déteste être enfermé dans de petits espaces. Dans ma chambre, y a pas de fenêtre, et je dois dormir la porte ouverte, sinon j'ai l'impression d'être dans un cercueil.

— La chambre de mon frère n'a pas de fenêtre non plus, alors ma mère lui a acheté un poster avec une fenêtre dessus.

Ils commencent à comparer leurs chambres. Liv les aime beaucoup, ces gosses, et elle a peur pour eux quand elle apprend au détour d'une discussion les privations ordinaires qu'ils subissent, ou entend qu'ils passent quatre-vingt-dix-neuf pour cent de leur existence dans un ou deux kilomètres carrés, limités par les contraintes physiques, ou la peur sincère de gangs rivaux.

Ce n'est pas grand-chose, cette fondation. L'opportunité de sentir que la vie de David n'a pas été vaine, que son esprit perdure. Parfois, un gamin particulièrement intelligent sort du lot – un qui réagit immédiatement aux idées de David –, et elle essaie de l'aider d'une façon ou d'une autre, en parlant avec ses professeurs ou en créant une bourse d'études. Une ou deux fois, elle a même rencontré des parents. Un des premiers *protégés\** de David prépare actuellement son diplôme d'architecte, et tous ses frais de scolarité sont payés par la fondation.

Mais pour la plupart d'entre eux, ce n'est qu'une brève ouverture sur un monde inaccessible, une heure ou deux au cours desquelles ils peuvent éprouver leur agilité sur les escaliers, les rampes et dans les vestibules en marbre de bâtiments prestigieux, une occasion de rendre visite au dieu de la richesse en personne, même si c'est sous le regard médusé des gens fortunés qu'elle a persuadés de les laisser entrer.

— Une étude réalisée il y a quelques années montre que si vous réduisez l'espace par enfant de huit à cinq mètres carrés, ils deviennent plus agressifs et moins enclins à interagir avec leur entourage. Qu'est-ce que vous en pensez ?

Cam se balance au bout d'une balustrade.

— Je dois partager ma chambre avec mon frère, et la moitié du temps j'ai envie de lui taper dessus. Il n'arrête pas de mettre ses affaires de mon côté.

— Alors quels sont les endroits qui vous font vous sentir bien ? Est-ce que cet endroit, par exemple, vous fait vous sentir bien ?

— Moi, je me sens comme si j'avais pas de problèmes.

— J'aime bien les plantes. Celles qu'ont des grosses feuilles.

— Oh, mon pote, moi, j'aimerais bien juste rester assis à regarder les poissons. C'est reposant ici.

Un murmure d'approbation parcourt le groupe.

— Et puis, ensuite, j'en attraperais un pour que ma mère le fasse frire!

Ils éclatent de rire. Liv et Abiola échangent un regard amusé, et Liv, malgré elle, se met à rire aussi.

— Ça s'est bien passé?

Sven se lève pour aller à sa rencontre. Elle l'embrasse sur la joue, pose son sac et s'assied dans le fauteuil Eames en cuir blanc en face de lui. C'est devenu la routine: après chaque sortie, elle passe chez Solberg Halston Associates pour boire un café avec Sven et lui faire son rapport. Ces expéditions l'épuisent toujours plus qu'elle ne le croit.

— Super. Une fois que M. Conaghy a compris qu'ils n'allaient pas plonger dans les bassins de son atrium, il a été assez inspiré, je crois. Il est resté un moment pour parler avec eux. Je pense même pouvoir le convaincre de jouer les sponsors.

— Bien. C'est une bonne nouvelle. Reste assise, je vais nous commander des cafés. Comment vas-tu? Comment se porte le membre de ta famille terriblement malade?

Elle le regarde sans comprendre.

— Ta grand-tante?

Elle sent le rouge lui monter aux joues.

— Oh! Oh, oui, pas trop mal, merci. Mieux.

Sven lui tend un café, et ses yeux s'attardent sur elle une fraction de seconde de trop. Son fauteuil gémit quand il se rassied.

— N'en veux pas trop à Kristen. Elle s'emballe... Je lui avais pourtant dit que ce mec était con.

— Oh, souffle Liv en grimaçant. C'était si évident ?

— Pas pour Kristen. Elle est persuadée que le virus Ebola peut s'opérer.

Comme Liv grogne, il ajoute :

— N'y pense même plus. Roger Folds est un imbécile. Et, à défaut d'autre chose, ça m'a fait plaisir de te voir comme ça, avec des amis. (Il ôte ses lunettes.) Vraiment. Tu devrais sortir plus souvent.

— Eh bien, hum, je l'ai un peu fait dernièrement.

Elle rougit de plus belle en songeant à sa nuit avec Paul McCafferty. Elle s'est surprise à y repenser sans arrêt depuis, revenant sur ce qui s'est passé, comme une langue titillant une dent sur le point de tomber. Qu'est-ce qui lui a pris ? Qu'a-t-il pensé d'elle ? Et puis, le frisson, l'empreinte de sa bouche. La honte qu'elle ressent lui fait l'effet d'une douche froide, même si la trace de ce baiser se consume lentement sur ses lèvres. Il lui semble que quelque lointaine partie d'elle est revenue à la vie dans un crépitement d'étincelles. Ce qui est assez déconcertant.

— Alors, comment avance le Goldstein ?

— Nous ne sommes plus très loin du but. Nous avons rencontré des difficultés avec les nouveaux règlements d'urbanisme, mais nous y sommes presque. En tout cas, les Goldstein sont contents.

— Tu as des photos ?

Le Goldstein Building était le rêve devenu réalité de David, la commande idéale : une vaste structure en verre acrylique enveloppant la moitié d'une place à la frontière de la City. Il y avait travaillé pendant les deux dernières années de leur mariage, s'efforçant de convertir les Goldstein à sa vision audacieuse et de les convaincre de bâtir quelque chose de fort différent des châteaux de béton anguleux qui les environnaient ; il travaillait encore dessus au moment de sa mort. Sven avait repris la suite avec les *blueprints*, puis supervisé le projet jusqu'aux diverses étapes de planification. La construction avait été problématique : l'importation des matériaux depuis la Chine retardée, la livraison du mauvais verre, les fondations inadéquates dans le sol argileux de Londres... Mais aujourd'hui, enfin, il s'élève exactement comme prévu, chaque panneau de polymère brillant comme les écailles d'un serpent géant.

Sven feuillette des documents sur son bureau, puis saisit un cliché qu'il tend à Liv. Elle examine la grande structure entourée de panneaux d'affichage bleus : l'œuvre de David, en quelque sorte.

—Ça va être fabuleux.

Elle ne peut se retenir de sourire.

—Je voulais te dire... Ils ont accepté de poser une petite plaque dans le foyer en sa mémoire.

—Vraiment? s'exclame Liv, la gorge serrée.

—Oui. Jerry Goldstein me l'a annoncé la semaine dernière. Ils tiennent à rendre hommage à David d'une façon ou d'une autre. Ils l'aimaient beaucoup.

Elle laisse l'idée faire son chemin.

—C'est... c'est fantastique.

— C'est ce que j'ai pensé aussi. Tu viendras à l'inauguration?

—J'adorerais.

—Bien. Et comment va le reste?

Elle sirote son café. Elle trouve toujours légèrement embarrassant de parler de sa vie à Sven ; elle redoute de le décevoir.

— Eh bien, il semblerait que j'aie désormais une colocataire. Ce qui est... intéressant. Je cours toujours. C'est un peu calme côté boulot.

— Calme comment ?

Elle s'efforce de sourire.

— Honnêtement ? Je gagnerais probablement mieux ma vie dans un atelier de misère au Bangladesh.

Sven baisse les yeux sur ses mains.

— Tu ne t'es jamais dit qu'il serait peut-être temps d'entreprendre autre chose ?

— Je n'ai pas vraiment les compétences pour une reconversion.

Elle sait depuis longtemps qu'abandonner son emploi pour suivre David après leur mariage n'avait pas été un choix très judicieux. Pendant que ses amies construisaient leur carrière, passant douze heures par jour au bureau, elle avait voyagé avec David, à Paris, Sydney, Barcelone... Ils n'avaient pas besoin qu'elle travaille. Et passer tant de temps séparés l'un de l'autre semblait absurde... Ensuite, elle n'avait pas été bonne à grand-chose. Pas pendant longtemps.

— J'ai été obligée d'hypothéquer la maison l'année dernière. Et maintenant je n'arrive plus à honorer les remboursements.

Elle a presque craché cette dernière phrase, comme un pécheur sa confession.

Mais Sven ne paraît pas surpris.

— Tu sais, si tu voulais la vendre, je n'aurais aucun mal à te trouver un acheteur.

— La vendre ?

— C'est une grande maison pour une personne seule. Et puis... je ne sais pas. Tu es tellement isolée, là-haut, Liv. Ça a été une merveilleuse opportunité à l'époque pour que David se fasse la main, et un magnifique refuge pour vous deux, mais ne crois-tu pas que tu devrais redescendre et plonger au cœur de l'action ? Dans un lieu un peu plus vivant ? Un joli appartement au milieu de Notting Hill ou de Clerkenwell, peut-être ?

— Je ne peux pas vendre la maison de David.
— Pourquoi pas ?
— Parce que ce serait mal, c'est tout.

Il n'énonce pas l'évidence. Ce n'est pas nécessaire : sa désapprobation se devine dans la façon dont il se cale contre le dossier de son fauteuil et pince les lèvres pour ravaler ses mots.

— Bon, dit-il en se penchant de nouveau sur son bureau. Je ne fais que lancer l'idée.

Derrière lui, une énorme grue pivote, ses poutrelles de fer découpant le ciel tandis qu'elles glissent vers un gigantesque toit en construction de l'autre côté de la rue. Quand Solberg Halston Architects a emménagé dans cet immeuble, cinq ans auparavant, cette fenêtre donnait sur des boutiques vétustes — bookmaker, laverie automatique, vêtements d'occasion — aux façades en brique couleur de boue et aux vitrines noircies par des couches de plomb et de poussière. À présent, il n'y a qu'un trou béant. Il est possible qu'à sa prochaine visite Liv ne reconnaisse plus du tout la vue.

— Comment vont les enfants ? demande-t-elle à brûle-pourpoint.

Et Sven, avec le tact propre aux amis de longue date, change de sujet.

Ce n'est qu'à la moitié de leur réunion mensuelle que Paul remarque que Miriam, la secrétaire qu'il partage avec Janey, est assise non sur une chaise, mais sur deux gros cartons remplis de dossiers. Elle est bizarrement perchée, ses jambes formant un angle peu naturel dans une tentative de garder sa jupe à une longueur décente, le dos calé contre un monticule de boîtes.

À un moment au cours des années 1990, la récupération d'œuvres d'art volées était devenue un secteur d'activité florissant. Personne, à l'Agence de recherche et de récupération artistique, ne semblait avoir anticipé ce phénomène, si bien que, quinze ans plus tard, les réunions se tiennent dans le bureau de plus en plus encombré de Janey, leurs coudes cognant contre des piles de dossiers vacillantes, ou des boîtes de fax et de photocopies ; s'ils reçoivent plusieurs clients, ils doivent s'établir dans le café en bas. De temps en temps, Paul suggère un déménagement. Inévitablement, Janey le regarde comme si c'était la première fois qu'elle y pensait et dit : « Oui, oui, bonne idée. » Pour ne rien faire ensuite.

— Miriam ?

Paul se lève et lui propose sa chaise, mais elle refuse.

— Non, merci, dit-elle. Ça va.

Elle continue de hocher la tête, comme pour s'en persuader elle-même.

— Vous êtes en train de tomber dans la caisse des « Affaires non résolues 1996 », proteste-t-il, se retenant d'ajouter : « Et je vais bientôt voir votre culotte. »

— Je vous assure. Je suis très bien installée.

— Miriam. J'insiste, je peux tout à fait…

— Miriam est très bien comme ça, Paul. Vraiment, intervient Janey en remontant ses lunettes sur son nez.

— Oh, oui. Vraiment, approuve l'intéressée. Je suis très bien comme ça.

Elle continue de hocher la tête jusqu'à ce qu'il détourne le regard, gêné.

— Bon, maintenant que les problèmes d'ergonomie au bureau sont résolus, où en étions-nous ?

Sean, le juriste, passe en revue ses prochaines missions : une prise de contact avec le gouvernement espagnol en vue de la restitution d'un Velázquez volé à un collectionneur privé, la récupération en suspens de deux sculptures, une possible réforme légale en matière de demande de restitution. Paul se cale contre le dossier de sa chaise et pose son stylo à bille sur son bloc-notes.

Soudain, elle resurgit dans son esprit. Son sourire contrit. Son éclat de rire inattendu. La tristesse dans les minuscules rides autour de ses yeux. « J'ai d'excellents souvenirs de sexe en état d'ébriété. Vraiment. »

Il s'efforce d'ignorer l'immense déception de ce matin-là quand, en sortant de la salle de bains, il s'est rendu compte qu'elle était partie. La couette de son fils avait été tirée, et il ne restait qu'un grand vide là où la jeune femme avait dormi. Pas de mot. Pas de numéro de téléphone. Rien.

— C'est une habituée ? a-t-il demandé à Greg au téléphone ce soir-là.

— Non. Je ne l'avais jamais vue. Désolé de t'avoir infligé ça, frangin.

— Pas de problème.

Il n'a pas pris la peine de dire à son frère d'ouvrir l'œil dans le cas où elle reviendrait. Son instinct lui souffle que cela n'arrivera pas.

— Paul ?

Il ramène ses pensées sur le bloc A4 devant lui.

— Hum… Eh bien, comme vous le savez, nous avons obtenu la restitution de la peinture Nowicki. Elle va être mise aux enchères, ce qui, évidemment, est… hum… gratifiant. (Il ignore le regard d'avertissement de Janey.) Ce mois-ci, au programme, j'ai également un rendez-vous au sujet de cette collection de statuettes de chez Bonhams, une piste à suivre pour le Lowry dérobé dans un hôtel particulier transformé en musée et… (il fouille dans ses papiers) cette peinture française volée pendant la Première Guerre mondiale et reparue au domicile d'un architecte à Londres. Je suppose que, étant donné sa valeur, ses propriétaires actuels ne s'en déferont pas sans résister un peu. Néanmoins, si nous parvenons à établir qu'elle a bien été volée initialement, le dénouement est assez évident. Sean, voyez si vous trouvez des précédents juridiques concernant la Première Guerre mondiale, au cas où.

Sean griffonne une note.

— À part ça, j'avance sur les dossiers du mois dernier, et je suis toujours en contact avec des assureurs pour décider s'il conviendrait que nous travaillions avec un nouveau registre d'œuvres d'art.

— Un autre? s'étonne Janey.

— C'est à cause de la réduction de la brigade Art et Antiquités, explique Paul. Les assureurs sont de plus en plus inquiets.

— Mais ce pourrait être une bonne nouvelle pour nous. On en est où en ce qui concerne le Stubbs?

Paul fait cliqueter son stylo à bille.

— Impasse totale.

— Sean?

— C'est un cas délicat. J'ai recherché des précédents, mais il se pourrait fort que cela se termine au tribunal.

Janey hoche la tête et lève les yeux quand le portable de Paul se met à sonner.

— Désolé, dit-il en le sortant de sa poche précipitamment. (Il regarde le nom qui s'affiche à l'écran.) Si vous voulez bien m'excuser, je dois prendre cet appel. Sherrie? Salut.

Paul sent le regard de Janey lui brûler le dos tandis qu'il enjambe précautionneusement les genoux de ses collègues puis entre dans son bureau, dont il referme la porte derrière lui.

—Vraiment ? Son nom ? Liv. Non, c'est tout ce que j'ai... Il y en a un ? Peux-tu me le décrire ?... Ouais... ça lui ressemble. Cheveux châtain clair, blonds peut-être, aux épaules. Queue-de-cheval ?... Téléphone, portefeuille, j'ignore ce qu'il y avait d'autre. Pas d'adresse ?... Non, je ne sais pas. Bien sûr. Sherrie, tu veux bien me rendre un service ? Est-ce que je peux passer le prendre ?

Il regarde par la fenêtre.

—Ouais. Ouais, exact. Mais je viens de me rendre compte... Je crois que je sais comment la joindre.

—Allô !
—Liv ?
—Non.
Silence.
—Euh... Est-ce qu'elle est là ?
—Vous êtes un huissier ?
—Non.
—Eh bien, elle n'est pas là.
—Savez-vous quand elle rentrera ?
—Vous êtes sûr que vous n'êtes pas un huissier ?
—Sûr et certain. J'ai son sac à main.
—Vous êtes un voleur de sac ? Parce que si vous comptez la faire chanter, vous perdez votre temps.
—Je ne suis ni un voleur de sac à main ni un huissier. Je suis un homme qui a trouvé son sac et voudrait le lui rendre.

Il tire sur son col.

Un long silence s'ensuit.

—Comment avez-vous eu ce numéro ?

— Je l'ai retrouvé dans mon téléphone. Elle me l'a emprunté pour appeler chez elle.

— Vous étiez avec elle ?

Il sent une petite bouffée de plaisir l'envahir. Il hésite, mais s'efforce de réprimer son enthousiasme.

— Pourquoi ? Elle a parlé de moi ?

— Non. (Gargouillements d'une bouilloire.) J'étais curieuse, c'est tout. Écoutez… C'est justement sa sortie annuelle hors de la maison. Si vous passez vers 16 heures, elle devrait être rentrée. Sinon, vous n'aurez qu'à me le donner.

— Et vous êtes ?

Long silence soupçonneux.

— Je suis la femme qui récupère les sacs à main volés de Liv.

— Bien sûr. Quelle est l'adresse ?

— Vous ne connaissez pas son adresse ? (Nouveau silence.) Hum ! Voilà ce qu'on va faire. Allez au coin d'Audley Street et de Packers Lane ; quelqu'un vous retrouvera en bas.

— Je ne suis pas un voleur de sac.

— J'ai bien compris. Appelez ce numéro quand vous y serez. (Il peut l'entendre penser.) Si personne ne répond, donnez le sac à la femme dans les boîtes en carton près de la porte de derrière. Elle s'appelle Fran. Et si nous décidons de vous rencontrer, pas d'entourloupe. Nous serons armées.

Avant qu'il ne puisse protester, elle a raccroché. Assis à son bureau, il regarde fixement son portable.

Janey entre alors sans frapper, comme d'habitude, une manie qui l'agace depuis quelque temps. Il a l'impression qu'elle essaie de le surprendre en flagrant délit… mais de quoi ?

— Le tableau Lefèvre. L'avis d'ouverture d'enquête a été envoyé ou pas ?

— Non. J'en suis encore à déterminer s'il a été exposé ou non.

— On a obtenu l'adresse des propriétaires ?

— Le magazine ne l'a pas conservée. Mais ça n'a pas d'importance : je les contacterai à son adresse professionnelle à lui. S'il est architecte, je ne devrais pas avoir trop de mal à le trouver. L'agence sera probablement à son nom.

— Parfait. Je viens d'avoir un appel des demandeurs : ils seront à Londres dans quelques semaines et ils voudraient que nous organisions une réunion. Ce serait génial d'avoir reçu une première réponse d'ici-là. Tu pourras me proposer des dates ?

— Pas de problème.

Là-dessus, il se met à scruter ostensiblement l'écran de veille sur son ordinateur, jusqu'à ce que Janey saisisse le message et s'en aille.

Mo est toujours chez elle. Curieusement, on la remarque à peine, même avec ses cheveux et ses vêtements d'un noir d'encre. Certains jours, Liv ouvre un œil vers 6 heures et l'entend trottiner d'une pièce à l'autre, se préparant à partir pour la maison de retraite. Elle trouve sa présence étrangement réconfortante.

Mo cuisine tous les jours ou rapporte des restes du restaurant. Elle lui laisse des plats couverts d'une feuille d'aluminium dans le réfrigérateur et des instructions griffonnées sur un morceau de papier sur la table de la cuisine : « Réchauffer 40 minutes à 180 °C. Il te faudra donc ALLUMER LE FOUR » et « À FINIR, SINON CE BOUT DE BARBAQUE RISQUE DE SORTIR DU FRIGO POUR NOUS TUER ». L'appartement ne sent plus la cigarette. Liv soupçonne Mo d'en fumer une en douce sur la terrasse de temps en temps, mais elle se garde bien de lui poser la question.

Elles se sont installées dans une sorte de routine. Liv se lève comme avant, part courir sur les quais, les pieds foulant le bitume, la tête pleine de bruit. Elle n'achète plus de café, prépare un thé pour Fran, mange ses tartines et va s'asseoir à son bureau en essayant de ne pas trop s'inquiéter de la pénurie de travail. Mais maintenant, elle se surprend à attendre avec une certaine impatience 15 heures et le bruit de la clé dans la serrure : le retour de Mo. Celle-ci n'a pas proposé de payer un loyer – de toute façon, aucune des deux ne tient à formaliser leur arrangement –, mais le lendemain de l'affaire du sac, un tas de billets chiffonnés est apparu sur la table de la cuisine. « Impôts locaux de secours, disait le mot qui les accompagnait. Pas la peine d'en faire tout un plat. »

Liv n'était plus en position de protester.

Quand le téléphone sonne, elles sont en train de boire un thé en parcourant un quotidien gratuit. Mo lève le nez, tel un chien de chasse humant l'air, consulte la pendule et annonce :

— Oh, je sais qui c'est. (Liv se replonge dans la lecture du journal.) C'est l'homme qui a ton sac à main.

Le mug de Liv s'immobilise à quelques centimètres de sa bouche.

— Quoi ?

— J'ai oublié de te prévenir. Il a téléphoné tout à l'heure. Je lui ai dit d'attendre au coin de la rue et que nous descendrions.

— Quel genre d'homme ?

— J'sais pas. Je me suis contentée de vérifier qu'il ne s'agissait pas d'un huissier.

— Seigneur ! Il l'a, c'est sûr ? Tu crois qu'il va réclamer une récompense ?

Elle fouille dans ses poches dont elle sort quatre livres en pièces et de la petite monnaie. La paume tendue devant elle, elle examine son butin.

— Ça ne fait pas beaucoup, tu ne crois pas ?
— À moins de lui accorder tes faveurs, de toute façon, c'est ça ou rien.
— Va pour quatre livres alors.

Elles se dirigent vers l'ascenseur, Liv serre l'argent dans sa main. Mo arbore un petit sourire.

— Quoi ?
— Je me disais. Ce serait drôle si on lui piquait son sac. Tu sais. Si on le dépouillait, lui. L'agresseur agressé, par des filles qui plus est. (Elle ricane.) Un jour, j'ai volé de la craie dans un bureau de poste. J'ai un casier.

Liv est scandalisée.

— Quoi ? s'exclame Mo dont le visage s'assombrit. J'avais sept ans.

Debout l'une à côté de l'autre, elles gardent le silence jusqu'à ce que l'ascenseur arrive au rez-de-chaussée. Au moment où les portes s'ouvrent, Mo insiste :

— On s'enfuirait sans laisser de traces. Après tout, il ne connaît pas ton adresse exacte.
— Mo…, commence Liv.

Mais au moment où elle met un pied sur le trottoir, elle aperçoit l'homme au coin, remarque la façon dont il se passe la main dans les cheveux avec nervosité, et fait aussitôt demi-tour, les joues brûlantes.

— Quoi ? Où vas-tu ?
— Je ne peux pas y aller.
— Pourquoi ? Je vois ton sac. Le type a l'air correct. Je ne pense pas que ce soit un voleur. Il porte des chaussures

en cuir. Aucun agresseur de ce genre ne porte des chaussures en cuir.

—Peux-tu le récupérer pour moi ? Vraiment… Je ne veux pas parler avec lui.

—Pourquoi ? répète Mo en la dévisageant. Pourquoi tu es si rouge, tout à coup ?

—Écoute, j'ai passé la nuit chez lui. C'est gênant, tout simplement.

—Doux Jésus ! Tu as fait des cochonneries avec cet homme ?

—Non, pas du tout…

—Mais si. (Mo l'examine de plus près, les yeux plissés.) Ou alors tu en as eu envie… TU EN AS EU ENVIE ! T'es trop grillée.

—Mo… Peux-tu récupérer mon sac, s'il te plaît ? Dis-lui simplement que je ne suis pas là. S'il te plaît ?

Et avant que Mo ne puisse répliquer, Liv saute dans l'ascenseur et presse désespérément le bouton du dernier étage, le cerveau en ébullition. Une fois sur le palier, elle pose le front contre le mur et écoute son cœur battre à ses oreilles.

*J'ai trente ans…*, songe-t-elle.

Derrière elle, les portes de la cabine s'ouvrent.

—Oh, Mo, vraiment merci, je…

Paul McCafferty se tient devant elle.

—Où est Mo ? demande-t-elle bêtement.

—C'est votre colocataire ? Elle est… intéressante.

Liv est incapable de parler. Sa langue lui semble enflée au point de lui remplir la bouche. Elle triture ses cheveux, soudain consciente de ne pas les avoir lavés.

—Bref, dit-il. Salut.

—Bonjour.

Il tend une main.

—Votre sac. C'est bien le vôtre, non ?

— Je n'arrive pas à croire que vous l'ayez retrouvé.

— Je suis bon pour retrouver des trucs. C'est mon boulot.

— Oh. Oui. L'ex-flic et tout ça. Eh bien, merci. Vraiment.

— Il était dans une poubelle. Avec deux autres. Devant la bibliothèque de l'University College. C'est le concierge qui les a apportés à la police. Je crains que vos cartes et votre téléphone n'aient disparu… La bonne nouvelle, c'est que l'argent était toujours là.

— Quoi ?

— Ouais. Incroyable. Deux cents livres. J'ai vérifié.

Une vague de soulagement la submerge, tel un bain chaud.

— Vraiment ? Ils ont laissé l'argent liquide ? Je ne comprends pas.

— Moi non plus. Il a dû tomber de votre porte-monnaie quand ils l'ont ouvert, c'est la seule explication qui me vienne.

Elle prend son sac et fouille à l'intérieur. Deux cents livres sont rangées au fond, avec sa brosse, le livre qu'elle lisait ce matin-là et un rouge à lèvres esseulé.

— C'est la première fois qu'une chose pareille arrive, à ma connaissance. Bon, tant mieux, non ? Ça fait un souci en moins.

Il sourit. Mais elle n'y décèle pas la moindre condescendance, du genre : « Oh, toi, petite nénette bourrée qui m'a fait des avances… » Non, c'est le sourire de quelqu'un qui se réjouit de la chance d'autrui.

Elle s'aperçoit qu'elle le lui rend.

— C'est tout simplement… incroyable.

— Puis-je avoir mes quatre livres de récompense ?

Comme elle le regarde en clignant des yeux, il enchaîne :

— Mo m'a raconté. C'est une blague. Vraiment. (Il rit.) Mais… (Il examine ses pieds un moment.) Liv… ça vous dirait de sortir ensemble un soir ?

Elle ne répond pas immédiatement, et il ajoute :

— Rien de bien compliqué. Nous ne sommes pas obligés de nous soûler. Ni d'aller dans un bar gay. Nous pourrions même nous contenter de nous promener nos clés à la main sans nous faire voler nos sacs.

— D'accord, dit-elle lentement, avant de s'apercevoir qu'elle sourit encore. Avec plaisir.

Paul McCafferty sifflote pendant toute sa descente dans l'ascenseur bruyant et bringuebalant. Arrivé en bas, il sort le ticket de retrait de sa poche, le chiffonne pour en faire une petite boule et le jette dans la poubelle la plus proche.

# Chapitre 16

Ils sortent ensemble quatre fois. La première, ils vont manger une pizza, et elle reste à l'eau minérale jusqu'à ce qu'elle soit sûre qu'il ne la considère plus comme une alcoolique. Alors seulement elle s'autorise un gin-tonic, et c'est le meilleur de toute sa vie. Il la raccompagne chez elle et semble sur le point de partir, quand, après une courte hésitation, il l'embrasse maladroitement sur la joue, et ils rient tous deux, un peu gênés. Alors, sans réfléchir, elle se penche et l'embrasse pour de bon, brièvement mais résolument. Un baiser qui suggère qu'il lui plaît... et la laisse légèrement haletante. Il marche jusqu'à l'ascenseur à reculons et sourit toujours quand les portes se referment sur lui.

Elle l'aime bien.

La deuxième fois, ils vont écouter un concert recommandé par le frère de Paul, et la prestation est atroce. Au bout de vingt minutes, elle comprend avec un certain soulagement qu'il souffre autant qu'elle, et accepte vivement quand il lui propose de partir. Main dans la main afin de ne pas se perdre, ils se fraient un chemin vers la sortie du bar bondé, et ne se lâchent qu'en arrivant à l'appartement de Paul. Là, ils parlent de leur enfance, des groupes qu'ils aiment, de races de chiens, de leur aversion pour les courgettes, puis s'embrassent sur le canapé jusqu'à ce que

Liv ne sente plus ses jambes. Elle aura le menton rose vif jusqu'au surlendemain.

Deux jours plus tard, il l'appelle pour lui dire qu'il est à deux pas de chez elle et lui propose de descendre boire un verre.

—Vous passiez vraiment dans le quartier par hasard ? lui demande-t-elle après qu'ils eurent fait traîner leur café et leur part de gâteau autant que le permettait la pause-déjeuner de Paul.

—Bien sûr, dit-il, et, ravie, Liv sent ses oreilles rougir.

Surprenant son regard, il porte une main à son lobe gauche et soupire :

—Bah… Je mens vraiment mal.

La quatrième fois, ils vont dîner dans un restaurant. Le père de Liv appelle juste avant le dessert pour annoncer que Caroline l'a encore quitté. Il hurle si fort à l'autre bout de la ligne que Paul, assis en face d'elle, sursaute.

—Il faut que j'y aille, dit-elle, refusant son aide.

Elle n'est pas prête à faire se rencontrer les deux hommes, surtout quand existe la possibilité que son père ne porte pas de pantalon.

Lorsqu'elle arrive chez lui, Caroline est déjà rentrée.

—J'avais oublié qu'elle avait son cours de dessin d'après nature ce soir, explique-t-il, penaud.

Paul n'essaie pas d'aller plus loin. Elle se demande brièvement si elle parle trop de David ; si, d'une manière ou d'une autre, elle s'est elle-même mise hors d'atteinte. Mais ensuite elle se dit qu'il a peut-être juste décidé de se comporter comme un gentleman. À d'autres moments, elle songe, presque avec indignation, que David fait partie d'elle, et que si Paul veut être avec elle, eh bien, il faudra qu'il l'accepte. Elle a plusieurs conversations imaginaires avec lui, dont deux disputes.

Elle se réveille le matin en pensant à Paul, à sa façon de se pencher en avant quand il l'écoute, comme s'il était déterminé à ne pas perdre une miette de ce qu'elle raconte, à ses cheveux prématurément gris aux tempes, à ses yeux bleus, si perçants… Elle avait oublié ce que ça fait de se réveiller en pensant à un homme, de vouloir être près de lui, de sentir sa tête tourner au souvenir de l'odeur de sa peau. Elle n'a toujours pas suffisamment de travail, mais cela la préoccupe moins. Parfois, il lui envoie un message au milieu de la journée, et elle l'entend le prononcer avec son accent américain.

Elle a peur de montrer à Paul combien elle l'apprécie. Elle craint de mal interpréter la situation : les règles semblent avoir beaucoup changé pendant les neuf années qui se sont écoulées, depuis la dernière fois qu'elle est sortie avec quelqu'un. Elle écoute Mo analyser et commenter froidement les rencontres sur Internet, les « copains de baise », la liste de des pratiques acceptables en matière de sexe (apparemment, elle devrait s'épiler, tailler ce qu'elle n'épile pas, et avoir des « techniques »). Mo pourrait aussi bien lui parler en chinois, ça reviendrait au même.

Elle a du mal à faire concorder Paul McCafferty avec l'opinion de Mo sur les hommes, qu'elle définit comme des « feignants vicelards, opportunistes, intéressés et obsédés par le porno ». D'une franchise tranquille, Paul est comme un livre ouvert. Et d'après lui, il n'était pas fait pour gravir les échelons au sein de son unité spécialisée du NYPD. « Plus tu montes en grade, plus les noirs et les blancs deviennent gris. » Le seul moment où il semble en proie à une légère incertitude, c'est quand il parle de son fils.

— Le divorce, c'est de la merde, assène-t-il. On se dit tous que les enfants vont bien, que c'est mieux comme ça plutôt que de voir deux personnes malheureuses se disputer, mais nous n'osons jamais leur demander de nous dire la vérité.

— La vérité ?

— Ce qu'ils veulent. Parce que nous connaissons déjà la réponse. Et elle nous briserait le cœur. (Son regard se perd dans le vide, mais, quelques secondes plus tard, il retrouve le sourire.) Enfin, tout de même, Jake va bien. Vraiment bien. Nous avons beaucoup de chance.

Elle aime qu'il soit américain : ainsi, il reste toujours un peu étranger, et cela le distingue complètement de David. Il est naturellement courtois ; c'est le genre d'homme à tenir instinctivement la porte à une femme, pas dans une sorte d'attitude chevaleresque, mais parce qu'il ne lui viendrait pas à l'esprit de ne pas la tenir si quelqu'un a besoin de la franchir. Il exhale une autorité subtile : les gens s'écartent sur son passage quand il marche dans la rue, ce dont il ne semble pas avoir conscience.

— Oh, là, là, tu craques grave ! dit Mo.

— Quoi ? Pas du tout. Seulement, j'apprécie de passer du temps avec lui...

Mo réprime un rire.

— J'en connais un qui va y avoir droit, cette semaine.

Mais Liv ne l'a toujours pas invité dans la Maison de verre. Mo perçoit son hésitation.

— OK, Raiponce. Si tu as l'intention de rester enfermée dans ta tour, là, et que pour une fois un prince charmant apparaît, il va falloir que tu le laisses passer les doigts dans tes cheveux.

— Je ne sais pas...

— Donc, j'ai réfléchi, enchaîne Mo. On devrait relooker ta chambre. Faire quelques changements dans la maison. Sinon, tu auras inévitablement l'impression de ramener quelqu'un chez David.

Liv doute qu'un nouvel agencement des meubles puisse y remédier. Néanmoins, le mardi après-midi, après le retour de Mo de la maison de retraite, elles déplacent le lit de l'autre côté de la chambre, contre le mur de béton couleur d'albâtre, qui sert de colonne vertébrale à la maison et traverse les deux étages en leur centre. Ce n'est pas un emplacement qui va de soi, si on veut faire la difficile, mais Liv doit admettre que ce réaménagement a quelque chose de revigorant.

— Bon, dit Mo en observant *Les Yeux de Sophie*. Il faudrait accrocher cette toile ailleurs.

— Non. Elle reste ici.

— Mais c'est un cadeau de David. Ça veut dire que…

— Peu importe. Elle reste. D'ailleurs… (Liv plisse les yeux en contemplant la jeune femme du tableau.) Je crois qu'elle n'aurait pas sa place dans le salon. C'est un portrait trop… intime.

— Intime ?

— Elle est… sexy. Tu ne trouves pas ?

Mo louche dessus.

— Je ne vois pas. Personnellement, si c'était ma chambre, à cet emplacement il y aurait un écran plat géant.

Mo quitte la pièce. Liv reste perdue dans la contemplation du tableau et, pour une fois, elle ne sent pas le chagrin lui broyer le cœur.

*Qu'en penses-tu ?* demande-t-elle à la fille du tableau. *Est-il enfin temps de tourner la page ?*

Le vendredi matin, la situation commence à se gâter.

— Alors, comme ça, tu as un rancard ?!

Son père avance d'un pas et l'écrase dans une étreinte d'ours. Il est d'humeur joviale, débordant de *joie de vivre*\* et de sagesse. Et il s'exprime de nouveau avec des points d'exclamation. Par chance, il est également habillé.

— C'est seulement quelqu'un que... Je ne tiens pas à en faire toute une histoire, papa.

— Mais c'est formidable ! Tu es une jeune femme magnifique ! Tel est le dessein de la nature : ta place est là, dans le monde ! Gonfle tes plumes et exhibe tes appâts !

— Je n'ai pas de plumes, papa, soupire Liv en buvant une gorgée de thé. Et j'ai quelques doutes quant à mes appâts.

— Quelle tenue vas-tu mettre ? Quelque chose d'un peu plus coloré ? Caroline, que suggères-tu ?

L'intéressée entre dans la cuisine en relevant ses longs cheveux roux. Elle était en train de travailler à sa tapisserie et dégage une vague odeur de laine de mouton.

— Elle a trente ans, Michael. Elle est en âge de choisir ses vêtements toute seule.

— Mais regarde la façon dont elle s'habille ! Elle est restée fidèle à l'esthétique de David : du noir, du blanc et de l'informe. Tu devrais t'inspirer de Caroline, ma chérie. Regarde-moi cette exubérance ! Voilà une femme qui attire les regards...

— Une femme habillée en yack attirerait ton regard, interrompt sa compagne en branchant la bouilloire.

La remarque est proférée sans amertume. Son père vient se placer derrière elle et se colle à son dos, les yeux fermés dans une expression extatique.

— Nous, les hommes, nous sommes des créatures primitives. Nos yeux se tournent inévitablement vers la lumière et la beauté. (Il ouvre un œil et examine Liv.) Peut-être que... au moins, tu pourrais porter quelque chose d'un peu moins masculin.

—Masculin ?

Il se recule.

—Grand pull noir. Jean foncé. Pas de maquillage. On ne peut pas vraiment parler de chant des sirènes.

—Mets ce qui te plaît du moment que tu te sens à l'aise, Liv. Ne fais pas attention à lui.

—Tu trouves que j'ai l'air masculine ?

—Remarque, tu dis l'avoir rencontré dans un bar gay. Peut-être qu'il aime les femmes un peu... garçon manqué.

—Tu n'es qu'un vieil idiot, déclare Caroline avant de quitter la pièce avec sa tasse de thé.

—Donc, je fais lesbienne butch.

—Tout ce que je dis, c'est que tu pourrais te mettre un peu plus en valeur. Ajouter un peu de volume à tes cheveux, peut-être. Une ceinture pour souligner ta taille...

Caroline passe la tête dans l'embrasure de la porte.

—Peu importe ta tenue, ma chérie. Soigne seulement les sous-vêtements. Au final, tout ce qui compte, c'est la lingerie.

Le père de Liv regarde Caroline disparaître et souffle un baiser muet dans sa direction.

—La lingerie ! répète-t-il d'un ton plein de révérence.

Liv baisse les yeux vers ses vêtements.

—Eh bien, merci, papa. Je me sens super bien maintenant. Vraiment super.

—De rien. C'est quand tu veux. (Il frappe la table du plat de la main.) Et appelle-moi pour me dire comment ça s'est passé ! Un rancard ! Fantastique !

Liv contemple son reflet dans le miroir. Cela fait trois ans qu'aucun homme n'a posé les yeux sur son corps, quatre si l'on remonte à la dernière fois qu'elle était suffisamment sobre pour s'en préoccuper. Elle a suivi les suggestions de Mo : elle s'est épilée presque intégralement, ne laissant que le minimum, impeccablement taillé, s'est fait un gommage du visage et un masque pour les cheveux. Elle a trié sa lingerie jusqu'à trouver des sous-vêtements e qu'on pouvait qualifier de vaguement aguicheurs au milieu de ses ensembles rendus gris par les années. Elle s'est verni les ongles de pieds et a limé ceux des mains, au lieu de les attaquer au coupe-ongles comme elle le fait d'habitude.

David n'a jamais prêté attention à tout ce décorum. Mais David n'est plus là.

Elle a passé en revue sa garde-robe, parcourant les portants couverts de pantalons et de pulls noirs et gris. Elle doit l'admettre : elle fait dans le fonctionnel. Elle opte finalement pour une jupe crayon noir et un pull à col en V. Elle agrémente l'ensemble d'une paire de talons hauts rouges ornés de papillons au niveau des orteils, portés une fois à l'occasion d'un mariage, mais dont elle ne s'est jamais débarrassée. Ils n'étaient peut-être pas exactement à la mode, mais au moins ne risquait-on pas de les confondre avec les chaussures d'une lesbienne butch.

— Waouh ! Regarde-toi !

Mo est debout dans l'encadrement de la porte. Sac à dos à l'épaule, elle a déjà enfilé son blouson, prête à partir pour le restaurant.

— Tu ne trouves pas que ça fait trop ? demande Liv, hésitante, en tendant une cheville.

— Tu es magnifique. Tu n'as pas mis une culotte de mémé, hein ?

Liv prend une profonde inspiration.

— Bien sûr que non. Même si je ne me sens pas vraiment dans l'obligation de tenir tout le quartier au courant de mes choix de sous-vêtements.

—Alors fonce, mais tâche de ne pas te multiplier. Je t'ai laissé le truc au poulet que je t'avais promis, et il y a une salade dans le frigo. Tu n'as plus qu'à l'assaisonner. Je dors chez Ranic ce soir, tu ne m'auras pas dans les pattes. La nuit t'appartient.

Mo lui adresse un grand sourire plein de sous-entendus subtils, puis fait volte-face et dévale les marches.

Liv se tourne de nouveau vers le miroir. Une femme ultra-maquillée lui rend son regard. Elle marche autour de la pièce, un peu instable sur ces talons dont elle n'a pas l'habitude, essayant de comprendre ce qui la perturbe autant. La jupe lui va parfaitement. Courir a donné à ses jambes un galbe séduisant et sculptural. Les chaussures apportent une touche de couleur bienvenue à sa tenue. Ses sous-vêtements sont jolis, sans être vulgaires. Elle croise les bras et s'assied sur le bord du lit. Il doit arriver dans une heure.

Elle lève la tête vers *Les Yeux de Sophie*.

*J'aimerais te ressembler*, lui dit-elle en silence.

*Aucune chance*, lui répond la femme du portrait.

Liv ferme les yeux quelques instants. Puis elle attrape son téléphone et envoie un texto à Paul.

> Changement de programme. Cela vous ennuierait qu'on se retrouve plutôt quelque part pour boire un verre ?

—Alors… fatiguée de cuisiner ? Parce que j'aurais pu apporter de quoi dîner.

Paul se laisse aller contre le dossier de son siège et lance un regard furtif vers un groupe d'employés de bureau bruyants qui ont probablement passé l'après-midi là, à en juger par l'ambiance générale de drague désinhibée.

Le spectacle de ces femmes qui titubent et du comptable qui cuve dans son coin semble l'avoir discrètement amusé.

— Je… J'avais besoin de sortir, c'est tout.

— Ah, ouais. Vous travaillez chez vous. J'oublie à quel point ça peut rendre fou. Quand mon frère est venu s'installer ici, il a passé des semaines chez moi à écrire des lettres de candidature et, quand je rentrais du boulot, il parlait pendant une heure sans s'arrêter, peu importe que j'écoute ou non.

— Vous avez quitté les États-Unis ensemble ?

— Non, il est venu au moment de mon divorce, pour me remonter le moral… J'allais très mal. Et il n'est jamais reparti.

Paul s'est installé en Angleterre il y a dix ans. Sa femme, anglaise, souffrait terriblement du mal du pays, surtout après la naissance de Jake, et il a décidé de quitter le NYPD et les États-Unis pour la rendre heureuse.

— Quand nous sommes arrivés ici, nous nous sommes rendu compte que le problème, c'était nous, pas l'endroit où nous vivions. Eh, regardez : M. Costard bleu va tenter sa chance avec la fille aux beaux cheveux.

Liv boit une gorgée de son cocktail.

— Ce ne sont pas des vrais.

Il plisse les yeux.

— Quoi ! Vous plaisantez. C'est une perruque ?

— Des extensions. Ça se voit.

— Moi, je ne vois rien. Maintenant, je parie que vous allez me dire que ses seins aussi sont faux.

— Non, ce sont d'authentiques quadrilolos.

— Quadrilolos ?

— Son soutien-gorge est trop petit. Du coup, on a l'impression qu'elle en a quatre.

Paul éclate de rire si fort qu'il manque de s'étouffer. Cela faisait si longtemps qu'il n'avait pas ri ainsi... Liv lui sourit presque à contrecœur. Elle est un peu bizarre ce soir. Toutes ses réponses semblent ralenties, parasitées par une conversation intérieure parallèle.

Il parvient à contrôler son fou rire.

—Alors ? Pronostic ? dit-il, essayant de l'aider à se détendre. Quel accueil lui réserve Miss Quadrilolos ?

—Peut-être qu'avec un peu plus d'alcool dans le sang... Je ne suis pas convaincue qu'elle l'apprécie vraiment.

—Ouais. Elle n'arrête pas de regarder par-dessus son épaule pendant qu'elle lui parle. Je crois qu'elle en pince pour Chaussures grises.

—Aucune femme n'aime Chaussures grises. Croyez-moi.

Il hausse un sourcil et repose son verre.

—Alors ça, vous voyez, c'est la raison pour laquelle les hommes trouvent plus facile de casser des molécules ou d'envahir des pays que d'essayer de comprendre ce qui se passe dans la tête des femmes.

—Pfft ! Si vous êtes sage, peut-être qu'un jour je vous laisserai jeter un coup d'œil au règlement.

Il la regarde, et elle rougit, comme si elle en avait trop dit. Un silence inexplicablement gêné s'installe soudain entre eux. Elle plonge le nez dans son verre.

—Est-ce que New York vous manque ?

—J'aime y retourner. Quand je rentre, maintenant, ils se moquent tous de mon accent.

Elle semble ne l'écouter qu'à moitié.

—N'ayez pas l'air si inquiète, dit-il. Vraiment. Je suis bien ici.

—Oh. Non. Désolée. Je n'avais pas l'intention...

Ses mots meurent sur ses lèvres. Le silence retombe et s'éternise. Puis elle lève les yeux vers lui et parle, le doigt posé sur le bord de son verre.

— Paul… Je voulais vous inviter chez moi ce soir. Je voulais que nous… Mais je… Je… C'est trop tôt. Je ne peux pas. Je n'y arrive pas. C'est pour ça que j'ai annulé le dîner.

Les mots se répandent dans l'air autour d'eux. Elle rougit jusqu'à la racine des cheveux.

Il ouvre la bouche, puis la referme et dit doucement :

— « Je n'ai pas très faim » aurait suffi.

Les yeux de Liv s'agrandissent, et elle s'affaisse un peu sur la table.

— Mon Dieu ! Je suis infréquentable, n'est-ce pas ?

— Peut-être juste un peu trop honnête.

Elle gémit.

— Je suis désolée. Je ne sais absolument pas ce que je…

Il se penche et lui touche légèrement la main. Il voudrait qu'elle cesse d'avoir l'air si angoissée.

— Liv, poursuit-il d'une voix égale. Vous me plaisez. Je vous trouve formidable. Mais je comprends parfaitement que vous êtes restée longtemps… en retrait. Et je ne suis pas… Je ne…

Les mots lui manquent aussi. Cela lui semble un peu tôt pour avoir cette discussion. Et surtout, il lutte malgré lui contre la déception.

— Ah, merde ! Ça vous dit d'aller partager une pizza ? Je meurs de faim. Allons manger un morceau, histoire d'être mal à l'aise ailleurs.

Il sent son genou contre le sien.

— Vous savez, j'ai de quoi manger à la maison.

Il rit, puis s'arrête.

— OK. Eh bien, voilà, je ne sais plus quoi dire.

— Dites : « Ce serait super. » Ensuite, vous pouvez ajouter : « S'il vous plaît, fermez-la maintenant, Liv, avant de compliquer encore plus les choses. »

— Alors ce serait super, dit Paul.

Il lui tient son manteau pendant qu'elle l'enfile, puis ils sortent du pub.

Ils discutent en marchant, et cette fois il n'y a plus de blancs dans la conversation. Peut-être ses mots à lui ou son subit soulagement à elle ont-ils débloqué la situation ? Elle rit à presque tout ce qu'il dit. Ils se faufilent entre les touristes, puis s'entassent, hors d'haleine, dans un taxi, et quand il s'adosse à la banquette arrière, ouvrant le bras pour l'accueillir, elle se blottit contre lui et respire son odeur propre et masculine, prise d'un léger vertige sous l'effet de cette chance soudaine.

Quand ils atteignent le coin de sa rue, Paul rit en se rappelant leur rencontre, et Mo qui était manifestement persuadée d'avoir affaire à un voleur de sac.

— J'attends toujours mes quatre livres, dit-il, imperturbable. D'après Mo, la récompense me revient de droit.

— Mo juge aussi tout à fait acceptable de verser du liquide à vaisselle dans les boissons des clients qui ne vous reviennent pas.

— Du liquide à vaisselle ?

— Apparemment, ça leur donne envie de faire pipi toute la soirée. C'est sa façon à elle de jouer à Dieu et de disposer de l'issue d'un dîner romantique. Et je ne vous dirai pas ce qu'elle met dans le café des gens qui l'ont vraiment contrariée.

Il secoue la tête avec une expression admirative.

— Mo serveuse, c'est du gâchis. Cette fille aurait de l'avenir dans le crime organisé.

Ils descendent du taxi et pénètrent dans l'entrepôt. L'air vif rappelle l'approche de l'automne ; Liv sent comme une morsure sur sa peau. Ils s'empressent de se réfugier dans la chaleur étouffante du vestibule. Elle se sent un peu bête à présent. Soudain, inexplicablement, elle peut voir comment Paul McCafferty a cessé d'être une personne pour devenir une idée : le symbole de ce début de détachement par rapport à son passé. C'était trop lourd pour une relation aussi récente.

Elle entend la voix de Mo dans son oreille : « Dites donc, ma p'tite dame. Vous réfléchissez beaucoup trop. »

Et là, alors qu'il tire la porte de l'ascenseur derrière eux, le silence retombe. La cabine monte lentement en bringuebalant dans un cliquètement sonore, les lampes clignotent, comme toujours. En passant le premier étage, ils entendent au loin l'écho de pas qui claquent sur les marches en béton de l'escalier, et quelques mesures jouées au violoncelle filtrant d'un appartement.

Liv a une conscience aiguë de la présence de Paul dans l'espace restreint, de la note d'agrume piquante de son after-shave, de l'empreinte laissée par son bras autour de ses épaules. Elle baisse les yeux et regrette tout à coup de s'être changée, et d'avoir enfilé cette jupe informe et ces talons plats. Elle regrette de ne pas avoir gardé les escarpins aux papillons.

Elle lève la tête. Il la regarde d'un air sérieux. Il tend la main et, quand elle la prend, il l'attire lentement vers lui, de façon à ce que leurs nez se touchent presque. Mais il ne l'embrasse pas.

Ses yeux bleus explorent lentement son visage jusqu'à ce qu'elle se sente curieusement mise à nu. Elle sent son souffle sur sa peau, sa bouche si proche de la sienne qu'il lui suffirait de s'incliner en avant pour la mordre doucement.

Mais il ne l'embrasse toujours pas.

Elle frissonne d'impatience.

— Je n'arrête pas de penser à vous, avoue-t-il.

— Tant mieux.

Il appuie son front contre le sien. Leurs lèvres se frôlent. Elle sent le poids de son corps contre sa poitrine. Il lui semble que ses jambes ont commencé à trembler...

— Oui, c'est bien. Enfin, je veux dire non, je suis terrifiée. Mais d'une bonne façon. Je... Je crois...

— Taisez-vous, murmure-t-il.

Elle sent son haleine tiède, le bout de ses doigts effleurer son cou, et elle ne peut plus parler.

Ils arrivent au dernier étage en s'embrassant. Paul tire avec force sur la poignée de l'ascenseur pour l'ouvrir, et ils émergent en trébuchant, toujours pressés l'un contre l'autre, presque emmêlés. Liv a glissé une paume dans le dos de Paul, sous sa chemise, et absorbe la chaleur de sa peau. De l'autre, elle tâtonne derrière elle jusqu'à ce qu'elle parvienne à ouvrir la porte.

Ils se retrouvent à l'intérieur de l'appartement. Elle n'allume pas la lumière. Elle titube en arrière, étourdie par le contact de sa bouche sur la sienne, de ses mains sur sa taille. Elle a tellement envie de lui qu'elle a l'impression de se liquéfier. Elle heurte le mur et l'entend marmonner un juron.

— Ici, souffle-t-elle. Maintenant.

Il plaque son corps puissant tout contre le sien. Ils sont dans la cuisine. La lune est suspendue au-dessus du toit vitré, répandant dans la pièce une lumière bleue et froide. Une tension palpable a envahi l'atmosphère, quelque chose d'obscur, de vivant, de délicieux. Elle hésite une fraction de seconde avant de faire passer son pull par-dessus sa tête. La voici redevenue celle qu'elle était il y a des années, sans peur, avide. Le regard planté dans le sien, elle lève les mains et commence à déboutonner son chemisier. Un, deux, trois boutons… Le vêtement glisse de ses épaules, si bien qu'elle est exposée jusqu'à la taille. Sa peau nue se contracte sous la caresse de l'air frais. Les yeux de Paul descendent le long de son torse, et Liv sent sa respiration s'accélérer. Tout se fige.

Le silence règne dans la pièce, troublé uniquement par leurs halètements. Elle se sent comme aimantée. Elle se penche, et leur désir grandit, intense et magnifique, pendant ce bref hiatus. Quand ils s'embrassent, il lui semble l'avoir attendu des années, ce baiser interminable. Elle respire son after-shave, ses pensées vacillent, puis c'est le trou noir. Elle oublie où ils sont. Il s'écarte doucement. Il sourit.

— Quoi ? demande-t-elle, ahurie, à bout de souffle.
— Toi.

Les mots lui manquent.

Le sourire de Liv s'élargit, et elle l'embrasse jusqu'à avoir le tournis, jusqu'à perdre la raison et ne plus entendre que le bourdonnement insistant de son excitation. Ici. Maintenant. Paul resserre ses bras autour d'elle, ses lèvres errant sur sa clavicule. Elle tend les mains vers lui, le cœur battant la chamade, si sensible qu'elle frémit quand Paul promène ses doigts sur sa peau. Elle ressent une telle joie qu'elle a envie de rire. Paul arrache presque sa chemise en la tirant par-dessus sa tête. Leurs baisers se font plus profonds, plus pressants. Il soulève Liv et la dépose maladroitement sur le plan de travail ; elle passe aussitôt ses jambes autour de lui. Il se penche, lui remonte la jupe jusqu'à la taille, et elle se cambre en arrière, laissant sa peau rencontrer le granit froid, le regard perdu au-delà du plafond de verre et les doigts enfouis dans les cheveux de Paul. Au-dessus d'elle, les volets sont rétractés, les murs ouverts sur le ciel nocturne. Elle plonge son regard dans l'obscurité piquetée de lumière et songe, presque triomphalement, avec la part d'elle qui n'a pas encore totalement perdu la raison : *Je suis toujours vivante.*

Puis elle ferme les yeux et refuse de continuer de penser.

Sa voix lui parvient comme dans un grondement, qui la traverse de part en part.

— Liv ?

Un frisson résiduel lui échappe.

— Ça va ?

— Pardon. Oui. Ce... Ça faisait longtemps.

Ses bras se resserrent autour d'elle, comme seule réponse. Nouveau silence.

— Tu as froid ?

Elle stabilise sa respiration puis déclare :

— Je suis gelée.

Il la soulève et la pose sur le sol, avant de ramasser sa chemise par terre et de l'envelopper dedans lentement. Ils se regardent dans la pénombre.

— Eh bien... c'était...

Elle cherche une repartie spirituelle, mais est incapable de parler. Elle se sent engourdie. Elle a peur de le lâcher, comme s'il n'y avait que lui qui l'arrimait encore à la Terre.

Le monde réel se réinvite entre eux. Liv prend conscience des bruits de la circulation en bas, trop forts à son goût, des dalles de calcaire sous son pied nu ; elle semble avoir perdu une chaussure.

— Je crois que nous avons laissé la porte d'entrée ouverte, dit-elle en jetant un coup d'œil dans le couloir.

— Hum... Oublie la porte. Tu sais que ton toit a disparu ?

Elle lève la tête. Elle ne se rappelle pas l'avoir escamoté. Elle doit avoir accidentellement appuyé sur l'interrupteur quand ils ont titubé dans la cuisine. L'air automnal s'enroule autour d'eux, et elle sent sa peau nue se couvrir de chair de poule comme si, elle aussi, venait à l'instant de comprendre ce qui s'était passé. Le pull noir de Mo pend sur le dossier d'une chaise, telle l'aile déployée d'un corbeau qui se pose.

—Attends.

Elle traverse la cuisine en trottinant et presse le bouton, tendant l'oreille pour guetter le bourdonnement du toit qui se ferme au-dessus d'eux. Paul lève les yeux vers la baie gigantesque, les repose sur elle, puis il tourne sur lui-même, pendant que sa vision s'habitue à la pénombre, prenant conscience de l'endroit où il se trouve.

—Eh bien, c'est… Je ne m'attendais pas à ça.
—Pourquoi ? Que t'imaginais-tu ?
—Je ne sais pas… Avec cette histoire d'impôts locaux… (Il lève de nouveau les yeux vers le plafond de verre.) À un minuscule appartement chaotique. Plus ou moins dans le genre du mien. Ça, c'est…
—La maison de David. Il l'a construite.

Paul semble troublé.

—Oh ! Trop d'informations ?
—Non. (Paul gagne le salon et regarde autour de lui, puis souffle en dégonflant les joues.) Tu as le droit. Il… euh… Ce devait être un sacré mec.

Elle remplit deux verres d'eau, s'efforce de ne pas se sentir gênée lorsqu'ils se rhabillent. Quand il lui tient son chemisier pour l'aider à l'enfiler, ils échangent un regard et lâchent un petit rire, soudain étrangement gênés de se voir vêtus.

—Bon, et… qu'est-ce qui se passe maintenant ? Tu as besoin d'air ? demande-t-il avant d'ajouter : Je te préviens, si tu veux que je parte, je vais probablement avoir besoin d'attendre que mes jambes cessent de trembler.

Liv regarde Paul McCafferty, contemplant sa silhouette qui lui semble déjà familière. Elle n'a pas envie qu'il parte. Elle a envie de s'allonger à côté de lui, la tête sur sa poitrine, et qu'il enroule ses bras autour d'elle. Elle a envie de se réveiller sans ressentir le désir irrépressible, terrible et immédiat, de fuir ses pensées. Elle perçoit un doute qui résonne en elle comme un écho – *David* –, mais elle le repousse. Il est temps de vivre dans le présent. Elle est plus que la fille qui pleure la perte de David.

Sans allumer la lumière, elle saisit la main de Paul et le guide à travers la maison plongée dans l'obscurité, en haut de l'escalier puis jusqu'à son lit.

Ils ne dorment pas. Les heures défilent, faites de membres enchevêtrés et de murmures passionnés. Liv avait oublié la joie pure d'être blottie contre un corps qu'il vous est impossible de ne pas toucher. Elle a l'impression d'avoir été rechargée, d'occuper une nouvelle place dans l'atmosphère.

Il est 6 heures du matin quand enfin la lueur froide de l'aube commence à filtrer dans la pièce.

— Cet endroit est incroyable, chuchote Paul, le regard perdu vers la fenêtre.

Leurs jambes sont emmêlées, elle sent encore ses baisers sur tout son corps. Elle est ivre de bonheur.

— C'est vrai. Mais je ne peux pas vraiment me permettre de rester ici. (Elle scrute son visage dans la pénombre.) Je suis dans le pétrin, financièrement. On m'a conseillé de vendre.

— Mais tu n'en as pas envie.

— Ce serait… comme une trahison.

— Je comprends que tu n'y tiennes pas, dit-il. C'est magnifique, et si paisible… (Il lève de nouveau les yeux.) Waouh. Le simple fait de pouvoir faire disparaître ton toit chaque fois que l'envie t'en prend…

Elle se tortille pour se dégager un peu de son étreinte et se tourner vers la longue baie vitrée, la tête reposant toujours au creux du bras de Paul.

— Parfois, le matin, j'aime regarder passer les péniches en route vers Tower Bridge. Regarde. Si la luminosité est bonne, les premiers rayons du soleil transforment la Tamise en une coulée d'or.

— Une coulée d'or, hein ?

Ils se taisent, et, autour d'eux, la pièce a l'obligeance de commencer à rougeoyer. Liv baisse les yeux vers le fleuve et le regarde s'embraser peu à peu.

*Je peux ?* s'interroge-t-elle. *Est-ce que j'ai le droit d'être de nouveau aussi heureuse ?*

Paul est tellement silencieux qu'elle se demande s'il n'a pas fini par sombrer dans le sommeil. Mais quand elle se tourne vers lui, elle s'aperçoit qu'il regarde le mur en face du lit. Il contemple *Les Yeux de Sophie*, qu'on devine à présent dans la lueur de l'aube. La jeune femme roule sur le côté et l'observe. Pétrifié, il garde les yeux rivés sur le portrait tandis que la lumière s'accroît.

*Il la comprend*, songe-t-elle.

Et elle ressent un élan qui ressemble à de la joie pure.

— Tu l'aimes ?

Il n'a pas l'air de l'entendre.

Elle se blottit de nouveau contre lui et laisse reposer sa tête sur son épaule.

— Tu verras mieux les couleurs dans quelques minutes. Ce portrait s'appelle *Les Yeux de Sophie*. C'est écrit à l'encre derrière le cadre. C'est l'objet de la maison auquel je tiens le plus. En fait, c'est le seul objet auquel je tienne. (Elle se tait un instant.) David me l'a offert pendant notre lune de miel.

Paul ne dit rien.

Du bout du doigt, Liv lui caresse le bras, faisant courir son ongle du poignet jusqu'au biceps.

— Ça peut paraître idiot, mais, après sa mort, je n'ai plus eu envie de rien faire. Je suis restée assise ici pendant des semaines. Je... Je ne voulais voir personne. Et même dans les moments les plus durs, quelque chose dans son expression... Son visage était le seul que je pouvais supporter. Elle semblait vouloir me rappeler que je survivrais. (Liv pousse un profond soupir.) Et puis, quand tu es apparu, je me suis rendu compte qu'elle me rappelait également la fille que j'étais autrefois. Celle qui ne s'inquiétait pas de tout en permanence. Qui savait s'amuser et... vivre, tout simplement. La fille que je veux redevenir.

Paul ne parle toujours pas.

Elle en a trop dit. Elle voudrait qu'il se tourne vers elle, elle voudrait sentir à nouveau le poids de son corps sur le sien.

Mais il se tait. Liv attend un peu, puis ajoute pour rompre le silence :

— Je suppose que c'est idiot... d'être si attaché à une peinture.

Quand enfin il baisse les yeux vers elle, elle lui trouve un air crispé. Même dans la pénombre, elle s'en aperçoit. Il avale sa salive avec difficulté.

— Liv... Quel est ton nom ?

Elle fait une grimace.

— Liv. Tu sais...

— Non. Ton nom de famille.

Elle fronce les sourcils.

— Halston. Mon nom de famille est Halston. Oh ! C'est vrai que nous n'avons jamais...

Elle ne voit pas où il veut en venir. Elle veut qu'il cesse de regarder le portrait. Elle perçoit soudain le changement en lui : son humeur détendue s'est évaporée, laissant place à une expression étrange. Ils restent étendus un moment dans un silence de plus en plus inconfortable.

Puis il porte une main à son front.

—Hum... Liv ? Si tu n'y vois pas d'inconvénient, je vais y aller. J'ai un truc à faire pour le boulot.

Le souffle coupé, elle tarde à répondre, et quand enfin elle y parvient, c'est d'une petite voix aiguë qui ne ressemble pas à la sienne.

—À 6 heures du matin ?

—Ouais. Désolé.

—Oh, dit-elle en clignant des yeux. Oh. OK.

Il est déjà au bas du lit en train de s'habiller. Effarée, elle le regarde remonter son pantalon et le boutonner, puis enfiler sa chemise en des gestes vifs et nerveux. Une fois vêtu, il se tourne, hésite, puis se penche pour déposer un baiser sur sa joue. Instinctivement, elle remonte la couette jusqu'à son menton.

—Tu es sûr de ne pas vouloir petit-déjeuner ?

—Non. Je... Je suis désolé, répond-il sans sourire.

—Pas de problème.

Visiblement, il n'a qu'une hâte : s'en aller. La douleur s'immisce doucement en elle, tel un poison injecté dans ses veines.

Quand il atteint le seuil de la chambre, il n'a toujours pas réussi à croiser son regard. Il secoue la tête, comme pour chasser une mouche.

—Hum... Écoute. Je... Je t'appelle.

—D'accord, dit-elle en essayant d'adopter un ton léger. Comme tu veux.

Alors que la porte se referme déjà derrière lui, elle se penche et commence :

—J'espère que ce truc de boulot...

Incrédule, Liv contemple l'endroit où il se tenait quelques secondes auparavant, ses mots faussement joyeux résonnant dans la maison silencieuse. Un sentiment de vide l'envahit et s'installe dans l'espace que Paul McCafferty s'est débrouillé pour ouvrir en elle.

# Chapitre 17

L'agence est déserte, comme il s'y attendait. Il franchit la porte en coup de vent, allume les vieux néons, qui clignotent un moment avant de revenir à la vie au-dessus de sa tête, et se rend directement dans son bureau. Là, il fouille parmi les piles de dossiers qui s'accumulent sur sa table, sans se préoccuper des feuilles projetées par terre, jusqu'à trouver ce qu'il cherche. Il allume alors sa lampe de bureau et pose la photocopie de l'article devant lui, la lissant du plat de la main.

— Faites que je me trompe, marmonne-t-il. Par pitié, faites que ce soit une erreur.

Sur cet agrandissement, la toile occupe presque toute la page A4, et le mur de la Maison de verre n'est qu'en partie visible. Mais le tableau est incontestablement *Les Yeux de Sophie*, et, à sa droite, Paul reconnaît la baie vitrée par laquelle Liv lui a montré la vue jusqu'à Tilbury.

Il parcourt rapidement l'extrait de l'article.

*Halston a conçu cette pièce de telle sorte que ses occupants soient réveillés par le soleil levant. « À l'origine, j'avais imaginé la mise en place d'un système de stores en prévision des levers de soleil l'été, explique-t-il. Mais en fait on s'est aperçu que, réveillé naturellement, on est moins fatigué dans la journée. Je n'ai donc jamais pris la peine de les installer. »*

*À côté de la chambre principale, on passe à un style japonisant avec...*

Le texte de la photocopie s'arrête là. Paul regarde fixement la feuille pendant un moment, puis il allume son ordinateur et tape « DAVID HALSTON » dans le moteur de recherche. Il tambourine des doigts sur le bureau en attendant que s'affichent les résultats.

*Un hommage a été rendu hier à l'architecte moderniste David Halston, décédé subitement à l'âge de trente-huit ans à Lisbonne. Les premiers rapports suggèrent qu'il a succombé à une crise cardiaque non diagnostiquée. La police locale ne semble pas considérer sa mort comme suspecte.*
*Son épouse Olivia Halston, 26 ans, avec qui il était marié depuis quatre ans, se trouvait avec lui au moment des faits ; elle est à présent entourée de ses proches. Un membre du consulat général de Grande-Bretagne à Lisbonne a annoncé que la famille souhaitait vivre son deuil dans l'intimité.*
*Le décès d'Halston interrompt une brillante carrière, qui se distinguait par une utilisation innovante du verre, et hier de nombreux confrères ont rendu hommage au...*

Paul se laisse lentement tomber dans son fauteuil. Il feuillette le reste du dossier, puis relit le courrier envoyé par les avocats de la famille Lefèvre.

*[...] un cas évident, où la prescription ne devrait pas s'appliquer étant donné les circonstances [...] volé à Saint-Péronne vers 1917, peu de temps après que la*

*femme de l'artiste a été faite prisonnière par les forces d'occupation allemandes [...]*
*Nous espérons que l'ARRA saura apporter une conclusion rapide et satisfaisante à cette affaire. Concernant la compensation des propriétaires actuels, nous disposons d'une certaine marge de manœuvre ; néanmoins, le budget est loin d'approcher la valeur estimée aux enchères.*

Il est prêt à parier que Liv n'a aucune idée de l'identité de l'artiste. Il entend sa voix, timide et étrangement possessive : « C'est l'objet de la maison auquel je tiens le plus. En fait, c'est le seul objet auquel je tienne. »

Paul enfouit son visage dans ses paumes et reste ainsi jusqu'à ce que la sonnerie du téléphone le tire de sa prostration.

Le soleil se lève au-dessus des plateaux qui s'étendent à l'est de Londres, inondant la chambre d'or pâle. Les murs chatoient brièvement, et la lumière presque phosphorescente rebondit sur les surfaces blanches. Un autre jour, Liv aurait probablement grogné, fermé les yeux et caché la tête sous la couette. Mais ce matin, elle gît complètement immobile sur le lit immense, la nuque calée sur un grand oreiller, et observe au-dehors le matin qui s'installe, le regard vide perdu dans le ciel.

Elle s'est trompée sur toute la ligne.

Elle n'arrête pas de revoir son expression crispée, d'entendre son ton d'une politesse scrupuleuse au moment où il a pris congé d'elle. « Si tu n'y vois pas d'inconvénient, je vais y aller. »

Cela fait presque deux heures qu'elle est là, allongée, son portable dans une main, hésitant à lui envoyer un bref message.

Tout va bien entre nous ? Tout à coup, tu as semblé…

Excuse-moi si j'ai trop parlé de David. J'oublie souvent que tout le monde n'a pas…

J'ai vraiment passé une merveilleuse soirée. J'espère que les choses vont se calmer bientôt pour toi au travail. Si tu es libre dimanche, j'aim…

Qu'est-ce que j'ai fait de mal ?

Elle n'en envoie aucun. Elle reprend et analyse toute leur conversation, décortique méticuleusement chaque phrase, à la façon d'un archéologue tamisant la terre à la recherche d'ossements. Est-ce à ce moment-là qu'il a changé d'avis ? Est-ce à cause de quelque chose qu'elle a fait ? Quelque manie sexuelle dont elle n'a pas eu conscience ? Est-ce seulement l'« effet Maison de verre » ? Une maison qui, bien que ne contenant plus rien qui lui ait appartenu depuis longtemps, est si imprégnée de la présence de David qu'on le devinerait presque en filigrane sur les murs. A-t-elle mal interprété l'attitude de Paul ? Chaque fois qu'elle considère ses bourdes potentielles, un nœud d'angoisse se forme dans son estomac.

*Je l'aimais bien*, songe-t-elle. *Je l'aimais vraiment bien.*

Puis, sachant pertinemment que le sommeil ne viendra plus, elle sort de son lit et descend à l'étage inférieur. Elle a les yeux si fatigués qu'il lui semble avoir du sable sous les paupières ; pour le reste, elle se sent vidée. Elle se prépare un café. Elle est en train de souffler dessus, assise à la table de la cuisine, quand la porte d'entrée s'ouvre.

— J'ai oublié mon passe. Impossible de pénétrer dans la maison de retraite sans. Désolée. Je comptais entrer et sortir discrètement pour ne pas vous déranger. (Mo s'arrête et lance un coup d'œil alentour.) Il est où ? Tu l'as mangé ?

— Il est rentré chez lui.

Mo ouvre le placard et plonge la main dans la poche du blouson qui y est suspendu. Ayant trouvé son passe, elle l'empoche.

— Il va bien falloir que tu te jettes à l'eau, tu sais. Quatre ans, c'est trop long pour…

— Je ne voulais pas qu'il parte, explique Liv, une boule dans la gorge. Il a filé.

Mo éclate de rire, puis se tait brusquement quand elle se rend compte que Liv ne plaisante pas.

— Littéralement. Il a quitté la chambre en courant presque.

Elle se fiche de paraître tragique : elle ne pourrait se sentir plus mal de toute manière.

— Avant ou après que tu lui as sauté dessus ?

Liv boit une gorgée de café.

— Devine.

— Oh, ouille ! C'était si nul que ça ?

— Non, c'était fantastique. Enfin, c'est ce que je croyais. Il faut reconnaître que je n'ai pas beaucoup d'expériences récentes auxquelles le comparer.

Mo regarde autour d'elle, comme si elle cherchait des indices.

— Tu avais planqué ta photo de David ?

— Bien sûr.

— Et tu ne t'es pas plantée de prénom au moment crucial ?

— Non! (Elle se rappelle la façon dont Paul l'a tenue.) Je lui ai dit qu'il avait changé mon regard sur moi-même.

Mo secoue tristement la tête.

— Aïe, Liv. Mauvaise pioche. Tu viens de tirer la carte du Célibataire Toxique.

— Quoi?

— C'est l'homme idéal en apparence. Il est sincère, affectueux, attentif. Il met le paquet, jusqu'à ce qu'il s'aperçoive que tu l'aimes bien aussi. Et là, il part en courant. De la kryptonite pour les femmes vulnérables en manque d'affection. Toi, en l'occurrence. (Mo fronce les sourcils.) Cela dit, tu me surprends. Honnêtement, je ne pensais pas que c'était son genre.

Liv plonge le nez dans son mug. Puis elle explique, légèrement sur la défensive:

— Il se peut que j'aie parlé un peu de David. Quand je lui ai montré la peinture.

Mo écarquille les yeux, puis les lève au ciel.

— Bon, je pensais pouvoir parler franchement de tout. Il connaît mon histoire. Je croyais qu'il n'avait pas de problème avec ça. (Elle perçoit l'amertume dans sa voix.) C'est ce qu'il avait dit.

Mo se redresse et se dirige vers la huche à pain. Elle attrape une tranche, la plie en deux et mord dedans.

— Liv, tu ne peux pas évoquer tes relations antérieures. Aucun homme ne souhaite entendre combien son prédécesseur était fantastique, même s'il est mort. Et pourquoi ne pas lui faire un exposé sur «Les plus gros pénis de ma vie», pendant que tu y es?

— Je ne peux pas faire comme si David n'avait occupé aucune place dans mon passé.

— Non, mais pas besoin non plus qu'il occupe tout ton présent.

Comme Liv lui lance un regard furieux, Mo ajoute :

— Tu veux mon avis ? On dirait que tu tournes en boucle. J'ai l'impression que, quand tu n'es pas déjà en train de parler de lui, tu ne cherches qu'un prétexte pour le faire.

C'était peut-être vrai, quelques semaines auparavant. Mais plus maintenant. Liv veut avancer. Elle a eu envie de se projeter dans l'avenir avec Paul.

— Eh bien, ça n'a plus vraiment d'importance, si ? J'ai tout gâché. Je doute qu'il me refasse signe. (Elle boit une gorgée de café.) J'ai été stupide de m'emballer.

Mo pose une main sur son épaule.

— Les hommes sont bizarres. Fallait quand même pas être très malin pour voir que tu étais cabossée. Oh, merde, l'heure ! Écoute-moi : tu vas sortir faire ton jogging de folle, je reviens à 15 heures, j'appellerai le restau pour annoncer que je suis malade, et nous pourrons dire plein de gros mots et réfléchir à des méthodes de torture médiévale à l'intention de tous les connards qui soufflent le chaud et le froid. J'ai de l'argile là-haut que j'utilise pour faire des poupées vaudoues. Tu peux préparer des piques à cocktail d'ici là ? Ou à brochettes ? Je suis en rupture de stock.

Mo attrape le double des clés, la salue en agitant sa tranche de pain pliée, puis disparaît avant que Liv ne puisse répondre.

Au cours des cinq dernières années, l'ARRA a restitué plus de deux cent quarante œuvres d'art à leurs propriétaires ou descendants, qui croyaient ne plus jamais les revoir. Paul a écouté des témoignages poignants sur la brutalité en temps de guerre, plus épouvantables que tout ce qu'il a pu voir ou entendre à l'époque où il travaillait au NYPD ; ces horreurs lui ont été rapportées avec une telle précision qu'elles auraient pu avoir eu lieu la vieille, et pas soixante ans plus tôt. Il a vu la douleur transmise à travers les âges, tel un héritage précieux, et amplifiée sur les visages de ceux qui sont restés bloqués dans le passé.

Il a tenu la main de vieilles dames pendant qu'elles versaient des larmes douces-amères devant un petit portrait volé à leurs parents assassinés, écouté le silence plein de révérence de membres de la famille plus jeunes, quand ils découvrent pour la première fois le tableau tant regretté. Il a affronté les directeurs des plus grands musées du pays, et s'est mordu la lèvre quand des sculptures, restituées à leurs propriétaires après des mois de bataille acharnée, ont été immédiatement mises en vente. Mais la plupart du temps, pendant les cinq ans où il l'a exercé, ce travail lui a permis de se sentir du côté du bien, si tant est qu'il existe. Il a recueilli les récits d'atrocités et de trahisons, écoutant les histoires de familles entières assassinées ou déplacées pendant la Seconde Guerre mondiale, comme si ces crimes avaient été commis la veille. Sachant que ces victimes devaient continuer à vivre avec le souvenir perpétuel de ces injustices, il a toujours été reconnaissant de pouvoir les aider à recevoir un humble dédommagement.

Mais c'est la première fois qu'il doit gérer une situation pareille.

— Merde, dit Greg. C'est dur.

Ils sont sortis promener les chiens de Greg, deux terriers hyperactifs. La matinée est froide pour la saison, et Paul regrette de ne pas avoir mis un pull plus chaud.

— Je n'y croyais pas. Pile le tableau que je cherche. Avec cette femme qui me regarde droit dans les yeux.

— Qu'est-ce que tu as dit ?

Paul remonte son écharpe autour de son cou.

— Rien. Je ne savais pas quoi dire. Je suis… parti. C'est tout.

—Tu t'es enfui ?

—J'avais besoin de réfléchir.

Pirate, le plus jeune des chiens de Greg, a détalé et file à présent comme un missile téléguidé à travers la pelouse. Les deux hommes s'immobilisent pour l'observer, cherchant à localiser sa cible éventuelle.

—Bon sang, pourvu que ce ne soit pas un chat… Ouf, c'est bon, c'est Gingembre.

Au loin, Pirate se jette joyeusement sur un springer anglais, et les deux chiens surexcités commencent à se pourchasser, formant des cercles de plus en plus amples dans l'herbe haute.

—C'était quand ? Hier soir ?

—Avant-hier soir. Je sais que je devrais l'appeler, mais je n'ai toujours aucune idée de ce que je vais lui dire.

— « Donne-moi ton putain de tableau » n'est probablement pas la meilleure approche…

Greg rappelle son autre chien et met la main en visière pour essayer de suivre la progression de Pirate.

—Frérot, je crois qu'il va falloir que tu acceptes que le destin a tué cette histoire dans l'œuf.

Paul enfonce les poings dans ses poches.

—Je l'aimais bien.

Greg lui jette un regard en coin.

—Quoi ? Bien ou beaucoup ?

Greg scrute le visage de son frère, qui se garde de répondre.

—Tiens, tiens. Eh bien, ça devient intéressant… Pirate ! Au pied ! Oh, merde. Vingt-deux, v'là le vizsla… Je déteste ce clebs. Tu en as discuté avec ta boss ?

—Bien sûr. Janey ne demande pas mieux que de parler d'une autre femme avec moi. Non. Pour l'instant, je me suis contenté de vérifier auprès de notre juriste la solidité du dossier. Il a l'air de penser qu'on gagnera.

« La prescription ne s'applique pas dans ces cas-là, Paul, avait dit Sean sans lever les yeux de ses papiers. Vous le savez. »

— Qu'est-ce que tu comptes faire, alors ?

Greg remet son chien en laisse, puis se redresse et attend.

— Il n'y a dix solutions. Le tableau doit retourner à ses propriétaires légitimes. Je doute qu'elle le prenne très bien.

— Tu n'en sais rien. Ce ne sera peut-être pas si terrible. (Greg s'éloigne à grandes enjambées en direction de Pirate qui tourne en rond et jappe comme un fou vers le ciel, comme s'il le défiait de s'approcher.) Si elle est fauchée et qu'on lui propose un dédommagement intéressant, tu lui rends peut-être service. (Il s'élance, et ses derniers mots volent par-dessus son épaule, portés par la brise.) Qui sait ? Peut-être qu'elle ressent la même chose pour toi et qu'elle se foutra complètement du reste. N'oublie pas, frérot : au bout du compte, ce n'est qu'un tableau.

Paul regarde fixement le dos de son frère.

*Ce n'est jamais juste un tableau*, pense-t-il.

Jake est chez un copain. Paul va le chercher à 15 h 30, comme convenu. Son fils sort de la maison de son ami, les cheveux ébouriffés, son blouson de travers, comme s'il répétait en prévision de ses années d'adolescence. Paul est toujours surpris par la décharge familière et la force primitive de l'amour parental. Il doit souvent refréner ses élans d'affection pour ne pas faire honte à son fils. Il passe un bras autour du cou du garçon, l'attire contre lui et lui dépose un baiser désinvolte au sommet du crâne.

— Salut, mon gars.

— Salut, p'pa.

Jake entreprend gaiement de lui expliquer les règles d'un nouveau jeu électronique. Paul acquiesce et sourit aux moments opportuns, pourtant il se rend compte qu'il mène une autre conversation en parallèle dans sa tête. Il ne cesse d'y réfléchir. Que dire à Liv? La vérité? Comprendra-t-elle la situation s'il lui explique? Ou devrait-il simplement garder ses distances? Après tout, le boulot prime sur le reste. Cela fait longtemps qu'il a appris la leçon.

Il s'assied à côté de son fils, totalement absorbé par le jeu pixelisé. Ses doigts s'agitent sur les touches. Paul laisse son esprit dériver. Il sent Liv, douce et abandonnée contre lui après leurs étreintes, la revoit lever langoureusement les yeux vers lui, comme ébahie par la profondeur de ses sentiments...

— Tu as trouvé un nouvel appart?
— Non. Pas encore.
«Je n'arrête pas de penser à vous.»
— On peut aller manger une pizza ce soir?
— Bien sûr.
— Vraiment?
— Hum, marmonne-t-il en hochant la tête.

La douleur sur son visage quand il s'est détourné pour partir... Elle avait l'air si transparente. La moindre émotion s'inscrivait sur ses traits, comme si, à l'instar de sa maison, elle n'avait jamais su ce qu'elle devait dissimuler.

— Et de la glace?
— Bien sûr.
«Je suis terrifiée. Mais d'une bonne façon.»
Et il avait filé. Sans un mot d'explication.
— Tu pourrais m'acheter Super Smash Bros pour ma Nintendo?
— N'exagère pas.

Le week-end s'étire dans un silence assourdissant. Mo va et vient. Son nouveau verdict au sujet de Paul : « Célibataire toxique divorcé. La pire espèce. »

Elle façonne dans de l'argile une figurine à l'effigie de Paul et incite Liv à y planter des objets pointus.

La jeune femme est obligée d'admettre que les cheveux de mini-Paul sont ressemblants à un point alarmant.

— Tu crois que ça va lui donner mal au ventre ?

— Je ne peux pas le garantir. Mais toi, tu vas te sentir mieux.

Liv saisit une pique à cocktail et, d'une main hésitante, fait un nombril à mini-Paul. Immédiatement prise de remords, elle s'empresse de le lisser du bout du pouce. Elle ne parvient pas vraiment à concilier cette image de Paul avec ce qu'elle sait de lui, mais elle est assez intelligente pour comprendre que certains sujets ne méritent pas qu'on s'y éternise. Elle a donc suivi le conseil de Mo et couru jusqu'à risquer une périostite. Elle a nettoyé la Maison de verre de fond en comble, jeté les escarpins aux papillons. Elle a vérifié quatre fois qu'elle n'avait reçu aucun message sur son portable avant de l'éteindre, se maudissant de s'en soucier.

— C'est faible. Tu ne lui as même pas cassé les orteils. Tu veux que je m'occupe un peu de lui ? demande Mo le lundi matin en examinant la figurine.

— Non. Ça va. Vraiment.

— Tu es trop indulgente. Tu sais quoi, tout à l'heure, quand je rentre, on en fait une boule et on le transforme en cendrier.

Quand Liv retourne dans la cuisine, un peu plus tard, Mo lui a enfoncé quinze allumettes dans la tête.

Le lundi, deux travaux l'attendent sur sa boîte mail. Le premier, le texte du catalogue d'une entreprise de marketing direct, est truffé d'erreurs de grammaire et d'orthographe. À 18 heures, Liv est tellement intervenue qu'elle a presque complètement réécrit le document. Vu son tarif au mot, la rentabilité de cette journée est désastreuse, mais elle s'en fiche complètement. Elle est tellement soulagée de travailler, plutôt que d'avoir à réfléchir, qu'elle rédigerait volontiers gratuitement un autre catalogue pour la société Forbex Solutions.

La sonnette retentit. Mo a encore dû oublier ses clés. Liv se redresse et s'étire avant de marcher jusqu'à l'interphone.

— Tu as vérifié au fond de ton sac ?
— C'est Paul.

Elle se fige.

— Oh. Salut.
— Est-ce que je peux monter ?
— Tu n'es vraiment pas obligé. Je...
— S'il te plaît ? Il faut qu'on parle.

Pas le temps de vérifier son maquillage ni de se brosser les cheveux. Elle hésite, debout, le doigt sur le bouton d'ouverture de la porte. Enfin, elle appuie et recule, comme si elle se préparait mentalement à une explosion.

L'ascenseur monte en grinçant et cliquetant, et elle sent son estomac se nouer à mesure que le bruit augmente. C'est alors qu'il apparaît, le regard braqué sur elle à travers les grilles de la cabine. Il porte une veste brun clair et la dévisage d'un air anormalement circonspect. Il semble épuisé.

— Salut.

Il sort de l'ascenseur et s'immobilise au milieu du couloir. Elle ne bouge pas, les bras croisés, sur la défensive.

— Bonsoir.

— Est-ce que je peux… entrer ?

Elle s'écarte pour lui laisser le passage.

— Tu veux boire quelque chose ? Je veux dire… ou tu passes juste ?

La tension dans sa voix est palpable.

— Avec plaisir, merci.

Elle traverse l'appartement pour gagner la cuisine, le dos droit. Il la suit. Pendant qu'elle prépare deux tasses de thé, elle sent ses yeux sur elle. Quand elle lui en tend une, il est en train de se masser pensivement les tempes. Au moment où leurs regards se croisent, il a presque une expression contrite.

— Migraine.

Liv lève la tête vers la petite figurine d'argile qui trône sur le frigo et rougit, vaguement coupable. Quand elle passe devant, elle la fait discrètement tomber derrière l'appareil d'une pichenette.

Paul pose sa tasse sur la table.

— OK. Ce n'est vraiment pas facile. J'aurais voulu venir plus tôt, mais mon fils a passé le week-end avec moi, et j'avais besoin de réfléchir à ce que j'allais faire. Écoute, je vais aller droit au but et tout te raconter, mais tu devrais peut-être t'asseoir d'abord.

Elle le regarde fixement.

— Mon Dieu. Tu es marié.

— Je ne suis pas marié. Ce serait… presque plus simple. S'il te plaît, Liv. Assieds-toi.

Elle reste debout. Il sort une lettre de la poche de sa veste et la lui tend.

— De quoi s'agit-il ?

— Lis-la. Ensuite, je ferai de mon mieux pour t'expliquer.

>ARRA
>Appt 6, 115 Grantham Street
>Londres W1

>15 octobre 2006

*Madame,*

*Nous représentons l'Agence de recherche et de restitution artistique, dont le but est de rendre des œuvres d'art à des personnes ayant été volées ou forcées à vendre des biens durant la guerre.*
*Il est venu à notre connaissance que vous êtes la propriétaire d'un tableau réalisé par l'artiste français Édouard Lefèvre, intitulé* Les Yeux de Sophie. *Nous avons reçu la confirmation écrite de la part de descendants de M. Lefèvre qu'il s'agit d'une œuvre figurant à l'époque parmi les possessions personnelles de l'épouse de l'artiste, et ayant fait l'objet d'une vente forcée ou coercitive. Les demandeurs, de nationalité française également, souhaitent voir l'œuvre restituée à la famille de l'artiste, et conformément à la convention de Genève et aux termes de la convention de La Haye pour la protection des biens culturels en cas de conflit armé, nous vous informons par la présente que nous donnerons suite à cette réclamation en leur nom.*
*Dans de nombreux cas, de telles œuvres peuvent être restituées à leurs propriétaires légitimes dans le cadre d'une procédure judiciaire minimale. Nous vous invitons par conséquent à nous contacter afin*

*de convenir d'un rendez-vous entre vous et les représentants de la famille Lefèvre, de façon à enclencher cette procédure.*
*Conscients du choc qu'un tel avis peut causer, nous vous rappelons néanmoins qu'un important précédent juridique existe dans le domaine de la restitution d'œuvres d'art spoliées en période de guerre, et nous ajouterons qu'il pourrait être question d'un dédommagement financier qu'il reste à définir.*
*Nous espérons que, comme dans d'autres cas similaires, la satisfaction de savoir qu'une œuvre sera enfin rendue à ses propriétaires légitimes apportera aux personnes affectées une compensation supplémentaire.*
*Restant à votre entière disposition pour toute information complémentaire, nous vous prions d'agréer, madame, nos respectueuses salutations.*

*Paul McCafferty*
*Janey Dickinson*
*Directeurs, ARRA*

Les yeux rivés sur la signature au bas de la page, elle ne voit plus rien d'autre. Elle relit le courrier, croyant à une plaisanterie. C'est sûr, devant elle se tient un autre Paul McCafferty, complètement différent de celui qu'elle connaît… Il doit en exister des centaines. Après tout, c'est un nom relativement courant. Et puis elle se rappelle la façon curieuse dont il a observé le tableau trois jours auparavant, et comment il a ensuite évité son regard. Elle se laisse tomber lourdement sur une chaise.

— C'est une plaisanterie ?
— Malheureusement non.
— Qu'est-ce que c'est que ça, ARRA ?

— L'Agence de recherche et de restitution artistique. Nous retrouvons des œuvres d'art disparues et supervisons leur restitution à leurs propriétaires légitimes.

— Nous ? (Elle baisse la tête vers la lettre.) Que… Qu'est-ce que j'ai à voir avec ça ?

— *Les Yeux de Sophie* fait l'objet d'une demande de restitution. La famille du peintre, Édouard Lefèvre, souhaite récupérer le tableau.

— Mais… c'est ridicule. Ce portrait est en ma possession depuis des années. Presque dix.

Paul plonge la main dans sa poche et en sort une autre lettre, ainsi que la photocopie d'un cliché.

— C'est arrivé au bureau il y a deux semaines environ, ça attendait dans ma pile de dossiers à traiter. Je travaillais sur une autre affaire et je n'ai pas fait le lien. Et puis, quand tu m'as invité l'autre soir, je l'ai reconnu immédiatement.

Liv parcourt rapidement le courrier et jette un coup d'œil à la photocopie. Sur la reproduction en couleurs aux teintes affadies, la jeune femme du portrait lui rend son regard.

— *Architectural Digest*.

— Ouais, c'est un nom comme ça.

— Ils sont venus ici pour faire un article sur la Maison de verre. C'était au début de notre mariage. (Liv porte la main à sa bouche.) David avait pensé que cela ferait une bonne publicité pour son agence.

— La famille Lefèvre a commissionné un audit de toute l'œuvre d'Édouard Lefèvre. À cette occasion, ils ont découvert que plusieurs toiles manquaient, et parmi elles *Les Yeux de Sophie*, dont on perd la trace en 1917. Peux-tu me dire où tu as eu ce tableau ?

— C'est complètement fou. C'était… David l'a acheté à une Américaine. À Barcelone.

— Une galeriste ? Tu as un reçu ?

— Si l'on veut. Mais il n'a aucune valeur. Elle allait jeter le tableau. Il était dans la rue.

Paul se passe une main sur le visage.

— Tu as une idée de l'identité de cette femme ?

Liv secoue la tête.

— C'était il y a des années.

— Liv, il faut que tu t'en souviennes. C'est important.

Elle explose :

— Je ne peux pas ! Et toi, tu ne peux pas débarquer chez moi à l'improviste et exiger que je prouve que mon tableau m'appartient, simplement parce que quelque part dans le monde quelqu'un a décidé qu'il était à lui il y a un million d'années ! Enfin, qu'est-ce que c'est que cette histoire ? (Elle fait le tour de la table de la cuisine.) Je… Ça me dépasse. Je ne comprends pas.

Paul enfouit son visage dans ses mains. Puis il relève la tête et la regarde.

— Liv, je suis vraiment désolé. C'est la pire affaire que j'aie jamais traitée.

— Affaire ?

— C'est mon boulot. Je cherche des œuvres volées et les rends à leurs propriétaires.

Liv perçoit une note étrangement implacable dans sa voix.

— Mais ce tableau n'a pas été volé. David l'a acheté de bonne foi. Ensuite, il me l'a offert. Il est donc à moi.

— Ce tableau a été volé, Liv. Il y a presque cent ans, certes, mais il a été volé. Écoute, la bonne nouvelle, c'est qu'ils sont disposés à te dédommager financièrement.

— Une bonne nouvelle ? Tu crois que c'est une question d'argent ?

— Tout ce que je dis, c'est que…

Elle se lève et se masse les tempes.

— Tu sais quoi, Paul ? Je crois que tu devrais partir.

— Je sais que ce tableau représente beaucoup pour toi, mais il faut que tu comprennes…

— Vraiment. J'aimerais que tu partes.

Ils se regardent fixement. Liv est d'humeur radioactive. Elle ne croit pas avoir jamais été aussi en colère de toute sa vie.

— Écoute, je vais essayer de réfléchir à une solution satisfaisante pour…

— Au revoir, Paul.

Elle le suit jusqu'à la porte d'entrée, puis la claque si violemment derrière lui qu'elle sent tout l'édifice trembler sous ses pieds.

# Chapitre 18

Leur lune de miel. Enfin, en quelque sorte. David travaillait à l'époque sur le projet d'un nouveau centre de conférences à Barcelone, une construction monolithique conçue pour refléter le bleu du ciel et les miroitements de la mer. Liv se rappelle avoir été légèrement surprise de l'entendre parler un espagnol impeccable, et terriblement impressionnée par les choses qu'il savait et toutes celles qu'elle ignorait à son sujet. L'après-midi, ils traînaient au lit dans leur chambre d'hôtel, puis flânaient dans les rues médiévales du quartier gothique et les ruelles d'El Born, se réfugiant à l'ombre, s'arrêtant pour boire des mojitos, appuyés paresseusement l'un contre l'autre, la peau rendue collante par la chaleur. Elle se rappelle encore comment la main de David cherchait systématiquement sa cuisse pour s'y poser. Il avait des mains d'artisan. Au repos, ses doigts restaient légèrement écartés, comme s'il tenait toujours quelque plan invisible.

Ils se promenaient derrière la place de Catalogne, quand ils avaient entendu la voix d'une femme à l'accent américain. Au bord des larmes, elle hurlait après trois hommes parfaitement indifférents qui venaient d'émerger par une antique porte à caissons.

— Vous ne pouvez pas faire ça ! suppliait-elle tandis qu'ils balançaient des meubles ainsi que toutes sortes d'objets et de bibelots sur le trottoir.

David avait lâché le bras de Liv et s'était avancé. La femme, une quinquagénaire aux cheveux blond clair, avait poussé un gémissement de frustration en voyant une chaise atterrir devant la maison. Un petit attroupement de touristes curieux s'était formé.

— Vous allez bien ? lui avait demandé David en passant une main sous le coude de l'inconnue.

— Le propriétaire... Il se débarrasse de toutes les affaires de ma mère. Je ne cesse de lui expliquer que je n'ai nulle part où mettre tout ça.

— Où se trouve votre mère ?

— Elle est morte. Je suis justement venue faire un tri, mais il prétend que je dois rendre l'appartement vide aujourd'hui. Ces hommes jettent tout dans la rue... Je n'ai aucune idée de ce que je vais faire.

Liv revoit David prendre la situation en main. Il lui avait demandé d'emmener la femme dans le café d'en face, puis était allé protester en espagnol auprès des trois hommes. L'Américaine, Marianne Johnson, comme elle l'apprit ensuite, avait bu un verre d'eau glacée tout en suivant anxieusement ce qui se passait de l'autre côté de la rue. Elle lui avait raconté qu'elle avait atterri le matin même et était complètement désorientée.

— Je suis navrée. Quand votre mère est-elle morte ?

— Oh, il y a trois mois. Je sais que j'aurais dû m'en occuper plus tôt. Mais c'est si difficile quand vous ne parlez pas la langue. Et puis il a fallu que je rapatrie son corps pour l'enterrement... En plus, je viens de divorcer, donc je dois tout gérer toute seule...

Comme pour se rassurer, elle ne cessait de toucher le bandeau violet à motifs cachemire dans ses cheveux. Les jointures de ses doigts étaient énormes, ce qui ne l'empêchait pas d'arborer un assortiment impressionnant de bagues en plastique.

David s'était entretenu avec un homme, probablement le propriétaire. Celui-ci avait d'abord semblé sur la défensive, mais dix minutes plus tard ils se serraient chaleureusement la main. Quand il les avait rejointes, David avait expliqué à Mme Johnson qu'il fallait qu'elle trie les affaires qu'elle voulait conserver. Il avait le numéro d'une compagnie de transport qui pourrait se charger de l'emballage et de l'acheminement par avion jusque chez elle. Quant à ce qu'elle laissait, les déménageurs pourraient l'emporter et s'en débarrasser, moyennant une rémunération modique. Le propriétaire avait accepté qu'elle dispose de l'appartement jusqu'au lendemain.

— Financièrement, ça ira ? avait demandé doucement David.

Il était ainsi.

Marianne Johnson avait failli pleurer de gratitude. Ils l'avaient aidée à passer en revue les effets de sa mère, les empilant selon ce qu'elle souhaitait garder. Pendant qu'elle pointait du doigt meubles et objets, et qu'ils les déplaçaient avec précaution d'un côté ou de l'autre, Liv avait eu le temps d'examiner ce qui avait été jeté sur le trottoir. Elle avait repéré une machine à écrire Corona et d'énormes albums reliés en cuir contenant des pages de journaux jaunies.

— Maman était journaliste, avait déclaré Mme Johnson en les posant soigneusement sur une marche en pierre. Elle s'appelait Louanne Baker. Je la revois encore y taper ses articles quand j'étais petite fille.

— Et ça ?

Liv désignait un petit objet brun. Bien qu'elle fût incapable de distinguer ce dont il s'agissait sans s'avancer, elle avait senti un frisson la parcourir... Il lui avait semblé voir des dents.

— Oh, ça. C'est la collection de têtes réduites de maman. Il y a aussi un casque nazi quelque part. Vous croyez que ça intéresserait un musée ?

— Vous allez vous amuser à passer la douane avec.

— Seigneur ! Je ferais aussi bien de les laisser sur le trottoir et de prendre mes jambes à mon cou. (Elle s'était interrompue pour s'éponger le front.) Quelle chaleur ! C'est tuant.

C'est à ce moment-là que Liv avait vu le portrait, appuyé contre un fauteuil. Le visage entraperçu avait attiré son attention malgré le bruit et le chaos ambiants. Elle s'était penchée et l'avait lentement tourné vers elle. Dans le cadre doré abîmé, une jeune fille la regardait, un éclat de défi dans les yeux. Ses cheveux roux tombaient en cascade sur ses épaules ; sur ses lèvres flottait un léger sourire qui suggérait une sorte de fierté, et un autre sentiment, plus intime. D'ordre sexuel.

— Elle te ressemble, avait murmuré David qui était apparu à côté de Liv. C'est exactement à ça que tu ressembles après l'amour.

Les cheveux de Liv étaient blonds et courts, mais immédiatement, elle avait su. Ils avaient échangé un regard, et autour d'eux la rue s'était évanouie.

David s'était tourné vers Marianne Johnson.

— Souhaitez-vous conserver ce tableau ?

L'intéressée s'était redressée et avait plissé les yeux.

— Oh, non. Je ne pense pas.

David baissa la voix.

— Me laisseriez-vous vous l'acheter ?

— Me l'acheter ? Vous pouvez le prendre. C'est la moindre des choses étant donné que vous venez de me sauver la vie.

Mais il avait refusé. Debout sur le trottoir, ils s'étaient livrés à un marchandage bizarrement inversé, David insistant pour augmenter le prix, elle protestant qu'elle se sentait mal à l'aise d'accepter son argent. Enfin, alors qu'elle triait des vêtements sur un portant, Liv les avait vus échanger une poignée de main après s'être mis d'accord.

— Sincèrement, je vous l'aurais donné avec plaisir, avait dit Marianne Johnson pendant que David recomptait les billets. Pour être honnête, je n'ai jamais beaucoup aimé ce portrait. Quand j'étais petite, je pensais qu'elle se moquait de moi. Elle m'a toujours semblé un peu bêcheuse.

Ils avaient pris congé à la tombée du jour, après lui avoir laissé le numéro de téléphone de David. Le trottoir était débarrassé, l'appartement vidé, et Marianne Johnson rassemblait ses affaires pour regagner son hôtel. Ils s'étaient éloignés dans la chaleur étouffante, lui rayonnant comme s'il avait acquis un fabuleux trésor, tenant la peinture avec la même révérence avec laquelle il tiendrait Liv plus tard ce soir-là.

— Cela pourrait être ton cadeau de mariage, avait-il dit, vu que je ne t'ai rien offert.

— Je croyais que rien ne devait gâcher l'harmonie des lignes de tes murs, avait-elle rétorqué pour le taquiner.

Ils s'étaient arrêtés au milieu du trottoir et avaient tenu le portrait devant eux. Elle se souvient de la peau de David tendue, brûlée par le soleil dans sa nuque, de la fine couche de poussière maculant ses bras. Les rues grouillantes de Barcelone écrasées sous la chaleur, la lumière de fin d'après-midi qui se reflétait dans ses yeux.

— Je crois qu'on peut enfreindre les règles, si c'est pour quelque chose qu'on aime.

— Donc David et toi avez acheté cette peinture en toute bonne foi, non ? dit Kristen. (Elle s'interrompt pour donner une tape sur la main d'une adolescente occupée à fouiller dans le frigo.) Non, pas de mousse au chocolat. Sinon, tu n'auras pas faim pour le dîner.
— Oui. J'ai même réussi à retrouver le reçu.

Elle l'avait dans son sac à main : un morceau de papier en lambeaux, arraché au dos d'une revue. « Pour acquit contre un portrait, titre probable *Les Yeux de Sophie*. 30 000 pesetas. Mme Marianne Baker. »

— Alors il est à toi. Tu l'as acheté, tu as le reçu. Ça ne peut que s'arrêter là. Tasmin ? Tu veux bien aller dire à George qu'on dîne dans dix minutes ?

— Ça semblerait logique. Et, d'après la femme qui nous l'a vendu, il était en la possession de sa mère depuis un demi-siècle. Elle était d'ailleurs prête à nous le donner, mais David a insisté pour l'acheter.

— Franchement, cette histoire est assez ridicule. (Kristen arrête de mélanger la salade pour lever les mains en l'air.) Enfin, sinon, jusqu'où ça peut aller ? Imagine que tu achètes une maison dont le terrain a été confisqué au Moyen Âge. Est-ce que ça signifie que quelqu'un est en droit d'obtenir ton éviction ? Dois-je rendre mon solitaire parce que le diamant ne provient pas de la bonne mine en Afrique ? On parle de la Première Guerre mondiale, bon sang ! Il y a presque un siècle ! Le système juridique va trop loin.

Liv se renverse contre le dossier de sa chaise. Encore sous le choc, tremblante, elle a appelé Sven dans l'après-midi, et il l'a invitée à dîner. Il s'est montré d'un calme rassurant quand elle lui a parlé de la lettre, haussant même les épaules en la lisant. « Ce doit être une nouvelle variante du filon des accidentés de la route ; tu sais, ces avocats qui cherchent des clients sur les sites d'accidents ou dans les hôpitaux. En tout cas, ça me semble très invraisemblable. Je vais me renseigner. Mais je ne m'inquiéterais pas trop si j'étais toi. Tu as un reçu, tu l'as acheté légalement, donc je ne vois pas comment ça pourrait être porté devant un tribunal. »

Kristen pose le saladier sur la table.

— Qui est l'artiste, d'ailleurs ? Tu aimes les olives ?

— Il s'appelle Édouard Lefèvre, apparemment. Mais le tableau n'est pas signé. Oui. Merci.

— Il y a un truc que je voulais te dire... depuis la dernière fois qu'on s'est parlé. (Kristen lève les yeux vers sa fille et la pousse en direction de la porte.) Allez, va, Tasmin, nous devons discuter un peu entre grandes personnes.

L'adolescente sort de la pièce, non sans avoir jeté à sa mère un regard mécontent par-dessus son épaule.

— C'est au sujet de Rog'.

— Qui ?

— J'ai de mauvaises nouvelles. (Kristen grimace, se penche au-dessus de la table, puis prend une profonde inspiration très théâtrale.) Je voulais te le dire la semaine dernière, mais je ne savais pas comment aborder le sujet. Vois-tu, il t'a trouvée tout à fait agréable, mais je crains que tu ne sois pas... eh bien... il dit que tu n'es pas son genre.

— Ah bon !

— Il cherche vraiment une femme... plus jeune. Je suis tellement désolée. Mais il m'a semblé que tu méritais de savoir la vérité. L'idée que tu restes assise à attendre qu'il t'appelle m'était tout simplement insupportable.

Liv s'efforce de garder un visage impassible quand Sven pénètre dans la pièce. Il tient une feuille où il a griffonné quelques notes.

— Je viens de parler avec un ami qui travaille chez Sotheby's. Bon… La mauvaise nouvelle, c'est que l'ARRA est une agence très respectée dans le milieu. Ils retrouvent des œuvres d'art volées, mais s'occupent de plus en plus de cas plus complexes également : la restitution d'œuvres disparues en temps de guerre. Ils ont restitué des pièces très en vue ces dernières années, dont certaines appartenant à des collections nationales. Il semble que ce soit un secteur en expansion.

— Mais *Les Yeux de Sophie* n'est pas une œuvre d'art en vue ! C'est juste une petite peinture à l'huile dénichée par hasard pendant notre lune de miel.

— Eh bien… c'est vrai jusqu'à un certain point. Dis-moi, est-ce que tu as fait des recherches sur ce Lefèvre, après avoir reçu la lettre ?

À peine Paul parti, elle s'est précipitée sur son ordinateur. Lefèvre était un membre mineur de l'école impressionniste au tournant du siècle précédent. Elle avait trouvé une photographie sépia d'un grand bonhomme aux yeux brun foncé et aux cheveux mi-longs. Il avait brièvement travaillé sous l'égide de Matisse.

— Je commence à comprendre pourquoi son œuvre – s'il s'agit bien de son œuvre – peut faire l'objet d'une demande de restitution.

— Continue, l'encourage Liv en gobant une olive.

Kristen est debout à côté d'elle, un torchon à la main.

— Je ne lui ai bien évidemment pas parlé de l'affaire en cours, et il ne peut pas l'estimer sans le voir, mais sur la base de la dernière vente réalisée pour Lefèvre et en fonction de sa provenance, selon lui le tableau pourrait facilement valoir entre deux et trois millions de livres.

— Quoi ? dit-elle faiblement.

— Oui. Le petit cadeau de mariage de David s'avère être un investissement judicieux. Deux millions de livres « minimum », d'après ses mots exacts. En fait, il te recommande de le faire estimer par un assureur. Apparemment, notre Lefèvre est devenu un monsieur très en vogue sur le marché de l'art. Les Russes ont un faible pour lui, et du coup les prix se sont envolés.

Liv a avalé l'olive tout rond et manque de s'étouffer. Kristen lui administre de grandes tapes dans le dos, puis lui sert un verre d'eau. Liv boit à petites gorgées, tournant et retournant les paroles de Sven dans sa tête sans parvenir à leur donner un sens. Celui-ci reprend :

— Je suppose qu'il n'y a donc rien d'étonnant à ce que soudain des gens sortent d'un peu partout et essaient de grappiller une part du butin. J'ai demandé à Shirley au bureau de nous dénicher des études de cas et de me les envoyer par e-mail. Ces personnes ont fouillé un peu dans l'histoire familiale et réclament la restitution du tableau en expliquant combien leurs grands-parents y tenaient, que sa perte leur a brisé le cœur... Ensuite, elles le récupèrent et... devinez quoi ?

— Quoi donc ? demande Kristen.

— Elles le vendent. Et elles deviennent plus riches que dans leurs rêves les plus fous.

Le silence s'abat sur la cuisine.

— Deux à trois millions de livres ? Mais... mais nous l'avons payé 200 euros...

— Ça me fait penser à cette émission, *Un trésor dans votre maison*, lance joyeusement Kristen.

— Ça ne m'étonne pas plus que ça, connaissant David. Tout ce qu'il touchait se transformait en or. (Sven se sert un verre de vin.) Quel dommage qu'ils aient su que le tableau se trouve chez toi. Parce que je doute qu'ils auraient pu le prouver sans mandat. Savent-ils avec certitude qu'il est dans ton appartement ?

Liv pense à Paul, et le nœud dans son estomac se resserre.

— Oui, répond-elle. Ils savent.

— D'accord. Bon, dans tous les cas, dit-il en s'asseyant à côté d'elle et en posant une main sur son épaule, il faut qu'on te trouve un avocat costaud. Et vite.

Liv traverse les deux jours suivants comme une somnambule, le cerveau en ébullition, le cœur battant la chamade. Elle va chez le dentiste, achète du pain et du lait, rend ses textes dans les temps, apporte des mugs de thé à Fran en bas, puis les remonte quand celle-ci se plaint qu'elle a oublié le sucre. Elle n'enregistre quasiment rien. Elle pense à la façon dont Paul l'a embrassée, à leur rencontre accidentelle, à la générosité peu commune avec laquelle il lui a proposé son aide. Avait-il tout manigancé ? Étant donné la valeur du portrait, avait-elle été victime d'une arnaque soigneusement orchestrée ? Elle cherche Paul McCafferty sur Google et lit des témoignages sur sa carrière à la brigade spécialisée dans le trafic d'œuvres d'art ; tous vantent son « brillant esprit d'analyse », sa « stratégie pragmatique ». Tout ce qu'elle croyait savoir à son sujet s'écroule. Ses pensées tournent et s'entrechoquent, dévient vers de nouvelles et terribles directions. À deux reprises, elle se sent mal et doit se lever de table pour aller s'asperger le visage d'eau froide.

En novembre dernier, l'ARRA a permis la restitution à une famille juive de Russie d'un petit Cézanne, dont la valeur a été estimée à quinze millions de livres environ.

D'après la rubrique « Qui sommes-nous » de leur site, l'ARRA travaille à la commission...

Paul lui envoie des messages à trois reprises.

> Est-ce qu'on peut parler ? Je sais que c'est difficile, mais s'il te plaît... pourrait-on en discuter ?

Il paraît tellement raisonnable. Comme quelqu'un en qui on pourrait presque avoir confiance. Elle dort de manière sporadique et doit se forcer à s'alimenter.

Mo observe et, pour une fois, se tait.

Liv court. Tous les matins, et le soir aussi, parfois. Elle court au lieu de penser, de manger et même de dormir. Elle court jusqu'à ce que les tibias lui brûlent et que ses poumons semblent sur le point d'exploser. Elle suit de nouveaux itinéraires : les petites rues de Southwark, de l'autre côté du pont, les boulevards extérieurs illuminés de la City, slalomant entre les banquiers en costume et les secrétaires portant des cafés.

Le vendredi, à 18 heures, elle se prépare à aller courir. Il fait frais, mais la soirée est magnifique, et Londres ressemble à un décor de comédie romantique. Sa respiration est visible dans l'air immobile, et Liv a tiré un bonnet en laine sur son front, dont elle se débarrassera un peu avant le pont de Waterloo. Au loin, les lumières du quartier d'affaires scintillent au-dessus de la ligne des toits ; les bus roulent au pas le long d'Embankment, les rues grouillent de monde. Elle enfonce les écouteurs de son iPod dans ses oreilles, ferme la porte de l'immeuble, fourre les clés dans la poche de son short et s'élance à une allure régulière. Les pulsations assourdissantes et implacables de la musique inondent son esprit, ne laissant plus aucune place à la pensée.

— Liv.

Il fait un pas de côté pour se mettre en travers de sa route ; elle trébuche, tend le bras par réflexe, puis le replie dès qu'elle le reconnaît, comme si ce simple contact l'avait brûlée.

— Liv... Il faut qu'on parle.

Il porte sa veste marron, dont il a relevé le col pour se protéger du froid, et tient un dossier coincé sous le coude. Leurs regards se croisent, mais elle fait volte-face avant qu'aucun sentiment ne se manifeste et repart en courant, le cœur battant à tout rompre dans sa poitrine.

Il la suit. Elle ne regarde pas, mais elle distingue tout juste sa voix par-dessus la musique. Elle monte encore le volume ; elle sent presque la vibration de ses pas sur les dalles du trottoir derrière elle.

— Liv !

Paul lui empoigne le bras gauche et, presque instinctivement, elle lance sa main droite et le gifle violemment. Le choc provoqué par l'impact est si puissant qu'ils titubent tous deux en arrière. Paul plaque une paume sur son nez.

Elle arrache ses écouteurs.

— Fous-moi la paix ! s'écrie-t-elle en retrouvant son équilibre. Dégage !

— Je veux te parler.

Du sang coule entre ses doigts. Il baisse les yeux et le voit.
— Merde.

Le dossier tombe pendant qu'il enfonce maladroitement sa main libre dans sa poche, dont il sort un grand mouchoir en tissu qu'il presse sur son visage. Il lève l'autre dans un geste d'apaisement.

— Liv, je sais que tu es furieuse contre moi, mais...

— Furieuse contre toi ? Furieuse contre toi ? C'est un mot bien trop faible pour définir ce que je ressens. Tu t'introduis chez moi par ruse, prétends avoir retrouvé mon sac, me baratines jusqu'à ce que je t'invite dans mon lit, et ensuite... Oh! Ça alors! Quelle surprise... Voilà le tableau que, comme par hasard, tu es chargé de retrouver en échange d'une belle commission.

— Quoi? (Sa voix est assourdie par le mouchoir.) Quoi? Tu crois que je t'ai volé ton sac? Tu crois que j'ai prémédité tout ça? Tu es folle?

— N'essaie plus de m'approcher.

La voix tremblante et les oreilles bourdonnantes, elle s'éloigne de lui à reculons. Des passants se sont arrêtés pour les observer.

Il lui emboîte le pas.

— Non. Écoute-moi. Juste une minute. Je suis un ex-flic. Je ne vole pas de sacs à main, et d'ailleurs je ne m'occupe pas non plus de les rendre à leurs propriétaires. Je t'ai rencontrée, et tu m'as plu, et puis le destin a décidé de nous jouer un tour merdique, puisqu'il se trouve que tu détiens le tableau que mon client m'a chargé de récupérer. Si j'avais pu confier ce boulot à quelqu'un d'autre, crois-moi, je l'aurais fait. Je suis désolé. Mais il faut que tu m'écoutes.

Il écarte le mouchoir de son visage. Elle aperçoit du sang sur sa lèvre.

— Cette peinture a été volée, Liv. J'ai épluché tout le dossier. C'est un portrait de Sophie Lefèvre, la femme de l'artiste. Elle a été emmenée par les Allemands, et le tableau a disparu tout de suite après.

— C'était il y a cent ans!

— Et tu crois que ça suffit à effacer l'ardoise? Tu sais ce que ça fait de se voir arracher quelque chose que tu aimes?

— Oui, figure-toi.

— Liv, tu es quelqu'un de bien. Je sais que c'est un choc, mais prends le temps d'y réfléchir. Je suis sûr que tu feras le bon choix. Le temps seul ne répare pas une injustice.

Ton tableau a été volé à la famille de cette pauvre fille. C'était tout ce qui leur restait d'elle, et il leur appartient. La seule attitude correcte est de le leur rendre. (Il s'exprime d'une voix douce, presque convaincante.) Quand tu sauras ce qui lui est arrivé, tu verras Sophie Lefèvre sous un autre jour.

— Oh, épargne-moi donc ton baratin moralisateur.
— Quoi ?
— Tu crois que je ne sais pas combien il vaut ?

Il la regarde fixement.

— Tu crois que je ne me suis pas renseignée sur toi et ton agence ? Sur la façon dont vous opérez ? Je sais de quoi il est question, au fond, Paul, et ça n'a rien à voir avec les « injustices » et les « bonnes décisions » dont tu te gargarises. (Elle grimace.) Tu dois me prendre pour une bonne poire de première catégorie. La gourde qui vit seule dans sa maison vide, qui pleure toujours son mari, perchée là-haut, inconsciente du trésor qu'elle a juste sous le nez… C'est une histoire d'argent, Paul. Toi, et celui qui t'emploie, voulez la toile parce qu'elle vaut une fortune. Eh bien, en ce qui me concerne, il ne s'agit pas d'argent. Vous ne pouvez pas m'acheter, et elle non plus. Et maintenant, laisse-moi tranquille.

Liv fait volte-face et part en courant avant qu'il n'ait pu réagir. Les pulsations de son cœur résonnent à ses oreilles, si assourdissantes qu'elles noient tous les autres sons. Elle ne ralentit qu'une fois arrivée au Southbank Centre, où elle fait demi-tour. Paul a disparu, englouti par les milliers de gens qui sillonnent les rues de Londres pour rentrer chez eux. Quand elle arrive devant son immeuble, la jeune femme est au bord des larmes, hantée par le fantôme de Sophie Lefèvre. « C'était tout ce qui leur restait d'elle. La seule attitude correcte est de le leur rendre. »

— Salaud, répète-t-elle entre ses dents tout en essayant d'échapper à l'emprise de ses paroles. Salaud, salaud…
— Liv !
Elle sursaute quand un homme surgit du renfoncement de la porte de son immeuble. Mais c'est son père, un béret enfoncé sur la tête, une écharpe arc-en-ciel autour du cou, et son vieux manteau de tweed qui lui descend aux genoux. Son visage brille comme de l'or sous les lampadaires. Il lui ouvre les bras, révélant un tee-shirt des Sex Pistols aux couleurs délavées.
— Enfin te voilà ! Comme nous n'avons eu aucune nouvelle après ton rancard super chaud, je me suis dit que ce serait sympa de te rendre visite pour savoir comment ça s'est passé !

# Chapitre 19

—Puis-je vous offrir un café?
Liv lève la tête vers la secrétaire qui lui tend une tasse.
— Merci.
Elle est assise dans un somptueux fauteuil en cuir, presque immobile, les yeux baissés sur le journal qu'elle feint de lire depuis un quart d'heure.

Elle porte un tailleur, le seul qu'elle possède, à la coupe probablement démodée, mais cette rigueur structurante la rassure. Depuis sa première visite au cabinet d'avocats, elle se sent complètement dépassée par les événements, et aujourd'hui elle a besoin de pouvoir compter sur un autre élément que son sang-froid pour tenir le coup.

— M. Phillips est descendu les attendre à la réception. Ils ne devraient plus tarder.

Avec un sourire professionnel, la femme pivote sur ses talons hauts et s'éloigne.

C'est du vrai café. C'est la moindre des choses, vu leur taux horaire. Sven a insisté : il est inutile qu'elle riposte sans puissance de feu. Il a consulté ses connaissances travaillant pour des maisons de ventes et ses contacts au barreau pour savoir qui serait le plus indiqué pour contrer cette demande de restitution. Malheureusement, a-t-il ajouté, les grosses pointures coûtent cher. Chaque fois que Liv regarde Henry Phillips, sa coupe de cheveux impeccable, ses magnifiques chaussures cousues main, son visage rondelet dont le hâle fleure les vacances coûteuses, elle ne peut s'empêcher de penser : *Si tu es riche, c'est grâce à des gens comme moi.*

Entendant des bruits de pas et des voix dans le vestibule, elle se lève, lisse sa jupe et se compose une expression indéchiffrable. Soudain, elle l'aperçoit, son écharpe bleue autour du cou, un dossier sous le bras, à peine visible derrière Henry et trois personnes qu'elle ne reconnaît pas. Il croise son regard, et elle se détourne prestement, sentant les poils de sa nuque se hérisser.

— Liv ? Nous sommes tous là. Vous voulez bien nous accompagner en salle de réunion ? Je vais demander qu'on vous y apporte votre café.

Elle regarde fixement Henry, qui passe devant elle et tient la porte à l'autre femme. Elle perçoit la présence de Paul comme si son corps dégageait de la chaleur. Il est juste à côté d'elle. Elle remarque qu'il porte un jean ; manifestement, ce rendez-vous lui importe si peu qu'il aurait tout aussi bien pu sortir se promener.

— Vous avez arnaqué beaucoup d'autres filles récemment ? lui glisse-t-elle à voix basse de façon qu'il soit le seul à l'entendre.

— Non. J'étais trop occupé à voler des sacs à main et à séduire de pauvres innocentes.

Elle relève brutalement la tête, et il plante son regard dans le sien. Elle se rend compte, assez choquée, qu'il est aussi furieux qu'elle.

Les murs de la salle de réunion sont lambrissés, les sièges massifs et tapissés de cuir. Une paroi entière disparaît derrière des rangées de livres reliés de cuir. L'ensemble évoque des années de pratique et dégage une impression de sagesse imposante. Liv suit Henry et, quelques instants plus tard, ils sont tous assis de chaque côté de la table. Elle regarde son bloc-notes, ses mains, sa tasse ; tout sauf Paul.

— Bien. (Henry attend que le café soit servi, puis, les coudes sur la table, il joint le bout de ses doigts.) Nous sommes réunis pour discuter, sans préjudice de ses droits, de la demande de restitution contre Mme Halston par l'intermédiaire de l'ARRA, et pour essayer de définir si existe la possibilité d'aboutir à un accord amiable.

Liv regarde fixement les personnes assises en face d'elle. La femme doit avoir environ trente-cinq ans. Elle a des cheveux noirs qui tombent en frisettes autour de son visage, et arbore une expression concentrée tandis qu'elle griffonne sur un bloc-notes. L'homme à côté d'elle a les traits épais d'un Serge Gainsbourg d'âge moyen, confirmant l'idée de Liv qu'on doit pouvoir deviner la nationalité de quelqu'un rien qu'en l'observant. Celui-ci est si typiquement français qu'il pourrait aussi bien fumer des Gitanes et porter une baguette sous le bras.

L'homme à côté de lui doit être leur juriste.

Et puis il y a Paul.

— Je pense qu'il serait judicieux de commencer par des présentations. Je m'appelle Henry Phillips, et je représente Mme Halston. Voici Sean Flaherty, qui représente l'ARRA, Paul McCafferty et Janey Dickinson, ses directeurs. Voici M. Lefèvre, de la famille Lefèvre, qui présente la demande conjointement avec l'ARRA. Mme Halston, l'ARRA est une agence spécialisée dans la recherche et la récupération de…

— Merci, je suis au courant, l'interrompt-elle.

Oh, il est si proche, assis juste en face d'elle : elle distingue les veines sur ses mains, la façon dont les poignets de sa chemise – la même qu'il portait le soir où ils se sont rencontrés – dépassent des manches de sa veste. S'il étendait les jambes sous la table, leurs pieds se toucheraient. Elle garde les siens soigneusement sous sa chaise et tend la main pour attraper sa tasse.

— Paul, peut-être souhaitez-vous expliquer à Mme Halston l'origine de cette requête.

— Oui, dit-elle d'une voix glaciale en relevant lentement la tête. J'aimerais l'entendre.

Paul la regarde droit dans les yeux. Elle se demande s'il perçoit l'intensité des vibrations qui parcourent son corps. Il lui semble que sa respiration la trahit et que tout le monde doit les sentir.

— Eh bien… J'aimerais commencer par des excuses, dit-il. Je suis conscient que cela a dû être un choc. C'est tout à fait regrettable. Malheureusement, il n'y a aucune façon agréable de procéder dans ces circonstances.

Il l'observe toujours. Elle sent qu'il attend un regard, un signe de reconnaissance de sa part. Sous la table, elle s'enfonce les ongles dans les genoux pour détourner ses pensées de lui.

— Personne ne souhaite s'emparer d'un bien qui appartient légitimement à autrui. Et telle n'est pas notre intention. Mais il y a longtemps, pendant la guerre, un tort a été causé. Un tableau, *Les Yeux de Sophie*, d'Édouard Lefèvre, que possédait et chérissait à l'époque son épouse, a été confisqué pour passer en possession des Allemands.

— Vous ne le savez pas avec certitude, réplique-t-elle.

— Liv, intervient Henry sur un ton d'avertissement.

— Nous disposons de témoignages allant dans ce sens : un journal tenu par une voisine de Mme Lefèvre suggère qu'un portrait de la femme de l'artiste a été volé ou obtenu sous la contrainte par un *Kommandant* allemand alors cantonné dans la zone. Il est vrai que cette affaire sort de l'ordinaire, dans la mesure où nous travaillons généralement sur des pertes subies au cours de la Seconde Guerre mondiale et que, dans le cas présent, nous pensons que le vol initial a eu lieu durant la Grande Guerre. Néanmoins, la convention de La Haye s'applique toujours.

— Alors pourquoi maintenant ? s'exclame Liv. Presque cent ans après qu'il a été volé, d'après ce que vous dites. Justement au moment où l'œuvre de M. Lefèvre a pris énormément de valeur. Pratique, vous ne trouvez pas ?

— La valeur de l'œuvre n'a pas d'importance.

— Très bien. Dans ce cas, laissez-moi vous dédommager. Immédiatement. Que diriez-vous si je vous versais l'équivalent du prix que je l'ai payée ? Parce que j'ai toujours le reçu. Accepteriez-vous cette somme et me laisseriez-vous tranquille ensuite ?

Le silence s'abat sur la pièce.

Henry tend la main et lui touche le bras. Elle serre si fort son stylo que les jointures de ses doigts en sont blanches.

— Si vous me permettez…, dit-il tranquillement. Le but de cette réunion est de proposer un certain nombre de solutions, et de voir si l'une d'entre elles est jugée acceptable par les deux parties.

Janey Dickinson échange quelques mots à voix basse avec André Lefèvre. Elle affiche un calme étudié digne d'une maîtresse d'école.

— Je dois signaler ici que, en ce qui concerne la famille Lefèvre, la seule issue acceptable est la restitution du tableau.

— Sauf que ce n'est pas leur tableau, objecte Liv.

— D'après la convention de La Haye, si, rétorque Janey calmement.

— Ce sont des conneries.

— C'est la loi.

Liv lève les yeux ; Paul la regarde fixement. Son visage est impassible, mais il lui semble déceler dans son regard une trace de regret. Pour quoi? Cet échange de cris par-dessus une table en acajou verni? Une nuit volée? Un tableau dérobé? Elle n'est pas sûre. « Ne me regarde pas », lui ordonne-t-elle en silence.

Sean Flaherty intervient:

— Peut-être que... Peut-être que, comme le dit Henry, nous pourrions au moins esquisser les contours de règlements possibles.

— Oh, vous pouvez esquisser tout ce que vous voulez, siffle Liv.

— Il y a de nombreux précédents dans des affaires semblables. Mme Halston est libre de mettre fin à la demande. Cela signifierait, madame Halston, que vous paieriez à la famille Lefèvre la valeur du tableau et le conserveriez.

Sans lever les yeux de son bloc-notes, Janey Dickinson lance:

— Comme je l'ai déjà indiqué, la famille n'est pas intéressée par une compensation financière. Elle souhaite récupérer le tableau.

— Oh, très bien, dit Liv. Vous croyez que c'est la première fois que je prends part à des négociations? Vous croyez que je ne sais pas voir quand on ouvre le feu?

— Liv, s'interpose encore Henry. Si nous pouvions...

— Je sais parfaitement ce qui se passe. « Oh, non, nous ne voulons pas d'argent. » Jusqu'à ce qu'on propose le gros lot. Alors là, curieusement, tout le monde parvient à surmonter sa douleur.

— Liv, souffle Henry.

Elle expire bruyamment. Sous la table, ses mains tremblent.

— Il est arrivé que les parties conviennent de partager le tableau, poursuit Sean Flaherty. Dans le cas de ce que nous appelons des biens indivis, comme ici, cela est, certes, compliqué. Mais dans plusieurs affaires, les parties ont accepté le principe de multipropriété de l'œuvre d'art, ou se sont mises d'accord pour en être ensemble les propriétaires, tout en autorisant que celle-ci soit exposée dans un musée important. Dans ce cas, les visiteurs ont été informés par un écriteau à la fois du vol dont elle a fait l'objet et de la générosité de ses propriétaires antérieurs.

Liv secoue la tête en silence.

— Il existe aussi la possibilité de la vente et du partage, où l'on...

— Non ! se récrient Liv et Lefèvre en chœur.

— Madame Halston...

— Oui, monsieur McCafferty ?

— Madame Halston, répète Paul d'une voix plus dure. Je me vois dans l'obligation de vous informer que notre dossier est très solide. Nous disposons de nombreuses preuves en faveur de la restitution et d'un corpus de précédents qui appuie notre cause. Dans votre intérêt, je suggère que vous réfléchissiez très sérieusement à la possibilité d'un accord.

Le silence s'installe de nouveau dans la pièce.

— Cherchez-vous à m'intimider ? demande Liv.

— Non, répond lentement Paul. Mais je vous rappelle qu'il est dans l'intérêt de tous de parvenir à un arrangement à l'amiable. Cette requête ne va pas disparaître. Je... Nous n'allons pas disparaître.

Soudain elle le revoit, le bras posé en travers de sa taille nue, la touffe de ses cheveux bruns caressant son sein gauche, souriant dans la pénombre.

Elle relève légèrement le menton.

— Vous n'avez pas le droit de la prendre, déclare-t-elle. Je vous revois au tribunal.

Ils sont dans le bureau d'Henry. Elle tient dans sa main un verre de whisky bien tassé. C'est la première fois de sa vie qu'elle en boit en pleine journée, mais Henry l'a servie comme si c'était une évidence. Il attend quelques minutes pendant qu'elle sirote plusieurs gorgées.

— Je dois vous prévenir. Ce procès va coûter cher, dit-il en se calant contre le dossier de son fauteuil.

— Cher comment ?

— Eh bien, dans de nombreux cas, l'œuvre a dû être vendue après le procès uniquement pour payer les frais de justice. Récemment, un demandeur dans le Connecticut a récupéré des œuvres volées d'une valeur de vingt-deux millions de dollars. Mais il devait plus de dix millions rien qu'à son avocat. Nous devrons rémunérer des experts, notamment des spécialistes du droit français, étant donné l'histoire du tableau. Et ces affaires peuvent s'éterniser, Liv.

— Mais ils doivent payer nos frais si nous gagnons, n'est-ce pas ?

— Pas nécessairement.

Elle digère la nouvelle.

— Bon, de combien de chiffres parlons-nous ? Cinq ?

— Je tablerais sur six. Cela dépend de leur puissance de feu. Mais ils ont des précédents de leur côté. (Henry hausse les épaules.) Nous pouvons prouver que vous avez un titre de propriété valide. Mais il semble y avoir des lacunes dans l'histoire du tableau, pour l'instant, et s'ils disposent de preuves qu'il a été confisqué pendant la guerre, alors…

— Six chiffres ? s'exclame-t-elle en se levant et en commençant à faire les cent pas dans la pièce. Je n'arrive pas à y croire. Je n'arrive pas à croire que quelqu'un puisse débarquer dans ma vie et exiger d'obtenir un objet qui m'appartient. Un bien qui est en ma possession depuis toujours.

— Ils sont loin d'avoir un dossier en béton. Mais je dois dire que le climat politique actuel est favorable aux demandeurs. Sotheby's a vendu trente-huit œuvres restituées l'année dernière. Contre zéro il y a dix ans.

Liv se sent toujours autant à cran que quand elle est sortie de la salle de réunion.

— Il ne l'aura... Ils ne l'auront pas, assène-t-elle.

— Mais l'argent? J'ai cru comprendre que votre situation financière était déjà délicate.

— J'hypothéquerai de nouveau la maison. Puis-je faire quelque chose pour réduire les dépenses?

Henry se penche sur son bureau.

— Si vous décidez de vous battre, vous pouvez faire beaucoup de choses. Surtout, plus vous en apprendrez sur la provenance de l'œuvre, plus notre position sera solide. Autrement, je devrai confier les recherches à quelqu'un du cabinet, qui vous sera facturé à l'heure, sans compter le prix des experts judiciaires une fois que nous serons au tribunal. Voyez si vous pouvez vous en charger, puis nous ferons un point, et je m'occuperai de donner des instructions à un avocat plaidant.

— Je m'y mets tout de suite en rentrant.

L'assurance dans la voix de leurs adversaires résonne à ses oreilles : « Notre dossier est très solide. Nous disposons d'un corpus de précédents qui appuie notre cause. » Elle revoit l'expression faussement inquiète de Paul : « Il est dans l'intérêt de tous de parvenir à un arrangement à l'amiable. »

Elle sirote son whisky et se calme un peu, se sentant soudain très seule.

— Henry, que feriez-vous si vous étiez à ma place?

Le juriste joint le bout de ses doigts et les presse contre son nez.

— C'est une situation terriblement injuste. Mais, Liv, personnellement je réfléchirais sérieusement avant de porter l'affaire devant un tribunal. Les procès de ce type peuvent devenir… moches. Il serait judicieux de considérer la possibilité d'un arrangement qui vous satisfasse.

Elle ne peut effacer le visage de Paul de son esprit.

— Non, dit-elle abruptement. Il ne l'aura pas.

— Même si…

— Non.

Elle sent ses yeux rivés sur elle pendant qu'elle rassemble ses affaires et quitte la pièce.

Paul sélectionne le numéro pour la quatrième fois, mais il hésite à appuyer sur la touche «Appeler». Il se ravise et glisse son téléphone dans la poche arrière de son pantalon. De l'autre côté de la rue, un homme en costume discute avec une contractuelle, gesticulant pendant qu'elle le toise avec indifférence.

— Tu viens déjeuner? demande Janey sur le seuil de son bureau. On a réservé pour 13 h 15.

Elle vient probablement de se parfumer, car il sent son eau de toilette de là où il se tient.

— Ma présence est-elle vraiment nécessaire?

Il n'est pas d'humeur à faire la conversation. Il n'a aucune envie de se montrer charmant et de vanter les résultats stupéfiants de l'agence en matière de restitutions. Ni de se retrouver assis à côté de Janey, de la sentir se pencher vers lui chaque fois qu'elle rit, son genou frôlant le sien. Mais surtout, il n'aime pas André Lefèvre, son regard soupçonneux et le pli amer de sa bouche. Il est rare qu'un client lui inspire une telle antipathie aussi vite.

« Puis-je savoir à quel moment vous vous êtes aperçus de la disparition du tableau ? » lui a-t-il demandé.

« Nous l'avons découverte grâce à un audit. »

« Donc il ne vous manquait pas personnellement ? »

« Personnellement ? (Lefèvre a haussé les épaules.) Pourquoi laisser quelqu'un d'autre bénéficier financièrement d'une œuvre qui devrait être en notre possession ? »

— Pourquoi tu ne veux pas venir ? demande Janey. Qu'as-tu à faire de si urgent ?

— J'ai de la paperasse en retard.

Janey l'observe un instant. Elle porte du rouge à lèvres. Et des talons. *C'est vrai qu'elle a de jolies jambes*, songe-t-il distraitement.

— Nous avons besoin de cette affaire, Paul. Et André doit repartir d'ici avec l'assurance que nous allons gagner.

— Dans ce cas, je pense que mon temps sera plus utilement employé à faire des recherches plutôt qu'à déjeuner avec lui, répond Paul sans la regarder, les mâchoires crispées, l'air buté. (Il s'est montré désagréable avec tout le monde cette semaine.) Emmène donc Miriam, conclut-il. Elle mérite un bon déjeuner.

— Je ne crois pas qu'il soit prévu dans notre budget d'inviter les secrétaires quand l'envie nous en prend.

— Je ne vois pas pourquoi. Et Lefèvre appréciera peut-être sa présence. Miriam ? Miriam ?

Paul se renverse en arrière dans son fauteuil, le regard planté dans celui de Janey.

Miriam glisse la tête dans le bureau, la bouche pleine de sandwich au thon.

— Oui ?

— Voudriez-vous me remplacer pour le déjeuner avec M. Lefèvre ?

— Paul, nous…

Janey serre les dents.

Le regard de Miriam passe de l'un à l'autre. Elle avale sa bouchée.

— C'est très gentil, mais...

— ... mais Miriam a un sandwich. Et des contrats à taper. Merci, Miriam.

Janey attend que la jeune femme referme la porte, puis se tourne de nouveau vers Paul avec une moue agacée.

— Tout va bien, Paul?

— Tout va très bien.

— Bon, dit Janey sans parvenir à dissimuler la tension dans sa voix. Manifestement, je n'arriverai pas à te faire changer d'avis. Je suis impatiente de connaître ce que tu auras découvert sur notre affaire, et qui ne manquera pas d'être concluant.

Elle s'attarde un instant sur le seuil, puis s'en va. Il l'entend s'adresser en français à Lefèvre au moment où ils quittent l'agence.

Paul se redresse, le regard perdu dans le vide.

— Eh, Miriam?

Celle-ci reparaît dans l'embrasure de la porte, son sandwich à la main.

— Désolé. C'était...

— Pas de problème.

Elle sourit, essuie une miette de pain au coin de sa bouche et ajoute quelques mots incompréhensibles. Difficile de savoir si elle a entendu des bribes de sa conversation avec Janey.

— Des appels?

Elle avale bruyamment.

— Un seul, du directeur de la Museums Association, comme je vous l'ai dit tout à l'heure. Vous voulez que je le rappelle?

Il lui sourit, mais son regard reste éteint.

— Non, ne vous inquiétez pas.

Elle ferme la porte, et son soupir, bien que bas et lent, emplit le silence.

Liv décroche le tableau du mur. Du bout du doigt, elle effleure la surface couverte de peinture à l'huile, dont les reliefs et les volutes racontent les mouvements du pinceau, s'émerveillant qu'ils retracent les gestes mêmes de l'artiste. Puis elle contemple la femme sur la toile. La dorure du cadre est écaillée à certains endroits, mais elle l'a toujours trouvé charmant, et a toujours apprécié le contraste qu'il forme avec les lignes pures et modernes de la pièce. Elle aimait que *Les Yeux de Sophie* soit l'unique source de couleur dans la chambre, ancienne et précieuse, brillant comme un bijou en face de son lit.

Sauf que ce portrait n'est plus seulement un morceau d'histoire partagé, le souvenir d'une plaisanterie intime entre un mari et sa femme. Il est celui de l'épouse d'un artiste célèbre, disparue, probablement assassinée, son dernier lien avec un époux prisonnier dans un camp de représailles. *Les Yeux de Sophie* est un tableau volé, l'objet d'un procès et d'une enquête à venir. Liv ne sait que penser de cette nouvelle version ; ce qui est certain, c'est qu'une part de l'œuvre ne lui appartient déjà plus.

« Le tableau a été confisqué pour passer en possession des Allemands. »

*André Lefèvre.*

Son regard vide. Son expression belliqueuse. Il avait à peine pris le temps de jeter un coup d'œil à l'image de Sophie.

*Et McCafferty.*

Chaque fois que Liv repense à Paul dans cette salle de réunion, elle se sent bouillir de colère. Elle a parfois l'impression que la rage la consume, comme si elle était en permanence en surchauffe. Comment peut-il livrer Sophie ainsi ?

Liv sort ses tennis de la boîte rangée sous son lit, enfile un legging, puis, après avoir fourré sa clé et son téléphone dans sa poche, elle part courir.

Elle passe devant Fran qui la regarde s'éloigner vers le fleuve, assise sur son cageot retourné. Liv la salue d'un geste de la main. Elle n'a pas envie de parler.

C'est le début de l'après-midi, et sur les rives de la Tamise déambulent des employés de bureau qui retournent travailler après un long déjeuner, des troupeaux d'écoliers menés par des enseignants épuisés, criant des ordres, de jeunes mères moroses indifférentes à leur bébé, tapant distraitement un message sur leur portable tout en poussant un landau. Liv court, zigzaguant entre eux, ne ralentissant que quand le souffle lui manque ou qu'elle a un point de côté ; elle court jusqu'à n'être qu'un autre corps parmi la foule, invisible, indiscernable. Elle s'y ouvre un passage, court encore, jusqu'à ce que les tibias la brûlent, jusqu'à ce que la transpiration dessine un T sombre dans son dos et rende son visage luisant. Elle court jusqu'à avoir mal, jusqu'à ne plus pouvoir penser à autre chose qu'à la simple douleur physique.

Enfin elle fait demi-tour et rentre en marchant le long de Somerset House quand son téléphone annonce la réception d'un texto. Elle s'arrête et le sort de sa poche, essuyant d'un revers de main la sueur qui lui pique les yeux.

Liv. Appelle-moi.

Courant encore à moitié, Liv gagne la berge et là, sans se laisser le temps de réfléchir, elle balance son bras dans un long mouvement fluide et jette l'appareil dans le fleuve. Celui-ci disparaît sans un bruit, dans l'indifférence générale, sombrant au fond de l'eau gris ardoise tourbillonnante qui coule vers le centre de la capitale.

# Chapitre 20

*Février 1917*

*Ma très chère sœur,*

*Cela fait trois semaines et quatre jours que tu es partie, et je ne sais si cette lettre te parviendra ni, d'ailleurs, si les autres te sont parvenues. Le maire a mis en place une nouvelle ligne de communication et me promet qu'il n'enverra ma lettre qu'une fois certain que cette ligne est sûre. J'attends donc, et je prie.*
*Il pleut depuis quatorze jours. Ce qui restait des routes s'est transformé en boue qui nous aspire les jambes et arrache les fers des sabots des chevaux. Nous nous sommes rarement aventurés plus loin que la place : il fait trop froid, c'est trop difficile, et, en vérité, je ne veux plus laisser les enfants seuls, même pour quelques minutes. Édith est restée assise devant la fenêtre pendant trois jours après ton départ, refusant d'en bouger, jusqu'à ce que, redoutant qu'elle ne tombe malade, je la force à venir à table, puis à monter se coucher. Elle ne parle plus, son visage mangé par des cernes noirs est figé en une expression alarmée. Elle passe la journée agrippée à mes jupes, comme si elle craignait que quelqu'un ne vienne pour m'emmener aussi. Malheureusement, j'ai à peine le temps de la consoler. Les Allemands sont moins nombreux à venir dîner désormais, mais ils sont*

*suffisamment pour que les nourrir et débarrasser après leur départ m'occupe jusqu'à minuit.*

*Aurélien a disparu. Il est parti peu après toi. J'ai su par Mme Louvier qu'il se trouve toujours à Saint-Péronne : il loge avec Jacques Arriège au-dessus du tabac. En vérité, je n'ai aucune envie de le voir. Il ne vaut guère mieux que le* Kommandant *Hencken, étant donné la façon dont il t'a trahie. Je n'ai pas ta foi en la bonté des gens, et je ne peux croire que, si* Herr Kommandant *t'avait réellement voulu du bien, il t'aurait ainsi arrachée à nous, de manière que toute la ville soit informée de tes supposés péchés. Je ne vois aucune trace d'humanité dans les agissements des uns et des autres. J'en suis tout simplement incapable.*

*Je prie pour toi, Sophie. Le matin, quand je me réveille, je vois ton visage, et quand je me retourne, mon cœur tressaille de ne pas te voir de l'autre côté du lit, tes cheveux retenus en une grosse tresse, me faisant rire et rêver de la nourriture que tu tirais de ton imagination. Dans le bar, je me tourne pour t'appeler, mais là où tu devrais te tenir il n'y a que le silence. Mimi monte souvent jeter un coup d'œil dans ta chambre, comme si elle aussi espérait t'y trouver, assise à ton bureau, la plume à la main ou le regard perdu dans le vide, la tête pleine de rêves. Te rappelles-tu quand, installées devant cette fenêtre, nous nous amusions à imaginer le monde au-delà ? Quand nous rêvions de fées et de princesses, et de nobles messieurs qui viendraient nous secourir ? Je me demande ce que les fillettes que nous étions auraient pensé de cet endroit aujourd'hui, avec ses routes défoncées, ses hommes réduits à des spectres en haillons et ses enfants affamés.*

*La ville est plongée dans le silence depuis ton départ. Comme si son esprit était parti avec toi. Mme Louvier entre dans le bar, perverse jusqu'au bout, et insiste pour que ton nom continue d'être prononcé. Elle harangue tous ceux qui sont prêts à l'écouter.* Herr Kommandant *ne compte plus parmi la poignée d'Allemands qui viennent souper le soir. Je le soupçonne sincèrement d'être incapable d'affronter mon regard. Ou bien peut-être que, devinant que je risquerais de le transpercer de mon couteau à éplucher, il a décidé de ne pas s'approcher.*

*Des bribes d'informations me parviennent encore : un bout de papier glissé sous ma porte parlait d'une autre épidémie de grippe autour de Lille, d'un convoi de soldats alliés capturé près de Douai, de chevaux tués pour leur viande sur la frontière belge. Aucune nouvelle de Jean-Michel. Aucune nouvelle de toi.*

*Certains jours, il me semble avoir été enterrée vivante au fond d'une mine, à force de n'entendre que l'écho de voix au loin. Tous ceux que j'aime, mis à part les enfants, m'ont été arrachés, et je ne sais plus si vous êtes vivants ou morts. Parfois, j'ai si peur pour toi que je me retrouve paralysée : je suis en train de remuer la soupe ou de mettre la table, et je me fige. Je dois alors m'exhorter à respirer, me répétant qu'il faut que je sois forte pour les enfants. Par-dessus tout, je dois avoir la foi. Que ferait Sophie ? me demandé-je fermement, et la réponse est toujours limpide.*

*Je t'en prie, ma très chère sœur, prends soin de toi. N'attise pas la colère des Allemands, même s'ils te gardent captive. Ne prends aucun risque, aussi furieuse qu'en soit l'envie. Tout ce qui compte, c'est que tu nous reviennes saine et sauve ; toi et Jean-Michel et*

*ton bien-aimé Édouard. Je me dis que peut-être cette lettre t'arrivera-t-elle. Je me dis que peut-être, peut-être seulement, vous êtes réunis tous les deux... et pas de la manière que je crains le plus. Je me dis que Dieu doit être juste, quelle que soit la façon dont Il choisit de jouer avec nos vies en ces jours sombres.*
*Fais bien attention à toi, Sophie.*

*Ta sœur qui t'aime,*
*Hélène*

# Chapitre 21

Paul repose la lettre, découverte dans un dépôt de correspondance secret gardé par des agents de la résistance pendant la Première Guerre mondiale. C'est l'unique pièce à conviction qu'il a trouvée concernant la famille de Sophie. Le courrier ne semble pas lui être parvenu ; pas plus que les autres, d'ailleurs.

Le dossier des *Yeux de Sophie* est devenu une priorité pour Paul. Il épluche ses sources habituelles : musées, archives, maisons de ventes, experts en droit de l'art. Officieusement, il recourt à des sources plus troubles : vieilles connaissances à Scotland Yard, contacts dans le monde du marché noir d'œuvres d'art, un Romain connu pour enregistrer presque mathématiquement les mouvements souterrains d'un nombre important d'œuvres d'art européennes volées.

Il découvre qu'Édouard Lefèvre était jusqu'à récemment l'artiste le moins connu de l'école de Matisse. Seules deux académies se spécialisent dans son travail, et aucune n'a quoi que ce soit à lui apprendre sur *Les Yeux de Sophie*.

Une photographie et des journaux tenus par des voisins, fournis par la famille Lefèvre, attestent que le tableau était accroché à la vue de tous dans l'hôtel familial, *Le Coq rouge*, à Saint-Péronne, ville occupée par les Allemands durant la Première Guerre mondiale. Il disparut sans laisser de traces peu après l'arrestation de Sophie Lefèvre.

S'ensuit un blanc de trois décennies avant que le tableau resurgisse en la possession d'une dénommée Louanne Baker, qui le conserva à son domicile aux États-Unis pendant trente autres années, jusqu'à son installation en Espagne, où elle mourut des années plus tard, et où David Halston en fit l'acquisition.

Qu'est-il arrivé au tableau entre-temps ? Si vraiment il a été volé, où a-t-il été emporté ? Qu'est devenue Sophie Lefèvre, qui semble avoir purement et simplement disparu de l'histoire ? Comme dans ce jeu où l'on fait apparaître un dessin en reliant des points, il faut relier les faits, mais l'image ainsi formée n'est jamais claire. On trouve plus d'écrits sur le portrait de Sophie Lefèvre que sur elle.

Pendant la Seconde Guerre mondiale, des trésors confisqués sont conservés sous haute surveillance dans des coffres souterrains en Allemagne. La spoliation planifiée de ces œuvres, des centaines de milliers, a été réalisée avec une efficacité militaire, bénéficiant de l'aide de marchands d'art et d'experts sans scrupule. Cela n'a rien à voir avec le pillage aléatoire par les soldats au cours des combats : ces vols étaient systématiques, prémédités, contrôlés et recensés.

Mais très peu de documents concernant les biens confisqués pendant la Grande Guerre ont survécu, surtout pour le nord de la France. Il s'agit donc, comme l'a fièrement annoncé Janey, d'un cas qui pourrait faire jurisprudence. Le fait est que cette affaire est vitale pour l'ARRA. Les agences comme la leur se multiplient, se spécialisant dans la vérification de provenance et l'établissement de listes d'œuvres que les familles des défunts ont passé des dizaines d'années à essayer de retrouver. Désormais, ils font face à la concurrence de firmes qui ne facturent leurs clients que s'ils ont obtenu gain de cause, promettant monts et merveilles à des gens prêts à croire n'importe quoi, du moment qu'on leur offre la possibilité de récupérer un bien tant regretté.

Sean leur apprend que l'avocat de Liv a essayé par divers moyens légaux d'invalider leur requête, arguant que la prescription devrait s'appliquer, et que la vente entre David et Marianne Johnson avait été «innocente». Pour un ensemble de raisons compliquées, toutes ses tentatives ont échoué, et, comme déclare joyeusement Sean, ils iront devant les tribunaux.

— La semaine prochaine, apparemment. La cour sera présidée par le juge Berger. Il s'est toujours prononcé en faveur des demandeurs dans ce type d'affaires. Ça s'annonce bien !

— Super, dit Paul.

Il a affiché une photocopie au format A4 des *Yeux de Sophie* sur le mur en face de son bureau, parmi d'autres tableaux disparus ou faisant l'objet de demandes de restitution. Chaque fois que ses yeux croisent ceux de Sophie, il regrette que ce ne soit pas Liv Halston qui lui rende son regard. Paul ramène son attention sur les papiers étalés devant lui. « Ce portrait n'est pas de ceux qu'on s'attend à trouver dans un humble hôtel de province, écrit le *Kommandant* à son épouse dans une lettre. En vérité, je ne peux en détacher les yeux. »

*Parle-t-il de la femme ou du tableau ?* se demande Paul.

À quelques kilomètres de là, Liv s'active, elle aussi. Elle se lève à 7 heures, enfile ses chaussures de running et sort courir le long du fleuve, la musique à fond dans les oreilles, le cœur battant au rythme de ses pas. Quand elle rentre, Mo est déjà partie travailler. Liv se douche, prépare son petit déjeuner, descend une tasse de thé à Fran ; puis elle quitte la Maison de verre et passe ses journées dans des librairies spécialisées en ouvrages d'art, dans les archives étouffantes de musées, sur Internet, suivant des pistes. Elle est tous les jours en contact avec Henry, qui passe la voir chaque fois qu'il a besoin de s'entretenir avec elle, lui expliquant l'importance du témoignage en droit français, la difficulté de trouver des experts judiciaires…

— Donc, si je comprends bien, résume-t-elle, vous voulez que je fournisse des preuves concrètes sur la provenance d'un portrait dont il n'est fait mention nulle part et dont le sujet est une femme qui semble n'avoir jamais existé.

Henry lui adresse son habituel petit sourire crispé.

Liv ne vit et ne respire que pour le tableau. Elle n'accorde aucune attention à l'approche de Noël, ignorant les coups de téléphone plaintifs de son père. Elle est aveuglée par sa détermination à empêcher Paul de l'obtenir. Henry lui a fourni toutes les pièces communiquées par la partie adverse : des copies de lettres entre Sophie et son mari, des documents faisant référence au portrait et à la petite ville où les Lefèvre habitaient.

Elle parcourt des centaines d'articles académiques ou politiques, des reportages parus dans la presse sur des restitutions, évoquant des familles décimées à Dachau dont les petits-enfants empruntent de l'argent pour récupérer un Titien, ou une famille polonaise dont l'unique survivant mourut en paix deux mois après qu'on lui eut restitué une petite sculpture de Rodin ayant appartenu à son père. Presque tous ces articles sont écrits du point de vue du demandeur : la famille qui a tout perdu et retrouvé contre toute attente le tableau de la grand-mère. Le lecteur est invité à se réjouir avec eux. Le mot « injustice » est employé dans presque chaque paragraphe. Rares sont les articles qui présentent l'opinion de la personne qui a acheté l'œuvre de bonne foi et en a été dépossédée.

Partout où elle va, il lui semble marcher dans les traces de Paul, comme si elle posait les mauvaises questions, regardait au mauvais endroit, ne faisait que traiter des informations déjà recueillies par lui.

Liv se lève et marche autour de la pièce. Elle a momentanément déplacé *Les Yeux de Sophie* sur une étagère dans son bureau, comme si la toile avait le pouvoir de l'inspirer dans son enquête. Elle se surprend à la regarder très souvent désormais, consciente que leur temps ensemble est probablement compté. Et la date de l'audience approche à grands pas, toujours en arrière-fond, tel le roulement de tambour annonçant la bataille au loin.

*Donne-moi les réponses, Sophie. Ou au moins un indice, merde!*

— Salut.

Mo est apparue sur le seuil. Elle mange un yaourt. Cela fait six semaines qu'elle vit dans la Maison de verre, et Liv est reconnaissante de sa présence. Elle s'étire et consulte sa montre.

— Il est déjà 15 heures? Mon Dieu! Je n'ai presque pas avancé aujourd'hui.

— Tu devrais peut-être jeter un coup d'œil à ça. (Mo attrape l'exemplaire d'un journal du soir londonien qu'elle tenait coincé sous son bras et le lui tend.) Page trois.

Liv l'ouvre.

« La veuve d'un architecte primé impliquée dans une affaire d'œuvre d'art volée par les nazis. Des millions de livres en jeu », annonce le gros titre. Au-dessous, sur une demi-page, une photo de David et elle à un gala de charité des années auparavant. Elle porte une robe bleu électrique et semble lever sa coupe de champagne à l'intention du photographe. À côté, en médaillon, apparaît une photo des *Yeux de Sophie*, avec en légende : « Le tableau impressionniste, d'une valeur de plusieurs millions de livres, a été "volé par les Allemands". »

— Jolie robe, dit Mo.

Liv sent le sang refluer de son visage. Elle ne reconnaît pas la jeune femme mondaine de la photo, qui lui semble appartenir à une autre vie.

— Oh non...

Elle a l'impression que quelqu'un vient d'enfoncer la porte de sa maison, de sa chambre.

— Je suppose qu'ils ont intérêt à te présenter comme une sorte de sorcière de la haute société. Comme ça, ils peuvent vendre leur histoire de la malheureuse victime française.

Liv ferme les yeux. Si elle reste ainsi, peut-être qu'elle découvrira que tout cela n'était qu'un mauvais rêve.

— De toute évidence, c'est historiquement faux. Je veux dire, il n'y avait aucun nazi pendant la Première Guerre mondiale. Je doute que cet article ait un grand retentissement. Si j'étais toi, je ne m'en ferais pas trop. (Un ange passe.) Et je ne crois pas que les gens te reconnaîtront. Tu as pas mal changé. Tu es plus... (Mo cherche ses mots.) ... pauvre. Et plus... vieille.

Liv rouvre les yeux. Là, debout à côté de David, elle regarde la version riche et insouciante d'elle-même.

Mo sort la cuillère de sa bouche et l'inspecte.

— Écoute, ne consulte pas la page Web du journal, c'est tout. D'accord ? Certains commentaires de lecteurs sont un peu... agressifs.

Liv lève vers elle un regard interrogateur.

— Tu sais bien. Tout le monde a une opinion sur tout, de nos jours. Un ramassis de conneries. (Mo allume la bouilloire.) Eh, ça t'ennuierait que Ranic vienne dormir ici ce week-end ? Il partage un appart avec quinze personnes.

C'est plutôt sympa de pouvoir étendre les jambes en regardant la télé sans risquer de donner un coup de pied au cul à quelqu'un.

Liv travaille toute la soirée en s'efforçant de réprimer son anxiété croissante. Elle ne cesse de penser à l'article : le titre, la mondaine avec sa coupe de champagne. Elle téléphone à Henry, qui lui conseille de l'ignorer en lui expliquant que ça fait partie du jeu. Elle se surprend à analyser son ton, essayant de deviner s'il est aussi confiant qu'il paraît.

— Écoutez, Liv, c'est un gros procès. Ils vont porter des coups bas. Mieux vaut vous y préparer.

Il a donné ses instructions à une avocate plaidante, dont il lui cite le nom comme si elle était censée en avoir entendu parler. Elle demande le montant de ses honoraires et entend Henry feuilleter des papiers. Quand il lui indique la somme, elle a l'impression d'avoir reçu un coup de poing dans le ventre et que tout l'air a été chassé de ses poumons.

Le téléphone sonne trois fois : la première, c'est son père qui lui annonce qu'il a décroché un rôle dans une petite production de *Prête-moi ta femme*. Elle le félicite distraitement et le presse de s'abstenir d'emprunter la femme d'un autre pendant la tournée.

— C'est exactement ce que m'a dit Caroline ! s'exclame-t-il avant de raccrocher.

La deuxième, c'est Kristen.

— Mon Dieu ! lance celle-ci sans même la saluer. Je viens de voir le journal.

— Oui. Pas la meilleure lecture de l'après-midi.

Elle entend Kristen poser la main sur le combiné ; s'ensuit une conversation étouffée.

— Sven te conseille de ne plus parler à personne. Pas un mot.

— Je n'ai parlé à personne.
— Mais alors d'où sortent-ils ces horreurs ?
— D'après Henry, la fuite vient probablement de l'ARRA, qui a tout intérêt à répandre des informations donnant une image aussi dramatique de l'affaire que possible.
— Tu veux que je passe ? Je suis dispo, là.
— C'est adorable, Kristen, mais ça va.

Liv n'a envie de voir personne.

— Alors je peux t'accompagner au tribunal, si tu veux. Ou si tu souhaites faire entendre ta version, je suis sûre que j'ai des contacts. Peut-être une interview dans *Hello!* ?
— Ce... Non, merci.

Liv raccroche. La nouvelle aura fait le tour de Londres dans l'heure. En matière de propagation d'information, Kristen est bien plus efficace que n'importe quel journal du soir. Liv s'attend à devoir se justifier auprès de ses amis et connaissances. D'une certaine façon, le tableau ne lui appartient déjà plus, tombé en quelque sorte dans le domaine public : dans les conversations, il est devenu le symbole d'une injustice.

Le téléphone se remet à sonner juste au moment où elle le repose, la faisant sursauter.

— Kristen, je...
— Olivia Halston ?

Une voix masculine.

Elle hésite.

— Oui ?
— Robert Schiller à l'appareil. Je suis journaliste au *Times*, je m'occupe de la rubrique Art et culture. Je vous prie de m'excuser si j'appelle à un moment inopportun, mais je prépare actuellement un article sur votre tableau, et je me demandais si vous...

— Non. Non, merci.

Elle raccroche violemment, puis observe l'appareil avec méfiance, avant d'ôter le combiné de son socle, redoutant qu'il ne se remette à sonner. Les trois fois où elle veut le reposer, la sonnerie retentit immédiatement. Des journalistes laissent leur nom et leur numéro d'une voix avenante, doucereuse. Ils promettent l'impartialité, s'excusent d'abuser de son temps. Elle reste assise dans la maison vide, écoutant les battements affolés de son cœur.

Quand Mo rentre, peu après 1 heure du matin, elle la trouve installée dans la cuisine devant son ordinateur, le téléphone décroché. Liv envoie des e-mails à tous les experts susceptibles de l'éclairer sur l'art en France au début du XX$^e$ siècle. « Je me demandais si vous auriez des informations sur... » ; « J'essaie de combler les lacunes existant dans l'histoire de... » ; « ... n'importe quel détail, même minime, absolument n'importe quoi... l'art du début du XX$^e$ siècle ».

— Tu veux un thé ? lance Mo en se débarrassant de son manteau.

— Merci.

Liv ne relève pas la tête. Ses yeux sont fatigués. Elle sait qu'à ce stade elle ne fait que zapper d'un site à l'autre sans rien voir, vérifiant toutes les deux minutes qu'elle n'a pas reçu de réponse, mais elle est incapable de s'arrêter. Elle préfère s'agiter inutilement plutôt que de penser.

Mo s'assied sur la chaise qui lui fait face et pousse un mug vers elle.

— Tu as une sale tronche.

— Merci.

Mo la regarde pianoter mollement sur son clavier, boit une gorgée de thé, puis rapproche sa chaise de celle de Liv.

— Bon, voyons si je peux aider avec mon diplôme et mes connaissances en histoire de l'art. Tu as consulté les archives des musées ? Les catalogues de ventes ? Les marchands d'art ?

Liv referme son ordinateur.

— Je les ai tous faits.

— Tu disais que David avait acheté le tableau à une Américaine. Tu ne pourrais pas lui demander où l'avait eu sa mère ?

Liv fouille parmi les papiers.

— Les autres lui ont déjà posé la question. Elle l'ignore. Louanne Baker l'a eu en sa possession, puis nous l'avons acheté. C'est tout ce que sa fille sait. Et c'est tout ce qu'elle avait besoin de savoir, merde !

Liv regarde fixement le journal du soir, les insinuations sur David et elle qui mettent en doute leur moralité rien que pour avoir détenu ce tableau. Elle revoit le visage de Paul, ses yeux braqués sur elle pendant la réunion dans le cabinet d'Henry.

La voix de Mo retentit, inhabituellement basse.

— Ça va ?

— Oui. Non. J'adore ce tableau, Mo. Vraiment, je l'adore. Je sais que ça peut paraître stupide, mais à l'idée de le perdre... Ce serait comme perdre une partie de moi-même.

Mo hausse les sourcils.

— Je suis désolée, mais... Me voir décrite dans la presse comme l'ennemi public numéro un, c'est... Oh, putain, Mo, je n'ai aucune idée de ce que je suis en train de faire. Je me bats contre un homme dont c'est le métier, je grappille des bribes d'informations sans avancer d'un pouce...

Liv s'aperçoit, humiliée, qu'elle est au bord des larmes.

Mo attrape le dossier et le tire vers elle.

— Sors, dit-elle. Va sur la terrasse et regarde le ciel pendant dix minutes en songeant combien nos misérables existences sont futiles et dépourvues de sens. Rappelle-toi que notre petite planète finira probablement engloutie par un trou noir, si bien qu'au bout du compte toute cette histoire n'aura aucune importance. Moi, je vais voir si je peux aider.

Liv renifle.

— Mais tu dois être épuisée.

— T'inquiète. J'ai toujours besoin de décompresser après mon service. Ça va gentiment m'aider à m'endormir. Allez.

Mo commence à feuilleter le contenu du dossier.

Liv s'essuie les yeux, enfile un pull et sort sur la terrasse. Dehors, elle a l'étrange impression de flotter en apesanteur dans le noir infini de la nuit. Elle baisse les yeux sur la vaste ville qui s'étale à ses pieds et en respire l'air froid. Puis elle s'étire, attentive à la raideur dans ses épaules et à la tension dans son cou. À aucun moment, néanmoins, l'impression de rater quelque chose d'évident ne la quitte ; la solution est toute proche, elle le sent.

Quand, dix minutes plus tard, elle regagne la cuisine, Mo est en train de griffonner sur son bloc-notes.

— Tu te souviens de M. Chambers ?

— Chambers ?

— Le prof de peinture gothique. Je suis sûre que tu as suivi son cours toi aussi. Je n'arrête pas de penser à une remarque qu'il avait faite et que je n'ai jamais oubliée... C'est à peu près la seule fois que c'est arrivé. Il disait que l'histoire d'un tableau ne se limite pas toujours à la peinture elle-même. Que c'est aussi l'histoire d'une famille, avec tous ses secrets honteux. (Mo tapote la table du bout de son stylo.) Eh bien, je suis totalement dépassée, là, mais, étant donné qu'elle vivait avec son frère, sa sœur et ses neveux quand la toile a disparu, quand elle-même a disparu, et qu'ils avaient tous l'air plutôt proches, je suis curieuse de savoir pourquoi on ne retrouve aucune trace nulle part de Sophie Lefèvre.

Liv ne ferme pas l'œil de la nuit : elle passe de nouveau en revue le contenu du dossier, vérifiant et recoupant les informations dont elle dispose pour la énième fois. Elle rallume ensuite son ordinateur et ouvre Google, ses lunettes perchées sur son nez. Quand enfin elle trouve ce qu'elle recherche, un peu après 5 heures, elle remercie le ciel pour la méticulosité avec laquelle les Français tiennent leurs registres d'état civil. Alors elle s'abandonne contre le dossier de son siège et attend que Mo se réveille.

— Crois-tu que j'aie une chance de te convaincre de te passer de Ranic ce week-end ? lance-t-elle quand la jeune femme apparaît sur le seuil, les yeux troubles et ses cheveux corbeau tombant sur ses épaules.

Sans l'épais trait d'eye-liner noir, son visage semble curieusement rose et vulnérable.

— Je n'ai aucune envie d'aller courir, merci bien. Ni de rien qui fasse transpirer.

— Tu parlais parfaitement français autrefois, non ? Ça te dirait de m'accompagner à Paris ?

Mo se dirige vers la bouilloire.

— Est-ce une façon de m'annoncer que tu as viré de bord ? Parce que j'adore Paris, mais les foufounes, c'est pas du tout mon truc.

— Non. C'est une façon de t'annoncer que j'ai besoin de tes capacités exceptionnelles en langue pour faire la conversation à un vieux monsieur de quatre-vingts ans.

— Tu viens de décrire mon week-end idéal.

— Et, soyons folles, je peux même t'inviter à dormir dans un hôtel une étoile pourri. Et peut-être à passer une journée aux Galeries Lafayette à faire du lèche-vitrines.

Mo se tourne vers elle et plisse les yeux.

— Comment refuser ? On part à quelle heure ?

# Chapitre 22

Liv retrouve Mo à la gare de St. Pancras à 17 h 30. En la voyant lui adresser un petit signe, debout devant un café une cigarette à la main, elle s'aperçoit, un peu honteuse, qu'elle se sent terriblement soulagée à la perspective de s'échapper deux jours. Deux jours loin du silence de mort qui règne dans la Maison de verre. Deux jours loin du téléphone, qu'elle a commencé à considérer comme pratiquement radioactif : quatorze journalistes différents lui ont laissé des messages à l'amabilité variée sur son répondeur. Deux jours loin de Paul, dont l'existence même lui rappelle toutes ses erreurs de jugement.

La veille au soir, elle a exposé son plan à Sven, qui s'est empressé de lui demander :

— Tu peux te le permettre financièrement ?

— Je ne peux rien me permettre financièrement. J'ai repris une hypothèque sur la maison.

Le silence de Sven est éloquent.

— Je n'ai pas eu le choix. Le cabinet d'avocats voulait des garanties.

Les frais de justice grignotent tout. L'avocate plaidante à elle seule lui coûte cinq cents livres de l'heure, et elle n'a même pas encore comparu.

— Tout s'arrangera une fois que le tableau sera de nouveau officiellement à moi, conclut-elle vivement.

Dehors, Londres baigne dans une brume de fin de journée. Le coucher de soleil projette des éclats orangés à travers le ciel violacé.

— J'espère que je ne te fais rien manquer, dit Liv tandis qu'elles prennent place dans le train.

— Seulement le concert mensuel de la chorale du *Comfort Lodge*. (Mo dépose une pile de magazines et du chocolat sur leurs tablettes.) De toute façon, je crois avoir assez entendu *On ira pendre notre linge sur la ligne Siegfried*. Bon, raconte. Qui est le monsieur à qui nous allons rendre visite, et quel rapport a-t-il avec notre affaire ?

Philippe Bessette est le fils d'Aurélien Bessette, frère cadet de Sophie Lefèvre. Aurélien, explique Liv, a vécu avec ses sœurs au *Coq rouge* durant les années d'occupation. Il était présent quand Sophie a été emmenée, et il est resté dans la même ville pendant plusieurs années après les événements.

— Si quelqu'un sait comment le tableau a disparu, c'est lui. J'ai parlé avec l'infirmière en chef de la maison de retraite où il vit, qui m'a dit qu'il devrait pouvoir mener une conversation, vu qu'il a encore toute sa tête, mais qu'il fallait que je vienne en personne, car il n'entend pas assez bien pour que la discussion se fasse par téléphone.

— Eh bien, ravie de t'aider.

— Merci.

— Mais tu sais que je ne parle pas vraiment français.

Liv se tourne brusquement elle. Mo est en train de verser du vin rouge d'une petite bouteille dans deux verres en plastique.

— Quoi ?

— Je ne parle pas français. Cela dit, je suis plutôt douée pour décoder le baragouin des vieillards. J'arriverai peut-être à capter quelque chose.

Liv s'affaisse dans son siège.

— Je plaisante. Mon Dieu, que tu es crédule ! (Mo lui tend un verre et boit une longue gorgée du sien.) Je me fais du souci pour toi parfois. Franchement.

Liv n'a pas beaucoup de souvenirs du voyage en train. Elles ont sifflé la petite bouteille, puis deux autres, tout en bavardant. C'est ce qu'elle a vécu de plus ressemblant à une soirée dans un bar avec des amis, ces dernières semaines. Mo évoque sa relation distante avec ses parents, qui ne comprennent pas son manque d'ambition ni son travail à la maison de retraite, qu'elle adore.

— Oh, je sais que nous, les aides-soignants, nous sommes vraiment considérés comme des moins-que-rien, mais les vieux sont chouettes. Il y en a de très intelligents, de très drôles... Je les préfère nettement aux gens de mon âge.

Liv attend le « Sauf toi, bien entendu » d'usage, et essaie de ne pas s'offenser quand celui-ci n'arrive jamais.

Quant à elle, elle finit par avouer la vérité au sujet de Paul, et Mo est temporairement réduite au silence.

— Tu as couché avec ce mec sans recherche Internet préalable ? s'exclame-t-elle quand elle a recouvert l'usage de la parole. Purée, quand tu disais que tu n'étais plus à la page question drague, tu ne plaisantais pas... On ne couche pas avec quelqu'un sans vérifier ses antécédents, enfin !

Mo se cale contre son dossier et se ressert un verre. Pendant une fraction de seconde, elle semble étonnamment joyeuse.

— Waouh ! Je viens juste de me rendre compte d'un truc : Liv Halston, tu pourrais bien avoir vécu la partie de jambes en l'air la plus chère de l'histoire de l'humanité.

Elles passent la nuit dans un hôtel très économique de la banlieue de Paris, où la salle de bains est moulée d'une seule pièce, et le shampoing a la même couleur et la même odeur qu'un produit à vaisselle. Le lendemain matin, après avoir avalé un croissant dur et gras et une tasse de café, elles appellent la maison de retraite. Liv rassemble leurs affaires, l'estomac déjà noué d'appréhension.

— Bon, ben, c'est râpé, annonce Mo en raccrochant.
— Quoi ?
— Il ne se sent pas bien. Il ne peut pas recevoir de visites aujourd'hui.

Liv, qui était en train de se maquiller, lui lance un regard effaré.

— Tu leur as dit qu'on était venues exprès de Londres ?
— Je lui ai dit qu'on était venues de Sidney. Mais la femme m'a expliqué qu'il était faible et que si nous venions, nous le trouverions endormi. Je lui ai donné mon numéro de portable, et elle a promis de m'appeler s'il reprend du poil de la bête.
— Et s'il mourait ?
— Ce n'est qu'un rhume, Liv.
— Mais il est vieux…
— T'inquiète. Allons faire la tournée des bars et regarder des fringues qu'on n'a pas les moyens de se payer. Et si elle téléphone, on sautera dans un taxi avant que tu n'aies eu le temps de dire « Gérard Depardieu ».

Elles passent la matinée à errer dans les rayons des Galeries Lafayette qui croulent sous les décorations de Noël et grouillent de gens venus acheter leurs cadeaux. Liv s'efforce de s'amuser, de savourer le changement, mais elle est obnubilée par les prix. Depuis quand est-il acceptable de payer deux cents livres pour un jean ? Est-ce qu'une crème hydratante à cent livres éradique vraiment les rides ? Elle se surprend à remettre des cintres en place aussi vite qu'elle les a décrochés de leur portant.

— La situation est si tendue que ça ?

— L'avocat me coûte cinq cents livres de l'heure.

Mo attend la chute de la blague... en vain.

— Aïe! J'espère que ce tableau en vaut la peine.

— Henry a l'air de penser que nous avons une bonne défense. D'après lui, côté Lefèvre, ils parlent beaucoup, mais ils n'ont pas grand-chose.

— Alors cesse de t'inquiéter, Liv, bon sang! Profite un peu. Allez! C'est le week-end où tu vas retourner la situation.

Mais elle n'arrive pas à se détendre. Elle est venue ici uniquement pour interroger un vieil homme de quatre-vingts ans qui ne sera peut-être même pas en état de lui parler. L'audience commence lundi, et Liv manque sérieusement de munitions.

— Mo.
— Hum?

Mo tient une robe de soie noire. Elle n'arrête pas de jeter des coups d'œil aux caméras de sécurité, ce que Liv commence à trouver légèrement alarmant.

— Ça te dirait de bouger?

— Pas de problème. Qu'est-ce qui te fait envie? Le Palais-Royal? Le quartier du Marais? Je suis sûre qu'on peut trouver un bar sur lequel tu pourrais danser, si tu veux profiter de ce week-end pour te reconnecter avec toi-même.

Liv sort une carte routière de son sac et s'efforce de la déplier.

— Non. Je veux aller à Saint-Péronne.

Elles louent une voiture et quittent Paris en roulant vers le nord. Comme Mo n'a pas son permis, c'est Liv qui prend le volant, attentive à bien rester sur le côté droit de la route. Cela fait des années qu'elle n'a pas conduit. Au fur et à mesure qu'elles s'approchent de Saint-Péronne, il lui semble entendre le battement d'un tambour au loin. La banlieue laisse place à d'énormes zones industrielles, puis à des champs, et, enfin, deux heures plus tard, elles atteignent les plaines du Nord-Est. Elles suivent des panneaux, se trompent de direction pendant un moment, font demi-tour, puis, un peu avant 16 heures, les voici qui remontent au pas la rue principale. Le centre-ville est calme, c'est la fin du marché : quelques commerçants démontent déjà leurs étals et remballent la marchandise ; il n'y a pas grand-monde sur la place en pierre grise.

— Je meurs d'envie de boire un verre. Tu sais où se trouve le bar le plus proche ?

Liv gare la voiture le long du trottoir, et elles lèvent la tête vers l'hôtel qui se dresse sur la place. Liv baisse sa vitre et examine la façade en brique.

— On y est.

— Où ça ?

— C'est *Le Coq rouge*. L'hôtel familial où ils vivaient tous.

Liv descend lentement de voiture, plissant les yeux pour examiner l'enseigne, dont l'apparence peut laisser supposer qu'elle n'a pas été changée depuis le début du siècle précédent. Les fenêtres et les volets sont peints de couleurs vives, les jardinières débordent de cyclamens rouges. Une pancarte se balance à une potence en fer forgé. Au bout d'un passage voûté donnant sur une cour intérieure de gravier, Liv aperçoit plusieurs véhicules, pratiquement tous des modèles de luxe. Elle sent un nœud se former dans son ventre, de nervosité ou d'impatience, elle ne saurait le dire.

— Une étoile dans le guide Michelin. Excellent !

Liv la regarde sans comprendre.

— M'enfin. Tout le monde sait que les restaurants étoilés du Michelin emploient un personnel canon.

— Et... Ranic ?

— Nous avons quitté le territoire national. Les règles ne s'appliquent plus. Tout le monde sait aussi que les expériences hors des frontières ne comptent pas.

Là-dessus, Mo franchit la porte et va se planter devant le bar. Un jeune homme d'une beauté invraisemblable portant un tablier amidonné l'accueille. Liv reste à côté de Mo pendant que celle-ci bavarde avec le serveur.

Elle hume les effluves qui s'échappent de la cuisine et se mêlent à l'odeur de cire d'abeille et au parfum des roses disposées dans des vases, puis elle examine les murs. Son tableau a vécu ici. Il y a presque cent ans, il se trouvait ici, tout comme celle qui l'a inspiré. Curieusement, elle s'était presque attendue à voir le tableau accroché sur un mur, comme si c'était là sa véritable place.

Elle se tourne vers Mo.

— Demande-lui si les Bessette sont toujours propriétaires.

— Bessette ? *Non*\*.

— Non, apparemment l'établissement appartient à un certain Latvian. Il dirige une chaîne d'hôtels.

Liv est déçue. Elle imagine ce bar rempli d'Allemands, et la fille aux cheveux roux s'affairant derrière le comptoir, les yeux brillants de ressentiment.

— Sait-il quelque chose sur l'histoire du bar ?

Elle sort de son sac la photocopie du tableau et la déplie. Mo répète sa question dans un français impeccable. Le barman se penche et hausse les épaules.

— Il ne travaille ici que depuis le mois d'août. Il dit qu'il ne sait rien.

Le barman ajoute quelques mots, et Mo traduit en levant les yeux au ciel :

— Il dit qu'elle est jolie. Et aussi que tu es la deuxième personne à poser ces questions.

— Quoi ?
— C'est ce qu'il a dit.
— Demande-lui à quoi ressemblait l'homme qui est venu.

Elle n'avait pas besoin d'entendre sa réponse. Proche de la quarantaine, un mètre quatre-vingts environ, quelques touches de gris dans ses cheveux courts.

— *Comme un gendarme\**. Il a laissé sa carte, dit le serveur en la lui tendant.

Paul McCafferty
Directeur, ARRA

Elle a l'impression de se consumer de l'intérieur.
*Encore ? Même ici, il fallait que tu me devances ?*
Elle a l'impression qu'il la nargue.
— Je peux la garder ? demande-t-elle.
— *Bien sûr\**, répond le serveur en haussant à nouveau les épaules. Souhaitez-vous que je vous conduise à une table, *mesdames\** ?

Liv rougit.
*C'est beaucoup trop cher pour nous.*
Mais Mo hoche la tête, tout en étudiant le menu.
— Ouais. C'est Noël. Offrons-nous un festin.
— Mais...
— C'est moi qui invite. Je passe ma vie à servir les gens à table. Si je dois me payer un gueuleton une fois, ce sera ici, dans un restaurant étoilé du guide Michelin, entourée de beaux Jean-Pierre. Je l'ai mérité. Et puis, allez, je te dois bien ça.

Elles dînent donc au *Coq rouge*. Mo est volubile, flirte avec les serveurs, s'extasie anormalement sur chaque plat, brûle cérémonieusement la carte de visite de Paul au moyen de la grande bougie blanche qui décore la table.

Liv lutte pour empêcher ses pensées de vagabonder trop loin. La cuisine est délicieuse, oui. Le personnel est attentif, bien formé. C'est le nirvana gastronomique, comme Mo ne cesse de le répéter. Mais, alors qu'elle est assise dans ce restaurant bondé, un changement étrange se produit : tout à coup, elle ne parvient plus à voir une simple salle à manger. Elle voit Sophie Lefèvre au bar, entend les claquements des bottes des Allemands qui résonnent sur le vieux plancher en orme. Elle voit les bûches qui brûlent dans l'âtre, entend les troupes qui défilent au pas, le grondement lointain des canons. Sur le trottoir dehors, elle voit une femme qu'on traîne jusque dans un camion militaire, une sœur en larmes, la tête penchée sur ce même comptoir dans une attitude prostrée.

— Ce n'est qu'un tableau, dit Mo avec un peu d'impatience lorsque Liv refuse le fondant au chocolat et se confesse à son amie.

— Je sais.

Quand enfin elles regagnent leur hôtel, elle emporte son dossier dans la salle de bains en plastique et, pendant que Mo dort, relit l'ensemble à la lumière crue des néons, essayant de comprendre ce qui lui a échappé.

Le dimanche matin, alors qu'il ne reste à Liv qu'un seul ongle à ronger, l'infirmière en chef appelle. Elle leur donne une adresse dans le nord-est de la ville, et elles se mettent en route dans leur petite voiture de location, bataillant avec les rues inconnues et le périphérique embouteillé. Mo, qui a bu presque deux bouteilles de vin la veille, est morose et irascible. Liv ne parle pas non plus, épuisée par le manque de sommeil, le cerveau en ébullition.

Elle s'attendait à un environnement déprimant : un cube en brique brunâtre avec des ouvertures en PVC et un parking désert. Mais le bâtiment devant lequel elle se gare est un immeuble à quatre étages aux élégantes fenêtres encadrées de volets et à la façade couverte de lierre. Autour s'étend un jardin soigneusement entretenu avec un portail en fer forgé et des allées pavées conduisant à des recoins compartimentés.

Liv presse la sonnette et attend, pendant que Mo se remet du rouge à lèvres.

— Mais qui êtes-vous ? demande Liv en la regardant. Anna Nicole Smith ?

Mo glousse, et la tension entre elles se dissipe.

Elles patientent quelques minutes à l'accueil avant que quelqu'un finisse par remarquer leur présence. Sur leur gauche, derrière une porte vitrée, des résidents chantent de leurs voix chevrotantes, pendant qu'une jeune femme aux cheveux courts les accompagne sur un orgue électronique. Dans un petit bureau, deux femmes d'âge moyen sont penchées sur un diagramme.

Enfin, l'une d'entre elles se tourne vers les visiteuses.

— *Bonjour**.

— *Bonjour**, dit Mo. On est venues voir qui, déjà ?

— M. Bessette.

Mo s'adresse à la femme dans un français parfait.

Elle hoche la tête.

— *English* ?

— Oui.

— S'il vous plaît, signez là, puis nettoyez-vous les mains. Ensuite, venez par ici.

Elles notent leurs noms dans un registre, puis la femme leur indique un distributeur de gel désinfectant, dont elles se frictionnent ostensiblement les paumes.

— C'est bien, ici, murmure Mo avec un air de connaisseuse.

Elles suivent leur guide qui les entraîne à vive allure dans un labyrinthe de couloirs, jusqu'à une porte entrouverte.

— *Monsieur Bessette ? Vous avez de la visite*\*.

Elles attendent sur le seuil, mal à l'aise, pendant que la femme pénètre dans la chambre et s'entretient rapidement avec ce qui ressemble au dossier d'un fauteuil. Puis elle réapparaît.

— Vous pouvez entrer, dit-elle. J'espère que vous lui avez apporté quelque chose.

— L'infirmière en chef nous a conseillé de lui apporter des *macarons*\*.

La femme jette un coup d'œil à la boîte élégamment emballée que Liv sort de son sac.

— *Ah, oui*\*, dit-elle avec un sourire furtif. Il les aime beaucoup.

— Tu peux être sûre de les retrouver dans la salle du personnel avant 17 heures, chuchote Mo une fois la femme partie.

Assis dans un fauteuil à oreilles, Philippe Bessette regarde par la fenêtre, qui donne sur une petite cour avec une fontaine. D'une de ses narines sort un mince tube collé avec du sparadrap, relié à une bouteille d'oxygène dans un chariot. Il a le visage gris, fripé, comme si ses traits s'étaient affaissés. Sa peau, translucide par endroits, laisse entrevoir les veines délicates en dessous. Sous son épaisse crinière blanche, les mouvements de ses yeux suggèrent un esprit beaucoup plus vif que son corps ne le laisse croire.

Les deux jeunes femmes contournent le fauteuil et s'arrêtent en face de lui. Mo se voûte, réduisant la différence de taille entre eux. Elle a l'air immédiatement chez elle, remarque Liv. Comme si elle se trouvait parmi les siens.

— *Bonjour*\*, dit Mo avant de les présenter.

Ils échangent une poignée de main, puis Liv lui offre les macarons. Il examine la boîte un moment avant de donner une tape sur le couvercle. Liv l'ouvre et la lui tend. D'un geste, il lui indique de se servir en premier, mais comme elle refuse, il en choisit un lentement, le désigne du doigt, puis la dévisage.

— Il a peut-être besoin que tu le lui mettes dans la bouche, murmure Mo.

Liv hésite et finit par le lui tendre. Bessette ouvre la bouche comme un oisillon, puis la referme, les yeux clos, prenant le temps de déguster le gâteau.

— Dis-lui que nous aimerions lui poser quelques questions sur la famille d'Édouard Lefèvre.

Bessette écoute, puis pousse un long soupir.

— Avez-vous connu Édouard Lefèvre?

Liv attend que Mo traduise sa phrase.

— Je ne l'ai jamais rencontré.

Le vieillard parle lentement, comme si chaque mot lui demandait un effort considérable.

— Mais votre père, Aurélien, le connaissait?

— Mon père l'avait rencontré à plusieurs occasions.

— Votre père vivait à Saint-Péronne.

— Toute ma famille a vécu à Saint-Péronne, jusqu'à mes onze ans. Ma tante Hélène habitait dans l'hôtel, mon père au-dessus du *tabac*\*.

— Nous sommes passées à l'hôtel hier après-midi, explique Liv, mais il ne réagit pas.

Elle déplie alors la copie du tableau.

— Avez-vous entendu votre père mentionner ce tableau?

Bessette regarde *Les Yeux de Sophie*.

— Apparemment, il se trouvait au *Coq rouge* quand il a disparu, ajoute Liv. Nous essayons d'en apprendre plus sur son histoire.

—Sophie, finit-il par dire.

—Oui, acquiesce Liv en hochant vigoureusement le menton. Sophie.

Elle ressent un soupçon d'excitation.

Il regarde fixement l'image. Ses yeux enfoncés et chassieux, impénétrables, semblent contenir les joies et les chagrins des âges. Quand il les cligne, ses paupières fripées s'abaissent lentement, et Liv a l'impression d'observer une étrange créature préhistorique. Finalement, il relève la tête.

—Je ne peux rien vous dire. On ne nous encourageait pas à parler d'elle.

Liv lance un coup d'œil à Mo.

—Quoi ?

—Le nom de Sophie… n'était jamais prononcé dans notre maison.

Liv fronce les sourcils.

—Mais… mais c'était votre tante, n'est-ce pas ? Elle avait épousé un grand artiste.

—Mon père n'en parlait jamais.

—Je ne comprends pas.

—Certains comportements dans une famille ne peuvent être expliqués.

Le silence s'abat sur la pièce. Mo paraît gênée. Liv essaie de changer de sujet.

—Alors… que savez-vous de M. Lefèvre ?

—Rien. Mais j'ai possédé deux de ses œuvres. Après la disparition de Sophie, quelques toiles furent envoyées à l'hôtel par un marchand d'art parisien. C'était peu de temps avant ma naissance. Sophie n'étant pas là, Hélène en a gardé deux et en a donné deux à mon père. Il lui avait dit ne pas en vouloir, mais je les ai retrouvées au grenier après sa mort. J'avais été surpris en apprenant leur valeur. J'en ai donné une à ma fille, qui vit à Nantes. L'autre, je l'ai vendue il y a quelques années. C'est comme ça que je paie mes frais ici. C'est… C'est un endroit agréable. Alors… Il semble que ma relation avec ma tante Sophie a été bonne, malgré tout.

Ses traits s'adoucissent brièvement.

Liv se penche en avant.

— Malgré tout ?

L'expression du vieil homme est indéchiffrable. Elle se demande un instant s'il s'est assoupi, mais il se remet à parler.

— Il y avait… des rumeurs… Le bruit courait à Saint-Péronne que ma tante avait collaboré avec l'occupant. C'est pour ça que mon père nous interdisait de prononcer son nom. C'était plus facile de faire comme si elle n'existait pas. Pas une seule fois, je n'ai entendu ma tante ou mon père parler d'elle durant toute mon enfance.

— Collaboré ? Vous voulez dire comme un espion ?

Il attend avant de répondre.

— Non. Je veux dire que sa relation avec l'occupant allemand n'était pas… correcte. (Il lève les yeux vers les deux femmes.) Ce fut très douloureux pour nous tous. Si vous n'avez pas connu cette époque, si votre famille n'a jamais vécu dans une petite ville, vous ne pouvez pas comprendre ce que nous avons enduré. Aucune lettre, aucune photo. À partir du moment où ils l'ont emmenée, ma tante a cessé d'exister pour mon père. C'était… (Il soupire.) C'était un homme dur. Malheureusement, le reste de sa famille a également décidé de l'effacer de son histoire.

— Même sa sœur ?

— Même Hélène.

Liv est sidérée. Pendant si longtemps, elle avait vu en Sophie une femme forte, pleine de vie, triomphante, dont l'adoration pour son mari se lisait sur le visage. Elle lutte pour réconcilier sa version avec l'image de cette femme mal aimée, honnie.

Le vieillard pousse un long soupir las plein de chagrin. Liv se sent soudain coupable de lui faire revivre tous ces souvenirs.

— Je suis vraiment désolée, dit-elle sans savoir quoi ajouter.

Elle se rend bien compte qu'elles ne découvriront rien ici. Pas étonnant que Paul McCafferty n'ait pas pris la peine de venir.

Le silence se prolonge. Mo mange discrètement un macaron. Quand Liv lève les yeux, Philippe Bessette la regarde fixement.

— Merci de nous avoir reçues, monsieur. (Elle lui touche le bras.) Il me coûte tellement d'associer l'image que j'ai de Sophie avec la personne que vous décrivez. Je… je possède son portrait. Je l'ai toujours énormément aimé.

Il redresse encore un peu la tête et continue de la regarder sans ciller pendant que Mo traduit.

— Honnêtement, elle m'a toujours évoqué une femme qui sait qu'elle est aimée. Elle semble si animée, si vivante.

L'infirmière de l'accueil apparaît sur le seuil. Derrière elle, une aide-soignante poussant un chariot jette un coup d'œil impatient dans la chambre. Des effluves de nourriture filtrent à l'intérieur.

Liv se redresse pour partir. Au même moment, Bessette lève une main.

— Attendez, dit-il en agitant l'index en direction d'une étagère remplie de livres. La chemise rouge.

Liv fait courir son doigt sur les tranches jusqu'à ce qu'il hoche le menton. Elle tire un dossier cabossé de l'étagère.

— Ce sont les papiers de ma tante Sophie, sa correspondance. Il y est un peu question de sa relation avec

Édouard Lefèvre. Ces écrits ont été trouvés dissimulés dans sa chambre. Rien sur votre tableau, si ma mémoire est bonne. Mais cela vous fournira une image plus claire d'elle. À une époque où on la calomniait, la lecture de ces documents m'a permis de voir ma tante comme… un être humain. Un être humain merveilleux.

Liv ouvre la chemise avec précaution. Des cartes postales, des lettres fragiles et de petits dessins y sont rangés. Elle aperçoit une écriture sinueuse sur un morceau de papier cassant, et la signature… « Sophie ». Elle n'arrive plus à respirer.

— J'ai trouvé cette chemise dans les affaires de mon père après sa mort. Il avait dit à Hélène qu'il l'avait brûlée. Celle-ci est morte en pensant que tout ce qui avait appartenu à sa sœur avait été détruit. Voilà le genre d'homme qu'était mon père.

Liv a du mal à détacher les yeux des documents.

— Je vais en faire des copies et vous les renverrai au plus vite, bredouille-t-elle.

Il balaie sa phrase d'un geste de la main.

— Qu'en ferais-je ? Je ne peux plus lire.

— Monsieur Bessette… Il faut que je vous demande… La famille Lefèvre aurait certainement eu envie de voir tout ceci.

— Oui.

Liv et Mo échangent un regard.

— Alors pourquoi ne pas les leur avoir donnés ?

Les traits du vieil homme se durcissent.

— C'était la première fois qu'ils me rendaient visite. Qu'est-ce que je savais du tableau ? Avais-je quelque chose qui pourrait les aider ? Ils m'ont bombardé de questions… (Il secoue la tête et hausse le ton.) Jamais ils ne s'étaient intéressés à Sophie jusque-là. Pourquoi devraient-ils gagner de l'argent à ses dépens maintenant ? Dans la famille d'Édouard, ils ne pensent qu'à eux. Tout tourne autour de l'argent, l'argent, l'argent. Je serais heureux qu'ils perdent le procès.

Il affiche une expression butée. La conversation est manifestement terminée. L'infirmière s'agite sur le seuil et désigne sa montre d'un geste. Liv sait qu'elles sont sur le point d'abuser de leur hospitalité, mais elle a une dernière question à poser. Elle attrape son manteau.

— Monsieur Bessette, avez-vous une idée de ce qu'est devenue votre tante Sophie après son départ de l'hôtel ? Avez-vous jamais appris ce qui lui était arrivé ?

Il baisse les yeux vers son portrait et laisse sa main reposer là. Alors il pousse un profond soupir.

— Elle a été arrêtée et emmenée par les Allemands dans un camp de représailles. Et, comme ça a été le cas de bien d'autres, après ça, nous ne l'avons jamais revue et n'avons plus jamais entendu parler d'elle.

# Chapitre 23

*1917*

Le camion à bétail gémissait et cahotait sur les routes défoncées. Il déviait de temps en temps de sa trajectoire en montant sur les accotements herbeux, afin d'éviter les trous trop profonds. Une pluie fine assourdissait les sons, faisant patiner les roues dans la terre molle ; le moteur rugissait de protestation, et le véhicule projetait des mottes boueuses pendant que les pneus cherchaient une prise.

Après deux ans confinée dans notre petite ville, je fus choquée de découvrir à quoi ressemblait la vie – et la destruction – au-delà. À quelques kilomètres seulement de Saint-Péronne, des villages entiers étaient méconnaissables, condamnés à l'oubli par les bombardements, les boutiques et les maisons réduites à des tas de pierres grises et de décombres. En leur milieu béaient d'énormes cratères remplis d'eau, où les algues vertes et la flore suggéraient qu'ils étaient là depuis longtemps. Les habitants nous regardaient passer sans un mot. Nous traversâmes trois villes sans que je sois capable d'identifier où nous étions, et je pris lentement la mesure de la désolation environnante.

Par le rabat de la bâche qui battait, j'observai les colonnes de soldats juchés sur des chevaux squelettiques, les hommes aux traits tirés et aux uniformes crasseux et mouillés traînant des civières, les camions qui tanguaient et dont émergeaient des visages méfiants aux regards vides, insondables. De temps en temps, le chauffeur arrêtait le camion et échangeait quelques mots avec un autre conducteur. Je regrettais alors de ne pas parler un peu l'allemand, ce qui m'aurait permis d'avoir une idée de notre destination. À cause de la pluie, les ombres étaient à peine visibles, mais il semblait que nous roulions en direction du sud-est. Vers les Ardennes, songeai-je, luttant pour contrôler ma respiration. J'avais décidé que la seule façon de contenir la peur viscérale qui menaçait de m'étouffer était de me rassurer en me disant qu'ils me conduisaient auprès d'Édouard.

En vérité, je me sentais engourdie. Durant ces quelques heures passées à l'arrière du camion, j'aurais été incapable de formuler une phrase, si on me l'avait demandé. Assise, j'écoutais les voix criardes des gens de ma ville qui résonnaient encore à mes oreilles, je revoyais l'expression de dégoût de mon frère ; le souvenir des récents événements me laissa la bouche sèche et la langue comme du carton. Je voyais le visage de ma sœur tordu par le chagrin, sentais l'étreinte désespérée des petits bras d'Édith tandis qu'elle essayait de me retenir. Dans ces moments-là, ma peur était si intense que je craignais de me couvrir de honte. L'effroi montait par vagues, faisait trembler mes jambes et claquer mes dents. Et puis, contemplant dehors les villes en ruine, je voyais que pour beaucoup le pire était déjà advenu et je m'intimais de rester calme : cette épreuve n'était qu'une étape nécessaire avant de retrouver Édouard. C'était ce que j'avais demandé : il fallait que je le croie.

Une heure après notre départ de Saint-Péronne, le garde assis en face de moi avait croisé les bras, renversé la tête en arrière contre la paroi du camion et s'était endormi. Manifestement, il avait jugé que je ne représentais pas une menace, à moins qu'il ne fût si épuisé qu'il n'ait pu rester éveillé, bercé par le mouvement du camion. Comme la peur rampait de nouveau vers moi tel un prédateur, je fermai les yeux, pressai mes mains l'une contre l'autre sur mon sac et laissai mes pensées dériver vers mon mari…

Édouard riait sous cape.

— Quoi ? m'enquis-je en nouant mes bras autour de son cou, laissant ses mots cascader doucement contre ma peau.

— Je repensais à toi hier soir, poursuivant M. Farage autour de son comptoir.

Nous avions accumulé trop de dettes. J'avais donc traîné Édouard dans les bars de Pigalle pour réclamer notre dû à ses débiteurs, refusant de partir tant que nous n'aurions pas été payés. Farage avait négocié un délai, puis m'avait insultée, si bien qu'Édouard, d'ordinaire lent à la colère, avait brandi un énorme poing et frappé. L'homme était inconscient avant de s'effondrer au sol. Nous avions quitté les lieux au milieu du tumulte, tables renversées et verres sifflant à nos oreilles. Je m'étais néanmoins interdit de courir ; j'avais relevé mes jupes et fait ma sortie en bon ordre, sans oublier de m'arrêter à la caisse, dans laquelle j'avais prélevé l'exact montant qui revenait à Édouard.

— Tu es intrépide, petite femme.
— Avec toi à mes côtés, bien sûr.

J'avais dû m'assoupir, car je me réveillai en sursaut quand le camion pila, ma tête heurtant l'armature du toit. Le garde était descendu du véhicule et discutait avec un autre soldat. Je jetai un coup d'œil dehors en me frottant le crâne, puis étirai mes membres froids et raides. Nous étions dans une ville, mais la gare portait un nouveau nom allemand qui ne me disait absolument rien. Les ombres s'étaient allongées, et la lumière avait diminué : la nuit ne tarderait pas à tomber. La bâche se souleva, et le visage d'un soldat allemand apparut. Il sembla surpris de ne trouver que moi à l'intérieur. Il cria quelques mots en gesticulant pour m'intimer l'ordre de sortir. Comme je ne bougeais pas assez rapidement à son goût, il me tira par le bras, et je trébuchai, lâchant mon sac qui tomba sur le sol mouillé.

Cela faisait deux ans que je n'avais pas vu autant de monde réuni en un même endroit. La gare, qui comprenait deux quais, était une masse grouillante, composée essentiellement de soldats et de prisonniers. Ces derniers étaient facilement repérables à leurs brassards et leurs tenues rayées crasseuses. Ils gardaient la tête baissée. Je me surpris à scruter leurs visages, tandis qu'on me poussait au milieu d'eux, mais on me forçait à marcher trop vite, et ils se brouillèrent autour de moi.

— *Hier! Hier!*

Une porte coulissa, et on me projeta dans un wagon de marchandises. À l'intérieur se découpait la masse indistincte de corps agglutinés. Bataillant pour ne pas lâcher mon sac, j'entendis la porte claquer derrière moi. J'attendis que mes yeux s'accoutument à la pénombre.

Le long des parois couraient deux étroits bancs de bois, dont le moindre centimètre carré ou presque était couvert par des corps. D'autres prisonniers occupaient le sol. Aux extrémités, certains s'étaient allongés, la tête reposant sur de petits baluchons, probablement des vêtements. Tout était si répugnant qu'il était difficile de distinguer quoi que ce soit avec certitude. L'air était étouffant, chargé d'odeurs infectes que dégageaient les corps souillés de ceux qui n'avaient pas pu se laver depuis longtemps.

— *Français\** ? lançai-je dans le silence.

Plusieurs visages se tournèrent vers moi, vides d'expression. Je réessayai.

— *Ici*\*, me répondit une voix masculine dans mon dos.

Je commençai à me frayer un chemin vers l'individu, en essayant de ne pas déranger ceux qui dormaient. J'entendis parler dans une langue qui aurait pu être du russe. Je marchai sur les cheveux de quelqu'un et me fis insulter. Enfin j'atteignis le fond du wagon. Un homme au crâne rasé me regardait. Il avait la peau grêlée de cicatrices, comme s'il avait récemment souffert d'une forme de variole, et ses pommettes saillaient de son visage décharné.

— *Française*\* ? dit-il.

— Oui, répondis-je. Qu'est-ce qui se passe dans ce train ? Où allons-nous ?

— Où allons-nous ?

Il me regarda avec effarement, puis, quand il comprit que ma question était sérieuse, il eut un rire triste.

— Tours, Amiens, Lille. Comment deviner ? Ils nous trimballent à travers le pays de façon qu'aucun de nous ne sache où il est.

Je m'apprêtais à reprendre la parole quand mon attention fut attirée par une silhouette sur le sol, et surtout par un manteau noir si familier que d'abord je n'osai pas l'examiner de plus près. Puis je fis un pas en avant, passai devant l'homme et m'agenouillai.

— Liliane ?

Je distinguais son visage, toujours contusionné, sous ce qui restait de ses cheveux. Elle ouvrit un œil, comme si elle ne se fiait pas à ses oreilles.

— Liliane ! C'est Sophie.

Elle me regarda.

— Sophie, chuchota-t-elle, puis elle leva une main et toucha la mienne. Édith ?

Toute fragile qu'elle était, je perçus de la peur dans sa voix.

—Elle est avec Hélène, en sécurité.

L'œil se referma.

—Êtes-vous malade ?

C'est à ce moment que je remarquai le sang séché autour de sa jupe. Sa pâleur mortelle.

—Cela fait-il longtemps qu'elle est ainsi ?

Le Français haussa les épaules, comme s'il avait vu bien trop de corps comme celui de Liliane pour pouvoir encore s'en émouvoir.

—Elle était déjà là quand nous sommes montés il y a quelques heures.

Elle avait les lèvres craquelées, les yeux caves.

—Quelqu'un a-t-il de l'eau ? lançai-je à la cantonade.

Quelques têtes se tournèrent vers moi.

Le Français me dit avec pitié :

—Vous vous croyez dans un wagon-restaurant ?

J'essayai encore, haussant le ton :

—Quelqu'un a-t-il une gorgée d'eau ?

Je voyais les visages se tourner les uns vers les autres.

—Cette femme a risqué sa vie pour passer des informations dans notre ville. Si quelqu'un a de l'eau, s'il vous plaît… Ne serait-ce que quelques gouttes…

Un murmure parcourut le wagon.

—Je vous en prie ! Pour l'amour de Dieu !

Étonnamment, quelques minutes plus tard, un bol en émail passa de main en main. Au fond, il y avait environ un centimètre d'eau, peut-être de pluie. Je criai un remerciement et soutins la tête de Liliane doucement, laissant couler le précieux liquide dans sa bouche.

Le Français parut s'animer un instant.

—Nous devrions essayer de tenir des tasses, des bols, n'importe quel récipient hors du wagon quand il pleut.

Nous ignorons quand on nous donnera encore à manger ou à boire.

Liliane avala péniblement. Je m'installai sur le sol de façon qu'elle puisse se reposer contre moi. Avec un grincement et le crissement aigu du métal sur les rails, le train se mit en branle et s'enfonça dans la campagne.

Je serais incapable de vous dire combien de temps nous restâmes dans ce train. Il roulait lentement, s'arrêtait fréquemment et sans raison évidente. Liliane toujours assoupie dans mes bras, je regardais au-dehors par des interstices entre les planches, observant le mouvement sans fin des troupes, prisonniers et civils, à travers mon pays martyrisé. La pluie forcit, et il s'ensuivit des murmures de satisfaction tandis que les occupants se passaient de l'eau qu'ils avaient recueillie. J'avais froid, mais je me réjouissais du mauvais temps et des températures basses : je n'osais pas imaginer l'enfer que devait devenir ce wagon dans la chaleur estivale, quand les odeurs empiraient.

Tandis que les heures s'étiraient, je m'entretins avec le Français. Je l'interrogeai sur la plaque d'immatriculation sur sa casquette, le brassard rouge sur la manche de sa veste, et il m'expliqua qu'il arrivait du ZAB, le *Zivilarbeiter Bataillone*, composé de prisonniers employés pour les pires tâches, envoyés au front, exposés au feu allié. Il me raconta les trains qu'il voyait chaque semaine, bourrés à craquer de garçons, de femmes et de jeunes filles, sillonnant le pays jusqu'à la Somme, l'Escaut et les Ardennes afin de travailler comme esclaves pour les Allemands. Le soir, dit-il, nous serions logés dans des baraquements, des usines ou des écoles en ruine dans des villages évacués. Il ignorait si l'on nous destinait à un camp de prisonniers ou à un bataillon de travail.

— Ils nous maintiennent en état de faiblesse pour que nous n'essayions pas de nous échapper. Maintenant, la majorité est reconnaissante d'être encore en vie.

Il me demanda si j'avais à manger dans mon sac et fut déçu quand je lui répondis que non. Je lui donnai un mouchoir qu'Hélène y avait glissé, me sentant obligée de lui offrir quelque chose. Il contempla le tissu de coton frais et propre comme s'il tenait de la soie. Puis il me le rendit.

— Gardez-le, dit-il, et son visage se ferma. Utilisez-le donc pour votre amie. Qu'a-t-elle fait ?

Je lui racontai sa bravoure, le lien d'information vital qu'elle avait fourni à notre ville, et il la regarda de nouveau, comme s'il ne voyait plus un simple corps, mais un être humain. Je lui dis que j'étais en quête de renseignements sur mon mari, et qu'il avait été envoyé dans les Ardennes. L'expression du Français se fit grave.

— J'ai passé plusieurs semaines là-bas. Vous savez qu'il y a eu la typhoïde ? À votre place, je prierais pour que votre mari ait survécu.

Je ravalai la boule de peur qui s'était logée dans ma gorge.

— Où est le reste de votre bataillon ? lui demandai-je pour changer de sujet.

Le train ralentit, et nous dépassâmes une autre colonne de prisonniers avançant péniblement. Aucun homme ne leva les yeux vers le convoi, comme s'ils avaient tous trop honte de leur esclavage forcé. Je passai leurs visages en revue, redoutant de découvrir Édouard parmi eux.

Le Français mit du temps à me répondre.

— Je suis le seul survivant.

Quelques heures plus tard, le train s'arrêta sur une voie de garage. Les portes s'ouvrirent en coulissant bruyamment, et des voix allemandes nous crièrent de sortir. Les corps se déplièrent avec lassitude sur le sol, s'accrochant à leurs bols en émail, et s'éloignèrent en procession le long d'une voie désaffectée. Nous étions encadrés par des soldats de l'infanterie allemande qui veillaient à ce que nous restions en ligne en nous donnant de petits coups de la pointe de leur fusil. J'eus l'impression d'être devenue du bétail, de ne plus être humaine. La fuite désespérée du jeune prisonnier à Saint-Péronne me revint en mémoire, et soudain je compris ce qui l'avait poussé à se mettre à courir, bien qu'il sût que sa tentative était probablement vouée à l'échec.

Je tenais Liliane tout contre moi, la soutenant, un bras passé sous son aisselle. Elle marchait lentement, trop lentement. Un Allemand se glissa derrière nous et lui donna un coup de pied.

—Laissez-la! protestai-je.

Je sentis la crosse de son fusil s'écraser sur mon crâne et je m'écroulai sur le sol. Immédiatement, des mains me saisirent pour me remettre sur pied, et j'avançai de nouveau, étourdie, la vision trouble. Je portai une paume à ma tempe, puis contemplai mes doigts poisseux de sang.

On nous escorta jusqu'à une gigantesque usine vide. Sous nos semelles, le sol crissait, couvert de verre cassé; la brise nocturne cinglante pénétrait à l'intérieur en sifflant. Au loin, nous entendions les détonations des canons et distinguions même de temps à autre l'éclair d'une explosion. Je jetai un coup d'œil dehors, me demandant où nous étions, mais les alentours avaient été engloutis par l'obscurité.

—Par ici, lança une voix.

Le Français apparut près de nous et nous guida jusqu'à un coin de la salle tout en nous soutenant.

—Regardez, il y a à manger.

De la soupe, servie par d'autres prisonniers qui plongeaient leurs louches dans deux grandes marmites posées sur une longue table. Je n'avais rien avalé depuis le matin, et mon estomac se tordit d'impatience. Le Français remplit son bol d'émail, ainsi qu'une tasse qu'Hélène avait glissée dans mon sac. Après avoir reçu aussi trois morceaux de pain noir, nous allâmes nous asseoir dans un coin pour manger. J'aidai Liliane à boire (elle avait une main brisée et ne pouvait plus s'en servir), passant les doigts au fond du récipient pour ne pas en perdre une goutte.

— Il n'y a pas toujours à manger. Peut-être aurons-nous plus de chance désormais, expliqua le Français sans grande conviction.

Il disparut ensuite dans l'attroupement qui s'était déjà formé autour des tables dans l'espoir d'une portion supplémentaire, et je me maudis de ne pas avoir été plus rapide et de ne pas y être allée plus tôt. J'avais peur de quitter Liliane, même quelques minutes. Peu après, il reparut avec son bol plein. Il resta un instant debout près de nous, puis me le tendit et pointa son index vers Liliane.

— Donnez-le-lui. Elle a besoin de reprendre des forces.

Liliane leva la tête. Elle le regarda comme si elle ne pouvait se rappeler la dernière fois qu'on l'avait traitée avec bonté, et mes yeux se remplirent de larmes. Le Français nous gratifia d'un hochement de menton, comme si nous nous trouvions dans un autre monde et qu'il prenait courtoisement congé de nous, puis il s'éloigna en direction du secteur attribué aux hommes pour la nuit. Je m'assis et nourris Liliane Béthune, gorgée par gorgée, comme je l'aurais fait avec un enfant. Quand elle eut terminé le second bol, elle poussa un petit soupir tremblant, se laissa aller contre moi et s'endormit. Je restai assise dans le noir, entourée de corps remuant doucement. Certains toussaient, d'autres sanglotaient. Je reconnus les accents de Russes, Anglais et Polonais perdus loin de chez eux.

De temps à autre, le sol vibrait, et je savais qu'un obus avait fait mouche quelque part ; personne ne semblait y prêter attention. Je tendis l'oreille, guettant les détonations au loin et les murmures des autres prisonniers. Plus tard, la température baissa, et je me mis à frissonner. Je songeai à ma maison, à Hélène endormie à mes côtés, à la petite Édith avec ses mains agrippées à mes cheveux... Je pleurai en silence jusqu'à ce que, vaincue par l'émotion, je m'endorme à mon tour.

Je me réveillai et, pendant quelques secondes, j'oubliai où je me trouvais. Le bras d'Édouard était passé autour de moi, je sentais son corps peser contre le mien. Il y eut comme une minuscule fissure dans le temps, dans laquelle le soulagement s'engouffra – il était là ! –, avant que je me rende compte que ce n'était pas mon mari qui se pressait contre moi. La main d'un homme, furtive et insistante, se frayait un chemin sous ma jupe, à la faveur de l'obscurité, comptant peut-être sur ma peur et ma fatigue. Je restai allongée, raide, gagnée par une rage froide et dure quand je compris ce que cet intrus pensait pouvoir me prendre. Devais-je crier ? Quelqu'un s'en préoccuperait-il ? Les Allemands y verraient-ils une autre excuse pour me punir ? Alors que je déplaçais lentement mon bras, à moitié coincé sous moi, je sentis sous ma paume un bris de verre, froid et effilé, provenant d'une vitre soufflée par une explosion. Je refermai les doigts autour et, sans réfléchir, je basculai sur le flanc et appuyai le tranchant déchiqueté sur la gorge de mon assaillant.

— Touche-moi encore, et je te transperce le corps, chuchotai-je.

Je sentis son haleine pestilentielle et perçus sa stupéfaction. Il ne s'était pas attendu à rencontrer de la résistance. Je n'étais même pas sûre qu'il comprenait mes paroles. Mais le tranchant du verre, si. Il leva les mains en signe de reddition, peut-être aussi d'excuse. Je laissai le morceau de verre pressé sur sa peau encore quelques secondes, pour qu'il sache que je ne plaisantais pas. Dans l'obscurité presque totale, je croisai fugitivement son regard, dans lequel je lus de la peur. Lui aussi avait basculé dans un monde où il n'y avait plus aucune règle, aucun ordre. Si dans ce monde il pouvait impunément agresser une inconnue, celle-ci pouvait aussi parfaitement lui trancher la gorge. À peine eus-je relâché la pression qu'il se redressa maladroitement. Je suivis des yeux sa silhouette tandis qu'il enjambait les corps endormis pour disparaître à l'autre bout de l'usine.

Je glissai l'éclat de verre dans la poche de ma jupe et m'assis, protégeant de mes bras Liliane assoupie. Puis j'attendis.

Il me sembla que je venais de m'endormir quand nous fûmes réveillés par des cris. Les soldats allemands circulaient dans la salle en distribuant coups de crosse et coups de pied pour réveiller les dormeurs et les forcer à se lever. Je poussai sur mes mains et me mis debout. La douleur qui me transperça le crâne fut telle que j'étouffai un gémissement. La vision encore trouble, je vis les soldats marcher vers nous et essayai de hisser Liliane sur ses pieds avant qu'ils ne puissent nous frapper.

Dans la lumière bleue et crue de l'aurore, je pus enfin examiner l'endroit où nous nous trouvions. L'usine, gigantesque, était à moitié à l'abandon. Le toit était crevé en son centre, et le sol en dessous du trou jonché de poutres cassées et de débris de verre. À l'autre extrémité de la salle, on servait un liquide qui ressemblait à du café sur des tables à tréteaux, ainsi que de gros morceaux de pain noir. Je saisis

Liliane par la taille : il fallait que nous traversions le vaste espace avant qu'il n'y ait plus rien à manger.

— Où sommes-nous ? demanda-t-elle en jetant un coup d'œil par la fenêtre éclatée.

Un grondement au loin nous indiqua que nous devions nous trouver à proximité du front.

— Je n'en ai aucune idée, dis-je, soulagée qu'elle ait repris suffisamment de forces pour échanger quelques mots avec moi.

On nous versa du café dans la tasse et un peu aussi dans le bol du Français. Je le cherchai des yeux, préoccupée à l'idée que nous le privions, mais un officier allemand séparait les prisonniers en groupes ; quelques-uns s'éloignaient déjà en file de l'usine. Liliane et moi fûmes mises dans un groupe composé essentiellement de femmes, et dirigées vers des sanitaires. À la lumière du jour, je voyais la poussière incrustée dans la peau des malheureuses, les poux qui rampaient librement dans leurs cheveux. Soudain, tout le corps me démangea et, baissant les yeux, j'en aperçus un sur ma jupe. Je le chassai du revers de la main, consciente de l'inutilité de mon geste. Je savais bien que je ne leur échapperais pas. Il était impossible de passer autant de temps à proximité de gens infestés sans en attraper.

Il devait y avoir trois cents femmes essayant de faire leurs besoins et leur toilette dans un espace conçu pour accueillir douze personnes. Quand je parvins à nous frayer un chemin jusqu'aux cabines, le spectacle nous donna des haut-le-cœur. Nous fîmes nos ablutions comme nous le pûmes à l'eau froide dispensée par la pompe, imitant les autres femmes : elles ôtaient à peine leurs vêtements et jetaient des coups d'œil méfiants autour d'elles, comme si elles s'attendaient à quelque subterfuge des Allemands.

— Il arrive qu'ils fassent irruption, expliqua Liliane. Il est plus facile – et plus prudent – de rester habillées.

Pendant que les Allemands étaient occupés avec les hommes, j'explorai les décombres dehors à la recherche de brindilles et de bouts de ficelle, puis je m'assis avec Liliane. Dans la lumière délavée du jour, j'accommodai les doigts brisés de sa main gauche à l'aide de ces attelles de fortune. Elle fit preuve de beaucoup de courage ; je savais que je lui faisais mal, pourtant elle grimaçait à peine. Elle ne saignait plus, mais marchait encore avec précaution, comme si chaque pas la faisait souffrir. Je n'osais lui demander ce qui lui était arrivé.

— C'est bon de vous voir, Sophie, dit-elle en examinant sa main.

Quelque part au fond d'elle, il restait peut-être une ombre de la femme que j'avais connue à Saint-Péronne.

— Je n'ai jamais été aussi heureuse de voir un autre être humain, répondis-je, sincère, en lui essuyant le visage avec mon mouchoir propre.

Les hommes furent envoyés travailler. De là où nous étions, nous les voyions faire la queue pour récupérer des pelles et des pioches, puis s'éloigner en colonnes vers le bruit infernal à l'horizon. Je récitai mentalement une prière pour notre Français si charitable, puis une autre, comme toujours, pour Édouard. Les femmes, pendant ce temps, furent dirigées vers un wagon. Mon cœur se serra à la perspective de ce voyage interminable et puant, puis je me réprimandai. Je n'étais peut-être plus qu'à quelques heures d'Édouard. Ce train me conduirait peut-être jusqu'à lui.

Je grimpai à bord sans me plaindre. Ce wagon était plus petit, pourtant ils projetaient visiblement d'y entasser les trois cents femmes. Quelques jurons et disputes étouffées retentirent au moment où nous essayâmes de nous asseoir. Liliane trouva une petite place sur un banc. Je m'accroupis à ses pieds et fourrai mon sac sous ses jambes. Je veillais aussi jalousement sur ce sac que s'il s'était agi d'un bébé. Quelqu'un cria quand un obus tomba si près que le train en fut secoué.

— Parle-moi d'Édith, dit Liliane alors que le train démarrait.

— Elle garde le moral, commençai-je, m'efforçant de parler d'une voix aussi rassurante que possible. Elle mange bien, dort tranquillement, et Mimi et elle sont devenues inséparables. Elle adore le petit Jean, qui le lui rend bien.

Pendant que je lui décrivais la vie de sa fille à Saint-Péronne, elle ferma les yeux. Je fus incapable de définir si c'était de soulagement ou de chagrin.

— Est-ce qu'elle est heureuse ?

Je répondis prudemment.

— C'est une enfant. Sa *maman*\* lui manque. Mais elle sait qu'elle est en sécurité au *Coq rouge*.

Je ne pouvais lui en dire plus, mais cela suffit apparemment. Je ne mentionnai pas les cauchemars d'Édith, les nuits passées à pleurer en appelant sa mère. Liliane n'était pas stupide : je me doutais qu'au fond de son cœur elle savait déjà tout cela. Quand je me tus, elle resta un long moment à regarder dehors, perdue dans ses pensées.

— Et vous, Sophie, qu'est-ce qui vous a amenée ici ? demanda-t-elle en se tournant de nouveau vers moi.

Personne au monde, sans doute, ne pourrait me comprendre mieux que Liliane. Je sondai tout de même son visage, effrayée. Mais la tentation de partager mon fardeau était trop forte.

Je lui racontai. Le *Kommandant*, la nuit où je l'avais rejoint à la caserne et l'offre que je lui avais faite. Elle me regarda un long moment en silence. Elle ne me dit pas que j'étais stupide, que je n'aurais pas dû le croire, ni que mon incapacité à satisfaire les désirs du *Kommandant* aurait pu entraîner ma mort, voire celle de mes proches.

Elle ne dit rien du tout.

— Je suis sûre qu'il remplira sa part du marché. Je suis sûre qu'il va me conduire jusqu'à Édouard, dis-je avec toute la conviction dont je fus capable.

Elle tendit sa main valide et serra la mienne.

Au crépuscule, au milieu d'une petite forêt, le train s'arrêta brutalement dans un concert de grincements. Nous attendîmes qu'il reprenne sa route, mais cette fois les portes coulissantes s'ouvrirent à l'arrière, et les occupantes, dont beaucoup venaient de s'endormir, protestèrent en maugréant. Je m'étais assoupie et m'éveillai en entendant la voix de Liliane à mon oreille.

— Sophie. Réveillez-vous. Réveillez-vous.

Un garde allemand se tenait debout dans l'ouverture. Il me fallut un moment pour me rendre compte que c'était mon nom qu'il criait. Je sautai sur mes pieds, sans oublier de prendre mon sac, et d'un geste signifiai à Liliane de venir avec moi.

— *Karten*, aboya le soldat.

Liliane et moi lui présentâmes nos papiers d'identité. Il chercha nos noms sur une liste, puis pointa du doigt un camion. Nous entendîmes les sifflements déçus des autres femmes derrière nous au moment où les portes se refermaient bruyamment.

On nous poussa vers le camion. Je sentis Liliane résister un peu.

— Quoi ? lui lançai-je en lisant la méfiance sur son visage.

— Je n'aime pas ça, souffla-t-elle en lançant un regard par-dessus son épaule tandis que le train repartait.

— Au contraire, insistai-je. Je pense qu'on nous isole. Ce doit être une initiative du *Kommandant*.

— C'est bien ce qui me préoccupe.

— Et puis, écoutez… Je n'entends plus les canons. Nous devons nous éloigner du front. C'est une bonne chose, non ?

Nous claudiquâmes jusqu'à l'arrière du camion, et je l'aidai à s'y hisser tout en me grattant derrière la tête. J'avais commencé à avoir des démangeaisons et senti des poux sous mes habits. J'essayais de les ignorer. Notre descente du train était forcément bon signe.

— Ayez confiance, dis-je en lui serrant le bras. Et puis, au moins, nous avons enfin la place de remuer les jambes.

Un jeune garde grimpa à l'arrière et nous lança un regard noir. J'esquissai un sourire, afin de le rassurer sur une hypothétique tentative d'évasion, mais il me toisa avec dégoût et plaça son fusil entre nous, comme un avertissement. Je m'aperçus que je devais moi aussi sentir mauvais et que, du fait de la proximité forcée avec les autres prisonnières, mes cheveux risquaient bientôt de grouiller de parasites. Aussi m'occupai-je en inspectant mes vêtements et en me débarrassant de ceux que je trouvais.

Le camion démarra. Liliane grimaçait à chaque cahot. Au bout de quelques kilomètres, elle s'était rendormie, épuisée par la douleur. Moi-même, la tête me lançait, et j'étais reconnaissante que les canons se soient tus.

*Il faut avoir confiance*, nous intimai-je en silence.

Nous roulions depuis une petite heure sur la grand-route ; le soleil d'hiver plongeait lentement derrière des montagnes au loin, des cristaux de glace scintillaient sur les accotements. La bâche battit et me révéla une partie d'un panneau de signalisation.

*J'ai dû mal lire*, songeai-je.

Je me penchai en avant et soulevai le bord du rabat pour ne pas rater le suivant, plissant les yeux dans la lumière. Et je le vis.

MANNHEIM.

Le monde sembla s'arrêter de tourner.

— Liliane ? chuchotai-je avant de la secouer pour la réveiller. Liliane, regardez dehors. Qu'est-ce que vous voyez ?

Le camion avait ralenti pour contourner des cratères, et je savais qu'en se penchant elle le verrait.

— Nous sommes censées aller vers le sud, dis-je. Vers les Ardennes…

Je me rendais compte à présent de l'orientation des ombres. Nous nous dirigions vers l'est, et depuis un moment déjà.

— Mais Édouard se trouve dans les Ardennes…, poursuivis-je sans parvenir à dissimuler la panique dans ma voix. On m'a assuré qu'il y était. Nous devions aller vers le sud et les Ardennes. Au sud !

Liliane laissa retomber la bâche. Quand elle prit la parole, ce fut sans me regarder. Son visage avait perdu le peu de couleur qui lui restait.

— Sophie, nous n'entendons plus les canons parce que nous avons traversé le front, expliqua-t-elle d'un ton morne. Nous entrons en Allemagne.

# Chapitre 24

Le train file en bourdonnant gaiement. Tout au fond de la voiture 14, des éclats de rire bruyants s'élèvent d'un groupe de femmes. Dans les sièges en face, un couple d'âge moyen s'est orné de guirlandes, ayant manifestement commencé à fêter Noël durant le week-end. Les porte-bagages débordent de paquets, dans l'air flottent les parfums de gourmandises de saison : fromages affinés, bons vins, chocolats fins. Pour Mo et Liv, cependant, le trajet de retour vers l'Angleterre est morose. Elles ont à peine échangé un mot depuis Paris. Mo ne s'est toujours pas débarrassée de sa gueule de bois et a apparemment décidé de combattre le mal par le mal, à grand renfort de mignonnettes de liqueur vendues une fortune au wagon-bar. Liv lit et relit ses notes, s'aidant à l'occasion de son petit dictionnaire anglais-français ouvert sur la tablette.

Le sort funeste de Sophie Lefèvre a jeté une grande ombre sur leur voyage. Liv se sent hantée par le destin de la jeune femme, qu'elle s'était toujours imaginée radieuse et triomphante. Celle-ci avait-elle vraiment collaboré avec l'ennemi ? Qu'était-elle devenue ?

Un serveur pousse un chariot dans l'allée, proposant boissons et en-cas sucrés. Liv est tellement plongée dans la vie de Sophie qu'elle lève à peine la tête. Le monde des maris absents, de l'attente nostalgique, de la presque famine lui semble soudain plus réel que celui qui l'entoure. Elle sent l'odeur de feu de bois du *Coq rouge*, entend les bruits de pas sur le sol. Chaque fois qu'elle ferme les yeux, le portrait se transforme, et lui apparaît alors le visage terrifié de Sophie Lefèvre, traînée par des soldats dans un camion prêt à partir, reniée par les siens.

Parmi les pages brunies, délicates, sur lesquelles ses doigts laissent des marques grasses, se trouvent les premières lettres d'Édouard à Sophie, datant de l'époque où il a rejoint son régiment d'infanterie et où elle s'est installée à Saint-Péronne pour épauler sa sœur. Elle lui manque tant, écrit Édouard, que parfois la nuit il peut à peine respirer. Il lui dit qu'il la fait apparaître dans son imagination, peint des portraits d'elle dans l'air froid. Dans ses lettres, Sophie envie sa version imaginaire, prie pour son mari et le réprimande. Elle l'appelle *poilu**. L'image de leur couple inspirée par ces mots est si forte, si intime que, même si elle peine sur la traduction, Liv en a presque le souffle coupé. Elle laisse courir son index sur l'encre passée, s'émerveillant à l'idée que la jeune femme de son portrait en soit l'auteure. Sophie Lefèvre n'est plus une image séduisante dans un cadre doré écaillé : elle est devenue une personne, un être vivant en trois dimensions. Une femme qui parle de lessive, de rationnement, de la taille de l'uniforme de son mari, de ses peurs et de ses frustrations. Cela la conforte dans sa détermination : elle ne permettra pas qu'on lui prenne *Les Yeux de Sophie*.

Liv s'attaque à deux nouvelles feuilles dont le texte est plus dense. Au milieu, elle trouve une photographie sépia d'Édouard Lefèvre dans une pose formelle, le regard rivé sur un point droit devant lui.

*Octobre 1914*

*La gare du Nord grouillait de monde, les quais disparaissant sous une mer bouillonnante de soldats et de*

*femmes en larmes, l'air saturé de fumée, de vapeur et des accents déchirants des adieux. Je savais qu'Édouard ne voudrait pas que je pleure. De plus, nous ne serions séparés que peu de temps ; c'est ce qu'affirmaient tous les journaux.*
*« Je veux connaître tes moindres faits et gestes, lui dis-je. Remplis tes carnets de croquis pour me les montrer plus tard. Et assure-toi de manger correctement. Et ne fais rien de stupide, comme te soûler, te battre et te faire arrêter. Je veux que tu rentres aussitôt que possible. »*
*Il m'a fait promettre qu'Hélène et moi serions prudentes.*
*« Si tu entends que les lignes ennemies se rapprochent, jure-moi que tu rentreras immédiatement à Paris. »*
*Comme je hochais le menton, il a ajouté : « Je ne veux pas de ce visage de sphinx, Sophie. Promets-moi que tu penseras d'abord à toi. Je serai incapable de me battre si je te crois en danger. »*
*« J'ai la peau dure, tu le sais. »*
*Il a jeté un coup d'œil par-dessus son épaule, vers l'horloge. Plus loin, un train a émis un sifflement perçant. La vapeur et la puanteur de l'huile brûlée nous ont enveloppés, occultant brièvement la foule sur le quai. J'ai tendu la main pour redresser son képi de serge bleue. Puis je me suis reculée pour l'admirer. Quel homme, mon mari ! Un géant parmi les mobilisés. Son torse paraît si large dans son uniforme, et il dépasse tout le monde d'une demi-tête. Sa présence physique est si imposante. À le voir ainsi, j'ai senti mon cœur se gonfler d'amour. Je pense que, même à ce moment-là, je ne croyais pas vraiment qu'il allait partir.*
*La semaine précédente, il avait achevé un petit portrait de moi à la gouache. Il a tapoté sa poche de chemise.*
*« Tu seras toujours à mes côtés. »*

*J'ai posé une paume sur ma poitrine. « Et toi avec moi. »*
*Secrètement, j'ai regretté de ne pas en avoir un de lui. J'ai observé les alentours. Les portes des wagons s'ouvraient et se refermaient, des mains se tendaient près de nous, des doigts s'effleuraient pour la dernière fois.*
*« Je ne vais pas te regarder partir, Édouard, lui ai-je dit. Je vais fermer les yeux et garder cette image de toi debout devant moi. »*
*Il a hoché la tête. Il comprenait.*
*« Avant que tu partes... », a-t-il dit soudain. Et puis il m'a soulevée et a pressé sa bouche contre la mienne, ses grands bras me serrant fort contre lui. Je l'ai étreint, fermant les yeux de toutes mes forces, et je l'ai respiré, absorbant son odeur, peut-être dans l'espoir fou de faire durer cette trace de lui pendant toute son absence. C'est seulement à ce moment-là que j'ai compris que mon mari s'en allait. Mon mari s'en allait... Puis, quand c'est devenu trop dur, je me suis écartée, le visage figé en un masque rigide.*
*J'ai gardé les yeux fermés et me suis agrippée à sa main, ne voulant pas voir l'expression de son visage, puis je me suis détournée prestement, le dos droit, pour me frayer un chemin à travers la foule, loin de lui.*
*J'ignore pourquoi je me suis refusée à le regarder monter dans le train. Depuis, pas un jour ne passe sans que je le regrette.*
*Ce n'est qu'en arrivant à la maison, en mettant la main dans ma poche, que j'ai trouvé un morceau de papier qu'il avait dû y glisser quand il me serrait contre lui : une petite caricature de nous deux, lui, un grand ours dans son uniforme, souriant de toutes ses dents, un bras passé autour de moi, petite, la taille fine, le visage grave et solennel, les cheveux tirés impeccablement*

*en arrière. En dessous, il avait inscrit, de son écriture tout en volutes et en courbes : « Je n'avais jamais vraiment connu le bonheur avant toi. »*

Liv cligne des yeux et range avec soin les papiers dans la chemise. Elle regarde distraitement par la fenêtre, songeuse. Puis elle déplie le portrait de Sophie Lefèvre. Ce visage souriant, complice... Comment croire M. Bessette ? Comment une femme qui adorait son mari aurait-elle pu le trahir ainsi, non seulement avec un homme, mais avec l'ennemi ? C'est incompréhensible. Liv replie la photocopie et range ses notes au fond de son sac.

Mo ôte les écouteurs de ses oreilles.

— Bon. Plus qu'une demi-heure avant St. Pancras. Tu crois que tu as ce qu'il te faut ?

Liv hausse les épaules. Elle a une énorme boule dans la gorge qui l'empêche de parler.

Mo s'est attaché les cheveux en arrière, découvrant ses joues pâles comme du lait.

— Comment tu te sens pour demain ? Nerveuse ?

Liv avale sa salive et lui adresse un sourire fugace. Cela fait six semaines qu'elle ne pense pratiquement qu'à ça.

— Pour ce que ça vaut, reprend Mo, comme s'il s'agissait d'un détail auquel elle pensait depuis longtemps, je ne crois pas que McCafferty t'ait tendu un piège.

— Quoi ?

— J'ai croisé beaucoup de gens pourris et menteurs dans ma vie. Il n'est pas comme ça. (Elle tire sur une petite peau au coin de l'ongle de son pouce.) Je crois que le destin a simplement décidé de vous faire une sale blague en vous balançant chacun dans des camps opposés.

— Mais rien ne l'obligeait à m'attaquer en justice pour me prendre mon tableau...

Mo hausse un sourcil.
—Vraiment ?

Liv regarde distraitement par la fenêtre pendant que le train roule vers Londres ; elle a de nouveau la gorge serrée.

De l'autre côté de la petite table qui les sépare, l'homme et la femme décorés de guirlandes se sont endormis l'un contre l'autre, main dans la main.

Plus tard, Liv aura du mal à s'expliquer sa décision. À la gare, Mo lui annonce qu'elle part chez Ranic. Elle lui recommande de ne pas passer la nuit sur Internet à chercher les comptes rendus d'obscures affaires de restitution, et la supplie de ne pas oublier de mettre le camembert au frigo avant qu'il ne dégouline hors de sa boîte et ne contamine toute la maison. Plantée au milieu du hall de gare grouillant de monde, un sac en plastique contenant un fromage puant à la main, Liv regarde la petite silhouette sombre s'éloigner vers l'Underground, la sangle de son sac à dos passée nonchalamment sur son épaule. Mo parle désormais de Ranic d'une façon à la fois enjouée et désinvolte, comme si elle avait pris conscience d'un changement entre eux.

Liv la suit des yeux jusqu'à ce qu'elle se soit évanouie dans la foule. Le flot des voyageurs s'écoule tout autour, et elle reste immobile, telle une pierre de gué dans le courant. Ils vont tous par deux, bras dessus bras dessous, bavardant, échangeant des regards affectueux, émus, et, s'ils marchent seuls, c'est la tête baissée, avec détermination, en route vers leur foyer et l'élu de leur cœur. Liv voit des alliances, des bagues de fiançailles, entend des bribes de conversations chuchotées au sujet d'horaires de train, de bouteille de lait à acheter sur le chemin et autres « Tu peux venir me chercher à la gare ? ». Plus tard, elle pensera aussi à ceux qui redoutent de retrouver leur partenaire, cherchent des excuses pour ne pas monter dans le train, se terrent dans des bars... Mais pour l'instant les gens qui s'ennuient, les malheureux et les solitaires sont invisibles. Elle ne voit cette foule que comme un affront à son statut de célibataire.

*J'ai été l'une de vous*, songe-t-elle, sans pouvoir vraiment imaginer ce que ça ferait d'être de nouveau en couple.

« Je n'avais jamais vraiment connu le bonheur avant toi. »

Le tableau des départs clignote avant d'afficher de nouvelles destinations. Derrière les vitrines des magasins, des voyageurs font des achats de Noël de dernière minute. Liv se demande : *Est-il seulement possible de redevenir la personne qu'on a été autrefois ?* Et avant de rester complètement paralysée par la réponse, elle attrape sa valise et se dirige, courant à moitié, vers la station de métro.

Chaque fois que Jake repart chez sa mère, le silence qui règne dans l'appartement prend une consistance particulière. C'est une entité solide, pesante, qui n'a rien à voir avec le calme qui s'installe quand le garçon s'absente quelques heures pour aller chez un copain. Le profond silence dans ces moments-là est empreint de sa culpabilité et d'un sentiment d'échec, alourdis par la perspective de devoir attendre au moins quatre jours avant de revoir son fils. Paul termine de nettoyer et ranger la cuisine – Jake a fait des roses des sables au riz soufflé, et il y a des Rice Krispies partout –, puis s'assied en regardant fixement le journal du dimanche, qu'il achète toutes les semaines par habitude sans jamais arriver à le lire.

Au début de sa séparation avec Leonie, ce qu'il redoutait le plus, c'était le réveil. Il ne s'était pas rendu compte jusqu'alors de combien il aimait entendre le trottinement irrégulier des petits pieds nus de Jake, juste avant qu'il apparaisse sur le seuil de leur chambre, les cheveux en bataille, les yeux mi-clos, pour demander s'il pouvait grimper dans leur lit et s'allonger entre eux. Le froid délicieux de ses pieds, l'odeur de pain chaud de sa peau, ce sentiment viscéral, après que son fils s'était blotti au milieu de leur lit, que tout allait pour le mieux. Après leur départ, les premiers mois, il lui avait fallu affronter l'idée que chaque matin où il se réveillait seul était le commencement d'une nouvelle journée où il raterait la vie de son fils. Une autre série de petites aventures ou mésaventures, cette mosaïque d'événements banals qui l'aideraient à se transformer en celui qu'il deviendrait... Toute une vie, dont Paul ne ferait pas partie.

Désormais, Paul supportait mieux les matins (principalement parce que, à neuf ans, Jake se réveillait rarement avant lui), mais les heures qui suivaient son retour chez Leonie avaient encore le pouvoir de le désarmer.

Il va repasser des chemises. Peut-être aller au gymnase. Puis il prendra une douche et dînera. Voilà qui donnera un sens à cette soirée. Deux heures de télévision, peut-être un coup d'œil à ses dossiers afin de s'assurer que tout est en ordre pour le procès du lendemain, et il ira se coucher.

Il vient de finir les chemises quand le téléphone sonne.
— Salut.
C'est Janey.
— Oui ? Qui est à l'appareil ? demande-t-il, bien qu'il l'ait parfaitement reconnue.
— C'est moi, dit-elle en s'efforçant de ne rien laisser paraître de l'affront qu'elle vient d'essuyer. Janey. Je voulais simplement te saluer et vérifier que tout est calé pour demain.
— On est bons. Sean a revu toute la paperasse. L'avocat plaidant est prêt. Y a plus qu'à.
— Du nouveau en ce qui concerne la disparition initiale ?

— Pas grand-chose. Mais nous disposons de suffisamment de correspondance de tiers pour pouvoir laisser planer au-dessus un assez gros point d'interrogation.

Un court silence s'installe à l'autre bout de la ligne.

— Brigg et Sawston sont en train de monter leur propre agence de recherche.

— Qui ?

— La maison de ventes. Une autre corde à leur arc, semble-t-il. Et ils ont de gros commanditaires.

— Merde !

Paul regarde fixement la pile de dossiers sur son bureau.

— Ils ont déjà contacté d'autres agences. Ils débauchent des ex-membres de la brigade Art et Antiquités, apparemment. (Paul entend la question cachée.) N'importe qui ayant de l'expérience dans le travail d'enquête.

— Eh bien, ils ne m'ont pas approché.

Un autre silence. Il se demande si elle le croit.

— Il faut absolument que nous remportions ce procès, Paul. Nous devons nous assurer la première place. Être l'agence incontournable quand il s'agit de retrouver et de restituer des trésors.

— J'ai compris.

— Je voulais seulement… Je voulais que tu saches à quel point tu es important. Pour l'entreprise, je veux dire.

— Je te répète, Janey, que personne ne m'a approché.

Un autre bref silence.

— D'accord.

Elle parle encore un peu, lui raconte son week-end, une visite chez ses parents, un futur mariage auquel elle a été conviée dans le Devon. Elle l'évoque si longuement qu'il se demande si elle n'essaie pas de rassembler son courage pour l'inviter à l'y accompagner. Il s'empresse donc de changer résolument de sujet. Enfin, elle raccroche.

Paul met de la musique, dans l'espoir de couvrir le brouhaha qui monte de la rue. Il a toujours aimé l'animation et la vitalité caractéristiques du West End, mais il a aussi appris au fil des années que, les mauvais jours, toute cette agitation sous ses fenêtres ne fait qu'accentuer sa mélancolie, surtout le dimanche soir. Il tourne la molette du volume. Il connaît la cause de sa morosité, mais s'efforce de l'ignorer. À quoi bon s'affliger de ce qu'on ne peut pas changer ?

Il vient de finir de se laver les cheveux quand il entend le son étouffé de la sonnette. Il jure, tâtonne pour trouver de quoi s'essuyer le visage. Il serait capable de descendre enveloppé d'une serviette, mais il a le pressentiment que c'est Janey. Il ne tient pas à ce qu'elle y voie une invitation.

En dévalant l'escalier, le tee-shirt collé à sa peau mouillée, il prépare quelques excuses.

*Désolé, Janey, j'allais justement sortir.*

*Ouais. Il faut qu'on en discute au bureau. Nous ferions mieux d'organiser une réunion pour que tout le monde participe.*

*Janey. Je te trouve vraiment super. Mais ce n'est pas une bonne idée. Je suis désolé.*

Il ouvre la porte avec cette dernière réplique au bord des lèvres. Mais ce n'est pas Janey.

Liv Halston se tient au milieu du trottoir, cramponnée à un petit sac de voyage. Au-dessus d'elle, des guirlandes de Noël lumineuses parent le ciel nocturne. Elle laisse tomber son fourre-tout à ses pieds et lève vers lui son visage pâle et sérieux, mais elle semble avoir oublié ce qu'elle voulait dire.

— Le procès commence demain, lance-t-il comme elle ne parle toujours pas.

Il n'arrive pas à détacher les yeux d'elle.

— Je sais.

— Nous ne sommes pas censés nous parler.

— Non.

— Cela pourrait nous valoir de gros ennuis.

Debout, il attend. La figure encadrée par le col de son gros manteau noir, la jeune femme arbore une expression tendue, les yeux vacillant comme si elle menait un million de conversations intérieures en même temps. Alors qu'il s'apprête à s'excuser, elle le devance et prend la parole.

— Écoute, je sais que ce que je vais dire n'a pas vraiment de sens, mais pourrions-nous oublier le procès? Juste pour un soir? (Son ton est vulnérable.) Pourrions-nous être deux personnes, simplement, comme avant?

Sa voix se brise très légèrement, et cela suffit à lui faire baisser la garde. Paul McCafferty ouvre la bouche pour parler, puis se penche et attrape sa valise, qu'il dépose dans le vestibule. Avant qu'aucun des deux ne puisse changer d'avis, il l'attire contre lui, la serre dans ses bras et reste ainsi jusqu'à ce que le monde extérieur disparaisse.

— Salut, belle endormie.

Liv se dresse sur les coudes, se rappelant lentement l'endroit où elle se trouve. Assis au bord du lit, Paul verse du café dans un mug qu'il lui tend. Il semble étonnamment frais et dispos. Le réveil indique 6 h 32.

— Je t'ai aussi apporté des tartines. Je me suis dit que tu aimerais peut-être avoir le temps de passer chez toi avant…

*Avant…*

Le procès! Liv prend le temps d'assimiler cette pensée. Il attend pendant qu'elle se frotte les yeux, puis se penche pour l'embrasser légèrement. Il s'est brossé les dents, remarque-t-elle, gênée de ne pas l'avoir fait.

— Je ne savais pas ce que tu voulais sur tes tartines. J'espère que la confiture te convient. (Il saisit le pot sur le plateau.) Choisie par Jake. Quatre-vingt-dix-huit pour cent de sucre environ.

— Merci.

Elle cille à plusieurs reprises et contemple l'assiette sur ses genoux. Elle ne peut même pas se souvenir de la dernière fois que quelqu'un lui a apporté le petit déjeuner au lit.

Ils se regardent. *Hum!* songe-t-elle en se rappelant la nuit qu'ils ont passée. Toutes les autres considérations s'évanouissent. Comme s'il pouvait lire dans ses pensées, Paul plisse les yeux.

— Tu... viens me tenir compagnie ? demande-t-elle.

Il se déplace de façon à mêler ses jambes, chaudes et solides, aux siennes. Elle se redresse pour qu'il puisse glisser un bras autour de ses épaules, puis se laisse aller contre lui en fermant les yeux, savourant cette sensation. Son corps sent le sommeil. Elle aimerait rester ainsi, le visage contre son torse, et le respirer jusqu'à ce que ses poumons soient remplis de minuscules molécules de Paul. Un souvenir remonte soudain à la surface : celui d'un garçon avec qui elle est sortie durant son adolescence ; elle l'adorait. Quand enfin ils s'étaient embrassés, elle avait été choquée de s'apercevoir que sa peau, ses cheveux, tout en lui dégageait une odeur déplaisante. Comme si une part essentielle de lui était chimiquement composée pour la dégoûter. La peau de Paul, en revanche... Elle pouvait rester là, allongée, et l'inhaler comme un délicieux parfum.

— Ça va ?

— Merveilleusement bien, dit-elle en buvant une gorgée de café.

— C'est bizarre, mais tout d'un coup j'aime les dimanches soir. Je me demande bien pourquoi.

— Les dimanches soir sont largement sous-estimés.

— Tout comme les visites à l'improviste. J'ai craint à un moment que tu ne sois un témoin de Jéhovah. (Il s'interrompt, pensif.) Quoique, si les témoins de Jéhovah faisaient ce que tu as fait hier, je pense qu'ils recevraient un bien meilleur accueil.

— Tu devrais le leur suggérer.

— Pourquoi pas.

Un long silence s'installe entre eux. Ils écoutent le camion-poubelle faire marche arrière dehors et les bacs à ordures s'entrechoquer, tout en mangeant leurs tartines dans un silence paisible et complice.

— Tu m'as manqué, Liv, avoue-t-il.

Elle penche la tête pour l'appuyer contre son épaule. Dans la rue, deux hommes discutent d'une voix forte en italien. Ses muscles lui font mal, mais c'est une douleur agréable, comme si elle s'était débarrassée d'une tension ancienne dont elle n'avait jamais eu conscience. Elle a l'impression d'être redevenue quelqu'un qu'elle avait oublié. Elle se demande ce que Mo penserait de tout ça, puis sourit en s'apercevant qu'elle connaît la réponse à cette question.

Et puis Paul rompt le silence :

— Liv… Je crains que ce procès ne te laisse sur la paille.

Elle regarde fixement sa tasse.

— Liv ?

— Je ne veux pas parler du procès.

— Je n'ai pas l'intention d'entrer dans les détails. Seulement, je me sens obligé de te dire que je m'inquiète.

Elle essaie de sourire.

— Eh bien, arrête. Tu n'as pas encore gagné.

— Même si tu gagnes. Rien qu'en frais de justice, ça fait beaucoup d'argent. Je suis passé par là plusieurs fois, j'ai une idée plutôt précise du montant que ça représente. (Il pose son mug et lui prend la main.) Écoute. La semaine dernière, je me suis entretenu avec la famille Lefèvre en privé. Mon associée, Janey, n'est même pas au courant. Je leur ai un peu expliqué ta situation, ton attachement à ce portrait et ta réticence à t'en séparer. Je les ai convaincus de te proposer un arrangement adéquat. Un arrangement sérieux, à six chiffres. Cela couvrirait tes frais de justice et même plus.

Liv observe fixement leurs mains, la sienne disparaissant dans celle de Paul.

— Es-tu… en train d'essayer de me convaincre de me rétracter ?

— Pas pour les raisons que tu crois.

— Qu'est-ce que ça veut dire ?

Il regarde droit devant lui.

— J'ai découvert des trucs.

Elle sent un calme étrange l'envahir.

— En France ?

Il pince les lèvres, comme s'il tentait de déterminer ce qu'il peut se permettre de lui révéler.

— J'ai trouvé un vieil article écrit par la journaliste américaine qui possédait ton tableau. Elle y raconte qu'il lui a été offert dans un dépôt d'œuvres d'art spoliées à Dachau.

— Et alors ?

— Alors toutes ces œuvres avaient été volées. Ce qui donne du poids à notre argument selon lequel le portrait a été obtenu illégalement, confisqué par les Allemands.

— Ce n'est qu'une hypothèse.

— Cela entache toutes les acquisitions ultérieures.

— C'est toi qui le dis.

— Je suis bon dans mon boulot, Liv. Nous touchons au but. Si d'autres preuves existent, tu sais que je les trouverai.

Elle se raidit.

— Je crois que le mot le plus important ici est « si ».

Elle dégage sa main.

Il se tourne pour lui faire face.

— OK. Voilà ce que je ne comprends pas. En mettant de côté l'aspect moral de cette affaire, je ne comprends pas pourquoi une femme très intelligente en possession d'un tableau qui ne lui a presque rien coûté, et connaissant maintenant son passé douteux, refuserait de le rendre en échange d'une grosse somme d'argent. Une somme beaucoup plus importante que celle qu'elle a déboursée pour l'acheter.

— Ça n'a rien à voir avec l'argent.

— Enfin, Liv, je ne fais qu'énoncer une évidence. À savoir que, si tu te lances dans ce procès et que tu échoues, tu t'exposes à perdre des centaines de milliers de livres. Peut-être même ta maison. Ta sécurité. Pour un tableau ? Vraiment ?

— Sophie ne serait pas à sa place avec eux. Ils ne... Ils se fichent complètement d'elle.

— Sophie Lefèvre est morte depuis plus de quatre-vingts ans. Je doute que ça fasse une différence pour elle.

Liv se glisse hors du lit et part en quête de son pantalon.

— Tu ne comprends vraiment pas, hein ? (Elle l'enfile et remonte la fermeture Éclair d'un geste sec, furieuse.) Bon sang, tu n'es pas du tout celui que je croyais !

— Non. Je suis l'homme qui, curieusement, ne veut pas te voir perdre ta maison pour rien.

— Oh, non. J'avais oublié. Tu es l'homme qui m'a attiré toutes ces emmerdes au départ.

— Tu crois que sans moi, rien ne serait arrivé ? C'est un cas très simple, Liv. Il y a des agences comme la nôtre à tous les coins de rue qui se seraient fait une joie de s'en charger.

— Tu as fini ?

—Oh, et puis merde! Écoute. Je te demande juste d'y réfléchir. Je... Je n'aimerais pas que tu perdes tout pour une question de principe.

—Oh. Donc, là, tu cherches à me protéger. Bien sûr.

Il se frotte le front, comme s'il tentait de garder son calme. Puis il secoue la tête.

—Tu sais quoi? Je ne crois pas qu'il s'agisse du tableau. Je crois qu'il s'agit de ton incapacité à avancer. Renoncer au tableau signifie laisser David dans le passé. Et tu en es incapable.

—J'ai avancé! Tu es bien placé pour le savoir! C'était quoi, hier soir, à ton avis?

Il la regarde fixement.

—Honnêtement? Je n'en sais rien. Je n'en ai aucune idée.

Quand elle le pousse pour partir, il n'essaie pas de la retenir.

# Chapitre 25

Deux heures plus tard, l'estomac noué, Liv est assise dans un taxi et regarde Henry avaler un café et un pain aux raisins.

— C'est moi qui emmène les enfants à l'école, explique-t-il en répandant des miettes sur ses jambes. Jamais le temps de petit-déjeuner.

Veste grise ajustée, chemisier bleu vif ajoutant une touche de couleur à l'ensemble : Liv porte ces vêtements comme une armure. Elle veut dire parler, mais sa mâchoire semble coincée en position fermée. Elle n'est plus qu'une boule de nerfs. Si quelqu'un la touchait, elle se mettrait probablement à vibrer comme une corde de guitare trop tendue.

— C'est systématique : il suffit que je m'assoie avec une tasse de café pour que l'un d'eux déboule pour demander une tartine, des céréales ou je ne sais quoi…

Elle acquiesce sans dire un mot. Une phrase de Paul tourne en boucle dans son esprit : « Ces œuvres ont toutes été volées. »

— Je crois que, pendant près d'un an, je me suis nourri le matin de ce que j'arrivais à attraper dans la boîte à pain en partant. J'en ai gardé un certain goût pour les *crumpets* crus, d'ailleurs.

Un attroupement s'est formé devant le palais de justice. Des gens s'affairent au pied de l'escalier principal. Elle croit d'abord à des touristes, mais Henry lui saisit le bras au moment où elle sort du taxi.

— Bon sang! Gardez la tête baissée, lance-t-il.

— Quoi?

Dès que ses pieds touchent le trottoir, l'air se remplit de flashs aveuglants. Un instant paralysée, alors que son nom est crié à ses oreilles, elle sent Henry la propulser en avant, au-delà des coudes des hommes qui se bousculent. Quelqu'un fourre un morceau de papier dans sa main libre, et elle entend la voix d'Henry, la légère note de panique alors que la foule semble se refermer sur elle. Elle est entourée d'un fouillis de vestes, ainsi que des reflets sombres et insondables d'énormes objectifs.

— Reculez, mesdames et messieurs, s'il vous plaît. Reculez.

Elle entrevoit l'éclat du laiton sur l'uniforme d'un policier, ferme les yeux et se sent entraînée sur la droite, la prise d'Henry se resserrant autour de son bras.

Puis ils se retrouvent dans le tribunal silencieux. Une fois de l'autre côté des contrôles, elle pivote vers lui en cillant, choquée, haletante.

— Qu'est-ce que c'était?

Henry se lisse les cheveux et s'éloigne pour aller jeter un coup d'œil par la porte.

— Les journaux. Je crains que l'affaire n'ait déjà beaucoup attiré l'attention.

La jeune femme rajuste sa veste et se retourne juste à temps pour voir Paul passer les barrières de sécurité à grandes enjambées. Il porte une chemise bleu clair et un pantalon foncé, et semble parfaitement calme. Personne ne l'a importuné. Quand leurs yeux se rencontrent, Liv lui adresse un regard plein d'une rage silencieuse. Il ralentit le pas pendant une fraction de seconde, mais son expression ne change pas. Il jette un coup d'œil derrière lui, ses dossiers coincés sous le bras, et poursuit sa route vers la salle d'audience n° 2.

C'est à ce moment-là qu'elle lit le texte du papier dans sa main.

*Posséder ce que les Allemands ont pris est un CRIME.*
*Mettez un terme aux souffrances du peuple juif.*
*Rendez-leur ce qui leur appartient légitimement.*
*Rétablissez la justice avant qu'il ne soit TROP TARD.*

— Qu'est-ce que c'est ? demande Henry en se penchant par-dessus l'épaule de Liv.

— Pourquoi me donne-t-on ça ? Les demandeurs ne sont même pas juifs ! s'exclame-t-elle.

— Je vous avais prévenue : le butin de guerre allemand est un sujet ultrasensible. Malheureusement, vous allez découvrir que toutes sortes de groupes d'intérêt sauteront sur l'occasion pour se manifester, qu'ils soient directement concernés ou non.

— Mais c'est ridicule. Nous n'avons pas volé ce fichu tableau. Il nous appartient depuis dix ans !

— Venez, Liv. Allons nous installer en salle d'audience. Je demanderai à quelqu'un d'aller vous chercher un verre d'eau.

Les places réservées à la presse sont toutes occupées. Calés les uns à côté des autres, les journalistes chuchotent, échangent des plaisanteries et feuillettent les journaux du jour en attendant l'arrivée du juge : une horde de prédateurs, détendus mais résolus, à l'affût de leur proie. Liv scrute les bancs au cas où elle reconnaîtrait un visage dans la mêlée. Elle veut se dresser de toute sa hauteur et leur crier : « Tout ceci n'est qu'un jeu pour vous, n'est-ce pas ? De quoi remplir le journal de demain qui servira ensuite à changer la litière du chat. » Son cœur bat la chamade.

Le juge, explique Henry en prenant place, a de l'expérience dans ces affaires et est d'une équité scrupuleuse. Lorsque Liv lui demande combien de fois il a statué en faveur des propriétaires faisant l'objet de la procédure de restitution toutefois, l'avocat reste curieusement vague.

Les tables des deux parties croulent sous d'épais dossiers remplis de documentation diverse : listes d'experts judiciaires, relevés de points obscurs de la législation française. En plaisantant, Henry a dit à Liv qu'elle s'est tellement spécialisée dans ce type de contentieux qu'il lui offrirait peut-être un poste à la fin. « Je pourrais en avoir besoin », a-t-elle répondu gravement.

— La cour ! annonce le greffier.

— On y est, souffle Henry en lui touchant le coude et en lui adressant un sourire encourageant.

Les Lefèvre, deux hommes âgés, sont déjà assis aux côtés de Sean Flaherty. Ils suivent les débats en silence pendant que leur avocat plaidant, Christopher Jenks, expose leurs arguments dans l'affaire. Liv les observe, frappée par la dureté de leurs traits. Leur façon de croiser les bras suggère une prédisposition à l'insatisfaction. Maurice et André Lefèvre sont les administrateurs de l'œuvre et de l'héritage d'Édouard Lefèvre, explique leur avocat à la cour. Leur intérêt réside dans la volonté de la sauvegarder et de la protéger pour la postérité.

— Et de se remplir les poches, marmonne Liv.

Henry secoue la tête.

Jenks va et vient dans le prétoire, ne consultant qu'occasionnellement ses notes, adressant ses remarques au juge. La popularité de Lefèvre s'étant accrue au cours des dernières années, ses descendants ont commandité un audit de ses œuvres restantes, durant lequel furent découvertes des références à un portrait intitulé *Les Yeux de Sophie*, initialement en la possession de la femme de l'artiste, Sophie Lefèvre.

Plusieurs documents de sources privées révèlent que le tableau était autrefois accroché à la vue de tous dans l'hôtel *Le Coq rouge*, à Saint-Péronne, ville occupée par les Allemands pendant la Première Guerre mondiale.

D'après différents témoignages, le *Kommandant* en charge de la ville, un certain Friedrich Hencken, a été vu en train d'admirer l'œuvre à plusieurs occasions. *Le Coq rouge* a été réquisitionné par les Allemands pour leur usage personnel. Sophie Lefèvre a fait entendre très clairement sa résistance à leur occupation.

Sophie Lefèvre a été arrêtée et emmenée loin de Saint-Péronne au début de l'année 1917. À peu près à la même époque, le tableau a disparu.

Ces faits, déclare Jenks, suggèrent suffisamment la contrainte et une acquisition « entachée » d'un bien très cher. Mais, lance-t-il avec emphase, ce n'est pas l'unique argument en faveur de l'obtention illégale de l'œuvre.

Des éléments de preuve récemment obtenus rapportent son apparition durant la Seconde Guerre mondiale en Allemagne, à Berchtesgaden, dans un dépôt connu sous le nom de « point de collecte », qui servait aux nazis à entreposer des œuvres d'art volées et confisquées. Jenks utilise l'expression « œuvres d'art volées et confisquées » à deux reprises, afin d'insister sur son argument. Là, explique l'avocat, le tableau arriva mystérieusement en possession d'une journaliste américaine, Louanne Baker, qui passa une journée au point de collecte qu'elle évoque dans un article publié dans un journal américain. Son reportage de l'époque mentionne un « présent » ou « souvenir de l'événement ». Elle conserva le tableau à son domicile, fait confirmé par sa famille, jusqu'à ce que, après sa mort, il y a dix ans, il soit vendu à David Halston, qui, à son tour, en fit cadeau à sa femme à l'occasion de leur mariage.

Il n'y a là rien de nouveau pour Liv, qui a eu accès à toutes les pièces du dossier, en vertu du principe de divulgation de l'intégralité des éléments de preuve. Néanmoins, en écoutant l'histoire de son tableau retracée à haute voix devant la cour, elle a du mal à associer le portrait ornant sereinement le mur de sa chambre avec un tel traumatisme, des événements d'une telle portée.

Elle jette un coup d'œil vers le banc de la presse. Les journalistes semblent captivés, tout comme le juge. Elle se fait distraitement la remarque que si son avenir ne dépendait pas de l'issue de ce procès, elle le serait probablement autant. Plus loin, elle aperçoit Paul calé contre le dossier de son banc, bras croisés, dans une attitude combative.

Liv lui lance un regard en coin, qu'il lui rend immédiatement. Elle rougit légèrement et se détourne. Elle se demande s'il assistera à toutes les journées du procès. Elle se demande aussi s'il est possible de tuer un homme dans une salle d'audience pleine à craquer.

Christopher Jenks est debout devant eux.

— Monsieur le président, il est tout à fait malheureux que Mme Halston ait été impliquée sans le savoir dans une série d'injustices de l'histoire, mais il n'en est pas moins question d'injustices. Nous soutenons que ce tableau a été volé à deux reprises : d'abord, au foyer de Sophie Lefèvre, ensuite pendant la Seconde Guerre mondiale, à ses descendants, par ce don qui a eu lieu au point de collecte, à un moment si chaotique de l'histoire européenne que l'infraction n'a pas été signalée et n'avait pas été découverte jusqu'à ce jour.

» Mais la loi, tant en vertu de la convention de Genève que de la législation en matière de restitutions, dispose que ces injustices doivent être réparées. Nous demandons donc que ce tableau soit rendu à ses propriétaires légitimes, la famille Lefèvre. Merci.

Le visage d'Henry, à côté d'elle, ne trahit aucune émotion.

Liv dirige son regard vers le coin de la salle, où une reproduction grandeur nature des *Yeux de Sophie* est exposée sur un petit pupitre. Flaherty a demandé que le tableau soit placé entre les mains de la justice jusqu'à ce que son destin soit décidé, mais Henry lui a assuré que rien ne l'obligeait à accepter.

Il est troublant néanmoins de voir *Les Yeux de Sophie* ici. Ce n'est pas sa place. Dans ses pupilles, Liv croit déceler son amusement face aux événements qui se déroulent devant elle. Dans la Maison de verre, Liv se surprend souvent à aller dans sa chambre dans l'unique but de la contempler. Elle est d'autant plus sensible à l'intensité du regard de la jeune femme du portrait qu'elle risque de ne bientôt plus pouvoir le croiser.

L'après-midi s'étire. L'air dans la salle d'audience semble stagner et se dilater avec le chauffage central. Christopher Jenks écarte leur tentative de faire jouer la prescription avec la précision et l'efficacité d'un chirurgien désœuvré qui entreprend de disséquer une grenouille. De temps en temps, Liv dresse l'oreille en entendant des expressions comme « transfert de propriété », « provenance incomplète ». Le juge tousse et examine ses notes. Paul chuchote quelques mots à son associée. Chaque fois, celle-ci sourit, révélant de parfaites et minuscules dents blanches.

À présent, Christopher Jenks se met à lire :

—« 15 janvier 1917

» Aujourd'hui, ils ont emmené Sophie Lefèvre. On n'avait jamais vu ça. Elle vaquait à ses occupations dans la cave du *Coq rouge*, quand deux Allemands ont traversé la place et l'ont traînée dans l'escalier puis jusque dans la rue, comme une criminelle. Sa sœur a supplié et pleuré, imitée par la petite orpheline de Liliane Béthune, et toute une foule s'est soulevée pour protester, mais ils se sont contentés de les écarter comme des mouches. Deux anciens ont d'ailleurs été projetés au sol dans le tumulte. *Mon Dieu*\*, si justice doit être rendue dans une vie prochaine, les Allemands paieront le prix fort, sans aucun doute.

» Ils ont traîné la fille dans un camion à bétail. Le maire a essayé de les arrêter, mais l'homme a perdu de son autorité, abattu par la mort de sa petite ; il courbe désormais trop facilement l'échine face aux Boches, qui ne le prennent pas au sérieux. Quand le véhicule a fini par disparaître, le maire est entré dans le bar du *Coq rouge* et a annoncé pompeusement qu'il en référerait aux plus hautes autorités. Aucun de nous ne l'écoutait. La pauvre sœur de Sophie, Hélène, pleurait, la tête sur le comptoir, son frère Aurélien s'est enfui comme un chien échaudé, et l'enfant qu'elle avait jugé bon de recueillir – la fille de Liliane Béthune – se tenait debout dans un coin, pâle comme un spectre.

» "Eh, Hélène s'occupera de toi", lui ai-je dit. Je me suis baissée pour lui glisser une pièce dans la main, mais elle l'a regardée comme si elle ignorait ce que c'était. Puis elle a levé vers moi des yeux grands comme des soucoupes. "N'aie crainte, mon enfant. Hélène a bon cœur, elle prendra soin de toi."

» Je sais qu'il y a eu de l'agitation autour du frère de Sophie Lefèvre avant son départ, mais je n'entends plus grand-chose, et avec tout le bruit et le tumulte, je n'ai pas saisi ce qui se passait. Néanmoins, je crains qu'elle n'ait été malmenée par les Allemands. À partir du moment où ils ont annexé *Le Coq rouge*, j'ai su que la fille était fichue. Mais elle refusait de m'écouter. Elle a dû les offenser de quelque façon ; elle a toujours été la plus impétueuse. Je ne peux la condamner : si les Allemands occupaient ma maison, je crois que je les offenserais aussi.

» Oui, j'avais mes différends avec Sophie Lefèvre, mais ce soir j'ai le cœur lourd. La voir poussée dans cette bétaillère comme si elle était déjà une carcasse, imaginer son avenir… Ce sont des jours bien sombres. Quand je pense que j'ai dû vivre jusque-là pour y assister… Certains soirs, je ne peux m'empêcher de croire que la folie règne désormais dans notre petite ville. »

De sa voix grave qui porte, Christopher Jenks achève sa lecture. Le silence s'est abattu sur l'auditoire, uniquement troublé par les cliquètements émis par le clavier du sténographe. Au plafond, un ventilateur tourne paresseusement, sans parvenir à déplacer l'air.

— « À partir du moment où ils ont annexé *Le Coq rouge*, j'ai su que la fille était fichue. » Monsieur le président, mesdames et messieurs, je crois que l'entrée de ce journal nous indique de manière assez concluante que la relation, quelle qu'elle fût, qu'entretint Sophie Lefèvre avec les Allemands à Saint-Péronne n'a pas été particulièrement heureuse.

L'avocat marche de long en large dans le prétoire, tel un promeneur sur un front de mer respirant l'air du large, tout en étudiant négligemment les pages photocopiées.

— Mais ce n'est pas l'unique référence dont nous disposions. La même habitante de Saint-Péronne, Vivienne Louvier, s'est révélée une source d'information remarquable sur la vie dans cette bourgade. Voici ce qu'elle écrit quelques mois plus tôt : « Les Allemands prennent leurs repas au *Coq rouge*. Les sœurs Bessette cuisinent pour eux des plats si savoureux que les arômes se répandent sur la place et nous rendent tous fous d'envie. J'ai dit à Sophie Bessette – ou Lefèvre, puisque tel est son nom désormais –, que j'ai rencontrée à la boulangerie, que son père n'aurait jamais toléré une telle chose, mais elle affirme qu'elle ne peut rien faire. »

Jenks relève la tête.

— « Elle ne peut rien faire. » Les Allemands ont envahi l'hôtel de la femme de l'artiste et l'ont forcée à cuisiner pour eux. L'ennemi est de fait dans sa maison, et elle est complètement impuissante. Voilà qui est irréfutable. Et les preuves ne s'arrêtent pas là. En consultant les archives Lefèvre, nous avons déterré une lettre de Sophie Lefèvre adressée à son époux. Il semble que celle-ci ne lui soit jamais parvenue, mais je crois que cela n'en amoindrit pas l'intérêt.

Il rapproche le papier de ses yeux, comme s'il avait du mal à lire sous cet éclairage.

— « *Herr Kommandant* n'est pas aussi bête que Becker, mais il me trouble davantage. Il regarde fixement le portrait que tu as fait de moi, et j'ai envie de lui dire qu'il n'en a pas le droit. Ce tableau, plus que tous les autres, nous appartient, à toi et à moi. Sais-tu le plus surprenant, Édouard ? Il admire vraiment ton œuvre. Il la connaît, il connaît le travail de l'académie de Matisse, les œuvres de Weber et Purrmann. Comme ce fut étrange de me retrouver à défendre la supériorité de ta facture face à un *Kommandant* allemand !

» Mais je refuse de le cacher, en dépit des mises en garde d'Hélène. Ce tableau me fait penser à toi, à une époque où nous étions heureux ensemble. Il me rappelle que le genre humain est capable d'amour et de beauté, autant que de destruction.

» Je prie pour que tu me reviennes vite et en bonne santé, mon chéri.

» À toi pour toujours,

» Sophie. »

Jenks marque une pause, puis répète :

— « Ce tableau, plus que tous les autres, nous appartient, à toi et à moi. » (Il laisse cette phrase planer dans l'air.) Cette lettre, donc, trouvée longtemps après sa mort, nous dit combien la femme de l'artiste tenait à ce portrait. Elle nous dit aussi, de manière assez concluante, qu'un *Kommandant* allemand le convoitait, lequel *Kommandant* avait manifestement une bonne idée du marché de l'art en général. Il était, si vous voulez, un aficionado. (Il déroule le mot, accentue chaque syllabe comme si c'était la première fois qu'il le prononçait.) Et là, les spoliations de la Première Guerre mondiale semblent annoncer celles de la Seconde. Nous avons des officiers allemands cultivés, qui savent ce qu'ils veulent, qui savent ce qui pourrait avoir de la valeur et qui, en se réservant...

— Objection. (Angela Silver, l'avocate plaidante de Liv, saute sur ses pieds.) Il y a une grande différence entre admirer un tableau et en connaître l'artiste, et se l'approprier. Mon cher confrère n'a fourni aucune preuve faisant du *Kommandant* le voleur du tableau, il est seulement dit qu'il l'a admiré et qu'il a pris ses repas à l'hôtel où vivait Mme Lefèvre. Toute cette argumentation est circonstancielle.

Le juge marmonne :

— Objection retenue.

Christopher Jenks se passe une main sur le front.

— J'essaie simplement de brosser le tableau, si je peux me permettre, de la vie des habitants de Saint-Péronne en 1916. Il est impossible de comprendre comment quelqu'un peut s'être approprié une œuvre d'art sans saisir le climat de l'époque. Les Allemands avaient *carte blanche*\* quand il s'agissait de réquisitionner ou de prendre ce qu'ils aimaient dans n'importe quel foyer de leur choix.

— Objection. (Angela Silver parcourt ses notes.) L'argument n'a aucune pertinence. Aucune preuve ne suggère que le tableau a été réquisitionné.

— Objection retenue. Restez dans le sujet, maître.

— Encore une fois, j'essaie seulement de… brosser le tableau, monsieur le président.

— Laissez la peinture à Lefèvre, si vous le voulez bien, maître.

Des rires étouffés fusent dans l'assistance.

— J'entends démontrer que de nombreux biens de valeur réquisitionnés par les troupes d'occupation ne furent pas signalés, pas plus qu'ils ne furent « payés », comme promis par les chefs allemands de l'époque. Je mentionne le climat général, propice à de tels agissements, parce qu'il est de notre avis que *Les Yeux de Sophie* fut l'un de ces biens. « Il regarde fixement le portrait que tu as fait de moi, et j'ai envie de lui dire qu'il n'en a pas le droit. » Eh bien, nous soutenons, monsieur le président, que le *Kommandant* Friedrich Hencken estimait justement avoir tous les droits. Et que ce tableau est ensuite resté en possession de l'Allemagne pendant trente ans.

Paul regarde Liv, qui se détourne.

Elle se concentre sur le portrait de Sophie Lefèvre. « Bande d'idiots », a-t-elle l'air de dire. Son regard impénétrable semble embrasser toute l'assemblée.

*Oui*, songe Liv. *C'est exactement ce que nous sommes.*

La séance est suspendue à 15 h 30. Angela Silver mange un sandwich dans son bureau. Elle a posé sa perruque à côté d'elle, et son mug de thé fume sur la table. Henry est assis en face d'elle.

Ils annoncent à Liv que la première journée s'est déroulée comme prévu. Mais le parfum piquant de la tension plane au-dessus d'eux, tel le sel dans l'air à des kilomètres de la côte. Liv rassemble les photocopies de ses traductions en une liasse nette, pendant qu'Henry se tourne vers Angela.

— Liv, vous nous avez bien raconté que, quand vous avez parlé au neveu de Sophie, il a fait allusion au fait qu'elle aurait été déshonorée ? Je me demandais si cette piste valait la peine d'être creusée.

— Je ne comprends pas, dit la jeune femme.

Les deux avocats la regardent avec l'air d'attendre quelque chose.

Silver avale sa bouchée avant de prendre la parole.

— Eh bien, si elle a effectivement été déshonorée, est-ce que cela ne suggère pas que sa relation avec le *Kommandant* a peut-être été consensuelle ? Si nous parvenons à prouver que tel a été le cas, qu'elle a eu une liaison extraconjugale avec un soldat allemand, nous pouvons également soutenir que le portrait a pu être un cadeau. Il n'est pas inimaginable qu'une femme, prise dans l'émoi d'une passion amoureuse, offre à son amant un portrait d'elle.

— Mais pas Sophie, objecte Liv.

— Nous n'en savons rien, réplique Henry. Vous m'avez dit qu'après sa disparition sa famille n'a plus jamais parlé d'elle. Si elle avait été irréprochable, ils auraient certainement souhaité entretenir son souvenir. Au lieu de ça, elle semble avoir disparu derrière un voile de honte.

— Je doute qu'elle ait pu avoir une liaison avec le *Kommandant*. Regardez cette carte postale. (Liv rouvre son dossier.) « Tu es mon étoile Polaire dans ce monde insensé. » Elle date de trois mois avant sa supposée collaboration.

Vous trouvez que cela ressemble à un mari et une femme qui ne s'aiment pas ?

— Cela ressemble certainement à un mari qui aime sa femme, répond Henry. Mais nous ignorons si ces sentiments étaient réciproques. Elle aurait très bien pu être folle amoureuse d'un soldat allemand à cette époque. Elle se sentait peut-être seule, elle s'est peut-être fourvoyée. Le fait qu'elle ait aimé son mari ne signifie pas qu'elle était incapable de tomber amoureuse de quelqu'un d'autre après son départ.

Liv repousse ses cheveux en arrière.

— C'est affreux, soupire-t-elle. J'ai l'impression de la calomnier.

— C'est déjà fait. Aucun membre de sa famille n'a un mot convenable à dire à son sujet.

— Je ne veux pas utiliser le témoignage de son neveu contre elle, déclare Liv. Il est le seul à sembler avoir eu de l'affection pour elle. Je… Je ne suis pas convaincue que nous connaissions toute l'histoire, c'est tout.

— Connaître toute l'histoire n'a aucune importance. (Angela Silver referme l'emballage de son sandwich et le lance d'un geste sûr dans la corbeille.) Écoutez, madame Halston. Si vous parvenez à prouver qu'elle et le *Kommandant* avaient une liaison, cela augmentera considérablement vos chances de conserver le tableau. Tant que l'autre partie peut suggérer que le portrait a été volé, ou obtenu sous la menace, notre dossier est fragilisé. (Elle s'essuie les mains et replace la perruque sur sa tête.) Il s'agit d'employer les grands moyens. Et croyez-moi, l'autre camp ne va pas se gêner. Au bout du compte, la question se résume à ceci : à quel point souhaitez-vous garder ce tableau ?

Liv reste assise devant son sandwich intact pendant que les deux avocats se lèvent. Elle regarde fixement ses notes en face d'elle. Elle ne peut ternir le souvenir de Sophie. Mais elle ne peut pas non plus renoncer au portrait. Et surtout elle refuse de laisser Paul gagner.

—Je vais jeter encore un coup d'œil à tout ça.

# Chapitre 26

*Je n'ai pas peur, mais je trouve très étrange de les avoir ici, mangeant et parlant sous notre toit. Ils sont le plus souvent polis, presque prévenants. Et je crois vraiment que* Herr Kommandant *ne tolérera aucun écart de conduite de la part de ses hommes. Notre trêve précaire a donc commencé…*

*Sais-tu le plus surprenant, Édouard ? Il admire vraiment ton œuvre. Il la connaît, il connaît le travail de l'académie de Matisse, les œuvres de Weber et Purrmann. Comme ce fut étrange de me retrouver à défendre la supériorité de ta facture face à un* Kommandant *allemand !*

*Nous avons bien mangé ce soir.* Herr Kommandant *est venu à la cuisine et nous a donné l'ordre de finir les restes de poisson. Petit Jean a pleuré quand nous avons eu terminé. Je prie pour que tu aies assez à manger, où que tu sois…*

Liv épluche ces fragments, essayant de lire entre les lignes. Rétablir la chronologie est difficile – Sophie a écrit sur des morceaux de papier volants, et à certains endroits l'encre s'est effacée –, mais il y a clairement un dégel dans sa relation avec Friedrich Hencken. Elle fait allusion à de longues discussions, à de petites attentions de la part de l'Allemand, au fait qu'il continue à leur donner à manger. Sophie n'aurait certainement pas discuté d'art ou accepté d'être nourrie par quelqu'un qu'elle aurait considéré comme une bête.

Plus elle lit ces mots, plus elle se sent proche de leur auteure. Reprenant la traduction de l'histoire du porcelet pour être sûre d'avoir bien compris, elle a envie d'applaudir le dénouement. Elle relit les copies des passages cités pendant l'audience, les descriptions dédaigneuses faites par Mme Louvier de la résistance passive de Sophie, de son courage, de son bon cœur. Sa fougue semble déborder de la page. Liv est prise d'une envie soudaine d'en discuter avec Paul.

Elle referme le dossier précautionneusement, puis jette un coup d'œil coupable vers le coin de son bureau où elle garde les documents qu'elle n'a pas montrés à Henry.

*Le regard du* Kommandant *était intense, perspicace, et néanmoins voilé, d'une certaine façon, comme s'il avait cherché à dissimuler ses véritables sentiments. Craignant qu'il ne s'aperçoive que j'étais sur le point de perdre mon sang-froid, qu'il ne lise à travers mes mensonges, je détournai les yeux la première.*

Le reste manque, sans qu'elle sache si c'est le fait d'une main ou du temps.

*J'accepte de danser avec vous,* Herr Kommandant, *dis-je. Mais seulement dans la cuisine.*

Et puis il y a ce bout de papier et cette phrase qui n'est pas de l'écriture de Sophie. « Ce qui est fait ne peut être défait. » La première fois qu'elle l'avait lue, le cœur de Liv s'était arrêté de battre.

Elle relit ces mots, imaginant une femme prise dans une étreinte secrète avec un homme censé être son ennemi. Puis elle referme la chemise et la glisse soigneusement sous la pile de feuilles.

— Combien, aujourd'hui ?
— Quatre, répond-elle en tendant sa récolte de lettres anonymes du jour.

Henry lui a demandé de n'ouvrir aucune enveloppe de provenance inconnue. Un membre de son équipe s'en chargera, ainsi que de dénoncer les lettres de menace. Elle essaie de ne pas laisser ces manifestations d'hostilité l'affecter, mais secrètement elle tressaille chaque fois qu'elle aperçoit un courrier non identifié. L'idée de toute cette haine prête à se déployer dans le monde, attendant simplement une cible... Elle ne peut plus taper « Les Yeux de Sophie » dans un moteur de recherche. Il y avait autrefois deux références historiques ; désormais se multiplient les versions en ligne des reportages publiés dans la presse internationale, reproduits par des groupes d'intérêt, et les forums où l'on débat de leur égoïsme manifeste, à elle et David, de leur mépris intrinsèque pour ce qui est juste. Les mots jaillissent comme des coups : « confisqué », « volé », « spolié », « salope ».

À deux reprises, elle a retrouvé de la crotte de chien dans la boîte aux lettres du vestibule.

Ce matin, il n'y avait qu'une seule manifestante devant le tribunal – une femme d'âge moyen aux cheveux ébouriffés portant un imperméable bleu, qui insistait pour lui donner un de ces tracts photocopiés sur l'Holocauste.

— Cela n'a aucun rapport avec moi ou le procès, a protesté Liv en essayant de le lui rendre.

— Si vous ne faites rien, vous êtes complice, a sifflé la femme, le visage déformé par la fureur.

Henry l'a tirée en arrière.

— Cela ne sert à rien de discuter.

Bizarrement, cela n'avait pas atténué son vague sentiment de culpabilité.

Telles sont les manifestations évidentes de désapprobation qu'elle doit affronter. Le procès en cours a également des conséquences plus subtiles. Ses voisins ne la saluent plus gaiement quand ils la croisent, se contentant de hocher la tête en gardant les yeux obstinément baissés sur leurs chaussures. Depuis que les journaux se sont emparés de l'affaire, elle n'a plus reçu aucune invitation, ni à dîner, ni à aucun vernissage ou salon d'architecture auxquels elle était habituellement conviée, même si elle refusait le plus souvent d'y assister. Elle a d'abord cru à une coïncidence, mais elle commence à se poser des questions.

Les journaux commentent quotidiennement ses tenues, la décrivant comme « sombre », parfois « discrète » et toujours « blonde ». L'appétit des médias pour tous les aspects de l'affaire semble sans fin. Elle ignore si quelqu'un a essayé de la contacter pour recueillir ses commentaires : son téléphone est débranché depuis plusieurs jours.

Son regard remonte le long des bancs combles jusqu'aux Lefèvre. Elle observe leurs visages fermés, figés dans la même expression belliqueuse qu'au premier jour. Elle se demande ce qu'ils éprouvent en entendant que Sophie a été bannie de sa famille, seule, sans amour. Ont-ils changé d'opinion à son égard ? Ou bien continuent-ils à ne pas sentir sa présence au cœur de cette affaire, tout concentrés qu'ils sont sur le cours de la livre sterling ?

Paul prend place tous les jours à l'autre bout du banc. Elle ne le regarde pas, mais perçoit sa présence comme une pulsation électrique.

Christopher Jenks a la parole. Il annonce au tribunal son intention d'exposer la dernière preuve qui montre que *Les Yeux de Sophie* est bien une œuvre d'art volée. C'est un cas inhabituel, explique-t-il. L'enquête suggère que le portrait a été obtenu par des moyens entachés non pas une fois, mais deux fois. Le mot « entachés » ne manque jamais de la faire grimacer.

— Les propriétaires actuels de la peinture, les Halston, l'ont achetée à l'héritière d'une certaine Louanne Baker. « Miss Baker l'Intrépide », ainsi qu'on la surnommait, était reporter de guerre en 1945, l'une des premières femmes à exercer cette profession. Des coupures du *New York Register* racontent en détail sa présence à Dachau à la fin de la Seconde Guerre mondiale. Ils fournissent un témoignage saisissant de la situation au moment où les troupes alliées libéraient le camp.

Liv regarde les journalistes prendre consciencieusement des notes.

— Toutes ces allusions à la Seconde Guerre mondiale…, avait murmuré Henry quand ils s'étaient assis. La presse adore les histoires de nazis.

Deux jours auparavant, elle aurait juré en avoir vu deux jouer au pendu.

— Une coupure raconte notamment comment Mme Baker, à l'époque de la libération, a passé une journée dans un vaste dépôt connu sous le nom de point de collecte, sis dans d'anciens bureaux de l'administration nazie près de Munich, où les troupes américaines découvrirent des milliers d'œuvres d'art confisquées.

Il évoque l'histoire similaire d'une autre journaliste ayant reçu un tableau en guise de remerciement pour l'aide qu'elle avait apportée aux Alliés à l'époque. La toile avait fait l'objet d'un procès et avait depuis été rendue à ses propriétaires d'origine.

Henry secoue la tête de manière imperceptible.

— Monsieur le président, poursuit Jenks, je vais à présent distribuer des copies de cet article, daté du 6 novembre 1945 et intitulé : « Comment je suis devenue le gouverneur de Berchtesgaden », et qui, d'après nous, démontre comment Louanne Baker, une modeste journaliste, en est venue à devenir propriétaire, dans des circonstances fort peu orthodoxes, d'un chef-d'œuvre de l'art contemporain.

Le silence se fait dans la salle, et les journalistes se penchent en avant, le stylo en position sur leurs blocs-notes. Christopher Jenks commence à lire.

— « La guerre vous prépare à bien des choses, mais elle ne m'avait guère préparée à cette journée où je me retrouvai gouverneur de Berchtesgaden et du butin de Goering : quelque cent millions de dollars en œuvres d'art volées. »

La voix de la jeune journaliste résonne par-delà les années, courageuse, capable. Après avoir débarqué avec la division des Aigles hurlants à Omaha Beach, elle est stationnée avec eux près de Munich. Elle rapporte les pensées de jeunes soldats qui n'avaient encore jamais passé du temps loin de chez eux, les cigarettes, la bravade, la mélancolie subreptice. Et puis un matin, elle regarde les troupes partir vers un camp de prisonniers de guerre situé à quelques kilomètres, et se retrouve en charge de deux marines et d'un camion d'incendie.

— « L'armée américaine ne pouvait permettre qu'il arrive un accident pendant que de tels trésors se trouvaient sous sa garde. » Elle évoque l'évidente passion pour l'art de Goering, les preuves d'années de pillage systématique rassemblées dans le bâtiment, son soulagement quand l'armée américaine revint et la délivra de la responsabilité de ce butin.

Là, Christopher Jenks marque une pause.

— « Au moment de mon départ, le sergent me dit que je pouvais emporter un souvenir, en remerciement pour ce qu'il a appelé mon "devoir patriotique". J'ai accepté. Je l'ai toujours aujourd'hui, petit rappel du jour le plus étrange de toute ma vie. » (Jenks se redresse, hausse les sourcils.) Et quel souvenir !

Angela Silver est déjà debout.

— Objection. Rien dans cet article ne dit qu'il s'agit des *Yeux de Sophie*.

— Ce serait alors une coïncidence extraordinaire qu'elle ait été autorisée à prélever un objet de l'entrepôt…

— L'article n'indique pas que cet objet était une peinture. Encore moins celle-ci.

— Retenue.

Angela Silver est devant l'estrade.

— Monsieur le président, nous avons examiné les rapports de Berchtesgaden, et il n'est nulle part fait mention de la présence de ce tableau au point de collecte. Il n'apparaît dans aucune liste ni aucun inventaire de l'époque. Il est par conséquent spécieux de la part de mon confrère ici présent de faire cette association.

— Il a déjà été prouvé ici que, en période de guerre, de nombreux événements ne sont pas consignés. Nous avons entendu le témoignage de l'expert, qui nous a expliqué qu'il y avait des œuvres d'art dont le vol n'avait jamais été signalé et dont la disparition n'était révélée que des années plus tard.

— Monsieur le président, si mon cher confrère affirme que *Les Yeux de Sophie* figurait parmi les tableaux volés de Berchtesgaden, la charge de la preuve incombe toujours aux demandeurs pour l'établir de manière irréfutable. Aucune preuve tangible ne certifie qu'il faisait partie de ce butin.

Jenks secoue la tête.

— Dans sa déclaration, Mme Halston prétend que, au moment où son mari l'a acheté, la fille de Louanne Baker lui avait raconté que sa mère avait rapporté le tableau d'Allemagne en 1945. Elle n'était pas en mesure de lui en donner la provenance, et il n'était pas assez au fait des règles du marché de l'art pour savoir qu'il aurait dû la lui demander.

» Il semble extraordinaire qu'un tableau ayant disparu en France durant l'occupation allemande, dont des témoignages confirment qu'il avait été convoité par un *Kommandant* allemand, réapparaisse chez une femme qui vient de rentrer d'Allemagne et a déclaré publiquement qu'elle n'y retournerait jamais, et qu'elle avait rapporté de ce voyage un souvenir précieux.

Le silence s'est abattu sur la salle. Plus loin sur le banc, une vieille dame aux cheveux bruns vêtue d'un ensemble couleur citron vert semble ronger son frein, penchée en avant, ses grandes mains noueuses posées sur le dossier du siège devant le sien. Liv se demande où elle a déjà bien pu la voir. La femme secoue énergiquement la tête. Il y a beaucoup de personnes âgées parmi le public : combien d'entre elles se rappellent cette guerre personnellement ? Combien ont elles-mêmes perdu un tableau ?

Angela Silver s'adresse au juge.

— Permettez-moi d'insister, monsieur le président : cet argument est fondé sur des présomptions. Cet article ne fait aucune référence à un tableau. Un souvenir, mot qui est employé, aurait pu être simplement le badge d'un soldat ou un caillou. Cette cour doit statuer uniquement en s'appuyant sur des preuves. Dans aucun de ces éléments de preuve, elle ne fait allusion à ce portrait. (Angela Silver s'assied.) J'appelle à la barre Marianne Andrews.

La femme en citron vert se lève avec difficulté, gagne la barre et, après avoir prêté serment, regarde autour d'elle en clignant légèrement des yeux. Elle serre si fort son sac à main que ses énormes jointures blanchissent. Liv sursaute en se rappelant où elle a déjà vu cette femme : dans une ruelle de Barcelone brûlée par le soleil, presque dix ans auparavant ; elle avait les cheveux blonds à l'époque, pas noir corbeau comme aujourd'hui.

*Marianne Johnson.*

—Madame Andrews. Vous êtes la fille unique de Louanne Baker.

—Oui, c'est exact.

Liv se souvient de son fort accent américain.

Angela Silver désigne le portrait du doigt.

—Madame Andrews. Reconnaissez-vous le tableau – sa copie – qui se trouve dans ce tribunal devant vous ?

—Certainement. Je l'ai vu accroché dans notre salon toute mon enfance. Il est intitulé *Les Yeux de Sophie* et a été peint par Édouard Lefèvre.

Elle a prononcé « Le Fever ».

—Madame Andrews, votre mère vous a-t-elle jamais parlé du souvenir qu'elle évoque dans son article ?

—Non, madame.

—Elle n'a jamais dit qu'il s'agissait d'un tableau ?

—Non, madame.

—A-t-elle un jour raconté d'où elle tenait ce tableau ?

—Pas devant moi, non. Mais j'aimerais seulement dire que jamais maman n'aurait pu prendre ce tableau si elle avait pensé qu'il appartenait à une victime de ces camps. Elle n'était pas comme ça, c'est tout.

Le juge se penche en avant.

— Madame Andrews. Nous devons rester dans les limites de ce que nous savons et nous garder d'attribuer des intentions à votre mère.

— Ah! C'est pourtant ce que vous semblez tous faire, fait-elle remarquer, agacée. Vous ne la connaissiez pas. C'était quelqu'un de droit. Les souvenirs qu'elle conservait étaient des choses comme des têtes réduites, de vieux revolvers ou des plaques d'immatriculation. Des objets qui n'auraient manqué à personne. (Elle réfléchit un instant.) Bon, d'accord, les têtes réduites doivent avoir appartenu à quelqu'un un jour, mais je doute que ce quelqu'un vienne les réclamer…

Des rires fusent dans la salle d'audience.

— Elle a vraiment été très affectée par ce qu'elle a vu à Dachau. Pendant des années, elle a à peine pu en parler. Je sais qu'elle n'aurait jamais rien pris si elle avait pensé que cela pouvait blesser un de ces pauvres gens plus tard.

— Donc vous ne pensez pas que votre mère a pris ce tableau à Berchtesgaden.

— Ma mère n'a jamais rien pris à personne. Elle a toujours payé sa part. Elle était comme ça.

Jenks se lève.

— Tout cela est très bien, madame Andrews, mais, comme vous l'avez dit, vous n'avez aucune idée de la façon dont votre mère s'est procuré ce tableau, n'est-ce pas?

— Comme je l'ai dit, ma mère n'était pas une voleuse.

Liv regarde le juge prendre des notes. Elle regarde Marianne Andrews, qui grimace en entendant détruire la réputation de sa mère devant elle. Elle regarde Janey Dickinson qui adresse un sourire triomphant aux frères Lefèvre, sans même se soucier de le dissimuler. Elle regarde Paul, penché en avant, les mains serrées sur ses genoux, en attitude de prière.

Liv se détourne de la copie de son portrait, et sent un nouveau poids s'abattre sur elle et la recouvrir, la plongeant dans l'obscurité.

—Salut, lance-t-elle en pénétrant dans l'appartement.

Il est 16 h 30, mais il n'y a aucune trace de Mo. Liv se dirige vers la cuisine et lit le mot posé sur la table : « Partie chez Ranic. Rentre demain. Mo. »

Liv lâche le bout de papier et pousse un petit soupir. Elle s'est habituée à entendre Mo s'affairer dans la maison : le bruit de ses pas, un fredonnement, l'eau qui coule dans la baignoire, l'odeur d'un plat en train de cuir au four. L'appartement lui paraît vide maintenant, ce qui n'était jamais le cas avant que Mo ne vienne s'y installer.

Cela fait plusieurs jours que son amie se montre légèrement distante. Liv se demande si elle a deviné ce qui s'est passé après Paris. Ce qui ramène Liv, comme presque tout, à Paul.

Mais penser à Paul ne sert pas à grand-chose.

Il n'y a pas de courrier, à l'exception d'une publicité pour des cuisines sur mesure et deux factures.

Liv ôte son manteau et se prépare une tasse de thé. Elle téléphone ensuite à son père, mais il est sorti. Le message tonitruant de son répondeur lui enjoint de laisser son nom et son numéro. « Il le faut ! Nous serions RAVIS d'avoir de vos nouvelles ! » Elle allume la radio, mais la musique l'agace et les infos la dépriment. Elle n'a pas envie d'aller sur Internet : il est peu probable qu'elle ait reçu une proposition de travail, et elle redoute de tomber sur un contenu ayant trait au procès. Elle n'est pas en état d'affronter la hargne pixélisée d'un million de personnes qui ne la connaissent pas.

Elle n'a pas envie de sortir.

*Allons*, s'admoneste-t-elle. *Tu es plus forte que ça. Pense aux épreuves que Sophie a dû endurer.*

Ne supportant plus le poids du silence, Liv met de la musique. Elle lance ensuite une machine de linge pour donner l'illusion d'un semblant de normalité domestique, puis elle attrape la pile d'enveloppes et de papiers qu'elle entasse depuis deux semaines, tire une chaise et entreprend de les trier.

Au milieu, les factures, les derniers rappels sur la droite, et à gauche tout ce qui peut attendre. Elle ignore les relevés de compte et rassemble les courriers de ses avocats sur une pile à part.

Sur un grand bloc, elle se met à aligner des montants dans une colonne. Puis elle passe méthodiquement la liste en revue, additionnant et soustrayant, cochant les nombres au fur et à mesure, notant les calculs dans la marge. Quand elle a fini, elle se redresse sur sa chaise et, entourée par l'obscurité extérieure, regarde fixement les chiffres pendant un long moment.

Enfin elle se laisse aller contre le dossier et lève les yeux vers le plafond de verre. Il fait si noir qu'elle a l'impression qu'il est minuit, mais elle s'aperçoit en consultant sa montre qu'il est à peine 18 heures. Elle contemple les lignes droites et irréprochables de l'œuvre de David, la façon dont elles encadrent la grande étendue de ciel scintillant, de quelque endroit qu'elle regarde. Elle étudie les murs et le verre thermique, des plaques entre lesquelles a été posé un matériau isolant d'une finesse incomparable importé de Californie et de Chine. Elle examine le mur de béton couleur d'albâtre sur lequel elle avait un jour griffonné «ET SI TU ALLAIS

TE FAIRE FOUTRE ? » au marqueur après une dispute qu'elle avait eue avec David au début de leur mariage, au sujet du désordre dont il l'accusait. Malgré l'intervention de plusieurs entreprises de nettoyage, selon les conditions atmosphériques, on peut encore en distinguer les contours fantomatiques.

Liv laisse son regard se perdre dans le ciel. La Maison de verre est conçue pour qu'il soit visible depuis chaque pièce par au moins un mur entièrement vitré, si bien qu'elle semble toujours comme suspendue dans l'espace, loin au-dessus des rues grouillantes.

La jeune femme monte ensuite dans sa chambre et contemple le portrait de Sophie Lefèvre. Comme toujours, celle-ci lui rend son regard. Aujourd'hui, cependant, elle ne semble ni impassible ni impérieuse. Aujourd'hui, Liv pense déceler un savoir nouveau derrière son expression énigmatique.

*Que t'est-il arrivé, Sophie ?*

Cela fait des jours qu'elle se prépare à sauter le pas. Elle a probablement toujours su qu'il lui faudrait se résoudre à prendre cette décision. Et pourtant, elle a encore l'impression de commettre une trahison.

Munie d'un papier sur lequel elle avait noté des coordonnées, elle soulève le combiné et compose un numéro.

— Agence Smith, Sarah à l'appareil, que puis-je faire pour vous ?

— Allô ? Bonsoir. Je souhaiterais mettre ma maison en vente...

# Chapitre 27

—Quand le tableau a-t-il disparu ?
—En 1941. Peut-être en 1942. C'est difficile à dire, vu que toutes les personnes impliquées sont... vous savez... mortes.

La blonde a un petit rire sans joie.

—Oui, j'ai bien compris. Et pourriez-vous me le décrire précisément ?

La femme pousse un dossier vers lui.

—C'est tout ce que nous avons. Je vous avais communiqué presque toutes les informations dans mon courrier de novembre.

Paul parcourt rapidement le contenu, essayant de se rappeler les détails.

—Vous l'avez donc localisé dans une galerie à Amsterdam. Et vous avez fait une première approche...

Miriam frappe à la porte et entre avec des cafés. Il attend qu'elle ait posé les tasses sur le bureau et la regarde sortir à reculons. Elle hoche la tête avec un air contrit, comme si elle s'excusait. Il articule un « merci », et elle grimace.

—Oui, je leur ai écrit. Vous pensez qu'il vaut combien ?
—Pardon ?
—Vous pensez qu'il vaut combien ?

Paul lève le nez de ses notes. La femme est renversée contre le dossier de sa chaise. Elle a un visage magnifique au teint immaculé et aux traits fins, qui ne trahit encore aucun signe de vieillissement. Mais – Paul le remarque maintenant – il est aussi sans expression, comme si elle avait grandi en s'habituant à dissimuler ses sentiments. À moins que ce ne soit le Botox. Il jette un coup d'œil furtif à ses cheveux épais. Vrais ou faux ? Liv aurait immédiatement su à quoi s'en tenir.

— Parce qu'un Kandinsky se vendrait une fortune, n'est-ce pas ? C'est ce que dit mon mari.

Paul choisit soigneusement ses mots.

— Eh bien, oui, à condition de réussir à prouver que l'œuvre est à vous. Mais nous n'en sommes pas là. Si vous le voulez bien, revenons-en à la question de la propriété. Pouvez-vous prouver comment votre famille est entrée en possession de l'œuvre ?

— Eh bien, mon grand-père était ami avec Kandinsky.

— D'accord. (Paul boit une gorgée de café.) Avez-vous des pièces justificatives ?

Elle lui adresse un regard vide.

— Des photographies ? Des lettres ? Des écrits qui mentionnent leur amitié ?

— Oh, non. Mais ma grand-mère en parlait souvent.

— Est-elle toujours en vie ?

— Non. Je vous l'ai écrit dans ma lettre.

— Veuillez m'excuser. Comment s'appelait votre grand-père ?

— Anton Perovsky.

Elle l'épelle tout en désignant du doigt les notes de Paul.

— Des membres survivants de votre famille qui seraient au courant ?

— Non.

— Savez-vous si l'œuvre a déjà été exposée ?

— Non.

Il savait que c'était une erreur de commencer à faire de la publicité, que cela leur vaudrait des cas tirés par les cheveux comme celui-ci. Mais Janey avait insisté : « Nous devons être proactifs, avait-elle objecté en recourant au vocabulaire du management. Nous devons stabiliser notre part de marché, consolider notre réputation. Nous devons être absolument incontournables. » Janey avait dressé la liste de toutes les autres agences spécialisées dans la restitution d'œuvres d'art, et suggéré qu'ils envoient Miriam en fausse cliente chez leurs concurrents pour espionner leurs méthodes. Elle n'avait guère paru ébranlée quand Paul avait répliqué que c'était de la folie.

— Avez-vous déjà réalisé des recherches élémentaires sur son histoire ? Google ? Livres d'art ?

— Non. Je suis partie du principe que c'est pour cela que je vous paierais. Vous êtes les meilleurs sur le marché, non ? Vous avez retrouvé ce tableau de Lefèvre, là. (Elle croise les jambes et jette un coup d'œil à sa montre.) Combien de temps dure ce genre d'affaires ?

— C'est difficile à dire. Certaines se résolvent assez rapidement, quand l'histoire et la provenance de l'œuvre sont documentées. D'autres peuvent prendre des années. Je suppose que vous savez que la procédure judiciaire en elle-même peut être très coûteuse. Nous encourageons nos clients à bien réfléchir avant de se lancer dans ces démarches.

— Et vous travaillez à la commission ?

— Cela dépend, mais oui, nous touchons un petit pourcentage sur le règlement final. Et nous disposons d'un service juridique en interne.

Il feuillette le dossier, qui ne contient guère plus que quelques photos du tableau, une déclaration sur l'honneur signée par Anton Perovsky où il affirme que Kandinsky lui a fait don d'un tableau en 1938. Chassés de chez eux en 1941, ils ne l'ont plus jamais revu. Il trouve une lettre du gouvernement allemand accusant réception de leur demande, une autre du Rijksmuseum à Amsterdam niant poliment être en sa possession. L'ensemble est bien maigre pour justifier une demande de restitution.

Paul réfléchit à la pertinence d'une telle démarche, quand elle reprend la parole :

— Je me suis adressée aussi à cette nouvelle agence. Brigg et Sawston ? Ils se sont engagés à me prendre un pourcent de moins que vous...

La main de Paul s'immobilise sur le papier.

— Je vous demande pardon ?

— La commission. Ils m'ont dit qu'ils me prendraient un pourcent de moins que vous pour récupérer le tableau.

Paul laisse passer quelques secondes avant de répondre.

— Madame Harcourt. Cette agence a une excellente réputation, fondée notamment sur la probité de ses enquêteurs. Si vous souhaitez faire appel à nous et bénéficier de nos compétences, de nos années d'expérience et de nos contacts pour retrouver la trace et, éventuellement, rentrer en possession de cette œuvre d'art si chère à votre famille, je ne manquerai pas d'en tenir compte et de vous donner mon avis le plus éclairé sur l'éventualité qu'une telle démarche aboutisse. Mais je n'ai pas l'intention de marchander avec vous.

— Bon. Mais il y a beaucoup d'argent en jeu. Si ce Kandinsky vaut plusieurs millions, il est dans notre intérêt d'obtenir l'arrangement le plus avantageux.

Paul serre les dents.

— Il me semble, étant donné qu'il y a dix-huit mois encore vous ignoriez l'existence de cette peinture, que si nous la récupérons l'arrangement sera dans tous les cas très avantageux.

— Dois-je comprendre que vous n'envisagez pas de nous proposer un… tarif plus compétitif ?

Le regard qu'elle lui lance est inexpressif. Son visage est immobile, mais ses jambes croisées élégamment, sa sandale pendant de son pied ; tout dans son attitude évoque une femme habituée à obtenir ce qu'elle veut sans impliquer la moindre émotion ni le moindre sentiment.

Paul pose son stylo, referme le dossier et le pousse vers elle.

— Madame Harcourt. J'ai été ravi de vous rencontrer, mais je crois que nous en avons terminé.

S'ensuit un silence. Elle cligne des yeux.

— Pardon ?

— Je crois que nous n'avons plus rien à nous dire.

Janey, qui traverse justement le couloir, une boîte de chocolats de Noël à la main, se fige et dresse l'oreille.

— Vous êtes l'homme le plus mal élevé que j'aie jamais rencontré ! siffle Mme Harcourt.

Son luxueux sac coincé sous le bras, elle saisit le dossier qu'il lui fourre sans ménagement dans les mains, tout en l'escortant vers la sortie.

— Permettez-moi d'en douter.

— Si vous croyez que c'est comme ça qu'on fait marcher une affaire, vous êtes encore plus bête que je ne le pensais.

— Alors réjouissez-vous de ne pas m'avoir confié la quête épique de ce tableau de toute évidence si cher à votre cœur, répond-il d'une voix neutre en lui tenant la porte.

Mme Harcourt disparaît dans un nuage de parfum précieux, lui criant des paroles inintelligibles en arrivant sur le palier.

— Qu'est-ce que c'était que ça, bon sang ? s'exclame Janey quand il passe devant elle à grandes enjambées.

— Ne t'en mêle pas, d'accord ?

Il claque la porte de son bureau derrière lui et se laisse tomber dans son fauteuil, le visage dans les mains. Quand enfin il relève la tête, la première chose qu'il voit est le portrait.

Un peu plus tard, il compose son numéro debout à l'angle de Goodge Street, à la sortie de la station de métro. Il a remonté Marylebone Road en réfléchissant à ce qu'il allait dire et, quand elle décroche, il a tout oublié.

—Liv?

L'imperceptible pause qu'elle marque avant de parler lui indique qu'elle l'a reconnu.

—Qu'est-ce que tu veux, Paul? demande-t-elle d'un ton sec et méfiant. Parce que s'il s'agit de Sophie…

—Non. Ça n'a rien à voir avec… Je voulais seulement… (Il se passe les doigts dans les cheveux tout en regardant distraitement la rue animée autour de lui.) Je voulais simplement savoir… comment tu allais.

Il y a un long silence.

—Eh bien, je respire toujours.

—Je me disais… Peut-être que quand toute cette histoire sera finie, nous pourrions… nous voir…

Il entend sa voix, timide et faible, et il ne la reconnaît pas. Soudain, il se rend compte combien ses mots sont inappropriés face au chaos qu'il a introduit dans sa vie. Qu'a-t-elle fait pour mériter cela, après tout?

Quand elle lui parvient enfin, sa réponse n'a donc rien de surprenant.

—Je… Je n'arrive pas à voir beaucoup plus loin que la date de la prochaine audience pour l'instant. Tout ceci est trop… compliqué.

Il y a un autre silence. Un bus passe en vrombissant, freine dans un crissement de pneus puis accélère avec une rage impuissante, couvrant tous les autres bruits. Paul presse le téléphone contre son oreille et ferme les yeux. Liv n'essaie même pas de combler le silence.

—Tu… tu pars un peu pour Noël ?
—Non.

*Parce que ce procès m'a laissée sur la paille*, entend-il. *Et c'est à toi que je le dois.*

—Moi non plus. Enfin, je vais le passer chez Greg, mais…
—Comme tu l'as dit toi-même, Paul, nous ne devrions probablement même pas nous parler.
—Bien sûr. Bon, eh bien, je… je suis content que tu ailles bien. Je crois que c'est tout ce que je voulais dire.
—Je vais bien.

Cette fois, le silence est insupportable.

—Bon, au revoir, alors.
—Au revoir, Paul.

Elle raccroche.

Paul reste un moment debout au coin de Goodge Street et Tottenham Court Road, le téléphone pendant mollement au bout de son bras, écoutant distraitement les chants de Noël qui s'échappent des haut-parleurs. Puis il enfonce les mains dans ses poches et regagne lentement l'agence.

# Chapitre 28

— Voici la cuisine. Comme vous pouvez le constater, des trois côtés on a une vue magnifique sur le fleuve et la ville. À droite, vous pouvez voir le Tower Bridge, par là-bas le London Eye, et les jours de beau temps vous pouvez presser cet interrupteur-là – c'est bien ça, madame Halston ? – et ouvrir le toit… tout simplement.

Liv regarde le couple lever les yeux vers le ciel. Le mari, un homme d'affaires d'une cinquantaine d'années, porte des lunettes de designer qui ne laissent aucun doute sur le soin qu'il apporte à son apparence. À en juger par son visage parfaitement impassible depuis son arrivée, il croit probablement que la moindre manifestation d'enthousiasme risquerait de le désavantager s'il décidait de faire une offre.

Mais même lui ne peut dissimuler sa surprise en regardant le plafond se rétracter. Dans un bourdonnement à peine audible, le toit glisse en arrière, et leurs regards se perdent dans le bleu infini. L'air hivernal descend doucement dans la cuisine, soulevant les premières feuilles d'une pile de papiers posée sur la table.

— On ne va pas le laisser ouvert trop longtemps, hein ?

Malgré les trois visites matinales déjà à son actif, le jeune agent immobilier ne semble pas s'être lassé du mécanisme. Il frissonne exagérément, puis regarde le toit se refermer nettement avec une satisfaction à peine dissimulée. La femme, une Japonaise menue dont le cou semble solidement fixé au corps par un foulard au nœud élaboré, donne un petit coup de coude à son mari et lui murmure quelques mots à l'oreille. Celui-ci hoche la tête et lève de nouveau les yeux.

— Le toit, tout comme le reste du bâtiment, est fabriqué dans un verre spécial qui retient la chaleur autant que n'importe quel mur isolé. En fait, cet appartement est plus «eco-friendly» qu'une maison mitoyenne ordinaire.

Ces deux-là ne donnent pas l'impression d'avoir déjà mis les pieds dans une maison mitoyenne ordinaire... La femme fait le tour de la cuisine, ouvre et ferme les placards et les tiroirs, en inspectant l'intérieur avec l'intensité d'un chirurgien sur le point de plonger son scalpel dans une plaie.

Debout, muette, près du réfrigérateur, Liv se surprend à se mordre l'intérieur de la joue. Elle s'était doutée que ce ne serait pas facile, mais elle n'avait pas anticipé un tel malaise, ni la culpabilité que la présence de ces gens déambulant chez elle, scrutant ses affaires avec des yeux froids et avides, lui inspirerait. Elle les voit toucher les surfaces en verre, faire courir leurs doigts le long des rayonnages, les entend évoquer à voix basse les cadres qu'ils accrocheraient pour «adoucir un peu l'ensemble», et doit résister à l'envie de les pousser dehors.

— Tout l'électroménager est haut de gamme et compris dans la vente, précise l'agent immobilier en ouvrant son réfrigérateur.

— Le four, notamment, n'a presque pas servi, ajoute quelqu'un depuis le seuil de la pièce.

Mo arbore une ombre à paupières violette pailletée et porte encore sa parka par-dessus sa tunique de la maison de retraite.

L'agent immobilier semble un peu alarmé.

— Je suis l'assistante personnelle de Mme Halston, explique-t-elle. Je vous prie de nous excuser. Il est bientôt l'heure qu'elle prenne ses calmants.

L'agent immobilier esquisse un sourire gêné, puis entraîne vivement le couple vers l'atrium. Mo tire Liv à l'écart.

— Allons boire un café, dit-elle.
— Je ne peux pas partir.
— Bien sûr que si. C'est du masochisme. Allez, prends ton manteau.

Cela fait des jours que Liv n'a pas vu Mo. Sa présence lui procure un soulagement inattendu. Elle s'aperçoit combien lui a manqué la vague impression de normalité que lui procure cette gothique d'un mètre cinquante aux paupières lilas et à la tunique impeccable. Son existence est devenue étrange et désorganisée, et se résume désormais à une salle d'audience et deux avocats plaidants, des suggestions et réfutations, des guerres mondiales et des *Kommandanten* pillards. Son ancienne vie et ses routines ont été remplacées par une sorte d'assignation à résidence ; son nouveau monde tourne autour de la fontaine à eau d'un couloir du palais de justice, de bancs entiers de personnes qui ne semblent pas disposées à pardonner, de la curieuse habitude du juge de se caresser le nez avant de parler. De la photo du portrait de Sophie sur son pupitre.

De Paul. À un million de kilomètres d'elle sur le banc, assis du côté des demandeurs.

— Tu es vraiment sûre de vouloir vendre ? demande Mo en désignant la maison du menton.

Liv ouvre la bouche pour parler, puis se ravise, car si elle commence, elle ne pourra plus s'arrêter et pestera jusqu'à Noël. Elle veut raconter à Mo les articles sur le procès tous les jours dans les journaux, son nom cité si souvent que cela ne la touche presque plus, même s'il est toujours associé aux mots « vol », « injustice » et « crime ». Elle veut lui dire qu'elle ne sort plus courir depuis qu'un homme l'a attendue pour lui cracher au visage. Que son médecin lui a prescrit des somnifères qu'elle a peur de prendre, parce que, quand elle lui a expliqué la situation dans son cabinet, il lui a semblé lire de la désapprobation dans son regard.

— Je vais bien, ment-elle.

Mo plisse les yeux, sceptique.

— Je t'assure. Ce ne sont que des briques et du mortier. Enfin... du verre et du béton.

— J'ai eu un appart un jour, annonce Mo sans cesser de remuer son café. Le jour où je l'ai vendu, je me suis assise par terre et j'ai pleuré comme un bébé.

La tasse de Liv s'immobilise à mi-chemin de ses lèvres.

— J'étais mariée. Ça n'a pas marché.

Mo hausse les épaules et se met à parler du temps qu'il fait.

Il y a un changement chez Mo. Ce n'est pas exactement ses manières évasives, mais Liv perçoit comme une barrière invisible dressée entre elles, un mur de verre.

*C'est peut-être ma faute*, songe-t-elle. *J'ai été tellement obsédée par l'argent et le procès que je ne lui ai guère posé de questions sur sa vie.*

— Tu sais, je pensais à Noël..., commence-t-elle après une pause. Je me demandais si Ranic aimerait venir réveillonner à la maison. Très égoïstement, vraiment. (Elle sourit.) Je me suis dit que vous pourriez peut-être m'aider avec le repas. C'est la première fois que je suis chargée de préparer le réveillon de Noël, et comme papa et Caroline cuisinent plutôt bien, j'aimerais ne pas tout rater.

Elle s'écoute bafouiller.

*J'ai seulement besoin d'une perspective agréable*, a-t-elle envie d'ajouter. *J'aimerais pouvoir sourire sans avoir à me demander quel muscle je dois utiliser.*

Mo baisse les yeux vers ses mains. Un numéro de téléphone écrit au stylo-bille bleu remonte le long de son pouce gauche.

— Ouais. À ce propos…

— Je me souviens que tu m'as dit qu'ils étaient un peu les uns sur les autres chez lui. Donc s'il veut rester dormir, il n'y a aucun problème. Trouver un taxi la nuit de Noël est un cauchemar. (Elle parvient à sourire joyeusement.) Ce sera amusant. Je pense… Je pense que nous avons tous bien besoin de nous amuser un peu.

— Liv, il ne viendra pas.

— Quoi ?

— Il ne viendra pas, répète Mo en faisant la moue.

— Je ne comprends pas.

Quand Mo parle, elle prononce chaque mot avec précaution, comme si elle en pesait toutes les implications.

— Ranic est bosniaque. Ses parents ont tout perdu dans les Balkans. Ton procès… Toute cette merde le touche directement. Il ne veut pas fêter Noël chez toi. Je suis désolée.

Liv la dévisage, puis lâche un petit rire et pousse le bol de sucre en travers de la table.

— Ouais, c'est ça. Tu oublies, Mo, que j'ai vécu avec toi trop longtemps.

— Quoi ?

— Madame Crédule, hein ? Eh bien, cette fois, tu ne m'auras pas.

Mais Mo ne rit pas. Elle évite même de croiser son regard. Et comme Liv attend, elle lâche :

— OK, bon, tant qu'on y est… (Elle inspire profondément.) Je ne suis pas en train de dire que je suis d'accord avec Ranic, mais je trouve aussi que tu devrais rendre le tableau.

— Quoi ?

— Écoute. Je me fiche complètement de savoir à qui il appartient, mais tu vas perdre, Liv. Tout le monde le sait, à part toi.

Liv la regarde fixement.

— Je lis les journaux. Les preuves contre toi s'accumulent. Si tu continues à te battre, tu vas tout perdre. Et pour quoi ? Quelques taches de peinture à l'huile sur une toile ?

— Je ne peux pas la leur céder.

— Et pourquoi pas, enfin ?

— Ces gens se fichent de Sophie. Tout ce qu'ils voient, c'est une somme en livres.

— Mais merde, Liv ! Ce n'est qu'un tableau.

— Ce n'est pas qu'un tableau ! Elle a été trahie par tout le monde. À la fin, elle n'avait plus personne ! Et elle est... elle est tout ce qui me reste.

Mo la considère sans ciller.

— Vraiment ? Eh bien, moi, j'aimerais bien un gros bout de ton rien, alors.

Leurs regards se croisent, puis s'évitent. Liv sent son pouls s'accélérer et des picotements lui parcourir la nuque.

Mo inspire profondément et se penche en avant.

— Je comprends que tu aies du mal à faire confiance aux gens, après cette histoire avec Paul, mais il faut que tu prennes un peu de distance avec tout ça. Et honnêtement, ce n'est pas comme s'il y avait quelqu'un d'autre pour te le dire.

— Eh bien, merci. Je tâcherai de m'en souvenir la prochaine fois que j'ouvrirai mon paquet de courrier haineux du matin ou que je ferai visiter mon appart à un inconnu.

Les deux femmes échangent un regard glacial, et le silence s'installe entre elles. Mo pince les lèvres, faisant barrage au torrent de mots prêt à se déverser.

— Très bien, finit-elle par lâcher. Bon, autant te le dire, vu que cette conversation ne peut pas devenir beaucoup plus gênante. Je déménage. (Elle se penche et tripote sa chaussure, si bien que sa voix émerge, assourdie, contre le plateau de la table.) Je vais m'installer chez Ranic. Ça n'a rien à voir avec le procès. Comme tu me l'as indiqué au début, mon séjour chez toi ne pouvait pas durer éternellement.

— C'est ce que tu veux ?

— Je crois que ça vaut mieux.

Liv est scotchée à sa chaise. À la table voisine, deux hommes discutent. L'un d'eux perçoit la tension entre les jeunes femmes et jette un coup d'œil furtif dans leur direction, sans s'interrompre.

— En tout cas, merci de… tu sais… de m'avoir laissée rester si longtemps.

Liv cligne des yeux et détourne le regard. Elle a mal au ventre. La conversation à la table voisine s'achève dans un silence gêné.

Mo boit une ultime gorgée de café et repousse sa tasse.

— Bon, eh bien, je crois que c'est tout.

— OK.

— Je partirai demain, si ça ne t'ennuie pas. Je finis tard ce soir.

— Pas de problème. (Liv essaie de garder un ton calme.) Ce café fut… instructif.

Elle n'avait pas eu l'intention de paraître aussi sarcastique.

Mo laisse passer quelques secondes, puis se lève, attrape sa veste et glisse la courroie de son sac à dos sur son épaule.

—Une dernière chose, Liv. Je sais que je ne le connaissais pas ni rien, mais tu m'as tellement parlé de lui… Voilà. Je n'arrête pas de me demander : qu'aurait fait David ?

Son nom lancé dans le silence claque comme un coup de feu.

—Sérieusement. Si ton David avait été encore en vie quand toute cette affaire a explosé – l'histoire du tableau, son origine supposée, ce que cette fille et sa famille ont dû endurer –, que penses-tu qu'il aurait fait ?

Laissant cette idée flotter dans l'air immobile, Mo tourne les talons et sort du café.

Au moment où Liv quitte le café à son tour, son téléphone sonne. C'est Sven. Elle perçoit de la tension dans sa voix.

—Tu peux passer au bureau ?

—Ça ne tombe pas très bien, Sven.

Liv se frotte les yeux, lève la tête vers la Maison de verre. Ses mains tremblent encore.

—C'est important.

Il raccroche avant qu'elle n'ait pu répliquer.

Liv tourne le dos à son immeuble et prend la direction de l'agence. Elle se déplace à pied maintenant, la tête baissée, un chapeau tiré sur le front, s'appliquant à ne croiser aucun regard. À deux reprises sur le chemin, elle doit essuyer subrepticement des larmes au coin de ses yeux.

Il ne reste plus grand monde quand elle arrive dans les locaux de Solberg Halston Associates : Nisha, une jeune femme au carré géométrique, et un homme dont elle ne se rappelle plus le nom. Ils affichent tous les deux des expressions préoccupées, aussi Liv traverse-t-elle la grande salle illuminée sans les saluer, et se dirige vers le bureau de Sven. La porte est ouverte et, quand elle entre, il se lève pour la fermer derrière elle. Il l'embrasse sur la joue, mais ne lui propose pas de café.

— Comment se passe le procès ?

— Pas très bien, répond-elle, encore irritée par la façon dont il l'a convoquée.

Dans son esprit bourdonne encore la question de Mo : « Qu'aurait fait David ? »

Puis elle remarque le teint gris de Sven, ses traits tirés et la légère fixité avec laquelle il regarde le bloc-notes devant lui.

— Tout va bien ? demande-t-elle, soudain prise de panique.

*Dis-moi que Kristen et les enfants vont bien, je t'en prie.*

— Liv, j'ai un problème.

Elle s'assied, son sac à main posé sur les genoux.

— Les frères Goldstein se sont rétractés.

— Quoi ?

— Ils ont rompu le contrat. À cause du procès. Simon Goldstein m'a téléphoné ce matin. Ils ont suivi l'affaire dans les journaux. Il dit... Il dit que les nazis ont tout pris à sa famille, et que son frère et lui ne peuvent être associés à quelqu'un que cette idée ne dérange pas.

Assommée, elle lève les yeux vers Sven.

— Mais... ils ne peuvent pas faire ça. Je n'ai plus rien à voir avec l'agence, si ?

— Tu es toujours directrice honoraire, Liv, et le nom de David est sans cesse cité par la défense. Simon active une des clauses écrites en petits caractères en bas de page... En décidant de porter l'affaire devant les tribunaux en dépit des preuves raisonnables qui s'accumulent contre toi, apparemment tu portes atteinte à l'honorabilité de l'agence. Je lui ai dit que sa réaction était tout à fait excessive. Il sait que nous pouvons contester son recours à la clause, mais il dispose de fonds très importants. Je le cite : « Vous pouvez toujours m'attaquer en justice, Sven, mais je gagnerai. » Ils comptent faire appel à une autre équipe pour terminer le chantier.

Liv est sidérée. L'immeuble Goldstein était la consécration de l'œuvre et de la vie de David : le projet qui le commémorerait.

Elle scrute le visage de Sven, si résolument figé qu'on le croirait taillé dans la pierre.

— Son frère et lui... semblent avoir une position catégorique en matière de restitution.

— Mais... ce n'est pas juste. On ne connaît pas encore toute la vérité au sujet du tableau.

— Ce n'est pas le problème.

— Mais nous...

— Liv. J'y ai passé la journée. Ils sont disposés à poursuivre notre collaboration à une seule condition... (Sven inspire profondément.) Le nom de Halston ne doit plus être associé au projet. Ce qui implique que tu renonces à ton titre de directrice honoraire et que l'agence change d'appellation.

Liv se répète les mots mentalement pour tenter d'en saisir le sens, avant de conclure.

— Tu veux que le nom de David soit supprimé de celui de l'agence.

— Oui.

La jeune femme regarde fixement ses genoux.

— Je suis désolé. Je sais que c'est un choc. Mais cela l'a été pour nous aussi.

Une idée lui vient.

— Et mon travail avec les ados ?

Sven secoue la tête.

— Je suis désolé.

Elle a l'impression que son cœur est pris dans la glace. Ils se taisent pendant un long moment, et, quand elle reprend la parole, elle s'exprime très lentement, d'une voix qui résonne trop fort dans le bureau silencieux.

— Donc vous avez tous décidé que, parce que je refuse de céder notre tableau, le tableau que David a acheté en toute légitimité il y a des années, nous sommes forcément malhonnêtes. Et ensuite vous voulez nous faire disparaître de sa fondation et de sa société. Effacer le nom de David du bâtiment qu'il a créé.

— C'est une version un peu mélodramatique de la réalité. (Pour la première fois, Sven paraît gêné.) Liv, nous sommes confrontés à une situation terriblement difficile. Mais si je prends ton parti dans cette affaire, tous les employés de cette agence risquent de perdre leur travail. Tu sais les capitaux que nous avons investis dans le Goldstein. Solberg Halston Architects ne survivra pas s'ils se retirent maintenant. (Il se penche au-dessus de son bureau.) Les clients milliardaires ne courent pas exactement les rues. Et je dois d'abord penser à nos employés.

Dans la pièce voisine, quelqu'un dit au revoir. S'ensuit un bref éclat de rire. Dans le bureau de Sven, le silence est pesant.

— Et si je donnais le portrait, conserveraient-ils le nom de David sur l'immeuble ?

— Nous n'avons pas discuté de cette éventualité. Peut-être.

— Peut-être ? (Liv digère sa réponse.) Et si je refuse ?

Sven tapote le plateau de la table du bout de son stylo.

— Nous dissoudrons l'agence et en fonderons une nouvelle.

— Ce qui satisferait les Goldstein.

— Probablement, oui.

— Donc, en fait, mon opinion importe peu. En gros, tu m'as fait venir et tenue au courant par pure politesse.

— Je suis navré, Liv. Je me trouve dans une situation impossible.

Liv reste assise encore un moment, puis, sans un mot, elle se lève et sort du bureau de Sven.

Il est 1 heure du matin. Liv contemple le plafond et guette les va-et-vient de Mo qui vaque dans la chambre d'amis. Elle entend le crissement de la fermeture Éclair d'un fourre-tout, un bruit sourd quand Mo le dépose près de la porte. Puis la chasse d'eau, un léger trottinement, et enfin le silence qui annonce le sommeil. Liv reste allongée dans son lit à se demander si elle devrait traverser le couloir pour essayer de persuader Mo de se raviser, mais les mots qui se mélangent dans sa tête refusent de s'organiser utilement. Elle songe à un bâtiment de verre à moitié terminé à quelques kilomètres de là, dont le nom de l'architecte sera enterré aussi profondément que ses fondations.

Elle tend la main pour attraper son portable sur la table de chevet et regarde fixement le petit écran dans la pénombre.

Elle n'a reçu aucun message.

La solitude la frappe avec une telle force qu'elle en perçoit l'impact presque physiquement. Les murs autour d'elle lui paraissent soudain fragiles, comme s'ils n'offraient plus aucune protection contre le monde hostile au-delà. Cette maison n'est pas transparente et pure comme l'avait voulu David : ses espaces vides sont froids, indifférents, ses lignes nettes cassées par l'histoire, ses surfaces de verre obscurcies par les entrailles emmêlées des vies de ses occupants.

Elle essaie de contenir la vague de panique qui l'assaille. Elle songe aux papiers de Sophie, à une prisonnière poussée dans un train. Si elle les soumet au tribunal, elle sait qu'elle parviendra peut-être à conserver le tableau.

*Mais Sophie restera pour toujours une femme qui a couché avec un Allemand, qui a trahi son pays en plus de son mari. Et je ne vaudrai guère mieux que les habitants de sa ville qui l'ont répudiée et abandonnée à son triste sort.*

« Ce qui est fait ne peut être défait. »

# Chapitre 29

*1917*

Je ne pleurais plus en songeant à chez nous. J'étais incapable de dire depuis combien de temps nous voyagions : les jours et les nuits se confondaient, et le sommeil ne nous visitait que brièvement et sporadiquement. Quelques kilomètres avant Mannheim, une migraine s'était déclarée, rapidement accompagnée d'une forte poussée de fièvre. Tantôt j'étais frigorifiée, tantôt j'étouffais, alternant entre des frissons incontrôlables et l'envie irrépressible de me débarrasser du peu de vêtements qui me restaient. Assise à mes côtés, Liliane m'essuyait le front avec sa jupe, me soutenant quand le camion s'arrêtait. Elle avait les traits tirés par l'inquiétude.

— Je me sentirai bientôt mieux, ne cessais-je de lui assurer, me forçant à croire que ce n'était qu'un rhume passager, contrecoup du choc et conséquence inévitable des températures hivernales des derniers jours.

Le camion tanguait et contournait les nids-de-poule ; la bâche se gonflait, laissant gicler la pluie glaciale à l'intérieur. Le jeune soldat redressait brusquement la tête et rouvrait les yeux aux plus gros cahots, les braquant sévèrement sur nous comme pour nous rappeler de ne pas bouger de notre place.

Je m'assoupissais contre Liliane et me réveillais régulièrement, lorgnant à travers le petit triangle par lequel nous pouvions apercevoir le paysage que nous laissions derrière nous. Je vis les abords de routes bombardés et constellés de cratères remplacés par des villes plus ordonnées, où les maisons ne semblaient pas avoir été endommagées, leurs poutres sombres se détachant sur l'enduit blanc, leurs jardins remplis d'arbustes taillés et de potagers soigneusement entretenus. Nous dépassâmes de vastes lacs, des villes animées, empruntâmes des routes serpentant au milieu de forêts de sapins profondes, où le véhicule gémissait et les pneus peinaient à trouver une prise dans la boue des chemins. Liliane et moi n'étions guère nourries : on nous donnait des tasses d'eau et l'on nous jetait des morceaux de pain noir à l'arrière du camion, comme on lancerait les restes à des cochons.

Ensuite, la fièvre monta encore, et je me préoccupai moins du manque de nourriture. La douleur dans mon ventre était atténuée par d'autres : ma tête, mes articulations, ma nuque me faisaient souffrir… Puis je n'eus plus d'appétit du tout, et Liliane dut m'obliger à avaler un peu d'eau malgré ma gorge affreusement sensible, me rappelant que je devais manger tant qu'on nous donnait de la nourriture, qu'il fallait que je reste forte. Je percevais la tension dans ses paroles, comme si elle en savait toujours bien plus sur notre sort que ce qu'elle choisissait de révéler. À chaque arrêt, elle écarquillait les yeux, anxieuse, et même quand mes pensées furent troublées par la maladie, sa peur devint contagieuse.

Quand Liliane dormait, son visage se tordait, trahissant les cauchemars qui la hantaient. Parfois, elle se réveillait en griffant l'air et en poussant d'incompréhensibles grognements angoissés. Si je pouvais, je tendais la main pour lui toucher le bras, essayant de la ramener doucement à la réalité. Il m'arrivait, en contemplant au-dehors le paysage allemand, de me demander pourquoi.

Depuis que j'avais découvert que nous ne nous dirigions plus vers les Ardennes, ma foi avait commencé à vaciller. Le *Kommandant* et le marché que nous avions conclu me paraissaient bien loin ; ma vie à l'hôtel, avec son bar en acajou brillant, ma sœur et la petite ville où j'avais grandi s'apparentaient aux éléments d'un rêve, un décor imaginé longtemps auparavant. Notre réalité était faite d'inconfort, de froid, de douleur, de peur omniprésente. C'était un bourdonnement continuel dans ma tête. J'essayais de me concentrer, de me remémorer le visage d'Édouard, sa voix, mais même lui me faisait défaut. Je me rappelais des détails : la façon dont ses doux cheveux bruns bouclaient sur son col, ses bras puissants… mais je n'arrivais plus à les invoquer ensemble dans un tout réconfortant. La main cassée de Liliane dans la mienne m'était désormais plus familière. Je la contemplais, avec mes attelles improvisées sur ses doigts brisés, et j'essayais de me souvenir qu'il existait un but à tout cela : que le principe de la foi était qu'elle devait être mise à l'épreuve. Néanmoins, à chaque kilomètre parcouru, cela devenait plus difficile de croire.

Le ciel s'éclaircit, et la pluie cessa. Nous nous arrêtâmes dans un petit village. Le jeune soldat déplia avec raideur ses longs membres et descendit du véhicule. Le moteur cala, et nous entendîmes des Allemands parler au-dehors. J'envisageai, brièvement, de leur demander de l'eau. Mes lèvres étaient desséchées, et je me sentais terriblement affaiblie.

Assise en face de moi, Liliane était immobile, tel un lapin humant l'air à l'affût du danger. Je tentai de faire abstraction de la douleur qui palpitait dans mon crâne et pris peu à peu conscience des bruits d'un marché : l'interpellation joviale d'un marchand, les négociations à mi-voix entre des femmes et des commerçants. Un instant, je fermai les yeux et m'efforçai d'imaginer que les accents allemands étaient français, et que c'étaient les bruits de Saint-Péronne que j'entendais, toile de fond de mon enfance. Je vis ma sœur, son panier sous le bras, prendre des tomates et des aubergines, les soupeser puis les reposer doucement. Je pus presque sentir le soleil sur ma peau, humer l'odeur du *saucisson*\*, du *fromage*\*, me voir marcher lentement au milieu des étals. Puis le rabat se souleva, et le visage d'une femme apparut.

Je m'y attendais si peu que je laissai malgré moi échapper un petit cri étouffé. Elle me regarda fixement, et pendant un instant je crus qu'elle allait nous offrir à manger, mais ensuite elle se détourna, sa main pâle soulevant toujours la bâche, et cria quelques mots en allemand. Liliane rampa péniblement vers l'avant du camion et m'entraîna avec elle.

— Couvrez-vous la tête, chuchota-t-elle.

— Quoi ?

Avant qu'elle n'ait pu répéter sa consigne, une pierre vola depuis l'arrière et atterrit sur mon bras, où l'impact fit comme une brûlure. Je baissai les yeux, perplexe, et une autre me toucha à la tempe. Je cillai, et trois ou quatre autres femmes apparurent, les traits déformés par la haine, les poings pleins de cailloux, de pommes de terre pourries, de morceaux de bois, bref, tous les projectiles qui leur étaient tombés sous la main.

Liliane et moi nous blottîmes dans un coin, essayant de nous protéger pendant que les projectiles pleuvaient sur nous. La tête et les mains me brûlaient à chaque point d'impact. J'allais leur crier : « Qu'est-ce qui vous prend ? Pourquoi faites-vous cela ? Qu'est-ce que nous vous avons fait ? » Mais la haine sur leurs visages et dans leurs voix me découragea. Ces femmes nous méprisaient profondément. Elles nous réduiraient en pièces si on leur en donnait l'occasion. La peur monta dans ma gorge comme de la bile. Jusqu'à cet instant, jamais je ne l'avais éprouvée aussi physiquement. Elle était comme une créature, capable de perturber la perception que j'avais de moi, de faire exploser mes pensées, de me tordre les entrailles de terreur. Je priai, je priai pour qu'elles s'en aillent, pour que tout cela s'arrête. Et puis, quand j'osai jeter un coup d'œil, j'aperçus le jeune soldat qui avait voyagé avec nous à l'arrière. Debout sur le côté, il allumait une cigarette tout en examinant calmement la place du marché. Alors la fureur m'envahit.

Le bombardement se poursuivit pendant plusieurs minutes, qui me parurent des heures. Un morceau de brique m'atteignit à la bouche, et je reconnus sur mes lèvres le goût métallique et la consistance visqueuse du sang. Liliane ne poussa pas un cri, mais elle tressaillait dans mes bras chaque fois qu'un projectile faisait mouche. Je m'accrochai à elle comme s'il n'existait plus rien d'autre de solide dans mon univers.

Et puis, brusquement, ce fut fini. Le bourdonnement dans mes oreilles cessa, et je sentis un filet de sang tiède couler dans un coin de mon œil. J'entendis des gens parler dehors. Le moteur vrombit, le jeune soldat grimpa nonchalamment à l'arrière, et le camion bondit en avant.

Un sanglot de soulagement enfla dans ma poitrine.

— Fils de pute! chuchotai-je.

Liliane pressa mes doigts de sa main valide. Le cœur battant la chamade, nous regagnâmes notre banc en tremblant. Quand enfin nous sortîmes de la petite ville, l'adrénaline se retira lentement de mon organisme, et je me retrouvai écrasée par l'épuisement. J'avais désormais peur de m'endormir, peur de ce qui pourrait arriver ensuite, mais Liliane scrutait sans ciller le minuscule triangle de paysage visible entre les deux pans de bâche. Alors, comptant un peu égoïstement sur la certitude qu'elle resterait éveillée, je posai la tête sur le banc, et quand enfin les battements de mon cœur retrouvèrent un rythme normal, je fermai les yeux et m'autorisai à sombrer dans le néant.

À l'arrêt suivant, il y avait de la neige : sur une plaine désolée, seuls un petit bosquet et une remise abandonnée interrompait la monotonie du paysage. Nous fûmes tirées hors du camion dans la lumière mourante du crépuscule et poussées vers les arbres. Puis, sans un mot, en agitant un revolver, on nous indiqua ce que nous devions faire. J'étais à bout de force. Frissonnante et fiévreuse, je pouvais à peine me tenir debout. Liliane boita jusqu'à la remise offrant une intimité relative. Tandis que je la suivais des yeux, le paysage tangua autour de moi. Je m'effondrai dans la neige, vaguement consciente des hommes qui tapaient des pieds pour se réchauffer près du camion. Une part de moi se délecta du froid glacial contre mes jambes chaudes. Je laissai l'air glacé se poser sur ma peau, refroidir le sang dans mes veines, et savourai la sensation fugace d'être de nouveau ancrée dans la terre. Je levai les yeux vers le ciel infini, où de minuscules étoiles scintillantes émergeaient, jusqu'à en avoir le tournis. Je me forçai à me rappeler les nuits, tant de mois auparavant, où j'imaginais que, loin de moi, il contemplait les mêmes étoiles. Alors j'enfonçai le bout de mon index dans la surface cristalline et écrivis : ÉDOUARD.

Au bout d'un moment, je l'écrivis de nouveau de l'autre côté, comme pour me persuader qu'il était réel, quelque part, qu'il avait existé, que nous avions existé. Les doigts bleuis par le froid, je l'écrivis jusqu'à en être encerclée. Édouard. Édouard. Édouard. J'écrivis son prénom dix fois, vingt fois. Je ne voyais plus rien d'autre, assise au milieu d'un grand cercle d'« Édouard » qui dansaient pour moi.

Comme il m'aurait été facile de m'allonger là, dans mon palais d'Édouard, et de lâcher prise. Je rejetai la tête en arrière et me mis à rire.

Liliane reparut de derrière l'abri et s'immobilisa. Je la vis me regarder fixement et reconnus soudain sur son visage la même expression que j'avais surprise sur celui d'Hélène un jour : une sorte d'épuisement, qui ne trouvait pas sa source en soi, mais dans une lassitude vis-à-vis du monde, une hésitation passagère au moment de décider si elle avait encore l'énergie pour s'engager dans cette bataille. Et cette pensée me ramena à la réalité.

— Je… Je… Ma jupe est mouillée, dis-je.

Ce fut la seule parole sensée qui me vint à l'esprit.

— Ce n'est que de la neige.

Elle m'aida à me relever en me tirant par le bras, brossa ma jupe pour en faire tomber la neige, puis, elle boitant, moi chancelant, nous regagnâmes la route, passant devant les soldats indifférents et leurs revolvers, et remontâmes dans le camion.

Lumière. Les yeux de Liliane plongés dans les miens, sa paume sur ma bouche. Je cillai et me débattis pour me libérer, mais elle posa un index sur ses lèvres. Elle attendit que je hoche le menton pour lui signifier que j'avais compris avant d'ôter sa main. Je me rendis compte alors que le camion s'était encore arrêté. Nous nous trouvions dans une forêt. Le sol couvert de plaques de neige évoquait la robe pie d'un cheval. La nature semblait figée, les sons assourdis.

Du doigt, Liliane désigna le garde, profondément endormi, allongé sur le banc, la tête sur son barda. Il ronflait, complètement vulnérable, l'étui de revolver visible, plusieurs centimètres de peau nue au-dessus de son col… Je me surpris à plonger la main dans ma poche pour caresser le bris de verre.

— Sautez, chuchota Liliane.

— Quoi ?

— Sautez. Si nous suivons cette pente, là où il n'y a pas de neige, nous ne laisserons aucune trace de pas. Nous pourrions être à des heures d'ici quand ils se réveilleront.

— Mais nous sommes en Allemagne.

— Je parle un peu l'allemand. Nous nous débrouillerons pour rejoindre la frontière.

Elle était animée, sûre d'elle. Je ne croyais pas l'avoir vue aussi vivante depuis Saint-Péronne. Clignant des yeux, je regardai le soldat endormi, puis de nouveau Liliane, qui était en train de soulever prudemment la bâche et de sonder la lumière bleue de l'aube.

— Mais ils nous abattront s'ils nous attrapent.

— Ils nous abattront si nous restons. Et s'ils ne nous abattent pas, ce sera pire. Venez. Nous n'aurons pas d'autres occasions, murmura-t-elle en m'intimant d'un geste de prendre mon sac.

Je me levai, jetai un coup d'œil dehors, vers le bois, puis m'immobilisai.

— Je ne peux pas.

Elle se tourna vers moi. Elle tenait sa main cassée contre sa poitrine, redoutant encore le moindre contact. Je distinguais à présent dans la lumière du jour les éraflures et les hématomes qu'avaient laissés les projectiles sur son visage, la veille.

J'avalai ma salive avec difficulté.

— Et s'ils me conduisaient à Édouard ?

Liliane me regarda fixement.

—Avez-vous perdu la tête ? chuchota-t-elle. Venez, Sophie. Venez. L'occasion de nous enfuir ne se représentera pas.

—Je ne peux pas.

Elle se dissimula de nouveau à l'intérieur, jetant un coup d'œil anxieux au soldat endormi, puis elle me saisit le poignet de sa main valide. Elle affichait une expression féroce, et, quand elle prit la parole, ce fut sur le ton qu'on emploie avec un enfant particulièrement stupide.

—Sophie. Ils ne vous emmènent pas auprès d'Édouard.

—Le *Kommandant* a dit…

—C'est un Allemand, Sophie ! Vous l'avez humilié. À travers vos yeux, il s'est vu comme un monstre. Vous croyez qu'il va vous récompenser pour ça et faire preuve de gentillesse ?

—Je n'ai guère d'espoir, bien sûr, mais… c'est tout ce qui me reste.

Comme elle me dévisageait, je lui tendis mon sac et dis :

—Écoutez. Vous, allez-y. Prenez ça. Prenez tout. Vous pouvez y arriver.

Liliane saisit le sac et regarda dehors, pensive, comme si elle réfléchissait au meilleur endroit où aller. J'observai le garde, nerveuse, craignant qu'il ne se réveille.

—Partez !

Je ne comprenais pas pourquoi elle restait là. Elle pivota lentement vers moi, dévorée par l'angoisse.

—Si je m'enfuis, ils vous tueront.

—Quoi ?

—Ils vous tueront pour m'avoir aidée à m'enfuir.

—Mais vous ne pouvez pas rester. Vous avez été surprise en train de passer des informations afin d'aider la résistance. Ma situation est différente.

— Sophie, vous êtes la seule personne à m'avoir traitée comme un être humain. Je refuse d'avoir votre mort sur la conscience.

— Tout ira bien pour moi. Comme toujours.

Liliane Béthune contempla mes vêtements sales, mon corps amaigri et fébrile, tremblant à présent dans l'air froid de l'aube. Elle resta ainsi pendant ce qui me parut une éternité, puis s'assit lourdement, laissant tomber le sac comme si elle ne se souciait plus d'être discrète. Je la regardai, mais elle détourna les yeux. Nous sursautâmes toutes deux quand le moteur démarra dans une secousse. J'entendis un cri. Le camion s'ébranla lentement, butant contre un nid-de-poule, si bien que nous nous écrasâmes violemment contre la paroi. Un ronflement sonore s'échappa du soldat, mais il ne bougea pas.

J'attrapai le bras de ma compagne.

— Liliane, partez. Tant que vous le pouvez. Vous avez encore le temps. Ils ne vous entendront pas.

Mais elle m'ignora. Elle poussa le sac vers moi avec son pied et s'assit à côté du soldat assoupi. Elle s'adossa à la bâche, le regard vague.

Le camion sortit de la forêt et déboucha sur la grand-route. Nous roulâmes plusieurs kilomètres sans échanger un mot. Des détonations retentirent au loin, et d'autres véhicules militaires apparurent. Le camion ralentit pour doubler une colonne d'hommes qui avançaient péniblement dans leurs guenilles grises, tête baissée. Ils ressemblaient plus à des fantômes qu'à des êtres vivants. Je jetai un coup d'œil à Liliane pendant qu'elle les regardait. Sa présence dans le camion me fit l'effet d'un glas funèbre. Elle s'en serait peut-être sortie, si je n'avais pas été là. Nous nous en serions peut-être sorties ensemble. Le brouillard se dissipait dans mon esprit, et je compris que j'avais probablement anéanti sa dernière chance de revoir sa fille.

— Liliane...

Elle secoua la tête, comme si elle ne voulait pas me l'entendre dire.

Nous roulâmes encore. Le ciel s'obscurcit, et il se remit à pleuvoir, de la neige fondue glacée dont les gouttes me mordaient la peau en s'infiltrant par les interstices du toit. Mon corps était secoué de tremblements de plus en plus violents, et à chaque cahot la douleur me traversait comme une décharge électrique. Je voulais lui dire que j'étais désolée. Que je savais que je m'étais comportée de façon terriblement égoïste. J'aurais dû lui donner sa chance. Elle avait raison : je m'étais dupée moi-même en pensant que le *Kommandant* me récompenserait pour mes actes.

Enfin, elle prit la parole.

— Sophie ?

— Oui ?

Je souhaitais si désespérément qu'elle me parle que l'ardeur dans ma voix dut lui paraître pathétique.

Elle déglutit avec difficulté, les yeux rivés sur ses chaussures.

— S'il m'arrive quoi que ce soit, croyez-vous qu'Hélène s'occupera d'Édith ? Qu'elle s'en occupera vraiment ? Qu'elle l'aimera ?

— Bien sûr. Hélène serait incapable de refuser son amour à un enfant, pas plus que de... je ne sais pas... passer du côté allemand.

Je m'efforçai de sourire. J'étais déterminée à paraître moins malade que je ne l'étais, à rassurer Liliane en lui montrant que de bonnes choses pouvaient encore arriver.

Je remuai sur mon siège, essayant de me redresser. Tout mon corps me faisait mal, mais je poursuivis :

— Mais vous ne devez pas penser à ça. Nous survivrons à cette épreuve, Liliane, et ensuite vous rentrerez retrouver votre fille. Peut-être même n'est-ce qu'une question de mois.

Liliane porta sa main valide à son visage, suivant du doigt la cicatrice rouge livide qui courait du coin de son œil sur sa joue. Elle semblait plongée dans ses réflexions, très loin de moi. Je priai pour que mon assurance l'ait un peu tranquillisée.

— Nous nous en sommes sorties jusqu'ici, non ? ajoutai-je. Nous ne sommes plus dans cette infernale bétaillère. Et nous avons été réunies. Le sort ne peut que nous être favorable.

Elle me faisait soudain penser à Hélène dans les jours les plus sombres. J'aurais voulu tendre la main, lui toucher le bras, mais je me sentais trop faible. Rester droite sur le banc de bois me demandait déjà un effort surhumain.

— Ne perdez pas espoir. Nous avons encore de belles choses à vivre. Je le sais.

— Vous croyez vraiment que nous pourrons rentrer chez nous ? À Saint-Péronne ? Après ce que nous avons fait ?

Le soldat commença à se redresser en se frottant les yeux. Il semblait irrité, comme si notre conversation l'avait réveillé.

— Eh bien... peut-être pas tout de suite, bégayai-je. Mais nous pourrons rentrer en France un jour. Tout sera...

— Vous et moi nous trouvons dans un no man's land, maintenant, Sophie. Nous n'avons plus de chez-nous.

Liliane releva alors la tête. Ses yeux étaient immenses et vides. Elle n'avait plus rien de la créature pimpante que je voyais passer en se pavanant devant l'hôtel. Mais ce n'était pas seulement les cicatrices et les contusions qui avaient altéré son apparence : quelque chose dans le tréfonds de son âme avait été abîmé, comme noirci.

— Vous croyez vraiment que les prisonniers qui finissent en Allemagne en reviennent un jour ?

— Liliane, je vous en prie, ne parlez pas ainsi. Vous devez seulement…

Les mots moururent sur mes lèvres.

— Très chère Sophie, avec votre foi, votre confiance aveugle en la nature humaine… (Elle me regardait avec un demi-sourire aux lèvres, terrible, lugubre.) Vous n'imaginez pas ce qu'ils vont nous faire.

Et là-dessus, avant que je n'aie eu le temps de répliquer, elle arracha le revolver de l'étui du soldat, le pointa sur sa tempe et pressa la détente.

# Chapitre 30

— Donc on s'est dit qu'on pourrait aller au cinéma cet après-midi. Et ce matin, Jake va m'aider avec les chiens.

Greg conduit affreusement mal. Il enfonce l'accélérateur et relâche la pédale continuellement, apparemment en rythme avec la musique que diffuse l'autoradio, et Paul est projeté d'avant en arrière à intervalles irréguliers sur tout Fleet Street.

— Je peux emporter ma Nintendo ?

— Non, tu ne peux pas, espèce de zombie. Tu foncerais droit dans un arbre comme la dernière fois.

— Je m'entraîne à leur marcher dessus comme Super Mario.

— Bien tenté, petit.

— Tu penses rentrer à quelle heure, papa ?

— Hum ?

Assis dans le siège passager, Paul parcourt les journaux. Il trouve quatre comptes rendus des séances des journées précédentes au tribunal. Les gros titres suggèrent la victoire imminente de l'ARRA et des Lefèvre. Il ne croit pas s'être jamais senti aussi peu exalté à l'idée de gagner un procès.

— Papa ?

— Merde ! Les infos.

Paul consulte sa montre, se penche en avant et tripote le bouton de la radio.

« Des survivants des camps de concentration allemands ont demandé instamment au gouvernement d'accélérer l'adoption de lois qui faciliteraient la restitution d'œuvres d'art volées pendant la guerre...

» Rien que cette année, sept survivants sont morts alors qu'ils attendaient que la procédure judiciaire aboutisse à la restitution des biens de leurs familles, d'après des sources d'information légales, situation qui a été décrite comme "une tragédie".

» L'appel est lancé alors que le procès autour d'un tableau prétendument volé durant la Première Guerre mondiale se poursuit à la Haute Cour... »

Paul se penche encore.

— Comment je fais pour augmenter le volume ?

*Où veulent-ils en venir ?*

— Tu devrais essayer Pac-Man. Tu peux y jouer sur ton ordinateur maintenant.

— Quoi ?

— Papa ? À quelle heure ?

— Attends, Jake. Il faut que j'écoute ça.

« ... Halston, qui soutient que son mari a acheté le tableau de bonne foi. Ce procès controversé illustre les difficultés rencontrées par un système juridique amené au cours des dix dernières années à faire face à un nombre croissant de demandes de restitutions complexes. L'affaire Lefèvre a éveillé l'intérêt dans de nombreux pays, et des groupes de survivants... »

— Mon Dieu ! Pauvre Miss Liv, soupire Greg en secouant la tête.

— Quoi ?

— Je ne voudrais pas être à sa place.

— Qu'est-ce que tu veux dire ?

— Eh bien, tout ce qu'on raconte dans les journaux, à la radio… Ça devient chaud.

— Ce n'est que du business.

Greg lui jette le regard qu'il adresse généralement aux clients du bar qui demandent s'ils peuvent attendre la fin de la soirée pour payer.

— C'est compliqué.

— Ah ouais ? Je croyais t'avoir entendu dire que tout était toujours blanc ou noir dans ces histoires.

— Et si tu me lâchais, Greg ? À moins que tu ne veuilles que je passe ce soir pour t'expliquer comment gérer ton bar ? On verra ce que ça donne…

Greg et Jake échangent un regard dans le rétroviseur, les sourcils haussés. Paul s'en trouve curieusement exaspéré. Il se tourne vers son fils.

— Jake, je t'appelle quand je sors du tribunal, d'accord ? On pourra aller au cinéma ou faire ce que tu veux ce soir.

— Mais on y va déjà cet après-midi… Greg vient de te le dire.

— Palais de justice sur la droite. Tu veux que je fasse le tour ?

Greg met son clignotant à gauche et freine si brutalement le long du trottoir qu'ils sont tous projetés en avant. Un taxi les dépasse en faisant une embardée, et son chauffeur beugle sa désapprobation.

— Je ne suis pas sûr que m'arrêter ici soit une bonne idée, fait-il remarquer. Si je me prends une prune, c'est toi qui paies, d'accord ? Eh… ce n'est pas elle, là-bas ?

— Qui ? demande Jake en se penchant en avant.

Paul scrute la foule rassemblée devant le tribunal. Le parvis est bondé. Les attroupements ont pris de l'importance au fil des jours, mais, même à travers la légère brume, il remarque une différence aujourd'hui : l'atmosphère électrique, l'hostilité à peine réprimée sur tous les visages.

— Oh, oh ! souffle Greg.

Paul suit son regard.

De l'autre côté de la rue, Liv s'approche de l'entrée du palais de justice, une main sur son sac, la tête baissée, comme plongée dans ses pensées. Elle lève les yeux, et quand elle comprend la nature de la manifestation devant elle, l'appréhension se lit brièvement sur son visage. Quelqu'un crie son nom : « Halston ! » La foule met une seconde à réagir, et la jeune femme accélère, essaie de passer rapidement, mais son nom est répété dans un murmure qui enfle jusqu'à devenir une accusation.

De l'autre côté de l'entrée, Henry apparaît. Comme s'il avait deviné ce qui allait se produire, il traverse à vive allure le dallage pour la rejoindre. Le pas de Liv se fait hésitant, et Henry s'élance, mais la foule déferle et vire, s'ouvre brièvement et l'avale, tel un gigantesque organisme.

— Bon sang !

— Qu'est-ce que...

Paul lâche ses dossiers et bondit hors de la voiture, traverse la chaussée comme une flèche et se jette dans la mêlée, se frayant un chemin jusqu'à son centre. C'est un tourbillon de mains et de pancartes, le bruit est assourdissant. Le mot « VOLEUSE » passe rapidement devant lui sur une bannière qui chute. Il voit le flash d'un appareil photo, aperçoit les cheveux de Liv, l'attrape par le bras et l'entend pousser un cri de frayeur. Un mouvement de foule le projette en avant, manquant de le faire tomber. Repérant Henry, il pousse Liv dans sa direction, jurant quand un homme le saisit par son manteau. Des agents de police en gilets fluorescents font irruption, tirant les manifestants en arrière. « Dispersez-vous. RECULEZ. RECULEZ ! » Il a le souffle coupé ; il reçoit un coup violent dans les reins, et puis soudain ils sont libres et gravissent rapidement les marches, Liv coincée entre eux comme une poupée. Ils sont alors entraînés à l'intérieur par des agents à la carrure impressionnante dont les radios crépitent et sifflent, puis passent les barrières de sécurité derrière lesquelles ils trouvent une paix ouatée. Dehors, les manifestants refoulés hurlent leurs protestations, qui rebondissent sur les murs autour d'eux.

Liv est pâle comme la mort. Une main devant le visage, elle se tait. Elle a des égratignures sur les joues, et sa queue-de-cheval est à moitié défaite.

— Bon sang, qu'est-ce que vous fichiez ? crie Henry aux agents, tout en tirant furieusement sur les pans de sa veste pour rajuster sa tenue. Où était passée la sécurité ? Vous auriez dû l'anticiper !

Un policier hoche distraitement la tête à son intention, une paume levée pour lui signifier d'attendre ; de l'autre, il tient sa radio devant sa bouche et donne des instructions.

— C'est tout à fait inadmissible !

— Ça va ? demande Paul en lâchant Liv.

Elle acquiesce et, sans le regarder, s'écarte d'un pas comme si elle venait de s'apercevoir de sa présence. Ses mains tremblent.

— Merci, monsieur McCafferty, dit Henry en redressant son col. Merci d'avoir plongé dans la mêlée. C'était… (Il ne put finir sa phrase.) Est-ce qu'on pourrait donner quelque chose à boire à Mme Halston ? Et la faire asseoir quelque part ?

— Seigneur ! dit doucement la jeune femme en regardant sa manche. On m'a craché dessus.

— Attendez. Enlevez-le. Voilà.

Paul l'aide à ôter son manteau. Soudain, elle paraît plus petite, les épaules voûtées comme sous le poids de la haine qu'elle a sentie dehors. Henry le lui prend.

— Ne vous inquiétez pas, Liv. Nous allons le faire nettoyer. Et nous nous assurerons que vous pourrez sortir par la porte de derrière.

— Oui, madame. Nous vous ferons quitter le bâtiment par-derrière tout à l'heure, confirme le policier.

— Comme une criminelle, fait-elle remarquer d'une voix morne.

— Je ne permettrai pas qu'une telle chose se reproduise, dit Paul en avançant d'un pas vers elle. Vraiment. Je... Je suis terriblement désolé.

Elle lève la tête, plisse les yeux et recule d'un pas.

— Quoi?

— Pourquoi devrais-je te faire confiance?

Avant qu'il n'ait pu répondre, Henry est près d'elle, et elle s'éloigne, escortée le long du couloir et jusque dans la salle d'audience par son équipe de juristes ; elle semble minuscule dans sa veste sombre, et ne s'est toujours pas rendu compte qu'elle est décoiffée.

Lentement, Paul sort et retraverse la rue en carrant les épaules. Debout près de sa voiture, Greg lui tend ses dossiers éparpillés et sa sacoche en cuir. Il s'est mis à pleuvoir.

— Ça va?

Paul hoche le menton.

— Et elle?

— Euh... (Paul se tourne brièvement vers le palais de justice et se gratte le crâne.) À peu près. Il faut que j'y aille. Je vous retrouve tout à l'heure.

Greg le regarde, puis jette un coup d'œil vers la foule, désormais dispersée et domptée : les gens s'affairent, discutent comme s'il ne s'était rien passé dix minutes plus tôt.

— Alors…, dit-il en remontant en voiture. Cette histoire de toujours défendre la cause juste… Comment ça se passe pour toi ?

Il démarre et s'éloigne sans un regard pour Paul. Le visage de Jake, pâle contre le pare-brise arrière, reste tourné vers son père, impassible, jusqu'à ce que le véhicule disparaisse.

Janey gravit les marches du palais à ses côtés. Elle est impeccablement coiffée et porte un rouge à lèvres cerise.

— Touchant, souffle-t-elle.

Il feint de ne pas l'avoir entendue.

Sean Flaherty dépose ses dossiers sur un banc et se prépare à passer les contrôles de sécurité.

— Ça commence un peu à déraper. Jamais vu ça.

— Ouais, dit Paul en se frottant la mâchoire. C'est presque comme si… Oh, je ne sais pas. Comme si toute cette merde inflammable dont sont nourris les médias faisait effet.

Il se tourne vers Janey.

— Et… ? demande froidement celle-ci.

— Et il semble que la personne qui briefe les journalistes et bourre le mou aux groupes d'intérêt n'en a manifestement absolument rien à foutre d'envenimer la situation.

— Contrairement à toi, le chevalier sans peur et sans reproche, rétorque Janey en soutenant son regard sans ciller.

— Janey ? As-tu un rapport avec cette manifestation ?

Elle hésite une nanoseconde de trop avant de répondre.

— Ne sois pas ridicule.

— Bon sang !

Les yeux de Sean sautent de l'un à l'autre, comme s'il venait de s'apercevoir de la conversation parallèle qui se déroule devant lui. Il marmonne des excuses et s'éloigne sous prétexte de faire un point avec l'avocat plaidant. Paul et Janey se retrouvent seuls dans le long couloir dallé.

Celui-ci se passe une main dans les cheveux et darde un regard vers la salle d'audience.

— Je n'aime pas ça. Je n'aime pas ça du tout.

— C'est le business. Et ça ne t'avait jamais dérangé jusqu'à présent.

Janey jette un coup d'œil à sa montre, puis par la fenêtre. The Strand n'est pas visible d'ici, mais on entend tout de même les slogans scandés par les manifestants, à peine assourdis par les immeubles. Elle croise les bras sur sa poitrine.

— Bon, de toute façon, il me semble que tu es mal placé pour jouer les moralisateurs.

— C'est-à-dire ?

— Tu veux bien m'expliquer ce qui se passe ? Entre toi et Mme Halston ?

— Il ne se passe rien.

— Ne me prends pas pour une idiote.

— D'accord. Rien qui te concerne.

— Si tu as une relation amoureuse avec la femme représentant la partie adverse, cela me concerne au contraire.

— Il n'y a aucune relation amoureuse.

Janey esquisse un pas vers lui.

— Ne te fous pas de moi, Paul. Tu as contacté les Lefèvre derrière mon dos pour tenter de négocier un arrangement.

— Ouais, j'allais t'en parl…

— J'ai assisté à ta petite performance dehors. Et tu essaies de passer un marché en sa faveur à quelques jours de la décision de justice ?

— OK. (Paul ôte sa veste et s'assied lourdement sur un banc.) OK.

Elle attend.

—Je l'ai fréquentée brièvement avant de me rendre compte de son identité. Nous avons rompu dès que nous avons découvert que nous appartenions chacun aux deux camps opposés. C'est tout.

Janey examine un détail du plafond voûté. Quand elle reprend la parole, c'est sur un ton désinvolte.

—Tu as l'intention de te remettre avec elle après la fin du procès ?

—Ça ne regarde personne.

—Un peu, si ! J'ai besoin de savoir si tu as donné ton maximum sur cette affaire. Si tu n'as pas compromis l'issue de ce procès.

La voix de Paul explose dans l'espace vide.

—On est en train de gagner, non ? Qu'est-ce que tu veux de plus ?

Les derniers membres de l'équipe juridique rejoignent la salle d'audience. Sean passe la tête par la lourde porte en chêne et, d'un geste, les presse d'entrer.

Paul prend une profonde inspiration et poursuit sur un ton conciliant :

—Écoute. L'aspect personnel mis à part, je pense que la meilleure solution serait de parvenir à un accord à l'amiable. Nous serions encore...

Janey sort ses dossiers.

—Il n'en est pas question.

—Mais...

—Enfin, quel serait notre intérêt ? Nous sommes sur le point de gagner le procès le plus médiatisé que l'agence ait jamais géré.

—Nous sommes en train de détruire la vie de quelqu'un.

—Elle s'en est chargée toute seule le jour où elle a décidé de nous affronter.

— Nous allions prendre ce qu'elle estime lui appartenir. Évidemment qu'elle allait se battre. Allons, Janey. C'est une question d'équité.

— Ce n'est pas une question d'équité! Ce n'est jamais une question d'équité. Ne sois pas ridicule. (Elle se mouche. Quand elle se tourne de nouveau vers lui, elle a les yeux brillants.) Il reste deux jours d'audience. À condition que rien de fâcheux n'arrive, le portrait de Sophie Lefèvre retrouvera ensuite sa place légitime.

— Et tu es sûre de savoir où elle est.

— Oui. Et tu devrais le savoir aussi. Et maintenant, je suggère que nous entrions avant que les Lefèvre ne se demandent ce que nous fabriquons.

Paul pénètre dans la salle d'audience la tête bourdonnante, ignorant le regard noir que lui adresse le greffier. Il s'assied et se force à respirer calmement, tâchant de s'éclaircir l'esprit. Janey est distraite, en pleine conversation avec Sean. Tandis que les battements de son cœur s'apaisent, il se rappelle un inspecteur à la retraite avec qui il discutait souvent, peu après son installation à Londres, un homme dont les rides trahissaient l'amusement face aux manières du monde. «Tout ce qui compte, c'est la vérité, McCafferty, disait-il, juste avant que la bière transforme la conversation en bavardages légers. Sans elle, finalement, tu ne fais que jongler avec les idées stupides des gens.»

Paul sort son bloc-notes de sa veste et griffonne sur une page, qu'il arrache et plie soigneusement en deux. Après un regard en coin vers Janey, il tapote l'épaule de l'homme devant lui.

— Pouvez-vous passer ceci à cet avocat, s'il vous plaît?

Il suit des yeux le papier blanc qui progresse vers le devant, puis le long du banc jusqu'à l'assistant juridique, puis à Henry, qui le regarde brièvement avant de le tendre à Liv.

Elle considère le billet d'un air méfiant avant de l'ouvrir avec réticence. Alors elle se raidit, et son visage se ferme, comme si elle digérait ce qu'elle lisait.

*JE VAIS TOUT ARRANGER.*

Elle pivote et le cherche des yeux. Quand elle le repère, elle relève très légèrement le menton.
*Pourquoi te ferais-je confiance ?*
Le temps semble s'arrêter. Elle détourne la tête.
— Dis à Janey que j'avais un rendez-vous urgent et que j'ai dû partir, glisse Paul à Sean avant de se lever et de se frayer un chemin jusqu'à la sortie.

Après coup, il ne sait pas très bien ce qui l'a conduit ici. L'appartement, situé dans un ancien hôtel particulier derrière Marylebone Road, est tapissé de papier saumon imprimé de tourbillons perlés qui donnent à l'ensemble un léger effet pailleté couleur pêche. Les rideaux sont roses, les canapés rose foncé. Les murs sont couverts d'étagères sur lesquelles de petits animaux de porcelaine ont dû céder de la place aux guirlandes et cartes de vœux de saison. Beaucoup sont roses. Et là, debout devant lui en pantalon et cardigan, se dresse Marianne Andrews. En citron vert de la tête aux pieds.

— Vous faites partie de l'équipe de M. Flaherty.

Elle se tient légèrement voûtée, comme si elle était trop grande pour l'encadrement de la porte. Elle a ce que la mère de Paul aurait appelé un « gros squelette » : ses articulations saillent comme celles d'un chameau.

— Je suis vraiment désolé de me présenter chez vous à l'improviste. Je souhaiterais m'entretenir avec vous du procès.

Elle semble sur le point de refuser, puis se ravise et lui tend une main large comme un battoir.

— Oh, entrez, après tout. Mais je vous préviens, je suis folle furieuse de la façon dont vous avez parlé de maman, en la faisant passer pour une voleuse. Les journaux ne valent pas mieux. Ces derniers jours, j'ai reçu plusieurs appels d'amis, là-bas, aux États-Unis, qui ont suivi l'affaire et qui sous-entendent qu'elle a commis un crime affreux. Je viens de raccrocher avec Myra, ma vieille copine de lycée. J'ai dû lui expliquer que maman apportait plus à la communauté en six mois que son maudit mari pendant les trente ans qu'il a passés assis sur son gros derrière à la Bank of America.

— J'en suis sûr.

— Évidemment, mon chou, vous n'êtes pas en position de me contredire. (Elle lui fait signe d'entrer, le précédant de sa démarche raide et traînante.) Maman défendait l'idée de progrès social. Elle écrivait sur les conditions de travail des ouvriers et les enfants placés. La guerre l'horrifiait. Elle aurait été aussi incapable de voler ce tableau que d'inviter Goering à boire un verre. À propos, j'imagine que vous allez vouloir boire quelque chose ?

Paul accepte un Coca light et prend place dans un des canapés bas. Par la fenêtre pénètrent les bruits assourdis de la circulation à l'heure de pointe, portés par l'air surchauffé. Un gros chat qu'il a d'abord pris pour un coussin s'étire et saute sur ses genoux, avant de se mettre à lui pétrir les cuisses dans un silence extatique.

Marianne Andrews se cale confortablement contre le dossier de son fauteuil et allume une cigarette, sur laquelle elle tire une longue bouffée avant de recracher ostensiblement la fumée.

— Votre accent ? Brooklyn ?
— New Jersey.
— Hum.

Elle lui demande son ancienne adresse et hoche la tête pour montrer que celle-ci lui est familière.

— Ça fait longtemps que vous êtes ici ? s'enquiert-elle.
— Sept ans.
— Moi six. Je me suis installée à Londres avec mon ex-mari, Donald. Il est mort en juillet dernier. (Sa voix s'adoucit légèrement.) Bon, que puis-je faire pour vous ? Je ne suis pas sûre d'avoir grand-chose à ajouter à ce que j'ai déjà dit au tribunal.

— Je ne sais pas. Je me demandais seulement s'il n'y avait pas un détail, n'importe quoi, qui aurait pu nous échapper.

— Non. Comme je l'ai indiqué à M. Flaherty, j'ignore complètement d'où vient le tableau. Pour être honnête, quand maman racontait ses souvenirs de journalisme, elle préférait parler de la fois où elle s'était retrouvée enfermée dans les toilettes d'un avion avec JFK. Et puis, vous savez, papa et moi, ça ne nous intéressait pas beaucoup. Croyez-moi, quand vous avez entendu une anecdote de journaliste, vous les avez toutes entendues.

Paul regarde autour de lui. Quand il se tourne de nouveau vers elle, elle ne l'a pas quitté des yeux. Elle l'examine soigneusement et souffle un anneau de fumée dans l'air immobile.

— Monsieur McCafferty. Vos clients vont-ils venir me réclamer une compensation, si la cour décide que le tableau a été volé ?

— Non. Ils souhaitent uniquement le récupérer.

Marianne Andrews secoue la tête.

— Ben, tiens, évidemment. (Elle décroise les jambes et grimace de douleur.) Si vous voulez mon avis, cette affaire pue. Je n'aime pas du tout la façon dont le nom de ma mère est traîné dans la boue. Ou celui de M. Halston. Il a eu le coup de foudre pour ce tableau.

Paul baisse les yeux vers le chat.

— Il est tout à fait possible que M. Halston ait eu une très bonne idée de sa valeur réelle.

— Avec tout votre respect, monsieur McCafferty, vous n'étiez pas là. Si vous essayez de suggérer que je devrais me sentir dupée, vous vous trompez de personne.

— Vous vous fichez vraiment de sa valeur ?

— Je crois que vous et moi n'avons pas la même définition du mot « valeur ».

Le chat lève la tête, et adresse à Paul un regard à la fois gourmand et légèrement hostile.

Marianne Andrews écrase sa cigarette.

— Et je me sens affreusement mal pour cette pauvre Olivia Halston.

Il hésite, puis souffle :

— Ouais. Moi aussi.

Elle hausse un sourcil.

Il soupire.

— C'est un dossier... délicat.

— Pas suffisamment apparemment pour vous dissuader de pousser cette pauvre fille à la faillite...

— Je ne fais que mon travail, madame Andrews.

— Ouais. Voilà une phrase que maman a dû entendre une ou deux fois aussi.

Ce n'est pas dit méchamment, mais Paul sent ses joues s'empourprer.

Elle l'observe pendant un moment, puis laisse échapper un grand « Ha ! ». Effarouché, l'animal bondit sur le sol.

—Oh, pour l'amour du ciel! Je vous sers quelque chose de plus fort? Parce que je n'aurais rien contre un remontant, personnellement. Et puis c'est presque l'heure de l'apéro. (Elle se lève et marche jusqu'à un bar.) Bourbon?

—Merci.

Le verre de whisky dans une main, l'accent de son pays lui caressant les oreilles, il lui raconte alors toute l'histoire. Les mots jaillissent par à-coups, comme surpris de rompre le silence. Le récit commence avec un sac à main volé, et s'achève sur un au revoir bien trop précipité devant une salle d'audience. De nouveaux éléments émergent sans qu'il en ait conscience: le bonheur inattendu qu'il éprouve en présence de Liv, sa culpabilité, cette mauvaise humeur permanente qui semble s'être déployée autour de lui, telle une écorce. Il ignore ce qui le pousse à s'épancher ainsi auprès de cette femme. Il ignore pourquoi il attend d'elle, plus que de quiconque, qu'elle comprenne.

Mais Marianne Andrews écoute, ses traits généreux exprimant la compassion.

—Eh bien, vous vous êtes mis dans un sacré pétrin, monsieur McCafferty.

—Ouais. J'avais remarqué.

Elle allume une autre cigarette et gronde le chat qui miaule plaintivement dans le coin cuisine pour réclamer à manger.

—Mon chou, je n'ai aucune solution à vous proposer. Soit vous lui brisez le cœur en lui prenant ce tableau, soit c'est elle qui brise le vôtre en vous faisant perdre votre travail.

—Soit on oublie tout…

—Et vous terminez tous les deux le cœur brisé…

Ses mots flottent un instant au-dessus d'eux. Le silence s'installe. Au-dehors, l'air est saturé par le tumulte provoqué par un embouteillage.

Paul sirote son bourbon, songeur.

— Madame Andrews, votre mère avait-elle gardé ses carnets ? Ses carnets de reportage ?

Marianne Andrews lève la tête.

— Je les ai effectivement rapportés de Barcelone, mais j'ai malheureusement été obligée d'en jeter une bonne partie. Ils avaient été réduits en poussière par les termites. Une des têtes réduites aussi. Les dangers d'un bref mariage en Floride. Néanmoins… (Elle se redresse en poussant sur ses longs bras.) Vous me faites penser que j'ai peut-être encore quelques-uns de ses vieux journaux dans le cagibi en bas.

— Des journaux ?

— Oui, ses journaux intimes… Vous savez. Oh, j'avais cette folle idée que peut-être un jour quelqu'un voudrait écrire sa biographie. Elle a vécu tant de choses intéressantes. Peut-être un de mes petits-enfants. Je suis presque sûre d'y avoir rangé une boîte de ses articles et quelques journaux. Laissez-moi aller chercher la clé, et nous y jetterons un coup d'œil.

Paul suit Marianne Andrews. Celle-ci sort sur le palier et remonte le couloir donnant sur les logements voisins. La respiration laborieuse, elle le conduit deux étages plus bas, où les marches ne sont plus couvertes par un tapis. Des bicyclettes sont appuyées le long d'un mur.

— Les appartements sont assez exigus, explique Marianne Andrews pendant que Paul ouvre une lourde porte coupe-feu. Certains d'entre nous louent des cagibis à la cave. C'est une denrée rare. M. Chua, mon voisin, m'a offert quatre mille livres pour que je lui laisse prendre la suite du bail rien que pour cette année. Quatre mille livres ! Je lui ai dit qu'il lui faudrait tripler la somme, au moins.

Ils arrivent devant une haute porte bleue. L'Américaine passe en revue les clés qu'elle a apportées, accrochées à un anneau, marmonnant jusqu'à ce qu'elle trouve la bonne.

— Voilà, dit-elle en pressant un interrupteur.

À l'intérieur, la faible lumière dispensée par une ampoule nue révèle un long réduit obscur, dont un côté est occupé par des étagères métalliques. Le sol est couvert de boîtes en carton, de piles de livres, d'une lampe cassée. Dans l'air flotte une odeur de vieux journaux et de cire d'abeille.

— Il faudrait vraiment que je fasse du tri là-dedans, soupire Marianne en plissant le nez. Mais bizarrement, je trouve toujours une occupation plus intéressante.

— Voulez-vous que je descende quelque chose des étagères du haut ?

Marianne serre les bras autour d'elle.

— Vous savez quoi, mon chou ? Ça vous ennuierait que je vous laisse farfouiller ? Toute cette poussière est mauvaise pour mon asthme. Il n'y a rien de valeur là-dedans. Vous n'aurez qu'à fermer quand vous aurez fini, et appelez-moi en criant un bon coup, si vous découvrez un trésor. Oh, et si vous voyez un sac à main bleu canard avec un fermoir doré, montez-le-moi. J'aimerais beaucoup remettre la main dessus.

Paul passe une heure dans le minuscule débarras, dont il sort des boîtes dans la faible lumière du couloir quand il pense que leur contenu pourrait être utile, les empilant le long du mur. Il trouve des journaux datant de 1941 ; leurs pages sont jaunies et leurs coins rognés. La pièce minuscule et sans fenêtre lui fait songer à la machine à voyager dans le temps de *Doctor Who*. Les objets s'entassent dans le couloir au fur et à mesure qu'il se vide : des valises pleines de vieilles cartes, une mappemonde, des boîtes à chapeaux, des manteaux de fourrure mangés par les mites, une autre tête réduite tannée et grimaçante avec ses quatre dents surdimensionnées. Il entrepose tout ce fatras contre le mur, couvrant la tête d'une housse de coussin en tapisserie. La poussière lui salit les mains, s'incruste dans les rides de son visage. Il tombe sur des magazines présentant les jupes du new-look de Dior, des photos du couronnement de la reine, des bobines de bande magnétique. Il les sort, les dispose sur le sol à côté de lui. Ses vêtements sont gris de poussière, ses yeux secs et irrités. Il déniche quelques carnets dont la couverture indique la date : « 1968 », « Nov. 1969 », « 1971 ». Il lit des remarques sur la situation critique des pompiers en grève dans le New Jersey, les difficultés du président. De temps à autre, des notes sont griffonnées dans les marges : « Dean ! Danse vendredi 19 heures » ou « Dire à Mike que Frankie a appelé ». Paul ne trouve rien qui concerne la guerre ou le tableau.

Il passe méthodiquement toutes les boîtes en revue, feuillette tous les livres au cas où un papier serait coincé entre deux pages, scanne le contenu de chaque chemise. Il ouvre toutes les caisses, empilant leur contenu avant de tout ranger soigneusement. Une vieille chaîne stéréo, deux cartons de livres anciens, une boîte à chapeaux remplie de souvenirs. Il est 11 heures, midi, midi et demi... Il regarde sa montre et se rend compte que c'est sans espoir.

Paul se redresse et s'essuie les mains sur son pantalon, brusquement pressé de quitter cet espace confiné et encombré. Il meurt d'envie de retrouver le dépouillement immaculé de la maison de Liv, ses lignes nettes, son air pur.

Il a tout sorti. Si la vérité doit être découverte, ce n'est pas dans le bric-à-brac de ce cagibi au nord de l'A40.

Mais soudain, là, dans le fond, il aperçoit la sangle d'une vieille sacoche en cuir, raidie par le temps et coupée en deux, ressemblant à une fine lanière de viande séchée.

Il se penche vers le bas des étagères et tire dessus.

Il éternue deux fois, se frotte les yeux puis soulève le rabat. À l'intérieur, il y a six cahiers A4 à couverture rigide. Il en ouvre un, et voit l'écriture régulière et ornée sur la première page. Son regard saute vers la date : 1941. Il en ouvre un autre : 1944. Il les passe en revue à toute vitesse, les laissant tomber dans sa hâte de trouver celui qu'il cherche, et le voici, l'avant-dernier : 1945.

Il titube jusque dans le couloir où l'éclairage est meilleur et feuillette les pages sous le tube de néon.

*30 avril 1945*

*Eh bien, on peut dire que cette journée a pris un tour inattendu. Il y a quatre jours, le lieutenant-colonel Danes m'a donné l'autorisation d'entrer dans le* Konzentrationslager *Dachau…*

Paul lit encore quelques lignes et pousse un juron, puis un deuxième encore plus véhément. Il ne bouge pas, saisissant un peu plus à chaque seconde l'implication de l'objet qu'il tient entre ses mains. Il tourne quelques pages et jure encore.

Il réfléchit à toute allure. Il pourrait remettre ce cahier au fin fond du débarras, retourner voir Marianne Andrews et lui annoncer qu'il remonte bredouille. Il pourrait gagner le procès et empocher sa prime. Il pourrait rendre *Les Yeux de Sophie* à ses propriétaires légitimes.

Ou alors…

Il revoit Liv, tête basse, écrasée sous le poids de l'opinion publique, affaiblie par les mots durs assenés par des inconnus et la perspective de sa ruine imminente. Il la revoit carrer les épaules, la queue-de-cheval de guingois, partant affronter une nouvelle journée d'audience.

Il la revoit souriant lentement, la première fois qu'ils s'étaient embrassés.

*Si tu fais ça, tu ne pourras plus revenir en arrière.*

Paul McCafferty pose le cahier et la sacoche près de sa veste, et entreprend d'empiler les caisses dans le cagibi.

Marianne Andrews apparaît sur le seuil au moment où il range les dernières boîtes ; il est couvert de poussière, et l'effort l'a fait transpirer. Elle fume avec un long fume-cigarette, telle une garçonne des années 1920.

— Seigneur... Je commençais à me demander ce qui vous était arrivé.

Il se redresse en s'essuyant le front.

— J'ai trouvé ça, annonce-t-il en brandissant le sac à main bleu canard.

— Oh ! Vous êtes un amour ! (Elle applaudit, puis le lui prend et le caresse amoureusement.) J'avais si peur de l'avoir oublié quelque part. Je suis tellement étourdie. Merci. Merci beaucoup. Dieu sait comment vous avez pu le retrouver dans tout ce fatras.

— J'ai trouvé autre chose.

Elle lève les yeux.

— Verriez-vous un inconvénient à ce que je vous emprunte ceci ?

Il désigne la sacoche contenant les cahiers.

— Est-ce ce que je pense ? Que disent-ils ?

— Ils disent... (il inspire profondément, puis expire)... que le tableau a bien été offert à votre mère.

— Je vous l'avais dit ! s'exclame Marianne Andrews. Je vous avais bien dit que ma mère n'était pas une voleuse ! Je me tue à le répéter depuis le début.

Un long silence s'installe.

—Et vous allez les donner à Mme Halston ? demande-t-elle finalement.

—Ce ne serait pas très sage. Ce journal risque effectivement de nous faire perdre le procès.

Elle se rembrunit.

—Alors quoi ? Vous n'allez pas les lui donner ?

—Exactement. (Il plonge une main dans sa poche et en sort un stylo.) Mais si je les laisse ici, vous, rien ne vous en empêche, n'est-ce pas ? (Il griffonne sur un morceau de papier et le lui tend.) C'est son numéro de portable.

Ils se regardent pendant un long moment, puis le visage de Marianne s'éclaire, comme si elle venait d'avoir la confirmation d'une certitude.

—Comptez sur moi, monsieur McCafferty.

—Madame Andrews ?

—Marianne, pour l'amour du ciel.

—Marianne, il vaut mieux que cela reste entre nous. Je crains que certaines personnes ne le prennent mal.

Elle hoche la tête résolument.

—Vous n'êtes jamais venu chez moi, jeune homme. (Une idée semble soudain la frapper.) Vous ne voulez même pas que je le dise à Mme Halston ? Que c'est vous qui...

Il secoue le menton et glisse son stylo dans sa poche.

—J'ai bien peur d'avoir manqué le coche. La voir gagner suffira. (Il se penche et embrasse Marianne sur la joue.) L'entrée importante est celle d'avril 1945. Dans le cahier avec le coin plié.

—Avril 1945.

La portée de sa décision lui donne presque le tournis. L'ARRA et les Lefèvre vont perdre le procès. Il ne peut y avoir d'autre verdict, étant donné ce qu'il a lu. Peut-on parler de trahison, quand on agit poussé par de bonnes raisons ? Il a besoin d'un verre. Il a besoin d'air. Vite.

*Je suis devenu fou, ou quoi ?*

Tout ce qu'il voit, c'est Liv, et le soulagement qui illumine ses traits. Il veut se laisser surprendre par l'apparition d'un grand sourire sur son visage.

Prêt à partir, il attrape sa veste et tend les clés du cagibi à Marianne, qui lui touche le coude pour le retenir.

— Vous savez, je vais vous faire une confidence au sujet de mes cinq mariages. Ou mes cinq mariages et les liens amicaux que j'ai maintenus avec ceux de mes ex-maris qui sont toujours en vie. (Elle compte sur ses doigts noueux.) Ça en fait trois.

Paul attend.

— Bon sang, ça vous en apprend un rayon sur l'amour.

Un sourire naît sur les lèvres de Paul, mais Marianne Andrews n'a pas fini. Sa prise sur son bras est étonnamment forte.

— Et ça vous apprend, monsieur McCafferty, qu'il y a des choses beaucoup plus importantes dans la vie que la victoire.

# Chapitre 31

Henry vient à sa rencontre à l'entrée située à l'arrière du palais de justice. Le visage rose, il parle en projetant un nuage de miettes de *pain au chocolat*\*, et elle a du mal à le comprendre.

— Elle ne veut le donner à personne d'autre.

— Quoi ? Qui ça ?

— Elle attend à l'entrée principale. Venez. Venez !

Avant qu'elle n'ait pu poser d'autre question, Henry l'entraîne dans un labyrinthe de couloirs et de volées de marches de pierre jusqu'au poste de contrôle, près de l'entrée principale. Marianne Andrews attend près des barrières de sécurité, vêtue d'un manteau violet, les cheveux retenus en arrière par un bandeau de tartan. Apercevant Liv, elle pousse un soupir théâtral.

— Bon sang ! Il faut vraiment vous mériter, vous, gronde-t-elle en lui tendant une sacoche dégageant une odeur de moisi. J'ai dû vous appeler une bonne centaine de fois.

— Je suis navrée, répond Liv en clignant des yeux. Je ne réponds plus au téléphone.

— C'est là. (Marianne désigne le journal.) Tout ce dont vous avez besoin. Avril 1945.

Liv observe les vieux cahiers dans sa main, puis lève sur Marianne un regard incrédule.

— Tout ce dont j'ai besoin ?

— Le tableau, dit l'Américaine, exaspérée. Pour l'amour du ciel, mon chou. Ce n'est pas la recette de crevettes aux gombos de ma grand-tante.

Les événements s'enchaînent assez rapidement. Henry court jusqu'au bureau du juge et demande un bref report. Les journaux sont photocopiés, lus, surlignés, leur contenu envoyé aux avocats des Lefèvre conformément à la règle de divulgation. Assis dans un coin du bureau, Liv et Henry parcourent les pages marquées par un signet pendant que Marianne explique fièrement qu'elle a toujours su que sa mère n'était pas une voleuse, et que ce maudit M. Jenks peut bien aller se faire cuire un œuf.

Un assistant juridique apporte des cafés et des sandwichs. Liv a l'estomac trop noué pour pouvoir avaler quoi que ce soit, alors ils demeurent intacts dans leur emballage en carton. Elle n'arrive pas à détourner les yeux du journal, doutant toujours que ce cahier aux pages cornées puisse être la solution à ses problèmes.

— Qu'est-ce que vous en pensez ? dit-elle une fois qu'Angela Silver et Henry ont fini de parler.

— Je pense que c'est peut-être une bonne nouvelle, répond celui-ci.

Son sourire dément ses propos prudents.

— Ça me paraît assez simple, renchérit Angela. Si nous arrivons à prouver que les deux derniers échanges ont été innocents, et qu'il n'y a pas de preuve concluante pour le premier échange, alors nous sommes, comme on dit, de nouveau dans la course.

— Merci, madame Andrews, souffle Liv, qui n'ose toujours pas croire à ce retournement de situation. Vraiment, merci.

— Oh, rien n'aurait pu me faire plus plaisir ! s'exclame Marianne en agitant sa cigarette.

Personne n'a pris la peine de lui interdire de fumer. Elle se penche, pose ses longs doigts osseux sur le genou de Liv et ajoute :

— Il a aussi retrouvé mon sac à main préféré.
— Pardon ?

Le sourire de la vieille dame vacille. Elle entreprend soudain de redresser une broche.

— Oh, rien. Ne faites pas attention à moi.

Liv l'examine avec attention tandis que la légère rougeur s'estompe.

— Vous ne mangerez pas ces sandwichs ? demande vivement Marianne.

Le téléphone sonne.

— Bon, dit Henry en reposant le combiné. Tout le monde est prêt ? Madame Andrews, vous sentez-vous d'attaque pour lire des extraits à la cour ?

— J'ai mes meilleures lunettes de lecture dans mon sac.

— Parfait. (Henry inspire un grand coup.) Alors il est l'heure.

*30 avril 1945*

*Eh bien, on peut dire que cette journée a pris un tour inattendu. Il y a quatre jours, le lieutenant-colonel Danes m'a donné l'autorisation d'entrer dans le* Konzentrationslager *Dachau avec eux. Ce n'est pas un mauvais bougre, ce Danes. Un peu dédaigneux au début avec les écrivaillons, comme la plupart des soldats, mais comme j'ai débarqué avec les Aigles hurlants à Omaha Beach et qu'il a compris que je ne suis pas une ménagère inexpérimentée venue lui demander la recette des biscuits militaires, il s'est un peu calmé. La 101ᵉ division aéroportée me considère maintenant comme*

*un membre honoraire : ils m'ont annoncé que, quand je porte mon brassard, je suis tout simplement une des leurs. Nous nous étions donc mis d'accord : je devais les accompagner dans le camp, écrire mon article sur les prisonniers, en interroger peut-être quelques-uns sur les conditions de détention, puis l'envoyer. La radio WRGS m'avait aussi commandé un court reportage, et j'avais préparé une bande en vue de l'enregistrement. Me voilà donc, opérationnelle à 6 heures du matin. J'avais enfilé mon brassard, j'étais fin prête, et j'aurais été sacrément énervée qu'il ne frappe pas à ma porte.*
*— Tiens, lieutenant, ai-je minaudé. (J'étais encore en train de me coiffer.) Vous ne m'aviez jamais dit que vous en pinciez pour moi.*
*C'était un sujet de plaisanterie récurrent entre nous. Il prétendait posséder une paire de bottes plus vieilles que moi.*
*— Changement de programme, chérie, a-t-il lancé. (Il fumait une cigarette, ce qui ne lui ressemblait pas.) Je ne peux pas vous emmener.*
*Mes mains se sont immobilisées sur ma tête.*
*— Vous plaisantez, pas vrai ?*
*Le rédacteur en chef du* Register *n'attendait plus que mon papier. Il m'avait réservé deux pages entières sans publicité.*
*— Louanne, c'est... Ça va au-delà de tout ce qu'on avait pu imaginer. J'ai reçu l'ordre de ne laisser entrer personne jusqu'à demain.*
*— Oh, allons !*
*— Je suis sérieux. (Il a baissé la voix.) Vous savez que je vous emmènerais, si ça ne dépendait que de moi. Mais, eh bien... vous n'imaginez pas ce que nous avons vu hier... Les gars et moi, on n'a pas dormi. Il y a des*

*vieilles dames, des gamins qui se baladent, comme…
Je veux dire, même des petits enfants…
Il a secoué la tête et détourné le regard. C'est un grand
gaillard, ce Danes, et je jure qu'il était sur le point de
pleurer comme un bébé.
— Il y avait un train dehors, a-t-il poursuivi. Et les
corps étaient simplement… Il y en a des milliers…
Ce n'est pas humain, ça c'est sûr.
S'il essayait de me décourager, c'était raté.
— Faut que vous me laissiez entrer, lieutenant.
— Désolé. Ce sont les ordres. Écoutez, je vous demande
de patienter un jour de plus, Louanne. Après ça, vous
aurez accès à tout ce dont vous avez besoin. Vous serez
l'unique journaliste sur place, je vous le promets.
— Ouais. Et vous m'aimerez pour l'éternité. Voyons,
lieutenant!
— Louanne, seules l'armée et la Croix-Rouge sont
autorisées à pénétrer dans le camp aujourd'hui.
Et j'aurai besoin de tous mes hommes pour aider.
— Aider à quoi?
— Placer les nazis en détention provisoire. S'occuper des
prisonniers. Empêcher nos hommes d'abattre ces salauds
de SS après qu'ils ont vu. Le jeune Maslowicz,
quand il a découvert ce que les Boches ont infligé aux
Polonais, il est devenu fou, il pleurait, hurlait comme
un dément. J'ai dû charger un sous-off de surveiller son
fusil. Il va me falloir une garde en béton. Et puis…
(il s'étrangla)… nous devons décider de ce que nous
allons faire des corps.
— Des corps?
Il a secoué la tête.
— Ouais, des corps. Il y en a des milliers. Ils ont fait des
feux de joie. Des feux de joie! Vous n'imaginez pas…*

*(Il gonfla les joues et souffla.) Bref. Bon, chérie, maintenant il faut que je vous demande un service.*
*— Un service ?*
*— J'aurais besoin de vous laisser en charge du dépôt.*
Je l'ai regardé fixement sans comprendre.
*— Il y a un entrepôt aux abords de Berchtesgaden. Nous l'avons ouvert hier, et l'endroit est rempli jusqu'au plafond d'œuvres d'art. Vous n'imaginez pas tout ce que Goering et ses nazis ont confisqué. D'après le grand chef, il doit y en avoir pour cent millions de dollars là-dedans, des objets volés pour la plupart.*
*— Quel rapport avec moi ?*
*— J'ai besoin de quelqu'un de confiance pour surveiller les lieux, juste pour aujourd'hui. Je vous laisse une équipe de pompiers et deux marines. C'est le chaos en ville, et je dois m'assurer que personne n'y pénètre. C'est un sacré butin, chérie. Je n'y connais pas grand-chose en art, mais on dirait... je ne sais pas... la* Joconde.
*Vous connaissez le goût de la déception ? De la limaille de fer dans du café froid. Je l'ai eu dans la bouche tout le temps que dura le trajet jusqu'au dépôt. Et c'était avant que je découvre que Marguerite Higgins était entrée dans les camps la veille, avec le brigadier général Linden.*
*Ce n'était pas un entrepôt à proprement parler. Plutôt un de ces bâtiments administratifs : un énorme bloc gris dans le genre école ou hôtel de ville. Danes m'a conduite auprès de ses deux marines, qui m'ont saluée, puis il m'a montré le bureau où je devais m'asseoir, près de la porte principale. Je ne pouvais pas refuser, mais je dois dire que je me suis résignée de mauvaise grâce. Je ne doutais pas un seul instant que la vraie histoire se déroulait quelques kilomètres plus loin sur la route.*

*Les gars, d'ordinaire joyeux et pleins d'entrain, s'étaient rassemblés en petits groupes et fumaient en silence, le teint pâle. Leurs supérieurs s'entretenaient à voix basse, et arboraient des expressions choquées et graves. Je voulais savoir ce qu'ils avaient découvert là-bas, aussi atroce que ce soit. Il fallait que je plonge dedans pour en rapporter mon article. Et j'avais peur : chaque jour qui passait, il était plus facile pour les grands chefs de refuser d'accéder à ma requête ; chaque jour qui passait, mes concurrents risquaient de prendre l'avantage.*
*— Donc, Krabowski ici présent vous donnera tout ce dont vous avez besoin, et Rogerson me contactera en cas de problème. Ça ira ?*
*— Bien sûr.*
*J'ai posé les pieds sur le bureau et poussé un soupir théâtral.*
*— C'est d'accord, alors. Vous faites ça pour moi, et demain je vous emmène, chérie. Promis.*
*— Je parie que vous dites ça à toutes les femmes, ai-je rétorqué.*
*Mais, pour une fois, il n'a même pas ébauché un sourire. Je suis restée assise là deux heures durant à regarder par la fenêtre du bureau. Il faisait chaud ce jour-là, le soleil rebondissait sur les dalles des trottoirs, mais une atmosphère étrange régnait et semblait rafraîchir la température. Des véhicules militaires débordant de soldats montaient et descendaient la rue principale dans des rugissements de moteurs. Des colonnes de prisonniers allemands, mains sur la tête, étaient escortées dans la direction opposée. De petits groupes de femmes et d'enfants allemands se tenaient parfaitement immobiles aux coins des rues, se demandant manifestement ce qu'il allait advenir d'eux. (Plus tard, j'ai appris qu'ils furent*

*mis à contribution pour aider à enterrer les morts.)
Et pendant tout ce temps, au loin, les sirènes stridentes des ambulances nous parlaient des horreurs que nous ne voyions pas. Des horreurs que je ratais.
Je me suis demandé pourquoi Danes s'inquiétait tant : personne ne semblait prêter attention à ce bâtiment. J'ai commencé à rédiger un article, chiffonné la feuille, bu deux tasses de café et fumé la moitié d'un paquet de cigarettes. Et mon humeur n'a pas cessé de s'assombrir au point que je m'interrogeais si tout ça n'avait pas été qu'une ruse pour me tenir à l'écart.
— Allez, venez, Krabowski, ai-je fini par dire. Faites-moi donc visiter.
— Mais, madame, je ne sais pas si...
— Vous avez entendu le lieutenant-colonel, Krabowski. C'est la dame qui commande aujourd'hui. Et elle vous prie de lui faire faire le tour du propriétaire.
Il m'a jeté le même regard que me lançait mon chien quand il croyait que j'allais lui donner un coup de pied où je pense. Mais il a échangé quelques mots avec Rogerson, et nous sommes partis.
Au premier abord, l'endroit ne payait pas de mine : des rangées de rayonnages en bois, des tas de couvertures militaires grises dissimulant leur contenu. Mais ensuite je me suis approchée et j'ai tiré un tableau d'un des casiers : une œuvre moderne représentant un cheval devant un paysage abstrait, dans un cadre doré ouvragé. Ses couleurs, même dans la pénombre qui régnait dans la vaste salle, flamboyaient comme un trésor. Je l'ai retourné dans mes mains. C'était un Braque. Je l'ai contemplé encore un moment, puis l'ai rangé soigneusement sur son présentoir et me suis remise en route. J'ai commencé à tirer des toiles au hasard : icônes*

*médiévales, œuvres impressionnistes, énormes peintures de la Renaissance aux cadres délicats, parfois entreposées dans des caisses construites sur mesure. J'ai laissé courir mon doigt sur un Picasso, stupéfaite d'être libre de toucher des œuvres que jusque-là je n'avais vues que dans des magazines ou sur les murs de musées.*
— Mon Dieu, Krabowski… Vous avez vu ça ?
*Il a regardé le tableau.*
— Hum. Oui, madame.
— Vous savez ce que c'est ? Un Picasso.
*Son visage est demeuré parfaitement inexpressif.*
— Picasso ? Le célèbre peintre ?
— Je ne connais vraiment pas grand-chose à l'art, madame.
— Et vous pensez probablement que votre petite sœur aurait fait mieux, je me trompe ?
*Il m'a adressé un sourire soulagé.*
— Oui, madame.
*Je l'ai remis en place et en ai sorti un autre. C'était le portrait d'une petite fille, les mains sagement posées sur sa jupe. Derrière, j'ai lu : « Kira, 1922 ».*
— C'est la même chose dans toutes les salles ?
— À l'étage, il y a deux salles où sont entreposés des statues, des maquettes et d'autres objets, mais pas de peintures. Mais, en gros, oui. Treize salles remplies de tableaux, madame. Celle-ci est la plus petite.
— Jésus, Marie, Joseph !
*J'ai regardé autour de moi les étagères poussiéreuses qui s'alignaient nettement jusqu'au fond, puis de nouveau j'ai baissé les yeux vers le portrait dans mes mains. La fillette me rendait solennellement mon regard. Vous savez, ce n'est qu'à cet instant que la réalité m'a frappée : chacune de ces œuvres avait appartenu*

*à quelqu'un. Chacune avait été accrochée au mur d'un foyer, admirée par son propriétaire. Une personne réelle, bien vivante, avait posé devant l'artiste, ou avait économisé pour l'acheter, ou l'avait peinte, ou avait espéré la transmettre à ses enfants. Puis j'ai songé à ce que Danes avait dit au sujet des corps dont il fallait disposer à quelques kilomètres de là. J'ai revu son visage tendu, hagard, et j'ai frissonné.*
*J'ai glissé le portrait à sa place sur le rayonnage et l'ai couvert d'une couverture.*
*—Allez, Krabowski, retournons à mon bureau. Vous allez pouvoir me trouver une bonne tasse de café.*

*La matinée s'est étirée, puis l'heure du déjeuner est arrivée, et l'après-midi a commencé… La température a grimpé. Autour du dépôt, l'air était statique. J'ai écrit pour le* Register *un article sur l'entrepôt, et interviewé Krabowski et Rogerson afin de rédiger un petit texte pour le* Woman's Home Companion *sur les espoirs des jeunes soldats concernant leur retour au pays. Ensuite je suis sortie pour me dérouiller les jambes et fumer une cigarette. Je suis montée sur le capot d'une jeep de l'armée et suis restée assise là, le métal brûlant chauffant mon pantalon de coton. Le silence régnait dans les rues. On n'entendait aucun chant d'oiseau, aucune voix. Même les sirènes semblaient s'être tues. À un moment, j'ai levé les yeux et plissé les paupières sous le soleil pour observer une femme qui remontait la rue vers moi. Marcher paraissait lui demander un effort, car elle boitait fortement, même si elle ne devait même pas avoir soixante ans. Elle portait un foulard sur ses cheveux malgré la chaleur et tenait un paquet sous son bras. En me voyant, elle s'est immobilisée et a regardé*

*autour d'elle. Puis elle a aperçu mon brassard, que j'avais oublié d'ôter en apprenant que mon reportage dans le camp était annulé.*
—Englische?
—Américaine.
*Elle a hoché la tête, comme si cela lui convenait.*
—Hier ist *où les tableaux sont gardés,* ja?
*Je n'ai pas répondu. Elle n'avait pas l'air d'une espionne, mais j'ignorais le genre de renseignements que j'étais autorisée à divulguer en cette époque étrange.*
*Elle a attrapé le paquet qu'elle transportait.*
—S'il vous plaît. Prenez ça.
*J'ai reculé d'un pas.*
*Elle m'a considérée un moment, puis a ouvert l'emballage. C'était un tableau; le portrait d'une femme, d'après ce que j'ai eu le temps d'apercevoir.*
—S'il vous plaît. Prenez-le. Mettre là.
—Madame, pourquoi voulez-vous laisser votre tableau ici?
*Elle a regardé par-dessus son épaule, comme si elle était gênée de se trouver là.*
—S'il vous plaît. Prenez-le, c'est tout. Je ne le veux pas dans ma maison.
*Je lui ai pris le tableau des mains. Il représentait une jeune femme d'à peu près mon âge, avec de longs cheveux roux. Ce n'était pas une beauté à proprement parler, mais, bon sang, quelque chose en elle vous empêchait de détourner le regard.*
—Il est à vous?
—Il était à mon mari.
*Je remarquais alors qu'elle aurait pu avoir un de ces visages poudrés de grand-mère, tout en douceur et bienveillance, mais quand elle regardait le tableau,*

*sa bouche se réduisait en une ligne mince et ancienne qui trahissait une profonde amertume ; le ressentiment la consumait.*
*— Mais il est magnifique. Pourquoi voulez-vous vous défaire d'une si belle œuvre ?*
*— Je n'ai jamais voulu d'elle chez moi, a répondu l'Allemande. Mon mari m'a forcée. Pendant presque trente ans, j'ai dû accepter le visage de cette étrangère dans ma maison. Quand je cuisine, quand je lave, quand je suis assise avec mon mari, je dois la regarder.*
*— Ce n'est qu'une peinture, ai-je fait remarquer. Vous ne pouvez pas être jalouse d'une peinture…*
*Elle m'écoutait à peine.*
*— Elle s'est moquée de moi pendant toutes ces années. Mon mari et moi étions heureux, mais elle l'a détruit. Et j'ai dû supporter ce visage qui m'a hantée tous les jours de notre vie commune. Maintenant il est mort, et je ne suis plus obligée de subir son regard sur moi. Elle peut enfin retourner d'où elle vient. (Elle s'est essuyé les yeux avec le dos de la main.) Si vous ne voulez pas le prendre, a-t-elle craché, brûlez-le.*
*Je l'ai pris. Que pouvais-je faire d'autre ?*

*Me revoici donc assise à ma table de travail. Danes est passé, pâle comme un spectre, et m'a promis que je l'accompagnerais le lendemain.*
*— Mais vous êtes sûre que vous voulez voir ça, chérie ? a-t-il demandé. Ce n'est vraiment pas beau. Je ne suis pas certain que ce soit un spectacle convenable pour une dame.*
*— Depuis quand me considérez-vous comme une dame ? ai-je plaisanté, mais il n'était pas d'humeur à rire.*

*Danes s'est assis lourdement sur le bord de ma couchette et a enfoui le visage dans ses mains. J'ai alors vu ses larges épaules se mettre à trembler. Je suis restée là sans savoir quoi faire. Finalement, j'ai sorti une cigarette de mon sac, l'ai allumée et la lui ai tendue. Il l'a prise, m'a remerciée d'un geste et s'est essuyé les yeux sans relever la tête.*
*Je me suis sentie un peu nerveuse alors, et croyez-moi, ça ne m'arrive jamais.*
*— Eh bien... merci pour aujourd'hui, voilà. Les gars m'ont dit que vous aviez fait du bon boulot.*
*J'ignore pourquoi j'ai omis de lui parler du portrait. Je suppose que j'aurais dû, mais, après tout, sa place n'était pas dans ce fichu entrepôt. Il n'avait rien à voir avec cet endroit sinistre. Et cette vieille Allemande se fichait bien de savoir ce qu'il deviendrait, du moment qu'elle n'avait plus à sentir le regard de la jeune femme posé sur elle.*
*Parce que vous savez quoi ? Dans le fond, j'aime l'idée d'un tableau si puissant qu'il peut ébranler les fondations d'un mariage. Et elle est assez jolie. Je n'arrive pas à détourner les yeux d'elle. Étant donné toutes les horreurs qui semblent s'être déroulées par ici, c'est bien agréable d'avoir quelque chose de beau à regarder.*

La salle est plongée dans un silence total quand Marianne Andrews ferme le journal devant elle. Liv est restée si concentrée pendant toute sa lecture qu'elle se sent presque faible. À la dérobée, elle regarde Paul plus loin sur le banc, les coudes plantés sur les genoux, la tête penchée en avant. Près de lui, Janey Dickinson griffonne furieusement sur un bloc-notes.

*Un sac à main.*
Angela Silver est debout.
— Comprenons-nous bien, madame Andrews. Le tableau que vous connaissez comme *Les Yeux de Sophie* ne se trouvait pas à l'intérieur, et ne s'était jamais trouvé à l'intérieur de l'entrepôt quand on l'a donné à votre mère.
— Non, madame.
— Encore une fois, afin que ce soit bien clair, alors que l'entrepôt était rempli d'œuvres d'art volées, confisquées, ce tableau-ci a été donné à votre mère, hors de l'entrepôt qui plus est.
— Oui, madame. Par une Allemande. Comme l'indique le journal.
— Monsieur le président, ce journal, écrit de la main même de Louanne Baker, prouve de manière irréfutable que ce tableau ne s'est jamais trouvé au point de collecte. Il a simplement été donné par une femme qui n'en avait jamais voulu. Donné! Peu importe pour quelle raison : quelque jalousie sexuelle, un ressentiment tenace, nous ne le saurons jamais. Ce qui nous intéresse ici, cependant, c'est que ce tableau, qui, comme nous l'avons entendu, a failli être détruit, fut un cadeau.
» Monsieur le président, il a été établi avec certitude durant ces deux dernières semaines que la provenance de ce tableau est incomplète, comme c'est le cas de nombreuses œuvres dont l'existence a couvert la plus grande partie d'un siècle mouvementé. Ce qui aujourd'hui peut être prouvé irréfutablement, néanmoins, c'est que les deux derniers transferts de ce tableau sont irréprochables. David Halston l'a acheté légitimement pour sa femme en 1997 ; elle a un document qui le prouve. Louanne Baker, qui l'a eu en sa possession avant lui, l'a reçu en cadeau en 1945, ce que nous certifie son témoignage écrit, le témoignage d'une femme

connue pour son honnêteté et son exactitude. Pour cette raison, nous affirmons que *Les Yeux de Sophie* doit rester à sa propriétaire actuelle. Le lui enlever ne manquerait pas de constituer une injustice.

Angela Silver s'assied. Paul lève les yeux vers Liv. Pendant le bref moment où leurs regards se croisent, la jeune femme est sûre d'entrevoir un léger sourire sur le visage de l'ex-flic.

La séance est suspendue pour le déjeuner. Marianne fume une cigarette sur les marches de l'entrée située derrière le bâtiment. L'anse de son sac bleu passée dans le creux de son bras, elle contemple la rue grise.

— C'était merveilleux, n'est-ce pas ? lance-t-elle avec un air de conspiratrice en voyant Liv approcher.

— Vous avez été formidable.

— Oh, je dois reconnaître que je me suis bien amusée. Il ne leur reste plus maintenant qu'à ravaler toutes les horreurs qu'ils ont pu proférer au sujet de ma mère. Je savais que jamais elle n'aurait pris quoi que ce soit qui ne lui appartenait pas. (Elle hoche la tête et fait tomber la cendre de sa cigarette.) Ils l'appelaient « Miss Baker l'Intrépide », vous savez.

Sans un mot, Liv s'accoude à la rampe. Elle remonte son col pour se protéger du froid. Marianne termine sa cigarette en tirant de longues bouffées avides.

— C'était lui, n'est-ce pas ? finit par demander la jeune femme en regardant droit devant elle.

— Oh, mon chou, j'ai promis de ne rien dire. (Marianne pivote vers elle et fait une grimace.) Ce matin, j'aurais pu me gifler. Mais oui, bien sûr. Le pauvre homme est fou de vous.

Christopher Jenks se lève.

— Madame Andrews, une question toute simple : votre mère avait-elle demandé son nom à cette vieille femme incroyablement généreuse ?

Marianne fronce les sourcils.

— Je n'en ai aucune idée.

Liv ne peut détourner les yeux de Paul.

*Tu as fait ça pour moi ?* lui demande-t-elle en silence.

Curieusement, elle ne parvient plus à croiser son regard. Assis à côté de Janey Dickinson, il semble mal à l'aise. Il ne cesse de consulter sa montre et de jeter des coups d'œil en direction de la porte. Elle ne sait pas ce qu'elle va lui dire.

— C'est un présent bien extraordinaire pour l'accepter sans connaître l'identité de celui qui vous l'offre.

— Un cadeau extraordinaire à une époque extraordinaire. Je suppose qu'il faut l'avoir vécue.

Rires étouffés dans l'assistance. Marianne Andrews se tortille légèrement, et Liv devine un désir de scène frustré.

— Effectivement. Avez-vous lu tous les journaux de votre mère ?

— Mon Dieu, non ! répond-elle. Il y a trente ans de sa vie dans ces cahiers. Nous… Je ne les ai trouvés qu'hier. (Elle darde un regard vers le banc de la partie civile.) Mais nous avons repéré le passage important, celui où on donne le tableau à ma mère. C'est celui que j'ai apporté ici.

Elle insiste lourdement sur le verbe « donner », qu'elle accompagne d'un regard en coin vers Liv et d'un hochement de tête pour elle-même.

— Vous n'avez donc pas encore lu le journal de Louanne Baker de 1948 ?

S'ensuit un court silence. Liv sent Henry attraper ses dossiers.

Jenks tend une main, et l'avocat solliciteur lui remet une feuille de papier.

— Monsieur le président, puis-je vous demander l'autorisation de lire l'entrée du 11 mai 1948 intitulée « Déménagement » ?

— Qu'est-ce qu'ils font ? demande Liv en se concentrant de nouveau sur le procès.

Elle se penche vers Henry qui parcourt les pages concernées.

— Je cherche, chuchote-t-il.

— Louanne Baker y évoque leur départ de Newark, dans le comté d'Essex, pour Saddle River.

— Exact, dit Marianne. Saddle River. C'est là que j'ai grandi.

— Oui... Vous verrez qu'elle évoque certains détails du déménagement. Elle raconte qu'elle ne parvient pas à remettre la main sur ses casseroles, le cauchemar de vivre au milieu de caisses à déballer... Je crois que nous avons tous connu cela un jour. Mais, peut-être plus pertinemment dans le cadre de l'affaire qui nous occupe, elle parcourt la maison en quête... (il s'interrompt, comme pour s'assurer qu'il la cite mot pour mot)... « en quête de l'emplacement parfait pour accrocher le tableau de Liesl ».

*Liesl.*

Liv regarde les journalistes consulter leurs notes. Mais, soudain nauséeuse, elle s'aperçoit qu'elle connaît ce prénom.

— Merde ! marmonne Henry.

Jenks a fait le rapprochement, lui aussi. Sean Flaherty et sa troupe ont beaucoup d'avance sur eux. Ils ont dû mettre toute une équipe sur le coup pour lire l'ensemble des journaux pendant la pause-déjeuner.

— Monsieur le président, j'aimerais attirer votre attention sur des registres tenus par l'armée allemande durant la Première Guerre mondiale. Le *Kommandant* en poste à Saint-Péronne à partir de 1916, celui qui a réquisitionné *Le Coq rouge* pour ses troupes, était un homme du nom de Friedrich Hencken. (Jenks marque une pause pour laisser l'information faire son chemin.) Les registres indiquent que le *Kommandant* en poste à l'époque, le *Kommandant* qui admira tant le portrait qu'avait réalisé Édouard Lefèvre de sa femme, était un certain Friedrich Hencken.

» Et maintenant je souhaiterais présenter à la cour les registres du recensement de l'année 1945 pour la zone de Berchtesgaden. L'ancien *Kommandant* Friedrich Hencken et son épouse, Liesl, s'y sont installés au moment de sa retraite. À seulement quelques rues du point de collecte. Il est ailleurs question de sa boiterie prononcée, elle avait contracté la polio enfant.

L'avocate de Liv est debout.

— Encore une fois, cela est circonstanciel.

— M. et Mme Friedrich Hencken. Monsieur le président, nous pensons que le *Kommandant* Friedrich Hencken a pris le tableau qui se trouvait au *Coq rouge* en 1917. Il l'a emporté chez lui, apparemment contre la volonté de son épouse, qui pouvait raisonnablement protester face à… une image aussi puissante d'une autre femme. Le tableau resta chez les Hencken jusqu'à sa mort, après laquelle son épouse fut si impatiente de s'en débarrasser qu'elle l'emporta à quelques rues de son domicile, à un endroit où elle savait qu'étaient entreposées des milliers d'œuvres d'art, un endroit où le tableau serait englouti et ne referait jamais surface.

Angela Silver s'assied.

Jenks poursuit avec une énergie renouvelée :

— Madame Andrews, revenons aux souvenirs de votre mère concernant cette époque. Pourriez-vous lire le paragraphe suivant, s'il vous plaît ? Pour mémoire, cet extrait provient de la même entrée du journal. Louanne Baker y raconte comment, apparemment, elle trouve ce qu'elle pense être l'emplacement idéal pour *Les Yeux*, ainsi qu'elle appelle le tableau.

> *À peine l'ai-je installée dans le salon qu'elle semble à son aise. Elle n'est pas exposée directement aux rayons du soleil, mais la lumière chaude qui rentre par la fenêtre orientée plein sud fait flamboyer ses couleurs. En tout cas, elle a l'air plutôt heureux!*

Marianne lit lentement, découvrant les mots de sa mère. Elle lève brièvement la tête pour adresser un regard d'excuse à Liv, comme si elle pressentait où cela les mènerait.

> *J'ai planté moi-même les clous – Howard se débrouille toujours pour arracher d'énormes plaques de plâtre –, mais au moment où j'allais la suspendre, une intuition m'a poussée à retourner le cadre et à jeter un coup d'œil à l'envers. J'ai alors songé à cette pauvre femme, à son vieux visage triste, rongé par l'amertume. Et un détail auquel je n'avais pas repensé depuis la guerre m'est tout à coup revenu.*
> *J'avais toujours cru à un geste insignifiant. Mais quand Liesl m'avait tendu le tableau, elle l'avait retenu, comme si elle avait changé d'avis. Elle avait alors frotté l'arrière, semblant effacer quelque chose. Elle avait frotté et frotté, comme une démente, si fort que j'avais même craint qu'elle ne se blesse les doigts.*

Le tribunal est plongé dans le silence.

> *Eh bien, je viens tout juste de l'examiner, tout comme je l'avais fait à l'époque. C'était la seule chose qui m'avait vraiment fait me demander si la pauvre femme avait*

*bien toute sa tête quand elle me l'avait donné. Parce que vous pouvez toujours regarder et regarder encore, mis à part le titre, il n'y a absolument rien, seulement une traînée de craie.*
*Est-il moralement répréhensible d'accepter un objet de quelqu'un qui n'a pas toute sa tête ? Je ne sais toujours pas répondre à cette question. Honnêtement, le monde semblait si fou à l'époque – les camps, les hommes qui pleurent, et moi qui me retrouve responsable de l'équivalent d'un milliard de dollars en biens volés à de pauvres gens – que cette vieille Liesl et ses jointures ensanglantées frottant vainement m'avaient paru assez normales.*

— Monsieur le président, nous aimerions suggérer que ce geste – ainsi que le fait que Liesl n'ait pas révélé son nom de famille – désigne assez clairement quelqu'un qui essaie de dissimuler, voire de détruire toute trace de l'origine de ce tableau. Eh bien, on peut dire qu'elle a réussi.

Christopher Jenks marque une pause, et un membre de son équipe de juristes traverse la salle pour lui remettre un papier. Il le lit et prend une inspiration, avant de balayer la salle d'audience du regard.

— Les registres de recensement allemands que nous venons d'obtenir nous apprennent que Sophie Lefèvre a contracté la grippe espagnole à son arrivée au camp de Ströhen. Elle y est morte peu de temps après.

Liv a soudain les oreilles qui bourdonnent. Les mots lui parviennent et vibrent en elle, telles les répliques suivant le premier séisme.

— Monsieur le président, comme nous l'avons répété au cours de ce procès, Sophie a été victime d'une grave injustice. Tout comme ses descendants. On lui a pris son mari, sa dignité, sa liberté, et enfin sa vie. On les lui a volés. Ce qui restait d'elle – son portrait – fut, de toute évidence, dérobé à sa famille par l'homme même qui lui avait causé le plus de tort. Il n'y a qu'une seule manière de réparer cette injustice, aussi tardivement que ce soit : en rendant le tableau à la famille Lefèvre.

Liv entend à peine la suite. Paul est penché en avant, le front appuyé sur ses paumes. La jeune femme se tourne alors vers Janey Dickinson, et quand celle-ci croise son regard, Liv a un léger choc en comprenant que pour d'autres participants non plus, il n'est pas seulement question d'un simple tableau.

Même Henry est abattu quand ils se lèvent pour quitter le tribunal. Liv a l'impression qu'un poids lourd leur est passé dessus.

Sophie est morte dans les camps. Malade. Seule. Sans avoir revu son mari.

Liv jette un coup d'œil vers l'autre côté du prétoire : les Lefèvre sourient. Elle aimerait éprouver de la générosité à leur égard. Elle aimerait sentir qu'une grande injustice est sur le point d'être réparée. Mais elle se rappelle les mots de Philippe Bessette, le fait que sa famille avait banni jusqu'à la mention du nom de Sophie. Et elle a l'impression que, pour la seconde fois, Sophie est sur le point d'être livrée à l'ennemi. Curieusement, Liv se sent endeuillée.

— Écoutez… Qui sait ce que décidera le juge, dit Henry en la raccompagnant jusqu'au poste de sécurité à l'arrière du palais de justice. Essayez de ne pas trop ruminer ce week-end. Nous ne pouvons plus rien faire.

Elle s'efforce de lui sourire.

— Merci, Henry, souffle-t-elle. Je… je vous appelle.

Liv se sent un peu désorientée dans la lumière hivernale. Comme s'ils avaient passé bien plus qu'un après-midi enfermés dans la salle d'audience. Elle a l'impression d'arriver directement de 1945. Henry lui arrête un taxi, puis s'éloigne en la saluant d'un hochement de menton. C'est à ce moment qu'elle le voit, debout près du poste de sécurité, où il semble l'avoir attendue. Il la rejoint.

— Je suis désolé, s'excuse-t-il, la mine sombre.

— Paul, ne…

— Je pensais vraiment… Je suis désolé pour tout.

Ses yeux rencontrent les siens une dernière fois, puis il s'éloigne, évitant sans les voir les clients sortant du *Seven Stars*, le pub du coin, et les assistants juridiques tirant leurs chariots de dossiers. Il marche anormalement voûté, la tête rentrée dans les épaules, et c'est de le voir ainsi, après tous les rebondissements de la journée, qui finit de la décider.

— Paul! (Elle doit crier son prénom deux fois pour se faire entendre par-dessus les bruits de la circulation.) Paul!

Il se retourne. Elle distingue les contours de ses iris même de là où elle est.

— Je sais, dit-elle.

Il reste là, figé de toute sa hauteur, un peu cassé, dans son beau costume.

— Je sais, répète-t-elle. Merci… d'avoir essayé.

Parfois, la vie se réduit à une série d'obstacles, et il ne s'agit que de mettre un pied devant l'autre. Parfois, se rend-elle compte soudain, il ne s'agit que de foi aveugle. Alors elle se lance:

— Ça te dirait… d'aller boire un verre un jour? (Elle avale sa salive.) Peut-être même maintenant?

Il baisse les yeux vers ses chaussures, pensif, puis relève la tête et la regarde.

— Tu veux bien m'attendre une minute?

Il remonte l'escalier du palais de justice. Devant la porte, Janey est en pleine discussion avec son juriste. Paul lui touche le coude, et ils échangent quelques mots. Liv sent l'angoisse l'envahir. Une petite voix vient la tourmenter : *Que peut-il bien lui dire ?* Elle tourne les talons et monte dans le taxi, s'efforçant de l'ignorer. Quand elle jette un coup d'œil par la vitre, elle voit Paul redescendre prestement les marches en enroulant une écharpe autour de son cou. Janey Dickinson regarde fixement le taxi, tenant mollement ses dossiers dans ses bras.

Il ouvre la portière, s'assied et la claque.

— J'ai démissionné, annonce-t-il avant de pousser un profond soupir et de lui prendre la main. Bon. Où allons-nous ?

# Chapitre 32

Greg ne laisse rien paraître quand il vient ouvrir la porte.
— Re-bonjour, Miss Liv, dit-il, comme si sa présence sur le seuil de sa maison était tout à fait prévisible.

Il recule dans l'entrée pendant que Paul aide la jeune femme à ôter son manteau, et fait taire les chiens qui se sont précipités pour les accueillir.

— J'ai raté le risotto, mais d'après Jake ça n'a aucune importance, puisque de toute façon il n'aime pas les champignons. Donc nous pensions peut-être commander une pizza…

— Ça me semble parfait. Et c'est moi qui invite, ajoute Paul. Même si ça risque d'être la dernière fois avant un moment.

Ils ont parcouru une bonne partie de Fleet Street en se tenant la main dans un silence sidéré.
— Je t'ai fait perdre ton travail, a-t-elle fini par dire. Et la possibilité de t'acheter un appartement plus grand pour ton fils et toi.

Regardant droit devant lui, il a répondu :
— Tu ne m'as rien fait perdre du tout. Je suis parti.

Greg hausse un sourcil.
— Il y a une bouteille de rouge ouverte dans la cuisine depuis 16 h 30 environ. Bien sûr, cela n'a absolument aucun

lien avec le fait d'avoir gardé mon neveu toute la journée. N'est-ce pas, Jake ?

— Greg dit que, chez lui, c'est toujours l'heure de l'apéro, lance une voix de garçon depuis la pièce voisine.

— Vilain cafteur! lui crie Greg avant de se tourner vers Liv : Oh, non. Je ne peux pas vous laisser boire. Souvenez-vous de ce qui s'est passé la dernière fois que vous vous êtes soûlée en notre compagnie. Vous avez transformé mon grand frère si raisonnable en un adolescent tragique et pleurnichard.

— Merci, frérot, dit Paul en entraînant la jeune femme dans la cuisine. Liv, prends donc une minute pour t'acclimater. La philosophie de Greg en matière de déco intérieure, en gros, c'est « Trop n'est jamais assez ». On est loin du minimalisme de chez toi.

— Je fais de ma petite maison un support d'expression de ma personnalité, et non, ce n'est pas une *tabula rasa*.

— C'est très beau, déclare Liv en admirant les murs colorés, les imprimés audacieux et les minuscules photos autour d'elle.

Elle se sent étrangement à l'aise dans ce cottage, avec sa musique à plein volume, le fouillis d'objets choisis et disposés avec amour sur toutes les étagères et sur le moindre centimètre carré de mur... et l'enfant à plat ventre allongé sur le tapis devant la télévision.

— Salut, lance Paul en pénétrant dans le salon.

Le garçon se retourne en roulant sur le dos comme un chiot.

— Papa. (Il jette un coup d'œil vers Liv, et elle se retient de lâcher la main de Paul quand ce dernier voit son fils le remarquer.) Vous êtes la fille de ce matin ? demande Jake au bout d'un moment.

— J'espère. À moins qu'il n'y en ait eu une autre.

— Je ne crois pas, dit le garçon. J'ai cru qu'ils allaient vous écraser.

— Oui. Moi aussi.

Jake l'examine un instant, puis lance :

— Mon père a mis du parfum la dernière fois qu'il vous a vue.

— De l'after-shave, corrige l'intéressé en se baissant pour l'embrasser. Petit cafteur.

*Voici donc mini-Paul*, songe Liv, et cette idée n'est pas pour lui déplaire.

— Voici Liv. Liv, je te présente Jake.

Elle lui adresse un signe de la main.

— Je connais peu de gens de ton âge, donc je risque de dire des choses affreusement ringardes, mais je suis ravie de te rencontrer.

— Pas de problème. J'ai l'habitude.

Greg apparaît et lui tend un verre de vin rouge. Ses yeux passent de l'un à l'autre.

— Qu'est-ce que ça signifie, alors ? Les deux parties en guerre ont-elles signé l'*Entente cordiale*\* ? Êtes-vous devenus tous les deux des… collaborateurs secrets ?

Liv cligne des yeux en entendant l'expression choisie. Elle se tourne vers Paul.

« Je me fiche de ce boulot, avait-il dit doucement en refermant la main sur la sienne. Tout ce que je sais, c'est que, quand je ne suis pas avec toi, je suis méchant et j'en veux à la terre entière. »

— Non, répond-elle en souriant. Il s'est simplement rendu compte qu'il s'était trompé de camp.

Andy, le petit ami de Greg, arrive à Elwin Street, et les voici tous les cinq entassés dans la petite maison. À aucun moment pourtant Liv ne s'y sent à l'étroit. Attablée devant un monceau de parts de pizza, elle pense à la froide Maison de verre au-dessus de l'entrepôt ; cette dernière lui semble soudain si étroitement liée au procès que cela la rend triste. Elle n'a aucune envie de rentrer chez elle.

Elle refuse de regarder le visage de Sophie en sachant ce qui va se passer. Assise en compagnie de ces presque inconnus, jouant ou riant à leurs plaisanteries familiales, elle s'aperçoit que cet étonnement permanent qui l'habite provient du constat que, malgré tout, elle est heureuse, et ce, à un point qu'elle ne peut se rappeler avoir ressenti depuis des années.

Et il y a Paul. Paul qui semble physiquement éprouvé par les événements de la journée, comme si c'était lui, et non elle, qui avait tout perdu. Chaque fois qu'il se tourne pour la regarder, les cellules de son corps semblent se réagencer, comme si celui-ci devait se réhabituer à cette possibilité nouvelle de bonheur.

« Ça va ? », demandent les yeux de Paul.

« Oui », répondent les siens.

Et elle est sincère.

— Que va-t-il se passer lundi, alors ? s'enquiert Greg.

Il vient de leur montrer des échantillons de tissu, avec en tête de redécorer son bar. La table est jonchée de miettes et de verres de vin à moitié vides.

— Allez-vous devoir leur donner le tableau ? Avez-vous définitivement perdu ?

Liv jette un coup d'œil à Paul.

— Je crois, dit-elle. Il ne me reste qu'à me faire à l'idée de… me séparer d'elle.

Elle sent une boule se loger dans sa gorge, inattendue, et elle sourit, espérant ardemment la chasser.

Greg lui prend la main.

— Oh, mon chou, je suis navré. Je ne voulais pas vous faire de peine.

Elle hausse les épaules.

— Ça va. Vraiment. Elle ne m'appartient plus. J'aurais dû le comprendre il y a longtemps. Je suppose que je… je refusais de voir l'évidence.

— Au moins, vous avez toujours votre maison, dit Greg. Paul m'a dit qu'elle était absolument incroyable. (Il croise le regard d'avertissement de Paul.) Quoi? Elle n'est pas censée savoir que tu as parlé d'elle? On a quoi? Dix ans?

Paul prend brièvement un air penaud.

— Ah, dit-elle. Pas vraiment. Non, en fait.

— Quoi?

— J'ai reçu une offre.

Paul se raidit.

— Je dois la vendre pour payer les frais de justice.

— Mais il te restera assez pour acheter autre chose, n'est-ce pas?

— Je ne le sais pas encore.

— Mais cette maison…

— … était déjà hypothéquée. Et elle nécessite de sérieux travaux de rénovation, apparemment. Je ne me suis occupée de rien depuis la mort de David. Il semblerait que ce verre importé aux propriétés thermiques inégalées n'est pas éternel, contrairement à ce qu'avait cru David.

Les mâchoires serrées, Paul repousse brutalement sa chaise et quitte la pièce.

Le regard de Liv passe de Greg à Andy, puis se pose sur la porte.

— Jardin, probablement, dit Greg en haussant un sourcil. Il fait la taille d'un mouchoir de poche, vous ne risquez pas de le perdre.

Alors qu'elle se lève, il murmure:

— Votre capacité à mettre mon grand frère au tapis est absolument adorable. Quel dommage que je n'aie pas eu votre talent, quand j'avais quatorze ans.

Elle retrouve effectivement Paul dans le petit patio encombré de pots de terre cuite et d'un fouillis de plantes, rendues filiformes par les gelées hivernales. Dos à la porte, les poings enfoncés dans ses poches, il semble dévasté.

— Donc tu as bien tout perdu. Par ma faute.

— Comme tu l'as dit toi-même, si ça n'avait pas été toi, quelqu'un d'autre s'en serait chargé.

— Mais qu'est-ce qui m'a pris ? Qu'est-ce qui m'a pris, putain ?

— Tu faisais ton travail, tout simplement.

Il se frotte le menton.

— Tu sais quoi ? Tu n'es vraiment pas obligée de me remonter le moral.

— Ça va. Vraiment.

— Bien sûr que non. Comment est-ce que ça pourrait aller ? À ta place, je serais folle de... Ah, et puis merde ! explose-t-il, frustré.

Elle attend un peu avant de lui saisir la main et de l'entraîner vers une petite table et des chaises en fer forgé dont elle sent le froid traverser ses vêtements en s'asseyant. Elle approche son siège du sien et glisse ses genoux entre ceux de Paul. Elle prend la parole une fois certaine qu'il l'écoute.

— Paul.

Son visage est fermé.

— Paul, regarde-moi. Il y a un truc qu'il faut que tu comprennes. La pire chose qui pouvait m'arriver m'est déjà arrivée.

Il lève les yeux.

Elle ravale la boule dans sa gorge ; ces mots qui coincent, qui pourraient aussi bien refuser de sortir.

— Il y a quatre ans, David et moi sommes allés nous coucher comme tous les autres jours... Nous nous sommes brossé les dents, nous avons lu un peu et bavardé au sujet d'un restaurant où nous devions dîner le lendemain… Et quand je me suis réveillée le matin, il était là, à côté de moi, froid. Bleu. Je ne… Je ne l'ai pas senti partir. Je n'ai même pas pu lui dire…

Elle marque une pause.

— Peux-tu imaginer ce que ça fait de savoir que tu dormais, pendant que la personne que tu aimes plus que tout mourait à côté de toi ? De savoir que tu aurais peut-être pu l'aider ? La sauver ? De te demander si elle te regardait, te suppliant en silence de…

Elle ne peut achever sa phrase, le souffle coupé, une vague familière de culpabilité menaçant de la submerger. Lentement, Paul tend les bras et prend ses mains dans les siennes, les serrant jusqu'à ce qu'elle puisse de nouveau parler.

— J'ai vraiment cru que c'était la fin du monde. Je croyais que plus jamais rien de bon ne m'arriverait. J'étais persuadée qu'il risquait de se passer n'importe quoi, si je n'étais pas vigilante. J'ai arrêté de manger. J'ai arrêté de sortir. Je n'ai plus eu envie de voir personne. Mais j'ai survécu, Paul. À ma grande surprise, il faut le dire, j'ai traversé ce tunnel. Et la vie… Eh bien, la vie est progressivement redevenue vivable. (Elle se penche vers lui.) Alors cette… le tableau, la maison… Je m'en suis rendu compte quand j'ai entendu ce qui était arrivé à Sophie. Ce ne sont que des… objets. Franchement, ils pourraient tout me prendre. Ce qui compte, ce sont les gens. (Elle baisse les yeux vers les mains de Paul, et sa voix se brise.) Ce qui compte, ce sont les gens qu'on aime.

Sans un mot, il incline la tête de façon que son front repose contre celui de Liv. Assis dans le jardin plongé dans l'obscurité, ils respirent l'air nocturne hivernal, écoutant le rire étouffé de son fils dans la maison. Plus loin dans la rue, Liv entend la bande-son d'un début de soirée dans la capitale : le tintement des casseroles dans une cuisine voisine, le murmure des télévisions, une portière de voiture qu'on claque, un chien qui aboie avec indignation… La réalité, dans sa totalité chaotique et pleine de vie.

— Je me rattraperai, murmure-t-il.
— Tu l'as déjà fait.
— Non. Je me rattraperai vraiment.

Des larmes roulent sur les joues de la jeune femme. Elle n'a aucune idée de comment ils en sont arrivés là. Soudain, la tempête se calme dans les yeux bleus de Paul. Il prend son visage entre ses mains et chasse les larmes de ses baisers. Ses lèvres sont douces sur sa peau, lui promettant un avenir. Il l'embrasse jusqu'à ce que tous les deux sourient et qu'elle ne sente plus ses pieds.

— Il faut que je rentre. Les acheteurs viennent demain, explique-t-elle en s'écartant à contrecœur.

La Maison de verre l'attend à l'autre bout de la ville, vide. La perspective d'y retourner est toujours aussi peu attrayante, et Liv espère un peu qu'il protestera. Comme il ne dit rien, elle ajoute :

— Tu… tu veux venir avec moi ? Jake peut dormir dans la chambre d'amis. Je pourrais lui montrer comment ouvrir et fermer le toit. Ça me ferait sûrement marquer quelques points.

Il détourne le regard.

— Je ne peux pas, répond-il sans détour. Je veux dire… J'aimerais beaucoup, mais c'est…
— Je te vois ce week-end ?
— Je serai avec Jake, mais… bien sûr. Nous trouverons un moyen.

Il semble curieusement distrait. Elle voit l'ombre d'un doute passer sur son visage. Une pensée fugitive lui traverse l'esprit.

*Serons-nous vraiment capables de pardonner à l'autre pour ce qu'il nous a coûté ?*

Un frisson la parcourt, qui n'a rien à voir avec le froid.

— Je te reconduis, dit-il.

Et le malaise se dissipe.

La maison est plongée dans le silence quand elle y pénètre. Elle ferme la porte à clé, accroche son trousseau et se rend à la cuisine, le bruit de ses pas résonnant sur les dalles de pierre calcaire. Elle a du mal à croire qu'elle n'a quitté cet endroit que ce matin : il lui semble qu'une vie entière s'est écoulée depuis.

Elle presse le bouton de son répondeur. Elle a quatre messages. L'agent immobilier, tout bouffi d'importance, annonçant que les acheteurs enverront leur architecte le lendemain. Il espère qu'elle va bien.

Un chroniqueur d'une obscure revue d'art lui demandant de lui accorder un entretien au sujet de l'affaire Lefèvre.

Le directeur de sa banque, oublieux de la frénésie médiatique, ce qu'elle trouve apaisant. Aurait-elle l'amabilité de le rappeler dans les meilleurs délais afin de discuter de son découvert ? C'est la troisième fois qu'il essaie de la joindre, ajoute-t-il sur un ton sans équivoque.

Son père, qui l'embrasse. « Caroline te dit de les envoyer se faire foutre, tous autant qu'ils sont. »

Liv entend la pulsation des basses montant de l'appartement du dessous, des claquements de portes : les bruits de fond d'un vendredi soir ordinaire, le rappel que la terre continue de tourner malgré tout, qu'il existe un monde au-delà de cet étrange hiatus.

La soirée s'étire. Liv allume la télévision, mais il n'y a rien qu'elle ait envie de regarder, alors elle va prendre une douche et se lave les cheveux. Elle choisit des vêtements pour le lendemain, et mange des crackers et un morceau de fromage.

Mais elle ne parvient pas à s'apaiser : ses émotions semblent cliqueter, tels des cintres vides sur une tringle. Épuisée, elle fait les cent pas dans la maison, incapable de rester assise. Elle a gardé le goût de Paul sur ses lèvres, ses mots à ses oreilles... Elle attrape son téléphone, envisageant un instant de l'appeler, mais elle hésite au moment de composer le numéro. Que pourrait-elle bien lui dire, après tout ?

*J'avais simplement envie d'entendre ta voix.*

Liv se rend dans la chambre d'amis, aussi immaculée et vide que si elle n'avait jamais été occupée. Elle s'y promène, laissant courir un doigt léger sur le dossier du fauteuil et sur la commode, songeant qu'elle ne trouve désormais plus aucun réconfort dans le silence et la solitude. Elle imagine Mo blottie contre Ranic dans une maison surpeuplée et pleine de bruits, comme celle qu'elle vient de quitter.

Finalement, elle se prépare une tasse de thé et monte dans sa chambre. Assise au milieu de son lit, elle s'adosse contre les oreillers et scrute Sophie dans son cadre doré.

*Dans le fond, j'aime l'idée d'un tableau qui aurait le pouvoir d'ébranler les fondations d'un mariage.*

*Eh bien, Sophie, on dirait que tu as ébranlé bien plus que ça.*

Elle se perd dans la contemplation de ce portrait qu'elle aime depuis presque dix ans, puis s'autorise enfin à repenser au jour où David et elle l'ont acheté, à la façon dont ils l'avaient tenu dans le soleil espagnol, ses couleurs dansant dans la lumière blanche, symbole de l'avenir qu'ils croyaient avoir devant eux. Elle les revoit l'accrochant dans cette chambre à leur retour d'Espagne. Elle avait examiné le tableau en se demandant ce que David y avait retrouvé d'elle, se sentant d'une certaine manière embellie par la comparaison.

« C'est exactement à ça que tu ressembles après l'amour. »

Elle se rappelle un jour où, quelques semaines après sa mort, relevant péniblement la tête de son oreiller trempé, il lui avait semblé que Sophie la regardait droit dans les yeux. Elle avait cru lire dans son expression : « Ça aussi, c'est supportable. Tu l'ignores peut-être encore, mais tu survivras. »

Sauf que Sophie n'avait pas survécu, elle.

Liv essaie de ravaler la boule dans sa gorge.

— Je suis terriblement désolée pour ce qui t'est arrivé, lance-t-elle dans la pièce silencieuse. Je regrette que la situation n'ait pas été différente.

Soudain submergée par la tristesse, elle se lève, marche jusqu'au tableau et le retourne de façon à ne plus avoir à affronter son regard. Peut-être est-ce une bonne chose qu'elle quitte cette maison : l'espace vide sur le mur aurait été un rappel constant de son échec. Cela lui semble déjà étrangement symbolique de la façon dont Sophie elle-même a été effacée de l'histoire familiale.

Juste au moment où elle s'apprête à lâcher la toile, elle s'immobilise.

Au cours des dernières semaines, le désordre et le chaos ont envahi son bureau, et des piles de papiers occupent désormais la moindre surface libre. Ce soir, elle s'y déplace poussée par un élan nouveau, triant les documents en formant des tas nets, les glissant ensuite dans des chemises qu'elle ferme soigneusement à l'aide d'élastiques. Elle ignore ce qu'elle en fera une fois le procès terminé. Enfin, elle saisit le dossier rouge que Philippe Bessette lui a confié. Elle fouille parmi les feuilles fragiles jusqu'à trouver les deux pages qu'elle recherche.

Elle les relit pour être sûre de leur contenu, puis les emporte dans la cuisine. Là, elle allume une bougie et tient les deux papiers, l'un après l'autre, au-dessus de la flamme vacillante, jusqu'à ce qu'il n'en reste que des cendres.

— Voilà, Sophie, murmure-t-elle. Ce n'est pas grand-chose, mais je peux au moins faire ça pour toi.

*Et maintenant,* songe-t-elle, *pour David.*

# Chapitre 33

—Je te croyais parti... Jake s'est endormi devant une émission à la con, lance Greg en entrant dans la cuisine pieds nus, avant de bâiller. Tu veux que j'installe le lit de camp ? Il est un peu tard pour le ramener chez toi.
—Ce serait super.

Paul lève à peine les yeux de ses documents. Son ordinateur portable est ouvert devant lui.

—Qu'est-ce que tu fais encore avec tout ça ? Le verdict est rendu lundi, non ? Et puis... hum... je croyais que tu avais démissionné ?

—Un détail m'a échappé. Je le sais. (Paul fait courir son doigt de haut en bas sur la feuille, puis la tourne impatiemment et passe au verso.) Il faut que je revoie l'ensemble des preuves.

—Paul. (Greg tire un tabouret et s'assied en face de son frère.) Paul, répète-t-il un peu plus fort.

—Quoi ?

—C'est fini, frérot. Et ce n'est pas grave. Elle t'a pardonné. Tu as fait ton grand sacrifice, tu devrais tourner la page.

Paul se redresse et se cale contre le dossier de sa chaise, les mains sur les yeux.

—Tu crois ?

—Sérieusement ? Tu fais un peu peur à voir.

Paul boit une gorgée de son café. Celui-ci est froid.

—Ça va nous détruire.

— Quoi ?

— Liv adore ce tableau, Greg. Et ça va la ronger, le fait que je… qu'on le lui ait pris à cause de moi. Peut-être pas maintenant, peut-être pas cette année ni la suivante. Mais ça finira par arriver.

Greg s'adosse au placard derrière lui.

— Liv pourrait nourrir la même crainte au sujet de ton travail.

— Je n'ai aucun regret. Il était temps que je quitte l'agence.

— Et Liv dit qu'elle accepte de renoncer au tableau.

— Oui, mais elle n'a pas le choix.

Comme Greg secoue la tête, agacé, Paul se penche au-dessus de ses notes et ajoute :

— Les choses changent, Greg. Je suis bien placé pour savoir comment les trucs dont tu jurais au début qu'ils ne te gênaient pas peuvent finir par empoisonner une relation.

— Mais…

— Et je sais combien la perte d'objets aimés peut hanter les gens. Je ne veux pas que Liv puisse un jour me regarder en s'efforçant de refouler cette pensée : « Tu es le mec qui a gâché ma vie. »

Greg traverse la cuisine et allume la bouilloire. Il prépare trois tasses de café et en tend une à Paul. Avant d'emporter les deux autres au salon, il lui pose une main sur l'épaule.

— Je sais combien tu aimes réparer les injustices, mon cher frère, mais honnêtement, cette fois, tu vas devoir t'en remettre à Dieu ou au destin.

Paul ne l'entend pas.

— Liste des propriétaires, marmonne-t-il pour lui-même. Liste des propriétaires actuels des œuvres de Lefèvre…

Huit heures plus tard, Greg se réveille et découvre le visage d'un jeune garçon penché au-dessus de lui.

— J'ai faim, déclare l'enfant en se frottant vigoureusement le nez. Tu m'as dit que tu avais des Coco Pops, mais je ne les trouve pas.

— Placard du bas, grogne-t-il d'une voix ensommeillée, tout en remarquant distraitement que la lumière du jour ne filtre pas encore au travers des rideaux.

— Et tu n'as pas de lait non plus.

— Quelle heure est-il ?

— Sept heures moins le quart.

— Hooo. (Greg se blottit sous la couette.) Même les chiens ne se lèvent pas aussi tôt. Demande à ton père de s'occuper de ton petit déjeuner.

— Il n'est pas là.

Greg ouvre lentement les yeux, qu'il garde rivés sur les rideaux.

— Comment ça, il n'est pas là ?

— Il est parti. Le sac de couchage n'a pas servi, donc je suppose qu'il a dormi sur le canapé. On pourrait avoir ces petits pains de la boulangerie plus loin dans la rue ? Ceux au chocolat ?

— Je me lève. Je me lève. Je suis debout.

Greg se redresse péniblement et se frotte la tête…

— Et Pirate a fait pipi par terre.

— Oh. Bien. Voilà un samedi qui commence sur les chapeaux de roues.

Effectivement, Paul n'est pas là, mais il a laissé un mot sur la table de la cuisine, griffonné au dos d'une liste de preuves et posé en évidence sur un tas de papiers dispersés.

*Je dois m'absenter. Tu veux bien t'occuper de Jake ?*
*Je t'appelle.*

— Tout va bien ? demande Jake, attentif à la réaction de son oncle.

Une traînée brune, en forme de cercle s'est formée à l'intérieur du mug qui traîne sur la table, là où le liquide a stagné. Les documents abandonnés semblent indiquer qu'une petite explosion s'est produite dans la pièce.

— T'inquiète, ça roule, Raoul, dit Greg en lui ébouriffant les cheveux. (Il plie le mot, le glisse dans sa poche et commence à rassembler les feuilles éparses en une liasse à peu près nette.) Bon, moi, je vote pour qu'on fasse des pancakes pour le petit déjeuner. Je propose que nous enfilions nos manteaux par-dessus nos pyjamas pour aller acheter des œufs à l'épicerie au coin de la rue. Qu'en penses-tu ?

Une fois Jake sorti de la cuisine, Greg attrape son portable et tape furieusement un message.

> Si à cet instant précis tu es chez elle en train de t'envoyer en l'air, prépare-toi à me le payer au centuple.

Il attend un peu avant de ranger son téléphone dans sa poche. Son texto reste sans réponse.

Par bonheur, la journée du samedi est bien remplie. Liv attend la visite des acheteurs qui souhaitent prendre des mesures, et celle de l'entrepreneur et de l'architecte qui doivent évaluer le montant des travaux de réfection nécessaires, apparemment considérables. Elle évolue parmi ces inconnus en essayant de trouver le bon équilibre entre arrangeante et amicale, comme il sied à un propriétaire mettant en vente sa maison, sans rien révéler de ses réels sentiments, lesquels lui enjoignent de crier

«ALLEZ-VOUS-EN!» en gesticulant de façon puérile. Elle se distrait en faisant des cartons et en nettoyant, se consolant en accomplissant de petites tâches ménagères. Elle prépare deux sacs-poubelle de vieux vêtements, appelle plusieurs agences immobilières, mais quand elle indique son budget, on lui répond par un long silence méprisant.

— Votre visage m'est familier. On ne se serait pas déjà rencontrés? demande l'architecte quand elle raccroche.

— Non, s'empresse-t-elle de répondre. Je ne crois pas.

Aucune nouvelle de Paul.

En fin de matinée, elle part chez son père.

— Caroline t'a fait un pot absolument spectaculaire pour Noël, annonce-t-il. Tu vas l'adorer.

— Super, feint-elle de s'extasier.

Ils mangent une salade et un plat mexicain pour le déjeuner. Caroline fredonne pour elle-même pendant le repas. Le père de Liv va tourner dans une publicité pour une assurance auto.

— Apparemment, il faut que j'incarne un poulet. Un poulet bénéficiant d'un bonus.

Liv s'efforce de se concentrer sur ses paroles, mais ses pensées ne cessent de dériver vers Paul et la journée de la veille. Sans vouloir se l'avouer, elle est surprise qu'il ne l'ait pas encore appelée.

*Oh, bon sang, voilà que je me transforme en une de ces petites copines collantes. Et ça ne fait même pas vingt-quatre heures que nous sommes officiellement ensemble.* Elle ne peut se retenir de rire à «officiellement».

Guère enthousiaste à l'idée de regagner la Maison de verre, elle s'attarde chez son père plus que de coutume. Celui-ci, enchanté, boit trop et extirpe des photos d'elle en noir et blanc trouvées en fouillant dans un tiroir. Elle ressent un certain apaisement en les regardant, l'impression de sentir à nouveau le sol sous ses pieds : les clichés lui rappellent qu'elle a eu toute une vie avant ce procès, avant Sophie Lefèvre et cette maison au-dessus de ses moyens, avant cette affreuse dernière journée d'audience qui approche.

— Une enfant tellement magnifique.

Le visage confiant et souriant sur la photo lui donne envie de pleurer. Son père passe un bras autour de ses épaules.

— Tâche de ne pas trop te laisser abattre, lundi. Je sais que ça a été dur, mais nous sommes extrêmement fiers de toi, tu sais.

— Pour quoi ? dit-elle en se mouchant. J'ai échoué, papa. La plupart des gens estiment que je n'aurais même pas dû essayer.

Son père l'attire contre lui. Il sent le vin, et elle retrouve aussi une odeur qui la renvoie à une époque de sa vie qui lui paraît remonter à des millions d'années.

— Simplement pour avoir tenu bon, en fait. Parfois, ma fille chérie, c'est déjà héroïque.

Il est presque 16 h 30 quand elle lui téléphone.

*Cela fera bientôt vingt-quatre heures que nous nous sommes quittés*, se justifie-t-elle.

Et puis, les règles qui s'appliquent normalement au début d'une relation ne valent pas quand l'autre vient de renoncer à sa carrière pour vous. Elle sent les battements de son cœur s'accélérer tandis qu'elle compose le numéro : elle s'attend déjà à entendre le son de sa voix. Elle les imagine, un peu plus tard dans la soirée, blottis sur le canapé dans le petit appartement encombré de Paul, peut-être à jouer aux cartes avec Jake sur le tapis… Mais l'appel bascule sur le répondeur après trois sonneries. Liv s'empresse de raccrocher, étrangement troublée, puis se réprimande pour son manque de maturité.

Elle va courir, prend une douche, prépare une tasse de thé pour Fran (« La dernière fois, vous ne m'aviez mis que deux sucres ») et s'assied près du téléphone. Après bien des hésitations, elle se décide et retente sa chance à 18 h 30. Comme précédemment, elle tombe aussitôt sur le répondeur. Elle ne connaît pas son numéro de ligne fixe. Et si elle passait, tout simplement ? Il pouvait être chez Greg, mais elle n'avait pas non plus son numéro. Et elle était encore tellement ébranlée par les rebondissements du procès, quand ils étaient arrivés chez Greg la veille, qu'elle n'est même pas sûre de pouvoir se souvenir de l'adresse.

*C'est ridicule*, se dit-elle. *Il va appeler.*

Mais il n'appelle pas.

À 20 h 30, se sachant incapable de passer le reste de la soirée chez elle à attendre, elle se lève, enfile son manteau et attrape ses clés.

Marcher jusqu'au bar de Greg ne prend guère de temps, surtout si vous courez à moitié dans vos chaussures de running. Liv pousse la porte et percute un mur de bruit. Sur une petite scène sur la gauche, un homme habillé en femme chante d'une voix rauque sur un rythme disco, accompagné par les sifflements approbateurs d'un public captivé. À l'extrémité opposée, les tables sont prises d'assaut, et l'espace laissé habituellement libre pour circuler est occupé par des corps fermes en tenues moulantes.

Elle met un certain temps à le repérer derrière le bar, allant et venant vivement, un torchon sur l'épaule, et peine à le rejoindre. Une fois devant le comptoir, à moitié coincée sous l'aisselle d'un client, elle doit crier son prénom à plusieurs reprises avant qu'il l'entende. Quand il se retourne, le sourire de Liv se fige sur ses lèvres : l'expression de Greg est tout sauf avenante.

— Eh bien, il était temps...

Elle cligne des yeux.

— Pardon ?

— Presque 21 heures ? Vous vous fichez de moi, tous les deux ?

— Je ne comprends pas...

— Je m'en suis occupé toute la journée. Andy avait prévu de sortir ce soir, mais il a dû annuler pour jouer les baby-sitters. Je peux vous garantir qu'il n'est pas content.

Liv lutte pour saisir ses paroles dans le tumulte du bar. Greg marque une pause et se penche pour prendre une commande.

— Je veux dire... Vous savez que nous l'aimons, n'est-ce pas ? reprend-il à son retour. Nous l'aimons plus que tout. Mais nous traiter comme des nounous par défaut est...

— Je cherche Paul, l'interrompt-elle.

— Il n'est pas avec vous ?

— Non. Et il ne répond pas au téléphone.

— Ça, je suis au courant. J'ai cru que c'était parce qu'il était avec... Oh, c'est complètement dingue. Passez derrière le bar. (Il soulève la partie mobile du comptoir de façon qu'elle puisse le rejoindre, lève les mains face aux cris de protestation des clients qui attendent.) Deux minutes, les gars. Deux minutes.

Dans le minuscule couloir qui mène à la cuisine, les murs et le sol tremblent sous les pulsations de la musique, et Liv sent ses pieds vibrer.

— Où peut-il être ? demande-t-elle.

— Je n'en sais rien. (La colère de Greg s'est évaporée.) En nous réveillant ce matin, nous avons trouvé un mot où il expliquait qu'il avait dû s'absenter. C'est tout. Il était un peu bizarre hier après votre départ.

— Comment ça, bizarre ?

Greg détourne le regard, comme s'il en avait déjà trop dit.

— Quoi ?

— Pas lui-même. Il prend toute cette affaire très au sérieux.

Il se mord la lèvre.

— Quoi ?

Greg semble mal à l'aise.

— Eh bien, il... il est persuadé que ce tableau va anéantir vos chances d'avoir une relation.

Liv le regarde fixement.

— Vous croyez qu'il...

— Je suis sûr qu'il ne pensait pas...

Mais Liv est déjà en train de se frayer un chemin vers la sortie.

Désespérément vide, la journée du dimanche est interminable. Assise chez elle, son téléphone muet, le cerveau en ébullition, Liv attend la fin du monde.

Elle réessaie d'appeler Paul sur son portable et raccroche brutalement en entendant le répondeur prendre la communication.

*Il a changé d'avis.*

*Bien sûr que non.*

*Il a eu le temps de réfléchir à tout ce à quoi il renonce en se rangeant de mon côté.*

*Tu dois lui faire confiance.*

Comme elle aimerait que Mo soit là.

La nuit s'installe, le ciel s'épaissit et étouffe la ville sous un brouillard dense. Liv ne parvient même pas à regarder la télévision ; elle dort par intermittence, faisant des rêves étranges et décousus, et se réveille à 4 heures du matin, ses pensées figées en une confusion toxique. À 5 h 30 elle abandonne, se fait couler un bain et y reste plongée un bon moment, le regard perdu au-delà du toit vitré, vers l'obscurité oublieuse au-dessus d'elle. Elle se sèche les cheveux, enfile un chemisier gris et une jupe à fines rayures ; David avait un jour dit qu'il adorait les lui voir porter. Cette tenue la faisait ressembler à une secrétaire, avait-il déclaré sur un ton approbateur. Elle complète l'ensemble avec un collier de fausses perles et son alliance, puis se maquille soigneusement, remerciant le ciel pour tous les artifices qui lui permettent de dissimuler ses cernes et son teint cireux.

*Il viendra*, se persuade-t-elle. *Tu dois croire en lui.*

Autour d'elle, le monde se réveille doucement. La Maison de verre est noyée dans la brume, ce qui accentue chez Liv le sentiment d'être coupée du reste de la ville. En contrebas, des files de voitures, qu'elle ne devine que grâce aux minuscules points rouges lumineux de leurs feux stop, progressent lentement. Elle boit un peu de café et grignote la moitié d'une tartine. À la radio, le journaliste annonce des bouchons dans Hammersmith et la tentative d'empoisonnement d'un homme politique en Ukraine. Quand elle a fini, elle débarrasse et nettoie la cuisine jusqu'à ce qu'elle brille.

Ensuite elle sort une couverture du placard-séchoir et en enveloppe *Les Yeux de Sophie*, aussi précautionneusement que si elle emballait un cadeau, s'arrangeant pour ne voir que l'envers du tableau et surtout pas le visage de la jeune femme.

Fran n'est pas dans sa boîte. Assise sur un seau retourné, le regard perdu au-delà des pavés, vers la Tamise, elle est occupée à démêler une ficelle enroulée plusieurs centaines de fois autour d'un énorme paquet de sacs en plastique de supermarché.

Elle lève la tête quand Liv approche avec deux mugs, puis regarde le ciel, très bas et menaçant. De grosses gouttes s'écrasent au sol, assourdissant tous les bruits, et soudain le monde semble s'arrêter à la rive du fleuve.

— On ne court pas aujourd'hui ?
— Non.
— Ça ne vous ressemble pas.
— Rien ne me ressemble, apparemment.

Liv lui tend une tasse. Fran boit une gorgée de café, pousse un grognement de plaisir, puis l'interpelle.

— Ne restez donc pas plantée là. Asseyez-vous.

Liv jette un regard autour d'elle avant de se rendre compte que Fran lui désigne une petite caisse de lait en plastique. Elle la tire vers elle et s'assied. Un pigeon traverse les pavés et trottine autour de leurs pieds. Fran plonge la main dans un sac en papier froissé et en sort une croûte de pain qu'elle lui lance. L'endroit est curieusement paisible, le calme à peine troublé par les clapotis de la Tamise et les bruits étouffés de la circulation. Liv songe avec ironie à ce que diraient les journaux s'ils voyaient la compagne de petit déjeuner de la veuve mondaine. Une péniche émerge de la brume et glisse silencieusement devant elles, ses feux disparaissant peu à peu dans l'aube grise.

— Votre amie est partie, alors.
— Comment le savez-vous ?
— Si vous restez assise ici suffisamment longtemps, vous finissez par tout savoir. Vous écoutez, voyez ? (Elle se tapote l'oreille.) Personne n'écoute plus. Tout le monde sait ce qu'il veut entendre, mais personne n'écoute plus vraiment. (Elle s'interrompt, comme si elle se rappelait quelque chose.) Je vous ai vue dans le journal.

Liv souffle sur son café.

— Je crois que tout Londres m'a vue dans le journal.

—Je l'ai. Dans ma boîte. (Elle esquisse un geste en direction de la porte d'entrée.) C'est lui?

Fran indique le paquet que Liv tient sous le bras.

—Oui, répond la jeune femme avant de boire une gorgée de café. Oui, c'est lui.

Elle attend que Fran l'accable de reproches, qu'elle énumère les raisons pour lesquelles Liv n'aurait jamais dû essayer de garder le tableau, mais rien ne vient. La clocharde se contente de renifler et contemple le fleuve.

—C'est pour ça que je n'aime pas avoir trop de choses. Quand j'étais au foyer, je me faisais toujours tout piquer. Quel que soit l'endroit où vous laissiez vos affaires – sous votre lit, dans votre casier –, ils attendaient que vous sortiez, et ils n'avaient plus qu'à se servir. Et finalement vous n'osiez plus sortir, pour ne pas perdre vos affaires. Imaginez.

—Imaginez quoi?

—Ce que vous perdez. Rien que pour vous cramponner à quelques trucs.

Liv regarde Fran, dont le visage tanné, taillé à la serpe, reflète tout à coup la joie qui l'envahit en repensant à cette vie qui ne lui manque plus.

—C'est un genre de folie, conclut Fran.

Liv contemple à son tour le fleuve gris, et soudain ses yeux se remplissent de larmes.

# Chapitre 34

Henry l'attend près de la porte de derrière. Pour cette dernière journée d'audience, des caméras de télévision et des manifestants se sont installés devant le palais de justice. Il l'a prévenue. Il la voit sortir du taxi, et son sourire se transforme en grimace quand il comprend ce qu'elle transporte.

— S'agit-il de... Ce n'était pas nécessaire ! Si nous perdons, ils se seraient chargés du transport sécurisé. Bon sang, Liv ! Vous ne pouvez pas vous balader avec une œuvre d'art de plusieurs millions de livres comme s'il s'agissait d'une baguette.

Liv tient fermement le tableau.

— Paul est là ?

— Paul ?

Henry la conduit vers le tribunal, tel un médecin escortant un enfant malade aux urgences d'un hôpital.

— McCafferty.

— McCafferty ? Aucune idée. (Il regarde de nouveau le paquet.) Merde, Liv ! Vous auriez pu me prévenir.

Elle passe les contrôles de sécurité derrière lui et le suit dans le couloir. Il interpelle un garde et désigne le tableau d'un geste. L'agent, visiblement alarmé, hoche la tête et donne des instructions par radio. Apparemment, les renforts sont en route. Ce n'est qu'une fois à l'intérieur de la salle d'audience qu'Henry commence à se détendre.

Il s'assied et pousse un profond soupir, se frottant le visage des deux mains. Puis il se tourne vers sa cliente.

— Vous savez, ce n'est pas encore fini, dit-il en observant le tableau avec un sourire contrit. Et ce n'est pas exactement un vote de confiance…

Liv ne répond rien. Elle scrute la salle d'audience, qui se remplit rapidement. Au-dessus d'elle, dans la tribune du public, tous les regards sont rivés sur elle, interrogateurs et froids, comme si c'était elle qui était jugée. Elle essaie de n'en croiser aucun. Elle aperçoit Marianne, vêtue aujourd'hui d'un ensemble mandarine, avec des boucles d'oreilles en plastique assorties ; la vieille dame la salue d'un geste de la main, puis lève les deux pouces en signe d'encouragement : un visage amical dans une mer de faciès hostiles. Assise plus loin sur le banc, Janey Dickinson échange quelques mots avec Flaherty. La salle bruisse de frottements de semelles, de conversations polies, de raclements de chaises et de sacs qu'on pose par terre. Les journalistes bavardent entre eux, complices, buvant du café dans des gobelets en polystyrène et partageant leurs notes. On se prête des stylos. Liv s'efforce de réprimer un sentiment de panique croissant. Son regard ne cesse de glisser vers les portes, cherchant Paul. *Aie confiance*, songe-t-elle. *Il viendra.*

Elle se le répète à 9 h 50 et à 9 h 52. Et encore à 9 h 58. Juste avant 10 heures, le juge fait son entrée. Tout le monde se lève. Liv sent l'angoisse l'envahir.

*Il ne viendra pas. Après tout ce qui s'est passé, il ne viendra pas. Mon Dieu, je n'y arriverai pas sans lui.*

Elle s'oblige à respirer profondément et ferme les yeux pour essayer de se calmer.

Henry consulte ses dossiers.

— Ça va ? lui demande-t-il.

Liv a l'impression d'avoir la bouche remplie de poussière.

—Henry, chuchote-t-elle, puis-je dire quelque chose ?

—Quoi ?

—Puis-je dire quelque chose ? À la cour ? C'est important.

—Maintenant ? Le juge est sur le point de rendre son verdict.

—C'est important.

—Que souhaitez-vous dire ?

—Demandez-lui, c'est tout. S'il vous plaît.

Le visage d'Henry exprime de l'incrédulité, mais l'expression déterminée de sa cliente le convainc. Il se penche vers Angela Silver et lui murmure quelques mots à l'oreille. L'avocate lance un regard à Liv par-dessus son épaule, fronce les sourcils et, après un court conciliabule, se lève et demande l'autorisation d'approcher le juge. Christopher Jenks est invité à les rejoindre.

Pendant que les avocats plaidants et le juge s'entretiennent à voix basse, Liv sent ses paumes devenir moites ; sa peau est parcourue de picotements. Elle jette des coups d'œil dans la salle d'audience bondée. Dans l'air, l'hostilité sourde est presque palpable. Ses doigts agrippent le tableau plus fort.

*Imagine que tu es Sophie*, se dit-elle. *Elle l'aurait fait.*

Enfin, le juge prend la parole.

—Il semble que Mme Olivia Halston souhaite s'adresser à la cour. (Il la regarde par-dessus ses lunettes.) Nous vous écoutons, madame Halston.

Liv se redresse et marche jusque devant le juge, serrant toujours le tableau dans ses mains. Elle entend chacun de ses pas sur le plancher, sent intensément tous les regards braqués sur elle. Henry se tient non loin d'elle, probablement encore inquiet pour le tableau.

Liv prend une profonde inspiration.

— J'aimerais dire quelques mots au sujet des *Yeux de Sophie*.

Elle marque une pause, surprend les expressions de surprise sur les visages autour d'elle, puis elle poursuit d'une voix grêle, qui tremble légèrement dans le silence et semble appartenir à quelqu'un d'autre :

— Sophie Lefèvre était une femme courageuse et honorable. Je pense – j'espère – que cela ne fait aucun doute après ce qui a été dit durant le procès.

Elle a vaguement conscience de la présence de Janey Dickinson qui griffonne sur un cahier, des murmures d'ennui des juristes. Elle resserre sa prise autour du cadre et se force à poursuivre.

— Feu mon mari, David Halston, était aussi un homme bon. Vraiment bon. Je crois aujourd'hui que, s'il avait su que le portrait de Sophie, le tableau qu'il aimait tant, avait cette… cette histoire, il l'aurait rendu depuis longtemps. À cause de ma position dans cette affaire, son nom si respecté a été rayé du projet de construction d'un bâtiment qui fut l'œuvre de sa vie. J'en éprouve un regret immense, car ce bâtiment dont il rêvait – le Goldstein – aurait dû être son mémorial.

Elle voit les journalistes lever la tête et un frémissement d'intérêt agiter leurs rangs. Plusieurs se consultent, puis commencent à prendre des notes.

— Ce procès – ce tableau – a pratiquement détruit ce qui aurait dû être son héritage, exactement comme il a détruit celui de Sophie. En ce sens, ils ont tous les deux été lésés. (Sa voix se brise. Liv regarde autour d'elle.) Pour cette raison, j'aimerais qu'il soit consigné que la décision de me battre m'appartient à moi seule. Si j'ai commis une erreur, j'en suis terriblement navrée. C'est tout. Merci.

Elle fait deux pas maladroits de côté. Les journalistes s'activent furieusement, l'un d'eux vérifiant l'orthographe de « Goldstein ». Deux avocats solliciteurs discutent d'un ton pressant.

— Bien joué, lui chuchote Henry. Vous auriez fait une bonne avocate.

*J'ai réussi*, se félicite-t-elle. *David est désormais publiquement lié au bâtiment, quoi que décident les Goldstein.*

Le juge demande le silence.

— Madame Halston, avez-vous fini d'anticiper mon verdict ? lance-t-il d'un ton las.

Liv hoche la tête. Janey murmure quelques mots à son avocat.

— Et vous avez là le tableau en question, n'est-ce pas ?
— Oui.

Elle le serre toujours contre elle, comme un bouclier.

Le juge se tourne vers le greffier.

— Quelqu'un peut-il s'occuper de le placer en sécurité ? Je ne suis pas sûr qu'il convienne de le garder ici. Madame Halston ?

Liv tend le tableau au greffier. Pendant une fraction de seconde, ses doigts semblent curieusement répugner à le lâcher, comme si, tout au fond d'elle-même, elle était tentée d'ignorer l'instruction du juge. Quand enfin elle cède, l'homme se raidit brièvement, comme si elle lui avait donné un objet radioactif.

*Je suis désolée, Sophie*, songe-t-elle, et, soudain exposée, la jeune femme lui rend son regard.

Liv regagne sa place d'un pas mal assuré, la couverture roulée en boule sous le bras, à peine consciente du tumulte qui enfle autour d'elle. Le juge est en grande discussion avec les deux avocats plaidants. Plusieurs personnes sortent, des journalistes des quotidiens du soir peut-être, et au-dessus d'eux la tribune du public est parcourue de conversations animées. Henry lui touche le coude et lui glisse qu'elle a eu une bonne initiative, mais elle n'écoute pas vraiment.

Elle s'assied et baisse les yeux vers ses genoux et son alliance qu'elle fait tourner autour de son annulaire, tout en se demandant comment il est possible de se sentir aussi vide.

C'est alors qu'elle l'entend.

— Excusez-moi !

Il doit se répéter deux fois pour se faire entendre par-dessus la mêlée. Elle lève la tête et suit les regards des gens autour d'elle : là, sur le seuil de la salle d'audience, se tient Paul McCafferty.

Chemise bleue, barbe de trois jours, il affiche une expression indéchiffrable. Il cale la porte pour qu'elle reste ouverte, puis lentement pousse un fauteuil roulant dans la pièce. Il scrute l'assemblée à la recherche de Liv, et soudain ils ne sont plus que tous les deux. *Ça va ?* articule-t-il en silence, et elle hoche le menton avant d'expirer enfin l'air qu'elle retenait sans s'en rendre compte.

Il crie de nouveau, à peine audible par-dessus le tumulte.

— Excusez-moi ? Monsieur le président ?

En s'abattant sur le bureau du juge, le marteau claque comme un coup de feu. Le calme se rétablit dans la salle. Janey Dickinson se tourne pour voir ce qui se passe. Paul pousse une vieille dame en fauteuil roulant dans l'allée. Elle est incroyablement âgée, voûtée comme la houlette d'un berger, les mains recroquevillées sur un petit sac posé sur ses cuisses.

Une autre femme, à la tenue soignée bleu marine, se presse derrière Paul, avec qui elle s'entretient à voix basse. Il fait un geste en direction du juge.

— Ma grand-mère a des informations importantes au sujet de cette affaire, dit la femme.

Elle parle avec un fort accent français, et tandis qu'elle s'avance dans l'allée centrale, elle lance des regards gênés aux gens assis de chaque côté.

Le juge lève les bras en l'air.

— Pourquoi pas ? marmonne-t-il distinctement. Tout le monde semble avoir son mot à dire. Voyons ensuite si la femme de ménage souhaite également nous faire part de son opinion, après tout...

Comme la femme attend, il s'exclame, exaspéré :

— Oh, pour l'amour du ciel, madame, approchez-vous.

Ils échangent quelques mots, puis le juge appelle les deux avocats plaidants, et la conversation se prolonge.

— Qu'est-ce que c'est ? ne cesse de répéter Henry. Bon sang, que se passe-t-il ?

Le silence se fait dans la salle.

— Il semble que nous devions écouter ce que madame a à dire, déclare le juge qui saisit son stylo et feuillette ses notes. Je me demande si après cela quelqu'un s'intéressera à quelque chose d'aussi banal qu'un véritable verdict.

Le fauteuil roulant de la vieille dame est positionné devant la cour. Elle prend la parole en français, et sa petite-fille traduit au fur et à mesure.

— Avant que l'avenir de ce tableau soit décidé, il y a une chose que vous devez savoir. Cette affaire est fondée sur un postulat de départ erroné. (Elle s'interrompt et s'incline pour écouter la vieille femme, puis se redresse.) *Les Yeux de Sophie* n'a jamais été volé.

Le juge se penche légèrement en avant.

— Et comment le sauriez-vous, madame ?

Liv tourne la tête et cherche Paul. Il lui rend son regard sans ciller ; dans ses yeux brille un éclat curieusement triomphant.

La vieille dame lève une main, comme pour congédier sa petite-fille. Elle se racle la gorge et prend la parole, lentement et clairement, en anglais cette fois.

— Parce que c'est moi qui l'ai donné au *Kommandant* Hencken. Je m'appelle Édith Béthune.

# Chapitre 35

*1917*

On me fit descendre du camion peu après l'aube. J'ignorais combien de temps nous avions roulé : la fièvre me consumait, et les jours et mes rêves se mélangeaient, je ne savais même plus si j'étais en vie ou si, tel un spectre, je passais d'une réalité à une autre. Quand je fermais les yeux, je voyais ma sœur remonter les stores de la fenêtre du bar et se tourner vers moi en souriant, le soleil embrasant ses cheveux. Je voyais Mimi rire. Je voyais Édouard, son visage, ses mains, j'entendais sa voix, douce et intime à mon oreille. Je tendais les bras pour le toucher, mais alors il disparaissait, et je me réveillais au fond du camion, les yeux au niveau des bottes d'un soldat, ma tête cognant le sol douloureusement chaque fois que nous franchissions une ornière.

Je voyais Liliane.

Son corps gisait là-bas, quelque part sur la route de Hanovre, où ils l'avaient jeté en jurant, comme s'il s'agissait d'un sac de sable. Depuis, j'étais restée éclaboussée de son sang... et de bien pire. Mes vêtements en avaient pris la teinte. J'en avais le goût sur les lèvres. Coagulé et poisseux, il recouvrait le sol d'où je n'avais plus la force de me lever. Je ne sentais plus les poux qui me dévoraient.

J'étais complètement inerte. Il n'y avait pas plus de vie en moi que dans le cadavre de Liliane.

Le soldat assis en face se tenait aussi loin de moi que possible, furieux de son uniforme souillé, du savon que lui avait passé son supérieur pour s'être fait dérober son revolver par Liliane. Il gardait le visage tourné vers l'ouverture entre les deux pans de bâche qui laissait entrer l'air du dehors. Je surpris son regard empli de dégoût. Il ne me considérait plus comme un être humain. J'essayais de me rappeler le temps où j'avais été plus qu'une chose, quand, même dans une ville occupée par les Allemands, j'avais encore ma dignité, inspirant même le respect… mais c'était difficile. Mon monde semblait s'être réduit à ce camion. À ce sol de métal froid. À cette manche en laine et cette tache rouge foncé.

Le camion traversait la nuit en vrombissant, faisant souvent de brusques embardées, s'arrêtant brièvement. Je dérivais entre conscience et inconscience, arrachée au sommeil uniquement par la douleur ou la férocité de la fièvre. J'inspirais l'air froid, la fumée de cigarette, écoutais les hommes parler dans la cabine à l'avant en me demandant si j'entendrais encore un jour une voix française.

Et puis, à l'aube, le véhicule s'immobilisa dans un sursaut. Incapable de bouger, j'ouvris les yeux et entendis le jeune soldat descendre du camion, puis s'étirer avec un grognement. Je reconnus le frottement d'un briquet, des paroles en allemand échangées à voix basse, puis le son vigoureux, indélicat des hommes se soulageant, des chants d'oiseaux et le froissement des feuilles.

Je sus alors que j'allais mourir là, et en vérité cela m'importait peu.

Il me semblait que la souffrance irradiait dans tout mon être ; ma peau fiévreuse était parcourue de picotements, mes articulations douloureuses, ma tête lourde. Le pan de bâche se souleva, et l'arrière du camion s'ouvrit. Un garde m'ordonna de descendre. Je pouvais à peine bouger, mais il me tira par le bras, comme s'il avait eu affaire à un enfant récalcitrant. Mon corps était si léger que je volai presque jusqu'à l'arrière du camion.

Dehors, à travers la brume matinale, je distinguai des barbelés, de grandes portes au-dessus desquelles je lus : « STRÖHEN ». Je savais de quoi il s'agissait.

Un autre soldat m'intima d'un geste de rester où j'étais, puis il marcha jusqu'à une guérite. Il y eut une discussion, et le garde qui se trouvait à l'intérieur se pencha pour me regarder. Au-delà des portes du camp, je pouvais voir un alignement de longs hangars. L'endroit, morne et anonyme, évoquait la souffrance et la futilité de manière presque palpable. Un mirador doté d'un nid-de-pie se dressait à chaque coin pour décourager les aspirants fugitifs. Ils se faisaient du souci pour rien.

Avez-vous idée de ce qu'on ressent quand on se résigne à son sort ? C'est presque un sentiment bienvenu. Il n'y aurait plus de douleur, plus de peur, plus d'attente. La mort de l'espoir s'accompagne du plus grand soulagement. Bientôt, je pourrais tenir Édouard contre moi. Nous serions réunis dans l'au-delà ; je ne doutais pas que Dieu, dans son immense bonté, n'aurait pas la cruauté de nous priver de cette consolation.

Je pris vaguement conscience d'une discussion violente dans la guérite. Un homme en émergea et exigea de voir mes papiers. J'étais si faible que je dus m'y reprendre à trois fois avant de parvenir à les sortir de ma poche. D'un geste, il me signifia de tendre ma carte d'identité. Comme j'étais infestée de poux, il ne voulait pas me toucher.

Il cocha un nom sur sa liste et aboya quelques mots en allemand au soldat qui me tenait. S'ensuivit une brève conversation. Leurs voix se faisaient plus fortes, puis diminuaient ; en fait, je ne savais plus si c'étaient eux qui baissaient le ton ou mon cerveau qui me trahissait. J'étais aussi docile et obéissante qu'un mouton désormais ; une chose, prête à aller là où ils me le diraient. Je ne voulais plus penser. Je ne voulais plus imaginer les nouvelles horreurs qui m'attendaient. J'avais la tête qui bourdonnait de fièvre et les yeux qui me brûlaient. Je me sentais si lasse. J'entendis la voix de Liliane et j'eus vaguement conscience que, tant que je vivrais, j'aurais encore de quoi trembler : « Vous n'imaginez pas ce qu'ils vont nous faire. » Mais, d'une façon ou d'une autre, je ne pus réveiller ma peur. Si le garde ne m'avait pas tenu le bras, je me serais probablement écroulée sur le sol.

Les portes s'ouvrirent pour laisser passer un véhicule, puis se refermèrent. Je perdis la notion du temps. Je fermai les yeux et brièvement je me vis à la terrasse d'un café à Paris, la tête renversée en arrière, savourant les rayons du soleil sur mon visage. Mon mari était assis à côté de moi, son éclat de rire tintant à mes oreilles, son énorme main serrant la mienne sur la table.

*Oh, Édouard*, pleurai-je silencieusement tandis que je frissonnais dans l'air glacé de l'aube. *Je prie pour que cette souffrance t'ait été épargnée. Je prie pour que ça ait été facile pour toi.*

Je fus de nouveau projetée en avant. Quelqu'un me hurla quelque chose. Je me pris les pieds dans mes jupes, toujours agrippée à mon sac, curieusement. Les portes se rouvrirent, et je fus poussée brutalement à l'intérieur du camp. Comme j'atteignais la seconde guérite, le garde m'arrêta de nouveau.

*Enfermez-moi dans le hangar. Laissez-moi m'allonger.*

J'étais si fatiguée. Je revis le geste de Liliane, la précision, l'assurance avec lesquelles elle avait porté le revolver à sa tempe. Ses yeux plantés dans les miens durant les dernières secondes de sa vie, deux trous noirs infinis, fenêtres donnant sur un abîme.

*Elle ne souffre plus*, songeai-je.

Et je remarquai alors, dans un éclair de lucidité, que ce que je ressentais, c'était de l'envie.

Alors que je glissais ma carte dans ma poche, j'effleurai de la main le tranchant denté de l'éclat de verre, et je ressentis une étincelle de reconnaissance. Je pouvais amener cette pointe à ma gorge. Je savais quelle veine toucher, et quelle pression appliquer. Je me rappelais comment le cochon avait cédé à Saint-Péronne : un coup vif, et ses yeux s'étaient fermés dans ce qui avait paru une extase tranquille. Je restai là, laissant cette pensée tourner dans mon esprit. Je pouvais m'en acquitter avant même qu'ils ne réagissent. Je pouvais me libérer.

« Vous n'imaginez pas ce qu'ils vont nous faire. »

Mes doigts se refermèrent sur la lame. C'est alors que je l'entendis.

— Sophie.

À ce moment-là, je sus que je serais bientôt libre. Je lâchai le morceau de verre. La voilà donc : la douce voix de mon mari me guidant jusqu'à lui. Je souris presque, tant mon soulagement était grand. Je chancelai un peu en laissant son appel résonner en moi.

— Sophie.

Une main allemande me fit faire demi-tour et me poussa de nouveau vers les portes. Perplexe, je trébuchai et jetai un regard par-dessus mon épaule. Alors je vis le garde émerger de la brume. Devant lui marchait un homme grand, voûté, serrant un ballot contre son ventre. Je plissai les yeux, percevant quelque chose de familier chez lui. Mais il avançait à contre-jour, et je ne voyais rien.

— Sophie.

J'essayai de faire le point, et soudain tout se figea. Le silence se fit autour de moi. Les Allemands étaient muets, les moteurs à l'arrêt, les arbres eux-mêmes interrompirent leurs bruissements. Et je vis le prisonnier boiter vers moi. Sa silhouette m'était inconnue, avec ses épaules tout en peau et en os, mais il avançait avec détermination, attiré vers moi comme par un aimant. Je me mis à trembler convulsivement, comme si mon corps savait avant moi.

— Édouard ?

Ma voix jaillit comme un croassement. Je n'arrivais pas à y croire. Je n'osais pas y croire.

— Édouard ?

Il s'approchait de sa démarche traînante, courant presque à présent, obligeant le garde qui l'escortait à allonger le pas. Je restai pétrifiée, redoutant toujours qu'il ne s'agisse de quelque affreuse plaisanterie, craignant de me réveiller à l'arrière du camion, une botte coincée derrière la tête.

*Mon Dieu, je vous en supplie, ne soyez pas cruel.*

Il s'immobilisa à quelques mètres de moi. Si maigre, hagard, sa magnifique chevelure rasée, des cicatrices barrant son visage. Mais, oh, Seigneur... Son visage.

*Son visage. Mon Édouard.*

C'était trop. Ma tête bascula en arrière, si bien que je ne vis plus que le ciel, mon sac me glissa des mains, et je m'affaissai. Au même instant, je sentis ses bras se refermer autour de moi.

— Sophie. Ma Sophie. Que t'ont-ils fait ?

Édith Béthune se cale contre le dossier de son fauteuil roulant. Le silence règne dans la salle. Un greffier lui apporte un verre d'eau ; elle le remercie d'un hochement de menton. Même les journalistes ont cessé de prendre des notes : ils attendent la suite, stylo en l'air, bouche entrouverte.

— Nous ignorions tout de ce qui lui était arrivé. Je la croyais morte. Un nouveau réseau d'information a été mis en place plusieurs mois après que ma mère eut été emmenée, et nous avons appris que Sophie faisait partie des malheureux qui avaient péri dans les camps. Hélène pleura pendant une semaine.

» Et puis, un matin où, exceptionnellement, je descendais à l'aube, prête à commencer la journée – j'aidais Hélène à la cuisine –, je découvris une lettre qui avait été glissée sous la porte du *Coq rouge*. Je m'apprêtais à la ramasser quand Hélène surgit derrière moi et l'attrapa avant que je n'aie pu la toucher.

» — Tu n'as rien vu, dit-elle.

» Je fus choquée par son ton, car jamais elle ne s'était adressée à moi aussi durement. Elle était d'une pâleur extrême.

» — Tu m'entends ? Tu n'as rien vu, Édith. Tu ne dois en parler à personne. Même pas à Aurélien. Surtout pas à Aurélien.

» Je hochai la tête, mais refusai de bouger. Je voulais connaître le contenu de la lettre. Les mains d'Hélène tremblaient quand elle ouvrit l'enveloppe. Elle s'appuya contre le comptoir, le visage illuminé par les premiers rayons de soleil du matin. À présent, les tremblements étaient si forts que je m'étonnais qu'elle arrivât à lire la lettre. Soudain, tout son corps se détendit, et elle se pencha en avant, une main pressée contre sa bouche, puis commença à sangloter doucement.

» — Merci, mon Dieu, merci, mon Dieu…

» Ils étaient en Suisse. On leur avait fourni de faux papiers d'identité en échange de "services rendus à l'État allemand", et ils furent conduits dans une forêt non loin de la frontière suisse. Sophie était alors si mal qu'Édouard la porta sur les vingt derniers kilomètres jusqu'au poste de contrôle. Le garde qui les y escorta les informa qu'ils ne devaient contacter personne en France, sous peine d'exposer ceux qui les avaient aidés. La lettre était signée "Marie Leville". »

La vieille dame jeta un regard autour d'elle.

— Ils sont restés en Suisse. Nous savions qu'elle ne pourrait jamais rentrer à Saint-Péronne, tant le sujet de l'occupation allemande était sensible. Si elle avait reparu, on lui aurait posé des questions. Et, bien sûr, entre-temps j'avais deviné qui les avait aidés à s'enfuir ensemble.

— Et qui donc, madame ?

Elle pinça les lèvres, comme s'il lui coûtait encore de prononcer ce nom.

— Le *Kommandant* Friedrich Hencken.

— Pardonnez-moi, dit le juge. Cette histoire est tout à fait extraordinaire, mais je ne comprends pas le rapport avec la perte du tableau.

Édith Béthune se redresse dans son fauteuil.

— Hélène ne m'a pas montré la lettre, mais je savais qu'elle s'inquiétait. La présence d'Aurélien la rendait nerveuse, même s'il ne passait que peu de temps au *Coq rouge* depuis le départ de Sophie. C'était comme s'il ne supportait plus l'endroit. Mais deux jours plus tard, alors qu'il était sorti et que les petits dormaient dans la pièce voisine, elle m'appela dans sa chambre.

» — Édith, j'ai besoin que tu me rendes un service.

» Assise par terre, elle tenait le portrait de Sophie dans une main. Dans l'autre, je reconnus la lettre, qu'elle relisait attentivement, comme si elle vérifiait un détail. Elle secoua légèrement la tête, puis, avec une craie, elle écrivit quelques mots au dos de la toile. Elle s'assit sur ses talons et relut l'inscription, semblant s'assurer qu'elle ne s'était pas trompée. Enfin, elle enveloppa précautionneusement le tableau dans une couverture et me le tendit.

» — *Herr Kommandant* va chasser dans les bois cet après-midi. J'ai besoin que tu lui apportes ceci.

» — Jamais !

» Je haïssais cet homme de toute mon âme. Il était responsable de la perte de ma mère.

» — Fais ce que je te dis. J'ai besoin que tu portes ceci à *Herr Kommandant*.

» — Non !

» Je n'avais plus peur de lui – il ne pouvait pas me faire souffrir plus qu'il ne l'avait déjà fait –, mais je n'avais pas l'intention de passer ne serait-ce qu'une seconde en sa compagnie.

» Hélène me regarda attentivement, et je pense qu'elle comprit combien j'étais sérieuse. Elle me tira vers elle ; jamais je ne lui avais vu une expression aussi déterminée.

» — Édith, le *Kommandant* doit avoir ce tableau. Toi et moi pouvons désirer sa mort, mais nous devons respecter… (elle hésita)… la volonté de Sophie.

» — Porte-le-lui, toi.

» — C'est impossible. Si j'y vais, il y aura des rumeurs, et nous ne pouvons risquer que ma réputation soit détruite comme le fut celle de ma sœur. Et Aurélien soupçonnerait que quelque chose se trame. Or, il ne peut sous aucun prétexte connaître la vérité. Personne ne doit rien savoir, pour le bien de Sophie comme pour le nôtre. Le feras-tu ?

» Je n'avais pas le choix. Cet après-midi-là, au signal d'Hélène, je coinçai le tableau sous mon bras et descendis la ruelle, traversant les terrains vagues jusqu'aux bois. Mon chargement était lourd, et le cadre me labourait les côtes. Il était là, en compagnie d'un autre officier. En les voyant ainsi armés de leurs fusils, je sentis mes jambes se dérober. Quand il m'aperçut, il ordonna à l'autre homme de s'éloigner. Je m'avançai lentement entre les arbres, les pieds gelés au contact du sol glacé de la forêt. Il me regarda approcher l'air légèrement mal à l'aise, et je me souviens d'avoir pensé : *Tant mieux. J'espère bien te rendre mal à l'aise pour toujours.*

» — Tu souhaitais me parler ? demanda-t-il.

» Je ne voulais pas le lui donner. Je ne voulais pas que cet homme ait quoi que ce soit. Il avait déjà pris les deux êtres qui m'étaient les plus précieux. Je le haïssais. Et je crois que c'est à ce moment-là que j'ai eu l'idée.

» — Tante Hélène m'a dit de vous remettre ça.

» Il me prit le tableau des mains et le déballa. Il y jeta un coup d'œil hésitant avant de le retourner. Au moment où il découvrit l'inscription au dos, j'observai un changement étrange sur son visage, dont l'expression s'adoucit pendant un bref instant. Ses yeux bleu pâle brillèrent, comme s'il allait pleurer de joie.

» — *Danke*, souffla-t-il. *Danke schön.*

» Il contempla encore le portait de Sophie, puis tourna de nouveau le tableau pour relire les mots écrits derrière.

» — *Danke*, répéta-t-il doucement ; à mon intention ou celle de Sophie, je ne sus le dire.

» Il avait gâché toutes mes chances de bonheur ; sa joie, son soulagement évident m'étaient insupportables. Je détestais cet homme plus que tout au monde. Il avait tout détruit. Alors j'entendis ma voix retentir, claire et pure dans l'air immobile :

» — Sophie est morte. Elle est morte après nous avoir fait parvenir ses instructions au sujet du tableau. Elle est morte de la grippe espagnole dans un camp.

» Le choc le fit sursauter.

» — Quoi ?

» J'ignore d'où me vint ce culot. Je m'exprimai avec aisance, sans crainte des conséquences.

» — Elle est morte. L'arrestation et le voyage jusqu'au camp l'ont tuée. Juste après avoir envoyé le message où elle demandait que le portrait vous soit remis.

» — Vous êtes sûre ? (Sa voix se brisa.) Je veux dire, il peut y avoir eu des rapports…

» — Absolument. Je n'aurais probablement pas dû vous le dire. C'est un secret.

» Je me tins là, le cœur comme une pierre, et je le regardai contempler le tableau, vieillissant à vue d'œil, s'affaissant physiquement sous le coup du chagrin, là, sous mes yeux.

» — J'espère que le tableau vous plaît, lâchai-je avant de tourner les talons et de retraverser les bois en direction du *Coq rouge*.

» Je crois qu'après ça je n'ai plus jamais eu peur de rien.

» *Herr Kommandant* resta neuf mois de plus dans notre ville. Mais il ne remit plus les pieds au *Coq rouge*, ce que je considérai comme une victoire. »

La salle d'audience est plongée dans le silence. Les journalistes regardent fixement Édith Béthune. C'est comme si l'histoire s'était soudain invitée ici, dans ce tribunal. La voix du juge retentit, douce cette fois.

— Madame, pourriez-vous nous dire ce qui était écrit au dos du tableau ? Il semblerait que ce soit un point essentiel dans cette affaire. Vous le rappelez-vous clairement ?

La vieille dame balaie la salle comble du regard.

— Oh, oui. Très clairement. Je me le rappelle parce que je ne parvenais pas à en saisir le sens. À la craie, il était écrit : « Pour *Herr Kommandant*, qui comprendra : pas pris, mais donné. »

# Chapitre 36

Autour d'elle, Liv entend la rumeur enfler, telle une nuée d'oiseaux. Elle voit les journalistes encercler Édith Béthune, agitant leurs stylos comme des antennes, le juge s'entretenir en urgence avec les avocats, faisant claquer en vain son marteau. Elle lève les yeux vers la tribune du public, où les visages se sont animés, et entend quelques applaudissements isolés, peut-être à l'intention de la vieille dame, peut-être pour célébrer la vérité, elle n'en est pas sûre.

Paul joue des coudes pour se frayer un chemin à travers la foule. Quand il arrive près d'elle, il l'attire vers lui et baisse la tête pour lui chuchoter à l'oreille, la voix rendue rauque par le soulagement :

— Elle est à toi, Liv. Elle est à toi.

— Elle a survécu, souffle-t-elle, riant et pleurant à la fois. Ils se sont retrouvés.

Blottie contre Paul, elle observe le chaos autour d'elle ; la foule ne lui fait plus peur. Les gens sourient, comme s'ils se réjouissaient du dénouement, comme si elle n'était plus l'ennemie. Elle regarde les frères Lefèvre se lever pour partir, avec la mine sombre de porteurs de cercueil, submergée de bonheur à l'idée que Sophie ne rentrera pas en France avec eux. Elle voit Janey rassembler lentement ses affaires, les traits figés, comme si elle n'arrivait toujours pas à y croire.

— Incroyable! (Henry pose une main sur son épaule, le visage fendu d'un grand sourire.) Incroyable! Personne n'écoute ce pauvre vieux Berger rendre son verdict.

— Allez, dit Paul en passant un bras protecteur autour de ses épaules. On va te faire sortir d'ici.

Le greffier apparaît, se frayant péniblement un chemin dans cette marée humaine. Il se dresse devant elle, lui bloquant le passage, légèrement essoufflé après l'effort du court trajet qu'il vient d'accomplir.

— Tenez, madame, dit-il avant de lui tendre le tableau. Je crois que c'est à vous.

Liv referme les doigts sur le cadre doré. Elle baisse les yeux vers Sophie, ses cheveux flamboyant dans la lumière sans éclat de la salle, le sourire plus énigmatique que jamais.

— Je crois qu'il serait plus raisonnable de vous faire sortir par-derrière, ajoute le greffier.

Au même moment, un agent de sécurité surgit et les propulse vers la porte, tout en donnant des instructions dans son talkie-walkie. Paul est sur le point de faire un pas en avant quand Liv pose une main sur son bras pour l'arrêter.

— Non, dit-elle en prenant une profonde inspiration et en carrant les épaules de façon à paraître un tout petit peu plus grande. Cette fois, nous sortons par la grande porte.

# ÉPILOGUE

Entre 1917 et 1922, Anton et Marie Leville vécurent dans une petite maison sur la rive du lac Léman à Montreux, en Suisse. Ils formaient un couple discret, sortant peu, chacun apparemment comblé par la compagnie de l'autre. Mme Leville travaillait comme serveuse dans un restaurant de la ville. On se la rappelle comme une femme efficace et avenante, mais peu encline à engager la conversation. («Une qualité rare, chez une femme», ne manquait pas de faire remarquer son patron en jetant un regard en coin à son épouse.)

Tous les soirs à 21 h 15, Anton Leville, homme de haute taille aux cheveux noirs et à la démarche curieusement bancale, parcourait à pied le trajet de quinze minutes jusqu'au restaurant. Sur le seuil, il ôtait son chapeau afin de saluer le propriétaire, puis il ressortait pour attendre sa femme. Dès qu'elle l'avait rejoint, il lui tendait son bras, elle le prenait, et ils rentraient ensemble, ralentissant le pas de temps à autre pour admirer le coucher de soleil sur le lac ou une vitrine particulièrement attrayante. Telle était, d'après leurs voisins, leur routine des jours de semaine, et ils s'en écartaient rarement. De temps à autre, Mme Leville postait des paquets, de petits présents, à une adresse située dans le nord de la France, mais, mis à part cela, ils ne semblaient pas s'intéresser beaucoup au vaste monde.

Le samedi et le dimanche, le couple restait le plus souvent chez lui, sortant à l'occasion pour se rendre dans un café du voisinage où, si le temps était suffisamment ensoleillé, ils passaient plusieurs heures à jouer aux cartes ou restaient simplement assis l'un à côté de l'autre dans un silence complice, sa grande main à lui posée sur celle, plus petite, de sa femme.

— Mon père taquinait toujours M. Leville en lui promettant que son épouse ne s'envolerait pas dans la brise s'il devait la lâcher une minute, raconte Anna Baertschi, qui avait grandi dans la maison voisine. Il avait coutume de dire à ma mère que c'était un peu inconvenant de s'accrocher ainsi à sa femme en public.

On savait peu de chose de M. Leville, à part qu'il semblait en mauvaise santé. On supposait qu'il touchait un genre de rente. Il avait un jour proposé de peindre le portrait des enfants des voisins, mais étant donné son étrange choix de couleurs et sa facture peu conventionnelle, ses réalisations ne furent pas très bien accueillies.

La plupart des gens de la ville s'accordaient en privé sur le fait qu'ils préféraient le coup de pinceau plus net et les reproductions plus ressemblantes de M. Blum, en bas près de chez l'horloger.

Le mail arriva la veille de Noël.

OK. Donc, c'est officiel, je suis nulle comme voyante. Et probablement aussi comme amie. Mais j'aimerais vraiment beaucoup te voir, si tu n'as pas mis à profit mon enseignement en matière de poupées vaudoues en en faisant une de moi (ce qui n'est pas exclu, car j'ai eu de sacrés maux de tête ces derniers temps. Si c'était toi, permets-moi de t'exprimer, à contrecœur, toute mon admiration).

Avec Ranic, ça ne marche pas vraiment. Finalement, partager un deux-pièces avec quinze mâles d'Europe de l'Est travaillant dans le même hôtel n'est pas si génial. Qui l'eût cru ? Je me suis trouvé une nouvelle maison sur Gumtree, en coloc avec un comptable qui a une obsession pour les vampires et qui a l'air de croire que vivre avec quelqu'un comme moi lui fait gagner des points. Je le soupçonne d'être un peu déçu que je n'aie pas rempli le frigo de cadavres d'animaux écrasés et que je ne lui aie pas encore proposé un tatouage maison. Mais ça va. Il a le câble, et l'appart est à deux minutes à pied de la maison de retraite, si bien que je n'ai plus d'excuse pour rater le changement de poche de Mme Vincent (sans commentaire).

Enfin, bref. Je suis vraiment contente que tu aies pu garder le tableau. Sincèrement. Et je suis désolée d'être aussi peu diplomate. Tu me manques.

Mo

— Invite-la donc, dit Paul en se penchant par-dessus son épaule. La vie est trop courte, n'est-ce pas ?

Liv compose son numéro sans même y réfléchir.

— Alors ? Tu fais quoi demain ? lance-t-elle avant que Mo n'ait pu ouvrir la bouche.

— C'est une question piège ?

— Ça te dit de venir à la maison ?

— Et rater la rencontre annuelle avec mes deux langues de pute de parents, une télécommande défectueuse et l'émission de Noël de *Radio Times* ? Tu plaisantes ?

— Sois là à 10 heures. Je cuisine pour cinq mille invités, apparemment. J'ai besoin d'aide pour la partie « plats à base de pommes de terre ».

— Compte sur moi. (Mo ne peut dissimuler sa joie.) Il se pourrait même que j'aie un cadeau pour toi. Un que j'aie vraiment acheté. Oh! Mais il faudra que je m'esquive un moment vers 18 heures, je dois m'occuper d'un truc pour la chorale des vieux.

— Tu as donc un cœur, finalement…

— Ouais. Ton dernier cure-dents a dû rater sa cible.

Bébé Jean Montpellier mourut de la grippe quelques mois avant la fin de la guerre. En état de choc, Hélène ne pleura ni quand l'entrepreneur des pompes funèbres vint chercher le petit corps, ni quand celui-ci fut mis en terre. Elle ne changea rien à sa routine, ouvrant et fermant le bar aux heures habituelles, rejetant toutes les offres d'aide qu'on lui fit. Elle était néanmoins, ainsi que le maire se la remémorait à l'époque, « une femme pétrifiée ».

Édith Béthune, qui, en silence, avait soulagé Hélène de nombre de ses responsabilités, raconte que, quelques mois plus tard, un après-midi, un homme mince en uniforme, l'air fatigué, s'était présenté à la porte, le bras gauche en écharpe. Édith, qui essuyait de la vaisselle, attendit qu'il entre, mais il resta sur le seuil, scrutant l'intérieur avec une expression étrange. Elle lui offrit un verre d'eau, puis, comme il ne se décidait toujours pas à entrer, elle avait demandé :

— Devrais-je aller chercher Mme Montpellier ?

— Oui, mon enfant, avait-il répondu en baissant la tête, d'une voix légèrement éraillée. Oui. S'il te plaît.

Elle raconte le pas hésitant d'Hélène, son expression incrédule, la façon dont elle avait lâché son balai, rassemblé ses jupes et s'était précipitée vers lui, tel un missile, pleurant assez fort pour être entendue dans tout Saint-Péronne, où même les habitants endurcis par la mort des leurs interrompirent leur tâche, quelle qu'elle fût, pour se tamponner les yeux avec un mouchoir.

Elle se rappelle être restée assise sur les marches devant leur chambre, écoutant leurs sanglots étouffés tandis qu'ils pleuraient leur fils perdu. Elle fait remarquer, sans complaisance, que malgré la tendresse qu'elle avait éprouvée pour Jean, elle-même n'avait pas versé une seule larme à sa mort. Après la disparition de sa mère, explique-t-elle, elle n'a plus jamais pleuré.

L'histoire rapporte que pendant toutes les années où les Montpellier furent les propriétaires et gérants du *Coq rouge*, l'établissement ne ferma ses portes qu'une seule fois, en 1925, pendant trois semaines. Les habitants de Saint-Péronne se rappellent qu'Hélène, Jean-Michel, Mimi et Édith ne prévinrent personne de leur départ, et qu'ils se contentèrent de fermer les volets, de verrouiller les issues et de disparaître, laissant juste un panonceau « *En vacances*\* » sur la porte d'entrée. Voilà qui ne manqua pas de plonger la petite ville dans la consternation. La nouvelle de ce départ en catimini inspira deux lettres de réclamation dans le journal local, et fut fort favorable aux affaires du *Bar blanc*. Après leur retour, quand on lui demandait où elle était partie, Hélène répondait qu'ils avaient voyagé en Suisse.

— L'air y est particulièrement bon pour la santé d'Hélène, expliquait M. Montpellier.

— Oh, oui, certainement, renchérissait celle-ci avec un petit sourire. Très… revigorant.

Dans son journal, Mme Louvier fait remarquer que, pour des hôteliers, disparaître sur un coup de tête dans un pays étranger sans demander la permission était déjà culotté, mais que revenir visiblement ravis de cette escapade était un comble.

> *Je n'ai jamais su ce qu'il était advenu de Sophie et Édouard. Je sais qu'ils ont vécu à Montreux jusqu'en 1926, mais Hélène était la seule à échanger régulièrement des nouvelles avec eux, et elle est morte brutalement en 1934. Après cela, mes lettres me revinrent avec la mention « Retour à l'envoyeur ».*

Édith Béthune et Liv se sont écrit quatre lettres, dans lesquelles elles ont échangé des informations longtemps tenues secrètes, comblant les lacunes. Après avoir été contactée par deux éditeurs, Liv s'est lancée dans la rédaction d'un livre sur Sophie. Cette perspective la terrifie, mais, quand la panique la prend, il suffit que Paul lui demande qui est le plus qualifié pour s'acquitter de cette tâche pour qu'elle s'apaise.

L'écriture de la vieille dame est ferme pour quelqu'un d'un âge aussi avancé, régulière et inclinée vers l'avant. Liv se rapproche de sa lampe de chevet pour la lire.

> *J'ai écrit à une voisine à l'époque, qui m'avait répondu que, d'après ce qu'elle savait, Édouard était tombé malade, mais elle n'avait pas la preuve de cela. Au cours des années qui suivirent, d'autres communications du même genre m'ont amenée à redouter le pire ; certains se souvenaient de lui tombant malade ; selon d'autres, c'était Sophie qui avait eu des problèmes de santé. Quelqu'un m'a aussi raconté qu'ils avaient tout simplement disparu. Mimi pensait avoir entendu sa mère dire qu'ils étaient partis s'installer quelque part*

*sous un climat plus chaud. J'avais moi-même déménagé tant de fois à cette époque que Sophie n'aurait jamais été en mesure de me contacter.*
*Je sais ce que le bon sens aurait voulu que je croie au sujet de deux personnes fragiles dont les corps avaient été si meurtris par la faim et l'emprisonnement. Mais j'ai toujours préféré penser que sept, huit ans après la guerre, ne devant rien à personne et s'étant peut-être sentis suffisamment en sécurité pour tourner la page, ils avaient simplement fait leurs bagages pour partir refaire leur vie. Je préfère les imaginer quelque part, peut-être sous des cieux plus ensoleillés, heureux comme nous les avions vus durant notre séjour chez eux, comblé chacun par la compagnie de l'autre.*

Autour d'elle, la chambre est encore plus vide que d'ordinaire, prête pour son déménagement la semaine suivante. Dans un premier temps, Liv s'installera chez Paul. Elle cherchera peut-être ensuite un appartement, mais ni l'un ni l'autre ne semble très pressé de poursuivre cette conversation.

Liv baisse les yeux vers lui, endormi à côté d'elle. Elle se sent toujours aussi émerveillée par sa beauté, sa silhouette, par la simple joie que lui procure sa présence. Elle pense à une phrase que son père lui a dite le jour de Noël, quand il l'a rejointe dans la cuisine où elle faisait la vaisselle, pendant que les autres jouaient bruyamment à des jeux de société dans le salon. Il a attrapé un torchon pour l'aider, et elle a levé la tête vers lui, frappée par son silence inhabituel.

— Tu sais, je crois que David l'aurait apprécié, avait-il déclaré sans la regarder, concentré sur le plat qu'il était en train d'essuyer.

Elle sèche une larme, comme souvent quand elle y repense (elle est particulièrement émotive en ce moment), et se penche de nouveau sur la lettre.

*Je suis une vieille dame maintenant, et cela ne se produira peut-être pas de mon vivant, mais je crois qu'un jour une série de tableaux de provenance inconnue referont surface, beaux et étranges, aux couleurs inattendues et intenses. Ils représenteront une femme aux cheveux roux dans l'ombre d'un palmier, ou peut-être le regard perdu au loin, vers un soleil jaune, son visage un peu vieilli, la chevelure peut-être striée de mèches grises, mais le sourire joyeux et les yeux pleins d'amour.*

Liv lève les yeux vers le portrait accroché en face de son lit, et Sophie lui rend son regard, baignée par la pâle lumière dorée de la lampe. Elle relit la lettre, en examinant chaque mot, et jusqu'à l'espace qui les sépare. Elle repense au regard d'Édith Béthune : droit et entendu. Puis elle relit la lettre.

— Salut. (Paul, à moitié endormi, se tourne vers elle, puis tend le bras et l'attire contre lui. Sa peau est chaude, son souffle frais.) Tu fais quoi ?

— Je réfléchis.

— Ça m'a l'air dangereux.

Liv pose la lettre et s'enfonce sous la couette jusqu'à se retrouver face à lui.

— Paul.

— Liv.

Elle sourit (elle sourit chaque fois qu'elle le regarde), prend une petite inspiration et se lance :

— Dis-moi, toi qui es si doué pour retrouver des trucs…

# Remerciements

Ce livre doit beaucoup à l'excellent ouvrage d'Helen McPhail, *The long silence: civilian life under the German occupation of northern France, 1914-1918*, qui traite un aspect méconnu de l'histoire de la Première Guerre mondiale (du moins dans ce pays).

J'aimerais également remercier Jeremy Scott, associé chez Lipman Karas, pour son aide généreuse et experte en matière de restitution d'œuvres d'art, et surtout pour la patience dont il a fait preuve en répondant à mes nombreuses questions. Il m'a fallu adapter quelques points d'ordre juridique et certaines procédures pour le bon déroulement de l'intrigue, et bien sûr j'assume l'entière responsabilité de toute erreur et de tout écart par rapport à la pratique véritable.

Merci à mon éditeur, Penguin, et notamment à Louise Moore, Mari Evans, Clare Bowron, Katya Shipster, Elizabeth Smith, Celine Kelly, Viviane Basset, Raewyn Davies, Rob Leyland et Hazel Orme. Merci à Guy Sanders de m'avoir aidée dans mes recherches bien au-delà de ce que le devoir exigeait.

Je tiens à remercier toute l'équipe de Curtis Brown, et tout particulièrement mon agent Sheila Crowley, Jonny Geller, Katie McGowan, Tally Garner, Sam Greenwood, Sven Van Damme, Alice Lutyens, Sophie Harris et Rebecca Ritchie.

J'aimerais aussi exprimer ma reconnaissance à Steve Doherty, Drew Hazell, Damian Barr et Chris Luckley, ma « famille » d'écriture de Writer's Block, ainsi qu'aux auteurs qui m'ont soutenue sur Twitter, trop nombreux pour être nommés ici.

Toute ma reconnaissance, comme toujours, à Jim Moyes, Lizzie et Brian Sanders, et à ma famille, Saskia, Harry et Lockie, mais aussi à Charles Arthur, relecteur, bidouilleur d'intrigue et oreille attentive pour les auteurs, d'une patience à toute épreuve. Maintenant, tu sais de quoi il retourne…

Achevé d'imprimer en septembre 2019
Par CPI Brodard & Taupin à La Flèche
N° d'impression : 3034386
Dépôt légal : octobre 2019
Imprimé en France
81122492-1